教育部人才培养模式改革和开放教育试点教材

《中国现当代文学专题研究》
作品讲评(修订版)

李 平 主编

北京大学出版社

北京

图书在版编目(CIP)数据

《中国现当代文学专题研究》作品讲评(修订版)/李平主编. —北京:北京大学出版社,2005.6
(教育部人才培养模式改革和开放教育试点教材)
ISBN 978-7-301-06386-6

Ⅰ.中… Ⅱ.李… Ⅲ.①文学－作品－简介－中国－现代－电视大学－教材②文学－作品－简介－中国－当代－电视大学－教材 Ⅳ.I206.6

中国版本图书馆 CIP 数据核字(2003)第 061040 号

书　　　名:	《中国现当代文学专题研究》作品讲评(修订版)
著作责任者:	李　平　主编
责 任 编 辑:	高秀芹　徐文宁
标 准 书 号:	ISBN 978-7-301-06386-6/I·0637
出 版 发 行:	北京大学出版社
地　　　址:	北京市海淀区成府路 205 号　100871
网　　　址:	http://www.pup.cn　电子信箱:pup@pup.pku.edu.cn
电　　　话:	邮购部 62752015　发行部 62750672　出版部 62754962　编辑部 62750112
印 刷 者:	河北涿县鑫华书刊印刷厂
经 销 者:	新华书店
	787mm×1092mm　16 开本　26.75 印张　690 千字
	2003 年 8 月第 1 版
	2005 年 6 月第 2 版　2009 年 12 月第 11 次印刷
定　　　价:	42.00 元

未经许可,不得以任何方式复制或抄袭本书之部分或全部内容。
版权所有,侵权必究
举报电话:010-62752024;电子邮箱:fd@pup.pku.edu.cn

目 录

编写说明 ……………………………………………………………………… (1)

鲁迅小说散文五篇 ……………………………………………………… (1)
 狂人日记(节选) ………………………………………………………… (1)
 阿Q正传(节选) ………………………………………………………… (6)
 肥皂(节选) ……………………………………………………………… (15)
 影的告别 ………………………………………………………………… (21)
 示众(节选) ……………………………………………………………… (22)

郭沫若诗四首 …………………………………………………………… (30)
 地球,我的母亲!(节选) ……………………………………………… (30)
 凤凰涅槃(节选) ………………………………………………………… (33)
 炉中煤 …………………………………………………………………… (37)
 天狗 ……………………………………………………………………… (39)

茅盾小说三篇 …………………………………………………………… (44)
 幻灭(节选) ……………………………………………………………… (44)
 春蚕(节选) ……………………………………………………………… (48)
 子夜(节选) ……………………………………………………………… (52)

老舍小说四篇 …………………………………………………………… (66)
 离婚(节选) ……………………………………………………………… (66)
 断魂枪(节选) …………………………………………………………… (71)
 骆驼祥子(节选) ………………………………………………………… (75)
 四世同堂(节选) ………………………………………………………… (85)

曹禺话剧四部 …………………………………………………………… (96)
 雷雨(节选) ……………………………………………………………… (96)
 日出(节选) ……………………………………………………………… (102)
 原野(节选) ……………………………………………………………… (107)
 北京人(节选) …………………………………………………………… (111)

沈从文小说散文五篇 …………………………………………………… (119)
 柏子 ……………………………………………………………………… (119)
 萧萧(节选) ……………………………………………………………… (124)
 边城(节选) ……………………………………………………………… (128)
 鸭窠围的夜 ……………………………………………………………… (137)

八骏图(节选) ··· (142)

张爱玲小说三篇 ··· (150)
　　沉香屑　第一炉香(节选) ······································ (150)
　　倾城之恋(节选) ·· (158)
　　金锁记(节选) ··· (164)

穆旦诗七首 ··· (173)
　　我 ·· (173)
　　赞美(节选) ··· (175)
　　诗八首 ·· (177)
　　控诉(节选) ··· (180)
　　森林之魅(节选) ·· (182)
　　隐现 ··· (185)
　　冬(节选) ·· (187)

现代散文五篇 ·· (191)
　　周作人散文一篇 ·· (191)
　　　　苍蝇 ··· (191)
　　冰心散文一篇 ··· (194)
　　　　寄小读者·十 ··· (195)
　　朱自清散文一篇 ·· (199)
　　　　欧游杂记·威尼斯(节选) ··································· (199)
　　郁达夫散文一篇 ·· (203)
　　　　钓台的春昼(节选) ·· (203)
　　何其芳散文一篇 ·· (207)
　　　　墓 ·· (207)

赵树理小说四篇 ·· (216)
　　小二黑结婚(节选) ·· (216)
　　李家庄的变迁(节选) ·· (220)
　　登记(节选) ··· (224)
　　三里湾(节选) ··· (232)

"样板戏"三部 ·· (244)
　　红灯记(节选) ··· (244)
　　沙家浜(节选) ··· (250)
　　智取威虎山(节选) ·· (263)

"朦胧诗"十八首 ··· (271)
　　北岛诗四首 ··· (271)
　　　　履历 ··· (271)
　　　　回答 ··· (273)
　　　　一切 ··· (275)
　　　　古寺 ··· (275)

舒婷诗三首 ······(277)
 祖国啊,我亲爱的祖国 ······(277)
 这也是一切 ······(279)
 童话诗人 ······(281)
顾城诗二首 ······(283)
 生命幻想曲 ······(283)
 一代人 ······(286)
江河诗二首 ······(287)
 纪念碑 ······(288)
 太阳和他的反光·射日 ······(291)
杨炼诗二首 ······(293)
 大雁塔(节选) ······(293)
 诺日朗 ······(297)
海子诗三首 ······(302)
 五月的麦地 ······(302)
 面朝大海,春暖花开 ······(304)
 春天,十个海子 ······(305)
韩东诗一首 ······(307)
 有关大雁塔 ······(307)
于坚诗一首 ······(309)
 尚义街六号(节选) ······(309)

汪曾祺小说四篇 ······(316)
 受戒(节选) ······(316)
 大淖记事(节选) ······(323)
 职业 ······(327)
 故里三陈·陈小手 ······(332)

王安忆小说四篇 ······(339)
 小鲍庄(节选) ······(339)
 小城之恋(节选) ······(345)
 叔叔的故事(节选) ······(351)
 长恨歌(节选) ······(359)

王朔小说三篇 ······(368)
 空中小姐(节选) ······(368)
 顽主(节选) ······(374)
 动物凶猛(节选) ······(382)

余华小说五篇 ······(389)
 十八岁出门远行 ······(389)
 现实一种(节选) ······(395)
 呼喊与细雨(节选) ······(401)

我没有自己的名字(节选) ………………………………………………… (404)
许三观卖血记(节选) ……………………………………………………… (409)

后记 ……………………………………………………………………… (419)

编 写 说 明

《〈中国现当代文学专题研究〉作品讲评》是《中国现当代文学专题研究》(温儒敏、赵祖谟主编，北京大学出版社2002年1月)的配套教材。全书按《中国现当代文学专题研究》中的16个专题及顺序设置。每个专题根据教学内容要求，选编若干作品，分为两个单元：本文和旁白。

本文单元分为以下六个部分：一、作品介绍：包括作品发表(出版)的情况(刊物、出版社、时间)和作品的主要内容或故事梗概，以及节选说明。二、作品本文：以"精彩片断"为主，中长篇作品(小说和戏剧)一律节选，短篇作品(小说、散文和诗歌)也尽可能节选。每篇作品节选若干片断。三、编选者的话：全面而简要地说明编选"这篇作品"的主要理由，以及对该作品的主要评价。四、作者的话：与这篇作品有关的言论。五、相关评论：包括有定论的经典评论、编选者最欣赏的评论，以及不同意见。六、文献索引：包括作家的主要作品目录和重要研究书目及论文索引。

旁白单元由以下两个部分组成：一、每篇作品(片断)的旁边，加"点评"和必要的"注释"。二、作品介绍、编选者的话、作家的话和经典评论的旁边，加"提示"和说明。

全书由李平提出编选设想和体例要求，并负责全书的修改和统稿。各专题的负责人对具体篇目提出建议和意见，钱旭初、陈林群、朱慧玲、张波等参与了总体篇目的选择和确定，钱旭初和李跃还参与了部分书稿的修改。参加本书编选工作的都是全国各电大的教师，也有个别电大外的高校教师参加了这一工作，在此，一并表示感谢。

各专题的负责人分别为：
鲁迅小说散文五篇：钱旭初(江苏电大)
郭沫若诗四首：肖丽芳(辽宁本溪电大)
茅盾小说三篇：郭学英(山西太原电大)
老舍小说四篇：王学亮、冯凌云(宁夏电大)
曹禺话剧四部：罗兰秋(四川电大)
沈从文小说散文五篇：唐旭君、申燕(湖南电大)
张爱玲小说三篇：车晓勤(安徽电大)
穆旦诗七首：李跃、易彬(江苏南京电大)
现代散文五篇：朱慧玲(广东电大)
赵树理小说四篇：王宁宁(北京电大)
"样板戏"三部：张亚斌、郝米娜(陕西电大)
"朦胧诗"十八首：张万仪(重庆电大)
汪曾祺小说四篇：陈林群(上海电大)
王安忆小说四篇：陈婕(福建电大)
王朔小说三篇：张波(辽宁电大)
余华小说五篇：李平(中央电大)

2003年4月25日

鲁迅小说散文五篇

鲁迅,原名周树人,字豫才。1881年生于浙江绍兴,从小经历了家道中落后坠入困顿的世态炎凉,后"逃异地,走异路,寻求别样的人们"到南京求学,接受进化论思想,1902年到日本仙台学医,后在教学幻灯片中看到健全的国民只能成为毫无意义的"示众"的材料和看客,深受刺激,遂弃医从文,致力于改造国民性的探索和战斗,开始文学活动。1918年发表第一篇白话小说《狂人日记》,之后出版有小说集《呐喊》、《彷徨》、《故事新编》以及散文诗集《野草》、散文集《朝花夕拾》和大量的杂文。1936年于上海逝世。

鲁迅是我国现代文学的奠基人。

狂人日记(节选)

《狂人日记》发表于1918年5月《新青年》第4卷第5号,后收入《呐喊》。

<u>《狂人日记》是鲁迅的第一篇白话小说</u>,作者首次署笔名"鲁迅"。作品通过一位"迫害狂"患者的日记,"意在暴露家族制度和礼教的弊害"。作者为我们塑造了一位叛逆封建礼教,受到迫害而发狂的狂人形象。通过狂人的自述,向人们指出封建社会"吃人"的历史,同时也暗示了狂人最终战斗和反抗的失败,进一步强调了启蒙的意义。

此前还有文言小说《怀旧》

小说由文言小序和13节正文组成,本书节选文言小序和其中的6节。

某君昆仲,今隐其名,皆余昔日在中学校时良友;分隔多年,消息渐阙。日前偶闻其一大病;适归故乡,迂道往访,则仅晤一人,言病者其弟也。劳君远道来视,<u>然已早愈,赴某地候补矣</u>。因大笑,出示日记二册,谓可见当日病状,不妨献诸旧友。持归阅一过,知所患盖"迫害狂"之类。语颇错杂无伦次,又多荒唐之言;亦不著月日,惟墨色字体不一,知非一时所书。间亦有略具联络者,今撮录一篇,以供医家研究。记中语误,一字不易;惟人名虽皆村人,不为世间所知,无关大体,然亦悉易去。至于书名,则本人愈后所题,不复改也。七年四月二日识。

这是小说真正的结尾。狂人的病愈和候补,代表着狂人的失败和倒退。因而作为白话小说,却用文言写"识"。言语表达了作者的反讽意味

白话载体中的狂人乃清醒而反叛的形象,被世人视为"疯狂"。这便构成人物命运的分裂。与"识"中的"狂人"互为颠覆

二

今天全没月光,我知道不妙。早上小心出门,<u>赵贵翁</u>的眼色便怪:似乎怕我,似乎想害我。还有七八个人,交头接耳的议论我,又怕我看见。<u>一路上的人</u>,都是如此。其中最凶的一个人,张着嘴,对我笑了一笑;我便从头直冷到脚跟,晓得他

赵贵翁、路上的人、小孩子"他们"代表旧文化的群体。这是鲁迅笔下最有价值的"庸众的群体"

们布置,都已妥当了。

我可不怕,仍旧走我的路。前面一伙小孩子,也在那里议论我;眼色也同赵贵翁一样,脸色也都铁青。我想我同小孩子有什么仇,他也这样。忍不住大声说,"你告诉我!"他们可就跑了。

我想:我同赵贵翁有什么仇,同路上的人又有什么仇;只有廿年以前,把<u>古久先生的陈年流水簿子</u>,踹了一脚,古久先生很不高兴。赵贵翁虽然不认识他,一定也听到风声,代抱不平;约定路上的人,同我作冤对。但是小孩子呢?那时候,他们还没有出世,何以今天也睁着怪眼睛,似乎怕我,似乎想害我。这真教我怕,教我纳罕而且伤心。

我明白了。这是他们<u>娘老子教的</u>!

古久先生的陈年流水簿子:喻意中国社会的古久历史

娘老子教的:就是文化和历史的传承

三

晚上总是睡不着。凡事须得研究,才会明白。

<u>他们</u>——也有给知县打枷过的,也有给绅士掌过嘴的,也有衙役占了他妻子的,也有老子娘被债主逼死的;他们那时候的脸色,全没有昨天这么怕,也没有这么凶。

最奇怪的是昨天街上的那个女人,打他儿子,嘴里说道,"老子呀!我要咬你几口才出气!"他眼睛却看着我。我出了一惊,遮掩不住;那青面獠牙的一伙人,便都哄笑起来。陈老五赶上前,硬把我拖回家中了。

拖我回家,家里的人都装作不认识我;他们的眼色,也全同别人一样。<u>进了书房,便反扣上门,宛然是关了一只鸡鸭。</u>这一件事,越教我猜不出底细。

前几天,<u>狼子村</u>的佃户来告荒,对我大哥说,他们村里的一个大恶人,给大家打死了;几个人便挖出他的心肝来,用油煎炒了吃,可以壮壮胆子。我插了一句嘴,佃户和大哥便都看我几眼。今天才晓得他们的眼光,全同外面的那伙人一模一样。

想起来,我从顶上直冷到脚跟。

他们会吃人,就未必不会吃我。

你看那女人"咬你几口"的话,和一伙青面獠牙人的笑,和前天佃户的话,明明是暗号。我看出他话中全是毒,笑中全是刀。他们的牙齿,全是白厉厉的排着,这就是吃人的家伙。

照我自己想,虽然不是恶人,自从踹了古家的簿子,可就难说了。他们似乎别有心思,我全猜不出。况且他们一翻脸,便说人是恶人。我还记得大哥教我做论,无论怎样好人,翻他几句,他便打上几个圈;原谅坏人几句,他便说"翻天妙手,与众不同"。我那里猜得到他们的心思,究竟怎样;况且是要吃的时候。

凡事总须研究,才会明白。古来时常吃人,我也还记得,可是不甚清楚。<u>我翻开历史一查,这历史没有年代,歪歪斜斜的每叶上都写着"仁义道德"几个字。我横竖睡不着,仔细看了半夜,才从字缝里看出字来,满本都写着两个字是"吃人"!</u>

书上写着这许多字,佃户说了这许多话,却都笑吟吟的睁着怪眼睛看我。

"铁屋子",隐喻人兽混杂的世界,吃人的现实

这是鲁迅最深刻的发现。"字缝"的发现本身就是对中国文化的错综复杂的反讽

我也是人，他们想要吃我了！

八

其实这种道理，到了现在，他们也该早已懂得，……

忽然来了一个人；年纪不过二十左右，相貌是不很看得清楚，满面笑容，对了我点头，他的笑也不像真笑。我便问他，"吃人的事，对么？"他仍然笑着说，"不是荒年，怎么会吃人。"我立刻就晓得，他也是一伙，喜欢吃人的；便自勇气百倍，偏要问他。

"对么？"

"这等事问他什么。你真会……说笑话。……今天天气很好。"

天气是好，月色也很亮了。可是我要问你，"对么？"

他不以为然了。含含胡胡的答道，"不……"

"不对？他们何以竟吃？！"

"没有的事……"

"没有的事？狼子村现吃；还有书上都写着，通红斩新！"

他便变了脸，铁一般青。睁着眼说，"有许有的，这是从来如此……"

"从来如此，便对么？"

"我不同你讲这些道理；总之你不该说，你说便是你错！"

我直跳起来，张开眼，这人便不见了。全身出了一大片汗。他的年纪，比我大哥小得远，居然也是一伙；这一定是他娘老子先教的。还怕已经教给他儿子了；所以连小孩子，也都恶狠狠的看我。

在梦中与代表着一群人的青年的辩论，表现了狂人的探求，更应合了上文中包括孩子们在内的所有人——娘老子教的

反叛意识

十一

太阳也不出，门也不开，日日是两顿饭。

我捏起筷子，便想起我大哥；晓得妹子死掉的缘故，也全在他。那时我妹子才五岁，可爱可怜的样子，还在眼前。母亲哭个不住，他却劝母亲不要哭；大约因为自己吃了，哭起来不免有点过意不去。如果还能过意不去，……

妹子是被大哥吃了，母亲知道没有，我可不得而知。

母亲想也知道；不过哭的时候，却并没有说明，大约也以为应当的了。记得我四五岁时，坐在堂前乘凉，大哥说爷娘生病，做儿子的须割下一片肉来，煮熟了请他吃，才算好人；母亲也没有说不行。一片吃得，整个的自然也吃得。但是那天的哭法，现在想起来，实在还教人伤心，这真是奇极的事！

指"割股疗亲"，典出《宋史·选举志一》。在孝道（礼教）的幌子下吃人，进而发现人们都在有意无意地吃人或被吃

十二

不能想了。

四千年来时时吃人的地方，今天才明白，我也在其中混了多年；大哥正管着家务，妹子恰恰死了，他未必不和在饭菜里，暗暗给我们吃。

甚至狂人自己也处于那样一个"食物链"中	我未必无意之中,不吃了我妹子的几片肉,现在也轮到我自己,…… 有了四千年吃人履历的我,当初虽然不知道,现在明白,难见真的人!

十三

没有吃过人的孩子,或者还有?
救救孩子……

一九一八年四月

这只是"病中"狂人故事的结尾。这里的希望和"识"中的失望构成为相互的抵消	★编选者的话: 　　《狂人日记》具有划时代的意义。小说借鉴了俄国作家果戈理同名小说的日记体结构和病态心理描写的表现方法,冲破了传统的思想和手法;用现实主义来表现写实成分,构成了小说的骨架和血肉,而用象征主义来表现潜藏的寓意,构成了小说的灵魂。《狂人日记》奠定了现代小说的基础,成为中国新文学的奠基之作。
这正是大家都已经接受、认可的主题倾向	在阅读中,除了要注意鲁迅的创作动机和目的"意在暴露家族制度和礼教的弊害"——即对"吃人"(包括"被吃")这个循环的食物链的发现之外,还值得注意的是本文在结构上的反讽性。
这是一个非常悲凉和绝望的结局	这种反讽性表现为作品开端部分的"识"作为全文的真正结尾,表明了狂人此时"病愈"——也就是不再疯狂,重新回到"大众"的队伍中了,因此,"到某地候补"去了。这意味着狂人反抗的失败和倒退,意味着日记里所有的"吃人的人"正夹道欢迎狂人回归到传统的队伍中。这与日记的结尾处"救救孩子"的希望的呐喊构成了一种消解。
可结合《影的告别》理解鲁迅对未来的绝望态度	联想到鲁迅在《呐喊·自序》中谈到的钱玄同来规劝自己从绍兴会馆里走出,寄托于醒转来的人们起来打破"铁屋子",和自己答应"听将令",并"不免呐喊几声,聊以慰藉那在寂寞里奔驰的猛士,使他不惮于前驱"的"对希望的承诺",鲁迅这篇小说乃至于他整个人文精神的起点和创作姿态实际上是"绝望"的。但绝望并没有使鲁迅走向虚无,而是更加决绝地战斗,表现出鲁迅式的韧性精神。
	联系到当代小说的创作,不妨可以读点残雪和余华。鲁迅关于"吃人"的主题仍在继续,鲁迅的血脉仍在流淌。
吃人与礼教,中国历史的伎俩,被"此种发现"点破了	★作者的话: 　　《狂人日记》实为拙作,又有白话诗署"唐俟"者,亦仆所为。前为言中国根柢全在道教,此说近颇广行。以此读史,有多种问题可以迎刃而解。后以偶阅《通鉴》,乃悟中国人尚是食人民族,因成此篇。此种发现,关系亦甚大,而知者尚寥寥也。

《致许寿裳,1918 年 8 月 20 日》

　　从一九一八年五月起,《狂人日记》、《孔乙己》、《药》等,陆续的出现了,算是显示了"文学革命"的实绩,又因那时的认为"表现的深切和格式的特别",颇激动了一部分青年读者的心。……《狂人日记》意在暴露家族制度和礼教的弊害,却比果戈理的忧愤深广,也不如尼采的超人的渺茫。

《中国新文学大系·小说二集导言》

> 鲁迅与果戈理、尼采比较,有很多专著问世,是个仍可深挖的课题

★**相关评论**:

这篇作品,我们从开头读下去,立刻就被那跳跃在纸上的这个狂人的深深地被迫害的心理状态和强烈的反抗情绪所捉住。这个狂人,不是真的狂人;然而他是一个真的被迫害者,一个被封建家庭制度和礼教迫害到了发狂的人;是一个亲身受尽了封建传统的道德伦理的束缚、压迫、损害而感到了恐怖的人;是一个在黑暗社会中受着精神上的苦刑而开始觉醒和反抗的分子。

这个狂人喊出了反对封建势力和否定封建道德、伦理和思想的、极端革命的声音。这个声音是可以代表当时的民主革命者和觉醒了的青年们的声音的。这个声音也反映着数千年在封建统治和压迫之下,奴隶一般地生活着的人民群众的苦痛和正在开始觉醒的声音。

这个狂人,是伟大现实主义者鲁迅首次创造的一个反封建主义者的成功的艺术形象。这样的反封建主义的人物,在中国文学上是第一次出现,是空前的。在这个人物的身上和在整篇作品中,鲜明地、光辉夺目地反映空前彻底的民主革命思想和人道主义精神;这种思想和精神是鲁迅的思想和精神,也是"五四"时代的革命思潮和精神。

> 站在反封建的民主革命的立场上评价狂人的意义

冯雪峰《雪峰文集(4)·狂人日记》

前期作品中,《狂人日记》很平凡;《阿Q正传》的描写虽佳,而结构极坏;《孔乙己》,《药》,《明天》皆未免庸俗;《一件小事》是一篇拙劣的随笔;《头发的故事》亦是随笔体;惟《风波》与《故乡》实不可多得作品。……《白光》一篇使我联想到达夫的《银灰色的死》,可惜表现实在不足,薄弱的很。《兔和猫》与《社戏》都是作者幼时的回忆,饶有诗趣,只是《鸭的喜剧》实不能说是小说,倒是一篇优美的随笔。《不周山》又是全集中极可注意的一篇作品。

> 这是一则20年代批评鲁迅小说的文章

成仿吾《〈呐喊〉的评论》,《创造季刊》2卷2期(1924/1)

《狂人日记》的叙述过程包含了深刻的悖论:"吃人"世界的反抗者自身也是有了"四千年吃人履历"的"吃人者",由独自觉醒而产生的"希望"被证明是虚妄的,而"绝望"的证实紧密地联系着主人公"有罪"的自觉,这种"有罪"的自觉又为"反抗绝望"提供了内在的心理基础——赎罪的愿望。"救救孩子!"的呼唤似乎是对希望的呼唤,是对"真的人"的世界的憧憬,但狂人的心理独白恰恰又证明"孩子"也已怀有了"吃人"的心思,就像卡夫卡《判决》中的格奥克遭到的"判决"一样:"你本来是一个天真无邪的孩子,但你本来的本来则是一个恶魔一般的家伙"——对于狂人和"吃人"世界的每一个生存者来说,"本来的本来"使他们无可挽回地成为"罪人"。

> 深入到狂人的内心深处进行形象主体的研究

这种"罪人"的自觉在两个方向上展示其意义:一方面,"罪"的自觉使狂人

洞悉了自己的实际处境,并通过反复地占有既往的东西而把握住自己的历史性……因为"狂人"之为"狂"人,正在于他与世界的关系的对立和不协调,如果这种对立和不协调(用另一词表达则是"觉醒")不过是幻影,那么狂人便不再是狂人,而是吃人世界的普通一员——"罪"的历史性引导狂人走出狂人的世界,重新进入"健康人"的世界,如小序所言,"然已早愈,赴某地候补矣",从而导出了真正的"绝望"主题:"觉醒者"的幻灭。

"罪"与"赎罪"的意识

另一方面,"罪"的自觉形成了一种无法摆脱的内心需求:"赎罪"的愿望。这种愿望伴随着激烈的自我否定,不仅使狂人在自我与吃人传统的关联中感到"不能想了"的恐惧、不安和恶心,而且也使狂人在自己憧憬的"真的人"面前无地自容("现在明白,难见真的人!")。这是"置之死地而后生"的绝境。不管实际的处境如何,不管自我有无得救的希望,如果不去反抗"绝望"的现实,"我"便更加罪孽深重——在小说第十二章的自省与第十三章的"救救孩子!"之间,正横亘着一种"罪"的自觉和"赎罪"的内心冲动。这种自觉与冲动是狂人之为"狂"人的原因,一旦失去他们,狂人便不再"狂"了——除了向自己憎恶的传统认同而外,

"绝望"的主题

似乎别无选择。而小说的内在逻辑正显示着:这种"认同"本身意味着同流合污,因而在任何状况下都必须拒绝。由此可见,反抗与拒绝的行为作为"罪"的意识的现实延伸,不是源发于任何一种外在的权威和意志,而是源发于一种自觉自愿的主观需求,不是源发于对作品中一再提及的"真的人"的憧憬,而是源发于面对现实的自觉态度。正是在这个意义上,狂人的反抗体现了一种真正自由的精神,而这种反抗和自由选择恰恰是由对绝望的体认转化而来,或者说是以"绝望"作为其认识的和心理的基础的。

汪晖《反抗绝望——鲁迅及其文学世界》,河北教育出版社 2001/5

阿Q正传(节选)

《阿Q正传》1921年12月4日至1922年2月12日连载于北京《晨报》副刊的"开心话"栏目,每周或隔周刊登一次,署名"巴人",1923年8月编入《呐喊》。

《阿Q正传》是鲁迅的代表作,也是鲁迅惟一的中篇小说。小说以辛亥革命前后的江南小镇未庄为背景,塑造了阿Q这个跨越时空的不朽典型。小说通过对阿Q姓名、籍贯、行状的考察、描摹,和他恋爱的悲剧与引起的生计的危机,和在辛亥革命的风潮中从"革命"到"不准革命"的命运,以及之后被当权者作为杀一儆百的牺牲品的经历,反映了阿Q受压迫、受剥削、受愚弄的社会地位和悲惨命运。作者用喜剧的形式来揭示悲剧的实质,成功地运用白描手法,通过人物自身的言行和富有特征的心理描绘来显示人物性格和精神状态。

小说中的阿Q和未庄的贫苦农民,虽然有改变自身生活处境的渴望,但愚昧、麻木、不觉悟,严重的精神胜利病,典型地揭示了这个历史阶段中国人的精神面貌,写下了一段中国人的心灵史,说明了改造国民性的重要性。

全文共9章,本书节选其中的2、3、7、9章中的精彩片断,主要描写阿Q表现出来的"精神胜利法"和他的"革命"。

第二章 优胜记略

阿Q不独是姓名籍贯有些渺茫,连他先前的"行状"也渺茫。因为未庄的人们之于阿Q,只要他帮忙,只拿他玩笑,从来没有留心他的"行状"的。而阿Q自己也不说,独有和别人口角的时候,间或瞪着眼睛道:

"我们先前——比你阔的多啦!你算是什么东西!"

阿Q没有家,住在未庄的土谷祠里;也没有固定的职业,只给人家做短工,割麦便割麦,舂米便舂米,撑船便撑船。工作略长久时,他也或住在临时主人的家里,但一完就走了。所以,人们忙碌的时候,也还记起阿Q来,然而记起的是做工,并不是"行状";一闲空,连阿Q都早忘却,更不必说"行状"了。只是有一回,有一个老头子颂扬说:"阿Q真能做!"这时阿Q赤着膊,懒洋洋的瘦伶仃的正在他面前,别人也摸不着这话是真心还是讥笑,然而阿Q很喜欢。

阿Q又很自尊,所有未庄的居民,全不在他眼睛里,甚而至于对于两位"文童"也有以为不值一笑的神情。夫文童者,将来恐怕要变秀才者也;赵太爷钱太爷大受居民的尊敬,除有钱之外,就因为都是文童的爹爹,而阿Q在精神上独不表格外的崇奉,他想:我的儿子会阔得多啦!加以进了几回城,阿Q自然更自负,然而他又很鄙薄城里人,譬如用三尺长三寸宽的木板做成的凳子,未庄叫"长凳",他也叫"长凳",城里人却叫"条凳",他想:这是错的,可笑!油煎大头鱼,未庄都加上半寸长的葱叶,城里却加上切细的葱丝,他想:这也是错的,可笑!然而未庄人真是不见世面的可笑的乡下人呵,他们没有见过城里的煎鱼!

阿Q"先前阔",见识高,而且"真能做",本来几乎是一个"完人"了,但可惜他体质上还有一些缺点。最恼人的是在他头皮上,颇有几处不知起于何时的癞疮疤。这虽然也在他身上,而看阿Q的意思,倒也似乎以为不足贵的,因为他讳说"癞"以及一切近于"赖"的音,后来推而广之,"光"也讳,"亮"也讳,再后来,连"灯""烛"都讳了。一犯讳,不问有心与无心,阿Q便全疤通红的发起怒来,估量了对手,口讷的他便骂,气力小的他便打;然而不知怎么一回事,总还是阿Q吃亏的时候多。于是他渐渐的变换了方针,大抵改为怒目而视了。

谁知道阿Q采用怒目主义之后,未庄的闲人们便愈喜欢玩笑他。一见面,他们便假作吃惊地说:

"哙,亮起来了。"

阿Q照例的发了怒,他怒目而视了。

"原来有保险灯在这里!"他们并不怕。

阿Q没有法,只得另外想出报复的话来:

"你还不配……"这时候,又仿佛在他头上的是一种高尚的光荣的癞头疮,并非平常的癞头疮;但上文说过,阿Q是有见识的,他立刻知道和"犯忌"有点抵触,便不再往底下说。

闲人还不完,只撩他,于是终而至于打。阿Q在形式上打败了,被人揪住黄辫子,在壁上碰了四五个响头,闲人这才心满意足的得胜的走了,阿Q站了一刻,心里想,"我总算被儿子打了,现在的世界真不像样……"于是也心满意足的

行状:原指死者的生平,这里泛指经历

阿Q本姓赵,但赵太爷不允许。姓的剥夺,就是政治权利的剥夺

土谷祠:土地庙。土谷,土地神和五谷神

阿Q在未庄只是提供劳力和玩笑的工具,并不是角色

文童:指参加科举而未考取秀才者

妄自尊大:精神胜利法之一

周作人认为这里的忌讳,是士大夫"只许州官放火"式的专制,可见阿Q所受"文化"的毒害,也是这种文化的传承者

自欺欺人:精神胜利法之二

得胜的走了。

阿Q想在心里的,后来每每说出口来,所以凡有和阿Q玩笑的人们,几乎全知道他有这一种精神上的胜利法,此后每逢揪住他黄辫子的时候,人就先一着对他说:

"阿Q,这不是儿子打老子,是人打畜生。自己说:人打畜生!"

阿Q两只手都捏住了自己的辫根,歪着头,说道:

"打虫豸,好不好?我是虫豸——还不放么?"

但虽然是虫豸,闲人也并不放,仍旧在就近什么地方给他碰了五六个响头,这才心满意足的得胜的走了,他以为阿Q这回可遭了瘟。然而不到十秒钟,阿Q也心满意足的得胜的走了,<u>他觉得他是第一个能够自轻自贱的人,除了"自轻自贱"不算外,余下的就是"第一个"</u>。<u>状元不也是"第一个"么?"你算是什么东西"呢!?</u>

阿Q以如是等等妙法克服怨敌之后,便愉快的跑到酒店里喝几碗酒,又和别人调笑一通,口角一通,又得了胜,愉快的回到土谷祠,放倒头睡着了。假使有钱,他便去押牌宝,一堆人蹲在地面上,阿Q即汗流满面的夹在这中间,声音他最响:

"青龙四百!"

"咳~~~开~~~啦!"桩家揭开盒子盖,也是汗流满面的唱。"天门啦~~~角回啦~~~!人和穿堂空在那里啦~~~!阿Q的铜钱拿过来~~~!"

"穿堂一百——一百五十!"

阿Q的钱便在这样的歌吟之下,渐渐的输入别个汗流满面的人物的腰间。他终于只好挤出堆外,站在后面看,替别人着急,一直到散场,然后恋恋的回到土谷祠,第二天,肿着眼睛去工作。

但真所谓"塞翁失马安知非福"罢,阿Q不幸而赢了一回,他倒几乎失败了。

这是未庄赛神的晚上。这晚上照例有一台戏,戏台左近,也照例有许多的赌摊。做戏的锣鼓,在阿Q耳朵里仿佛在十里之外;他只听得桩家的歌唱了。他赢而又赢,铜钱变成角洋,角洋变成大洋,大洋又成了叠。他兴高采烈得非常:

"天门两块!"

他不知道谁和谁为什么打起架来了。骂声打声脚步声,昏头昏脑的一大阵,他才爬起来,赌摊不见了,人们也不见了,身上有几处很似乎有些痛,似乎也挨了几拳几脚似的,几个人诧异的对他看。他如有所失的走进土谷祠,定一定神,知道他的一堆洋钱不见了。赶赛会的赌摊多不是本村人,还到哪里去寻根柢呢?

很白很亮的一堆洋钱!而且是他的——现在不见了!<u>说是算被儿子拿去了罢,总还是忽忽不乐;说自己是虫豸罢,也还是忽忽不乐:他这回才有些感到失败的苦痛了。</u>

<u>但他立刻转败为胜了</u>。他擎起右手,用力的在自己脸上连打了两个嘴巴,热刺刺的有些痛;打完之后,便心平气和起来,<u>似乎打的是自己,被打的是别一个自己,不久也就仿佛是自己打了别个一般</u>,——虽然还有些热刺刺,——心满意足的得胜的躺下了。

自轻自贱:精神胜利法之三

状元:科举中皇帝殿试取中的第一名进士

这算是阿Q的一次大失败了

麻木健忘:精神胜利法之四

他睡着了。

第三章　续优胜记略

……………

这"假洋鬼子"近来了。

"秃儿。驴……"阿Q历来本只在肚子里骂，没有出过声，这回因为正气忿，因为要报仇，便不由的轻轻的说出来了。

不料这秃儿却拿着一支黄漆的棍子——就是阿Q所谓哭丧棒——大踏步走了过来。阿Q在这刹那，便知道大约要打了，赶紧抽紧筋骨，耸了肩膀等候着，果然，拍的一声，似乎确凿打在自己头上了。

"我说他！"阿Q指着近旁的一个孩子，分辩说。

拍！拍拍！

在阿Q的记忆上，这大约要算是生平第二件的屈辱。幸而拍拍的响了之后，于他倒似乎完结了一件事，反而觉得轻松些，而且"忘却"这一件祖传的宝贝也发生了效力，他慢慢的走，将到酒店门口，早已有些高兴了。

但对面走来了静修庵里的小尼姑。阿Q便在平时，看见伊也一定要唾骂，而况在屈辱之后呢？他于是发生了回忆，又发生了敌忾了。〔欺软怕硬：精神胜利法之五〕

"我不知道我今天为什么这样晦气，原来就因为见了你！"他想。

他迎上去，大声的吐一口唾沫：

"咳，呸！"

小尼姑全不睬，低了头只是走。阿Q走近伊身旁，突然伸出手去摩着伊新剃的头皮，呆笑着，说：

"秃儿！快回去，和尚等着你……"

"你怎么动手动脚……"尼姑满脸通红的说，一面赶快走。

酒店里的人大笑了。阿Q看见自己的勋业得了赏识，便愈加兴高采烈起来：

"和尚动得，我动不得？"他扭住伊的面颊。

酒店里的人大笑了。阿Q更得意，而且为满足那些赏鉴家起见，再用力的一拧，才放手。

他这一战，早忘却了王胡，也忘却了假洋鬼子，似乎对于今天的一切"晦气"都报了仇；而且奇怪，又仿佛全身比拍拍的响了之后更轻松，飘飘然的似乎要飞去了。〔这是"狼"和"羊"的转换关系，也就是吃人和被人吃的转换关系〕

"这断子绝孙的阿Q！"远远地听得小尼姑的带哭的声音。

"哈哈哈！"阿Q十分得意的笑。

"哈哈哈！"酒店里的人也九分得意的笑。

第七章　革　命

……………

阿Q的耳朵里，本来早听到过革命党这一句话，今年又亲眼见过杀掉革命

阿Q理解的革命一	党。但他有一种不知从那里来的意见,以为革命党便是造反,<u>造反便是与他为难,所以一向是"深恶而痛绝之"的。殊不料这却使百里闻名的举人老爷有这样怕,于是他未免也有些"神往"</u>了,况且未庄的一群鸟男女的慌张的神情,也使阿Q更快意。
阿Q有革命的要求。鲁迅说,"据我的意思,中国倘不革命,阿Q便不做(革命家),既然革命就会做的。我的阿Q的命运,也只能如此,人格也恐怕并不是两个"	

"革命也好罢,"阿Q想,"革这伙妈妈的命,太可恶!太可恨!……便是我,也要投降革命党了。"

阿Q近来用度窘,大约略略有些不平;加以午间喝了两碗空肚酒,愈加醉得快,一面想一面走,便又飘飘然起来。不知怎么一来,忽而似乎革命党便是自己,未庄人却都是他的俘虏了。他得意之余,禁不住大声的嚷道:

"造反了!造反了!"

未庄人都用了惊惧的眼光对他看。这一种可怜的眼光,是阿Q从来没有见过的,一见之下,又使他舒服得如六月里喝了雪水。他更加高兴的走而且喊道:

阿Q理解的革命二 内容	"好,……<u>我要什么就是什么,我欢喜谁就是谁。</u>

得得,锵锵!

悔不该,酒醉错斩了郑贤弟,

悔不该,呀呀呀……

得得,锵锵,得,锵令锵!

我手执钢鞭将你打……" |

赵府上的两位男人和两个真本家,也正站在大门口论革命。阿Q没有见,昂了头直唱过去。

"得得,……"

"老Q,"赵太爷怯怯的迎着低声的叫。

"锵锵,"阿Q料不到他的名字会和"老"字联结起来,以为是一句别的话,与己无干;只是唱。

"得,锵,锵令锵,锵!"

"老Q。"

"悔不该……"

"阿Q!"秀才只得直呼其名了。

阿Q这才站住,歪着头问道,"什么?"

"老Q,……现在……"赵太爷却又没有话,"现在……发财么?"

"发财?自然。要什么就是什么……"

"阿……Q哥,像我们这样穷朋友是不要紧的……"赵白眼惴惴的说,似乎想探革命党的口风。

"穷朋友?你总比我有钱。"阿Q说着自去了。

怃:失意。怃然:失望的样子	大家都怃然,没有话。赵太爷父子回家,晚上商量到点灯。赵白眼回家,便从腰间扯下搭连来,交给他女人藏在箱底里。

阿Q飘飘然的飞了一通,回到土谷祠,酒已经醒透了。这晚上,管祠的老头子也意外的和气,请他喝茶;阿Q便向他要了两个饼,吃完之后,又要了一支点过的四两烛和一个树烛台,点起来,独自躺在自己的小屋里。他说不出的新鲜而且高兴,烛火像元夜似的闪闪的跳,他的思想也迸跳起来了:

"造反?有趣,……来了一阵白盔白甲的革命党,都拿着板刀,钢鞭,炸弹,洋炮,三尖两刃刀,钩镰枪,走过土谷祠,叫道,'阿Q!同去同去!'于是一同去。……

"这时未庄的一伙鸟男女才好笑哩,跪下叫道,'阿Q,饶命!'谁听他!第一个该死的是小D和赵太爷,还有秀才,还有假洋鬼子,……留几条么?王胡本来还可留,但也不要了。……

"东西,……直走进去打开箱子来:元宝,洋钱,洋纱衫,……秀才娘子的一张宁式床先搬到土谷祠,此外便摆了钱家的桌椅,——或者也就用赵家的罢。自己是不动手的了,叫小D来搬,要搬得快,搬不快打嘴巴。……

"赵司晨的妹子真丑。邹七嫂的女儿过几年再说。假洋鬼子的老婆会和没有辫子的男人睡觉,吓,不是好东西!秀才的老婆是眼胞上有疤的。……吴妈长久不见了,不知道在那里,——可惜脚太大。"

阿Q没有想得十分停当,已经发了鼾声,四两烛还只点去了小半寸,红焰焰的光照着他张开的嘴。

"荷荷!"阿Q忽而大叫起来,抬了头仓皇的四顾,待到看见四两烛,却又倒头睡去了。

....

第九章 大团圆

....

大堂的情形都照旧。上面仍然坐着光头的老头子,阿Q也仍然下了跪。

老头子和气的问道,"你还有什么话说么?"

阿Q一想,没有话,便回答说,"没有。"

于是一个长衫人物拿了一张纸,并一支笔送到阿Q的面前,要将笔塞在他手里。阿Q这时很吃惊,几乎"魂飞魄散"了:因为他的手和笔相关,这回是初次。他正不知怎样拿;那人却又指着一处地方教他画花押。

"我……我……不认得字。"阿Q一把抓住了笔,惶恐而且惭愧的说。

"那么,便宜你,画一个圆圈!"

阿Q要画圆圈了,那手捏着笔却只是抖。于是那人替他将纸铺在地上,阿Q伏下去,使尽了平生的力画圆圈。他生怕被人笑话,立志要画得圆,但这可恶的笔不但很沉重,并且不听话,刚刚一抖一抖的几乎要合缝,却又向外一耸,画成瓜子模样了。

阿Q正羞愧自己画得不圆,那人却不计较,早已掣了纸笔去,许多人又将他第二次抓进栅栏门。

他第二次进了栅栏,倒也并不十分懊恼。他以为人生天地之间,大约本来有时要抓进抓出,有时要在纸上画圆圈的,惟有圈而不圆,却是他"行状"上的一个污点。但不多时也就释然了,他想:孙子才画得很圆的圆圈呢。于是他睡着了。

然而这一夜,举人老爷反而不能睡:他和把总呕了气了。举人老爷主张第一要追赃,把总主张第一要示众。把总近来很不将举人老爷放在眼里了,拍案打凳的说道,"惩一儆百!你看,我做革命党还不上二十天,抢案就是十几件,全不破

明亡于清,后来有些农民起义的部队,常用"反清复明"的口号来反对清统治,因此直到清末还有人认为革命军起义是替崇祯皇帝报仇

宁式床:浙江宁波一带制作的高级床

阿Q革命的目标无非就是杀仇人、抢钱财、选老婆

不因为被抓、被杀而担心,却因为画得不圆而羞愧。反讽的笔法将人物深刻的悲剧表现得入骨三分,真是精神胜利法的最后绝唱

案,我的面子在那里?破了案,你又来迕。不成!这是我管的!"举人老爷窘急了,然而还坚持,说是倘若不追赃,他便立刻辞了帮办民政的职务。而把总却道,"请便罢!"于是举人老爷在这一夜竟没有睡,但幸而第二天倒也没有辞。

阿Q第三次抓出栅栏门的时候,便是举人老爷睡不着的那一夜的明天的上午了。他到了大堂,上面还坐着照例的光头老头子;阿Q也照例的下了跪。

老头子很和气的问道,"你还有什么话么?"

阿Q一想,没有话,便回答说,"没有。"

许多长衫和短衫人物,忽然给他穿上一件洋布的白背心,上面有些黑字。阿Q很气苦:因为这很像是带孝,而带孝是晦气的。然而同时他的两手反缚了,同时又被一直抓出衙门外去了。

阿Q被抬上了一辆没有篷的车,几个短衣人物也和他同坐在一处。这车立刻走动了,前面是一班背着洋炮的兵们和团丁,两旁是许多张着嘴的看客,后面怎样,阿Q没有见。但他突然觉到了:这岂不是去杀头么?他一急,两眼发黑,耳朵里嗡的一声,似乎发昏了。然而他又没有全发昏,有时虽然着急,有时却也泰然;他意思之间,似乎觉得人生天地间,大约本来有时也未免要杀头的。

他还认得路,于是有些诧异了:怎么不向着法场走呢?他不知道这是在游街,在示众。但即使知道也一样,他不过便以为人生天地间,大约本来有时也未免要游街要示众罢了。

> 临死之前也要完成"文化"的需要

他省悟了,这是绕到法场去的路,这一定是"嚓"的去杀头。他惘惘的向左右看,全跟着马蚁似的人,而在无意中,却在路旁的人丛中发见了一个吴妈。很久违,伊原来在城里做工了。阿Q忽然很羞愧自己没志气:竟没有唱几句戏。他的思想仿佛旋风似的在脑里一回旋:《小孤孀上坟》欠堂皇,《龙虎斗》里的"悔不该……"也太乏,还是"手执钢鞭将你打"罢。他同时想将手一扬,才记得这两手原来都捆着,于是"手执钢鞭"也不唱了。

"过了二十年又是一个……"阿Q在百忙中,"无师自通"的说出半句从来不说的话。

> 这样的场面在《药》和《示众》中都有,这是鲁迅关注的焦点

"好!!!"从人丛里,便发出豺狼的嗥叫一般的声音来。

车子不住的前行,阿Q在喝采声中,轮转眼睛去看吴妈,似乎伊一向并没有见他,却只是出神的看着兵们背上的洋炮。

阿Q于是再看那些喝采的人们。

这刹那中,他的思想又仿佛旋风似的在脑里一回旋了。四年之前,他曾在山脚下遇见一只饿狼,永是不近不远的跟定他,要吃他的肉。他那时吓得几乎要死,幸而手里有一柄斫柴刀,才得仗这壮了胆,支持到未庄;可是永远记得那狼眼睛,又凶又怯,闪闪的像两颗鬼火,似乎远远的来穿透了他的皮肉。而这回他又看见从来没有见过的更可怕的眼睛了,又钝又锋利,不但已经咀嚼了他的话,并且还要咀嚼他皮肉以外的东西,永是不近不远的跟他走。

> 这个发现,使我们联想到《狂人日记》里的狗。象征的笔法,成为吃人的隐喻

这些眼睛们似乎连成一气,已经在那里咬他的灵魂。

"救命,……"

然而阿Q没有说。他早就两眼发黑,耳朵里嗡的一声,觉得全身仿佛微尘似的迸散了。

至于当时的影响,最大的倒反在举人老爷,因为终于没有追赃,他全家都号咷了。其次是赵府,非特秀才因为上城去报官,被不好的革命党剪了辫子,而且又破费了二十千的赏钱,所以全家也号咷了。从这一天以来,他们便渐渐的都发生了遗老的气味。

至于舆论,在未庄是无异议,自然都说阿Q坏,被枪毙便是他的坏的证据;不坏又何至于被枪毙呢?而城里的舆论却不佳,他们多半不满足,以为枪毙并无杀头这般好看;而且那是怎样的一个可笑的死囚呵,游了那么久的街,竟没有唱一句戏:他们白跟一趟了。

一九二一年十二月

<small>阿Q之死,并没有满足看客文化的需要,这个悲剧就不仅仅是阿Q个人的了</small>

★编选者的话:

鲁迅在日本留学期间,就开始对中国国民性进行研究和探讨,在《呐喊·自序》中所提及的"幻灯片"事件,使鲁迅进一步认识到"凡是愚弱的国民,即使体格如何健全,如何茁壮,也只能做毫无意义的示众的材料和看客,病死多少是不必以为不幸的。所以我们的第一要著,是在改变他们的精神,而善于改变精神的是,我那时以为当然要推文艺,于是想提倡文艺运动了"。因此《阿Q正传》可以看成是鲁迅经过多年潜心研究国民弱点和病根的最突出和最深刻的艺术体现。

所选部分主要是突出那些能够体现阿Q精神胜利法的种种场景,一个失去了内心自我的阿Q,怎样依靠着本能在生活着,甚至死到临头,还在想着如何去扮演看客们所要求的角色,生命对于"文化"的要求竟然是那样的毫无意义。尤其是最后一幕关于庸众的集体表演,似乎更值得我们重视。

<small>看客和被看者都处在极度的麻木之中,这就是中国国民的灵魂</small>

★作者的话:

要画出这样沉默的国民的魂灵来,在中国实在算是一件难事,因为,已经说过,我们究竟还是未经革新的古国的人民,所以也还是各不相通,并且连自己的手也几乎不懂自己的足。我虽然竭力想摸索人们的魂灵,但时时总自憾有些隔膜。在将来,围在高墙里面的一切人众,该会自己觉醒,走出,都来开口的罢,而现在还少见,所以我也只得依了自己的觉察,孤寂地姑且将这些写出,作为在我眼里所经过的中国的人生。

《俄文译本〈阿Q正传〉序及著者自叙传略》

一个活人,当然是总想活下去的,就是真正老牌的奴隶,也还在打熬着要活下去,然而自己明知道是奴隶,打熬着,并且不平着,挣扎着,一面"意图"挣扎以至实行挣脱的,即使暂时失败,还是套上了镣铐罢,他却不过是单单的奴隶。如果从奴隶生活中寻出"美"来,赞叹、抚摩、陶醉,那可简直是万劫不复的奴才了,他使自己和别人永远安住于这种生活。

<small>精神胜利法便是这种奴隶生活的结晶</small>

《南腔北调集·漫与》

★ 相关评论：

总之，阿Q现象或称阿Q主义，是一种精神文化现象，它正是几千年的封建专制政治对广大劳动人民，尤其是农民在物质压迫和精神压迫的桎梏下，在小生产者根深蒂固的私有意识基础上所形成的被扭曲的人性的具体表现和艺术概括。作为一个艺术典型的阿Q的麻木、愚昧、自卑而又自大、保守而又排外、自私而又多疑，这些由封建思想意识毒害所造成的复杂的生活性格，"这种精神奴役的创伤"，使人沉思而感愤。这就是这部作品不朽的思想和艺术价值所在。……《阿Q正传》的艺术成就也是很高的。首先，全篇布局精妙，表层的散漫风度和深层的严密艺术逻辑形成相反相成的奇妙艺术效应，这使全篇结构上极为严谨、自然和精致。……其次，反讽和白描手法的成功运用。阿Q显然是一个悲剧形象，但是，《阿Q正传》的笔墨确实喜剧性的，内容和形式构成鲜明的反差；另外，阿Q在现实中遭际的屈辱不幸和他良好的自我感觉也形成了鲜明反差，在这双重的反讽效果中，鲁迅"哀其不幸，怒其不争"的痛惜之情，宛如地火一般潜沉字里行间运行奔突。

吴奔星、范伯群《鲁迅名篇鉴赏词典》（贾植芳、张国安主编），广西教育出版社

在我们过去的分析中，当谈到革命党无视阿Q的革命要求时，往往流露着这样的思想情绪，似乎革命党到未庄找到的是阿Q而不是"假洋鬼子"和赵太爷，这个革命便不会流产了。实际上，这是不符合鲁迅原意的。《阿Q正传》的深刻之处恰恰在于，它是把阿Q视作辛亥革命之所以失败的最关键的因素的。由于阿Q的不觉悟，"假洋鬼子"才得以以一点外形的新攫取了未庄"革命"的领导权，赵太爷才得以保持着自己的固有社会地位，与此同时，鲁迅还异常明确地表现了，即使阿Q成了"革命"政权的领导者，辛亥革命依然毫无胜利的希望，他将以自己为核心重新组织起一个新的未庄封建等级结构。

（启蒙的意义）

王富仁《中国反封建思想革命的一面镜子——〈呐喊〉〈彷徨〉综论》，
北京师范大学出版社 1986/8

《阿Q正传》呈现了独特的、鲁迅式的世界模式，它对中国民族精神与现实的历史命运的阐释建立在荒诞、夸张、变形又不失真实的叙事体现上：一个狭小锁闭的未庄，一个游荡于城乡的油滑又质朴的农民，一个在精神体系上完全一致、在现实表现上尖锐对立的族类谱系。几千年不可变更的文化体系与近代中国剧烈的社会动荡，西方文化、城市文明对古老子民的一次又一次冲击——旧的秩序在摇荡，现代革命在兴起，但这一切不免是新旧杂陈，庄严的历史变迁与阿Q式的革命竟结下不解之缘，这场"革命"或许不免又是一次绝望的轮回？——阿Q几乎是凭借着他那生存的本能不由自主地加入改变"历史"的伟大运动，于是这个"革命"又不免染上阿Q的精神特点。历史的发展与极度的混乱相纠缠，个体的混沌与社会的混沌相映衬，伟大的预言家以悲悯又幽默的语调诉说着民族精神的悲剧。"我"——叙事层面中一个超然冷峻的全知视角，是小说的叙述与象征、隐喻构成的体系中的命运预言家、先知、智者——他对阿Q、未庄、革命，及其象喻

的民族历史的过去、现在与未来了然于胸;他静观默察,无所不知,又可潜入人物心灵,体验荒诞的表象下沉重的脉动;他沉默地注视着阿Q与阿Q式革命的必然的悲剧终局;他力图给阿Q所代表的族类提供一个省悟的契机,但他似乎已感到自身的精神力量虽然超乎叙事对象的广大谱系,却终难挽回它的命运——智者与医生的笑声和超然的语调中越来越多地凝聚深沉的挚爱与悲观——他终于不再超然,而作为一个独特个体进入他创造的世界。在阿Q无家可归的惶惑中,在阿Q寻找归宿的努力中,在阿Q的生的困恼中,在阿Q面临死亡的恐惧中,在阿Q临刑的幻觉中……我们发现那种惶惑、不安、恐惧、绝望并不仅属于阿Q,而且属于那颗终于并不能超然的心灵——从这个意义上说,对于阿Q们生存的世界的无情否定,不又是作家对灵魂中的"阿Q们生存的世界"的反抗?

汪晖《反抗绝望——鲁迅及其文学世界》,河北教育出版社2001/5

《阿Q正传》的漫画式的倾向在中国现代文学史上开创了一个危险先例,即以所谓的本质代形象。

邢孔荣《论鲁迅的创作生涯》,《青海湖》1985/8

> 这是两则80年代后批评鲁迅的文字

老实讲,当时很容易崇拜个谁,《艳阳天》我都觉得好,但是并没觉得鲁迅的小说写的好……鲁迅的小说就显得过于沉闷。……鲁迅那种二三十年代正处于发轫期尚未完全脱离文言文影响的白话文字也有些疙疙瘩瘩,读起来总有些含混。……鲁迅写小说有时是非常概念的,这在他那部备受推崇的《阿Q正传》中尤为明显。……鲁迅这个人,在太多人和事上看不开,自他去了上海,心无宁日,天天气得半死,写文章也常和小人过不去。愤怒出诗人,你愤怒的对象是多大格局,你的作品也就呈现出多大格局。

王朔《我看鲁迅》,《收获》2000/2

> 这两年来鲁迅又成为评论的热点。王朔对鲁迅的批评曾引起鲁迅研究界的声讨

肥　皂（节选）

《肥皂》发表于1924年3月27、28日北京《晨报副刊》,后收入《彷徨》。

在这个短篇小说中,作者讲述的是一个叫"四铭"的封建卫道者,因为在街上遇到了一个十八九岁的女乞丐,认为这是"孝女",听到流氓说"买两块肥皂来","咯支咯支遍身一洗"后,他忍不住买一块肥皂回家,希望自己的太太也"咯支咯支"搓一搓;恰巧在药房里买肥皂时,遭到店员和洋学生的讪笑,骂了他一句"恶毒妇";回到家逼着儿子查字典,吃饭时看准一块菜心想去伸筷,却被儿子夹去了。于是就教训儿子不孝……

> 全文以肥皂为线索来构思情节,展开矛盾。肥皂成为四铭对女乞丐的性的意念的替代物

……他立即转身向了四铭,笔挺的站着,看着他,意思是问他什么事。
"学程,我就要问你:'恶毒妇'是什么?"
"'恶毒妇'?……那是,'很凶的女人'罢?……"
"胡说!胡闹!"四铭忽而怒得可观。"我是'女人'么!?"

> 恶毒妇,Old fool 的音译,意为"老傻瓜"

学程吓得倒退了两步，站得更挺了。他虽然有时觉得他走路很像上台的老生，却从没有将他当作女人看待，他知道自己答的很错了。

"'恶毒妇'是'很凶的女人'，我倒不懂，得来请教你？——这不是中国话，是鬼子话，我对你说。这是什么意思，你懂么？"

"我，……我不懂。"学程更加局促起来。

"吓，我白化钱送你进学堂，连这一点也不懂。亏煞你的学堂还夸什么'口耳并重'，倒教得什么也没有。说这鬼话的人至多不过十四五岁，比你还小些呢，已经叽叽咕咕的能说了，你却连意思也说不出，还有这脸说'我不懂'！——现在就给我去查出来！"

学程在喉咙底里答应了一声"是"，恭恭敬敬的退出去了。

"这真叫作不成样子，"过了一会，四铭又慷慨的说，"现在的学生是。其实，在光绪年间，我就是最提倡开学堂的，可万料不到学堂的流弊竟至于如此之大：什么解放咧，自由咧，没有实学，只会胡闹。学程呢，为他化了的钱也不少了，都白化。好容易给他进了中西折中的学堂，英文又专是'口耳并重'的，你以为这该好了罢，哼，可是读了一年，连'恶毒妇'也不懂，大约仍然是念死书。吓，什么学堂，造就了些什么？我简直说：应该统统关掉！"

"对咧，真不如统统关掉的好。"四太太糊涂着纸锭，同情的说。

"秀儿她们也不必进什么学堂了。'女孩子，念什么书？'九公公先前这样说，反对女学的时候，我还攻击他呢；可是现在看起来，究竟是老年人的话对。你想，女人一阵一阵的在街上走，已经很不雅观的了，她们却还要剪头发。我最恨的就是那些剪了头发的女学生，我简直说，军人土匪倒还情有可原，搅乱天下的就是她们，应该很严的办一办……。"

"对咧，男人都像了和尚还不够，女人又来学尼姑了。"

"学程！"

学程正捧着一本小而且厚的金边书快步进来，便呈给四铭，指着一处说：

"这倒有点像。这个……。"

四铭接来看时，知道是字典，但文字非常小，又是横行的。他眉头一皱，擎向窗口，细着眼睛，就学程所指的一行念过去：

"'第十八世纪创立之共济讲社之称'。——唔，不对。——这声音是怎么念的？"他指着前面的"鬼子"字，问。

"恶特拂罗斯（Oddfellows）。"

"不对，不对，不是这个。"四铭又忽而愤怒起来了。"我对你说：那是一句坏话，骂人的话，骂我这样的人的。懂了么？查去！"

学程看了他几眼，没有动。

"这是什么闷胡卢，没头没脑的？你也先得说说清，教他好用心的查去。"她看见学程为难，觉得可怜，便排解而且不满似的说。

"就是我在大街上广润祥买肥皂的时候，"四铭呼出了一口气，向她转过脸去，说，"店里又有三个学生在那里买东西。我呢，从他们看起来，自然也怕太噜苏一点了罢。我一气看了六七样，都要四角多，没有买；看一角一块，又太坏，没有什么香。我想，不如中通的好，便挑定了那绿的一块，两角四分。伙计本来是势利鬼，

（旁注：）
戊戌维新时四铭也做过奉旨改良派，是"五四"特定环境下反改革的形象

注意四铭太太此时和之后角色的变化

在四铭家中，银色的纸锭与金边的字典共存。鲁迅说"满口爱国，满身国粹，也于实际上的做奴才并无妨碍"

绿，象征着年轻女子。四铭内心邪念的压抑和转移

眼睛生在额角上的,早就撅着狗嘴的了;可恨那学生这坏小子又都挤眉弄眼的说着鬼话笑。后来,我要打开来看一看才付钱:洋纸包着,怎么断得定货色的好坏呢。谁知道那势利鬼不但不依,还蛮不讲理,说了许多可恶的废话;坏小子们又附和着说笑。那一句是顶小的一个说的,而且眼睛看着我,他们就都笑起来了:可见一定是一句坏话。"他于是转脸对着学程道,"你只要在'坏话类'里去查去!"

学程在喉咙底里答应了一声"是",恭恭敬敬的退去了。

"他们还嚷什么'新文化新文化','化'到这样了,还不够?"他两眼钉着屋梁,尽自说下去。"学生也没有道德,社会上也没有道德,再不想点法子来挽救,中国这才真个要亡了。——你想,那多么可叹?……" _{道学家的本性}

"什么?"她随口的问,并不惊奇。

"孝女。"他转眼对着她,郑重的说。"就在大街上,有两个讨饭的。一个是姑娘,看去该有十八九岁了。——其实这样的年纪,讨饭是很不相宜的了,可是她还讨饭。——和一个六七十岁的老的,白头发,眼睛是瞎的,坐在布店的檐下求乞。大家多说她是孝女,那老的是祖母。她只要讨得一点什么,便都献给祖母吃,自己情愿饿肚皮。可是这样的孝女,有人肯布施么?"他射出眼光来钉住她,似乎要试验她的识见。 _{四铭的叙述实际上是一种回味}

她不答话,也只将眼光钉住他,似乎倒是专等他来说明。

"哼,没有。"他终于自己回答说。"我看了好半天,只见一个人给了一文小钱;其余的围了一大圈,倒反去打趣。还有两个光棍,竟肆无忌惮的说:'阿发,你不要看得这货色脏。你只要去买两块肥皂来,咯支咯支遍身洗一洗,好得很哩!'哪,你想,这成什么话?"

"哼,"她低下头去了,久之,才又懒懒的问,"你给了钱么?"

"我么?——没有。一两个钱,是不好意思拿出去的。她不是平常的讨饭,总得……。" _{虚伪的嘴脸}

"嗡。"她不等说完话,便慢慢地站起来,走到厨下去。昏黄只显得浓密,已经是晚饭时候了。

....

堂前有了灯光,就是号召晚餐的烽火,合家的人们便都齐集在中央的桌子周围。灯在下横;上首是四铭一人居中,也是学程一般肥胖的圆脸,但多两撇细胡子,在菜汤的热气里,独据一面,很像庙里的财神。左横是四太太带着招儿;右横是学程和秀儿一列。碗筷声雨点似的响,虽然大家不言语,也就是很热闹的晚餐。 _{注意封建座次(秩序)和非礼仪的挣抢着吃之间的反讽态度}

招儿带翻了饭碗了,菜汤流得小半桌。四铭尽量的睁大了细眼睛瞪着看得她要哭,这才收回眼光,伸筷自去夹那早先看中了的一个菜心去。可是菜心已经不见了,他左右一瞥,就发见学程刚刚夹着塞进他张得很大的嘴里去,他于是只好无聊的吃了一筷黄菜叶。 _{挣抢菜心与张口道德、闭口世风的伪君子}

"学程,"他看着他的脸说,"那一句查出了没有?"

"那一句?——那还没有。"

"哼,你看,也没有学问,也不懂道理,单知道吃!学学那个孝女罢,做了乞丐,还是一味孝顺祖母,自己情愿饿肚子。但是你们这些学生那里知道这些,肆无忌惮,将来只好像那光棍……。" _{四铭责骂儿子实际上是他潜意识中性邪念未能实现后的焦虑及其获得心理平衡的发泄}

"想倒想着了一个,但不知可是。——我想,他们说的也许是'阿尔特肤尔'。"

　　"哦哦,是的!就是这个!他们说的就是这样一个声音:'恶毒夫咧。'这是什么意思?你也就是他们这一党:你知道的。"

　　"意思,——意思我不很明白。"

　　"胡说!瞒我。你们都是坏种!"

　　"'天不打吃饭人',你今天怎么尽闹脾气,连吃饭时候也是打鸡骂狗的。他们小孩子们知道什么。"四太太忽而说。

　　"什么?"四铭正想发话,但一回头,看见她陷下的两颊已经鼓起,而且很变了颜色,三角形的眼里也发着可怕的光,便赶紧改口说,"我也没有闹什么脾气,我不过教学程应该懂事些。"

<small>知夫莫如妻。四铭太太应声者角色的转向</small>

　　"他那里懂得你心里的事呢。"她可是更气忿了。"他如果能懂事,早就点了灯笼火把,寻了那孝女来了。好在你已经给她买好了一块肥皂在这里,只要再去买一块……"

　　"胡说!那话是那光棍说的。"

<small>四铭太太的骂语和下文何道统的笑声剥掉了四铭"忠孝大节"的遮羞布</small>

　　"不见得。只要再去买一块,给她咯支咯支的遍身洗一洗,供起来,天下也就太平了。"

　　"什么话?那有什么相干?我因为记起了你没有肥皂……"

　　"怎么不相干?你是特诚买给孝女的,你咯支咯支的去洗去。我不配,我不要,我也不要沾孝女的光。"

　　"这真是什么话?你们女人……"四铭支吾着,脸上也像学程练了八卦拳之后似的流出油汗来,但大约大半也因为吃了太热的饭。

　　"我们女人怎么样?我们女人,比你们男人好得多。你们男人不是骂十八九岁的女学生,就是称赞十八九岁的女讨饭:都不是什么好心思。'咯支咯支',简直是不要脸!"

　　"我不是已经说过了?那是一个光棍……"

　　"四翁!"外面的暗中忽然起了极响的叫喊。

　　"道翁么?我就来!"四铭知道那是高声有名的何道统,便遇赦似的,也高兴的大声说。"学程,你快点灯照何老伯到书房去!"

　　学程点了烛,引着道统走进西边的厢房里,后面还跟着卜薇园。

　　"失迎失迎,对不起。"四铭还嚼着饭,出来拱一拱手,说。"就在舍间用便饭,何如?……"

　　"已经偏过了。"薇园迎上去,也拱一拱手,说。"我们连夜赶来,就为了那移风文社的第十八届征文题目,明天不是'逢七'么?"

　　"哦!今天十六?"四铭恍然的说。

　　"你看,多么胡涂!"道统大嚷道。

　　"那么,就得连夜送到报馆去,要他明天一准登出来。"

　　"文题我已经拟下了。你看怎样,用得用不得?"道统说着,就从手巾包里挖出一张纸条来交给他。

　　四铭踱到烛台面前,展开纸条,一字一字的读下去:

　　"'恭拟全国人民合词吁请贵大总统特颁明令专重圣经崇祀孟母以挽颓风而

<small>孟母:孟轲之母,以善于教子著称,有孟母三迁的传说</small>

存国粹文"。——好极好极。可是字数太多了罢?"

"不要紧的!"道统大声说。"我算过了,还无须乎多加广告费。但是诗题呢?"

"诗题么?"四铭忽而恭敬之状可掬了。"我倒有一个在这里:孝女行。那是实事,应该表彰表彰她。我今天在大街上……" 念念不忘

"哦哦,那不行。"薇园连忙摇手,打断他的话。"那是我也看见的。她大概是'外路人',我不懂她的话,她也不懂我的话,不知道她究竟是那里人。大家倒都说她是孝女;然而我问她可能做诗,她摇摇头。要是能做诗,那就好了。" 中国处处不乏看客

"然而忠孝是大节,不会做诗也可以将就……。"

"那倒不然,而孰知不然!"薇园摊开手掌,向四铭连摇带推的奔过去,力争说。"要会做诗,然后有趣。"

"我们,"四铭推开他,"就用这个题目,加上说明,登报去。一来可以表彰表彰她;二来可以借此针砭社会。现在的社会还成个什么样子,我从旁考察了好半天,竟不见有什么人给一个钱,这岂不是全无心肝……" 道貌岸然

"阿呀,四翁!"薇园又奔过来,"你简直是在'对着和尚骂贼秃'了。我就没有给钱,我那时恰恰身边没有带着。"

"不要多心,薇翁。"四铭又推开他,"你自然在外,又作别论。你听我讲下去:她们面前围了一大群人,毫无敬意,只是打趣。还有两个光棍,那是更其肆无忌惮了,有一个简直说,'阿发,你去买两块肥皂来,咯支咯支遍身洗一洗,好得很哩。'你想,这……" 重复的含义

"哈哈哈!两块肥皂!"道统的响亮的笑声突然发作了,震得人耳朵喤喤的叫。"你买,哈哈,哈哈!" 实际上道统在也借机发泄自己内心的邪念

"道翁,道翁,你不要这么嚷。"四铭吃了一惊,慌张的说。

"咯支咯支,哈哈!"

"道翁!"四铭沉下脸来了,"我们讲正经事,你怎么只胡闹,闹得人头昏。你听,我们就用这两个题目,即刻送到报馆去,要他明天一准登出来。这事只好偏劳你们两位了。"

"可以可以,那自然。"薇园极口应承说。

"呵呵,洗一洗,咯支……唏唏……"

"道翁!!!"四铭愤愤的叫。

道统给这一喝,不笑了。他们拟好了说明,薇园誊在信笺上,就和道统跑往报馆去。四铭拿着烛台,送出门口,回到堂屋的外面,心里就有些不安逸,但略一踌蹰,也终于跨进门槛去了。他一进门,迎头就看见中央的方桌中间放着那肥皂的葵绿色的小小的长方包,包中央的金印子在灯光下明晃晃的发闪,周围还有细小的花纹。

…………

一九二四年三月二二日

★ **编选者的话:**

鲁迅的《肥皂》是一篇非常精彩的讽刺小说。整篇小说采用白描的手法细写四铭的行状,"无一贬词,而情伪毕露",暴露出了他龌龊的灵魂。

四铭是"昌明国粹"、力挽颓风的伪道学,是新思潮冲击下的封建怪胎。阅读这篇小说可以从两个层面上来理解他。一是作为封建卫道者的四铭,曾经也"奉旨维新",提倡过学堂,现在又和何道统、卜薇园一类的封建遗老结成同党,同流合污了,他们反对新文化、咒骂新学堂,成立"移风文社","吁请贵大总统特颁明令专重圣经崇祀孟母以挽颓风而存国粹"……表现出公开的反动性;而另一方面,他又将自己的儿子送进学堂,家里也有金边的英汉词典,还责怪儿子读英语不能"口耳并重"……奇怪的组合,使这个怪胎的形象分外鲜明,而作者的讽刺也由此表现得分外深刻;二是作品并没有正面展开四铭的反动行为,却用讽刺的放大镜来透视他灵魂深处的丑陋。作品的主要成分是写四铭买肥皂回来后,在家里的一系列表演,写出了他的虚伪和肮脏内心。两个层面由肥皂——孝女而关联起来,把前者四铭的道貌岸然和后者四铭的男盗女娼并举描写,起到了强烈的而又漫画化的效果,突出了讽刺意味。

这是中国社会中阶级关系的一种常有的变化

从约九千字的原作中选择上述两个段落,目的是表现鲁迅在面对他所描写的人物时所呈现的讽刺态度。

★**作者的话:**

我总不相信国粹家道德家之类的痛哭流涕是真的,即使眼角上确有珠泪横流,也须检查他毛巾上可浸着辣椒水或生姜汁。什么保存国故,什么振兴道德,什么维持公理,什么整顿学风……心里可真这样想?一做戏,则前台的架子,总与后台的面目不相同。

《华盖集·马上支日记》

★**相关评论:**

他们处在新思潮较盛的都市,比起风气闭塞的乡镇中的鲁四老爷们,道德上既不能表里如一,气度上也不能平和从容。他们已不能充当历史正剧的人物,只好扮演历史喜剧的角色。在他们的虚伪、卑劣、浮躁和气急败坏中,隐隐地传出封建社会意识的崩裂声。

杨义《中国现代小说史·第一卷》

《肥皂》……完全扬弃了伤感和疑虑。这也是鲁迅惟一成功的以北京——而不是绍兴——为背景的小说。故事的主人翁是一个满口仁义道德的现代道学家,这类人物也是近代小说时常讽刺的对象,但在鲁迅的笔下,他变成了一个世界性的伪君子……就写作技巧来看,《肥皂》是鲁迅最成功的作品,因为它比其他作品更能充分地表现鲁迅敏锐的讽刺感。这种讽刺感,可见于四铭的言谈举止。而且,故事的讽刺性背后,有一个精妙的象征,女乞丐的肮脏破烂衣裳,和四铭想象中她洗干净的了赤裸身体,一方面代表四铭表面上赞扬的破旧的道学正统,另一方面则代表了四铭受不住而做的贪淫的白日梦。而四铭自己的淫念和他的自命道学,也暴露出他的真面目。几乎在每一种社会和文化中,都有像他这种看起来规矩的中年人。

夏志清《中国现代小说史》

影的告别

《影的告别》1924年12月8日发表于《语丝》周刊第4期,后收入《野草》。

这是一则鲁迅先生自我心灵剖析的记录,主要借助"影"的独白来直接抒发自己在明暗之间彷徨的思想情绪,通过影的生存的两难,展现了一个充满矛盾的内心世界。

> "影":另一个自我

    人睡到不知道时候的时候,就会有影来告别,说出那些话——
    有我所不乐意的在天堂里,我不愿去;有我所不乐意的在地狱里,我不愿去;有我所不乐意的在你们将来的黄金世界里,我不愿去。
    然而你就是我所不乐意的。
    朋友,我不想跟随你了,我不愿住。
    我不愿意!
    呜乎呜乎,我不愿意,我不如彷徨于无地。

> 天堂是编造的;地狱太苦了,黄金世界只是幻想,都是非现实的,都不愿意去

> 三个"然而"的句式,造成回环往复的语气,也体现了复杂的内心矛盾

    我不过一个影,要别你而沉没在黑暗里了。然而黑暗又会吞并我,然而光明又会使我消失。
    然而我不愿彷徨于明暗之间,我不如在黑暗里沉没。

    然而我终于彷徨于明暗之间,我不知道是黄昏还是黎明。我姑且举灰黑的手装作喝干一杯酒,我将在不知道时候的时候独自远行。
    呜乎呜乎,倘若黄昏,黑夜自然会来沉没我,否则我要被白天消失,如果现是黎明。

> 终是明暗之间的彷徨者

    朋友,时候近了。
    我将向黑暗里彷徨于无地。
    你还想我的赠品。我能献你甚么呢?无已,则仍是黑暗和虚空而已。但是,我愿意只是黑暗,或者会消失于你的白天;我愿意只是虚空,决不占你的心地。

> 独自承受而不让虚空感来压迫别人

    我愿意这样,朋友——
    我独自远行,不但没有你,并且再没有别的影在黑暗里。只有我被黑暗沉没,那世界全属于我自己。

一九二四年九月二十四日

> 孤独者的决绝,远行,沉于黑暗中,只要没有别的影在黑暗里

★编选者的话:

    人的影子向人来告别了,因为影子不愿意存在于不明不暗的境地,尽管它十分明白离开了人,自己势必是无法生存的,光明和黑暗都将把它消灭,但是它依然还是不愿意彷徨在光明和黑暗之间。执著于现实,为别人换得光明,这是鲁

> 奇特的构思和大胆的想象

迅绝望后的抗争姿态,也是鲁迅人文精神的起点。

同时我们对光明的理解,似乎不应该用一般社会学意义上的"光明",而应该理解为对于将来的一种承诺式的希望,鲁迅从写《狂人日记》里的"救救孩子"开始,到《药》里的花环,都有一种"听将令"的对于将来的承诺,但鲁迅逐渐认识到了其中的虚妄。于是,影子自然是要告别了。

通过《影的告别》,我们可以深入到鲁迅的内心深处来了解鲁迅,来认识了一个内心矛盾着的、执著于现实的鲁迅。

★**作者的话:**

我的作品,太黑暗了,因为我常觉得惟"黑暗与虚无"乃是"实有",却偏要向这些作绝望的抗战,所以很多着偏激的声音。其实这或者是年龄和经历的关系,也许未必一定的确的,因为我终于不能证实:惟黑暗与虚无乃是实有。

《两地书·四,1925年3月18日》

我自己总觉得我的灵魂里有毒气和鬼气,我极憎恶它,想除去他,而不能。我虽然竭力遮蔽着,总还恐怕传染给别人,我之所以对于和我往来较多的人有时不免感到悲哀者以此。

《鲁迅书信集·致李秉中》

★**相关评论:**

这篇诗是对一种中心的矛盾的一系列变化的说法。"影"的形象显然是代表着诗人的另一个自我,这是一种自喻的手法。"影"的两件赠品,黑暗和虚空,应视为不仅是"影"的自然属性,也是用以刻画诗人内心自我的隐喻的代称。使这内心自我陷入矛盾的情境是一种时间的错乱:它彷徨于黄昏与黎明之间,前者表示过去的黑暗,后者允诺未来的光明。诗人的内心自我也如那"影"一样,在两难绝境中难于找到出路,失落在现在的暂时的、空幻的幽冥国土之中,这就是"无地",无所有的地方,为说明时间的两难境地的空间隐喻。"影"隐在这光明与黑暗、过去与未来之间的恶性矛盾中,只得像它在"自然状态"中所作的那样,选取了逃离的办法:"我独自远行,不但没有你,并且再没有别的影在黑暗里。"这是自我毁灭的结束形式,传达出一种浓重的悲观失望。

李欧梵《铁屋中的呐喊》

示　众(节选)

《示众》发表于1925年4月13日北京《语丝》周刊第22期,后收入《彷徨》。

这是一篇独具异彩的小说。写一个十一、二岁的胖孩子——馒头店的小伙计,还有陆续出场的18个人物——他们都没有姓名、没有性格特征,只有外貌和行动举止,这群萍聚云散的陌路人成为首善之区西城马路上来去匆匆的"过客",他们汇集到一起看"示众",可他们也被鲁迅"示众"于大庭广众之中。通过

可以结合《药》、《阿Q正传》等来考察这个"看客系列"

这次"集体示众",鲁迅为我们揭示了国民麻木的劣根性。

……在电杆旁,和他对面,正向着马路,其时也站定了两个人:一个是淡黄制服的挂刀的面黄肌瘦的巡警,手里牵着绳头,绳的那头就拴在别一个穿蓝布大衫上罩白背心的男人的臂膊上。这男人戴一顶新草帽,帽檐四面下垂,遮住了眼睛的一带。但胖孩子身体矮,仰起脸来看时,却正撞见这人的眼睛了。那眼睛也似乎正在看他的脑壳。他连忙顺下眼,去看白背心,只见背心上一行一行地写着些大大小小的什么字。 *作者故意虚化人物的肖像乃至性质,直接建立了一个"被看者"的类的概念*

刹时间,也就围满了大半圈的看客。待到增加了秃头的老头子之后,空缺已经不多,而立刻又被一个赤膊的红鼻子胖大汉补满了。这胖子过于横阔,占了两人的地位,所以续到的便只能屈在第二层,从前面的两个脖子之间伸进脑袋去。 *寥寥几笔神情顿现*

秃头站在白背心的略略正对面,弯了腰,去研究背心上的文字,终于读起来:

"嗡,都,哼,八,而,……"

胖孩子却看见那白背心正研究着这发亮的秃头,他也便跟着去研究,就只见满头光油油的,耳朵左近还有一片灰白色的头发,此外也不见得有怎样新奇。但是后面的一个抱着孩子的老妈子却想乘机挤进来了;秃头怕失了位置,连忙站直,文字虽然还未读完,然而无可奈何,只得另看白背心的脸:草帽檐下半个鼻子,一张嘴,尖下巴。 *白描笔法*

又像用了力掷在墙上而反拨过来的皮球一般,一个小学生飞奔上来,一手按住了自己头上的雪白的小布帽,向人丛中直钻进去。但他钻到第三——也许是第四——层,竟遇见一件不可动摇的伟大的东西了,抬头看时,蓝裤腰上面有一座赤条条的很阔的背脊,背脊上还有汗正在流下来。他知道无可措手,只得顺着裤腰右行,幸而在尽头发现了一条空处,透着光明。他刚刚低头要钻的时候,只听得一声"什么",那裤腰以下的屁股向右一歪,空处立刻闭塞,光明也同时不见了。 *看客真是后继有人了*

但不多久,小学生却从巡警的刀旁边钻出来了。他诧异地四顾:外面围着一圈人,上首是穿白背心的,那对面是一个赤膊的胖小孩,胖小孩后面是一个赤膊的红鼻子胖大汉。他这时隐约悟出先前的伟大的障碍物的本体了,便惊奇而且佩服似的只望着红鼻子。胖小孩本是注视着小学生的脸的,于是也不禁依了他的眼光,回转头去了,在那里是一个很胖的奶子,奶头四近有几枝很长的毫毛。 *看客同样也是被看者*

"他,犯了什么事啦?……"

大家都愕然看时,是一个工人似的粗人,正在低声下气地请教那秃头老头子。

秃头不作声,单是睁起了眼睛看定他。他被看得顺下眼光去,过一会再看时,秃头还是睁起了眼睛看定他,而且别的人也似乎都睁了眼睛看定他。他于是仿佛自己就犯了罪似的局促起来,终至于慢慢退后,溜出去了。一个挟洋伞的长子就来补了缺;秃头也旋转脸去再看白背心。 *这是一个清醒的问号,但在围观的众目睽睽之下,他也只好溜出去。关键是他的问题打破了大家围观生活的"趣味",那就是犯罪了*

长子弯了腰,要从垂下的草帽檐下去赏识白背心的脸,但不知道为什么忽又站直了。于是他背后的人们又须竭力伸长了脖子;有一个瘦子竟至于连嘴都张得很大,像一条死鲈鱼。

巡警,突然间,将脚一提,大家又愕然,赶紧都看他的脚;然而他又放稳了,于是又看白背心。长子忽又弯了腰,还要从垂下的草帽檐下去窥测,但即刻也就立直,擎起一只手来拼命搔头皮。

秃头不高兴了,因为他先觉得背后有些不太平,接着耳朵边就有唧咕唧咕的声响。他双眉一锁,回头看时,紧挨他右边,有一只黑手拿着半个大馒头正在塞进一个猫脸的人的嘴里去。他也就不说什么,自去看白背心的新草帽了。

....

然而形势似乎总不甚太平了。抱着小孩的老妈子因为在骚扰时四顾,没有留意,头上梳着的喜鹊尾巴似的"**苏州俏**"便碰了站在旁边的车夫的鼻梁。车夫一推,却正推在孩子上;孩子就扭转身去,向着圈外,嚷着要回去了。老妈子先也略略一跄踉,但便即站定,旋转孩子来使他正对白背心,一手指点着,说道:

"阿,阿,看呀!多么好看哪!……"

空隙间忽而探进一个戴硬草帽的学生模样的头来,将一粒瓜子之类的东西放在嘴里,下颚向上一磕,咬开,退出去了。这地方就补上了一个满头油汗而粘着灰土的椭圆脸。

挟洋伞的长子也已经生气,斜下了一边的肩膊,皱眉疾视着肩后的死鲈鱼。大约从这么大的大嘴里呼出来的热气,原也不易招架的,而况又在盛夏。秃头正仰视那电杆上钉着的红牌上的四个白字,仿佛很觉得有趣。胖大汉和巡警都斜了眼研究着老妈子的钩刀般的鞋尖。

"好!"

什么地方忽有几个人同声喝采。都知道该有什么事情起来了,一切头便全数回转去。连巡警和他牵着的犯人也都有些摇动了。

"刚出屉的包子咧!荷阿,热的……"

路对面是胖孩子歪着头,瞌睡似的长呼;路上是车夫们默默地前奔,似乎想赶紧逃出头上的烈日。大家都几乎失望了,幸而放出眼光去四处搜索,终于在相距十多家的路上,发见了一辆洋车停放着,一个车夫正在爬起来。

圆阵立刻散开,都错错落落地走过去。胖大汉走不到一半,就歇在路边的槐树下;长子比秃头和椭圆脸走得快,接近了。车上的坐客依然坐着,车夫已经完全爬起,但还在摩自己的膝髁。周围有五六个人笑嘻嘻地看他们。

……

★ **编选者的话:**

鲁迅的绝望是他人文精神的起点和支点。对家族、血缘,特别是对传统和现实中国人及中国文化的认识和体验,构成了他的绝望的姿态。这里就又集中到鲁迅长期关注的一个核心——"国民性"。因此贯穿在鲁迅几乎所有作品中的形象系列——麻木、愚昧的庸众的形象系列,读这些段落,我们如果联系《狂人日记》中的赵贵翁、路人、青年人包括孩子,以及那狗;《阿Q正传》中的阿Q、王胡、小D以及未庄和城里的闪动着狼一般眼神的看客;《药》中的看客和茶客们等

苏州俏:从苏州最先流行的一种妇女发式

前赴后继地"看"

看示众和跌跤喝彩是同一性质的

作者这样的结尾扩展了作品的容量,意味深长

等,我们就不难理解,他们都成为迫使狂人"狂"而又"病愈"的根源,都是中国长期以来难以前行的根源。

　　这篇小说可以说是鲁迅小说中比较特殊的一篇,它没有完整的故事,人物的性格也不是分明的,甚至人物连姓名也故意隐去,作者就是在塑造一个群像,就是在故意消解一切可能引起读者兴趣的动因,因此看客们的举动就成了一种普遍的纯粹是在无聊中寻找刺激的行为了,这样一来就使这个"示众"的场面本身具有了普泛性,使得全体中国人的国民劣根性得到了充分的展示,那么疗救和启蒙的意义就非同小可了。

> 一种整体的社会精神状态

★作者的话:

　　凡是愚弱的国民,即使体格如何健全,如何茁壮,也只能做毫无意义的示众的材料和看客,病死多少是不必以为不幸的。所以我们的第一要著,是在改变他们的精神。

《呐喊·自序》

　　群众,——尤其是中国的,——永远是戏剧的看客。牺牲上场,如果显得慷慨,他们就看了悲壮剧;如果显得觳觫,他们就看了滑稽剧。北京的羊肉铺前常有几个人张着嘴看剥羊,仿佛颇愉快,人的牺牲能给与他们的益处,也不过如此。而况事后走不几步,他们并这一点愉快也就忘却了。

　　对于这样的群众没有法,只好使他们无戏可看倒是疗救,正无需乎震骇一时的牺牲,不如深沉的韧性的战斗。

《坟·娜拉走后怎样》

★相关评论:

　　小说以群众作为描写中心,但它描写的群众不是某一个人物,而是一群人;作者关注的不是他们的命运,而是他们的言行所体现出的社会精神状态。看客们围观示众者,又面面相觑;工人问了一句话,大家都愕然地看;巡警将脚一提,大家又愕然地赶紧看他的脚;他们并不关系犯人是谁,为何示众,只是为了"看"。鲁迅紧扣着首善之区热浪滚滚的寂寞街头上的这出悲喜剧,把看客们渴望刺激的痴呆,对别人痛苦无动于衷的残酷,缺乏"个性"特征的单调面孔,以及在这些描写后面表现出的作者的凛然身影异常强烈地凸现出来。小说描写的仅仅是"庸人世界"或"精神的"动物世界,但在感情上却呈现着觉醒世界与这个世界的严峻对立。

> 只是为了"看"

汪晖《反抗绝望——鲁迅及其文学世界》

　　我们看"示众"这个题目,就可以感觉到著者的意思,他是反对中国过去的游街示众的办法的,这在《呐喊·自序》和《阿Q正传》末章里可以看得很清楚。他对于中国人的去做示众的材料和鉴赏者都感到悲愤,但是分别说来,在这二者之间或者还是在后者方面更是着重吧。在这篇《示众》里,他所写的那材料很是轻微,大概只是一个窃盗或诈骗的流氓,究竟也不曾说明,因为那白布背心上的字虽然有人朗诵,但"嗡、都、哼、八、而"云云,读者仍旧不明白这字的意义,可是鉴赏者那一群却写得很详细。这些可能都有模型,但是不能指出来说谁是张三,谁是李四,因为这同时又是类型,在社会上很容易碰着,特别是以前的北京,本文劈头就声明上首善之区的西城的一条马路上,也是很有理由的。我们依照登场的次序列出来,有馒头铺门口叫卖的胖孩子,秃头的老头子,赤膊的红鼻子胖大汉,抱孩子的老妈子,头戴雪白的小布帽的小学生,工人似的粗人,夹洋伞的长子,嘴张得很大像一条死鲈鱼的瘦子,吃着馒头的猫脸,弥勒佛似的圆脸的胖大汉,就是馒头铺的主人,来一记嘴巴将胖孩子叫回去的,车夫,戴硬草帽的学生模样的人,满头油汗的椭圆脸,一总共有十三个人。这里面除了小学生和工人,学生模样的人这三个看了就走以外,都是莫名其妙的在逗留赏鉴,直到一个洋车夫摔了一跤,路人同声喝彩起来,这一群才散开,错错落落的走到那边去了。看示众和跌跤喝彩是同一性质的事情,这里那么的结束,在著者也是很有意义的,但在过去社会上却是实在常有的,因此这说是写实倒是很可以的吧。

（应为18人）

周遐寿《鲁迅小说里的人物》

文献索引：

1. 鲁迅小说要目

《狂人日记》,《新青年》第4卷第5号
《孔乙己》,《新青年》第6卷第4号
《药》,《新青年》第6卷第5号
《明天》,《新潮》月刊第2卷第1号
《一件小事》,《晨报·周年纪念增刊》1919/12/1
《头发的故事》,《时事新报·学灯》1920/10/10
《风波》,《新青年》第8卷第1号
《故乡》,《新青年》第9卷第1号
《阿Q正传》,《晨报副刊》1921/12/4—1922/2/12
《端午节》,《小说月报》第13卷第9号
《白光》,《东方杂志》第19卷第13号
《猫和兔》,《晨报副刊》1922/10/10日
《鸭的喜剧》,《妇女杂志》月刊第8卷第12号
《社戏》,《小说月报》第13卷第12号
　　（以上收入《呐喊》）
《祝福》,《东方杂志》半月刊第21卷第6号
《在酒楼上》,《小说月报》第10卷第5号
《幸福的家庭》,《妇女杂志》月刊第10卷第3号
《肥皂》,《晨报副刊》1924/3/27—28
《长明灯》,《民国日报》1925/3/5—8
《示众》,《语丝》周刊第22期
《高老夫子》,《语丝》周刊第26期
《孤独者》,收入《彷徨》
《伤逝》,收入《彷徨》
《弟兄》,《莽原》半月刊第3期

《离婚》,《语丝》周刊第 54 期
（以上收入《彷徨》）

《补天》,《晨报四周年纪念增刊》1922/12/1　　《补天》：原题《不周山》
《奔月》,《莽原》半月刊第 2 卷第 2 期
《理水》,收入《故事新编》
《采薇》,收入《故事新编》
《铸剑》,《莽原》半月刊第 2 卷第 8、9 期　　《铸剑》：原题《眉间尺》
《出关》,《海燕》月刊第 1 期
《非攻》,收入《故事新编》
《起死》,收入《故事新编》
（以上收入《故事新编》）

2. 鲁迅作品研究要目

论文部分

傅斯年《一段疯话》,《新潮》第 1 卷第 4 号(1919/4)　　关于《狂人日记》
吴　虞《吃人与礼教》,《新青年》第 6 卷第 6 号(1919/11)
茅　盾《读〈呐喊〉》,《时事新报·学灯》第 91 期(1923/10/8)
彭定安《鲁迅的〈狂人日记〉与果戈理的同名小说》,《社会科学战线》1982/11
苏　晖《超越者的悲剧——〈哈姆雷特〉与〈狂人日记〉》,《外国文学研究》1992/1
王富仁《〈狂人日记〉细读》,《鲁迅研究年刊(1991—1992)》中国和平出版社 1992
薛　毅、钱理群《〈狂人日记〉细读》,《鲁迅研究月刊》1994/11
杜圣修《"尚是食人民族"的自我超越》,《鲁迅研究月刊》1994/9
苗　军《对〈狂人日记〉叙事封闭的思考》,《齐齐哈尔社会科学》1999/1
李林荣《〈狂人日记〉与中国现代人格的生成(上、下)》,《鲁迅研究月刊》1998/1-2
史成芳《"静观万象,体会一切":〈狂人日记〉的时间编码》,《鲁迅研究月刊》1993/3
蔡　健《"狂人"的形象意义》,《文艺理论与批评》1993/3
徐越化《从异域同心谈起：俄中〈狂人日记〉比较论》,《湖州师专学报》1993/1

周作人《〈阿Q正传〉》,《晨报副刊·自己的园地》1922/3　　关于《阿Q正传》
李长之《〈阿Q正传〉之新评价》,《再生》月刊第 1 卷第 6 期(1932/10/20)
茅　盾《阿Q相》,《申报·自由谈》1933/3/1
苏雪林《〈阿Q正传〉及鲁迅创作的艺术》,《国闻周报》第 11 卷第 44 期(1943/11/5)
张天翼《论〈阿Q正传〉》,《文艺阵地》第 6 卷第 1 期(1941/1/10)
立　波《谈阿Q》,《中国文艺》第 1 卷第 1 期(1941/1)
艾　芜《论阿Q》,《自由中国·文艺研究》第 1 期(1941/3/10)
邵荃麟《也谈阿Q》,《文化杂志》第 1 卷第 1 期(1941/8/10)
王西彦《论阿Q和他的悲剧》,新文艺出版社 1957/9
冯雪峰《论〈阿Q正传〉》,《新建设》第 4 卷第 5 期(1951/8/1)
何其芳《论阿Q》,《人民日报》1956/10/16
魏善洛《世界文学中悲剧性格的两极和两座高峰——哈姆雷特与阿Q比较研究》,《外国文学研究》1990/4
吕俊华《论阿Q精神胜利法的哲理和心理内涵》,陕西人民出版社 1982/9
林兴宅《论阿Q性格系统》,《鲁迅研究》1984/1
张梦阳《阿Q与中国当代文学的典型问题》,《文学评论》2000/3
杜圣修《鲁迅〈阿Q正传〉的文体特征及其解读方法》,《鲁迅研究月刊》1999/8

李林荣《文化断带上的游魂——〈阿Q正传〉与中国传统文化内部人格形象关系初探》,《鲁迅研究月刊》1996/8

隋清娥、宋来莹《〈阿Q正传〉与〈围城〉的审丑艺术比较》,《山东社会科学》,2000/3

刘 辉《〈阿Q正传〉中荒谬逻辑的解读》,《荆州师范学院学报》2000/3

姜异新《〈阿Q正传〉的深层文化意识》,《山东社会科学》2000/2

周志雄《九十年代〈阿Q正传〉研究评述》,《鄂州大学学报》2000/1

唐利群《〈阿Q正传〉与中国两性文化》,《鲁迅研究月刊》2000/5

王延吉《阿Q形象的多重性》,《西北第二民族学院学报》2000/2

周汉鼎《试论〈阿Q正传〉的讽刺与幽默》,《黔东南民族师专学报》1998/1

关于《示众》

孙福熙《我所见于〈示众〉者》,《京报副刊》第145期(1925/5/11)

许钦文《〈示众〉底描写方式》,《读书月刊》第2卷4、5合刊(1931/8/10)

程致中《〈示众〉的文学渊源和艺术创造》,《鲁迅研究月刊》1994/10

孙中田、刘 雨《〈示众〉的叙述智慧》,《鲁迅研究月刊》1999/12

关于《野草》

李瑞山《〈野草〉的精神特质与美学风格》,《南开学报》1982/4

李玉昆《略谈鲁迅〈野草〉中的哲学思想》,《鲁迅研究资料》第15期

沈志坚《试谈〈野草〉中梦境的描写》,《南宁师院学报》1981年增刊

周溶泉、徐应佩《"不见火焰的白热"——试论对鲁迅〈野草〉基调的不同看法》,《包头师专学报》1983/2

吴晓铃、吴 华《〈死火〉的符号诗学解读》,《鲁迅研究动态》1989/12

安 危《论〈野草〉的色彩美》,《鲁迅研究动态》1989/4

殷国明《闪烁在夜幕中的心灵之光——对〈野草〉的心理美学分析》,《华东师范大学》1985/1

刘彦荣《论〈野草〉的心理过程》,《鲁迅研究月刊》1995/12

贾玉民《〈野草〉的构思古代笔记小说》,《鲁迅研究月刊》1994/5

钱旭初《绝望·否定·关怀》,《扬州大学学报》1998/2

综论及著作部分

李何林《鲁迅论》,上海北新书局1930/3

瞿秋白《〈鲁迅杂感选集〉序言》,青光书店1933/7

李长之《鲁迅批判》,北新书局1936/1

徐中玉《鲁迅生平思想及代表作研究》,自由出版社1954/1

周作人《鲁迅小说里的人物》,上海出版公司1954/4

吴中杰、高 云《论鲁迅的小说创作》,上海文艺出版社1978/11

林 非《鲁迅小说论稿》,天津人民出版社1979/10

孙中田《鲁迅小说艺术札记》,吉林人民出版社1980/3

李 希《〈呐喊〉〈彷徨〉的思想与艺术》,上海文艺出版社1981/4

陈鸣树《鲁迅小说论稿》,上海文艺出版社1981/8

邵伯周《〈呐喊〉〈彷徨〉艺术特色探索》,四川人民出版社1982/5

杨 义《鲁迅小说综论》,陕西人民出版社1984/4

王富仁《鲁迅前期小说与俄罗斯文学》,陕西人民出版社1983/10

屈正平《论鲁迅小说中的人物》,人民出版社1984/1

王富仁《中国反封建思想革命的一面镜子——〈呐喊〉〈彷徨〉综论》,北京师范大学出版社1986/8

范伯群、曾华鹏《鲁迅小说新论》,人民文学出版社1986

刘家鸣《鲁迅小说的艺术》,陕西人民出版社1990/12

汪　晖《反抗绝望——鲁迅的精神结构与〈呐喊〉〈彷徨〉研究》,上海人民出版社 1991/8
薛　毅《双重主题的演变——〈呐喊〉〈彷徨〉综论》,《鲁迅研究月刊》1991/6-7
叶世祥《鲁迅小说的形式意义》,作家出版社 1999/5
王富仁《鲁迅小说的叙事艺术》,《中国现代文学研究丛刊》2000/3-4
胡尹强《破毁铁屋子的希望——〈呐喊〉〈彷徨〉新论》,人民文学出版社 2001/4
汪　晖《反抗绝望——鲁迅及其文学世界》,河北教育出版社 2001/5
李欧梵(著)尹慧珉(译)《铁屋中的呐喊》,河北教育出版社 2001/5
孙玉石《〈野草〉研究》,中国社会科学出版社 1982
闵抗生《地狱边沿的小花——鲁迅散文诗初探》,陕西人民出版社 1981
李国涛《〈野草〉艺术谈》,山西人民出版社 1982
王吉鹏《〈野草〉论稿》,春风文艺出版社 1986
李万钧《论〈野草〉的外来影响与独创性》,上海文艺出版社 1980
钱理群《心灵的探寻》,上海文艺出版社 1988
闵抗生《鲁迅的创作和尼采的箴言》,陕西人民出版社 1996
王乾坤《鲁迅的生命哲学》,人民文学出版社 1999
孙玉石《现实的与哲学的——鲁迅〈野草〉重释》,上海书店出版社 2001
李天明《难以直说的苦衷——鲁迅〈野草〉探秘》,人民文学出版社 2001

(钱旭初)

郭沫若诗四首

郭沫若,原名郭开贞,号鼎堂,曾用笔名麦克昂、杜荃等。1892生于四川乐山沙湾镇。1918年入九州帝国大学医科,1921年与同在日本留学的张资平、郁达夫、成仿吾、田汉等一起成立创造社。1923年毕业后与日本妻子安娜和三个孩子回国。1926年任中山大学文学院院长,同年7月参加北伐。1927年参加南昌起义,同年8月加入中国共产党。1928年流亡日本。1937年抗战爆发后潜奔祖国,任国民政府军事委员会政治部第三厅厅长、文化工作委员会主任。1949年7月,被选为全国文联主席,后历任中央人民政府委员、国务院副总理、中国科学院院长、全国人大副委员长等职。1978年在北京去世。

> 同时活跃在文艺和政治两个大舞台上

> 郭沫若是"伟大的'五四'启蒙时代的诗歌方面的代表者"

郭沫若一生在文学、历史学和考古学三大领域都卓有成就。文学方面又以诗歌和历史剧最为突出,他的《女神》是我国新诗的奠基之作。

地球,我的母亲!(节选)

《地球,我的母亲!》创作于1919年12月末,发表于1920年1月6日上海《时事新报·学灯》,收入《女神》。

> 注意作者的修改

最初发表时共24节,收入《女神》时删去最后两节。这两节诗是:"地球,我的母亲!/从今后我要报答你的深恩,/我要把我自己的血液来,/养我自己,养我的兄弟姊妹们。//地球,我的母亲!/那天上的太阳——你镜中的虚影,/正在天空中大放光明,/从今后我也要把我内在的光明来照照四表纵横。"

> 如此美妙动听的摇篮曲,如此赏心悦目的乐园图,给全诗定下了清丽婉约的基调

地球,我的母亲!
天已黎明了,
你把你怀中的儿来摇醒,
我现在正在你背上匍行。

地球,我的母亲!
你背负着我在这乐园中逍遥,
你还在那海洋里面,
奏出些音乐来,安慰我的灵魂。

> 诗句富于感情色彩和哲理情趣

地球,我的母亲!
我过去,现在,未来,

食的是你,衣的是你,住的是你,
我要怎么样才能够报答你的深恩?

地球,我的母亲!
从今后我不愿常在家中居住,
我要常在这开旷的空气里面,
对于你,表示我的孝心。

地球,我的母亲!
我羡慕你的孝子,田地里的农人,
他们是全人类的褓姆,
你是时常地爱抚他们。

| "劳工神圣"的"五四"思想情感 |

地球,我的母亲!
我羡慕你的宠子,炭坑里的工人,
他们是全人类的 Pronetheus(普罗美修士),
你是时常地怀抱着他们。

| 原文如此 |

地球,我的母亲!
我羡慕那一切的草木,我的同胞,你的儿孙,
他们自由地,自主地,随分地,健康地,
享受着他们的赋生。

| 希腊神话中的安泰,只要身不离地,就能从大地母亲身上不断吸取力量,所向无敌 |

地球,我的母亲!
我羡慕那一切的动物,尤其是蚯蚓——
我只不羡慕那空中的飞鸟:
他们离了你要在空中飞行。

地球,我的母亲!
我不愿在空中飞行,
我也不愿坐车,乘马,著袜,穿鞋,
我只愿赤裸着我的双脚,永远和你相亲。

| 坦率的和大地相亲的方式 |

…………

★编选者的话:

《地球,我的母亲!》写得浪漫纯真、情深意切,是《女神》中比较优美别致的一类诗。如果说,《凤凰涅槃》是从泛神论的地心中爆发出的火山,那么就应该说,《地球,我的母亲!》是从泛神论的温床里滋生出的奇花;《天狗》代表《女神》气势雄伟的一面,《地球,我的母亲!》展示《女神》风景秀丽的一角。

| 泛神论:一种把世上万物都视为"神"的哲学理论。万物皆神即无神 |

| 与冰心小诗比较 |

对母爱的歌颂、向往，是冰心小诗的特色之一。她在《春水·一〇五》中咏叹："造物者——／倘若在永久的生命中／只容有一次极乐的应许。／我要至诚地求着：／'我在母亲的怀里，／母亲在小舟里，／小舟在月明的大海里。'"在《繁星·一五九》中，她再次歌唱："母亲啊！／天上的风雨来了，／鸟儿躲到他的巢里；／心中的风雨来了，／我只躲到你的怀里。"诗句精美，"满蕴着温柔，微带着忧愁"。《地球，我的母亲！》也歌颂母爱，但笔调汪洋恣肆，新鲜、净朗、祥和、博大的母爱使人感到"体之周遭，随处都是乐园，随时都是天国，永恒之乐，溢满灵台"（《〈少年维特之烦恼〉序》）。

　　《地球，我的母亲！》是一幅极具中国特色的"五四"圣母图：玉立于诗行之上的地母沐浴在曙光初照之中，晨风吹拂之下，那么崇高温柔，那么仪容动人。狂飙突进的"五四"时代是一个呼唤巨人的时代，"地球，我的母亲"可以视为这个时代献出"卡冈都亚"的圣母。

　　现代德国最优秀的版画家凯绥·珂勒惠支创作的单幅石版画《面包》塑造了一个"震动了艺术界"的母亲形象：饥饿的孩子急切地拉着妈妈要东西吃，而贫穷的母亲两手空空，毫无办法满足孩子们最起码的要求，揪心的母亲只能背人饮泣。诚然，这种"再现"的艺术，这个感染力很强的受难的圣母像，具有鲁迅先生所说的"愈看，而愈觉得美，愈觉得有动人之力"的艺术境界，对于揭露现实的黑暗，表现旧世界的水深火热，无疑是极有审美价值的。然而，它毕竟是个现实而沉重的"画题"。《地球，我的母亲！》则是"表现"的艺术，诗情画意完全是由诗人"抛舍自己"而生，是个理想而振奋的"画题"。它属于"五四"时代精神：清新、明朗，乐观、进取。

　　泛神论的自然观使诗人将"地球／母亲"推崇到至尊至圣的地位，所产生的美学效应令人击节：它既揉进了"五四"反封建的时代内容，又创造了一个美丽动人的童话世界。

★作者的话：

　　对于宇宙万汇，不是用理智去分析，去宰割，他是用他的心情去综合，去创造。他的心情在他身之周围随处可以创造出一个乐园，……在死灰中立地可以生出有情的宇宙。

　　一切的自然只是神的表现，自我也是神的表现。我即是神，一切自然都是自我的表现。

　　只有"自然是无穷的丰富"，能给人以"无穷的爱抚，无穷的慰安，无穷的启迪，无穷的滋养"。

《〈少年维特之烦恼〉序引》，《沫若文集》（卷十）

★相关评论：

　　《地球，我的母亲！》，我以为是在惠特曼《大路之歌》的启迪下孕育出来的。惠特曼在《大路歌》中热情地唱道："我轻松愉快地走上大路，／我健康，我自由，／整个世界展开在我面前，／漫长的黄土道路可引到我想去的地方。／从此我不再希求幸福，我自己便是幸福。／从此我不再啜泣，不再踌躇，也不要求什么，／消

旁注：
- 卡冈都亚：法国作家拉伯雷《巨人传》中的巨人
- 与凯绥·珂勒惠支石版画《面包》比较
- 来自泛神论的创造力
- "诗人或者是自然，或者寻求自然。"（席勒）
- 与美国诗人惠特曼比较

除了家中的嗔怨,放下了书本,停止了苛酷的非难。/我强壮而满足地走在大路上。/地球,有了它就够了,/我不要求星星们更和我接近,/我知道它们能够满足属于它们的一切。"这种对大路的深沉而热烈的礼赞,使郭沫若有可能更深一层地联想到地球,并把地球比作母亲,加以敬仰、膜拜,寄予了真挚。

> 从惠特曼那里找到的"喷火"方式

郭沫若说过,他醉心于泛神论,"特别是对于自然的感念,纯然是以东方的情调为基音的,以他作为友人,作为爱人,作为母亲"(郭沫若:《自然的追怀》)。所以他深情赞美山岳海洋,日月星辰,风云雪雨……他赞颂地母的伟大和仁厚,有了地母,人类——"我的同胞,你的儿孙",他们才可能"自由地,自主地,随分地,健康地,享受着他们的赋生"……诗人受着泛神论思想的滋润,给大自然以生命,人和自然已经和谐地合二而一了。

> 充分体现泛神论自然观之诗作

黄侯兴《郭沫若的文学道路》,天津人民出版社 1981/9

凤凰涅槃(节选)

> 涅槃:梵文译音,意即"入灭"、"圆寂"。佛教所指的最高境界

《凤凰涅槃》写于1920年1月20日,发表于同年1月30日和31日上海《时事新报·学灯》,收入《女神》。

《凤凰涅槃》为6章,即《序曲》、《凤歌》、《凰歌》、《凤凰同歌》、《群鸟歌》、《凤凰更生歌》。可分成三个段落:一是《序曲》,写凤凰采集香木、准备自焚的情景;二是《凤歌》、《凰歌》、《凤凰同歌》、《群鸟歌》,写凤凰自焚前的歌唱,倾诉了长期郁积在胸中的辛酸、羞辱和愤懑,表达了与旧世界同归于尽的决心。同时,还通过一群凡鸟的丑恶、滑稽的表演,来反衬出凤凰高尚的灵魂,其中,《凤歌》和《凰歌》是全诗的重心;三是《凤凰更生歌》,表现了新生命的诞生,也象征着祖国新生,是全诗的高潮。

> 更生:即涅槃,即化腐朽为神奇

《凤凰更生歌》分为"鸡鸣"和"凤凰和鸣"两个部分,本书节选后者。《凤凰涅槃》有许多不同的版本,主要流行的有两个,一是《学灯》上的初版本,一是收入《女神》后,于1928年的修改本。本书选用的是后者。

凤凰更生歌

凤凰和鸣
我们更生了。
我们更生了。
<u>一切的一</u>,更生了。
<u>一的一切</u>,更生了。
我们便是他,他们便是我。
我中也有你,你中也有我。
我便是你。
你便是我。
<u>火便是凰</u>。

> "一切"指自然万物,"一"是指本体。个体组成整体,是"一的一切";而整体中的每个个体,就是"一切的一"

> "火"是《女神》中的重要意象

凰便是火。
翱翔！翱翔！
欢唱！欢唱！

新鲜、净朗、华美、芬芳，是对未来社会的颂辞	我们新鲜，我们净朗， 我们华美，我们芬芳， 一切的一，芬芳。 一的一切，芬芳。 芬芳便是你，芬芳便是我。 芬芳便是他，芬芳便是火。 火便是你。 火便是我。 火便是他。 火便是火。 翱翔！翱翔！ 欢唱！欢唱！
	我们热诚，我们挚爱。 我们欢乐，我们和谐。 一切的一，和谐。 一的一切，和谐。
诗中的"我"既有现代主义诗歌"自我"的基本内涵，又有政治抒情诗"大我"的明显特征	和谐便是你，和谐便是我。 和谐便是他，和谐便是火。 火便是你。 火便是我。 火便是他。 火便是火。 翱翔！翱翔！ 欢唱！欢唱！
生动、自由、雄浑、悠久，是对"五四"时代精神的赞语	我们生动，我们自由， 我们雄浑，我们悠久。 一切的一，悠久。 一的一切，悠久。 悠久便是你，悠久便是我。 悠久便是他，悠久便是火。
情绪的极端饱满和张扬，一种力和美	火便是你。 火便是我。 火便是他。 火便是火。

翱翔！翱翔！
欢唱！欢唱！

我们欢唱，我们翱翔。
我们翱翔，我们欢唱。
一切的一，常在欢唱。
一的一切，常在欢唱。
是你在欢唱？是我在欢唱？
是他在欢唱？是火在欢唱？
欢唱在欢唱！
欢唱在欢唱！
只有欢唱！
只有欢唱！
欢唱！
　欢唱！
　　欢唱！

> 反复迭唱是本诗抒情的重要手段

一九二〇年一月二十日初稿
一九二八年一月三日改删

★编选者的话：

　　五百岁的凤凰集香木自焚、复从死灰中更生。《凤凰涅槃》采用这一传说，表现希望古老中国新生的理想。其中，<u>凤凰的涅槃，是抒情主人公个人的涅槃，也是中华民族的涅槃</u>。用郭沫若自己的话来说，它"象征着中国的再生，同时也是我自己的再生"。这里所说的"我"，既是诗人自己，也代表了当时无数进步的青年。追求新生，是当时进步青年的共同愿望，而这种愿望又是和整个民族解放的要求完全一致的。可见，诗中凤凰形象的内涵极为丰富。

> 时代情绪和爱国主义主题

　　朱自清在《中国新文学大系·诗集导言》中指出，郭沫若的诗"有两样新东西，都是我们传统里没有的，——不但诗里没有——泛神论与二十世纪的动的和反抗的精神"。郭沫若自己也说过："我在年青时候，是一个爱国主义者，倾向于实业救国。那时对宇宙人生观问题搞不通，曾有一个时期相信过泛神论。……<u>在我的初期作品中，泛神论的思想是浓厚的</u>。"的确，"<u>从思想、感情来看，《女神》是从泛神论中爆发出的火山</u>"（楼栖《论郭沫若的诗》）。换句话说，泛神论是郭沫若"五四"时期世界观的哲学基础，也是他诗歌创作的得心应手的表现方法和手段。或者说，正是泛神论酿成了《女神》的独特底色。<u>在《凤凰涅槃》中，我、你、他、我们、他们、火、凤凰的和谐一致，翱翔欢唱，即为泛神论的功劳或美学效应</u>。

> 泛神论的影响
>
> 爆发的火山
>
> 泛神论的美学效应

　　《凤凰更生歌》是《凤凰涅槃》的火山爆发式的结尾，也是该诗中泛神论特色最明显突出的所在。文本中那些想象丰富、热情横溢、具有无限艺术魅力的诗行原是泛神论催生出来的。

★作者的话：

总之，白华兄！我不是个"人"，我是坏了的人，我是不配你"敬服"的人，我现在很想能如 phoenix 一般，采集些香木来，把我现有的形骸烧毁了去，唱着哀哀切切的挽歌把他烧毁了去，从那冷静了的灰里再生出个"我"来。

《致宗白华》，《三叶集》

跟过去告别，重生一个"自我"

我的过去若不全盘吐泻尽，我的将来终竟是被一团阴影裹着，莫有开展的希望。我罪恶的负担，若不早卸个干净，我可怜的灵魂终久困顿在泪海里，莫有超脱的一日。我从前对于我自己的解决方法，只觑定着一个"死"。我如今却掉了个法门，我要朝生处走了。我过去的生活，只在黑暗地狱里做鬼。我今后的生活，要在光明世界里做人了。

《三叶集》

郭沫若的诗歌创作更多地依靠激情的启示

我自己的本心在期待着：总有一天诗的发作又会来袭击我，我又要如冷静了的火山重新爆发起来。

《我的作诗的经过》，《沫若文集》（第11卷）

★相关评论：

与同时代的诗歌比较

你的凤歌真雄丽，你的诗是以哲理做骨子，所以意味浓深。不像现在有许多新诗一样过后便索然无味了。

宗白华《致郭沫若》，《三叶集》

为《女神》中的"我"定位

同是一个歌唱自我的诗人，却迥异于当时一般作者，他的自我以特别突出的姿态在他的诗句中喧嚣着。从它，发出音调，生出色彩，涌出新鲜的形象。

这个自我占据了宇宙的中心，不，简直就是宇宙，宇宙的真宰。它不但包含我，也包含你，也包含他。这是"与天地并存、与万物为一"的我。

周扬《郭沫若和他的〈女神〉》

《凤凰涅槃》在《女神》中的地位

长诗《凤凰涅槃》在整部诗集中，占有重要地位。它集中地表现了作者在"五四"时期奔放的革命热情，概括了《女神》这一诗集的主要思想内容和艺术特色。

林志浩主编《中国现代文学史》，中国人民大学出版社 1979/9

爱国主义名篇

《凤凰涅槃》是一首庄严的时代颂歌，是充满彻底反叛精神和热烈向往光明的诗篇，是体现《女神》爱国主义这一中心主题的代表作。

黄侯兴《郭沫若的文学道路》，天津人民出版社 1981/8

不到十年，便有人不解了

如在《凤歌》中第四段说努力地诅咒宇宙：这么着呀！那么着呀……又西方东方南方北方地飞了半天，究竟是一个什么样的景况呢？末尾说："我们生在这样个世界当中，只好学着海洋哀哭！"闹了半天又只是学着海洋哀哭，好罢，你就哀哭罢。

是什么隔阂造成这样的误读

这诗五段后写上了些"悲哀呀！烦恼呀！寂寥呀！衰败呀！"这样一喊，把以前的生涩的幻影都喊跑了。全篇只是干燥地空嚷嚷了一阵。

草川未雨《失败的〈女神〉》,《中国新诗坛的昨日今日和明日》,
北平海音书局 1929/5

炉中煤
——眷念祖国的情绪

　　《炉中煤》创作于1920年1、2月间,发表于1920年2月3日上海《时事新报·学灯》,收入《女神》。
　　五四运动爆发时,远在日本的郭沫若,恨不得插翅西飞,立即投入祖国的怀里。诗人说:"'五四'以后的中国,在我的心目中就像一位很葱俊的有进取气象的姑娘,她简直就和我的爱人一样"(《创造十年》,《沫若文集》第七卷第64页)。诗人以煤自况,使这一情感得到充分体现。 | "五四"的飓风使诗人"翻波涌浪起来"

　　啊,我年青的女郎!
　　我不辜负你的殷勤,
　　你也不要辜负了我的思量。
　　我为我心爱的人儿
　　燃到了这般模样! | 《离骚》以香草美人为喻的传统诗艺,被注入了新的时代精神

　　啊,我年青的女郎!
　　你该知道了我的前身?
　　你该不嫌我黑奴卤莽?
　　要我这黑奴的胸中,
　　才有火一样的心肠。 | "黑奴"是"五四"时期文人心中工农情感的"物化"

　　啊,我年青的女郎!
　　我想我的前身
　　原本是有用的栋梁,
　　我活埋在地底多年,
　　到今朝总得重见天光。 | 以煤的燃烧和情绪来表达对祖国的眷念

　　啊,我年青的女郎!
　　我自从重见天光,
　　我常常思念我的故乡,
　　我为我心爱的人儿
　　燃到了这般模样! | 反复,即强调,升华

一九二〇年一、二月间作

★编选者的话：

爱国主义是"五四"运动的根源或基本内容，是《女神》的诗魂。对于"五四"以后的祖国的歌颂，对于正在崛起的中华民族的殷切期望，是郭沫若呈献给"五四"时代的最美好的诗情，也是贯串《女神》全书的基本精神。《炉中煤》将"眷念祖国的情绪"，甘为祖国献身的精神抒写得非常现代，十分动人，是一首既冷静又热烈、既婉约又豪放的"五四"情诗，是《女神》中爱国主义思想表现得令人耳目一新的诗篇。

<两大审美特色>

思乡爱国的诗作，《炉中煤》不是第一篇，也不是最后一篇，但却是最具特色的一篇。首先，它是用情歌、恋歌方式来表现眷念祖国的情绪。在我国的新诗创作中，一般都把祖国视为"母亲"。因而写得很"理智"，很庄重，表达的是一种敬爱之情。《炉中煤》中的祖国则是"年青的女郎"、"我心爱的人儿"，因而写得很"冲动"，很亲昵，传递的是一种"燃烧"之情。其次，是煤的意象新鲜、生动、恰切，颇具现代感。煤的颜色是黑的，来自"地底"，与受迫害的"黑奴"形似且意似。更重要的是它还具有燃烧发出光和热的功能，能浑然熔物、情、理于一炉。郭沫若用以上富于独创性的艺术手法把"五四"青年的爱国激情，抒写得既含"才下眉头，却上心头"的缠绵缱绻，又有"乱石崩云，惊涛裂岸，卷起千堆雪"的壮怀激烈，使诗"雄""丽"并存。

<与闻一多诗歌比较：闻诗更节制沉郁丰满>

20世纪20年代，参加过"五四"运动的爱国主义诗人闻一多在美国写了不少思念祖国的诗篇，无不脍炙人口。但正如他自己所说："我只觉得自己是座没有爆发的火山，火烧得我痛，却没有能力炸开那禁锢我的地壳，放射出光和热来。"闻一多追求诗歌的精巧性，艺术的网编织得十分细密，把爱国主义激情蕴含在谨严的格律里。《忆菊》、《太阳吟》等诗，抒写身在异域无家可归的憔悴游子思乡的九曲回肠，整饬凝练，含蓄深沉。郭沫若则"只想当个饥则啼、寒则号的赤子"，追求"黄河扬子江一样的文学"，"滚滚而流，流出全部之自我。"主张诗要"直写"，主张直抒胸臆的"裸体诗"。"作起诗来"，"任我一己的冲动在那里跳跃"，让感情的岩浆自由奔突。

<与艾青诗歌比较：艾诗更深广忧伤博大>

此后，集新诗艺术之大成者艾青写了一首感人至深的《我爱这土地》，饱蘸忧郁和泪水抒发爱国之情，更属不同美学形态范畴。"慧眼识英雄"，宗白华一见到《炉中煤》，当即指出："这类新诗国内能者甚少，你将以此见长"（《致郭沫若》，《三叶集》第26—27页）。

在爱国主义诗歌的园地里，《炉中煤》具有着一种不可重复的艺术美。

★作者的话：

<《炉中煤》的创作背景和心态>

天已黎明了！乐园恢复了！
我们来祝天地的新生。我们来祝海日的新造。

《黎明》，《学灯》1919/11/14

<郭沫若的艺术追求：把海涅和惠特曼的美学风格结合起来>

海涅底诗丽而不雄，惠特曼底诗雄而不丽。两者我都喜欢。两者都不足令我满足。

《三叶集》

★**相关评论：**

　　(在《女神》中)最能表达他对祖国眷恋深情的是《炉中煤》。郭沫若在《创造十年》里说过"'五四'以后的中国，在我的心目中就像一位很葱俊的有进取气象的姑娘，她简直就和我的爱人一样。……'眷念祖国的情绪'《炉中煤》便是我对她的恋歌。《晨安》和《匪徒颂》都是对于她的颂歌。"恋歌没有颂歌的奔放，却别具一种深婉含蓄的美……诗人愿意为祖国赴汤蹈火，这是因为他从时代的曙光中看到了新的希望。《女神》中不少诗歌，就是这样地把对于祖国和民族的希望与个人为之献身的决心结合在一起，激发出乐观的信念。

唐弢主编《中国现代文学史》，人民文学出版社 1979/6

与诗人自己的其他诗歌比较

　　在这首诗里，诗人自喻为正在炉中熊熊燃烧的煤，把祖国比作他热恋着的"年青的女郎"，而"我为我心爱的人儿，燃到了这般模样！""要我这黑奴的胸中，才有火一样的心肠。"诗人怀着炽热而纯真的心情向祖国倾吐衷肠，奉献一颗炽烈的爱国之心，揭示出诗人为祖国不惜赴汤蹈火的耿耿心肠，一唱三叹，感人至深。

凌宇、颜雄、罗成琰主编《中国现代文学史》，湖南师范大学出版社 1993/4

"我自由创造，自由表现我自己"(郭沫若《湘累》)

天　　狗

　　《天狗》创作于1920年2月初，发表于1920年2月7日上海《时事新报·学灯》，收入《女神》。

　　在1919年的下半年和1920年的上半年，是郭沫若诗歌创作的爆发期。"在1919年与1920年之交的几个月间，我几乎每天都在诗的陶醉里。每每有诗的发作袭来就好像生了热病一样，使我作寒作冷，使我提起笔来战颤着有时候写不成字。我曾经说过'诗是写出来的，不是做出来的。'便是当时的实感。"《天狗》和《凤凰涅槃》、《地球，我的母亲！》、《炉中煤》等不朽的名篇，都是在郭沫若那个"最可纪念的一段时期""爆发"出来的。

我是一条天狗呀！
我把月来吞了，
我把日来吞了，
我把一切的星球来吞了，
我把全宇宙来吞了。
我便是我了！

天狗是传说中天上的破坏者，是造成日蚀和月蚀的元凶。"我"是反封建的战士

我是月底光，
我是日底光，
我是一切星球底光，

"我"又是"开辟鸿荒的大我"，是宇宙物的化身

　　　　　　　　　　我是 X 光线底光,
　　　　　　　　　　我是全宇宙底 Energy 底总量!

"我"还是现代诗歌中的"狂人",充分体现出具有"暴躁凌厉之气"的"五四"战斗精神

　　　　　　　　　　我飞奔,
　　　　　　　　　　我狂叫,
　　　　　　　　　　我燃烧。
　　　　　　　　　　我如烈火一样地燃烧!
　　　　　　　　　　我如大海一样地狂叫!

狂叫、燃烧、飞跑:动的激情

　　　　　　　　　　我如电气一样地飞跑!
　　　　　　　　　　我飞跑,
　　　　　　　　　　我飞跑,
　　　　　　　　　　我飞跑,

非常态的行为表达一种非常态的情绪

　　　　　　　　　　我剥我的皮,
　　　　　　　　　　我食我的肉,
　　　　　　　　　　我吸我的血,
　　　　　　　　　　我啮我的心肝,
　　　　　　　　　　我在我神经上飞跑,
　　　　　　　　　　我在我脊髓上飞跑,
　　　　　　　　　　我在我脑筋上飞跑。

自我毁灭也是涅槃

　　　　　　　　　　我便是我呀!
　　　　　　　　　　我的我要爆了!

★编选者的话:

　　在《三叶集》中,郭沫若用一个等式表示了诗的创作过程:"诗=(直觉+情调+想象)+(适当的文字)。"他还解释说:"诗人的心境譬如一湾清澄的海水,没有风的时候,便静止着如像一张明镜,宇宙万汇的印象都涵映着在里面;一有风的时候,便要翻波涌浪起来,宇宙万汇的印象都活动着在里面。这风便是所谓直觉,灵感(inspiration),这起了的波浪便是高涨着的情调。这活动着的印象便是徂徕着的想象。这些东西……便是诗的本体,只要把他写了出来的时候,他就体相兼备。"正是"五四"的时代风暴掀起了郭沫若心境中的汹涌波浪,他"癫狂"了。

《女神》是"五四"的产儿

　　天狗是天上的叛逆者、破坏者。《天狗》以传说中的天狗自居,发出惊天动地的绝叫:"我把月来吞了,/我把日来吞了,/我把全宇宙来吞了。"最后甚至也剥食自己的皮肉、心肝。奇特的想象,极度的夸张,粗犷的语言……形象地表现出"五四"扫荡、摧毁一切旧事物的时代情绪。《女神》的主导风格是浮躁凌厉,奠定其在文学史上崇高地位的,也主要是那些具备并能引发浮躁凌厉之"气"的诗作。《天狗》诗句短截,节奏急促,如狂暴的急雨,如火山爆发;是一种狂躁、焦灼的呼喊,是一种痛快淋漓的宣泄。因此可以认定,《女神》中真正具有代表性的应该是《天狗》之类的作品。

《天狗》是《女神》的代表

1919年1月24日,周作人写了《小河》一诗,用象征手法表现反对束缚人性,要求让个性自由发展的思想,甚得时人称道,被誉为"新诗正式成立的标志"。但是,它与《天狗》势不可挡的气势相比,其呼声和力量都显得太低沉、太微弱。

《天狗》中的"我",强大、自信,气吞日月,志盖寰宇,是宇宙万物的化身,是一个"开辟鸿荒的大我"。读《天狗》,能使人感受到一种异乎寻常的冲击,能使人更迅速地进入"五四"历史现场。走进《女神》,不能绕开《天狗》;走近郭沫若,不能不研读《天狗》。

_{与同时代其他作品比较,也有个人气质的不同}

★作者的话:

当我接近惠特曼的《草叶集》的时候,正是"五四"运动发动的那一年,个人的郁积,民族的郁积,在这时找出了喷火口,也找出了喷火的方式,我在那时差不多是狂了。

_{影响郭沫若的外国诗人还有海涅、泰戈尔等}

《沫若文集》(第11卷)

抒情并不是说要限于抒写个人的小感情,不是的,决不是的。一个伟大的诗人或一首伟大的诗,无宁是抒写时代的大感情的。诗人要活在时代里,把时代的痛苦、欢乐、希望、动荡……要能够最广地体现于身,那你所写出来的诗也就是铸造时代的伟大的史诗了。

_{"《女神》真不愧为时代的一个肖子"(闻一多)}

《诗歌的创作》,《文学》第2卷第4期(1944/11)

★相关评论:

在《天狗》一诗里,这种来自个性解放所迸发出来的力量,来自泛神论思想的滋润,犹如惊雷霹雳,表现得豪迈动人,使"五四"时代的彻底叛逆精神强烈地爆发出来了。

黄侯兴《郭沫若的文学道路》,天津人民出版社 1981

"我"既吞食了日月星球,又吞食了自己,既毁坏一切,也毁坏自己。在吞食和毁坏一切的同时,也吞食和毁坏自己,这才是大无畏的彻底革命精神;而吞食、毁坏自己,正是为了求得个人和民族的真正的新生。从这个意义来说,这首诗同《凤凰涅槃》的主题是一致的。

_{破坏:《女神》主题之一}

诗人彻底反帝反封建的革命精神有如一座突然爆发的火山,炽热的岩浆喷涌而出,烧毁了周围的一切,势不可挡。对于现存的旧的一切,诗人都极端痛恨,不愿进行修补,而主张将它们彻底摧毁,并在摧毁旧世界的基础上创造一个崭新的光明世界。这样猛烈、彻底的革命精神,在同时代其他诗人的诗作中,我们是很少见到的。

_{狂飙突进:五四的时代特征之一}

孙党伯《郭沫若评传》,人民文学出版社 1987

文献索引：

1. 郭沫若诗集要目

《女神》，上海泰东图书局 1921/8
《星空》，上海泰东图书局 1923/10
《瓶》，上海创造社出版部 1927/4
《前茅》，上海创造社出版 1928/2
《恢复》，上海创造社出版部 1928/3
《战声集》，广州战时出版社 1938/1
《蜩螗集》，上海群益出版社 1948/9
《新华颂》，北京人民文学出版社 1953/3
《沫若诗词选》，北京人民文学出版社 1977/9

2. 郭沫若诗歌研究要目

郭沫若《我的作诗的经过》，《沫若文集》（第11卷）
谢　康《读了〈女神〉以后》，《创造季刊》第1卷第2期（1922/9）
闻一多《〈女神〉之时代精神》，《创造周报》第4号（1923/6/3）
闻一多《〈女神〉之地方色彩》，《创造周报》第5号（1923/6/10）
李　霖《郭沫若评传》，上海现代书局 1932
周恩来《我要说的话》（1941年11月16日），《新华日报》1941/11/16
周　扬《郭沫若和他的〈女神〉》，《解放日报》（延安）1941/11/16
李初梨《我对于郭沫若先生的认识》，延安《解放日报》1941/11/18
冯乃超《发聩震聋的雷霆》，《抗战文艺》7卷6期（1942/6/15）
老舍《我所认识的沫若先生》，《抗战文艺》7卷6期（1942/6/15）
郭沫若《抗战八年历史剧》，重庆《新华日报》1946/5/22
郭沫若《谈历史剧》，上海《文汇报》1946/6/26、28
郭沫若《我怎样写五幕史剧〈屈原〉》，《沫若文集》第3卷
张光年《论郭沫若的诗》，《诗刊》1957/7
楼　栖《论郭沫若的诗》，上海文艺出版社 1959
毛泽东《给郭沫若同志的一封信》（1944年11月21日于延安），《人民日报》1979/1/1
陈永志《试论〈女神〉》上海文艺出版社 1979/10
黄侯兴《郭沫若的文学道路》，天津人民出版社 1981/9
刘　纳《论〈女神〉的艺术风格》，《中国现代文学研究丛刊》1982/2
蓝棣之《论郭沫若新诗操作方法与艺术个性》，《北京师范大学学报》1983/2
王　瑶《郭沫若的浪漫主义历史剧创作理论》，《北京师范大学学报》1983/2
刘　纳《郭沫若：心灵向世界洞开》，《走向世界文学》（曾小逸主编），湖南人民出版社 1985/7
吕家乡《内在律：郭沫若对新诗的重要贡献》，《山东师范大学学报》1985/6
孙党伯《郭沫若评传》，人民文学出版社 1987/8
王光东《关于浪漫的沉思——郭沫若前期文艺美学思想论》，香港新闻出版社 1991
陈永志《郭沫若的泛神论思想》，《文学评论丛刊》第2辑
谷辅林《郭沫若世界观中的泛神论问题》，《郭沫若研究》第6期
孙党伯《关于郭沫若和泛神论的关系问题》，《郭沫若研究》第6期
邹　羽《批判与抒情》，《20世纪真文学史论》（王晓明编），东方出版中心 1997
房向东《评说郭沫若》，大众文艺出版社 2001/6
邓小平《在郭沫若同志追悼会上的悼词》，1978年6月19日《人民日报》

伍晓明《郭沫若早期文学观与西方文学理论》,《中国现代文学研究丛刊》1985/3
周惠忠《鲁迅和郭沫若前期审美趣味比较论》,《中国现代文学研究丛刊》1985/4
阎焕东《郭沫若自叙——我的著作生活的回顾》,山西教育出版社 1986
王文英《论郭沫若抗战时期历史剧的审美价值》,《中国现代文学研究丛刊》第 2 期(1986)
孙党伯《郭沫若评传》,人民文学出版社 1987

(肖丽芳)

茅盾小说三篇

茅盾,原名沈德鸿,字雁冰。1896年生于浙江桐乡县,1913年考入北京大学预科,毕业后到上海商务印书馆工作,并开始文学活动。1917年俄国十月革命后,即投入中国早期共产主义运动,曾参加中国共产党的筹建工作,为第一批正式党员。1921年参与发起成立文学研究会,改革并主编《小说月报》,主要从事理论批评与外国文学译介工作。1927年"大革命"失败后转向文学创作,获得重大创作成就并产生巨大影响。一生共创作长篇小说7部、中篇小说6部、短篇小说数十篇、多幕剧一部、散文集十多本,还有大量的文艺批评、文学研究等理论著述。1981年病逝于北京。

茅盾是现代著名作家、文学评论家,社会活动家,是中外文坛公认的现实主义文学巨匠。

> 从1921年起,他在文学和政治两个舞台上崭露头角,并显示领袖的风范

幻 灭(节选)

《幻灭》写于1927年9月中旬至10月底,发表于《小说月报》第18卷第9、10号,第一次使用"茅盾"作笔名。1928年8月商务印书馆出版。

《幻灭》是《蚀》三部曲的第一部。作品以大革命前夕的上海和革命高潮中的武汉为背景,主人公章静是上海S大学的女学生,她和同学抱素相爱后,几乎忘掉周围的一切,不久,她发现抱素是个"受着什么'帅座'的津贴的暗探!"而且已经有了爱人,她感到很痛苦,陷入了悲哀的泥潭。后来在她的同学史俊等的鼓励下,又从悲哀中走出来了,投身于革命行列,奔向当时革命的圣地——汉口。她参加了北伐誓师典礼,受到了无限的鼓舞。不久,她因感受不到"生活的乐趣",又产生了"幻灭的悲哀"。在短短的两个月中,她换了三次工作,后来她到医院当护士时,遇到一位斯文温雅的连长强唯力,便发生了爱情。静女士认为这是她"有生以来第一次愉快的生活"。可是好景不常在,强连长又要回军队去了,她无奈只得回家。小说还写到刚刚发生不到一个月的伟大事件"南昌起义"。

本书节选其中的两个片断:一是慧女士夜晚在酒馆和公园与抱素调情后回到寓所的一段心理描写;二是静女士在省总工会的所见所闻所感。

慧的铺位,在西窗下,正对书桌,是一架行军床,因为地方窄,所以特买的,也挂着蚊帐。公园中的一幕还在她的眼前打旋,我们这慧小姐躺在狭小的行军床上辗转翻身,一时竟睡不着。一切旧事都奔凑到发胀的脑壳里来了:巴黎的繁华,自己的风流逸宕,几个朋友的豪情胜慨,哥哥的顽固,嫂嫂的嘲笑,母亲的爱

> 最初取名"矛盾",暗含当时矛盾的心情
>
> 《蚀》三部曲(《幻灭》、《动摇》、《追求》)1930年5月由上海开明书店出版
>
> 强唯力:华侨富商之子,北伐军连长,后参加南昌起义
>
> 慧,原名周定慧曾在国外生活两年,尝遍人生苦味,坚信"男人都是坏人",从此处处报复,但遭殃的只是自己
>
> 一层:身世的回忆

非其道,都一页一页地错乱不连贯地移过。她又想起自己的职业还没把握,自己的终身还没归宿;粘着她的人有这么多,真心爱她的有一个么?如果不事苛求,该早已有了恋人,该早已结了婚罢?然而不受指挥的倔强的男人,要行使夫权拘束她的男人,还是没有的好!现在已经二十四岁了,青春剩下的不多,该早打定了主意罢?但是有这般容易么?她觉得前途是一片灰色。她忍不住要滴下眼泪来。她想:若在家里,一定要扑在母亲怀里痛哭一场了。"二十四岁了!"她心里反复说:"已经二十四岁了么?我已经走到生命的半路了么?二十一,二十二,二十三,像飞一般过去,是快乐,还是伤心呀?"她努力想捉住过去的快乐的片断,但是刚想起是快乐时,立即又变为伤心的黑影了。她发狂似的咬着被角,诅咒这人生,诅咒她的一切经验,诅咒她自己。她想:如果再让她回到十七八——就是二十也好罢,她一定要十二分谨慎地使用这美满的青春,她要周详计划如何使用这美满的青春,她决不能再让它草草地如痴如梦地就过去了。但是现在完了,她好比做梦拾得黄金的人,没等到梦醒就已胡乱花光,徒然留得醒后的懊怅。"已是二十四了!"她的兴奋的脑筋无理由地顽强地只管这么想着。真的,"二十四"像一支尖针,刺入她的头壳,直到头盖骨痛的像要炸裂;"二十四"又像一个飞轮,在她头里旋,直到她发昏。冷汗从她额上透出来,自己干了,又从新透出来。胸口胀闷的像有人压着。她无助地仰躺着,张着嘴喘气,她不能再想了!

　　不知在什么时候,胸部头部已经轻快了许多;茫茫地,飘飘地,似乎身体已经架空了。决不是在行军床上,也不是在影戏院,确是在法国公园里;她坐在软褥似的草地上,抱素的头枕着她的股。一朵粉红色的云彩,从他们头上飞过。一只白鹅,拍达,拍达,在他们面前走了过去。树那边,跑来了一个孩子——总该有四岁了罢——弯弯的眉儿,两点笑涡,跑到她身边,她承认这就是自己的孩子。她正待举手摸小孩子的头顶,忽然一个男子从孩子背后闪出来,大声喝道:"我从戏院里一直找你,原来你在这里!"举起手杖往下就打:"打死了你这不要脸的东西罢!在外国时我何曾待亏你,不料你瞒着我逃走!这野男子又是谁呀!打罢,打罢!"她慌忙地将两手护住了抱素的头,"拍"的一下,手杖落在自己头上了,她分明觉得脑壳已经裂开,红的血,灰白色的脑浆,直淋下来,沾了抱素一脸。她又怒又怕,又听得那男子狂笑。她那时只是怒极了,猛看见脚边有一块大石头,双手捧过来,霍地站起身;但那男子又来一杖。……她浑身一震,睁大眼看时,却好好地依旧躺在行军床上,满室都是太阳光。她定了定神,再想那梦境,心头兀自突突地跳。脑壳并不痛,嘴里却异常干燥。她低声唤着"静妹",没人回答。她挣扎起半个身体拉开蚊帐向静的床里细看,床是空着,静大概出去了。

　　慧颓然再躺下,第二次回忆刚才的恶梦。梦中的事已忘了一大半,只保留下最精采的片断。她禁不住自己好笑。头脑重沉沉的实在不能再想。"抱素这个人值得我把全身交给他么?"只是这句话在她脑中乱转。不,决不,他至多等于她从前所遇的男子罢了。刚强与狷傲,又回到慧的身上来了。她自从第一次被骗而又被弃以后,早存了对于男性报复的主意;她对于男性,只是玩弄,从没想到爱。议论讥笑,她是不顾的;道德,那是骗乡下姑娘的圈套,她已跳出这圈套了。当她确是她自己的时候,她回想过去,决无悲伤与悔恨,只是愤怒——报复未尽快意的愤怒。如果她也有悲哀的时候,大概是想起青春不再,只剩得不多几年可以实行她的主义。或者就是这一点幽怨,作成了夜来噩梦的背景。

慧反复地自己分析,达到了"过去的策略没有错误"的结论,她心安理得地起身了,当她洗好脸时,她已经决定:抱素再来时照旧和他周旋,公园里的事,只当没有。

············

<u>李克</u>:章静的老同学,共产党员

现在静女士在省工会中办事也已经有两个星期了。这是听了<u>李克</u>的劝告,而她自己对于这第三次工作也找出了差强人意的两点:第一是该会职员的生活费一律平等,第二是该会有事在办,并不是点缀品。

任事的第一日,史俊和赵女士——他俩早已是这里的职员,引静到各部分走了一遍,介绍几个人和她见面。她看见那些人都是满头大汗地忙着。静担任文书科里的事,当天就有许多文件待办,她看那些文件又都是切切实实关系几万人生活的事。她第一次得到了办事的兴趣,她终于踏进了光明热烈的新生活。但也不是毫无遗憾,例如同事们举动之粗野幼稚,不拘小节,以及近乎疯狂的见了单身女人就要恋爱,都使静感着不快。

预示着希望的再次幻灭

怀疑和不理解

更不幸是静所认为遗憾的,<u>在她的同事们适成其为革命的行为,革命的人生观,非普及于人人不可</u>,而静女士遂亦不免波及。她任事的第三日,就有一个男同事借了她的雨伞去,翌日并不还她,说是转借给别人了,静不得不再买一柄。一次,一位女同事看见了静的斗篷,就说:"嘿!多漂亮的斗篷!可惜我不配穿。"然而她竟拿斗篷披在身上,并且扬长走了。四五天后来还时,斗篷肩上已经裂了一道缝。这些人自己的东西也常被别人拿得不知去向,他们转又拿别人的;他们是这么惯了的,但是太文雅拘谨的静女士却不惯。闹恋爱尤其是他们办事以外惟一的要件。常常看见男同事和女职员纠缠,甚至嚫着要亲嘴。单身的女子若不和人恋爱,几乎罪同反革命——至少也是封建思想的余孽。他们从赵女士那里探得静现在并没爱人,就一齐向她进攻,有一个和她纠缠得最厉害。这件事,使静十二分地不高兴,渐渐对于目前的工作也连带地发生了嫌恶了。

工会内部的问题

现在静病着没事,所有的感想都兜上了心头。她想起半年来的所见所闻,都表示人生之矛盾。一方面是紧张的革命空气,一方面却又有普遍的疲倦和烦闷。各方面的活动都是机械的,几乎使你疑惑是虚应故事,而声嘶力竭之态,又随在暴露,这不是疲倦么?"要恋爱"成了流行病,人们疯狂地寻觅肉的享乐,新奇的性欲的刺激;那晚王女士不是讲过的么?某处长某部长某厅长最近都有恋爱的喜剧。他们都是儿女成行,并且职务何等繁剧,尚复有此闲情逸趣,更无怪那班青年了。然而这就是烦闷的反映。在沉静的空气中,烦闷的反映是颓丧消极;在紧张的空气中,是追寻感官的刺激。所谓"恋爱",遂成了神圣的解嘲。这还是荦荦大者的矛盾,若毛举细故,更不知有多少。铲除封建思想的呼声喊得震天价响,然而亲戚故旧还不是拔芽连茹地登庸了么?便拿她的同事而言,就很有几位是裙带关系来混一口饭的!

导致幻灭的原因:理想与现实的差距

<u>矛盾哪,普遍的矛盾。在这样的矛盾中革命就前进了么</u>?静不能在理论上解决这问题,但是在事实上她得了肯定。她看见昨天的誓师典礼是那样地悲壮热烈,方恍然于平日所见的疲倦和烦闷只是小小缺点,不足置虑;因为这些疲倦烦闷的人们在必要时确能慷慨为伟大之牺牲。这个"新发见"鼓起了她的勇气。

所以现在她肉体上虽然小病，精神上竟是空前的健康。

★编选者的话：

《幻灭》是茅盾的第一部小说，真实地表现了一部分小资产阶级知识分子在大革命前后的心理变化。它在《小说月报》上发表后，引起普遍注意，既是茅盾小说创作的处女作，也是成名作。

在这部作品里，作者采用对比的手法，透过两个背景不同的女子（静女士未经世故、富于理想，慧女士看透人生、玩世不恭）不同的感受来分析"经验"，反映了这类革命青年"革命前夕的亢昂兴奋和革命既到面前时的幻灭"的心理变化。所谓"革命前夕的亢昂兴奋"包含着两方面的意思：一方面是对革命的热情和向往；另一方面则包含着不切实际的浪漫谛克的幻想。所谓"革命既到面前时的幻灭"也包含着两方面的意思：一方面是浪漫谛克的幻想被污秽和血的残酷现实所粉碎；另一方面则包含着被泥沙俱下的某些阴暗面所震慑而摇摆到一叶障目的绝望境地。这一切都是小资产阶级两重性的反映。作家这方面的形象概括无疑获得了极大的成功。

《幻灭》的艺术成就更重要的方面是人物形象的塑造，特别是对人物心理的细腻描写。茅盾非常赞赏《水浒》中的"通过举动声音笑貌来表达"心理的描写手法。他的心理描写不仅结合着"人物过去接触的具体活动来写"，而且还运用了人物自述、作者代"抒"、客观解剖和人物内心冲突甚至精神幻象等多种手法，使之有机地结合在长篇心理描写里，收到了奇特的艺术效果。

在对慧的长篇心理描写中，作者借助慧个人身世和性格历史，真实地展示了慧性格发展的必然逻辑，把她形成的那带点病态的男性报复主义的主客观原因写得合情合理，使人物的性格给人以真实、生动的立体感。

静女士同慧比起来，要单纯得多，总是充满了理想，但在现实中却一次次品尝着幻灭的痛苦。作品的前半部分，主要写她在读书和恋爱两个方面的幻灭；后半部分主要写她在革命和爱情中的幻灭。通过静在汉口总工会的所见所闻所感，既可看到当时的现状和政治人物的丑态，又可深入地了解静的性格。

★作者的话：

有人说这是描写恋爱与革命之冲突，又有人说这是写小资产阶级对于革命的动摇。我现在真诚的说：两者都不是我的本意。我是很老实的，我还有在中学校时做国文的习气总是粘住了题目做文章的；题目是"幻灭"，描写的主要点也就是幻灭。

《从牯岭到东京》，《小说月报》第19卷10期（1928年）

并且这三种典型，我写来也有轻重之分。我注意写的，是静女士这一典型；其他两位，只是陪衬，只是对照。而况我又没有写一个真正革命的女性。所以我是应该挨骂的。

《几句旧话》，《创作的经验》，天马书店 1933

静有时会感到怀疑，但是她还抱着相当的幻想

在此之前，沈雁冰已是新文学的名人

理解主题的核心

当时描写"幻灭"题材的作品还有柔石的《二月》、叶圣陶的《倪焕之》等

《从牯岭到东京》：1928年7月16日写于东京

★ **相关评论：**

《幻灭》这一部小说，是描写小资产阶级的游移与幻灭的心理的。主人翁是一个女子。事实的对象不完全是革命的，是藉着两种的事实把这两种心理表现出来，恋爱的事件表现了游移，革命的事件描写了幻灭。……一部分小资产阶级的女子的性格，不仅游移，而且懦弱，这一点在幻灭里表现得很健全，全书描写静对于男性的畏惧，描写静经不起男性的威逼，描写静的性格的脆弱，分析得是很精细的，……这种懦弱的心理不是静独有的，实在是中国小资产阶级女子最普通的性格。

《现代中国文学作家》（第2卷），泰东图书局1930

春　蚕（节选）

《春蚕》写于1932年11月，发表于1932年11月《现代》杂志的第二卷一期，1933年5月与后发表的《秋收》、《残冬》，合为<u>农村三部曲</u>由上海开明书店出版。

> 洪深的话剧《五奎桥》、《香稻米》、《青龙潭》也称"农村三部曲"

作品描写浙东一户普通的蚕农老通宝一家，在春蚕季节紧张、艰辛、充满希望与焦虑的劳作，通过他们赢得春蚕的空前丰收反而进一步负债、卖地的结局，反映了30年代初期农村经济凋敝、农民<u>丰收成灾</u>的残酷社会现实。主人公老通宝，家里原有二十亩稻田和十多亩桑地，还有三开间两进的一座平屋，人口又不多，儿子和媳妇都是劳动能手，应该是一个丰衣足食的小康之家。可是，家境竟走着下坡路；而在一场紧张的"看春蚕"的"大搏斗"之后，虽然蚕花是多年来少有的好，辛劳的"搏战"也得到了应有的报酬，结果丰收却成了灾，"白赔上十五担叶的桑地和三十块钱的债！一个月光景的忍饿熬夜还都不算！"因此，可怜的老通宝竟气成一场大病。

> 当时表现"丰收成灾"的作品还有叶紫的《丰收》、叶圣陶的《多收了三五斗》、丁玲的《水》、聂绀弩的《禾场上》等小说和洪深的《香稻米》等话剧

小说共四章，这里节选第一章。

> 老通宝的形象是现代文学的收获

老通宝坐在"塘路"边的一块石头上，长旱烟管斜摆在他身边。"清明"节后的太阳已经很有力量，老通宝背脊上热烘烘地，像背着一盆火。"塘路"上拉纤的快班船上的绍兴人只穿了一件蓝布单衫，敞开了大襟，弯着身子拉，额角上黄豆大的汗粒落到地下。

看着人家那样辛苦的劳动，老通宝觉得身上更加热了；热的有点儿发痒。他还穿着那件过冬的破棉袄，他的夹袄还在当铺里，却不防才得"清明"边，天就那么热。

> 一语双关

"真是天也变了！"

> 不吝笔墨，对景物进行了详尽的描绘

老通宝心里说，就吐一口浓厚的唾沫。在他面前那条"官河"内，水是绿油油的，来往的船也不多，<u>镜子一样的水面这里那里起了几道皱纹或是小小的涡旋</u>，那时候，倒影在水里的泥岸和岸边成排的桑树，都晃乱成灰暗的一片。可是不会很长久的。渐渐儿那些树影又在水面上显现，一弯一曲地蠕动，像是醉汉，再过一会儿，终于站定了，依然是很清晰的倒影。那拳头模样的桠枝顶都已经簇生着

小手指儿那么大的嫩绿叶。这密密层层的桑树,沿着那"官河"一直望去,好像没有尽头。田里现在还只有干裂的泥块,这一带,现在是桑树的势力!在老通宝背后,也是大片的桑林,矮矮的,静穆的,在热烘烘的太阳光下,似乎那"桑拳"上的嫩绿叶过一秒钟就会大一些。

　　离老通宝坐处不远,一所灰白色的楼房蹲在"塘路"边,那是茧厂。十多天前驻扎过军队,现在那边田里留着几条短短的战壕。那时都说东洋兵要打进来,镇上有钱人都逃光了;现在兵队又开走了,那座茧厂依旧空关在那里,等候春茧上市的时候再热闹一番。老通宝也听得镇上小陈老爷的儿子——陈大少爷说过,今年上海不太平,丝厂都关门,恐怕这里的茧厂也不能开;但老通宝是不肯相信的。他活了六十岁,反乱年头也经过好几个,从没见过绿油油的桑叶白养在树上等到成了"枯叶"去喂羊吃;除非是"蚕花"不熟,但那是老天爷的"权柄",谁又能够未卜先知?

　　"才得清明边,天就那么热!"

　　老通宝看着那些桑拳上怒茁的小绿叶儿,心里又这么想,同时有几分惊异,有几分快活。他记得自己还是二十多岁少壮的时候,有一年也是"清明"边就得穿夹,后来就是"蚕花二十四分",自己也就在这一年成了家。那时,他家正在"发";他的父亲像一头老牛似的,什么都懂得,什么都做得;便是他那创家立业的祖父,虽说在长毛窝里吃过苦头,却也愈老愈硬朗。那时候,老陈老爷去世不久,小陈老爷还没抽上鸦片烟,"陈老爷家"也不是现在那么不像样的。老通宝相信自己一家和"陈老爷家"虽则一边是高门大户,而一边不过是种田人,然而两家的运命好像是一条线儿牵着。不但"长毛造反"那时候,老通宝的祖父和陈老爷同被长毛掳去,同在长毛窝里混上了六七年,不但他们俩同时从长毛营盘里逃了出来,而且偷得了长毛的许多金元宝——人家到现在还是这么说;并且老陈老爷做丝生意"发"起来的时候,老通宝家养蚕也是年年都好,十年中间挣得了二十亩的稻田和十多亩的桑地,还有三开间两进的一座平屋。这时候,老通宝家在东村庄上被人人所妒羡,也正像"陈老爷家"在镇上是数一数二的大户人家。可是以后,两家都不行了;老通宝现在已经没有自己的田地,反欠出三百多块钱的债,"陈老爷家"也早已完结。人家都说"长毛鬼"在阴间告了一状,阎罗王追还"陈老爷家"的金元宝横财,所以败的这么快。这个,老通宝也有几分相信,不是鬼使神差,好端端的小陈老爷怎么会抽上了鸦片烟?

　　可是老通宝死也想不明白为什么"陈老爷家"的"败"会牵动到他家。他确实知道自己家并没得过长毛的横财。虽则听死了的老头子说,好像那老祖父逃出长毛营盘的时候,不巧撞着了一个巡路的小长毛,当时没法,只好杀了他,——这是一个"结"!然而从老通宝懂事以来,他们家替这小长毛鬼拜忏念佛烧纸锭,记不清有多少次了。这个小冤魂,理应早投凡胎。老通宝虽然不很记得祖父是怎样"做人",但父亲的勤俭忠厚,他是亲眼看见;他自己也是规矩人,他的儿子阿四,儿媳四大娘,都是勤俭的。就是小儿子阿多年纪轻,有几分"不知苦辣",可是毛头小伙子,大都这么着,算不得"败家相"!

　　老通宝抬起他那焦黄的皱脸,苦恼地望着他面前的那条河,河里的船,以及两岸的桑地。一切都和他二十多岁时差不了多少,然而"世界"到底变了。他自己家也要常常把杂粮当饭吃一天,而且又欠出了三百多块钱的债。

呜! 呜,呜,呜,——

<small>并非单纯写景</small>

汽笛叫声突然从那边远远的河身的弯曲地方传了来。就在那边,蹲着又一个茧厂,远望去隐约可见那整齐的石"帮岸"。一条柴油引擎的小轮船很威严地从那茧厂后驶出来,拖着三条大船,迎面向老通宝来了。满河平静的水立刻激起泼剌剌的波浪,一齐向两旁的泥岸卷过来。一条乡下"赤膊船"赶快拢岸,船上人揪住了泥岸上的树根,船和人都好像在那里打秋千。轧轧轧的轮机声和洋油臭,飞散在这和平的绿的田野。老通宝满脸恨意,看着这小轮船来,看着它过去,直到又转一个弯,呜呜呜地又叫了几声,就看不见。老通宝向来仇恨小轮船这一类洋鬼子的东西!他从没见过洋鬼子,可是他从他的父亲嘴里知道老陈老爷见过洋鬼子:红眉毛,绿眼睛,走路时两条腿是直的。并且老陈老爷也是很恨洋鬼子,常常说"铜钿都被洋鬼子骗去了"。老通宝看见老陈老爷的时候,不过八九岁,——现在他所记得的关于老陈老爷的一切都是听来的,可是他想起了"铜钿都被洋鬼子骗去了"这句话,就仿佛看见了老陈老爷捋着胡子摇头的神气。

<small>中国老一代农民朴素的阶级本质和真实思想情绪的反映</small>

洋鬼子怎样就骗了钱去,老通宝不很明白。但他很相信老陈老爷的话一定不错。并且他自己也明明看到自从镇上有了洋纱,洋布,洋油,——这一类洋货,而且河里更有了小火轮船以后,他自己田里生出来的东西就一天一天不值钱,而镇上的东西却一天一天贵起来。他父亲留下来的一分家产就这么变小,变做没有,而且现在负了债。老通宝恨洋鬼子不是没有理由!他这坚定的主张,在村坊上很有名。五年前,有人告诉他:朝代又改了,新朝代是要"打倒"洋鬼子的。老通宝不相信。为的他上镇去看见那新到的喊着"打倒洋鬼子"的年青人们都穿了洋鬼子衣服。他想来这伙年青人一定私通洋鬼子,却故意来骗乡下人。后来果然就不喊"打倒洋鬼子"了,而且镇上的东西更加一天一天贵起来,派到乡下人身上的捐税也更加多起来。老通宝深信这都是串通了洋鬼子干的。

<small>新朝代:老通宝对国民党当局的称呼</small>

<small>这种看法虽有些朦胧,但出于切身感受</small>

然而更使老通宝去年几乎气成病的,是茧子也是洋种的卖得好价钱;洋种的茧子,一担要贵上十多块钱。素来和儿媳总还和睦的老通宝,在这件事上可就吵了架。儿媳四大娘去年就要养洋种的蚕。小儿子跟他嫂嫂是一路,那阿四虽然嘴里不多说,心里也是要洋种的。老通宝拗不过他们,末了只好让步。现在他家里有的五张蚕种,就是土种四张,洋种一张。

"世界真是越变越坏!过几年他们连桑叶都要洋种了!我活得厌了!"

<small>为自己的命运感到惶惑和烦恼</small>

<small>形象的比喻</small>

老通宝看着那些桑树,心里说,拿起身边的长旱烟管恨恨地敲着脚边的泥块。太阳现在正当他头顶,他的影子落在泥地上,短短地像一段乌焦木头,还穿着破棉袄的他,觉得浑身躁热起来了。他解开了大襟上的纽扣,又抓着衣角搧了几下,站起来回家去。

那一片桑树背后就是稻田。现在大部分是匀整的半翻着的燥裂的泥块。偶尔也有种了杂粮的,那黄金一般的菜花散出强烈的香味。那边远远地一簇房屋,就是老通宝他们住了三代的村坊,现在那些屋上都袅起了白的炊烟。

老通宝从桑林里走出来,到田塍上,转身又望那一片爆着嫩绿的桑树。忽然那边田里跳跃着来了一个十来岁的男孩子,远远地就喊道:

"阿爹!妈等你吃中饭呢!"

"哦——"

老通宝知道是孙子小宝,随口应着,还是望着那一片桑林。才只得"清明"边,桑叶尖儿就抽得那么小指头儿似的,他一生就只见过两次。今年的蚕花,光景是好年成。三张蚕种,该可以采多少茧子呢?只要不像去年,他家的债也许可以拔还一些罢。 [还存着侥幸的心理和美丽的幻想]

小宝已经跑到他阿爹的身边了,也仰着脸看那绿绒似的桑拳头;忽然他跳起来拍着手唱道:

"清明削口,看蚕娘娘拍手!" [这是老通宝所在那一带乡村里关于"蚕事"的一种歌谣式的成语。所谓"削口",指桑叶抽发如指;"清明削口"谓清明边桑叶已抽放如许大也。"看"是方言,意同"饲"或"育"。全句谓清明边桑叶开绽则熟年可卜,故蚕妇拍手而喜。——作者原注]

老通宝的皱脸上露出笑容来了。他觉得这是一个好兆头。他把手放在小宝的"和尚头"上摩着,他的被穷苦弄麻木了的老心里勃然又生出新的希望来了。

★编选者的话:

茅盾涉足农村生活题材的作品最早是《林家铺子》和《小巫》,但它们所描写的只是农村里的小市镇,还不是真正的农村,人物也不是农民。后来在《林家铺子》之后作者又写了一篇《当铺前》,描写一个农民到镇里去当衣服的景象。它虽然也写到河里的小火轮,写到小火轮曾经冲倒过"田横梗",因此引起农民对它的攻击,使作品包含较广阔的社会内容。不过,严格说来,那只是一幅农民穷苦生活的速写。真正较大规模地描写农民生活的,是三篇被称为"农村三部曲"的有连贯性的小说。这三篇小说都是以老通宝一家作为描写中心的。其中以《春蚕》为最,它一发表就引起读者强烈的注意和广泛的兴趣。里面的人物无论是老通宝也好,阿四和四大娘也好,六宝和荷花也好,都曾经在读者中间传诵一时。特别是关于"看春蚕"的"大搏战"的描写,是很生动、很精彩的篇章,具有很大的艺术魅力。

我们知道茅盾的创作是以长篇小说著称的。但他的短篇小说,也同样以深厚的生活内容,严谨的布局,寓精炼于从容裕如之中而脍炙人口。一般说来,在艺术表现上精炼、简约和从容丰腴似乎是矛盾的,但高超的画师笔下,却会恰到好处的统一起来。从容裕如,一方显示出作家驾驭生活的本事,一方面显示出深厚的生活底蕴;而精炼、简约则是以一当十,以少胜多的集中概括的艺术结晶。《春蚕》正是这样把深刻内蕴转化为艺术观照的。

据说,茅盾《春蚕》的构想,是从看到报纸上的一则消息引发的。那消息说:"浙东今年春蚕丰收,蚕农相继破产"。这消息不仅调动起作家对全部农事的贮备,同时慧眼独见的发现了新的旨意:这便是"丰收"与"破产"的矛盾。值得注意的是,在30年代初,"丰收成灾"题材的创作,曾屡见不鲜。但是,《春蚕》不仅是最早的开拓者,而且是卓越的代表。《春蚕》的成功,固然显示出作家的社会责任感,同时更得利于人的灵魂的开掘和文化心态的刻画。如果说,在中国现代小说史上,鲁迅是杰出的中国的儿女们麻木的灵魂的画师,《故乡》、《祝福》和《阿Q正传》是揭示病态社会不幸人们灵魂的卓越代表;那么,《春蚕》则承传鲁迅的传统,把农民心态的历史作为注意的中心。小说的深刻的思想意义在于:作者通过春蚕的故事,描写了老一代农民对于帝国主义的深刻仇恨和他们对于自己生活水平下降原因的朦胧认识。我们从老通宝的身上可看出30年代绝大多数农民的命运。节选小说的第一章,也正是出于对老通宝的关注。

★作者的话:

总结起来说,《春蚕》构思的过程大约是这样的:先是看到了帝国主义的经济侵略以及国内政治的混乱造成了那时的农村的破产,而在这中间的浙江蚕丝业的破产和以育蚕为主要生产的农民的贫困,则又有其特殊原因,——就是中国"厂"经在纽约和里昂受了日本丝的压迫而陷于破产,丝厂主和茧商为要苟延残喘便加倍剥削蚕农,以为补偿,事实上,在春蚕上簇的时候,茧商们的托拉斯组织已经定下了茧价,注定了蚕农的亏本,而在中间又有"叶行"操纵叶价,加重剥削,结果是春蚕愈熟,蚕农愈困顿。从这一认识出发,算是《春蚕》的主题已经有了,其次便是处理人物,构造故事。<u>我写小说,大都是这样一个构思的过程</u>。我知道这样的办法有利有弊,不过习惯已成自然,到现在还是如此。

《我怎样写〈春蚕〉》,《青年知识》第一卷第三期(1945/10)

★相关评论:

作者处处从侧面入手,用强有力的衬托,将帝国主义经济侵略深入到农村,以及数年来一切兵祸、苛捐……种种剥削后的农村的惨酷景象,尽量暴露无余。妙就妙在作者不肯直接叙述,却用强有力的手段,从反面衬出。

……有好多作品,都犯着一个共通的毛病,那就是作者把作品写得太详尽。文字太不经济,以致弄得近乎累赘空泛。……作者用这一个方式(注:上文所说从侧面入手),告诉老通宝们以奋斗途径,使老通宝认清了自己的仇敌。蚕茧厂关门,和蚕茧无人过问,原是有原因的,但老通宝们起先不了解这层,因此这结束,就像是一个霹雳,到后来,到底认识了自己的仇敌了——是帝国主义。……作者很愉快地告诉我们,现在整个的农村都已崩溃了,但不要紧,这仅是动乱前的一个普遍现象,这现象的背后,埋有许多民族走向复兴的力,它可以使地球转向光明面。

王蔼心《〈春蚕〉的描写方法》,《读书顾问》第二期(1934/7)

子 夜(节选)

《子夜》1933年1月由上海开明书店出版。全书共19章,其中,第2、4两章分别以《火山上》和《骚动》为题发表于《文学月报》第1卷第第1、2期。

作品以1930年春末夏初蒋冯阎军阀混战、帝国主义转移经济危机、工农革命风起云涌为背景,通过对民族工业资本家<u>吴荪甫</u>等典型形象的塑造以及有关的各阶级、各阶层人物命运的真实描写,展示了30年代初期中国社会的历史画卷;驳斥了当时托派鼓吹中国已是资本主义社会的谬论,揭示了旧中国"更加殖民地化"的本质。吴荪甫出身封建官僚世家,又曾游历欧美,学得一套近代资本主义企业经营的本领。他不仅在家乡双桥镇办起了当铺、钱庄、油坊、米厂、电厂,还在上海经营着一家大丝厂,而且联合孙吉人、王和甫等民族工业资本家组

旁注:

托拉斯:英文 trust 的音译,即同行企业组成的垄断组织

茅盾的很多小说都有主题先行的问题,他几乎是用社会学家的方式来写小说

小说的主要成就,就在于塑造了吴荪甫这一具有鲜明、复杂个性的民族资本家典型

织益中信托公司,以狠毒果决的手段吞并同业的丝厂、绸厂,还一口气吞下了八家中小日用品厂,幻想建立起自己的资本主义王国。当他遭到以美国金融资本为后台的买办金融资本家赵伯韬的包围并屡受挫折时,便一方面向工人转移危机,加紧对工人的残酷剥削与镇压,另一方面则在公债市场上与赵伯韬斗法,企图摆脱帝国主义和买办资产阶级势力的控制和压迫,最后甚至把自己的工厂、住宅也抵押出去作背水一战,结果完全失败,只得破产出走。

《子夜》可节选的精彩片断很多,本书节选三个片断:一是开头一段吴老太爷初到上海的反映,也由此拉开了故事的序幕;二是吴荪甫与赵伯韬斗法中的一段,此时的吴还是雄心勃勃,暂时的失利并未将他打倒;三是黄浦江夜游一段,此时的吴遭受了重创,精神上即将崩溃。

  汽车发疯似的向前飞跑。吴老太爷向前看。天哪!几百个亮着灯光的窗洞像几百只怪眼睛,高耸碧霄的摩天建筑,排山倒海般地扑到吴老太爷眼前,忽地又没有了;光秃秃的平地拔立的路灯杆,无穷无尽地,一杆接一杆地,向吴老太爷脸前打来,忽地又没有了;长蛇阵似的一串黑怪物,头上都有一对大眼睛放射出叫人目眩的强光,啵——啵——地吼着,闪电似的冲将过来,准对着吴老太爷坐的小箱子冲将过来!近了!近了!吴老太爷闭了眼睛,全身都抖了。他觉得他的头颅仿佛是在颈脖子上旋转;他眼前是红的、黄的、绿的、黑的、发光的,立方体的,圆锥形的,——混杂的一团,在那里跳,在那里转;他耳朵里灌满了轰,轰,轰!轧,轧,轧!啵,啵,啵!猛烈嘈杂的声浪会叫人心跳出腔子似的。

  不知经过了多少时候,吴老太爷悠然转过一口气来,有说话的声音在他耳边动荡:

  "四妹,上海也不太平呀!上月是公共汽车罢工,这月是电车了!上月底共产党在北京路闹事,捉了几百,当场打死了一个。共产党有枪呢!听三弟说,各工厂的工人也都不稳。随时可以闹事。时时想暴动。三弟的厂里,三弟公馆的围墙上,都写满了共产党的标语……"

  "难道巡捕不捉么?"

  "怎么不捉!可是捉不完。啊哟!真不知道哪里来的这许多不要性命的人!——可是,四妹,你这一身衣服实在看了叫人笑。这还是十年前的装束!明天赶快换一身罢!"

  是二小姐芙芳和四小姐蕙芳的对话。吴老太爷猛睁开了眼睛,只见左右前后都是像他自己所坐的那种小箱子——汽车。都是静静地一动也不动。横在前面不远,却像开了一道河似的,从南到北,又从北到南,匆忙地杂乱地交流着各色各样的车子;而夹在车子中间,又有各色各样的男人女人,都像有鬼赶在屁股后似的跌跌撞撞地快跑。不知从什么高处射来的一道红光,又正落在吴老太爷身上。

  这里正是南京路同河南路的交叉点,所谓"抛球场"。东西行的车辆此时正在那里静候指挥交通的红绿灯的命令。

  "二姊,我还没见过三嫂子呢。我这一身乡气,会惹她笑痛了肚子罢。"

  蕙芳轻声说,偷眼看一下父亲,又看看左右前后安坐在汽车里的时髦女

> 这一开头有象征性意义
>
> 从农村来的吴老太爷在现代都市中的陌生感、震惊感和恐惧感
>
> 陌生化的手法
>
> 通过吴老太爷的视觉、听觉来叙述
>
> 吴老太爷到上海这一个场景写得很出色

边注	正文
嗅觉描写	人。芙芳笑了一声,拿出手帕来抹一下嘴唇。一股浓香直扑进吴老太爷的鼻子,痒痒地似乎怪难受。
"真怪呢!四妹。我去年到乡下去过,也没看见像你这一身老式的衣裙。"
"可不是。乡下女人的装束也是时髦得很呢,但是父亲不许我——"
像一枝尖针刺入吴老太爷迷惘的神经,他心跳了。他的眼光本能地瞥到二小姐芙芳的身上。他第一次意识地看清楚了二小姐的装束;虽则尚在五月,却因今天骤然闷热,二小姐已经完全是夏装;淡蓝色的薄纱紧裹着她的壮健的身体,一对丰满的乳房很显明地突出来,袖口缩在臂弯以上,露出雪白的半只臂膊。一
现代都市女性的身体打击了吴老太爷	种说不出的厌恶,突然塞满了吴老太爷的心胸,他赶快转过脸去,不提防扑进他视野的,又是一位半裸体似的只穿着亮纱坎肩,连肌肤都看得分明的时装少妇,高坐在一辆黄包车上,翘起了赤裸裸的一只白腿,简直好像没有穿裤子。"<u>万恶淫为首</u>"!这句话像鼓槌一般打得吴老太爷全身发抖。然而还不止此。吴老太爷眼珠一转,又瞥见了他的宝贝阿萱却正张大了嘴巴,出神地贪看那位半裸体的妖艳少妇呢!老太爷的心卜地一下狂跳,就像爆裂了似的再也不动,喉间是火辣辣地,好像塞进了一大把的辣椒。
吴老太爷象征着古老中国的封建道德传统;沿途的"都市精怪"象征着西洋的物质文化	此时指挥交通的灯光换了绿色,吴老太爷的车子便又向前进。冲开了各色各样车辆的海,冲开了红红绿绿的耀着肉光的男人女人的海,向前进!机械的骚音,汽车的臭屁,和女人身上的香气,霓虹电管的赤光——<u>一切梦魇似的都市的精怪,毫无怜悯地压到吴老太爷朽弱的心灵上,直到他只有目眩,只有耳鸣,只有头晕</u>!直到他的刺激过度的神经像要爆裂似的发痛,直到他的狂跳不歇的心脏不能再跳动!
吴老太爷进城比刘姥姥进大观园的震惊还大	呼卢呼卢的声音从吴老太爷的喉间发出来,但是都市的骚音太大了,二小姐、四小姐和阿萱都没有听到。老太爷的脸色也变了,但是在不断的红绿灯光的映射中,谁也不能辨别谁的脸色有什么异样。
………………
交易所:证券交易所。中国最早的现代股市描写	吴荪甫一脸的紧张兴奋,和杜竹斋面对面坐了,拿起那经纪人陆匡时每天照例送来的当天<u>交易所</u>各项债票开盘收盘价格的报告表,看了一眼,又顺手撩开,就说道:
"竹斋,明天你那边凑出五十万来——五十万!"
杜竹斋愕然看了荪甫一眼,还没有回答,荪甫又接下去说:
"昨天涨上了一元,今天又几乎涨停板;这涨风非常奇怪!我早就料到是老赵干的把戏。刚才云山来电话,果然,——他说荪甫探听到了,老赵和广帮中几
多头:先进后抛。趁涨价前买进,待价涨后售出,与"空头"对应	位做<u>多头</u>,专看市场上开出低价来就扒进,却也不肯多进,只把票价吊住了,维持本月四日前的价格——"
"那我们就糟了!我们昨天就应该补进的!"
杜竹斋丢了手里的雪茄烟头,慌忙抢着说;细的汗珠从他额角上钻出来了。
吴赵斗法是小说的主线	"就算昨天补进,我们也已经吃亏了。现在事情摆在面前明明白白的:武汉吃紧,陇海线没有进出,票价迟早要跌;我们只要压得住,不让票价再涨,我们就不怕。现在弄成了<u>我们和老赵斗法</u>的局面:如果他们有胃口一见开出低价来就

扒进,一直支持到月底,那就是他们打胜了;要是我们准备充足——"

"我们准备充足?哎!我们也是一见涨风就抛出,也一直支持到月底,就是我们胜了,是么?"

杜竹斋又打断了吴荪甫的话头,钉住了吴荪甫看,有点不肯相信的意思。

吴荪甫微笑着点头。

"那简直是赌场里翻觔斗的做法!荪甫!做公债是套套利息,照你那样干法,太危险!"

杜竹斋不能不正面反对了,然而神情也还镇定。吴荪甫默然半晌,泛起了白眼仁,似乎在那里盘算;忽然他把手掌在桌子角上拍了一下,用了沉着的声音说:

"没有危险!竹斋,一定没有危险!你凑出五十万交给我,明天压一下,票价就得回跌,散户头就要恐慌,长沙方面张桂军这几天里一定也有新发展,——这么两面一夹,市场上会转了卖风,哪怕老赵手段再灵活些,也扳不过来!竹斋!这不是冒险!这是出奇制胜!" 〔突出社会背景,社会剖析小说的特点之一〕

杜竹斋闭了眼睛摇头,不说话。他想起李玉亭所说荪甫的刚愎自用来了。他决定了主意不跟着荪甫跑了。他又看得明明白白:荪甫是劝不转来的。过了一会儿,杜竹斋睁开眼来慢慢地说道: 〔吴荪甫的性格之一〕

"你的办法有没有风险,倒在其次,要我再凑五十万,我就办不到;既然你拿得那么稳,一定要做,也好,益中凑起来也有四五十万,都去做了公债罢。"

"那——不行!前天董事会已经派定了用场!刚才秋律师拿合同来,我已经签了字,那几个小工厂是受盘定了的;益中里眼前这一点款子恐怕将来周转那几个小工厂还嫌不够呢!"

吴荪甫说着,眼睛里就闪出了兴奋的红光。用最有利的条件收买了那七八个小厂,是益中信托公司新组织成立以后第一次的大胜利,也是吴荪甫最得意的"手笔",而也是杜竹斋心里最不舒服的一件事。当下杜竹斋怅触起前天他们会议时的争论,心里便又有点气,立刻冷冷地反驳道: 〔怅触:触动之意〕

"可不是!场面刚刚拉开,马上就闹饥荒!要做公债,就不要办厂!况且人家早就亏本了的厂,我们添下资本去扩充,营业又没有把握,我真不懂你们打的什么算盘呀——"

"竹斋——"

吴荪甫叫着,想打断杜竹斋的抱怨话;可是杜竹斋例外地不让荪甫插嘴:

"你慢点开口!我还记得那时候你们说的话。你们说那几个小工厂都因为资本太小,或者办的不得法,所以会亏本;你们又说他们本来就欠了益中十多万,老益中就被这注欠账拖倒,我们从老益中手里顶过这注烂账来,只作四成算,这上头就占了便宜,所以我们实在只花五六万就收买了估价三十万的八个厂;不错,我们此番只付出五万多就盘进八个厂,就眼前算算,倒真便宜,可是——"

杜竹斋在这里到底一顿,吴荪甫哈哈地笑起来了,他一边笑,一边抢着说:

"竹斋,你以为还得陆续添下四五十万去就不便宜,可是我们不添的话,我们那五六万也是白丢!这八个厂好比落了膘的马,先得加草料喂壮了,这才有出息。还有一层,要是我们不花五万多把这些厂盘进来,那么我们从老益中手里顶来的四成烂账也是白丢！"

"好！为了舍不得那四成烂账，倒又赔上十倍去，那真是'豆腐拌成了肉价钱'的玩意！"

"万万不会！"

> 用词极有分量，同一人物在一个场景中由于情绪的变化，有几种不同的笑声

吴荪甫坚决地说，颇有点不耐烦了。他霍地站起来，走了一步，自个儿狞笑着。他万万料不到劝诱杜竹斋做公债不成，却反节外生枝，引起了竹斋的大大不满于益中。自从那天因为收买那些小厂发生了争论后，吴荪甫早就看出杜竹斋对于益中前途不起劲，也许到了收取第二次股款的时候，竹斋就要托词推诿。这在益中是非常不利的。然而要使杜竹斋不动摇，什么企业上的远大计划都不中用；只有今天投资明天就获利那样的"发横财"的投机阴谋，勉强能够拉住他。那天会议时，王和甫曾经讲笑话似的把他们收买那八个小工厂比之收旧货；当时杜竹斋听了倒很以为然，他这才不再争执。现在吴荪甫觉得只好再用那样的策略暂时把杜竹斋拉住。把竹斋拉住，至少银钱业方面通融款子就方便了许多。可是须得拉紧些。当下吴荪甫一边踱着，一边就想得了一个"主意"。他笑了一笑，转身对满脸不高兴的杜竹斋轻声说道：

> 空头：先抛后进。在跌价前卖出，待价跌后再买进

"竹斋，现在我们两件事——益中收买的八个厂，本月三日抛出的一百万公债，都成了骑虎难下之势，我们只有硬着头皮干到哪里是哪里了！我们好比推车子上山去，只能进，不能退！我打算凑出五十万来再做'空头'，也就是这个道理。益中收买的八个厂不能不扩充，也就是这个道理！"

"冒险的事情我是不干的！"

> 两种不同性格的资本家

杜竹斋冷冷地回答，苦闷地摇着头。吴荪甫那样辣硬的话并不能激发杜竹斋的雄心；吴荪甫皱了眉头，再逼进一句：

"那么，我们放在益中的股本算是白丢！"

"赶快缩手，总有几成可以捞回；我已经打定了主意！"

杜竹斋说的声音有些异样，脸色是非常严肃。

吴荪甫忍不住心里也一跳。但他立即狂笑着挪前一步，拍着杜竹斋的肩膀，大声喊道：

"竹斋！何至于消极到那步田地！不顾死活去冒险，谁也不愿意；我们自然还有别的办法。你总知道上海有一种会打算盘的精明鬼，顶了一所旧房子来，加本钱粉刷装修，再用好价钱顶出去。我们弄那八个厂，最不济也要学学那些专顶房子的精明鬼！不过我们要有点儿耐心。"

"可是你也总得先看看谁是会来顶这房子的好户头？"

"好户头有的是！只要我们的房子粉刷装修得合式，他是肯出好价钱的：这一位就是鼎鼎大名的赵伯韬先生！"

吴荪甫哈哈笑着说，一挺腰，大踏步地在书房里来回地走。

杜竹斋似信非信的看住了大步走的吴荪甫，并没说话，可是脸上已有几分喜意。他早就听荪甫说起过赵伯韬的什么托辣斯，他相信老赵是会干这一手的，而且朱吟秋的押款问题老赵不肯放松，这就证明了那些传闻有根。于是他忽然想起刚才朱吟秋有电话给荪甫，也许就为了那押款的事；他正想问，吴荪甫早又踱过来，站在面前很高兴地说道：

"讲到公债,眼前我们算是亏了两万多块,不过,竹斋,到交割还有二十多天,我们很可以反败为胜的,我刚才的划算,错不到哪里去;要是益中有钱,自然照旧可以由益中去干,王和甫跟孙吉人他们一定也赞成,就为的益中那笔钱不好动,我这才想到我们个人去干。这是公私两便的事!就可惜我近来手头也兜不转,刚刚又吃了费小胡子一口拗口风——那真是混蛋!得了,竹斋,我们两个人拼凑出五十万来罢!就那么净瞧着老赵一个人操纵市面,总是不甘心的!"

杜竹斋闭了眼睛摇头,不开口。吴荪甫说的愈有劲儿,杜竹斋心里却是愈加怕。他怕什么武汉方面即刻就有变动不过是唐云山他们瞎吹,他更怕和老赵"斗法",他知道老赵诡计多端,并且膘劲非常大。

深知杜竹斋为人的吴荪甫此时却百密一疏,竟没有看透了竹斋的心曲。他一而再,再而三地,用鼓励,用反激;他有点生气了,然而杜竹斋的主意牢不可破,他只是闭着眼睛摇头,给一个不开口。后来杜竹斋表示了极端让步似的说了一句:

"且过几天,看清了市面再做罢;你那样性急!"

"不能等过几天呀!投机事业就和出兵打仗一般,要抓得准,干得快!何况又有个神鬼莫测的老赵是对手方!"

吴荪甫很暴躁地回答,脸上的小疱一个一个都红而且亮起来。杜竹斋的脸色却一刻比一刻苍白。似乎他全身的血都滚到他心里,镇压着,不使他的心动摇。实在他亦只用小半个心去听吴荪甫的话,另有一些事占住了他的大半个心:这是些自身利害的筹划,复杂而且轮廓模糊,可是一点一点强有力,渐渐那些杂念集中为一点:他有二十万元的资本"放"在益中公司。他本来以为那公司是吸收些"游资",做做公债,做做抵押借款;现在才知道不然,他上了当了。那么乘这公司还没露出败相的时候就把资本抽出来罢,不管他们的八个厂将来有多少好处,总之是"一身不入是非门"罢!伤了感情?顾不得许多了!——可是荪甫却还刺刺不休强聒着什么公债!不错,照今天的收盘价格计算,公债方面亏了两万元,但那是益中公司名义做的,四股分摊,每人不过五千,只算八圈牌里吃着了几副五百和!……于是杜竹斋不由得自己微笑起来,他决定了,白丢五千元总比天天提心吊胆那十九万五千元要上算得多呀!可是他又觉得立刻提出他这决定来,未免太突兀,他总得先有点布置。他慢慢地摸着下巴,怔怔地看着吴荪甫那张很兴奋的脸。

似乎有什么东西在他心里打架,吴荪甫的神气叫人看了有点怕;如果他知道了杜竹斋此时心里的决定,那他的神气大概还要难看些。但他并不想到那上头,他是在那里筹划如何在他的二姊方面进言,"出奇兵"煽起杜竹斋的胆量来。他感到自己的力量不能奈何那只闭眼摇头而不开口的杜竹斋了。

但是杜竹斋在沉默中忽然站起来伸一个懒腰,居然就"自发的"讲起了"老赵"和"公债"来:

"荪甫!要是你始终存了个和老赵斗法的心,你得留心一交跌伤了元气!我见过好多人全是伤在这'斗'字上头!"

吴荪甫眉毛一挺,笑起来了;他误认为杜竹斋的态度已经有点转机。杜竹斋略顿一顿,就又接着说:

交割:买卖双方履行交易契约
划算:筹划、计算

对比。人物不同的内心世界和个性特点

"还有,那天李玉亭来回报他和老赵接洽的情形,有一句话,我觉得很有道理——"

"哪一句话?"

吴荪甫慌忙问,很注意地站起来,走到杜竹斋跟前立住了。

"就是他说的唐云山有政党关系!——不错,老赵自己也有的,可是,荪甫,我们何苦呢!老赵不肯放朱吟秋的茧子给你,也就借此藉口,不是你眼前就受了拖累——"

> 唐云山属"汪(精卫)派";赵伯韬属"蒋(介石)派"

杜竹斋又顿住了,踌躇满志地掏出手帕来揩了揩脸儿。他是想就此慢慢地就说到自己不愿意再办益中公司的,可是吴荪甫忽然狞笑了一声,跺着脚说道:

"得了,竹斋,我忘记告诉你,刚才朱吟秋来电话,又说他连茧子和厂都要盘给我了!"

"有那样的事?什么道理?"

"我想来大概是老赵打听到我已经收买了些茧子,觉得再拉住朱吟秋,也没有意思,所以改变方针了。他还有一层坏心思:他知道我现款紧,又知道我茧子已经够用,就故意把朱吟秋的茧子推回来,他是想把我弄成一面搁死了现款,一面又过剩了茧子!总而言之一句话,他是挖空了心思,在那里想出种种方法来逼我。不过朱吟秋竟连那座厂也要盘给我,那是老赵料不到的!"

吴荪甫很镇静地说,并没有多少懊恼的意思。虽然他目下现款紧,但扩充企业的雄图在他心里还是勃勃有势,这就减轻了其他一切的怫逆。倒是杜竹斋脸色有点变了,很替吴荪甫担忧。他更加觉得和老赵"斗法"是非常危险的,他慌忙问道:

"那么,你决定主意要盘进朱吟秋的厂了?"

"明天和他谈过了再定——"

一句话没有完,那书房的门忽然开了,当差高升斜侧着身体引进一个人来,却是唐云山,满脸上摆明着发生了重大事情的慌张神气。荪甫和竹斋都吃了一惊。

> 张发奎与桂系军阀联合

"张桂军要退出长沙了!"

唐云山只说了这么一句,就一屁股坐在就近的沙发里,张大了嘴巴搔头皮。

> 惟利是图的商人状刻画无余

书房里像死一样的静。吴荪甫狞起了眼睛看看唐云山,又看看书桌上纸堆里那一张当天交易所各债票开盘收盘价目的报告表。上游局面竟然逆转么?这是意外的意外呢!杜竹斋轻轻吁了一口气,他心里的算盘上接连拨落几个珠儿:一万,一万五——二万;他刚才满拟白丢五千,他对于五千还可以不心痛,但现在也许要丢到二万,那就不同。

> 铁军:"中原大战"中的张发奎部队

过了一会儿,吴荪甫咬着牙齿嘎声问道:

"这是外面的消息呢,还是内部的?早上听你说,云山,铁军是向赣边开拔的,可不是?"

"现在知道那就是退!离开武长路线,避免无益的牺牲!我是刚刚和你打过电话后就接了黄奋的电话,他也是刚得的消息;大概汉口特务员打来的密电是这么说,十成里有九成靠得住!"

"那么外边还没有人晓得,还有法子挽救。"

吴荪甫轻声地似乎对自己说,额上的皱纹也退了一些。杜竹斋又吁了一声,他心里的算盘上已经摆定了二万元的损失了,他咽下一口唾沫,本能地掏出他的鼻烟壶来。吴荪甫搓着手,低了头;于是突然他抬头转身看着杜竹斋说道:

"人事不可不尽。竹斋,你想来还有法子没有?——云山这消息很秘密,是他们内部的军事策略;目下长沙城里大概还有桂军,而且铁军开赣边,外边人看来总以为南昌吃紧;我们连夜布置,竹斋,你在钱业方面放一个空炮:公债抵押的户头你要一律追加抵押品。混过了明天上午,明天早市我们分批补进——"

"我担保到后天,长沙还在我们手里!"

唐云山忽然很有把握似的插进来说,无端地哈哈笑了。

杜竹斋点着头不作声。为了自己二万元的进出,他只好再一度对益中公司的事务热心些。他连鼻烟也不嗅了,看一看钟,六点还差十多分,他不能延误一刻千金的光阴。说好了经纪人方面由荪甫去布置,杜竹斋就匆匆走了。这里吴荪甫,唐云山两位,就商量着另一件事。吴荪甫先开口:

"既然那笔货走漏了消息,恐怕不能装到烟台去了,也许在山东洋面就被海军截住;我刚才想了一想,只有一条路:你跑香港一趟,就在那边想法子转装到别处去。"

"我也是这么想。我打算明天就走。公司里总经理一职请你代理。"

"那不行!还是请王和甫罢。"

"也好。可是——哎,这半个月来,事情都不顺利;上游方面接洽好了的杂牌军临时变卦,都观望不动,以至张桂军功败垂成,这还不算怎样;最糟的是山西军到现在还没有全体出动,西北军苦战了一个月,死伤太重,弹药也不充足。甚至于区区小事,像这次的军火,办得好好的,也会忽然走了消息!"

唐云山有点颓丧,搔着头皮,看了吴荪甫一眼,又望着窗外;<u>一抹深红色的夕照挂在那边池畔的亭子角</u>,附近的一带树叶也带些儿金黄。〔小说主题和主人公命运的一种隐喻〕

⋯⋯⋯⋯

小火轮甲板上行乐的人们都有点半醉了,继续二十多分钟的紧张的哗笑也使他们的舌头疲倦,现在他们都静静地仰脸看着这神秘性的月夜的大自然,他们那些酒红的脸上渐渐透出无事可为的寂寞的烦闷来。而且天天沉浸颠倒于生活大转轮的他们这一伙,现在离开了斗争中心已远,忽然眒眼见了那平静的田野,苍茫的夜色,轻抚着心头的生活斗争的创痕,也不免感喟万端。于是在无事可为的寂寞的微闷而外,又添上了人事无常的悲哀,以及热痒痒地渴想新奇刺激的焦灼。〔表面的平静预示着即将到来的风暴〕

这样的心情尤以这一伙中的吴荪甫感受得最为强烈。<u>今晚上的行乐胜事是他发起的</u>;几个熟朋友,孙吉人,王和甫,韩孟翔,外加一位女的,徐曼丽。今晚上这雅集也是为了徐曼丽。据她自己说,二十四年前这月亮初升的时候,她降生在这尘寰。船上的灯彩,席面的酒肴,都是为的她这生日!孙吉人并且因此特地电调了这艘新造的镇扬班小火轮来!〔吴荪甫比别人更深一层地感到寂寞、无聊、烦闷和悲哀〕

船是更加走得慢了。轮机声咯嚓——咯嚓——地从下舱里爬上来,像是催眠曲。大副揣摩着老板们的心理,开了慢车;甲板上平稳到简直可以竖立一个鸡蛋。忽然吴荪甫转脸问孙吉人道：

"这条船开足了马力，一点钟走多少里呀？"

"四十里罢。像今天吃水浅，也许能走四十六七里。可是颠得厉害！怎么的？你想开快车么？"

吴荪甫点着头笑了一笑。他的心事被孙吉人说破了。他的沉闷的心正在要求着什么狂暴的速度与力的刺激。可是那边的王和甫却提出了反对的然而也正是更深一层的意见：

"这儿空荡荡的，就只有我们一条船，你开了快车也没有味儿！我们回去罢，到外滩公园一带浦面热闹的地方，我们出一个彆头玩一玩，那倒不错！"

"不要忙呀！到吴淞口去转一下，再回上海，——现在，先开快车！"

徐曼丽用了最清脆的声音说。立刻满座都鼓掌了。刚才大家纵情戏谑的时候有过"约法"，今晚上谁也不能反对这位年青"寿母"的一颦一謦。开快车的命令立即传下去了，轮机声轧轧轧地急响起来，船身就像害了疟疾似的战抖；船头激起的白浪有尺许高，船左右卷起两条白练，拖得远远的。拨刺！拨刺！黄浦的水怒吼着。甲板上那几位半酒醉的老板们都仰起了脸哈哈大笑。

"今天尽欢，应得留个久长的纪念！请孙吉翁把这条船改名做'曼丽'罢！各位赞成么？"

韩孟翔高擎着酒杯，大声喊叫；可是突然那船转弯了，韩孟翔身体一晃，没有站得稳，就往王和甫身上扑去，他那一满杯的香槟酒却直泼到王和甫邻座的徐曼丽头上，把她的蓬松长发淋了个透湿。"呀——哈！"吴荪甫他们愕然喊一声，接着就哄笑起来。徐曼丽一边笑，一边摇去头发上的酒，娇嗔地骂道：

"孟翔，冒失鬼！头发里全是酒了，非要你吮干净不可！"

这原不过是一句戏言，然而王和甫偏偏听得很清楚；他猛的两手拍一记，大声叫道：

"各位听清了没有？王母娘娘命令韩孟翔吮干她头发上的酒渍呢！吮干！各位听清了没有？孟翔！这是天字第一号的好差使，赶快到差——"

"喔唷唷！一句笑话，算不得数的！"

徐曼丽急拦住了王和甫的话，又用脚轻轻踢着王和甫的小腿，叫他莫闹。可是王和甫装做不晓得，一叠声喊着"孟翔到差"。吴荪甫，孙吉人，拍掌喝彩。振刷他们那灰暗心绪的新鲜刺激来了，他们是不肯随便放过的，况又有三分酒遮了脸。韩孟翔涎着脸笑，似乎并没什么不愿意。反是那老练的徐曼丽例外地羞涩起来。她佯笑着对吴荪甫他们飞了一眼。<u>六对酒红的眼睛都看定了她，像是看什么猴子变把戏。一缕被玩弄的感觉</u>就轻轻地在她心里一漾。但只一漾，这感觉立即也就消失。她抿着嘴吃吃地笑。被人家命令着，而且监视着干这玩意儿，她到底觉得有几分不自在。

王和甫却已经下了动员令。他捧住了韩孟翔的头，推到徐曼丽脸前来。徐曼丽吃吃地笑着，把上身往左一让，就靠到吴荪甫的肩膀上去了，吴荪甫大笑着伸手捉住了徐曼丽的头，直送到韩孟翔嘴边。孙吉人就充了掌礼的，在哗笑声中喝道：

"一吮！再吮！三——吮！礼毕！"

<small>专做阔佬玩物的徐曼丽也感到有几分不自在呢！于"烟飞水逝"的微妙瞬间捕捉到人物心理变化</small>

"谢谢你们一家门罢!头发是越弄越脏了!香槟酒,再加上口涎!"

徐曼丽掠整她的头发,娇媚地说着,又笑了起来。王和甫感到还没尽兴似的,立刻就回答道:

"那么再来过罢!可是你不要装模装样怕难为情才好呀!"

"算了罢!曼丽自己破坏了约法,我们公拟出一个罚规来!"

吴荪甫转换了方向了;他觉得眼前这件事的刺激力已经消失,他要求一个更新奇的。韩孟翔喜欢跳舞,就提议要徐曼丽来一套狐步舞。孙吉人老成持重,恐怕闯乱子,赶快拦阻道:

"那不行!这船面颠得厉害,掉在黄浦里不是玩的!罚规也不限定今天,大家慢慢儿想罢。"

现在这小火轮已经到了吴淞口了。口外江面泊着三四条外国兵舰,主桅上的顶灯在半空中耀亮,像是几颗很大的星。喇叭的声音在一条兵舰上呜呜地起来,忽然又没有了。四面一望无际,是苍凉的月光和水色。小火轮改开了慢车,迂回地转着一个大圆圈,这是在调头预备回上海。忽然王和甫很正经地说道:

"今天下午,有两条花旗炮舰,三条东洋鱼雷艇,奉到紧急命令,开汉口去,不知道为什么。吉人,你的局里有没有接到长沙电报?听说那边又很吃紧了!"

"电报是来了一个,没有说起什么呀!"

"也许是受过检查,不能细说。我听到的消息仿佛是共匪要打长沙呢!哼!"

"那又是日本人的谣言。日本人办的通讯社总说湖南,江西两省的共匪多么厉害!长沙,还有吉安,怎样吃紧!今天交易所里也有这风声,可是影响不到市场,今天市场还是平稳的!"

韩孟翔说着,就打了一个呵欠。这是有传染性的,徐曼丽是第一个被传染;孙吉人嘴巴张大了,却又临时忍住,转脸看着吴荪甫说道:

"日本人的话也未必全是谣言。当真那两省的情形不好!南北大战,相持不下,两省的军队只有调到前线去的,没有调回来;驻防军队单薄,顾此失彼,共匪就到处骚扰。将来会弄到怎样,谁也不敢说!"

"现在的事情真是说不定。当初大家预料至多两个月战事可以完结,哪里知道两个半月也过去了,还是不能解决。可是前方的死伤实在也了不起呀!雷参谋久经战阵,他说起来也是摇头。据他们军界中人估量,这次两方面动员的军队有三百万人,到现在死伤不下三十万!真是空前的大战!"

吴荪甫说这话时,神气非常颓唐,闭了眼睛,手摸着下巴。徐曼丽好久没有作声,忽然也惊喊了起来:

渲染着挣扎与绝望

"啊唷!那些伤兵,真可怕!哪里还像个人么!一轮船,一轮船,一火车,一火车,天天装来!喏,沪宁铁路跟沪杭铁路一带,大城小镇,全有伤兵医院;庙里住满了,就住会馆,会馆住满了,就住学校;有时没处住,就在火车站月台上风里雨里过几天!唉,上有天堂,下有苏杭;现在苏杭一带,就变做了伤兵世界了!"

"大概这个阳历七月底,总可以解决了罢?死伤那么重,不能拖延得很久的!"

吴荪甫又表示了乐观的意思,勉强笑了一笑。可是王和甫摇着头,拉长了声音说:

"未必,——未必! 听说徐州附近掘了新式的战壕,外国顾问监工,保可以守一年! 一年! 单是这项战壕,听说花了三百万,有人说是五百万! 看来今年一定要打过年的了,真是糟糕!"

"况且死伤的尽管多,新兵也在招募呀! 镇江,苏州,杭州,宁波,都有招兵委员;每天有新兵,少则三五百,多则一千,送到上海转南京去训练! 上海北站也有招兵的大旗,天天招到两三百!"

韩孟翔有意无意地又准对着吴荪甫的乐观论调加上一个致命的打击。

大家都没有话了。南北大战将要延长到意料之外么?——船面上这四男一女的交流的眼光中都有着这句话。小火轮引擎的声音从轧轧轧变成突突突了,一声声捭到这五个人的心里,增加了他们心的沉重。但是这在徐曼丽和韩孟翔他俩,只不过暂时感到,立即便消散了;不肯消散,而且愈来愈沉重的,是吴荪甫,孙吉人,王和甫他们三位老板。战争将要无限期延长,他们的企业可要糟糕!

> 隐喻。大风暴即将来临

这时水面上起了薄雾,远远地又有闪电,有雷声发动。风也起了,正是东南风,扑面吹来,非常有劲。小火轮狂怒地冲风前进,水声就同千军万马的呼噪一般,渐引渐近的繁华上海的两岸灯火在薄雾中闪烁。

"闷死了哟! 怎么你们一下子都变做了哑巴?"

徐曼丽俏媚的声浪在沉闷的空气中鼓动着。她很着急,觉得一个快乐的晚上硬生生地被什么伤兵和战壕点污了。她想施展她特有的魔力挽回这僵局! 韩孟翔是最会凑趣的,立刻就应道:

"我们大家干一杯,再各人奉敬寿母一杯,好么?"

没有什么人不赞成。虽则吴荪甫他们心头的沉闷和颓唐绝非几杯酒的力量所能解决,但是酒能够引他们的愁闷转到另一方向,并且能够把这愁闷改变为快乐。当下王和甫就说道:

"酒都喝过了,我们来一点余兴。吉人,吩咐船老大开快车,开足了马力! 曼丽,你站在这桌子上,金鸡独立,那一条腿不许放下来。——怕跌倒么? 不怕! 我们四个人守住了四面,你跌在谁的一边,就是谁的流年好,本月里要发财!"

"我不来! 船行到热闹地方了,成什么话!"

徐曼丽故意不肯,扭着腰想走开。四个男人大笑,一齐用鼓掌回答她。吴荪甫一边笑,一边就出其不意地拦腰抱住了徐曼丽,拍的一响,就把徐曼丽掇上了那桌子,又拦住了,不许她下来,叫道:

"各人守好了本人的岗位! 曼丽,不许作弊! 快,快!"

徐曼丽再不想逃走了,可是笑得软了腿,站不起来。四个男人守住了四面,大笑着催她。船癫狂地前进,像是发了野性的马。徐曼丽刚刚站直了,伸起一条腿,风就吹卷她的衣服,倒剥上去,直罩住了她的面孔,她的腰一闪,就向斜角里跌下去。孙吉人和韩孟翔一齐抢过来接住了她。

"头彩开出了,开出了! 得主两位! 快上去呀! 再开二彩!"

王和甫喊着,哈哈大笑,拍着掌。猛可地船上的汽笛一声怪叫,把作乐的众人都吓了一跳,接着,船身猛烈地往后一挫,就像要平空跳起来似的,桌子上的杯盘都震落在甲板上。那五个人都晃了一晃。韩孟翔站得出些,几乎掉在黄浦里。五个人的脸色都青了。船也停住了,水手们在两舷飞跑,拿着长竹篙。水面上隐约传来了喊声：

"救命呀！救命呀！"

是一条舢板撞翻了。于是徐曼丽的"二彩"只好不开。吴荪甫皱了眉头，自个儿冷笑。

船上的水手先把那舢板带住，一个人湿淋淋地也扳着舢板的后梢，透出水面来了。他就是摇这舢板的，只他一个人落水。十分钟以后，孙吉人他们这小火轮又向前驶，直指铜人码头。船上那五个人依旧那么哗笑；他们不能静，他们一静下来就会感到难堪的闷郁，那叫他们抖到骨髓里的时局前途的暗淡和私人事业的危机，就会狠狠地在他们心上咬着。

_{入木三分}

现在是午夜十二时了。工业的金融的上海人大部分在血肉相搏的噩梦中呻吟，夜总会的酒吧间里却响着叮叮当当的刀叉和嗤嗤的开酒瓶。吴荪甫把右手罩在酒杯上，左手支着头，无目的地看着那酒吧间里进出的人。他和王和甫两个虽然已经喝了半瓶黑葡萄酒，可是他们脸上一点也不红；那酒就好像清水，鼓动不起他们的闷沉沉的心情。并且他们自己也不明白为什么这样闷沉沉。

在铜人码头上了岸以后，他们到徐曼丽那里胡闹了半点钟，又访过著名的秘密艳窟九十四号，出一个难题给那边的老板娘；而现在，到这夜总会里也有了半个钟头了，也推过牌九，打过宝。可是一切这些解闷的法儿都不中用！两个人都觉得胸膛里塞满了橡皮胶似的，一颗心只是粘忒忒地摆布不开；又觉得身边全长满了无形的刺棘似的，没有他们的路。尤其使他们难受的，是他们那很会出计策的脑筋也像被什么东西胶住了——简直像是死了；只有强烈的刺激稍稍能够拨动一下，但也只是一下。

_{感官和享受无法排解苦闷和悲哀。勾画出一个活生生的半殖民地中国资本家形象}

"唉！浑身没有劲儿！"

吴荪甫自言自语地拿起酒杯来喝了一口，眼睛仍旧迷惘地望着酒吧间里憧憧往来的人影。

"提不起劲儿，吁！总有五六天了，提不起劲儿！"

王和甫打一个呵欠应着。他们两个人的眼光接触了一下，随即又分开，各自继续他们那无目标的瞭望。他们那两句话在空间消失了。说的人和听的人都好像不是自己在说，自己在听；他们的意识界是绝对的空白！

★编选者的话：

在茅盾多年的文学生涯中，《子夜》具有里程碑式的地位。就小说显示的社会概括的广度和深度、艺术结构的宏大与繁复、人物创造的多姿与传神，文学语言的华赡、劲健和爽利而言，它都足以使茅盾和一般作家拉开一大段距离。茅盾所具有的经营较大规模作品的才情、功力和耐性，在现代文学史上是少人比肩的。《子夜》出版后立即引起强烈的反响，三个月内，即印了四次，可见轰动的情况。据不完全统计，1933年至1934年几家报刊杂志，专门论述《子夜》的文章有十多篇，零星评论还不算。

_{地位和影响}

从内容上来说，《子夜》为30年代初期尖锐复杂的社会关系提供了一幅宏伟的长篇历史画卷。其中时而风云变幻，草木皆兵；时而日暖风和，觥筹交错；有五颜六色的场景，也有形单影只的抒情；有夫妇的同床异梦，也有朋友的两面三

刀；有残酷的血腥搏斗，也有无耻的贪婪肉欲；……五光十色，令人应接不暇。但万变不离其宗，所有一切的笔墨，都扣紧一个主题：回答30年代的中国是什么性质的社会。

作品在现实生活的提炼和人物冲突的选择上，对"五四"以来的新文学是有所突破的。它对资产阶级"大亨"生活的描写非常出色，既是历史真实，也是艺术真实。另外它的语言也很有特色，不仅是个性化的，也是时代化的。不仅吴荪甫、赵伯韬、屠维岳等人物的语言各如其人，在很大程度上他们的语言也是30年代的语言。这不仅是说公债市场或交易所的行话或术语是30年代的，有不少生活习惯上的用语以及说话的方式也是30年代的。如赵伯韬与吴荪甫的语言，时代的色彩是十分鲜明的。因此，我们可以说，《子夜》一书奠定了茅盾作为语言大师的历史地位。

<small>语言的个性化、时代化</small>

★作者的话：

这本书写了三个方面：买办资产阶级，民族资产阶级，革命运动者及工人群众。三者之中，前两者是与作者有接触，并且熟悉，比较真切地观察了其人与其事的；后一者则仅凭"第二手"的材料，即身与其事者乃至第三者的口述。这样的题材的来源，就使这部小说的描写买办资产阶级与民族资产阶级的部分比较生动真实，而描写革命运动者及工人群众的部分则差得多了。至于农村革命势力的发展，则连"第二手"的材料也很缺乏，我又不愿意向壁虚构，结果只好不写。

此所以我称这部书是"半肢瘫痪"的。

《子夜·后记》(1977/10/9)

《子夜》的写作过程给我一个深刻的教训：由于我们生长在旧社会中，故凭观察亦就可以描写旧社会的人物。但要描写斗争中的工农群众，则首先你必须在他们中间生活过，否则，不论你的"第二手"材料如何多而且好，你还是不能写得有血有肉的。

《茅盾选集·自序》

★相关评论：

《子夜》尽管存在着这样那样的缺点（如描写工农生活，由于来自"第二手材料"，不如反映民族资产阶级及买办资产阶级等方面生动具体，未能较好地表现工人运动中抵制"左"倾错误地积极因素等等）但就主导方面看，无疑是无产阶级立场观点同生动的艺术形象密切结合的，因此是一部优秀的革命现实主义巨著。……《子夜》标志着作者运用革命现实主义创作方法已进入成熟的阶段。……在以剧烈阶级斗争为背景广泛反映社会生活的长篇创作中，《子夜》的成就是最突出的，它以惊人的艺术力量表现了30年代初期中国社会的各个阶级的矛盾与斗争，提出并回答当年最重要的社会问题，可以说《子夜》是我国无产阶级文学运动中出现的第一部成功的长篇小说，具有划时代的意义。这是作者对我国现代文学史的重大贡献。

庄钟庆《茅盾的创作历程》，人民文学出版社 1982/7

文献索引:

1. 茅盾小说要目

《野蔷薇》,上海大江书铺 1929/7
《虹》,上海开明书店 1930/3
《蚀》,上海开明书店 1930/5
《三人行》,上海开明书店 1931/12
《路》,上海光华书店 1932/5
《子夜》,上海开明书店 1933/1
《春蚕》,上海开明书店 1933/5
《多角关系》,上海文学出版社 1937/5
《腐蚀》,上海华夏书店,1941/10
《霜叶红于二月花》,桂林华华书店 1943
《第一阶段的故事》,百新书店 1945

2. 茅盾研究要目

《茅盾专集》,福建人民出版社 1985/7
《茅盾研究资料》,作家出版社 1983/5
《茅盾研究论文选集》,湖南人民出版社 1983/11
《茅盾论创作》,上海文艺出版社 1980/5
《我走过的路》人民文学出版社 1981/10
《茅盾研究》,文化艺术出版社 1984/12
《茅盾九十诞辰纪念论文集》,作家出版社 1986/12
邵伯周《茅盾的文学道路》,长江文艺出版社 1959/5
叶子铭《论茅盾四十年的文学道路》,上海文艺出版社 1959/8
庄钟庆《茅盾的创作历程》,人民文学出版社 1982/7
林焕平《茅盾在香港和桂林的文学成就》,浙江人民出版社 1982/11
松井博光《黎明的文学——中国现实主义作家·茅盾》,浙江人民出版社 1982/1
庄钟庆《茅盾史实发微》,湖南人民出版社 1985/2
丁尔纲《茅盾作品浅析》,青海人民出版社 1983/3
邵伯周《茅盾评传》,四川文艺出版社 1987/1
杨健民《论茅盾的早期文学思想》,湖南文艺出版社 1987/7
邱文治《茅盾研究60年》,天津教育出版社 1990/10
李岫《茅盾比较研究论稿》,北岳文艺出版社 1988
孙中田《〈子夜〉的艺术世界》,上海文艺出版社 1990/12
李标晶《茅盾文体论初探》,厦门大学出版社 1991/5
罗宗义《茅盾文学批评论》,厦门大学出版社 1991/8
李广德《茅盾学论稿》,香港正文出版社有限公司 1991/8
丁柏铨《茅盾早期思想新探》,南京大学出版社 1993
陈幼石《茅盾〈蚀〉三部曲的历史分析》,社科文献出版社 1993
李标晶、王嘉良主编《简明茅盾词典》,甘肃教育出版社 1993/6
钟桂松《茅盾散论》,复旦大学出版社 2001/3

(郭学英)

老舍小说四篇

老舍，原名舒庆春，字舍予，满族，1899年生于北京。1918年北京师范学校毕业后任小学、中学教师，1924年赴英国，在伦敦大学东方学院任汉语讲师，开始小说创作。1930年回国后任齐鲁大学、山东大学教授。1938年中华全国文艺界抗敌协会成立，被选为理事兼总务部主任，主持文协日常工作。1946年应邀赴美国讲学，后旅居美国从事创作。解放后回国，曾任中国文联副主席等职。1966年于"文化大革命"初期因惨遭迫害而自沉北京太平湖。

> 父亲舒永寿为正红旗护军甲兵，1900年八国联军入侵北京时阵亡殉国

老舍以长篇小说和戏剧著称于世，他的作品充满着机智、诙谐及浓厚讽刺意味，形成了独特的幽默风格，具有强烈的民族文化批判和反思色彩。

> 其作品大都取材北京市民生活，所描写的自然风光、世态人情、习俗时尚，运用的市民口语，都呈现出浓郁的"京味"

离　婚(节选)

《离婚》创作于1933年夏，同年8月由良友图书公司出版，收入《老舍文集》第二卷。

小说描写的是北平某财政所一群公务员的思想矛盾、生活纠葛和家庭风波。主人公张大哥把做媒当作最大的快乐和享受，自然，他是极力反对离婚的。在他看来，一桩成功的婚姻是建立人间天堂的基础，离婚在法律上应被禁止，每一个正派的男女都应该唾弃它。可在他的朋友中，有许多人却在准备撕毁神圣的婚姻誓约。老李是一个有妻儿的年轻人，张大哥劝说他把妻子从乡下接来，以免他们离婚，但他们的家庭生活却变成了地狱般的煎熬。老李在马少奶奶身上编织着爱的梦，但梦还没有醒，就带着全家永远回到了乡下。吴先生、邱先生、马少爷都有许多麻烦事情——想离婚。张大哥的儿子也没有像他父亲为他盘算的那样结婚成家，却被抓进了监狱。女儿的婚事更让他伤透了心。

全书共三章，这里节选是第一章的前三节。这一部分生动地展示了张大哥这一市民形象及性格的某些侧面，让我们又看到了熟悉的北平市民的生活，看到了他们的妥协、敷衍和保守。作品含蓄而机智，幽默中"发出智慧与真理的火花"，是老舍"返归幽默"的成功尝试。

一

张大哥是一切人的大哥。你总以为他的父亲也得管他叫大哥，他的"大哥"味儿就这么足。

> "大哥"是一种象征

张大哥一生所要完成的神圣使命：作媒人和反对离婚。在他的眼中，凡为姑

娘者必有个相当的丈夫，凡为小伙子者必有个合适的夫人。这相当的人物都在哪里呢？张大哥的全身整个儿是<u>显微镜兼天平</u>。在显微镜下发现了一位姑娘，脸上有几个麻子；他立刻就会在人海之中找到一位男人，说话有点结巴，或是眼睛有点近视。在天平上，麻子与近视眼恰好两相抵消，上等婚姻。近视眼容易忽略了麻子，而麻小姐当然不肯催促丈夫去配眼镜，马上进行双方——假如有必要——交换像片，只许成功，不准失败。

　　自然张大哥的天平不能就这么简单。年龄，长像，家道，性格，八字，也都须细细测量过的；终身大事岂可马马虎虎！因此，亲友间有不经张大哥为媒而结婚者，他只派张大嫂去道喜，他自己决不去参观婚礼——看着伤心。这决不是出于嫉妒，而是善意的觉得这样的结婚，即使过得去，也不是上等婚姻；在张大哥的天平上是没有半点将就凑合的。

　　离婚，据张大哥看，没有别的原因，完全因为媒人的天平不准。经他介绍而成家的还没有一个闹过离婚的，连提过这个意思的也没有。小两口打架吵嘴什么的是另一回事。一夜夫妻百日恩，不打不爱，抓破了鼻子打青了眼，和离婚还差着一万多里地，远得很呢。

　　至于自由结婚，哼，和离婚是一件事的两端——根本没有上过天平。这类的喜事，连张大嫂也不去致贺，只派人去送一对喜联——虽然写的与挽联不同，也差不很多。

　　<u>介绍婚姻是创造，消灭离婚是艺术批评</u>。张大哥虽然没这么明说，可是确有这番意思。媒人的天平不准是离婚的主因，所以打算大事化小，小事化无，必须从新用他的天平估量一回，细细加以分析，然后设法把双方重量不等之处加上些砝码，便能一天云雾散，没事一大堆，家庭免于离散，律师只得干瞪眼——张大哥的朋友中没有挂律师牌子的。只有创造家配批评艺术，只有真正的媒人会消灭离婚。张大哥往往是打倒原来的媒人，进而为要到法厅去的夫妇的调停者；及至言归于好之后，夫妻便否认第一次的介绍人，而以张大哥为地道的大媒，一辈子感谢不尽。这样，他由批评者的地位仍回到创造家的宝座上去。

　　大叔和大哥最适宜作媒人。张大哥与媒人是同一意义。"张大哥来了，"这一声出去，无论在哪个家庭里，姑娘们便红着脸躲到僻静地方去听自己的心跳。没儿没女的家庭——除了有丧事——见不着他的足迹。他来过一次，而在十天之内没有再来，那一家里必会有一半个枕头被哭湿了的。<u>他的势力是操纵着人们的心灵</u>。就是家中有四五十岁老姑娘的也欢迎他来，即使婚事无望，可是每来一次，总有人把已发灰的生命略加上些玫瑰色儿。

二

　　张大哥是个博学的人，自幼便出经入史，似乎也读过《结婚的爱》。他必须读书，好证明自己的意见怎样妥当。他长着一对阴阳眼：左眼的上皮特别长，永远把眼珠囚禁着一半；右眼没有特色，一向是照常办公。<u>这只左眼便是极细密的小筛子</u>。右眼所读所见的一切，都要经过这半闭的左目筛过一番——那被囚禁的半个眼珠是向内看着自己的心的。这样；无论读什么，他自己的意见总是最妥善

> 婚姻是一门艺术！

> 张大哥是伟大的创造家和艺术批评家！

> 岂止是媒人，简直就是活神仙，是月下老人转世

> 肖像描写中隐含着讽刺意味

的；那与他意见不合之处，已随时被左眼给筛下去了。

> 这个小筛子是天赐的珍宝。张大哥只对天生来的优越有点骄傲，此外他是谦卑和蔼的化身。凡事经小筛子一筛，永不会走到极端上去；走极端是使生命失去平衡，而要平地摔跟头的。张大哥最不喜欢摔跟头。他的衣裳，帽子，手套，烟斗，手杖，全是摩登人用过半年多，而顽固老还要再思索三两个月才敢用的时候的样式与风格。就好比一座社会的骆驼桥，张大哥的服装打扮是叫车马行人一看便放慢些脚步，可又不是完全停住不走。

         保守、敷衍、中庸、平和

> "听张大哥的，没错！"凡是张家亲友要办喜事的少有不这么说的。彩汽车里另放一座小轿，是张大哥的发明。用彩汽车迎娶，已是公认为可以行得通的事。不过，大姑娘一辈子没坐过花轿，大小是个缺点。况且坐汽车须在门外下车，闲杂人等不干不净的都等着看新人，也不合体统，还不提什么吉祥不吉祥。汽车里另放小轿，没有再好的办法，张大哥的主意。汽车到了门口，拍，四个人搬出一顶轿犀！闲杂人等只有干瞪眼；除非自己去结婚，无从看见新娘子的面目。这顺手就是一种爱的教育，一种暗示。只有一次，在夏天，新娘子是由轿犀倒出来的，因为已经热昏过去。所以现在就是在秋天，彩汽车上顶总备好两个电扇，还是张大哥的发明；不经一事，不长一智。

         一个奇妙的发明，又是一次爱的教育！

三

> 假如人人有个满意的妻子，世界上决不会闹"共产"。张大哥深信此理。革命青年一结婚，便会老实起来，是个事实，张大哥于此点颇有证据。因此，在他的眼中，凡是未婚的人脸上起了几个小红点，或是已婚的眉头不大舒展，必定与婚事有关，而马上应当设法解决。不然，非出事不可！

> 老李这几天眉头不大舒展，一定大有文章。张大哥嘱咐他先吃一片阿司匹林，又告诉他吃一丸清瘟解毒。无效，老李的眉头依然皱着。张大哥给他定了脉案——婚姻问题。

         在张大哥看来，"世界的中心就是北平"

> 老李是乡下人。据张大哥看，除了北平人都是乡下老。天津，汉口，上海，连巴黎，伦敦，都算在内，通通是乡下。张大哥知道的山是西山，对于由北山来的卖果子的都觉得有些神秘不测。最远的旅行，他出过永定门。可是他晓得九江出磁，苏杭出绸缎，青岛是在山东，而山东人都在北平开猪肉铺。他没看见过海，也不希望看。世界的中心是北平。所以老李是乡下人，因为他不是生在北平。张大哥对乡下人特别表同情；有意离婚的多数是乡下人，乡间的媒人，正如山村里的医生，是不会十分高明的。生在乡下多少是个不幸。

> 他们二位都在财政所作事。老李的学问与资格，凭良心说，都比张大哥强。可是他们坐在一处，张大哥若是像个伟人，老李还够不上个小书记员。张大哥要是和各国公使坐在一块儿谈心，一定会说出极动人的言语，而老李见着个女招待便手足无措。老李是光绪末年那拨子姥姥不疼舅舅不爱的孩子们中的一位。说不上来为什么那样不起眼。张大哥在没剪去发辫的时候，看着几乎像张勋那么有福气；剪发以后，头上稍微抹了点生发油，至不济像个银行经理。老李，在另一方面，穿上最新式的西服会在身上打转，好像里面絮着二斤滚成蛋的碎棉

         民间语言，至今仍有生命活力

花。刚刮净的脸,会仿佛顺着刀子冒槐子水,又涩又暗。他递给人家带官衔的——财政所第二科科员——名片,人家似乎得思索半天,才敢承认这是事实。他要是说他学过银行和经济学,人家便更注意他的脸,好像他脸上有什么对不起银行和经济学的地方。 _{英国式的幽默}

其实老李并不丑;细高身量,宽眉大眼,嘴稍过大一些,一嘴整齐白健的牙。但是,他不顺眼。无论在什么环境之下,他使人觉得不舒服。他自己似乎也知道这个,所以事事特别小心,结果是更显着慌张。人家要是给他倒上茶来,他必定要立起来,双手去接,好像只为洒人家一身茶,而且烫了自己的手。赶紧掏出手绢给人家擦抹,好顺手碰人家鼻子一下。然后,他一语不发,直到憋急了,抓起帽子就走,一气不定跑到哪里去。 _{老李的拘谨、内向、怯懦的小人物形状}

作起事来,他可是非常的细心。因此受累是他的事;见上司,出外差,分私钱,升官,一概没有他的份儿。公事以外,买书看书是他的娱乐。偶尔也独自去看一回电影。不过,设若前面或旁边有对摩登男女在黑影中偷偷的接个吻,他能浑身一麻,站起就走,皮鞋的铁掌专找女人的脚尖踩。

至于张大哥呢,长长的脸,并不驴脸瓜搭,笑意常把脸往扁处纵上些,而且颇有些四五十岁的人当有的肉。高鼻子,阴阳眼,大耳唇,无论在哪儿也是个富泰的人。打扮得也体面:藏青哗叽袍,花驼绒里,青素缎坎肩,襟前有个小袋,插着金夹子自来水笔,向来没沾过墨水;有时候拿出来,用白绸子手绢擦擦钢笔尖。提着潍县漆的金箍手杖,杖尖永没挨过地。抽着英国银星烟斗,一边吸一边用珐蓝的洋火盒轻轻往下按烟叶。左手的四指上戴着金戒指,上刻着篆字姓名。袍子里面不穿小褂,而是一件西装的汗衫,因为最喜欢汗衫袖口那对镶着假宝石的袖扣。张大嫂给汗衫上钉上四个口袋,于是钱包,图章盒——永远不能离身,好随时往婚书上盖章——金表,全有了安放的地方,而且不易被小绺给扒了去。放假的日子,肩上有时候带着个小照像匣,可是至今还没开始照像。 _{体面、排场、气派,北平人追求的是精致的"生活艺术"}

没有张大哥不爱的东西,特别是灵巧的小玩艺。中原公司,商务印书馆,吴彩霞南绣店,亨得利钟表行等的大减价日期,他比谁也记得准确。可是,他不买外国货。不买外货便是尽了一切爱国的责任;谁骂卖国贼,张大哥总有参加一齐骂的资格。 _{张大哥俨然是"婚姻王国"的总理}

他的经验是与日用百科全书有同样性质的。哪一界的事情,他都知道。哪一部的小官,他都作过。哪一党的职员,他都认识;可是永不关心党里的宗旨与主义。无论社会有什么样的变动,他老有事作;而且一进到个机关里,马上成为最得人的张大哥。新同事只须提起一个人,不论是科长,司长,还是书记员,他便闭死了左眼,用右眼笑着看烟斗的蓝烟,诚意的听着。等人家说完,他睁开左眼,低声的说:"他呀,我给他作过媒。"从此,全机关的人开始知道了来了位活神仙,月下老人的转身。从此,张大哥是一边办公,一边办婚事:多数的日子是没公事可办,而没有一天缺乏婚事的设计与经营。而且婚事越忙,就是公事也不必张大哥去办。"以婚治国,"他最忙的时候才这么说。给他来的电话比谁的也多,而工友并不讨厌他。特别是青年工友,只要伺候好了张科员大哥,准可以娶上个老婆,也许丑一点,可是两个箱子,四个匣子的陪送,早就在媒人的天平上放好。 _{一个好好先生 一个稳妥的市民}

_{张大哥俨然是"婚姻王国"的总理}

张大哥这程子精神特别好,因为同事的老李"有意"离婚。

★编选者的话:

《离婚》是一部有影响的优秀的现实主义作品。它的问世标志着老舍小说创作的核心思想——批判市民性格和形成这种性格的社会生活环境、思想渊源和文化传统得到了全面确立,并基本形成了简洁清新的语言特点,和幽默风趣的艺术风格。

> 取材视角和艺术视角的转换,老舍找回了熟悉的世界:北平,找回了谙熟的艺术风格:幽默

小说通过一群灰色人物的灰色生活的描写,批判了市民性格的无聊、敷衍和保守以及形成这种性格的思想文化系统。主人公张大哥是一个带有漫画色彩的喜剧形象,一个本份、爽快、能干的旧派市民。他安于自己小康生活,远离一切政治,集中了小市民保守、庸俗和敷衍的特点。他一生要完成的使命就是做媒人和反对离婚。"离婚"在他的辞典中的含义已不限于一对夫妻的离散,而且意味着一切既成秩序破坏,因此,他一生神圣事业就是调和矛盾,调解争端,弥合裂缝,消弭危机,"凑合"着过日子,以保天下太平。他的婚姻观念及其人生态度深刻地体现出传统文化因循守旧、敷衍妥协、封闭自足的一面。作品中的老李性格懦弱,习惯于妥协敷衍,对社会、家庭不满,但只能苟且偷生,随遇而安。小说写出了这类"老中国儿女"因循保守的庸人哲学的破产,以及他们"想做奴隶而不得"的人生悲剧,对他们的生存哲学给予了辛辣的揶揄嘲讽和彻底否定,蕴涵了深刻的文化反思和批判思想。

> 老舍就是书写"北平"和"北平市民"的大师

★作者的话:

在没想起任何事情之前,我先决定了:这次要"返归幽默"。《大明湖》与《猫城记》的双双失败使我不得不这么办。附带的也决定了,这回还得求救于北平。北平是我的老家,一想起这两个字就立刻有几百尺"故都景象"在心中开映。啊!我看见了北平,马上有了个"人"。我不认识他,可是在我廿岁至廿五岁之间我几乎天天看见他。他永远使我羡慕他的气度与服装,而且时时发现他的小小变化:这一天他提着条很讲究的手杖,那一天他骑上自行车——稳稳的溜着马路边儿,永远碰不了行人,也好似永远走不到目的地,太稳,稳得几乎像凡事在他身上都是一种生活趣味的展示。我不放手他了。这个便是"张大哥"。

> 每位作家心中都有自己的"城"与"人"

《老舍论创作》,上海文艺出版社 1981/11

> 西方文化对中国社会婚姻生活的冲击

当西方人离婚的作法传到中国时,它对许多中国家庭来说,无疑等于一次地震。没有结婚的,开始反对几千年父母包办婚姻的作法。他们结婚时,希望像好莱坞电影中的人物那样充满罗曼蒂克。那些已经结了婚的,则对自己的婚姻生活很恼火,马上得出这样的结论:除非他们非常勇敢地同现在的太太离婚,娶一个现代的姑娘,否则他们的余生不会有任何幸福。很多家庭瓦解了,许多老式的太太们被像旧报纸一样扔掉了。眼泪、欢笑、烦恼、彷徨,一切悲喜剧的所有要素,全一起向男人们和女人们涌来,折磨着人们的心。

离婚只是这许多让人糊涂的,将中国置于欢笑和悲哀之中的矛盾里的一例。因为舍取标准不可能在一天之内得到确定,所以进步进程必定缓慢。这就是

我说《离婚》是出讽刺剧的理由,它是含着泪的笑。

《关于〈离婚〉》,《中国现代文学研究丛刊》,1989/2

★ **相关评论:**

老舍所最常讽刺的是什么东西呢?妥协,敷衍。统一了所有的老舍小说中的人物的性格的,是怯懦。因为怯懦,什么事情也不走极端,总是折中,在折中下息事宁人,在折中下将人情安排在最走得圆通的余俗里。因为怯懦事情可以退一步想,这样便永没有改革,永没有进取,用自欺的知足,平安地糊涂地沉寂下去。这样,灰色的人生便绘就了。拆开来,是灰色的人物,凑起来,是灰色的社会。这是老舍讽刺的总目标,大中心。

> 灰色人物、灰色人生、灰色社会

李长之《〈离婚〉》,《文学季刊》创刊号(1934/1)

断魂枪(节选)

《断魂枪》发表于1935年9月22日天津《大公报》文艺副刊第13期,收入短篇小说集《蛤藻集》、《老舍文集》第七卷。

> 老舍最优秀的短篇小说之一

晚清时期,曾开过镖局的沙子龙身怀"五虎断魂枪"的绝技,威震西北,"神枪沙子龙"英名远播,镖局因此也曾兴旺发达。但是,帝国主义洋枪大炮打开了古老中国的大门,"他的世界被狂风吹走了",镖局改成了客栈。他痛心地感到"五虎断魂枪"不会再有往日的荣耀与辉煌,不再谈武艺,不再与人争强好胜,甚至别人找上门来他也不再比武,也不肯将自己的绝技传给后人。但在他的内心深处,对逝去了的生活却无比眷念。晚上,他常常独自一人"对着墙角立着的大枪",把"断魂枪"当作朋友。"不传!不传!"他只有用这样的方式无奈地与时代抗争。

作品仅4000余字,一桩事,三个人,三个精彩片断,构思之精巧,令人赞叹。这里节选的是第一、三两个片断:沙子龙往日的辉煌与现在的落寞,孙老者上门求艺。

> "生命是闹着玩的,事事显出如此;从前
> 我这么想过,现在我懂得了。"

沙子龙的镖局已改成客栈。

东方的大梦没法子不醒了。炮声压下去马来与印度野林中的虎啸。半醒的人们,揉着眼,祷告着祖先与神灵;不大会儿,失去了国土、自由与主权。门外立着不同面色的人,枪口还热着。他们的长矛毒弩,花蛇斑彩的厚盾,都有什么用呢;连祖先与祖先所信的神明全不灵了啊!龙旗的中国也不再神秘,有了火车呀,穿坟过墓破坏着风水。枣红色多穗的镖旗,绿鲨皮鞘的钢刀,响着串铃的口马,江湖上的智慧与黑话,义气与声名,连沙子龙,他的武艺、事业,都梦似的变成昨夜的。今天是火车、快枪,通商与恐怖。听说,有人还要杀下皇帝的头呢!这是走镖已没有饭吃,而国术还没被革命党与教育家提倡起来的时候。

> 晚清社会现实的真实写照

> 变迁者的现实。简洁、传神

过去的辉煌与现在的落寞形成鲜明对比	<u>谁不晓得沙子龙是短瘦、利落、硬棒，两眼明得像霜夜的大星？</u>可是，现在他身上放了肉。镖局改了客栈，他自己在后小院占着三间北房，大枪立在墙角，院子里有几只楼鸽。只是在夜间，他把小院的门关好，熟习熟习他的"五虎断魂枪"。这条枪与这套枪，二十年的工夫，在西北一带，给他创出来"神枪沙子龙"五个字，没遇见过敌手。现在，这条枪与这套枪不会再替他增光显胜了；只是摸摸这凉、滑、硬而发颤的杆子，使他心中少难过一些而已。只有在夜间独自拿起枪来，才能相信自己还是"神枪沙"。在白天，他不大谈武艺与往事；他的世界已被狂风吹了走。
徒弟们热衷于武艺与炫耀，反衬了沙子龙的落寞	在他手下创练起来的少年们还时常来找他。他们大多数是没落子的，都有点武艺，可是没地方去用。有的在庙会上去卖艺：踢两趟腿，练套家伙，翻几个跟头，附带着卖点大力丸，混个三吊两吊的。有的实在闲不起了，去弄筐果子，或挑些毛豆角，赶早儿在街上论斤吆喝出去。那时候，米贱肉贱，肯卖膀子力气本来可以混个肚儿圆；他们可是不成：肚量既大，而且得吃口管事儿的；干饽饽、辣饼子咽不下去。况且他们还时常去走会：五虎棍，开路，太狮少狮……虽然算不了什么——比起走镖来——可是到底有个机会活动活动，露露脸。是的，走会捧场是买脸的事，他们打扮得像个样儿，至少得有条青洋绉裤子，新漂白细市布的小褂，和一双鱼鳞洒鞋——顶好是青缎子抓地虎靴子。他们是神枪沙子龙的徒弟——虽然沙子龙并不承认——得到处露脸，走会得赔上俩钱，说不定还得打场架。没钱，上沙老师那里去求。沙老师不含糊，多少不拘，不让他们空着手儿走。可是，为打架或献技去讨教一个招数，或是请给说个"对子"——什么空手夺刀，或虎头钩进枪——沙老师有时说句笑话，马虎过去："教什么？拿开水浇吧！"有时直接把他们逐出去。他们不大明白沙老师是怎么了，心中也有点不乐意。
老舍对北京各色人等都很熟悉，描写极为细致	可是，他们到处为沙老师吹腾，一来是愿意使人知道他们的武艺有真传授，受过高人的指教；二来是为激动沙老师：万一有人不服气而找上老师来，老师难道还不露一两手真的么？所以：沙老师一拳就砸倒了个牛！沙老师一脚把人踢到房上去，并没使多大的劲！他们谁也没见过这种事，但是说着说着，他们相信这是真的了，有年月，有地方，千真万确，敢起誓！
	…………
	到了客栈，他心中直跳，唯恐沙老师不在家，他急于报仇。他知道老师不爱管这种事，师弟们已碰过不少回钉子，可是他相信这回必定行，他是大伙计，不比那些毛孩子；再说，人家在庙会上点名叫阵，沙老师还能丢这个脸么？
	"三胜，"沙子龙正在床上看着本《封神榜》，"有事吗？"
	"三胜的脸又紫了，嘴唇动着，说不出话来。
	沙子龙坐起来，"怎么了，三胜？"
	"栽了跟头！"
	只打了个不甚长的哈欠，沙老师没别的表示。
王三胜的激将法	王三胜心中不平，但是不敢发作；他得激动老师："姓孙的一个老头儿，门外等着老师呢；把我的枪，枪，打掉了两次！"他知道<u>"枪"字在老师心中有多大分量</u>。没等吩咐，他慌忙跑出去。
	客人进来，沙子龙在外间屋等着呢。彼此拱手坐下，他叫三胜去泡茶。三胜

希望两个老人立刻交了手,可是不能不沏茶去。孙老者没话讲,用深藏着的眼睛打量沙子龙。沙很客气:

"要是三胜得罪了你,不用理他,年纪还轻。"

孙老者有些失望,可也看出沙子龙的精明。他不知怎样好了,不能拿一个人的精明断定他的武艺。"我来领教领教枪法!"他不由地说出来。

沙子龙没接碴儿。王三胜提着茶壶走进来——急于看二人动手,他没管水开了没有,就沏在壶中。

"三胜,"沙子龙拿起个茶碗来,"去找小顺们去,天汇见,陪孙老者吃饭。" "顾左右而言它"

"什么?"王三胜的眼珠几乎掉出来。看了看沙老师的脸,他敢怒而不敢言地说了声"是啦!"走出去,撅着大嘴。

"教徒弟不易!"孙老者说。

"我没收过徒弟。走吧,这个水不开!茶馆去喝,喝饿了就吃。"沙子龙从桌子上拿起缎子褡裢,一头装着鼻烟壶,一头装着点钱,挂在腰带上。

"不,我还不饿!"孙老者很坚决,两个"不"字把小辫从肩上抡到后边去。 两个"不"表现了孙老者求艺心切,态度坚决

"说会子话儿。"

"我来为领教领教枪法。"

"功夫早搁下了,"沙子龙指着身上,"已经放了肉!" 沙子龙的平淡很有神秘的意味

"这么办也行,"孙老者深深的看了沙老师一眼:"不比武,教给我那趟五虎断魂枪。"

"五虎断魂枪?"沙子龙笑了:"早忘干净了!早忘干净了!告诉你,在我这儿住几天,咱们各处逛逛,临走,多少送点盘缠。"

"我不逛,也用不着钱,我来学艺!"孙老者立起来,"我练趟给你看看,看够得上学艺不够!"一屈腰已到了院中,把楼鸽都吓飞起去。拉开架子,他打了趟查拳:腿快,手飘洒,一个飞脚起去,小辫儿飘在空中,象从天上落下来一个风筝;快之中,每个架子都摆得稳、准、利落;来回六趟,把院子满都打到,走得圆,接得紧,身子在一处,而精神贯串到四面八方。抱拳收势,身儿缩紧,好似满院乱飞的燕子忽然归了巢。 准确生动的动作,形象的比喻
孙老者用精湛的武艺激将

"好!好!"沙子龙在台阶上点着头喊。

"教给我那趟枪!"孙老者抱了抱拳。

沙子龙下了台阶,也抱着拳:"孙老者,说真的吧;那条枪和那套枪都跟我入棺材,一齐入棺材!"

"不传?"

"不传!"

孙老者的胡子嘴动了半天,没说出什么来。到屋里抄起蓝布大衫,拉拉着腿:"打搅了,再会!"

"吃过饭走!"沙子龙说。

孙老者没言语。

沙子龙把客人送到小门,然后回到屋中,对着墙角立着的大枪点了点头。

他独自上了天汇,怕是王三胜们在那里等着。他们都没有去。

王三胜和小顺们都不敢再到土地庙去卖艺,大家谁也不再为沙子龙吹腾;

反之，他们说沙子龙栽了跟头，不敢和个老头儿动手；那个老头子一脚能踢死个牛。不要说王三胜输给他，沙子龙也不是"个儿"。不过呢，王三胜到底和老头子见了个高低，而沙子龙连句硬话也没敢说。"神枪沙子龙"慢慢似乎被人们忘了。夜静人稀，沙子龙关好了小门，一气把六十四枪刺下来；而后，拄着枪，望着天上的群星，想起当年在野店荒林的威风。叹一口气，用手指慢慢摸着凉滑的枪身，又微微一笑，"不传！不传！"

_{"不传！不传！"是一种无奈，更是与时代抗争}

★ 编选者的话：

作品以辛亥革命前后的中国社会为背景，艺术地再现了半封建半殖民地的中国社会现实：一方面，中国传统文明正被西方物质文明所冲击，"龙旗的中国不再神秘"，两种文明激烈地碰撞、冲突，代表"国粹"的"国术"价值跌落，预示着一个时代的终结；另一方面，文明的更替又是以民族压迫的方式进行的，"半醒的人们，揉着眼，祷告着祖先和神灵；不大会儿，失去了国土、自由和权利。门外站着不同面色的人，枪口还热着。"被压迫民族的愚昧麻木与侵略者的强大凶残形成了鲜明的对比。作品通过沙子龙在近代社会急剧变化中复杂心态的描绘，揭示了两种文化冲突的背景，渗透了作者对传统文明进行的深刻反思。

作品通过比武求艺的情节，塑造了有高超技艺的拳师沙子龙等性格鲜明的人物形象，惟妙惟肖地刻画了沙子龙的典型性格和复杂心态。在"火车、快枪，通商与恐怖"的时代，他痛感"五虎断魂枪"已不再会替他增光显胜，知道他的世界被狂风吹走了。他可以屈从潮流，可以不谈武艺，甚至以"不传"与时代抗争，但他孤傲执著，视武艺为生命，在对武艺的挚爱和追求中体现出顽强的性格力量。在独自一个人的时候，熟悉着他的五虎断魂枪，与他点头，微笑……。表现了他内心深处的无可奈何。"不传！不传！"是与时代抗争的保守心态，也表现出孤傲倔强的性格特征。沙子龙的这种复杂心态，不仅烘托了时代的变迁，而且也暗示了被时代淘汰的落伍者不可避免的黯淡命运，表达了作者对当时国术不为人重视的惋惜心情。

_{《断魂枪》是最能体现老舍小说特点的短篇作品}

作品运用了白描手法，对人物的肖像、动作、语言的描写简洁传神，深刻地表现了人物的内心世界和复杂性格；还运用了对比、烘托的手法塑造人物，整篇小说对沙子龙着墨不多，但对王三胜和孙老者却花了不少笔墨，从不同侧面凸现了沙子龙典型形象。

★ 作者的话：

在《断魂枪》里，我表现了三个人，一桩事。这三个人与这一桩事是我由一大堆材料中选出来的，他们的一切都在我心中想过了许多回，所以他们都能立得住。那件事是我所要在长篇中表现的许多事实中之一，所以它很利落。拿这么一件小小的事，联系上三个人，所以全篇是从从容容的，不多不少正合适。

_{从作者的自信中可体味出他对这篇作品的喜爱程度}

《老舍论创作》，上海文艺出版社 1981/11

★ 相关评论：

《断魂枪》写"神枪沙子龙"，着重从侧面落笔，烘云托月，以虚写实。沙子龙多在后台,却使人感到一种威力,一种神秘,莫测其技艺之神妙。小说的收束尤其有力。短短的一节文字,仿佛全篇里蕴蓄的力量全压在其中。而写沙子龙的"五虎断魂枪"更不过寥寥一行,令人但觉神光离合,以至全篇戛然收住后,仍有余音绕梁。中国传统美术讲求"经营空白"、"遗貌取神"。老舍善用此法,运用中有所创新。

赵园《老舍——北京市民社会的表现者与批判者》,
《兰州大学学报》1984/1

在这方面,短篇小说《老字号》与《断魂枪》很有代表性,他们都截取个别小人物平凡的日常生活的小小片段,反映时代的变迁。……他(沙子龙)之所以这般矜持、孤傲,是因为那支枪和那套枪(法)代表了昔日的光荣,与自己的全部价值、尊严以至于整个生命融为一体了———他对它怀着至死不渝的忠贞,它也只能为他个人独占,两者共同地远离不再属于他们的纷扰俗世。沙子龙宛如一个坚定虔诚的殉道者。作家珍惜他的这种操守与品德。超越了一般的惆怅伤感,作品传出的是深沉的人生感叹。

樊骏《认识老舍(下)》,《文学评论》1996/6

骆驼祥子(节选)

《骆驼祥子》写于1936年,连载于《宇宙风》杂志第25—48期(1936年9—1937年10月)。1939年由上海人间书屋出版,收入《老舍全集》第二集。

  破产的青年农民祥子独自来到北平,靠拉洋车为生。他的生活目标是凭自己的力气、勤劳和坚忍买一辆车,过上安稳的生活。经过三年的奋斗,他买了车,实现了自己的理想,成为自食其力的洋车夫。不久,在兵荒马乱中,连人带车被兵匪掳走。失去了洋车的祥子逃出兵营,牵了三四骆驼,"骆驼祥子"由此得名。祥子继续从头开始,更加拼命拉车,攒钱,但所有的积蓄又被侦探敲诈洗劫一空;祥子在虎妞的诱骗下与之结婚,后因虎妞难产而死又卖掉了车。他真正喜欢的女子小福子也沦为妓女而自尽,他最后的一个梦破碎了,太多的折磨。使他再也无法鼓起生活的勇气,他断弃了意志的缆绳,背弃了质朴、诚实的人生准则,自暴自弃,日渐堕落,生命的小舟在人海狂潮中自沉自灭。

  全书共24章,这里节选的是第一、二章。

一

  我们所要介绍的是祥子,不是骆驼,因为"骆驼"只是个外号;那么,我们就先说祥子,随手儿把骆驼与祥子那点关系说过去,也就算了。

  <u>北平的洋车夫有许多派</u>:年轻力壮,腿脚灵利的,讲究赁漂亮的车,拉"整天儿",爱什么时候出车与收车都有自由;拉出车来,在固定的"车口"或宅门一放,专等坐快车的主儿;弄好了,也许一下子弄个一块两块的;碰巧了,也许白耗一

祥子与"骆驼",叙述很朴实
对北平洋车夫的生活了如指掌,如数家珍。叙述从容平易,娓娓道来,亲切,新鲜,恰当,活泼

天,连"车份儿"也没着落,但也不在乎。这一派哥儿们的希望大概有两个:或是拉包车;或是自己买上辆车,有了自己的车,再去拉包月或散座就没大关系了,反正车是自己的。

比这一派岁数稍大的,或因身体的关系而跑得稍差点劲的,或因家庭的关系而不敢白耗一天的,大概就多数的拉八成新的车;人与车都有相当的漂亮,所以在要价儿的时候也还能保持住相当的尊严。这派的车夫,也许拉"整天",也许拉"半天"。在后者的情形下,因为还有相当的精气神,所以无论冬天夏天总是"拉晚儿"。夜间,当然比白天需要更多的留神与本事;钱自然也多挣一些。

年纪在四十以上,二十以下的,恐怕就不易在前两派里有个地位了。他们的车破,又不敢"拉晚儿",所以只能早早的出车,希望能从清晨转到午后三四点钟,拉出"车份儿"和自己的嚼谷。他们的车破,跑得慢,所以得多走路,少要钱。到瓜市,果市,菜市,去拉货物,都是他们;钱少,可是无须快跑呢。

在这里,二十岁以下的——有的从十一二岁就干这行儿——很少能到二十岁以后改变成漂亮的车夫的,因为在幼年受了伤,很难健壮起来。他们也许拉一辈子洋车,而一辈子连拉车也没出过风头。那四十以上的人,有的是已拉了十年八年的车,筋肉的衰损使他们甘居人后,他们渐渐知道早晚是一个跟头会死在马路上。他们的拉车姿势,讲价时的随机应变,走路的抄近绕远,都足以使他们想起过去的光荣,而用鼻翅儿扇着那些后起之辈。可是这点光荣丝毫不能减少将来的黑暗,他们自己也因此在擦着汗的时节常常微叹。不过,以他们比较另一些四十上下岁的车夫,他们还似乎没有苦到了家。这一些是以前决没想到自己能与洋车发生关系,而到了生和死的界限已经不甚分明,才抄起车把来的。被撤差的巡警或校役,把本钱吃光的小贩,或是失业的工匠,<u>到了卖无可卖,当无可当的时候</u>,咬着牙,含着泪,<u>上了这条到死亡之路</u>。这些人,<u>生命最鲜壮的时期已经卖掉</u>,现在再把窝窝头变成<u>血汗滴在马路上</u>。没有力气,没有经验,没有朋友,就是在同行的当中也得不到好气儿。他们拉最破的车,皮带不定一天泄多少次气;一边拉着人还得一边儿央求人家原谅,虽然十五个大铜子儿已经算是甜买卖。

此外,因环境与知识的特异,又使一部分车夫另成派别。生于西苑海甸的自然以走西山,燕京,清华,比较方便;同样,在安定门外的走清河,北苑;在永定门外的走南苑……这是跑长趟的,不愿拉零座;因为拉一趟便是一趟,不屑于三五个铜子的穷凑了。可是他们还不如东交民巷的车夫的气儿长,这些专拉洋买卖的讲究一气儿由东交民巷拉到玉泉山,颐和园或西山。气长也还算小事,一般车夫万不能争这项生意的原因,大半还是因为这些吃洋饭的有点与众不同的知识,他们会说外国话。英国兵,法国兵,所说的万寿山,雍和宫,"八大胡同",他们都晓得。他们自己有一套外国话,不传授给别人。他们的跑法也特别,四六步儿不快不慢,低着头,目不旁视的,贴着马路边儿走,带出与世无争,而自有专长的神气。因为拉着洋人,他们可以不穿号坎,而一律的是长袖小白褂,白的或黑的裤子,裤筒特别肥,脚腕上系着细带;脚上是宽双脸千层底青布鞋;干净,利落,神气。一见这样的服装,别的车夫不会再过来争座与赛车,他们似乎是属于另一行业的。

车夫生活充满着血和泪,为祥子的命运作了铺垫

老舍小说四篇　77

　　有了这点简单的分析，我们再说祥子的地位，就像说——我们希望——一盘机器上的某种钉子那么准确了。祥子，在与"骆驼"这个外号发生关系以前，是个比较有自由的洋车夫，这就是说，他是属于年轻力壮，而且自己有车的那一类：自己的车，自己的生活，都在自己手里，高等车夫。　　　　　准确形象的比喻

　　这可绝不是件容易的事。一年，二年，至少有三四年；一滴汗，两滴汗，不知道多少万滴汗，才挣出那辆车。从风里雨里的咬牙，从饭里茶里的自苦，才赚出那辆车。那辆车是他的一切挣扎与困苦的总结果与报酬，象身经百战的武士的一颗徽章。在他赁人家的车的时候，他从早到晚，由东到西，由南到北，象被人家抽着转的陀螺；他没有自己。可是在这种旋转之中，他的眼并没有花，心并没有乱，他老想着远远的一辆车，可以使他自由，独立，象自己的手脚的那么一辆车。有了自己的车，他可以不再受拴车的人们的气，也无须敷衍别人；有自己的力气与洋车，睁开眼就可以有饭吃。　祥子的奋斗史

　　他不怕吃苦，也没有一般洋车夫的可以原谅而不便效法的恶习，他的聪明和努力都足以使他的志愿成为事实。假若他的环境好一些，或多受着点教育，他一定不会落在"胶皮团"里，而且无论是干什么，他总不会辜负了他的机会。不幸，他必须拉洋车；好，在这个营生里他也证明出他的能力与聪明。他仿佛就是在地狱里也能作个好鬼似的。生长在乡间，失去了父母与几亩薄田，十八岁的时候便跑到城里来。带着乡间小伙子的足壮与诚实，凡是以卖力气就能吃饭的事他几乎全作过了。可是，不久他就看出来，拉车是件更容易挣钱的事；作别的苦工，收入是有限的；拉车多着一些变化与机会，不知道在什么时候与地点就会遇到一些多于所希望的报酬。自然，他也晓得这样的机遇不完全出于偶然，而必须人与车都得漂亮精神，有货可卖才能遇到识货的人。想了一想，他相信自己有那个资格：他有力气，年纪正轻；所差的是他还没有跑过，与不敢一上手就拉漂亮的车。但这不是不能胜过的困难，有他的身体与力气作基础，他只要试验个十天半月的，就一定能跑得有个样子，然后去赁辆新车，说不定很快的就能拉上包车，然后省吃俭用的一年二年，即使是三四年，他必能自己打上一辆车，顶漂亮的车！看着自己的青年的肌肉，他以为这只是时间的问题，这是必能达到的一个志愿与目的，绝不是梦想！　描写祥子其人其车，亲切、和蔼，充满了"陶醉"之情。处处透露出诗的韵味

农民的本质

　　他的身量与筋肉都发展到年岁前边去；二十来的岁，他已经很大很高，虽然肢体还没被年月铸成一定的格局，可是已经像个成人了——一个脸上身上都带出天真淘气的样子的大人。看着那高等的车夫，他计划着怎样杀进他的腰去，好更显出他的铁扇面似的胸，与直硬的背；扭头看看自己的肩，多么宽，多么威严！杀好了腰，再穿上肥腿的白裤，裤脚用鸡肠子带儿系住，露出那对"出号"的大脚！是的，他无疑的可以成为最出色的车夫；傻子似的他自己笑了。　神情、装束、身段、体能、品味，处处显出精彩、透着爱意

　　他没有什么模样，使他可爱的是脸上的精神。头不很大，圆眼，肉鼻子，两条眉很短很粗，头上永远剃得发亮。腮上没有多余的肉，脖子可是几乎与头一边儿粗；脸上永远红扑扑的，特别亮的是颧骨与右耳之间一块不小的疤——小时候在树下睡觉，被驴啃了一口。他不甚注意他的模样，他爱自己的脸正如同他爱自己的身体，都那么结实硬棒；他把脸仿佛算在四肢之内，只要硬棒就好。是的，到城里以后，他还能头朝下，倒着立半天。这样立着，他觉得，他就很像一棵树，上　刚出场的祥子像一棵树，坚壮，沉默，而又有生气

下没有一个地方不挺脱的。

  他确乎有点像一棵树，坚壮，沉默，而又有生气。他有自己的打算，有些心眼，但不好向别人讲论。在洋车夫里，个人的委屈与困难是公众的话料，"车口儿"上，小茶馆中，大杂院里，每人报告着形容着或吵嚷着自己的事，而后这些事成为大家的财产，像民歌似的由一处传到一处。祥子是乡下人，口齿没有城里人那么灵便；设若口齿灵利是出于天才，他天生来的不愿多说话，所以也不愿学着城里人的贫嘴恶舌。他的事他知道，不喜欢和别人讨论。因为嘴常闲着，所以他有工夫去思想，他的眼仿佛是老看着自己的心。只要他的主意打定，他便随着心中所开开的那条路儿走；假若走不通的话，他能一两天不出一声，咬着牙，好似咬着自己的心！

> 祥子开始拉车了，虽然是赁的，而且破，可为的是将来拉自己的车

  他决定去拉车，就拉车去了。<u>赁了辆破车</u>，他先练练腿。第一天没拉着什么钱。第二天的生意不错，可是躺了两天，他的脚脖子肿得像两条瓠子似的，再也抬不起来。他忍受着，不管是怎样的疼痛。他知道这是不可避免的事，这是拉车必须经过的一关。非过了这一关，他不能放胆的去跑。

  脚好了之后，他敢跑了。这使他非常的痛快，因为别的没有什么可怕的了：地名他很熟习，即使有时候绕点远也没大关系，好在自己有的是力气。拉车的方法，以他干过的那些推，拉，扛，挑的经验来领会，也不算十分难。况且他有他的主意：多留神，少争胜，大概总不会出了毛病。至于讲价争座，他的嘴慢气盛，弄不过那些老油子们。知道这个短处，他干脆不大到"车口儿"上去；哪里没车，他放在哪里。在这僻静的地点，他可以从容的讲价，而且有时候不肯要价，只说声："坐上吧，瞧着给！"他的样子是那么诚实，脸上是那么简单可爱，人们好像只好信任他，不敢想这个傻大个子是会敲人的。即使人们疑心，也只能怀疑他是新到城里来的乡下老儿，大概不认识路，所以讲不出价钱来。及至人们问到，"认识呀？"他就又像装傻，又像耍俏的那么一笑，使人们不知怎样才好。

> 祥子的跑法是够名贵的，一招一式，地道、利落

  两三个星期的工夫，他把腿溜出来了。他晓得自己的跑法很好看。<u>跑法是车夫的能力与资格的证据</u>。那撇着脚，像一对蒲扇在地上扇乎的，无疑的是刚由乡间上来的新手。那头低得很深，双脚蹭地，跑和走的速度差不多，而颇有跑的表示的，是那些五十岁以上的老者们。那经验十足而没什么力气的却另有一种方法：胸向内含，度数很深；腿抬得很高；一走一探头；这样，他们就带出跑得很用力的样子，而在事实上一点也不比别人快；他们仗着"作派"去维持自己的尊严。祥子当然决不采取这几种姿态。他的腿长步大，腰里非常的稳，跑起来没有多少响声，步步都有些伸缩，车把不动，使座儿觉到安全，舒服。说站住，不论在跑得多么快的时候，大脚在地上轻蹭两蹭，就站住了；他的力气似乎能达到车的各部分。脊背微俯，双手松松拢住车把，他活动，利落，准确；看不出急促而跑得很快，快而没有危险。就是在拉包车的里面，这也得算很名贵的。

> 行家的口吻

  他换了新车。从一换车那天，他就打听明白了，像他赁的那辆——<u>弓子软，铜活地道，雨布大帘，双灯，细脖大铜喇叭</u>——值一百出头；若是漆工与铜活含忽一点呢，一百元便可以打住。大概的说吧，他只要有一百块钱，就能弄一辆车。猛然一想，一天要是能剩一角的话，一百元就是一千天，一千天！把一千天堆到一块，他几乎算不过来这该有多么远。但是，他下了决心，一千天，一万天也

> 虽然换了新车，但不是自己的。他要属于自己的车

好,他得买车!第一步他应当,他想好了,去拉包车。遇上交际多,饭局多的主儿,平均一月有上十来个饭局,他就可以白落两三块的车饭钱。加上他每月再省出个块儿八角的,也许是三头五块的,一年就能剩出五六十块!这样,他的希望就近便多多了。他不吃烟,不喝酒,不赌钱,没有任何嗜好,没有家庭的累赘,只要他自己肯咬牙,事儿就没有个不成。他对自己起下了誓,一年半的工夫,他——祥子——非打成自己的车不可!是现打的,不要旧车见过新的。

> 与后来的祥子形成鲜明的对比

他真拉上了包月。可是,事实并不完全帮助希望。不错,他确是咬了牙,但是到了一年半他并没还上那个愿。包车确是拉上了,而且谨慎小心的看着事情;不幸,世上的事并不是一面儿的。他自管小心他的,东家并不因此就不辞他;不定是三两个月,还是十天八天,吹了;他得另去找事。自然,他得一边儿找事,还得一边儿拉散座;骑马找马,他不能闲起来。在这种时节,他常常闹错儿。他还强打着精神,不专为混一天的嚼谷,而且要继续着积储买车的钱。可是强打精神永远不是件妥当的事:拉起车来,他不能专心一志的跑,好像老想着些什么,越想便越害怕,越气不平。假若老这么下去,几时才能买上车呢?为什么这样呢?难道自己还算个不要强的?在这么乱想的时候,他忘了素日的谨慎。皮轮子上了碎铜烂磁片,放了炮;只好收车。更严重一些的,有时候碰了行人,甚至有一次因急于挤过去而把车轴盖碰丢了。设若他是拉着包车,这些错儿绝不能发生;一搁下了事,他心中不痛快,便有点楞头磕脑的。碰坏了车,自然要赔钱;这更使他焦躁,火上加了油;为怕惹出更大的祸,他有时候懊睡一整天。及至睁开眼,一天的工夫已白白过去,他又后悔,自恨。还有呢,在这种时期,他越着急便越自苦,吃喝越没规则;他以为自己是铁作的,可是敢情他也会病。病了,他舍不得钱去买药,自己硬挺着;结果,病越来越重,不但得买药,而且得一气儿休息好几天。这些个困难,使他更咬牙努力,可是买车的钱数一点不因此而加快的凑足。

> 后面的与"骑马找马"等民间语言相比,生硬而费解

整整的三年,他凑足了一百块钱!

> 三年的血汗终于圆了自己的梦

他不能再等了。原来的计划是买辆最完全最新式最可心的车,现在只好按着一百块钱说了。不能再等;万一出点什么事再丢失几块呢!恰巧有辆刚打好的车(定作而没钱取货的)跟他所期望的车差不甚多;本来值一百多,可是因为定钱放弃了,车铺愿意少要一点。祥子的脸通红,手哆嗦着,拍出九十六块钱来:"我要这辆车!"铺主打算挤到个整数,说了不知多少话,把他的车拉出去又拉进来,支开棚子,又放下,按按喇叭,每一个动作都伴着一大串最好的形容词;最后还在钢轮条上踢了两脚,"听听声儿吧,铃铛似的!拉去吧,你就是把车拉碎了,要是钢条软了一根,你拿回来,把它摔在我脸上!一百块,少一分咱们吹!"祥子把钱又数了一遍:"我要这辆车,九十六!"铺主知道是遇见了一个心眼的人,看看钱,看看祥子,叹了口气:"交个朋友,车算你的了;保六个月:除非你把大箱碰碎,我都白给修理;保单,拿着!"

祥子的手哆嗦得更厉害了,揣起保单,拉起车,几乎要哭出来。拉到个僻静地方,细细端详自己的车,在漆板上试着照照自己的脸!越看越可爱,就是那不尽合自己的理想的地方也都可以原谅,因为已经是自己的车了。把车看得似乎暂时可以休息会儿了,他坐在了水簸箕的新脚垫儿上,看着车把上的发亮的黄铜喇叭。他忽然想起来,今年是二十二岁。因为父母死得早,他忘了生日是在

> 看作者如何表现祥子圆梦时的兴奋与激动

> 祥子的盛大节日！一生中的第一次，也是最后一次"过生日"

哪一天。自从到城里来，他没过一次生日。好吧，今天买上了新车，就算是生日吧，人的也是车的，好记，而且车既是自己的心血，简直没什么不可以把人与车算在一块的地方。

怎样过这个"双寿"呢？祥子有主意：头一个买卖必须拉个穿得体面的人，绝对不能是个女的。最好是拉到前门，其次是东安市场。拉到了，他应当在最好的饭摊上吃顿饭，如热烧饼夹爆羊肉之类的东西。吃完，有好买卖呢就再拉一两个；没有呢，就收车；这是生日！

自从有了这辆车，他的生活过得越来越起劲了。拉包月也好，拉散座也好，他天天用不着为"车份儿"着急，拉多少钱全是自己的。心里舒服，对人就更和气，买卖也就更顺心。拉了半年，他的希望更大了：照这样下去，干上二年，至多二年，他就又可以买辆车，一辆，两辆……他也可以开车厂子了！

> 祥子的另一种前途：车厂老板

可是，希望多半落空，祥子的也非例外。

二

> 叙述语言在俗白中追求讲究、精致

因为高兴，胆子也就大起来；自从买了车，祥子跑得更快了。自己的车，当然格外小心，可是他看看自己，再看看自己的车，就觉得有些不是味儿，假若不快跑的话。

他自己，自从到城里来，又长高了一寸多。他自己觉出来，仿佛还得往高里长呢。不错，他的皮肤与模样都更硬棒与固定了一些，而且上唇上已有了小小的胡子；可是他以为还应当再长高一些。当他走到个小屋门或街门而必须大低头才能进去的时候，他虽不说什么，可是心中暗自喜欢，因为他已经是这么高大，而觉得还正在发长，他似乎既是个成人，又是个孩子，非常有趣。

> 诗意盎然、妥帖自然

这么大的人，拉上那么美的车，他自己的车，弓子软得颤悠颤悠的，连车把都微微的动弹；车箱是那么亮，垫子是那么白，喇叭是那么响；跑得不快怎能对得起自己呢，怎能对得起那辆车呢？这一点不是虚荣心，而似乎是一种责任，非快跑，飞跑，不足以充分发挥自己的力量与车的优美。那辆车也真是可爱，拉了半年来的，仿佛处处都有了知觉与感情，祥子的一扭腰，一蹲腿，或一直脊背，它都就马上应合着，给祥子以最顺心的帮助，他与它之间没有一点隔膜别扭的地方。赶到遇上地平人少的地方，祥子可以用一只手拢着把，微微轻响的皮轮像一阵利飕的小风似的催着他跑，飞快而平稳。拉到了地点，祥子的衣裤都拧得出汗来，哗哗的，像刚从水盆里捞出来的。他感到疲乏，可是很痛快的，值得骄傲的，一种疲乏，如同骑着名马跑了几十里那样。

假若胆壮不就是大意，祥子在放胆跑的时候可并不大意。不快跑若是对不起人，快跑而碰伤了车便对不起自己。车是他的命，他知道怎样的小心。小心与大胆放在一处，他便越来越能自信，他深信自己与车都是铁作的。

因此，他不但敢放胆的跑，对于什么时候出车也不大去考虑。他觉得用力拉车去挣口饭吃，是天下最有骨气的事；他愿意出去，没人可以拦住他。外面的谣言他不大往心里听，什么西苑又来了兵，什么长辛店又打上了仗，什么西直门外又在拉伕，什么齐化门已经关了半天，他都不大注意。自然，街上铺户已都上了门,而马路上站满了武装警察与保安队,他也不便故意去找不自在,也和别人一样急忙收了车。可是,谣言,他不信。他知道怎样谨慎,特别因为车是自己的,但是他究竟是乡下人,不像城里人那样听见风便是雨。再说,他的身体使他相信,即使不幸赶到"点儿"上,他必定有办法,不至于吃很大的亏;他不是容易欺侮的,那么大的个子,那么宽的肩膀!

战争的消息与谣言几乎每年随着春麦一块儿往起长,麦穗与刺刀可以算作北方人的希望与忧惧的象征。祥子的新车刚交半岁的时候,正是麦子需要春雨的时节。春雨不一定顺着人民的盼望而降落,可是战争不管有没有人盼望总会来到。谣言吧,真事儿吧,祥子似乎忘了他曾经作过庄稼活;他不大关心战争怎样的毁坏田地,也不大注意春雨的有无。他只关心他的车,他的车能产生烙饼与一切吃食,它是块万能的田地,很驯顺的随着他走,一块活地,宝地。因为缺雨,因为战争的消息,粮食都长了价钱;这个,祥子知道。可是他和城里人一样的只会抱怨粮食贵,而一点主意没有;粮食贵,贵吧,谁有法儿教它贱呢?这种态度使他只顾自己的生活,把一切祸患灾难都放在脑后。

设若城里的人对于一切都没有办法,他们可会造谣言——有时完全无中生有;有时把一分真事说成十分——以便显出他们并不愚傻与不作事。他们像些小鱼,闲着的时候把嘴放在水皮上,吐出几个完全没用的水泡儿也怪得意。在谣言里,最有意思是关于战争的。别种谣言往往始终是谣言,好像谈鬼说狐那样,不会说着说着就真见了鬼。关于战争的,正是因为根本没有正确消息,谣言反倒能立竿见影。在小节目上也许与真事有很大的出入,可是对于战争本身的有无,十之八九是正确的。"要打仗了!"这句话一经出口,早晚准会打仗;至于谁和谁打,与怎么打,那就一个人一个说法了。祥子并不是不知道这个。不过,干苦工的人们——拉车的也在内——虽然不会欢迎战争,可是碰到了它也不一定就准倒霉。每逢战争一来,最着慌的是阔人们。他们一听见风声不好,赶快就想逃命;钱使他们来得快,也跑得快。他们自己可是不会跑,因为腿脚被钱赘的太沉重。他们得雇许多人作他们的腿,箱子得有人抬,老幼男女得有车拉;在这个时候,专卖手脚的哥儿们的手与脚就一律贵起来:"前门,东车站!""哪儿?""东——车——站!""呕,干脆就给一块四毛钱!不用驳回,兵荒马乱的!"

就是在这个情形下,祥子把车拉出城去。谣言已经有十来天了,东西已都涨了价,可是战事似乎还在老远,一时半会儿不会打到北平来。祥子还照常拉车,并不因为谣言而偷点懒。有一天,拉到了西城,他看出点棱缝来。在护国寺街西口和新街口没有一个招呼"西苑哪?清华呀?"的。在新街口附近他转悠了一会儿。听说车已经都不敢出城,西直门外正在抓车,大车小车骡车洋车一齐抓。他想喝碗茶就往南放车;车口的冷静露出真的危险,他有相当的胆子,但是不便故意的走死路。正在这个接骨眼儿,从南来了两辆车,车上坐着的好像是学生。拉车的一边走,一边儿喊:"有上清华的没有?嗨,清华!"

车口上的几辆车没有人答碴儿,大家有的看看那两辆车淡而不厌的微笑,有的叼着小烟袋坐着,连头也不抬。那两辆车还继续的喊:"都哑巴了?清华!"

"两块钱吧,我去!"一个年轻光头的矮子看别人不出声,开玩笑似的答应了这么一句。

充满诗意的文人语言

像"祁老太爷关心的只是他八十大寿"一样,祥子关心的也只是他的车

"拉过来!再找一辆!"那两辆车停住了。

年轻光头的愣了一会儿,似乎不知怎样好了。别人还都不动。祥子看出来,出城一定有危险,要不然两块钱清华——平常只是二三毛钱的事儿——为什么会没人抢呢?他也不想去。可是那个光头的小伙子似乎打定了主意,要是有人陪他跑一趟的话,他就豁出去了;他一眼看中了祥子:"大个子,你怎样?"

"大个子"三个字把祥子招笑了,这是一种赞美。他心中打开了转儿:凭这样的赞美,似乎也应当捧那身矮胆大的光头一场;再说呢,两块钱是两块钱,这不是天天能遇到的事。危险?难道就那样巧?况且,前两天还有人说天坛住满了兵;他亲眼看见的,那里连个兵毛儿也没有。这么一想,他把车拉过去了。

拉到了西直门,城洞里几乎没有什么行人。祥子的心凉了一些。光头也看出不妙,可是还笑着说:"招呼吧,伙计!是福不是祸,今儿个就是今儿个啦!"祥子知道事情要坏,可是在街面上混了这几年了,不能说了不算,不能耍老娘们脾气!

出了西直门,真是连一辆车也没遇上;祥子低下头去,不敢再看马路的左右。他的心好像直顶他的肋条。到了高亮桥,他向四围打了一眼,并没有一个兵,他又放了点心。两块钱到底是两块钱,他盘算着,没点胆子哪能找到这么俏的事。他平常很不喜欢说话,可是这阵儿他愿意跟光头的矮子说几句,街上清静得真可怕。"抄土道走吧?马路上——"

"那还用说,"矮子猜到他的意思,"自要一上了便道,咱们就算有点底儿了!"

> 祥子的车,就这样没了

还没拉到便道上,祥子和光头的矮子连车带人都被十来个兵捉了去!

虽然已到妙峰山开庙进香的时节,夜里的寒气可还不是一件单衫所能挡得住的。祥子的身上没有任何累赘,除了一件灰色单军服上身,和一条蓝布军裤,都被汗沤得奇臭——自从还没到他身上的时候已经如此。由这身破军衣,他想起自己原来穿着的白布小褂与那套阴丹士林蓝的夹裤褂;那是多么干净体面!是的,世界上还有许多比阴丹士林蓝更体面的东西,可是祥子知道自己混到那么干净利落已经是怎样的不容易。闻着现在身上的臭汗味,他把以前的挣扎与成功看得分外光荣,比原来的光荣放大了十倍。他越想着过去便越恨那些兵们。他的衣服鞋帽,洋车,甚至于系腰的布带,都被他们抢了去;只留给他青一块紫一块的一身伤,和满脚的疱!不过,衣服,算不了什么;身上的伤,不久就会好的。他的车,几年的血汗挣出来的那辆车,没了!自从一拉到营盘里就不见了!以前的一切辛苦困难都可一眨眼忘掉,可是他忘不了这辆车!

吃苦,他不怕;可是再弄上一辆车不是随便一说就行的事;至少还得几年的工夫!过去的成功全算白饶,他得重打鼓另开张打头儿来!祥子落了泪!他不但恨那些兵,而且恨世上的一切了。<u>凭什么把人欺侮到这个地步呢?凭什么?"凭什么?"他喊了出来。</u>

> 20年后的1957年,作者在《茶馆》中让王掌柜王利发也发出过"我得罪过谁?招惹谁"的追问

这一喊——虽然痛快了些——马上使他想起危险来。别的先不去管吧,逃命要紧!

他在哪里呢?他自己也不能正确的回答出。这些日子了,他随着兵们跑,汗从头上一直流到脚后跟。走,得扛着拉着或推着兵们的东西;站住,他得去挑水

烧火喂牲口。他一天到晚只知道怎样把最后的力气放在手上脚上,心中成了块空白。到了夜晚,头一挨地他便像死了过去,而永远不再睁眼也并非一定是件坏事。

最初,他似乎记得兵们是往妙峰山一带退却。及至到了后山,他只顾得爬山了,而时时想到不定哪时他会一交跌到山涧里,把骨肉被野鹰们啄尽,不顾得别的。在山中绕了许多天,忽然有一天山路越来越少,当太阳在他背后的时候,他远远的看见了平地。晚饭的号声把出营的兵丁唤回,有几个扛着枪的牵来几匹骆驼。

骆驼!祥子的心一动,忽然的他会思想了,好像迷了路的人忽然找到一个熟识的标记,把一切都极快的想了起来。骆驼不会过山,他一定是来到了平地。在他的知识里,他晓得京西一带,象八里庄,黄村,北辛安,磨石口,五里屯,三家店,都有养骆驼的。难道绕来绕去,绕到磨石口来了吗?这是什么战略——假使这群只会跑路与抢劫的兵们也会有战略——他不晓得。可是他确知道,假如这真是磨石口的话,兵们必是绕不出山去,而想到山下来找个活路。磨石口是个好地方,往东北可以回到西山;往南可以奔长辛店,或丰台;一直出口子往西也是条出路。他为兵们这么盘算,心中也就为自己画出一条道儿来:这到了他逃走的时候了。万一兵们再退回乱山里去,他就是逃出兵的手掌,也还有饿死的危险。要逃,就得乘这个机会。由这里一跑,他相信,一步就能跑回海甸!虽然中间隔着那么多地方,可是他都知道呀;一闭眼,他就有了个地图:这里是磨石口——老天爷,这必须是磨石口!——他往东北拐,过金顶山,礼王坟,就是八大处;从四平台往东奔杏子口,就到了南辛庄。为是有些遮隐,他顶好还顺着山走,从北辛庄,往北,过魏家村;往北,过南河滩;再往北,到红山头,杰王府;静宜园了!找到静宜园,闭着眼他也可以摸到海甸去!他的心要跳出来!这些日子,他的血似乎全流到四肢上去;这一刻,仿佛全归到心上来;心中发热,四肢反倒冷起来;热望使他混身发颤!

一直到半夜,他还合不上眼。希望使他快活,恐惧使他惊惶,他想睡,但睡不着,四肢像散了似的在一些干草上放着。什么响动也没有,只有天上的星伴着自己的心跳。骆驼忽然哀叫了两声,离他不远。他喜欢这个声音,像夜间忽然听到鸡鸣那样使人悲哀,又觉得有些安慰。

远处有了炮声,很远,但清清楚楚的是炮声。他不敢动,可是马上营里乱起来。他闭住了气,机会到了!他准知道,兵们又得退却,而且一定是往山中去。这些日子的经验使他知道,这些兵的打仗方法和困在屋中的蜜蜂一样,只会到处乱撞。有了炮声,兵们一定得跑;那么,他自己也该精神着点了。他慢慢的,闭着气,在地上爬,目的是在找到那几匹骆驼。他明知道骆驼不会帮助他什么,但他和它们既同是俘虏,好像必须有些同情。军营里更乱了,他找到了骆驼——几块土岗似的在黑暗中爬伏着,除了粗大的呼吸,一点动静也没有,似乎天下都很太平。这个,教他壮起点胆子来。他伏在骆驼旁边,像兵丁藏在沙口袋后面那样。极快的他想出个道理来:炮声是由南边来的,即使不是真心作战,至少也是个"此路不通"的警告。那么,这些兵还得逃回山中去。真要是上山,他们不能带着骆驼。这样,骆驼的命运也就是他的命运。他们要是不放弃这几个牲口呢,他也

绝处逢生。骆驼给祥子带来了新的希望

这些地方现位于北京西四环至西五环一带

细腻的心理描写极为真切地表现了祥子逃生的欲望

祥子还挺机警

跟着完事；他们忘记了骆驼，他就可以逃走。把耳朵贴在地上，他听着有没有脚步声儿来，心跳得极快。

不知等了多久，始终没人来拉骆驼。他大着胆子坐起来，从骆驼的双峰间望过去，什么也看不见，四外极黑。逃吧！不管是吉是凶，逃！

> 逃！祥子一生都在逃，拼命地逃！以后的命运会怎么样呢？

★ **编选者的话：**

《骆驼祥子》是老舍的代表作，也是现代文学史上最优秀的长篇小说之一。

作品以旧中国北平为背景，描写了人力车夫祥子由人堕落为"兽"的悲惨遭遇，表达了作者对挣扎在社会最底层劳动者苦难命运的关怀和同情，歌颂了祥子勤劳、朴实、善良、向上的优良品质，深刻揭示了造成祥子悲剧命运的原因。

作品以祥子买车所经历的三起三落为情节发展的中心线索，将笔触伸向广阔的城市贫民生活领域，通过祥子与兵匪、与侦探、与车厂主、与虎妞、与同行等各个方面关系，描绘了一幅动荡不安、恐怖黑暗的社会生活图景，从社会、心理、文化等层面展示了祥子从充满希望，到挣扎苦斗，直至精神崩溃，走向堕落的悲剧一生。祥子原是一个年轻健壮的农民，忠厚善良，勤劳朴实，沉默寡言，坚忍要强，但经过三起三落的挫折和打击，他的理想终于破灭，性格扭曲，堕落成没有灵魂的行尸走肉。祥子的悲剧反映了城市畸形文明及愚昧文化给人性带来肉体和精神上的双重伤害，凝聚了作者对城市文明与人性关系的艺术思考和批判性的审视。

作品以严肃的现实主义创作方法，朴实明朗的语言，代替了过去失之油滑的诙谐。作品采用大量的叙事、抒情夹议论的心理描写，替祥子诉说着血泪凝成的痛苦心声，既刻画了人物性格，又表达了作者挚热的感情，增强了作品的艺术感染力。浓郁的北京地方色彩，从语言、环境到风俗人情，显示了作者日渐成熟而富有魅力的艺术风格。

节选部分描写的是祥子所经历的一起一落。充满希望的祥子虽经坎坷，甚至遭受劫难，但没有气馁，人格没有受到损伤，他是可爱的、诚实的。不用幽默，也不用讽刺，作者的叙述风格是平易自然的。

> 不用幽默，让笔尖滴出血和泪来！

★ **作者的话：**

在这故事刚一开头的时候，我就决定抛开幽默而正正经经的去写。在往常，每逢遇到可以幽默一下的机会，我就必须抓住它不放手。有时候，事情本没什么可笑之处，我也要运用俏皮的言语，勉强的使它带上点幽默味道。这，往好里说，足以使文字活泼有趣；往坏里说，就往往招人讨厌。《祥子》里没有这个毛病。即使它还未能完全排除幽默，可是它的幽默是出自事实本身的可笑，而不是由文字里硬挤出来的。这一决定，使我的作风略有改变，教我知道了只要材料丰富，心中有话可说，就不必一定非幽默不足叫好。既决定了不利用幽默，也就自然的决定文字要极平易，澄清如无波的湖水。因为要求平易，我就注意到如何在平易中而不死板。

……我的笔下就丰富了许多，而可以从容调动口语，给平易的文字添上些亲切，新鲜，恰当，活泼的味儿。因此《祥子》可以朗诵。他的言语是活的。

《老舍论创作》，上海文艺出版社 1981/11

★ **相关评论：**

在《骆驼祥子》中，他没有把笔触停留在他们所处的社会环境，还进到人物内心深处，写出祥子的失败是和他的个人奋斗的方式分不开的。就对于城市贫民命运的考察和反映而言，这部小说要比一般的揭露旧中国的黑暗，一般地同情不幸者的作品，具有更多的社会内容和思想意义。

这里的确不仅没有幽默，也没有讽刺，作为小说的基调的，是对于生活的诅咒和抗议。作家不是隔岸观火，也不是居高临下，而是和自己的人物站在一起，怀着与他们同样的痛苦和愤怒，写出了城市贫民不能再这样悲惨地生活下去，也不应该再这样盲目地挣扎下去了。而且不管作家主观上是否完全意识到，作品还包含着这样的客观意义：他们必须采用别的斗争方式，争取完全不同的生活地位。小说真实地反映了城市贫民的思想情绪，特别是在急遽的破落中，他们对于没有公道的世界的强烈仇恨，和对于摆脱不幸处境的迫切愿望。

樊骏《论〈骆驼祥子〉的现实主义——纪念老舍先生八十诞辰》，
《文学评论》1979/1

四世同堂（节选）

《四世同堂》的创作历时五年（1944—1948）。前两部《惶惑》和《偷生》写于抗战期间，抗战胜利后出版。第三部《饥荒》写于赴美讲学期间，1949年以《黄色风暴》为名在美国出版节译本，1982年由英文译成中文出版。

> 这是老舍创作中规模最大的长篇巨构

小说以沦陷后的北平为背景，选取了西城一条小羊圈胡同作为"亡城"的缩影，以祁家一家四代的遭遇为中心，呈现了北平市民在日寇铁蹄下的一幅幅生活图像，展开了广阔的历史画面和错综复杂的故事情节。

卢沟桥的炮声并没有动摇祁老太爷"四世同堂"的惬意，他仍在做着庆祝八十大寿的好梦。等到三孙瑞全投奔抗日后方，儿子天佑被敌伪折辱而死，二孙瑞丰被日本人杀死，敌伪疯狂掠夺粮食，小妞又被活活饿死之时，他才痛感做亡国奴的悲哀。经历了惶惑、偷生、饥荒的痛苦折磨以后，他终于站起来捍卫人的尊严，民族的尊严。

第一部《惶惑》34章、第二部《偷生》33章、第三部《饥荒》20章。这里节选的是第一部《惶惑》的第一章和第四章，重点是对祁老太爷和他的长孙瑞宣的描写。卢沟桥事变的枪声响了，祁老太爷还在准备过八十大寿，他要用粮食、咸菜、破缸御敌于门外，继续做"四世同堂"梦。北平沦陷了，北平市民在"惶惑"中做了亡国奴。

第一部　惶惑

01

祁老太爷什么也不怕，只怕庆不了八十大寿。在他的壮年，他亲眼看见八国

> 老舍笔下的人物都很执著

联军怎样攻进北京城。后来,他看见了清朝的皇帝怎样退位,和接续不断的内战;一会儿九城的城门紧闭,枪声与炮声日夜不绝;一会儿城门开了,马路上又飞驰着得胜的军阀的高车大马。战争没有吓倒他,和平使他高兴。逢节他要过节,遇年他要祭祖,他是个安分守己的公民,只求消消停停的过着不至于愁吃愁穿的日子。即使赶上兵荒马乱,他也自有办法:最值得说的是他的家里老存着全家够吃三个月的粮食与咸菜。这样,即使炮弹在空中飞,兵在街上乱跑,他也会关上大门,再用装满石头的破缸顶上,便足以消灾避难。

为什么祁老太爷只预备三个月的粮食与咸菜呢?这是因为在他的心理上,他总以为北平是天底下最可靠的大城,不管有什么灾难,到三个月必定灾消难满,而后诸事大吉。北平的灾难恰似一个人免不了有些头疼脑热,过几天自然会好了的。不信,你看吧,祁老太爷会屈指计:直皖战争有几个月?直奉战争又有好久?啊!听我的,咱们北平的灾难过不去三个月!

七七抗战那一年,祁老太爷已经七十五岁。对家务,他早已不再操心。他现在的重要工作是浇浇院中的盆花,说说老年间的故事,给笼中的小黄鸟添食换水,和携着重孙子孙女极慢极慢的去逛大街和护国寺。可是,卢沟桥的炮声一响,他老人家便没法不稍微操点心了,谁教他是四世同堂的老太爷呢。

儿子已经是过了五十岁的人,而儿媳的身体又老那么病病歪歪的,所以祁老太爷把长孙媳妇叫过来。老人家最喜欢长孙媳妇,因为第一,她已给祁家生了儿女,教他老人家有了重孙子孙女;第二,她既会持家,又懂得规矩,一点也不像二孙媳妇那样把头发烫得烂鸡窝似的,看着心里就闹得慌;第三,儿子不常住在家里,媳妇又多病,所以事实上是长孙与长孙媳妇当家,而长孙终日在外教书,晚上还要预备功课与改卷子,那么一家十口的衣食茶水,与亲友邻居的庆吊交际,便差不多都由长孙媳妇一手操办了;这不是件很容易的事,所以老人天公地道的得偏疼点她。还有,老人自幼长在北平,耳习目染的和旗籍人学了许多规矩礼路:儿媳妇见了公公,当然要垂手侍立。可是,儿媳妇既是五十多岁的人,身上又经常的闹着点病;老人若不教她垂手侍立吧,便破坏了家规;教她立规矩吧,又心不忍,所以不如干脆和长孙媳妇商议商议家中的大事。

祁老人的背虽然有点弯,可是全家还属他的身量最高。在壮年的时候,他到处都被叫作"祁大个子"。高身量,长脸,他本应当很有威严,可是他的眼睛太小,一笑便变成一条缝子,于是人们只看见他的高大的身躯,而觉不出什么特别可敬畏的地方来。到了老年,他倒变得好看了一些:黄暗的脸,雪白的须眉,眼角腮旁全皱出永远含笑的纹溜;小眼深深的藏在笑纹与白眉中,看去总是笑眯眯的显出和善;在他真发笑的时候,他的小眼放出一点点光,倒好像是有无限的智慧而不肯一下子全放出来似的。

把长孙媳妇叫来,老人用小胡梳轻轻的梳着白须,半天没有出声。老人在幼年只读过三本小书与六言杂字;少年与壮年吃尽苦处,独力置买了房子,成了家。他的儿子也只在私塾读过三年书,就去学徒;直到了孙辈,才受了风气的推移,而去入大学读书。现在,他是老太爷,可是他总觉得学问既不及儿子——儿子到如今还能背诵上下《论语》,而且写一笔被算命先生推奖的好字——更不及孙子,而很怕他们看不起他。因此,他对晚辈说话的时候总是先愣一会儿,表示自己很会思想。对长孙媳妇，他本来无须这样，因为她识字并不多，而且一天到晚嘴中不是叫孩子，便是谈论油盐酱醋。不过，日久天长，他已养成了这个习惯，也就只好教孙媳妇多站一会儿了。

　　长孙媳妇没入过学校，所以没有学名。出嫁以后，才由她的丈夫象赠送博士学位似的送给她一个名字——韵梅。韵梅两个字仿佛不甚走运，始终没能在祁家通行得开。公婆和老太爷自然没有喊她名字的习惯与必要，别人呢又觉得她只是个主妇，和"韵"与"梅"似乎都没多少关系。况且，老太爷以为"韵梅"和"运煤"既然同音，也就应该同一个意思，"好吗，她一天忙到晚，你们还忍心教她去运煤吗？"这样一来，连她的丈夫也不好意思叫她了，于是她除了"大嫂""妈妈"等应得的称呼外，便成了"小顺儿的妈"；小顺儿是她的小男孩。

　　小顺儿的妈长得不难看，中等身材，圆脸，两只又大又水灵的眼睛。她走路，说话，吃饭，作事，都是快的，可是快得并不发慌。她梳头洗脸擦粉也全是快的，所以有时候碰巧了把粉擦得很匀，她就好看一些；有时候没有擦匀，她就不大顺眼。当她没有把粉擦好而被人家嘲笑的时候，她仍旧一点也不发急，而随着人家笑自己。她是天生的好脾气。

　　祁老人把白须梳够，又用手掌轻轻擦了两把，才对小顺儿的妈说：

　　"咱们的粮食还有多少啊？"

　　小顺儿的妈的又大又水灵的眼很快的转动了两下，已经猜到老太爷的心意。很脆很快的，她回答：

　　"还够吃三个月的呢！"

　　其实，家中的粮食并没有那么多。她不愿因说了实话，而惹起老人的罗嗦。对老人和儿童，她很会运用善意的欺骗。

　　"咸菜呢？"老人提出第二个重要事项来。

　　她回答的更快当："也够吃的！干疙疸，老咸萝卜，全还有呢！"她知道，即使老人真的要亲自点验，她也能马上去买些来。

　　"好！"老人满意了。有了三个月的粮食与咸菜，就是天塌下来，祁家也会抵抗的。可是老人并不想就这么结束了关切，他必须给长孙媳妇说明白了其中的道理：

　　"日本鬼子又闹事哪！哼！闹去吧！庚子年，八国联军打进了北京城，连皇上都跑了，也没把我的脑袋掰了去呀！八国都不行，单是几个日本小鬼还能有什么蹦儿？咱们这是宝地，多大的乱子也过不去三个月！咱们可也别太粗心大胆，起码得有窝头和咸菜吃！"

　　老人说一句，小顺儿的妈点一次头，或说一声"是"。老人的话，她已经听过起码有五十次，但是还当作新的听。老人一见有人欣赏自己的话，不由的提高了一点嗓音，以便增高感动的力量：

　　"你公公，别看他五十多了，论操持家务还差得多呢！你婆婆，简直是个病包儿，你跟她商量点事儿，她光会哼哼！这一家，我告诉你，就仗着你跟我！咱们俩要是不操心，一家子连裤子都穿不上！你信不信？"

　　小顺儿的妈不好意思说"信"，也不好意思说"不信"，只好低着眼皮笑了一下。

（旁注：突出丈夫祁瑞宣的学问；老人的幽默；重复即强调；家长的尊严与派头）

"瑞宣还没回来哪?"老人问。瑞宣是他的长孙。

"他今天有四五堂功课呢。"她回答。

"哼!开了炮,还不快快的回来!瑞丰和他的那个疯娘们呢?"老人问的是二孙和二孙媳妇——那个把头发烫成鸡窝似的妇人。

"他们俩——"她不知道怎样回答好。

"年轻轻的公母俩,老是蜜里调油,一时一刻也离不开,真也不怕人家笑话!"

小顺儿的妈笑了一下:"这早晚的年轻夫妻都是那个样儿!"

"我就看不下去!"老人斩钉截铁的说。"都是你婆婆宠得她!我没看见过,一个年轻轻的妇道一天老长在北海,东安市场和——什么电影院来着?"

"我也说不上来!"她真说不上来,因为她几乎永远没有看电影去的机会。

"小三儿呢?"小三儿是瑞全,因为还没有结婚,所以老人还叫他小三儿;事实上,他已快在大学毕业了。

"老三带着妞子出去了。"妞子是小顺儿的妹妹。

"他怎么不上学呢?"

"老三刚才跟我讲了好大半天,说咱们要再不打日本,连北平都要保不住!"小顺儿的妈说得很快,可是也很清楚。

> 侧面透出学生的抗日情绪

"说的时候,他把脸都气红了,又是搓拳,又是磨掌的!我就直劝他,反正咱们姓祁的人没得罪东洋人,他们一定不能欺侮到咱们头上来!我是好意这么跟他说,好教他消消气;喝,哪知道他跟我瞪了眼,好像我和日本人串通一气似的!我不敢再言语了,他气哼哼的扯起妞子就出去了!您瞧,我招了谁啦?"

老人愣了一小会儿,然后感慨着说:"我很不放心小三儿,怕他早晚要惹出祸来!"

正说到这里,院里小顺儿撒娇的喊着:

"爷爷!爷爷!你回来啦?给我买桃子来没有?怎么,没有?连一个也没有?爷爷你真没出息!"

小顺儿的妈在屋中答了言:"顺儿!不准和爷爷讪脸!再胡说,我就打你去!"

小顺儿不再出声,爷爷走了进来。小顺儿的妈赶紧去倒茶。爷爷(祁天佑)是位五十多岁的黑胡子小老头儿。中等身材,相当的富态,圆脸,重眉毛,大眼睛,头发和胡子都很重很黑,很配作个体面的铺店的掌柜的——事实上,他现在确是一家三间门面的布铺掌柜。他的脚步很重,每走一步,他的脸上的肉就颤动一下。作惯了生意,他的脸上永远是一团和气,鼻子上几乎老拧起一旋笑纹。今天,他的神气可有些不对。他还要勉强的笑,可是眼睛里并没有笑时那点光,鼻子上的一旋笑纹也好像不能拧紧;笑的时候,他几乎不敢大大方方的抬起头来。

"怎样?老大!"祁老太爷用手指轻轻的抓着白胡子,就手儿看了看儿子的黑胡子,心中不知怎的有点不安似的。

黑胡子小老头很不自然的坐下,好像白胡子老头给了他一些什么精神上的压迫。看了父亲一眼,他低下头去,低声的说:

"时局不大好呢!"

"打得起来吗?"小顺儿的妈以长媳的资格大胆的问。

"人心很不安呢！"

祁老人慢慢的立起来："小顺儿的妈,把顶大门的破缸预备好！"

<small>"破缸御敌"：祁老太爷的哲学</small>

04

<u>天很热,而全国的人心都凉了,北平陷落！</u>

<small>平静的叙述中饱含着悲愤</small>

李四爷立在槐荫下,声音凄惨的对大家说："预备下一块白布吧！万一非挂旗不可,到时候用胭脂涂个红球就行！庚子年,我们可是挂过！"他的身体虽还很强壮,可是今天他感到疲乏。说完话,他蹲在了地上,呆呆的看着一条绿槐虫儿。

李四妈在这两天里迷迷忽忽的似乎知道有点什么危险,可是始终也没细打听。今天,她听明白了是日本兵进了城,她的大近视眼连连的眨巴,脸上白了一些。她不再骂她的老头子,而走出来与他蹲在了一处。

<small>不同人的不同反应</small>

拉车的小崔,赤着背出来进去的乱晃。今天没法出车,而家里没有一粒米。晃了几次,他凑到李老夫妇的跟前："四奶奶！您还得行行好哇！"

李四爷没有抬头,还看着地上的绿虫儿。李四妈,不像平日那么哇啦哇啦的,用低微的声音回答："待一会儿,我给你送二斤杂合面儿去！"

"那敢情好！我这儿谢谢四奶奶啦！"小崔的声音也不很高。

"告诉你,好小子,别再跟家里的吵！日本鬼子进了城！"李四妈没说完,叹了口气。

剃头匠孙七并不在剃头棚子里耍手艺,而是在附近一带的铺户作包月活。从老手艺的水准说,他对打眼、掏耳、捶背和刮脸,都很出色。对新兴出来花样,像推分头,烫发什么的,他都不会,也不屑于去学——反正他作买卖家的活是用不着这一套新手艺的。今天,铺子都没开市,他在家中喝了两盅闷酒,脸红扑扑的走出来。借着点酒力,他想发发牢骚：

"四太爷！您是好意。告诉大伙儿挂白旗,谁爱挂谁挂,我孙七可就不能挂！我恨日本鬼子！我等着,他们敢进咱们的小羊圈,我教他们知道知道我孙七的厉害！"

要搁在平日,小崔一定会跟孙七因辩论而吵起来；他们俩一向在辩论天下大事的时候是死对头。现在,李四爷使了个眼神,小崔一声没出的躲开。孙七见小崔走开,颇觉失望,可是还希望李老者跟他闲扯几句,李四爷一声也没出。孙七有点不得劲儿。待了好大半天,李四爷抬起头来,带着厌烦与近乎愤怒的神气说："孙七！回家睡觉去！"孙七,虽然有点酒意,也不敢反抗李四爷,笑了一下,走回家去。

六号没有人出来。小文夫妇照例现在该吊嗓子,可是没敢出声。刘师傅在屋里用力的擦自己的一把单刀。

头上已没有了飞机,城外已没有了炮声,一切静寂。只有响晴的天上似乎有一点什么波动,随人的脉搏轻跳,跳出<u>一些金的星,白的光。亡国的晴寂</u>！

瑞宣,胖胖的,长得很像父亲。<u>不论他穿着什么衣服,他的样子老是那么自然,大雅</u>。这个文文雅雅的态度,在祁家是独一份儿。祁老太爷和天佑是安分守

<small>作者心目中"老派市民"的标本</small>

已的买卖人,他们的举止言谈都毫无掩饰的露出他们的本色。瑞丰受过教育,而且有点不大看得起祖父与父亲,所以他拼命往文雅、时髦里学。可是,因为学的过火,他老显出点买办气或市侩气;没得到文雅,反失去家传的纯朴。老三瑞全是个愣小子,毫不关心哪是文雅,哪是粗野。只有瑞宣,不知从何处学来的,或者学也不见就学得到,老是那么温雅自然。同他的祖父,父亲一样,他作事非常的认真。但是,在认真中——这就与他的老人们不同了——他还很自然,不露出剑拔弩张的样子。他很俭省,不虚花一个铜板,但是他也很大方——在适当的地方,他不打算盘。在他心境不好的时候,他像一片春阴,教谁也能放心不会有什么狂风暴雨。在他快活的时候,他也只有微笑,好像是笑他自己为什么要快活的样子。

他很用功,对中国与欧西的文艺都有相当的认识。可惜他没机会,或财力,去到外国求深造。在学校教书,他是顶好的同事与教师,可不是顶可爱的,因为他对学生的功课一点也不马虎,对同事们的应酬也老是适可而止。他对任何人都保持着个相当的距离。他不故意的冷淡谁,也不肯绕着弯子去巴结人。他是凭本事吃饭,无须故意买好儿。

在思想上,他与老三很接近,而且或者比老三更深刻一点。所以,在全家中,他只与老三说得来。可是,与老三不同,他不愿时常发表他的意见。这并不是因为他骄傲,不屑于对牛弹琴,而是他心中老有点自愧——他知道的是甲,而只能作到乙,或者甚至于只到丙或丁。<u>他似乎有点女性,在行动上他总求全盘的体谅</u>。举个例说:在他到了该结婚的年纪,他早已知道什么恋爱神圣,结婚自由那一套。可是他娶了父亲给他定下的"韵梅"。他知道不该把一辈子拴在个他所不爱的女人身上,但是他又不忍看祖父,父母的泪眼与愁容。他替他们想,也替他的未婚妻想。想过以后,他明白了大家的难处,而想得到全盘的体谅。他只好娶了她。他笑自己这样的软弱。同时,赶到他一看祖父与父母的脸上由忧愁改为快活,他又感到一点骄傲——自我牺牲的骄傲。

当下过雪后,他一定去上北海,爬到小白塔上,去看西山的雪峰。在那里,他能一气立一个钟头。那白而远的山峰把他的思想引到极远极远的地方去。他愿意摆脱开一切俗事,到深远的山中去读书,或是乘着大船,在海中周游世界一遭。赶到不得已的由塔上下来,他的心便由高山与野海收回来,而想到他对家庭与学校的责任。他没法卸去自己的人世间的责任而跑到理想的世界里去。于是,他顺手儿在路上给祖父与小顺儿买些点心,像个贤孙慈父那样婆婆妈妈的!好吧,既不能远走高飞,便回家招老小一笑吧!他的无可奈何的笑纹又摆在他冻红了的脸上。

他几乎没有任何嗜好。黄酒,他能喝一斤。可是非到过年过节的时候,决不动酒。他不吸烟。茶和水并没有什么分别。他的娱乐只有帮着祖父种种花,和每星期到"平安"去看一次或两次电影。他的看电影有个实际的目的:他的英文很不错,可是说话不甚流利,所以他愿和有声片子去学习。每逢他到"平安"去,他总去的很早,好买到前排的座位——既省钱,又得听。坐在那里,他连头也不回一次,因为他知道二爷瑞丰夫妇若也在场,就必定坐头等座儿;他不以坐前排为耻,但是倒怕老二夫妇心里不舒服。

北平陷落了,瑞宣像个热锅上的蚂蚁,出来进去,不知道要作什么好。他失

_{矛盾的性格,悲凉的人生。"全盘的体谅"委屈了自己,但长辈们快活,他为此也骄傲,虽然是一种牺牲!}

_{他一直生活在两个世界中:理想世界和现实世界}

_{家中长子的行为、性格}

去了平日的沉静,也不想去掩饰。出了屋门,他仰头看看天,天是那么晴朗美丽,他知道自己还是在北平的青天底下。一低头,仿佛是被强烈的阳光闪的,眼前黑了一小会儿——天还是那么晴蓝,而北平已不是中国人的了!他赶紧走回屋里去。到屋里,他从平日积蓄下来的知识中,去推断中日的战事与世界的关系。忽然听到太太或小顺儿的声音,他吓了一跳似的,从世界大势的阴云中跳回来:<u>他知道中日的战争必定会使世界的地理与历史改观,可是摆在他面前的却是这一家老少的安全与吃穿。</u>祖父已经七十多岁,不能再去出力挣钱。父亲挣钱有限,而且也是五十好几的人。母亲有病,禁不起惊慌。二爷的收入将将够他们夫妇俩花的,而老三还正在读书的时候。天下太平,他们都可以不愁吃穿,过一份无灾无难的日子。今天,北平亡了,该怎么办?平日,他已是当家的;今天,他的责任与困难更要增加许多倍!在一方面,他是个公民,而且是个有些知识与能力的公民,理当去给国家作点什么,在这国家有了极大危难的时候。在另一方面,一家老的老,小的小,平日就依仗着他,现在便更需要他。他能甩手一走吗?不能!不能!可是,不走便须在敌人脚底下作亡国奴,他不能受!不能受!

　　出来进去,出来进去,他想不出好主意。他的知识告诉他那最高的责任,他的体谅又逼着他去顾虑那最迫切的问题。他想起文天祥,史可法,和许多许多的民族英雄,同时也想起杜甫在流离中的诗歌。

　　老二还在屋中收听广播——日本人的广播。

　　老三在院中把脚跳起来多高:"老二,你要不把它关上,我就用石头砸碎了它!"小顺儿吓愣了,忙跑到祖母屋里去。祖母微弱的声音叫着,"老三!老三!"瑞宣一声没出的把老三拉到自己的屋中来。

　　哥儿俩对愣了好大半天,都想说话,而不知从何处说起。老三先打破了沉寂,叫了声:"大哥!"瑞宣没有答应出来,好像有个枣核堵住了他的嗓子。老三把想起来的话又忘了。

　　屋里,院中,到处,都没有声响。天是那么晴,阳光是那么亮,可是整个的大城——九门紧闭——像晴光下的古墓!忽然的,远处有些声音,像从山上往下轱辘石头。"老三,听!"瑞宣以为是重轰炸机的声音。

　　"敌人的坦克车,在街上示威!"

　　老三的嘴角上有点为阻拦嘴唇颤动的惨笑。

　　老大又听了听。"对!坦克车!辆数很多!哼!"他咬住了嘴唇。

　　坦克车的声音更大了,空中与地上都在颤抖。

　　最爱和平的中国的最爱和平的北平,带着它的由历代的智慧与心血而建成的湖山,宫殿,坛社,寺宇,宅园,楼阁与九条彩龙的影壁,带着它的合抱的古柏,倒垂的翠柳,白玉石的桥梁,与四季的花草,带着它的最轻脆的语言,温美的礼貌,诚实的交易,徐缓的脚步,与唱给宫廷听的歌剧……不为什么,不为什么,突然的被飞机与坦克强奸着它的天空与柏油路!

　　"大哥!"老三叫了声。

　　街上的坦克,像几座铁矿崩炸了似的发狂的响着,瑞宣的耳与心仿佛全聋了。

　　"大哥!"

〔旁注〕

是现代中国人,但更是北平人,是北平文化熏陶出来的祁家长子

两难境地

充满着诗意的北平和坦克车形成一种冲突

"啊?"瑞宣的头偏起一些,用耳朵来找老三的声音。"呕!说吧!"

"我得走!大哥!不能在这里作亡国奴!"

"啊?"瑞宣的心还跟着坦克的声音往前走。

"我得走!"瑞全重了一句。

"走?上哪儿?"

坦克的声音稍微小了一点。

"上哪儿都好,就是不能在太阳旗下活着!"

"对!"瑞宣点了点头,胖脸上起了一层小白疙疸。"不过,也别太忙吧?谁知道事情准变成什么样子呢。万一过几天'和平'解决了,岂不是多此一举?你还差一年才能毕业!"

"你想,日本人能叼住北平,再撒了嘴?"

"除非把华北的利益全给了他!"

"没了华北,还有北平?"

瑞宣愣了一会儿,才说:"我是说,咱们允许他用经济侵略,他也许收兵。武力侵略没有经济侵略那么合算。"

坦克车的声音已变成像远处的轻雷。

瑞宣听了听,接着说:"我不拦你走,只是请你再稍等一等!"

"要等到走不了的时候,可怎么办?"

瑞宣叹了口气。"哼!你……我永远走不了!"

"大哥,咱们一同走!"

瑞宣的浅而惨的笑又显露在抑郁的脸上:"我怎么走?难道叫这一家老小都……"

"太可惜了!你看,大哥,数一数,咱们国内像你这样受过高等教育,又有些本事的人,可有多少?"

<u>自古忠孝两难全</u> "我没办法!"老大又叹了口气,"只好你去尽忠,我来尽孝了!"

这时候,李四爷已立起来,轻轻的和白巡长谈话。白巡长已有四十多岁,脸上剃得光光的,看起来还很精神。他很会说话,遇到住户们打架拌嘴,他能一面挖苦,一面恫吓,而把大事化小,小事化无。因此,小羊圈一带的人们都怕他的利口,而敬重他的好心。

今天,白巡长可不十分精神。他深知道自己的责任是怎样的重大——没有巡警就没有治安可言。虽然他只是小羊圈这一带的巡长,可是他总觉得整个的北平也多少是他的。他爱北平,更自傲能作北平城内的警官。可是,今天北平被日本人占据了;从此他就得给日本人维持治安了!论理说,北平既归了外国人,就根本没有什么治安可讲。但是,他还穿着那身制服,还是巡长!他不大明白自己是干什么呢!

"你看怎样呀?巡长!"李四爷问:"他们能不能乱杀人呢?""我简直不敢说什么,四大爷!"白巡长的语声很低。"我仿佛是教人家给扣在大缸里啦,看不见天地!"

"咱们的那么多的兵呢?都哪儿去啦?"

"都打仗来着!打不过人家呀!这年月,打仗不能专凭胆子大,身子棒啦!人家的枪炮厉害,有飞机坦克!咱们……"

"那么,北平城是丢铁了?"

"大队坦克车刚过去,你难道没听见?"

"铁啦?"

"铁啦!"

"怎么办呢?"李四爷把声音放得极低:"告诉你,巡长,我恨日本鬼子!"

北平人的恨!

巡长向四外打了一眼:"谁不恨他们!得了,说点正经的:四大爷,你待会儿到祁家,钱家去告诉一声,教他们把书什么的烧一烧。日本人恨念书的人!家里要是存着三民主义或是洋文书,就更了不得!我想这条胡同里也就是他们两家有书,你去一趟吧!我不好去——"巡长看了看自己的制服。

李四爷点头答应。白巡长无精打采的向葫芦腰里走去。

四爷到钱家拍门,没人答应。他知道钱先生有点古怪脾气,又加上在这兵荒马乱的时候不便惹人注意,所以等了一会儿就上祁家来。

祁老人的诚意欢迎,使李四爷心中痛快了一点。为怕因祁老人提起陈谷子烂芝麻而忘了正事,他开门见山的说明了来意。祁老人对书籍没有什么好感,不过书籍都是钱买来的,烧了未免可惜。他打算教孙子们挑选一下,把该烧的卖给"打鼓儿的"好了。

"那不行!"李四爷对老邻居的安全是诚心关切着的。"这两天不会有打鼓儿的;就是有,他们也不敢买书!"说完,他把刚才没能叫开钱家的门的事也告诉了祁老者。

祁老者在院中叫瑞全:"瑞全,好孩子,把洋书什么的都烧了吧!都是好贵买来的,可是咱们能留着它们惹祸吗?"

老三对老大说:"看!焚书坑儒!你怎样?"

"老三你说对了!你是得走!我既走不开,就认了命!你走!我在这儿焚书,挂白旗,当亡国奴!"老大无论如何再也控制不住自己,他落了泪。

令人锥心的亡国之痛!

"听见没有啊,小三儿?"祁老者又问了声。

"听见了!马上就动手!"瑞全不耐烦的回答了祖父,而后小声的向瑞宣:"大哥!你要是这样,教我怎好走开呢?"

瑞宣用手背把泪抹去。"你走你的,老三!要记住,永远记住,你家的老大并不是个没出息的人……"他的嗓子里噎了几下,不能说下去。

★编选者的话:

《四世同堂》是老舍继《骆驼祥子》之后又一部表现市民生活的长篇巨制。

抗战期间,老舍先生不在北平,但凭着他厚实的生活积累,擅长表现北平市民生活的艺术经验,以巨大的生活容量完整地反映了抗战八年中日本侵略者及其走狗给北平的市民带来的深重灾难,深刻的揭露了侵略者的本质和民族败类的无耻,在反映抗战的作品中独树一帜,在老舍创作中更是一块高耸的丰碑。

作品以"七·七"事变到日本投降八年间的北平为背景,描写了沦陷后的祁家祖孙四代及周围几十户人家的日常生活,塑造了一系列性格鲜活的市民群像,展示了国破城亡期间他们经受的心灵、肉体上的苦痛和屈辱,抒写了一曲北

市民系列形象的艺术雕塑

平市民的痛史、恨史、愤史。

作品深刻的思想价值主要体现在令人沉痛的文化反思中。小说既紧扣激烈的时代风云和战事变化，又细致地从历史文化的深层对民族传统文化进行了现代性的审视和反省。作者把历史镜头焦距于北平市民的灵魂深处，让战争的烈火观照、考验国民的劣根性，不仅勾画了民族危难时刻的众生相，而且剖析了民族性格中的精神癌变：惶惑，在惶惑中偷生！流露出对孱弱甚至病态的国民性格和苟安保守的生活观念的批判意识，表现出强烈的民族反省的理性力量和爱国激情，显示了作者改造和重塑"国民性"的努力。

北平市民社会的表现者与批判者

★**作者的话**：

设计写此书时，颇有雄心。可是执行起来，精神上，物质上，身体上，都有苦痛，我不敢保险能把它写完。即使幸而能写完，好不好还是另一问题。在这年月而要安心写百万字的长篇，简直有点不知好歹。算了吧，不再说什么了！

老舍《四世同堂·序》

★**相关评论**：

像《四世同堂》这样以古都北平广大市民的亡国之痛为题材，饱含怒、愤、傲、烈之情抒写而成的被征服者的愤史，在我国现代文学作品中，可说是第一部。……老舍的长篇小说，从《老张的哲学》到《骆驼祥子》，以及《四世同堂》前的《火葬》，基本上是写一两个主要人物并陪衬以几个次要人物，《四世同堂》显然是一次新的尝试。书中塑造了几个系列——每个系列又有众多的人物群像，使读者联想到曹雪芹塑造大观园人物群像的笔力。尤其难能可贵的是，那几十个三教九流的人物形象，不只是使人感到应接不暇，而且其中的大多数形象能以各自的典型意义，以自己的社会内容和美学价值，为我国现代文学人物形象画廊增添了光彩。

吴小美《一部优秀的现实主义作品》，《文学评论》1981/6

老舍及其艺术的独特性首先在于，他是中国现代文学史上最杰出的市民社会的表现者与批判者。这不仅是指，他的艺术世界几乎包罗了市民阶层的一切方面，显示出他对于这一阶层的百科全书式的知识，更重要的是，他经由对自己的独特对象——市民社会，而且是北京市民社会的发掘，达到了对于民族性格、民族命运的一定程度的艺术概括，达到了对于时代本质的某种揭示。

赵园《老舍——北京市民社会的表现者与批判者》，《兰州大学学报》1984/1

文献索引：

1. **老舍小说要目**

《老张的哲学》，《小说月报》1926年，《老舍文集》第一卷
《赵子曰》，《小说月报》1927年，《老舍文集》第一卷
《二马》，《小说月报》1929年，《老舍文集》第一卷
《小坡的生日》，《小说月报》1931年，《老舍文集》第二卷
《离婚》，1933年，《老舍文集》第二卷

《牛天赐传》，《论语》1934年，《老舍文集》第二卷	
《骆驼祥子》，《宇宙风》1936年，《老舍文集》第三卷	
《文博士》，《论语》1936年，《老舍文集》第三卷	
《火葬》《文艺先锋》1944年，《老舍文集》第三卷	
《四世同堂·惶惑》，《扫荡报》1944年，《老舍文集》第四卷	
《四世同堂·偷生》，《世界日报》1945年，《老舍文集》第五卷	
《四世同堂·饥荒》，《老舍文集》第六卷	
《鼓书艺人》，《老舍文集》第六卷	
《无名高地有了名》，《解放军文艺》1955年，《老舍文集》第七卷	
《正红旗下》，《人民文学》1979年，《老舍文集》第七卷	
《猫城记》，《现代》1932，《老舍文集》第七卷	将1932年创作的《猫城记》收入第七卷，表明了老舍对此作的态度
《赶集》（短篇小说集）良友图书印刷公司1934，《老舍文集》第八卷	
《樱海集》（短篇小说集）人间书屋1935，《老舍文集》第八卷	
《蛤藻集》（短篇小说集）开明书店1936，《老舍文集》第八卷	
《火车集》（短篇小说集）上海杂志公司1939，《老舍文集》第九卷	
《贫血集》（短篇小说集）文聿出版社1944，《老舍文集》第九卷	

2. **老舍研究要目**

王惠云、苏庆昌《老舍评传》，花山文艺出版社 1985/10	传记类
舒 乙《老舍》，人民出版社 1986/8	
孙之龙、郭英奇《老舍》，中国和平出版社 1996/4	
关纪新《老舍评传》，重庆出版社 1998/10	
武汉大学语言自动处理研究组《现代汉语语言资料索引·第一辑》四川人民出版社 1983/7	资料类
吴怀斌、曾广灿《老舍研究资料(上，下)》，北京十月文艺出版社 1985/7	
郝长海、吴怀斌《老舍年谱》，黄山书社 1988/9	
甘海岚《老舍年谱》书目文献出版社 1989/7	
朱子明、崔毓秀《中国语言大师锦句录——老舍卷》，文汇出版社 1990/7	
徐德明《老舍自传》，江苏文艺出版社 1995/9	
张桂兴《老舍年谱》，上海文艺出版社 1997/12	
孟广来、史若平、吴开晋、牛运清编《老舍研究论文集》，山东人民出版社 1983/4	研究类
佟家桓《老舍小说研究》，宁夏人民出版社 1983/7	
杨玉秀《老舍作品中的北京话词语例释》，北京大学出版社 1984/5	
陈孝全《老舍短篇小说欣赏》，广西教育出版社 1987/3	
曾广灿《老舍研究纵览(1929-1986)》，天津教育出版社 1987/11	
宋永毅《老舍与中国文化观念》，学林出版社 1988/7	
万平近《老舍读本》，上海教育出版社 1989/5	
赵 园《北京：城与人》，上海人民出版社 1991/8	
吴小美、魏韶华《老舍的小说世界与东西方文化》，兰州大学出版社 1992/6	
章罗生《老舍与中国新文学》，文化艺术出版社 1994/5	
王润华《老舍小说新论》，学林出版社 1995/12	
樊 骏《老舍名作欣赏》，中国和平出版社 1996/10	
王晓琴《老舍新论》，首都师范大学出版社 1999/2	

(王学亮 冯凌云)

曹禺话剧四部

曹禺,原名万家宝,字小石,祖籍湖北潜江。1910年生于天津一个封建官僚家庭。出生三天后母亲因产褥热病逝,由继母(姨母)照料。受继母影响,从小对传统戏剧颇为喜爱。1922年入天津南开中学,参加南开新剧团,演出中外剧作,显示了表演才能。1928年考入南开大学政治系,1930年转清华大学西洋文学系,广泛接触欧美文学作品,深为古希腊悲剧作家及莎士比亚、契诃夫等人的剧作所吸引,同时也陶醉于中国传统戏剧艺术。1933年开始创作处女作《雷雨》。1937年在南京戏剧专科学校任教,抗战爆发后随校迁往重庆、江安等地。1946年与老舍去美国讲学。新中国成立后历任北京人民艺术剧院院长、中国作家协会书记处书记、中央戏剧学院名誉院长、中国戏剧家协会主席等职。1996年病逝于北京。

曹禺早期戏剧创作成就突出,常常在激烈紧张的戏剧冲突中展现人物的心灵交锋,是中国现代话剧成熟的标志。

雷 雨(节选)

《雷雨》最初发表于1934年《文学季刊》第三期,作为《文学丛刊》(第一集)1936年1月由上海文化生活出版社出版。

《雷雨》描写了一个封建资产阶级家庭的崩溃。周朴园是这个家庭的统治者,也是一个昧着良心用工人的生命换取最大利润的资本家。他专横跋扈,冷酷无情。其妻蘩漪在压抑和苦闷中,与继子周萍发生了暧昧关系。周萍爱上婢女四凤后,企图摆脱与继母的不伦关系。而蘩漪的儿子周冲也爱上了四凤。出于嫉妒,蘩漪通知四凤的母亲侍萍(鲁妈)来领走四凤。侍萍正是30年与被周朴园相爱并为他生了两个儿子,而后又被遗弃的侍女。她是周萍的生身母亲,而被她带走的第二个儿子鲁大海又正在周朴园的矿上做工,作为罢工工人的代表,他和周朴园展开了面对面的斗争……这些矛盾酝酿、激化,终于在一个"天气更阴沉、更郁热,低沉潮湿的空气,使人异常烦躁"的下午趋向高潮,周萍和四凤终于知道他们原是同母兄妹,一场悲剧发生了:四凤触电而死,周冲为救四凤不幸送命,周萍开枪自杀,善良的鲁妈痴呆了,绝望的蘩漪疯狂了,倔强的鲁大海出走了,这个家庭彻底崩溃了。*这一切都发生在雷电交加的狂风暴雨之夜,整个故事的背景、情节都和雷雨有关*

全剧共四幕,本书节选自第二幕和第四幕中有关蘩漪与周萍纠缠的精彩片断。

第二幕

....

周繁漪　回来，(周萍停步)我请你略微坐一坐。
周　萍　什么事？
周繁漪　(阴沉地)有话说。
周　萍　(看出她的神色)你像是有很重要的话跟我谈似的。
周繁漪　嗯。
周　萍　说吧。
周繁漪　我希望你明白方才的情形。这不是一天的事情。
周　萍　(躲避地)父亲一向是那样，他说一句就是一句的。
周繁漪　可是人家说一句，我就要听一句，那是违背我的本性的。
周　萍　我明白你。(强笑)那么你顶好不听他的话就得了。
周繁漪　萍，我盼望你还是从前那样诚恳的人。顶好不要学着现在一般青年人玩世不恭的态度。你知道我没有你在我面前，这样，我已经很苦了。
周　萍　所以我就要走了。不要叫我们见着，互相提醒我们最后悔的事情。
周繁漪　我不后悔，我向来做事没有后悔过。
周　萍　(不得已地)我想，我很明白地对你表示过。这些日子我没有见你，我想你很明白。
周繁漪　很明白。
周　萍　那么，我是个最糊涂，最不明白的人。我后悔，我认为我生平做错一件大事。我对不起自己，对不起弟弟，更对不起父亲。
周繁漪　(低沉地)但是你最对不起的人有一个，你反而轻轻地忘了。
周　萍　我最对不起的人，自然也有，但是我不必同你说。
周繁漪　(冷笑)那不是她！你最对不起的是我，是你曾经引诱过的后母！
周　萍　(有些怕她)你疯了。
周繁漪　你欠了我一笔债，你对我负着责任；你不能看见了新的世界，就一个人跑。
周　萍　我认为你用的这些字眼，简直可怕。这种字句不是在父亲这样——这样体面的家庭里说的。
周繁漪　(气极)父亲，父亲，你撇开你的父亲吧！体面？你也说体面？(冷笑)我在这样的体面家庭已经十八年啦。周家家庭里所出的罪恶，我听过，我见过，我做过。我始终不是你们周家的人。我做的事，我自己负责任。不像你们的祖父，叔祖，同你们的好父亲，偷偷做出许多可怕的事情，祸移在别人身上，外面还是一副道德面孔，慈善家，社会上的好人物。
周　萍　繁漪，大家庭自然免不了不良分子，不过我们这一支，除了我，……

繁漪：痛苦、怨恨、愤懑

周萍：懦弱、厌烦、苦闷

繁漪拼命抓住周萍不放，求他不要弃她而去；而周萍则拼命想逃脱困境

周萍的退缩让繁漪彻底失望

被逼无奈的繁漪开始以揭秘作为反击，句句见血。揭秘一

揭秘二

揭秘三	周繁漪	都一样,<u>你父亲是第一个伪君子,他从前就引诱过一个良家的姑娘</u>。
	周　萍	你不要乱说话。
揭秘四	周繁漪	萍,你再听清楚点,<u>你就是你父亲的私生子!</u>
	周　萍	(惊异而无主地)你瞎说,你有什么证据?
	周繁漪	请你问你的体面父亲,这是他十五年前喝醉了的时候告诉我的。(指桌上相片)你就是这年轻的姑娘生的小孩。她因为你父亲又不要她,就自己投河死了。
	周　萍	你,你,你简直……——好,好,(强笑)我都承认。你预备怎么样?你要跟我说什么?
揭秘五	周繁漪	你父亲对不起我,他用同样手段把我骗到你们家来,我逃不开,生了冲儿。十几年来像刚才一样的凶横,把我渐渐地磨成了石头样的死人。你突然从家乡出来,是你,是你把我引到一条母亲不像母亲,情妇不像情妇的路上去。是你引诱的我!
语言尖刻辛辣,痛快淋漓,表现了繁漪"最残酷的爱和最不忍的恨"	周　萍	引诱! 我请你不要用这两个字好不好?你知道当时的情形怎么样?
揭秘六	周繁漪	你忘记了在这屋子里,半夜,我哭的时候,你叹息着说的话么?你说你恨你的父亲,你说过,你愿他死,就是犯了灭伦的罪也干。
	周　萍	你忘了。那是我年轻,我的热叫我说出来这样糊涂的话。
	周繁漪	你忘了,我虽然比你只大几岁,那时,我总还是你的母亲,你知道你不该对我说这种话么?
	周　萍	哦——(叹一口气)总之,你不该嫁到周家来,周家的空气满是罪恶。
	周繁漪	对了,罪恶,罪恶。你的祖宗就不曾清白过,你们家里永远是不干净。
	周　萍	年轻人一时糊涂,做错了的事,你就不肯原谅么?(苦恼地皱着眉)
周家泯灭了繁漪对未来生活的向往,她只好"安安静静地等死"	周繁漪	这不是原谅不原谅的问题,我已经预备好棺材,安安静静地等死,一个人偏把我救活了又不理我,<u>撇得我枯死,慢慢地渴死</u>。让你说,我该怎么办?
	周　萍	那,那我也不知道,你来说吧!
	周繁漪	(一字一字地)我希望你不要走。
	周　萍	怎么,你要我陪着你,在这样的家庭,每天想着过去的罪恶,这样活活地闷死么?
	周繁漪	你既然知道这家庭可以闷死人,你怎么肯一个人走,把我放在家里?
	周　萍	你没有权利说这种话,你是冲弟弟的母亲。
那时周萍从乡下回到周公馆,给繁漪与世隔绝的、窒闷的生活带了"新鲜"与"诱惑"	周繁漪	我不是! 我不是! 自从我把我的<u>性命、名誉,交给你</u>,我什么都不顾了。我不是他的母亲。不是,不是,我也不是周朴园的妻子。
	周　萍	(冷冷地)如果你以为你不是父亲的妻子,我自己还承认我是我父亲的儿子。

周繁漪　（不曾想到他会说这一句话，呆了一下）哦，你是你的父亲的儿子。——这些月，你特别不来看我，是怕你的父亲？

周　萍　也可以说是怕他，才这样的吧。

周繁漪　你这一次到矿上去，也是学着你父亲的英雄榜样，把一个真正明白你，爱你的人丢开不管么？

周　萍　这么解释也未尝不可。

周繁漪　（冷冷地）这么说，你到底是你父亲的儿子。（笑）父亲的儿子？（狂笑）父亲的儿子？（狂笑，忽然冷静严厉地）哼，都是些没有用，胆小怕事，不值得人为他牺牲的东西！我恨着我早没有知道你！

周　萍　那么你现在知道了！我对不起你，我已经同你详细解释过，我厌恶这种不自然的关系。我告诉你，我厌恶。我负起我的责任，我承认我那时的错，然而叫我犯了那样的错，你也不能完全没有责任。你是我认为最聪明，最能了解人的女子，所以我想，你最后会原谅我。我的态度，你现在骂我玩世不恭也好，不负责任也好，我告诉你，我盼望这一次的谈话是我们最末一次谈话了。（走向饭厅门）

周繁漪　（沉重的语气）站着。（周萍立住）我希望你明白我刚才说的话，我不是请求你。我盼望你用你的心，想一想，过去我们在这屋子说的，（停，难过）许多，许多的话。<u>一个女子，你记着，不能受两代的欺侮</u>，你可以想一想。

周　萍　我已经想得很透彻，我自己这些天的痛苦，我想你不是不知道。好，请你让我走吧。（由饭厅下）

　　［繁漪望着周萍出去，流下泪来，忍不住伏在沙发上哭泣。

第四幕

　　［周冲望繁漪，又望四凤，自己低头。

周繁漪　冲儿，说呀！（半晌，急促）冲儿，你为什么不说话呀？你为什么不问？<u>为什么不问你哥哥？</u>（又顿）

　　［众人俱看周冲，周冲不语。

周繁漪　冲儿，你说呀，怎么，难道你是个哑巴？是个呆子？看见这样的事情还不会吭一声么？

周　冲　（抬头，羔羊似地）不，不，妈！（又望四凤，低头）只要四凤愿意，我没有一句话可说。

周　萍　（走到周冲面前拉着他的手）哦，我的好弟弟，我的明白弟弟！

周　冲　（疑惑地思考地）不不，我忽然发现……我觉得……我好像我并不是真爱四凤。（渺渺茫茫地）以前——我，我，我——大概是胡闹！（望着周萍热烈的神色）哥哥，你把她带走吧，只要你好好地待她！

周繁漪　（幻灭）啊，你呀！（忽然气愤）你不是我的儿子，（昏乱地）你简直

（右栏批注）
繁漪绝望后的痛苦与怨恨

繁漪企图利用周萍与周冲的兄弟之情逼周萍就范

对周萍失望后再次对周冲失望		没有点男人气,我要是你,(指四凤)我就杀了她,毁了她。你一点也不像我,——你不是我的儿子,不是我的儿子!
	周　冲	(难过地)您怎么啦?
秘密公开,鱼死网破	周繁漪	(向周冲,半疯狂地)不要以为我是你的母亲,(高声)你的母亲早死了,早叫你父亲逼死了,闷死了。(揩眼泪,哀痛地)我忍了多少年了,我在这个死地方,监狱似的周公馆,陪着一个阎王十八年了,我的心并没有死;你的父亲只叫我生了冲儿,然而我的心,我这个人还是我的。(指周萍)就只有他才要了我整个的人,可是他现在不要我,又不要我了。
	周　冲	(痛极)妈,我最爱的妈,您这是怎么回事?
	周　萍	你先不要管她,她在发疯!
	周繁漪	(激烈地)你现在也学会你的父亲了,你这虚伪的东西!没有疯——我一点也没有疯!我要你说,我要你告诉他们!
紧逼	周　萍	(狼狈地)你叫我告诉什么?我看你上楼睡去吧。
	周繁漪	(冷笑)你不要装!你告诉他们,我并不是你的后母。
	[大家惊惧。	
	周　冲	(无可奈何地)妈!
	周繁漪	(不顾地)告诉他们,告诉四凤,告诉她!
	四　凤	(忍不住)妈呀!(投入侍萍怀)
	周繁漪	你记着,是你才欺骗了你的弟弟,是你欺骗了我,是你才欺骗了你的父亲!
	周　萍	(向四凤)不要理她,我们走吧。
再紧逼	周繁漪	不用走了,大门锁了。你父亲就下来,我派人叫他来的。
	侍　萍	天!
后来,繁漪迫使周朴园承认了他与侍萍的关系,也使周萍陷入乱伦的痛苦和悔恨,最终自杀身亡	周　萍	你这是干什么?
	周繁漪	(冷冷地)我要你父亲见见他将来的好媳妇,然后你们再走。(喊)朴园,朴园…… ……………

★编选者的话:

巴金对曹禺说过:"《雷雨》是一部不但可以演,也可以读的作品。"

《雷雨》是曹禺的第一部戏剧作品,也是中国话剧史上第一部真正成熟的优秀话剧,它确立了曹禺在中国现代话剧史上的不朽地位。无论从故事层面、戏剧效果,还是从更深的人生哲理意蕴而言,《雷雨》都是一部值得一读的精彩之作。

《雷雨》营造了一个令人倍感压抑的氛围,这里的人物因无法忍受这窒息人的生活而寻求着精神的自由宣泄,然而仿佛是宿命,他们的挣扎在必将要来的毁灭面前是那么的可笑与无力。在周朴园的冷漠面前,繁漪拼命追逐着周萍的温情;在不伦的恋情带来的心灵忏悔面前,周萍希望从充满青春活力的四凤身上寻找生命的激情;天真烂漫、受过新思想启蒙的周冲也希望借助与四凤的爱情实现自己的个性张扬……然而,命运是这样一个折磨人的东西:已有了越轨关系的四凤与周萍竟是同母异父的兄妹,作为矿工代表与周朴园作对的鲁大海原是侍萍带走的第二个儿子……人物之间的关系交错扭结，在一环扣一环的戏剧冲突中，作者用他那高超的技巧将戏剧推向高潮，并在一个雷雨的午夜戛然收篇，完美地展示了人物的生存挣扎与不可避免地走向毁灭的悲剧命运，显示出作者对古希腊命运悲剧内涵的娴熟把握和成功借鉴。

剧本以扣人心弦的情节，简练含蓄的语言，各具特色的人物，极为丰富的潜台词和人物在悲剧命运前的无效抗争赢得了几代观众的喜爱。

★作者的话：

在《雷雨》里的八个人物，我最早想出的，并且也较觉真切的是周蘩漪，其次是周冲。……我算不清我亲眼看见多少蘩漪。……她有火炽的热情，一颗强悍的心，她敢冲破一切的桎梏，做一次困兽的斗。虽然依旧落在火坑里，情热烧疯了她的心，然而不是更值得人的怜悯与尊敬么？这总比阉鸡似的男子们为着凡庸的生活怯弱地度着一天天的日子更值得人佩服吧。

爱这样的女人需有厚的口味，铁的手腕，岩似的恒心，而周萍，一个情感和矛盾的奴隶，显然不是的。不过有人会问为什么她会爱这样一棵弱不禁风的草，这只好问她的运命，为什么她会落在周朴园这样的家庭中。

周冲原是可喜的性格，他最无辜而他与四凤同样遭受了惨酷的结果。……在末尾，蘩漪唤他出来阻止四凤与周萍逃奔的时候，他才看出他的母亲全不是他所想的那样，而四凤也不是能与他在冬天的早晨，明亮的海空，乘着白帆船向着无边的理想航驶去的伴侣。……在四凤将和周萍同走的时候，他只说：(疑惑地，思考地)"我忽然发现……我觉得……我好像并不是真爱四凤；(渺渺茫茫地)以前，……我我，我——大概是胡闹。"于是他慷慨地让四凤跟着周萍离弃了他。这不像一个爱人在申说，而是一个梦幻者探寻着自己。这样的超脱，无怪乎落在情热的火坑里的蘩漪是不能了解的了。

《雷雨·序》，文化生活出版社 1936

> 蘩漪是曹禺创作的灵感

★相关评论：

在《雷雨》里面，儿子和后母相爱，发生逆伦关系，而那两出戏，写的是后母遭前妻儿子拒绝，恼羞成怒。……正是那位周太太，一个"母亲不是母亲，情妇不是情妇"的女性。……她是一只沉了的舟，然而在将沉之际，如若不能重新撑起来，<u>她宁可人舟两覆</u>，这是一个火山口，或者犹如作者所谓，她是那被象征着的天时，而热情是她的雷雨。……所谓热情者，到了表现的时候，反而冷静到像叫你走进了坟窟的程度。于是你更感到她的阴鸷、她的力量、她的痛苦；你知道这有所顾忌的主妇会无顾忌地揭露一切；揭露她自己的罪恶。从戏一开始，作者就告诉我们，<u>她只有心思：报复</u>。她不是不爱她亲生的儿子，是她不能分心；她会恨他，如若他不受她利用。到了不能制止自己的时候，她连儿子前途也不屑一顾。她要报复一切，因为一切做成她的地位，她的痛苦，她的罪恶。她时时在恫吓；她警告周萍道："小心，小心！你不要把一个失望的女人逼得太狠，她是什么事都做得出来的。"周萍另有所爱，绝不把她放在心上。于是她宣布道："好，你去吧！小心，现在(望窗外，自语)风暴就要起来了！"她是说天空的暴风雨，但是我们感到

> 在评论家的眼中，我们看到了作家希望观众看到的蘩漪

的,是她心里的暴风雨。在第四幕,她有一句简短的话,然而具有绝大的力量,"我有精神病"。她要报复的心思会让她变成一个通常所谓的利口。这在她是一种快感。鲁贵以为可以用她逆伦的秘密胁迫她,但是这糊涂虫绝想不到"<u>一个失望的女人什么事都做得出来</u>",绝不在乎他那点儿痛痒。

李健吾《咀华集·谈〈雷雨〉》,文化生活出版社 1936

日　　出(节选)

《日出》作为《文学丛刊》(第三集),1936年11月由上海文艺生活出版社出版。《日出》以20世纪30年代半封建半殖民地的现代都市为背景,选取交际花陈白露华丽的客厅和三等妓院"宝和下处"这两个特定地点,以陈白露的活动为中心,展示了当时上层社会和下层社会、"鬼"与人的两种完全不同的生存状态。

学生出身的交际花陈白露,也曾受过"五四"新思想的影响,是一个有过个性解放追求的新式人物,然而经过几番生活的打击后,她最终放弃了自己的理想,向庸俗的社会妥协,成为一个高级妓女,由银行家潘月亭供养,住在大旅馆里,过着糜烂的生活。童年时代的好友方达生闻知她的近况,从家乡跑来"感化"她,让她跟自己结婚并随自己回去过简朴的生活。但对社会和家庭生活都已失望的陈白露拒绝了他。此时同楼的孤女"小东西"为了逃避蹂躏闯到她的房间,良知尚未完全泯灭的陈白露虽全力救助,亦只能眼睁睁地看着"小东西"被社会恶势力的代表、黑帮头子金八手下的人卖到妓院里,最终不堪凌辱而死。潘月亭也被金八挤垮,银行倒闭,陈白露面对着大量的债务和千疮百孔的现实,看不见自己的出路,也终于厌倦了在这无望人生中的无聊挣扎,黯然自杀。方达生则表示要与黑暗势力抗争到底,走向了日出的东方。

> 四幕戏的时间分别是:黎明,黄昏,午夜,日出

全剧共四幕,本书节选自第四幕中李石清与潘月亭"狗咬狗"的精彩片断。

第四幕

　　　………

> 李石清:阴险狡猾,有心计,有胆量,有手腕,是善与恶混合而成的悲剧角色。他爱他的妻子儿女,恨这个人妖颠倒,人人相食的社会

李石清　(看看方达生和白露)陈小姐,(回头对门前的福升)福升,你下去叫我的汽车等着我,我也许一会儿跟潘经理谈完话就回公馆的。

王福升　是,李先——(忽然)是,襄理。不过您太太方才打电话,说——

李石清　(厌烦地)我知道了。你下去吧。

陈白露　李先生,你的少爷好一点了么?

李石清　好,好,还好。在屋里么?

> 襄:助理。襄理,相当于经理助理

陈白露　月亭大概在吧。

李石清　我要跟他谈一点机密的事。

陈白露　(不愉快)是要我们出去躲躲么?

李石清　(知道自己有点过分)不,不,那倒不必。我进去找他谈也是可以

　　　　的。少陪！少陪！〔李扬长地走入左门。
　　　　……
潘月亭　请坐吧。有什么事么？
李石清　(坐下很得意地)自然有。
潘月亭　你说是什么？
李石清　月——(仿佛不大顺口)<u>经理</u>知道了市面上怎么回事么？   注意李石清对潘月亭称谓的变化
潘月亭　(故意地)不大清楚，你说说看。
李石清　(低声秘语)我这是从一个极秘密的地方打听出来的。<u>现在您可以放心</u>，我们这一次买的公债算买对了，金八这次真是向里收，谣言说他故意造空气，好向外甩，完全是神经过敏，假的。这一次我们算拿谁了，我刚才一算，我们现在一共是四百五十万，这一"倒腾"说不定有三十万的赚头。
潘月亭　(唯唯诺诺地)是……是……是。我听福升说你太太——
李石清　(不屑于听这些琐辞的事)那我知道，我知道。——<u>我跟你说</u>，我们说   从"您"变为"你"
　　　　不定有三十万的赚头。这还是说行市就照这样涨。要是一两天这个   同时注意说话语气
　　　　看涨的消息越看越真，空户们再忍痛补进，跟着一抢，凑个热闹，<u>我</u>   的变化
　　　　<u>跟你说</u>，不出十五，再多赚个十万二十万，随随便便地就是一说。
潘月亭　是的，是的，是你的太太催你回去么？
李石清　不要管她，先不管她。<u>我提议，月亭</u>，这次行里这点公债现在我们   再变为"月亭"
　　　　是绝对不卖了。我告诉你，这个行市还要大涨特涨，不会涨到这一
　　　　点就完事。并且(非常兴奋地)<u>我现在劝你，月亭</u>，我们最好明天看   越来越放肆
　　　　情形再补进，明天的行市还可以买，还是吃不了亏。
潘月亭　石清，你知道你的儿子病了么？
李石清　不要紧，不要紧。——(更紧张)我看我们还是买。对！<u>我们就这么</u>   生的意志，死的恐
　　　　<u>决定了</u>。月亭，这是千载一时的好机会。这一次买成功了，我主张，   惧，社会仇恨和飞黄
　　　　以后行里再也不冒这样的险。说什么我们也不必拆这个烂污，以   腾达的野心，把李石
　　　　后留点信用吧。不过，这一次我们破釜沉舟干一次，明天，一大清   清推上了一条流氓
　　　　早，我们看看行市，还是买进。   式的欺诈报复之路
潘月亭　石清！你还是先回家看看吧，你知道你的儿子病得很重么？
李石清　你何必老提这个？
潘月亭　我看你太高兴了。
李石清　不错，这次事我帮您做得相当漂亮。我的确高兴！
潘月亭　(冷冷一笑)对不起，我忘了你这两天做了襄理了。
李石清　经理，您这句话是什么意思？
潘月亭　(不答理他)李襄理，现在我手里这点公债是一笔钱了？
李石清　自然。
潘月亭　这一点赚头已经足够还<u>金八</u>的款子了吧。   金八：没出场的黑社会老大
李石清　我计算着还有富余。
潘月亭　好极了。有这点富余再加我潘四这点活动劲儿，<u>你看我还怕不怕</u>   兔死狗烹，可以秋后
　　　　<u>人跟我捣乱</u>？   算账了

注意李石清表情的变化	李石清	我不大明白经理的话。
	潘月亭	也许有人说不定要宣传我银行的准备金不够——
	李石清	哦？
	潘月亭	或者说我把银行房产都抵押出去。
	李石清	（谄笑）经理，何必提这个？这不——
	潘月亭	我不愿意提。不过说不定有人偏要提。
在他们的较量中，李一步步败下阵来	李石清	经理，这话说得太远了。
	潘月亭	（冷冷地看着他）就在前六七天，李襄理，你还跟我当面说过。
	李石清	经理，您这是何苦呢？圣人说过："小不忍则乱大谋。"
	潘月亭	我想我这两天很忍了一阵。不过，我要跟你说一句实在话：我很讨厌一个自作聪明的人在我的面前多插嘴，我也不大愿意叫旁人看我好欺负，以为我甘心叫人要挟。最可恶是行里的同人背后骂我是个老糊涂，瞎了眼，叫一个不学无术的三等货来做我的襄理。
步步紧逼、层层较量、扣人心弦	李石清	（<u>极力压制自己</u>）我希望经理说话无妨客气一点。字眼上可以略微斟酌斟酌再用。
	潘月亭	我很斟酌，很留神。
	李石清	（<u>狞笑</u>）好了，这些名词字眼都无关紧要：头等货，三等货，都是这么一说，差别倒是很有限。不过，经理，我们都是多年在外做事的人，我想，大事小事，人最低应该讲点信用。
	潘月亭	信用？（大笑）你要谈信用？信用我不是不讲，可是要看对谁。我想我活了这么大年纪，我该明白跟哪一类人才可以讲信用，跟哪一类人就根本用不着讲信用的。
	李石清	那么，经理仿佛是不预备跟我讲信用了。
	潘月亭	（尖酸地）这句话真不像你这么聪明的人说的。
	李石清	经理自然是比我们聪明。
	潘月亭	那倒也不见得。不过我也许明白一个很要紧的小道理。就是对那种太自作聪明的坏蛋，我有时可以绝对不讲信用的。你知道你的太太跟你打电话了么？
	李石清	（眩惑地）我知道，我知道。
	潘月亭	你的少爷病得快要死了，李太太催你快回家。
	李石清	（怒目向潘月亭）我就要回去。
潘月亭揭老底也是一点不留情	潘月亭	那好极了。你的汽车在门口等着你。（刻薄地）坐汽车回家是很快的，回家之后，你无妨在家里多多练习自己的聪明，有机会你还可以常常开开人家的抽屉，<u>譬如说看看人家的房产是不是已经抵押出去了，调查调查人家的存款究竟有多少</u>。……不过我可以顺便声明一下，省得你替我再多操心，我那抽屉里的文件现在都存在保险库去了。
	李石清	（目瞪口呆）嗯？
	潘月亭	（由身上取出一个封套）李先生，这是你的薪水清单。我跟你算一算。襄理的薪水一月一共是二百七十元。你做了三天，会计告诉我

你已经预支了二百五十元，不过我想我们还是客气点好，我支给你一个月的全薪。现在剩下的二十块钱，请你收下，不过你今天坐的汽车账，行里是不能再替你付的。

李石清　可是，潘经理——（忽然他不再多说了，狠狠地盯了潘月亭一眼，伸出手）好，拿来吧。（接下钱）

潘月亭　（点起雪茄）好，我不陪了，你以后没事可以常到这儿来玩玩，以后你爱称呼我什么就称呼我什么，你叫我月亭也可以；称兄道弟，跟我"你呀我呀"地说话也可以；现在我们是平等了！再见。（由左门下）

李石清　（愤怒使得他麻木了）好！好！（手中紧握着钞票，恨恨地低声）二十块！（更低声）二十块钱。（咬牙切齿）我要宰了你呀！<u>我为着你这点债，我连家都忘了，孩子的病我都没有理，我花费自己的薪水来做排场，打听消息。现在你成了功，赚了钱，忽然地不要我了。</u>（狞笑）不要我了。你把我当成贼看，你当面骂了我，侮辱我，瞧不起我！（刺着他的痛处，高声）啊，你瞧不起我！（捶着自己的胸）瞧不起我李石清，你这一招简直把我当作混蛋给耍了。（嘲弄自己，尖锐地笑起来）我是"自作聪明"！我是"不学无术"！我是"坏蛋"！我是"三等货"！（怪笑）可是你以为我就这样跟你了啦！你以为我怕你，——哼（眼睛闪着愤恨的火）今天我要宰了你，宰了你们这帮东西，我一个也不饶，一个也不饶你们的。

…………

李石清　<u>经理，现在该我们两个人谈谈了。</u>
潘月亭　你还要谈什么？
李石清　不谈什么，三等货要看看头等货现在怎么样了？
潘月亭　（跳起来）混蛋！
李石清　（竖起眉）你混蛋！
潘月亭　给我滚！
李石清　（也厉声）你先给我滚！（冷笑）你忘了现在我们是平等了。
潘月亭　（按下气，坐下）你小心，你这样说话，你得小心。
李石清　我不用小心，我家没有一个大钱，我口袋里尽是当票，我用不着小心！
潘月亭　小心有人请你吃官司，你这穷光蛋。
李石清　穷光蛋，对了。不过你先看看你自己吧！我的潘经理。我没有债，我没有成千成万的债。我没有人逼着我要钱，我没有眼看着钱到了手，又叫人家抢了走。潘经理，你可怜可怜你自己吧。你还不及一个穷光蛋呢，我叫<u>一个流氓要了，我只是穷，你叫一个更大的流氓要了，他要你的命。</u>（尖酸地）哦，你是不跟一个自作聪明的坏蛋讲信用的。可是人家跟你讲信用？你不讲信用，人家比你还不讲信用，你以为你聪明，人家比你还要聪明。你骂了我，你挖苦我！你侮辱我。哦，你还瞧不起我！（大声）现在我快活极了！我高兴极了！

李石清是一个半人半鬼的两面派，他有忍辱负重，令人同情的一面，也有奸诈无行，让人嫌恶的一面。这是社会扭曲人性的又一种情态

李石清的反扑

更大的流氓：指金八。在剧中，潘月亭的喜怒，李石清的荣辱，陈白露的生死，无不受金八幕后的操纵

> 明天早上我要亲眼看着你的行里要挤兑，我亲眼看着你付不出款来，看着那些十块八块的穷户头，骂你，咒你，他们要宰了你，吃了你，你害了他们！你害了他们！他们要剥你的皮，要挖你的心！你现在只有死，只有死你才对得起他们！只有死，你才逃得了！
>
> 潘月亭　（跳了起来）我……我先宰了你再说。（要与李石清拼命，一把抓着李石清的头颈正要——
> 　　　　［白露跑出。

一系列冲突都旨在表现"大鱼吃小鱼，小鱼吃虾米"，"损不足以奉有余"的社会本质

★编选者的话：

　　一般人认为，《日出》在思想性和艺术性上都比《雷雨》更成熟，显露了作家独特的创作个性与艺术风格。剧作充分揭示了产生罪恶的社会根源：帝国主义操纵下的买办资本对中国金融资产的疯狂压迫和残酷剥削，而这一切灾难都转嫁到了处于社会最底层的广大民众头上。作者利用陈白露的客厅和翠喜的"宝和下处"这两个空间，让社会上的三教九流尽情表演，从不同角度表现了魑魅魍魉盘踞的腐烂的旧世界的残酷，揭示了"损不足以奉有余"的剥削制度的本质，因而使《日出》既具有了鲜明的时代批判性，又涵括了更深广的历史意识。

《雷雨》是曹禺青春期的作品，里面荡漾着激情；《日出》更具中年的特点：平淡，节制而内敛

★作者的话：

　　写完《雷雨》，渐渐生出一种对于《雷雨》的厌倦。我很讨厌它的结构，我觉出有些太像戏了……于是在我写《日出》的时候，我决心舍弃《雷雨》中所用的结构，不再集中于几个人身上。我想用片段的方法写起《日出》，用多少人生的零碎来阐明一个观念。如若中间有一点我们所谓的"结构"，那"结构"的联系正是那个基本观念，即第一段引文内"人之道，损不足以奉有余"。所谓"结构的统一"也就藏在这一句话里。<u>《日出》希望献与观众的应是一个鲜血滴滴的印象，深刻在人心里也应为这"损不足以奉有余"的社会形态。</u>

《日出·跋》，文化生活出版社 1936

李石清与潘月亭之争可见一斑

★相关评论：

　　作家为表达"损不足以奉有余的社会"这个主题，在作品的形象体系中写了三个方面人物：（一）群鬼——剥削压迫者潘四、张乔治和未出场的黑暗势力总代表金八等；（二）小东西，翠喜等一群妓女，小职员黄省三；（三）陈白露与方达生两个小资产阶级知识分子。他（她）们共同完成这个社会悲剧的主题——对人剥削人的旧制度的控诉。

卢湘《论〈日出〉——曹禺戏剧艺术探讨》，《吉林大学学报》1979/2

　　再没有比李石清更为典型的了。就其阶级地位来说，他并不是资本家，但是发财的欲望却像鬼魂一样附着其身，把他的性格变成冷酷甚至残忍。他丢掉一家老小，连儿子的病也不顾了，拼了生命向着金钱的宝座攀登。这种发财欲望使他失去人类的同情。面对黄省三的悲惨遭遇，他侮辱他耻笑他，他叫他去偷去抢，甚至教他去自杀。他心里恨着有钱的人，但是又恨自己为什么没有一个有钱的父亲。他骂潘月亭,骂陈白露,骂胡四,可是他又不要脸地巴结他们。他看到这个社会没有公理,没有平等,没有道德,全是骗人,但是,却要破釜沉舟去拼,爬上去,"翻过身来"。发财的欲望把他折磨得精神矛盾,甚至癫狂起来。

田本相《〈日出〉论》,《文学评论》1981/1

原　野(节选)

《原野》最初发表于1937年4—8月《文丛》(靳以主编)第一卷第2—5期,作为《文学丛刊》(第五集)1937年8月由上海文化生活出版社出版。

《原野》写的是农民仇虎向恶霸地主焦阎王复仇而后终于自杀的悲剧。仇虎的父亲仇荣,被当过军阀连长的焦阎王活埋了。焦阎王不但抢占了仇虎家的土地,烧了他家的房屋,并且把他的妹妹送进了妓院(后悲惨死去)。仇虎也被焦阎王诬告为土匪送进了牢狱,他的未婚妻金子,也被迫成了焦阎王的儿子焦大星的续弦。序幕揭开,仇虎从监狱里逃出来,胸中燃烧着复仇的火焰,但是,杀人的祸首焦阎王已经死去,只剩下阎王的瞎老婆焦氏和儿子焦大星。仇虎两代冤仇难以泯灭,经过内心激烈冲突,终于在"父仇子报"、"父债子还"的观念支配下,杀死了大星,并致使大星之子小黑子误死于焦母之手。然而,大星与小黑子之死,使仇虎内心情与理的冲突达于沸点,他陷于迷惘、惶惑、半疯狂之中,在携金子外逃时,迷路于"黑林子",被侦缉队包围,自杀而死。

全剧共三幕,这里节选第三幕第二景,主要表现仇虎杀人后的内心恐惧。由于作家对农村生活不熟悉,在仇虎杀人后的情节处理上,借鉴美国剧作家奥尼尔《琼斯王》的超现实主义表现方法,极力渲染主人公在极度的内心恐惧中迷失在"原野"中的心理幻觉。在这里,"原野"成为人的原始生命力的象征。人在这一团迷雾的神秘的原野里,无论怎样抗争,都无法找到出路。一般认为,这种带有一定宿命色彩的表现在一定程度上削弱了作品的批判色彩。

第三幕　第二景

……………

仇　虎　(慢住,喃喃地)小黑子!小黑子!
花金子　哦,妈呀,(低声)她——她真的跟上我们了。
仇　虎　(喃喃)小黑子!小黑子!
花金子　你说什么?
仇　虎　她——她又要来了。
花金子　(望着仇虎,惧怯地)谁?
仇　虎　她!她!(忽然向左望)你看!她!她来了。
　　　　[由左面悄悄走上焦母的人形,两手举着小黑子。闭着眼,向右面走,走到仇虎面前,站。
仇　虎　(惊恐,低声)你看,她又来找我!

旁注:

是有意的设计还是无意的巧合,始终是个谜

第三幕是现实的,也是象征的——没有出路

仇虎杀焦阎王是为了报仇,但他死了,所谓"父债子还",就只好杀大星。可是他和焦大星是儿时的朋友,杀了大星,特别是诱使焦母砸死小黑子之后,仇虎精神恍惚

	花金子	虎子,你怎么,你看见了什么?
		[焦母的人形睁开了眼,瞪视花金子和仇虎。
	仇 虎	(摇头)我——我们——没有——,我们没有——
	花金子	你说,谁?虎子!
幻觉,突出了他的恐惧、惊慌、悔恨	仇 虎	(低哑失声)瞎子同——同小黑子就在你眼前。
	花金子	(大叫一声,跑到电线杆下面)虎子,你——你又中了邪啦。(焦母的人形直瞪仇虎)
	仇 虎	(对着焦母的人形,哀求地)不是我! 不——不是我! 我没有打算害你的黑子,大星是我——我害的。可我——(喘息)我已经觉得够了,你别这么看着我,你别这么看着我! 我并没害死你的孙孙! 我说,我没有! 我没有! 我没有! 我没有! 我没有!……(愈说气力愈弱,那人形目不转睛地望着他,又悄悄向右方走下。仇虎望着她消逝,揩着眼前的汗水)哦,天哪!
	花金子	(慢慢走向前)怎么啦?
	仇 虎	她走了。
	花金子	(忽起疑惑,抓住仇虎)虎子,你告诉我小黑子究竟怎么死的?
	仇 虎	(机械地)他奶奶打死的。
金子的怀疑并不是空穴来风	花金子	我知道。可你叫我把黑子抱到屋里是怎么回事?
	仇 虎	唔,(低沉)一网打尽,一个不留。
	花金子	为什么?
	仇 虎	焦家害我,比这个毒!
	花金子	那么你成心要把孩子放在屋里。
	仇 虎	(苦痛)嗯,成心!
	花金子	你早知道瞎子会拿棍子到你屋里去。
	仇 虎	知道。
	花金子	你是想害死黑子?
	仇 虎	哪!
	花金子	你想到她一铁棍会把孩子打——
只想陷害瞎子,而未想害死孩子	仇 虎	(爆发)不,不,没有,没有。我没想到,我原来只是恨瞎子! 我只想把她顶疼的人亲手毁了,我再走路。可是大星死后,我就不成了,那一会儿工夫,我什么心事都没有了。我忘了屋里有个黑子。我看见她走进去,妈的!(敲自己的脑袋)我就忘记黑子这段事情,等到你一提醒,可是已经"砰"一下子——(痛苦地)你看,这怪我! 这怪得了我么?
仇虎的双重性格:在作家看来,仇虎凶狠狡恶都是变态,只是在一个幻觉世界中才"逐渐发现他是美的,值得人的高贵的同情,他代表一种被压迫的真人,在林中重演他所遭受的不公"	花金子	那么,你还老想着这个做什么?
	仇 虎	(苦闷地)不是我要想,是瞎子,是小黑子,是大星,是他们总在我眼前晃。你听,这磬,这催命的磬! 它这是叫黑子的魂,它是催我的命。
	花金子	(想转开他的想念,大声)虎子,你忘了你的爹爹了么?
	仇 虎	对! 没有!
	花金子	虎子,你还记得你的妹妹么?

仇　虎	对！没有，没有，没有！他们死得委屈！（喃喃）对！对！对！我那年迈的爹叫阎王活埋，十五岁的妹妹叫他卖，对！卖死在那个——

[啄木鸟又"剥剥"地发出空洞的啄木声。

花金子	你听！这是什么？
仇　虎	（不顾她）叫阎王卖死在妓院里。喔，对！我在狱里做苦力，叫人骗了老婆，占了地，打瘸了腿，嗯，对！对！我仇虎是好百姓，苦汉子，受了多少欺负、冤枉、委屈，对！对！对！我现在杀他焦家一个算什么？杀他两个算什么？就杀了他全家算什么？对！对！大星死了，我为什么要担待？对！他儿子死了，我为什么要担待？对！我为什么心里犯糊涂，老想着焦家祖孙三代这三个死鬼，对！对！我自己那年迈的爹爹，头发都白了，（忽然看见右面昏黑里出现了什么，不知不觉地慢下来）人都快走不动了。

（旁注：给自己寻找合理性）

[黑暗里，由右面冉冉飞舞过一只青蓝光焰的萤火虫，向土坡上飞去。

……

花金子	虎子，你在看什么？
仇　虎	（低声）那——老杨，那个老畜牲？他，他们来这儿是干什么？
花金子	（望着虎子）在哪儿？
仇　虎	土坡——土坡上。（呆望着那人群）

[那背立的人形仿佛告诉老杨多少话，老杨连连点头。于是转过身，对着那垂首的老者举手威吓，两个大汉一起围起那老人，似乎也在逼迫。内中一个大汉在掘土挖坑，一时，由老人怀里搜出东西，由老杨交给那背立的，那背立的人摇头，把东西扔下。

（旁注：神思恍惚，自己家里悲惨的经历如意识流一样呈现）

花金子	虎子！
仇　虎	（倒吸一口气）这个老头别是我爹？可是他死了。天哪，这是怎么事？

[老杨继续搜索。两个壮汉叫老人背过脸，合同刑逼。老人先只垂首不语，最后似乎痛极而呼。忽然由左面跑来一个十五岁的姑娘，忍不下去，狂呼而出，手里拿着字据，交与那背立的人形，哀求他释放老人。

仇　虎	哦，妈！这不是我的妹妹！？妹……妹！
花金子	（拉着仇虎）虎子，你怎么啦！你忍忍！你忍忍！

[老杨见得着字据，大喜。那小姑娘走到老人面前跪下，老人骂责她不该出来。那背立人形吩咐老杨拉开他们，叫两个大汉动手埋人。一个壮汉捉住小姑娘，那两个抓住老人的背膊，老杨狞恶地指着土坑告诉老人，小姑娘听见便哭，老人转过身来仰天大嚎，脸正向仇虎。

仇　虎	（突由催眠状态醒起，看明白，狂呼）爹！爹爹！我的爹爹！
花金子	虎子，（拉住他）你别中了邪，你叫谁？
仇　虎	爹！爹爹。虎子在这儿！虎子在这里！（回首对花金子）你放开我！

> 仇虎杀人后精神上的压力来自于：午夜后的黑林子，被全副武装的侦缉队包围与追捕；以及被幽灵般的一个瞎子、一个傻子跟踪

（一手甩开金子，抽出手枪，向土坡奔去，对着那背立的人形，暴怒地）你这个土匪，你——（忽然那背立的人形转过身来，焦阎王如同那图象所摹的刻下一般，穿着连长的军装，森厉地立在那里。惨月昏昏地射照他的脸，浓眉下两只可怖的黑眼射出惧人的凶光。仇虎愣了一下，狠毒地）阎王！

花金子　（在下面，吓昏了）阎王？

仇　虎　（野兽一般）我可碰着了你！（对看阎王连放三枪。那群人形倏地不见）

花金子　虎子！虎子！

[黑云遮满了月光，地下又突然黑起来。

仇　虎　金子！金子！你在哪儿？

花金子　这儿！

仇　虎　（奔下来）你看见他们没有？

花金子　（恐惧）没有！

仇　虎　快走！地上又没有亮了。

[仇虎拉着金子由左面奔下。木鱼声、磬声仍单调地由林中传来。

> 木鱼声、磬声渲染了作家笔底这座黑幽幽野林子的深邃与神秘，渲染了隐藏着生命的这片白茫茫大地的沉郁与厚实

★**编选者的话：**

《原野》是曹禺写得最有争议的一部戏。有人说它不符合当时的社会现实生活，也有人说其思想深度、艺术成就远远超出《雷雨》和《日出》。

作品写得好像是一个复仇的故事，但作者却说，它不是一个以复仇为主题的故事。它不仅揭露了封建社会的黑暗，表现了被压迫、被摧残的农民对美好生活的向往，还更深地发掘了人性复杂的多面性，展示了一个关于人类命运及生存困境的问题。

揭示人类的生存困境，是曹禺剧作最大的主题，也是他的作品能成为经典的重要原因。他在《雷雨》和《日出》中都表达了这一主题。但在这两部剧中，这一主题是直接通过人物对自己面临的生存困境所作的挣扎来表达的。繁漪为了爱而不得不毁灭一个家庭，陈白露为了不熄的青春诗情而不得不自杀（她既厌倦现在发疯似的寄生生活，又无法回到过去简朴、单纯的生活）。

而在《原野》里，曹禺通过仇虎偏执的复仇过程以及其复仇后所受到的极度痛苦折磨和煎熬，充分展示了人在命运面前的虚弱与无奈，并由此上升到有关生存问题的理性思考。

作品借助丰富的舞台意象：浩森的原野，铺满黄金的理想仙境，黑暗迷茫的森林，通向远方的铁轨，梦魇一般挥不走的鬼魂，从而表现出其丰富多义的内容。剧中的人物性格鲜明，粗犷坚强如岩石般的仇虎，炙热野性如火焰般的金子，刁钻尖刻如瘟神般的瞎子焦母，个个形象栩栩如生，而且剧情冲突激烈，扣人心弦，发人深省。

在这部戏中，我们还能欣赏曹禺是怎样把古典的戏剧模式和现代的表现技巧完美地结合在一起的。这是一部悲剧，但作者写得像散文诗般凄美、悲壮、浪漫。其主题的表达，人物的塑造，使这部戏成为中国戏剧的不朽经典。

★ **作者的话：**

　　这个戏写的是民国初年，北洋军阀混乱初期，在农村里发生的一件事情。当时，五四运动和新的思潮还没有开始，共产党还未建立。在农村里，谁有枪，谁就是霸王。农民处在一种万分黑暗、痛苦、想反抗，但又找不到出路的状况中。

《曹禺同志谈剧作》(张葆莘)，《文艺报》1957/2

　　《原野》不是一部以复仇为主题的作品，它是要暴露受尽封建压迫的农民的一生和逐渐觉醒。

《我的生活和创作道路——和田本相同志的谈话》，
《戏剧论丛》，1981/2

★ **相关评论：**

　　《原野》的神秘性要比《雷雨》浓重得多。它不但布满戏剧气氛之中，熔铸在戏剧冲突里，而且人物的性格也具有奇异的神秘气息。特别是环境氛围的描绘渗透着鬼气：沉郁的土地，黑森森的；莽苍苍的原野，充满着"原始的残酷"和"生命的恐惧"。而第三幕还出现了阎罗王、判官、牛首马面、青面小鬼以及死者的鬼魂，这是一个阴森恐怖的冥幽世界。对于这样过分玄秘的环境描写，我们认为，不应该一律加以抹煞，应该采取分析的态度。其中仍然跃动着作家的反抗热情以及对黑暗的憎恨，它有着积极的东西。鬼气森森的原野，象征着现实的黑暗和残酷；冥幽的幻觉世界的恐怖情景，也多少反映出现实世界的"重重压迫"。

田本相《曹禺剧作论·原野论》，中国戏剧出版社 1981/12

北京人（节选）

　　《北京人》1941年12月由重庆文化生活出版社出版。

　　《北京人》主要描写一个旧中国典型的封建大家庭如何从过去"家运旺盛"的时代，逐步走向衰落以至于彻底崩溃的过程。围绕这一主要线索，作者安排了封建家庭内部的和外部的互相交织着的矛盾纠葛。在内部，作者着重刻画了曾家祖孙三代人之间的矛盾冲突。其中特别以曾皓漆棺材，卖棺材；曾文清、曾思懿和愫芳以及后一辈的曾霆和瑞贞在婚姻恋爱问题上的纠葛作为中心，回环交错地揭示出封建文化的腐朽及其必然崩溃的死亡命运；在外部，一方面通过曾皓和暴发户杜家互相争夺棺材所展开的矛盾冲突，象征着它们垂死前的挣扎。另一方面，通过人类学家袁任敢、袁圆父女在思想上和行动上与封建人物的对比，借袁任敢之口歌颂了"北京人"——人类的祖先："没有礼教来拘束，没有文明来捆绑，没有虚伪，没有欺诈，没有危险，没有陷害……没有现在这么多人吃人的礼教同文明，而他们是非常快活的"。

　　全剧共四幕，本书节选第一幕中围绕着愫芳出嫁，曾家各色人等勾心斗角的表演，和第二幕中两种"北京人"的对比。

第一幕

……………………

江　泰：曾家女婿，曾文彩之夫，学习过现代自然科学，一个住在岳父家的老留学生。事业不顺，脾气大，但敢讲真话	江　泰　（怒冲冲）你不要去！你少给我丢脸！你以为你父亲吃斋念佛就有人心么，伤天害理，自己的棺材抬在家里，漆都漆好了，偏把人家老姑娘坑在家里，不许嫁人！ 曾文彩　（弱声弱气）你不要这样胡说！ 江　泰　哼，（凶横地）我问你，他怕死不怕死？ 曾文彩　（枯笑）老人家哪个不怕死？ 江　泰　那么他既然知道他要死了，为什么屡次有人给愫小姐提婚他总是东不是西不是挑剔，反对？
愫小姐：愫芳，曾文清的表妹，剧中又称"愫妹妹"	曾文彩　（忠厚地）那也是为她好。 江　泰　（睁圆眼睛）你胡扯——自私！自私！就是自私！一句话，眼不见为净！我立刻走！我立刻就滚蛋，滚他妈的蛋！ …… 曾思懿　（提出正事）媳妇听说袁先生不几天就要走了，不知道愫妹妹的婚事爹觉得——
愫芳从小寄住在姨夫曾皓家	曾　皓　（摇头，轻蔑地）这个人，我看——（江泰早猜中他的心思，异常不满地由鼻孔"哼"了一声，皓回头望他一眼，气愤地立刻对那正要走开的愫芳）好，愫芳，你先别走。乘你在这儿，我们大家谈谈。
愫芳忍气吞声、逆来顺受，但又固执、倔强的性格，都是通过无声的动作表现出来的	愫　芳　我要给姨父煎药去。 江　泰　（善意地嘲讽）咳，我的愫小姐，<u>这药您还没有煎够</u>？ （迭连快说）坐下，坐下，坐下，坐下。 〔愫芳又勉强坐下。 曾　皓　愫芳，你觉得怎么样？ 〔愫芳低声不语〕。
曾皓一直自私地把愫芳留在身边伺候自己，不让她出嫁	曾　皓　愫芳，你自己觉得怎么样？<u>不要想到我，你应该替你自己想，我这个当姨父的，恐怕也照料不了你几天了</u>，不过照我看，袁先生这个人哪—— 曾思懿　（连忙）是呀，愫妹妹，你要多想想，不要屡次辜负姨父的好意，以后真是耽误了自己——
曾思懿：曾文清之妻，一个王熙凤式的女人	曾　皓　（也抢着说）思懿，你让她自己想想。这是她一辈子的事情，答应不答应都在她自己，（假笑）我们最好只做个参谋。愫芳，你自己说，你以为如何？ 江　泰　（忍不住）这有什么问题？袁先生并不是个可怕的怪物！他是研究人类学的学者，第一人好，第二有学问，第三有进款，这，这自然是——
人物心灵的对抗、搏击：从"不肯嫁"、一	曾　皓　（带着那种"稍安毋躁"的神色）不，不，你让她自己考虑。（转对愫，焦急地）愫芳，你要知道，我就有你这么一个姨侄女，我一直把你当我的亲女儿一样看，<u>不肯嫁的女儿，我不是也一样养么</u>？——

曾思懿	（抢说）就是啊！我的愫妹妹，嫁不了的女儿也不是——	样养"与"嫁不了"、"一样得养"等微妙的措辞差异中，窥见双方心灵交战的刀光剑影是何等的惊心动魄
	［再也忍不下去，只好拔起脚向书斋走——	
曾思懿	（斜睨着文清）咦，走什么？走什么？	
	［文清不顾，由书斋小门下。	
曾　皓	文清，怎么？	
曾思懿	（冷笑）大概他也是想给爹煎药呢！（回头对愫又万分亲热地）愫妹妹，你放心，大家提这件事，也是为着你想。你就在曾家住一辈子，谁也不能说半句闲话。（阴毒地）嫁不出去的女儿不也是一样得养么？何况愫妹妹你父母不在，家里原底就没有一个亲人——	
曾　皓	（当然听出她话里的根苗，不等她说完——）好了，好了，大奶奶请你不要说这么一大堆好心话吧。（思的脸突然罩上一层霜，皓转对愫）那么愫芳你自己有个决定不？	
曾思懿	（着急对愫）你说呀！	
曾文彩	（听了半天，一直都在点头，突然也和蔼地）说吧，愫妹妹，我看——	
江　泰	（猝然，对自己的妻）你少说话！	
	［彩默然，愫默立起低头向通大客厅的门走。	
曾　皓	愫芳，你说话呀，小姐。你也说说你的意思呀。	
愫　芳	（摇头）我，我没有意思。	"没有意思"也是一种意思
	［愫由通大客厅的门下。	
曾　皓	唉，这种事怎么能没有意见呢？	
江　泰	（耐不下）你们要我说话不？	
曾　皓	怎么？	
江　泰	要我说，我就说。不要我说，我就走。	
曾　皓	好，你说呀，你当然说说你的意见。	
江　泰	（痛痛快快）那我就请你们不要再跟愫芳为难，愫芳心里怎么回事，难道你们看不出来？为什么要你一句我一句欺负一个孤苦伶仃的老小姐？为什么——	
曾思懿	欺负？	
曾文彩	江泰。	
江　泰	（盛怒）我就是说你们欺负她，她这些年侍候你们老的，少的，活的，死的，老太爷，老太太，少奶奶，小少爷，一直都是她一个人管。她现在已经快过三十，为什么还拉着她，不放她，这是干什么？	
曾　皓	你——	
曾文彩	江泰！	
江　泰	难道还要她陪着一同进棺材，把她烧成灰供祖宗？拿出点良心来！我说一个人要有点良心！我走了，这儿有封信，（把信硬塞在皓的膝上）你们拿去看吧！	

第二幕

北京人：象征人类的祖先

　　[大客厅内袁任敢的声音：你看，这就是当初的北京人。那时候的人要爱就爱，要恨就恨，要哭就哭，要喊就喊，他们自由地活着，没有礼教来拘束，没有文明来捆绑，没有虚伪，没有欺诈，没有阴险，没有陷害，太阳晒着，风吹着。雨淋着，没有现在这么多人吃人的礼教同文明，而他们是非常快活的。

江　泰　（兴奋地放下蜡烛，咀嚼方才那一段话的意味，不觉连连地）而他们是非常快活的。对！对！袁先生，你的话真对，简直是不可更对。你看看我们过的是什么日子？成天垂头丧气，要不就成天胡发牢骚。整天是愁死，愁活，愁自己的事业没有发展，愁精神上没有出路，愁活着没有饭吃，愁死了没有棺材睡。整天地希望，希望，而永远没有希望！譬如（指文清）他，——

曾文清　别再发牢骚，叫袁先生笑话了。

江　泰　（肯定）不，不，袁先生是个研究人类的学者，他不会笑话我们人的弱点的。坐，坐，袁先生！坐坐，坐着谈。（他与袁围炉坐下，由红木几上拿起一支香烟，忽然）咦，刚才我说到哪里了？

袁任敢　（微笑）你说，（指着）譬如他吧，——

江　泰　哦，譬如他吧，哦，（对文，苦痛地）我真不喜欢发牢骚，可你再不让我说几句，可我，我还有什么？我活着还有什么？（对袁）好，譬如他，<u>我这位内兄，好人，一百二十分的好人，我知道他就有情感上的苦闷</u>。

其实江泰与他这位内兄一样无用。相映成趣，互为讽喻

　　曾文清　你别胡说啦。

江　泰　（黠笑）啊，你瞒不过我，我又不是傻子。（指文对袁爽快地）他有情感上的苦闷，他希望有一个满意的家庭，有一个真了解他的女人同他共处一生。（兴奋地）这点希望当然是自然的，对的，合理的，值得同情的，可是在二十年前他就发现了一个了解他的女人。但是他就因为胆小，而不敢找她；找到了她，又不敢要她。他就让这个女人由小孩而少女，由少女而老女，像一朵花似的把她枯死，闷死，他忍心让自己苦，人家苦，一直到今天，现在这个女人还在——

曾文清　（忍不住）你真喝多了！

文清沉溺于下棋、品茶、喂鸽、养鸟、赋诗、作画等士大夫的空虚生活，变成了一个不敢面对自己内心也无法自主追求个人权利的无用的废人

江　泰　（笑着摇手）放心，没喝多，我只讲到这点为止，决不多讲。（对袁）你想，让这么个人，成天在这样一个家庭里朽掉，像老坟里的棺材，慢慢地朽，慢慢地烂，成天就知道叹气做梦、忍耐、苦恼、懒懒、懒得动也不动；爱不敢爱，恨不敢恨，哭不敢哭，喊不敢喊，这不是堕落，人类的堕落？那么，（指着自己）就譬如我，——（划地一声点着了烟,边吸边讲)读了二十多年的书——
袁任敢　（叼着烟斗,微笑）我就猜着你一定还有一个"譬如我"的。
江　泰　（滔滔不绝）自然我决不尽批评人家,不说自己。譬如我吧,我爱钱,我想钱,我一直想发一笔大财,我要把我的钱,送给朋友用,散给穷人花。我要像杜甫的诗说的,盖起无数的高楼大厦,叫天下的穷朋友白吃白喝白住,研究科学,研究美术,研究文学,研究他们每个人喜欢的东西,为中国,为人类谋幸福。可是袁先生,我的运气不好,处处倒霉,碰钉子,事业一到我手里,就莫明其妙地弄得一塌糊涂。我们整天在天上计划,而整天在地下妥协。我们只会叹气、做梦、苦恼,活着只是给有用的人糟蹋粮食,我们是活死人,死活人,活人死! 一句话,你说的(指着自己的头)像我们这样的人才真是(指那北京人的巨影)他的不肖的子孙!
袁任敢　（一直十分幽默地点着头,此时举起茶杯微笑）请喝茶!
江　泰　（接下茶杯）对了,譬如喝茶吧,我的这位内兄最讲究喝茶。他喝起茶来要洗手、漱口、焚香、静坐。他的舌头不但尝得出这茶叶的性情、年龄、出身、做法,他还分得出这杯茶用的是山水、江水、井水、雪水还是自来水,烧的是炭火、煤火、或者柴火。茶对我们只是解渴的,可一到他口里,就有一万八千个雅啦、俗啦的这些个道理。然而这有什么用? 他不会种茶,他不会开茶叶公司,不会做出口生意,就会一样,"喝茶!"喝茶喝得再怎么精,怎么好,还不是喝茶,有什么用? 请问,有什么用?

> 士大夫的"生活艺术"精致、细腻、优雅而富有韵味。在现实生活中却一无用处

★编选者的话：

《北京人》很容易被人误认为是悲剧。一般说来,人们对现实的悲剧感受比较容易,而喜剧性却潜藏在现实深处;《北京人》正是把隐蔽于悲剧现象后面的喜剧性发掘了出来,对曾氏父子及江泰之类为封建贵族文化销蚀得毫无生命活力的这一群"多余人"做出了刻骨的嘲讽,揭示了封建文化本质的腐烂堕落及其必然衰败的历史命运。

曹禺在《北京人》中塑造了三代"北京人"：象征原始生命活力的远古北京人,代表五四新文化的人类学家袁任敢和他的女儿袁圆,夹在二者之间的是只剩下"生命空壳"的曾氏父子,从人类文化进化的角度,反映了封建制度必将被新的社会制度取代的历史发展趋势。作者笔下的人物鲜明生动,血肉丰满,形神毕肖,呼之欲出。如曾皓的卑劣自私;曾思懿的险毒泼辣;曾文清的软弱妥协;愫芳的感伤抑郁;乃至江泰的穷愁潦倒,满腹牢骚等。

《北京人》在艺术追求上,保持了一种平静、自然的叙事态度,不再刻意追求大起大落的矛盾冲突和过于精巧的戏剧化结构,而是于淡淡的叙事中,对人类社会的发展做出了文化高度上的反省。因而无论在思想性和艺术性上都更为成熟,体现出曹禺对戏剧艺术高超的驾驭能力。

> 其实,用悲剧和喜剧来界说《北京人》有点简单化

★**作者的话：**

《北京人》可能是喜剧，不是悲剧。里面有些人物也是喜剧的，应该让观众老笑。在生活里，老子死了，是悲剧；但如果处理成为舞台上的喜剧的话，台上在哭老子，观众也是会笑的。

《曹禺同志谈剧作》（张葆莘），《文艺报》1957/2

★**相关评论：**

《北京人》展现的戏剧环境是一个典型的喜剧环境。在这个典型的环境中，显示着作家已经信服地把握了整个旧制度必然崩溃的性质，而且十分令人信服地揭示出：它不但意味新的生活和制度应当取代它，而且这新的世界正冲破黎明前的黑暗诞生出来。

田本相《曹禺剧作论·〈北京人〉论》，中国戏剧出版社 1981/12

> 对剧中潜台词的分析，丝丝入扣

为愫芳说媒这场戏写得曲折迂回，错综复杂，紧张尖锐。思懿当着曾皓、江泰把愫芳的婚事提出来，颇显示了她的阴险和诡诈，但表面又是那么关心愫芳，又很尊重公公。她要一箭双雕：既达到撵走愫芳的目的，又打击了曾皓，撤掉他的"拐杖"。在众人面前，思懿这一着很厉害，非逼着曾皓表态不可。曾皓老奸巨猾，他深知大奶奶的厉害，他很怕她。如今，他再没有昔日那种号令的威严，采取强硬态度是行不通的。于是他就利用愫芳的善良，坚持让愫芳自己考虑决定。这样既不失其家长的尊严，又堵住思懿的嘴，暗中给思懿以狠狠还击，江泰是一片好心。他看不惯曾皓，也恨思懿。他赞成愫芳出嫁，是要抱打不平。因此，他敢于直说，毫无顾忌。思懿怨恨曾皓，逼他的钱，出他的丑，但她毕竟是个儿媳妇，不敢公然地冒犯公公。因此，她是暗斗，表面上不失其礼。她恨江泰，但毕竟是客人，背后她能骂江泰，但也不愿撕破脸。曾皓明知思懿不怀好意，他反击了她，也决不失掉公公的身份。因此，这场戏既有明斗的火爆味又有暗斗的紧张性，又都是每个人物在这种特定情势下所采取的特定的表现方式。这样就把一个大家庭的人与人之间的尔虞吾诈揭示得十分深刻，人物性格的复杂性也得到展现。

辛宪锡《〈北京人〉探疑》，《南开学报》1980/8

文献索引：

1. 曹禺剧作要目

《雷雨》（四幕话剧），上海文化生活出版社 1936/1

《日出》（四幕话剧），上海文化生活出版社 1936/11

《原野》（三幕话剧），上海文化生活出版社 1937/8

《里字廿八》（四幕话剧），重庆正中书局 1940/3

《正在想》（独幕话剧）重庆文化生活出版社 1940/10

《蜕变》（四幕话剧），重庆文化生活出版社 1941/1

《北京人》（四幕话剧），重庆文化生活出版社 1941/12

《家》（四幕话剧）重庆文化生活出版社 1942/12

《镀金》（独幕话剧、改编），《戏剧时代》1 卷 1 期，1943/11

《罗密欧与幽丽叶》（翻译），重庆文化生活出版社 1944/3

《桥》(四幕话剧;完成前二幕),《文艺复兴》一卷3、4、5期连载,1946/4-6
《艳阳天》(电影剧本),上海文化生活出版社 1948/5
《明朗的天》(三幕话剧),人民文学出版社 1956/10
《迎春集》(散文集),北京出版社 1958/9
《胆剑篇》(五幕话剧),中国戏剧出版社 1962/10
《王昭君》(五幕话剧)四川人民出版社 1979/2
《日出》(电影剧本),《收获》1984/8
《曹禺选集》(收《雷雨》、《日出》、《北京人》),上海开明书店 1951/8
《曹禺剧本选》(收《雷雨》、《日出》、《北京人》),人民文学出版社 1954/6
《曹禺选集》(收《雷雨》、《日出》、《北京人》),人民文学出版社 1961/5

2. 曹禺研究要目

刘绍铭《曹禺论》(香港)文艺书屋,1970/1
陈瘦竹、沈蔚德《曹禺剧作的语言艺术》,《钟山文艺丛刊》1978/2
甘竟存《曹禺的创作道路》,《南京师院学报》1978/3
田本相《〈雷雨〉〈日出〉的艺术风格》,《南开大学学报》1978/4-5
胡叔和《略谈曹禺的戏剧艺术》,《剧本》1979/3
钱谷融《曹禺和他的剧作》,《上海师范大学学报》1979/2
卢 湘《论〈日出〉——曹禺戏剧艺术探讨》,《吉林大学学报》1979/2
田本相《〈雷雨〉论》,《戏剧艺术论丛》1辑,人民文学出版社 1979/10
田本相《〈北京人〉的艺术风格》,《南开学报》1980/3
钱谷融《〈雷雨〉人物谈》,上海文艺出版社 1980/10
辛宪锡《"我倾心于人物"——谈曹禺剧作中的人物创造》,《天津师院学报》1981/1
朱栋霖《论曹禺的悲剧艺术》,《中国现代文学研究丛刊》1982/1
田本相《〈原野〉论》,《中国现代文学研究丛刊》1981/4
田本相《曹禺剧作论》,中国戏剧出版社 1981/12
孙庆升《曹禺剧作漫评》,《中国现代文学研究丛刊》1982/2
陈美英《匠心独运著新篇:试论曹禺剧作〈家〉的艺术创造性》,《河北学刊》1982/3
朱栋霖《论曹禺戏剧和我国话剧文学样式的发展》,《文学评论丛刊》15辑(1982/10)
陈平原《论曹禺戏剧人物的民族性格》,《中国现代文学研究丛刊》1983/1
秦 川《谈曹禺对〈原野〉的修改》,《四川大学学报》1983/2
綦立吾《论〈北京人〉在曹禺剧作中的地位》,《文史哲》1983/5
吴家珍《曹禺剧本的修改艺术》,《修辞学习》1984/4
晓 星《曹禺与〈雷雨〉》,《语文园地》1984/6
朱栋霖《借得清音度新曲:曹禺与外国戏剧》,《萌芽》1984/9
田本相、张靖《曹禺年谱》,南开大学出版社 1985
王兴平等编《中国当代文学研究资料·曹禺研究专集》,海峡文艺出版社 1985/9
刘 珏《论曹禺剧作和奥尼尔的戏剧艺术》,《文学评论》1986/2
孙庆升《曹禺论》,北京大学出版社 1986/4
田本相编《中国现当代著名作家文库·曹禺代表作》1986/10
焦尚志《曹禺剧作与易卜生的"创作场"》,《天津社会科学》1987/3
潘克明《关于深化曹禺戏剧研究的刍议》,《天津社会科学》1987/3
王保生《跃上了一个新的高度:〈论曹禺的戏剧创作〉读后》,《文学评论》1987/3
潘克明《曹禺研究五十年》1987/11

宋剑华《试论〈雷雨〉的基督教色彩》,《中国现代文学研究丛刊》1988/1
宋剑华《曹禺早期话剧中的基督教伦理意识》,《江汉论坛》1988/11
田本相《曹禺传》,北京十月文艺出版社 1988
潘克明《曹禺研究五十年》,天津教育出版社 1989
陈　坚《性格:曹禺的魅力》,《浙江学刊》1989/1
焦尚志《金线和衣裳——曹禺与外国戏剧》,中国戏剧出版社 1990
李丛中《曹禺创作启示录》,云南大学出版社 1990
李树凯《用深刻的抒情方法把生活组织起来:论曹禺和契诃夫的戏剧艺术》,
　　《西北师大学报:社科版》1990/2
柯　可《抗战时期曹禺与陈白尘剧作的美学比较》,《广东社会科学》1990/2
田本相《论曹禺的现实主义》,《文艺理论与批评》1991/1
吴　戈《在中国话剧氛围浸润下的曹禺创作》,《剧作家》1991/1
韩日新《三、四十年代曹禺和夏衍的剧作比较》,《文学评论》1991/2
朱栋霖《寻求话剧研究的突破:评〈曹禺戏剧人物的美学意义〉》,《广东社会科学》1991/3
陈坚、简茗《曹禺戏剧艺术思维新探》,《文艺理论研究》1991/3
邹　红《"家"的梦魇:曹禺戏剧创作的心理分析》,《文学评论》1991/3
邹　红《曹禺研究国际学术讨论会综述》,《文学评论》1991/6
宋剑华《困惑与求索:论曹禺早期的话剧创作》,北京广播学院出版社 1992
吴　戈、山　风《突破·深化·综合:近年来曹禺研究的新动向》,《江汉论坛》1992/11
董炳月《原始崇拜与曹禺的戏剧创作》,《文学评论》1993/2
高　冀《曹禺与云南话剧》,《新文化史料》1993/6
振　歌《1993年曹禺国际学术研讨会综述》,《武汉大学学报》1994/1
昌　切《曹禺研究中的现实主义范式》,《江汉论坛》1994/2
郝明工《漫论曹禺的"主题学"》,《江汉论坛》1994/2
吴　戈《论近年曹禺研究的得失》,《剧作家?》1994/3
彭洪松《"旧式女人"的"忧郁美"与曹禺的创作心理》,《杭州大学学报:哲社版》1994/4
王泽龙《戏剧艺术的"生命气息":论曹禺早期剧作的艺术氛围》,《江汉论坛》1994/12
钱理群《大小舞台之间——曹禺戏剧新论》,浙江文艺出版社　1994
潘开华《曹禺戏剧的艺术辩证法》,《写作》1995/7
巴　金《老友曹禺》,《交流》新闻出版 2001/3

(罗兰秋)

沈从文小说散文五篇

沈从文,原名沈岳焕,苗汉血统,1902年生于湖南凤凰县(今属湘西土家族苗族自治州)。1917年从家乡小学毕业后,加入地方军队。1922年受"五四"余波影响到北京自学并学习写作。1924年开始发表作品,以诗意展示湘西神奇优美的民俗风情画卷而奠定在文坛上不朽的地位。1929年起,先后在中国公学、武汉大学、青岛大学、昆明西南联合大学、北京大学任教,编辑过《大公报》文艺副刊等。建国后,在中国历史博物馆专门从事文物研究,成绩卓著。1988年逝世。

沈从文是京派作家的重要代表。他以小说创作为主,散文创作为次,共结集60多种,数量宏富。

柏 子

《柏子》作于1928年5月,发表于1928年8月的《小说月报》,后收入《沈从文文集·雨后及其他》(第4卷)。 _{沈从文1930年写有《丈夫》,可以进行比较研究}

在这个短篇小说中,作者讲述的是一个名叫柏子的水手与辰河岸边一个做娼妇的女人之间男欢女爱的故事。柏子常常花两个月的时间在上下辰河的船上挣点钱,就来跟相好的妇人团聚一次,将赚的钱及买的东西交给她。而妇人也总是掐算着时日,有情有义地等着柏子的归来,形同夫妇。 _{水手与他的情人的故事}

把船停顿到岸边,岸是辰州的河岸。

于是客人可以上岸了,从一块跳板走过去。跳板一端固定在码头石级上,一端搭在船舷。一个人从跳板走过时,摇摇荡荡不可免。凡要上岸的全是那么摇摇荡荡上岸了。

泊定的船是太多了,沿岸泊,桅子数不清,大大小小随意矗到空中去,桅子上的绳索像要纠纷到成一团,然而却并不。

<u>每一个船头船尾全站得有人</u>,穿青布蓝布短汗褂,口里嚼了长长的旱烟杆,手脚露在外面让风吹——毛茸茸的像一种小孩子想象中的妖洞里喽罗毛脚毛手。看到这些手脚,很容易记到"飞毛腿"一类英雄名称。可不是,这些人正是……桅子上的绳索背定活车,拖拉全无从着手时,看这些飞毛腿的本领,有得是机会显露!毛脚毛手所有的不单是毛,还有类乎钩子的东西,光溜溜的桅,只要一贴身,便飞快的上去了。为表示上下全是儿戏,<u>这些年轻水手一面整理绳索,一面还在上面唱歌,那一边桅上,也有这样人时,这种歌便来回唱下去。</u> <sub>生机盎然的辰河码头

动人的声音描写:
1. 唱歌声,点染出人的剽悍、自然、率真</sub>

昂了头看这把戏的,是各个船上的伙计。看着还在下面喊着,不拘要谁一个

试上去,全是容易之至的事,只是不得老舵手吩咐,则不敢放肆而已。看的人全是心中发痒,又不能随便爬上桅子顶尖去唱歌,逗其他船上媳妇发笑,便开口骂人。

"我的儿,摔死你!"
"我的孙,摔死了你看你还唱!"
"……"
全是无恶意而快乐的笑骂。

仍然唱,且更起劲了一点。但可以把歌唱给下面骂人的人听,当先若唱的是《一枝花》,这时唱的便是《众儿郎》了。《众儿郎》却依然笑嘻笑嘻的昂了头看这唱歌人,照例不能生气的。

可是在这情形中,有些船,却有无数黑汉子,用他的毛手毛脚,盘着大而圆的黑铁桶,从舱中滚出,也是那么摇摇荡荡跌到岸边泥滩上了。还有做成方形用铁皮束腰的洋布,有海带,有鱿鱼,有药材……这些东西同搭客一样,在船上舱中紧挤着卧了二十天或十二天,如今全应当登岸了。登岸的人各自还家,各自找客栈,各自吃喝。这些货物却各自为一些大脚婆子走来抱之负之送到各个堆栈里去。

在各样匆忙情形中,便正有闲之又闲的一类人在。这些人住到另一个地方,耳朵能超然于一切嘈杂声音以上,听出桅子上人的歌声——可是心也正忙着。歌声一停止,唱歌地方代替了一盏红风灯以后,那唱歌的人已到这听歌人的身边了。桅上用红灯,不消说是夜里了。河边夜里不是平常的世界,落着雨,刮着风,各船上了篷,人在篷下听雨声风声,江波吼哮如癫子,船只纵互相牵连互相依靠,也簸动不止,这一种情景是常有的。坐船人对此决不奇怪、不欢喜、不厌恶。因为凡是在船上生活,这些平常人的爱憎便不及在心上滋生了。有月亮又是一种趣味,同晚日与早露,各有不同,然而他们全不会注意。船上人心情若必须勉强分成两种或三种,这分类方法得另作安排。吃牛肉与吃酸菜,是能左右一般水手心情的一件事,泊半途与湾口岸,这于水手们情形又稍稍不同。不必问,牛肉比酸菜更为合乎这类"飞毛腿"胃口,船在码头停泊他们也欢喜多了!

如今夜里既落小雨,泥滩头滑溜溜使人无从立足,还有人上岸到河街去。

这是其中之一,名叫柏子。日里爬桅子唱歌,不知疲倦,到夜来,还依然不知道疲倦,所以如其他许多水手一样,在腰边板带中塞满了铜钱,小心小心的走过跳板到岸边了。先是在泥滩上走,没有月,没有星,细毛毛雨在头上落,两只脚在泥里慢慢翻——成泥腿,快也无从了——目的是河街小楼红红的灯光,灯光下有使柏子心开一朵花的东西存在。

灯光多无数,每一小点灯光便有一个或有一群水手,灯光还不及塞满这个小房,快乐却将水手们胸中塞紧,欢喜在胸中涌着,各人眼睛眯了起来。沙喉咙的歌声笑声从楼中溢出,与灯光同样,溢进上岸无钱守在船中的水手耳中眼中时,便如其他世界一样,反应着欢喜的是诅咒。那些不能上岸的水手,他们诅咒着,然而一颗心也摇摇荡荡上了岸,且不必冒滑滚的危险,全各以经验为标准,把心飞到所熟习的吊脚楼上去了。

酒与烟与女人,一个浪漫派文人非此不能夸耀于世人的三样事,这些喽罗

---

2. 笑骂声,显得人生气勃勃

3. 风雨声,既见环境艰险,更显柏子的辛苦和不易

柏子:水手
注意雨与柏子情绪变化的关系

雨一:毛毛雨,情绪在酝酿

们却很平常的享受着,虽然酒是酽冽的酒,烟是平常的烟,女人更是……然而各个人的心是同样的跳,头脑是同样的发迷,口——我们全明白这些平常时节只是吃酸菜、南瓜、臭牛肉以及说点下流话的口,可是到这时也粘粘糊糊,也能找出所蓄于心各样对女人的诌谀言语,献给面前的妇人,也能粗粗卤卤的把它放到妇人的脸上去,脚上去,……他们把自己沉浸在这欢乐空气中,忘了世界,也忘了自己的过去和未来。女人则帮助这些无家水上人,把一切穷苦一切期望从这些人心上挪去,放进的是类乎烟酒的兴奋与醉麻。在每一个妇人身上,一群水手同样做着那顶切实的顶勇敢的好梦,预备将这一月储蓄的金钱与精力,全倾之于妇人身上,他们却不曾预备要人怜悯,也不知道可怜自己。

〔既见湘西人自然的生活方式,也反讽了"文化人"的虚伪〕

〔水手的麻木生活与梦想〕

他们的生活就是这样。若说还有使他们在另一时反省的机会,仍然是快乐的吧。这些人,虽然缺少眼泪,却并不缺少欢乐的承受!

其中之一的柏子,为了上岸去寻他的幸福,终于到一个地方了。

先打门,用一个水手通常的章法,且吹着哨子。

门开后,一只泥腿在门里,一只泥腿在门外,身子便为两条胳膊缠紧了,在那新刮过的日炙雨淋粗糙的脸上,就贴紧了一个宽宽的温暖的脸子。

这种头香油是他所熟习的,这种抱人的章法,先虽说不出,这时一上身却也熟习之至。还有脸,那么软软的,混着脂粉的香,用口可以吮吸。到后是,他把嘴一歪,便找到了一个湿的舌子了,他咬着。

女人挣扎着,口中骂着:

"悖时的!我以为你到常德府被婊子尿冲你到洞庭湖了!"

〔完全是妻子的口吻〕

进到里面的柏子,在一盏"满堂红"灯下立定,妇人望他痴笑。这一对是并肩立着,他比她高一个头,他蹲下去,象整理橹绳那样扳了妇人的腰身时,妇人身便朝前倾。

妇人搜索柏子身上的东西。搜出的东西便往床上丢去,又数着东西的名字"一瓶雪花膏,一卷纸,一条手巾,一个罐子——这罐子装甚么?"

"猜呀!"

"猜你妈,忘了为我带的粉吗?"

"你看那罐子是甚么招牌!打开看!"

妇人不认识字,看了看罐上封皮,一对美人儿画相。把罐子在灯前打开,放鼻子边闻闻,便打了一个嚏。柏子可乐了,不顾妇人如何,把罐子抢来放在一条白木桌上,便擒了妇人向床边倒下去。

〔语言和动作描写惟妙惟肖〕

灯光明亮,照着一堆泥脚迹在黄色楼板上。

〔简笔勾勒的写意画〕

外面雨大了。

张耳听,还是歌声与笑骂声音。房子相间多只一层薄薄白木板子,比吸烟声音还低一点的声音也可以听出,然而人全无闲心听隔壁。

柏子的纵横脚迹渐干了,在地板上也更其分明。灯光依然,把一对横搁在床上的人照得清清楚楚。

〔雨二:雨大了,情爱亦浓〕

"柏子,我说你是一个牛。"

"我不这样,你就不信我在下头是怎么规矩!"

〔生命力的蓬勃与旺盛〕

〔奇特的"夫妻"关系〕

"你规矩！你赌咒你干净得可以进天王庙！"

"赌咒也只有你妈去信你,我不信。"

柏子只有如妇人所说,粗鲁得同一只小公牛一样。到后于是喘息了,松弛了,像一堆带泥的吊船棕绳,散漫的搁在床边上。

就地取譬,极其自然

一点不差,这柏子就是日里爬桅子唱歌的柏子。

妇人望到他这些行为发笑,妇人是翻天躺的。

过一阵,两人用一个烟盘做长城,各据长城的一边,烧烟吃。

简单的快乐

妇人一旁烧烟一旁唱《孟姜女》给柏子听。在这样情形下的柏子,喝一口茶且吸一泡烟,像是做皇帝。

"婊子"在水手口中似乎不是骂人

"婊子我告给你听,近来下头媳妇才标得要命！"

"你命怎么不要去,又跟船到这地方来？"

"我这命送她们,她们也不要。"

"不要的命才轮到我。"

"轮到你,你这……好久才轮到我！我问你,到底有多少日子才轮到我？"

妇人嘴一扁,举起烟枪把一个烧好的烟泡装上,就将烟枪送过去塞了柏子的嘴,省得再说混话。柏子吸了一口烟,又说:"我问你,昨天有人来？"

盗亦有道,娼亦有情

"来你妈！别人早就等你,我算到日子,我还算到你这尸……"

"老子若是真在青浪滩上泡坏了,你才乐！"

"是,我才乐！"妇人说着便稍稍生了气。

乐在其中

柏子是正要妇人生气才欢喜。他见妇人把脸放下,便把烟盘移到床头去。长城一去情形全变了,一分钟内局面成了新样子。

复调式叙写:丑陋中闪现人性的强健

一种丑的努力,一种神圣的愤怒,是继续,是开始。

雨三:大雨如注,却浑然不知,以写心满意足

柏子冒了大雨在河岸泥滩上慢慢的走着,手中拿的是一段燃着火头的废缆子,光旺旺的照到周围三尺远近。光照前面的雨成无数返光的线。柏子全无所遮蔽的从这些线林穿过,一双脚浸在泥水里面——他回船上去。

雨虽大,也不忙,一面怕滑倒,一面有能防雨——或者不如说忘雨的东西吧。

他想起眼前的事心是热的,想起眼前的一切,则头上的雨与脚下的泥,全成为无须置意的事了。

这时妇人是睡眠了,还是陪别一个水手又来在那大白木床上做某种事情,谁知道。柏子也不去想这个。他把妇人的身体,记得极其熟习:一些转弯抹角地方,一些幽僻地方,恰如离开妇人身边一千里,也像可以用手摸,说得出尺寸。妇人的笑,妇人的动,也死死的像蚂蝗一样钉在心上。这就够了。他的所得抵得过一个月的一切劳苦,抵得过船只来去路上的风雨太阳,抵得过打牌输钱的损失,抵得过……他还把以后下行日子的快乐预支了。这一去又是半月或一月,他很明白的。以后也将高高兴兴的做工,高高兴兴的吃饭睡觉,因为今夜已得了前前后后的希望,今天所"吃"的足够两个月咀嚼,不到两月他可又回来了。

心理描写细腻。"预支"一词隐藏着作者的忧患

处境悲凉却不自知,理性蒙昧

他的板带钱已光了,这种花费是很好的一种花费。并且他也并不是全无计算,他已预先留下了一小部分钱,作为在船上玩牌用的。花了钱,得到些甚么,他

是不去追究的。钱是在甚么情形下得来,又在甚么情形下失去,柏子不能拿这个来比较,总之比较有时像也比较过了,但结果不消说还是"合算"。

轻轻的唱着《孟姜女》,唱着《打牙牌》,到得跳板边时,柏子小心小心的走过去,预定的《十八摸》便不敢唱了——因为老板娘还在喂小船老板的奶,听到哄孩子的声音,听到吮奶声音。

辰州河岸的商船各归各帮,泊船原有一定地方,各不相混。可是每一只船,把货一起就得到另一处去装货。因此柏子从跳板上摇摇荡荡上过两次岸,船就开了。

★ **编选者的话:**

《柏子》是沈从文小说中较为精短的一篇,所写的也是极简单的一桩事,但却标志着他的创作从习作阶段走向成熟。沈从文在这里不是要塑造柏子这个人物的性格,也不是要描写一种旧生活的景象,更不是要粉饰丑陋、贫穷和愚昧的人生,而是表现一类悲苦人物的生存状态与生命活力。通过对人性美丑朦胧处的富于诗意的发现,展示出艰难命运把握中的人的自然欲望与渴求,显示人的生命强力。[沈从文小说大多短而精悍] [作品具有生命力的奥秘]

沈从文这一类乡土题材小说艺术上最大的特色,就是很诗意地讲述他年轻时节经历过见识过的人与事,将生命挣扎的粗犷同生存泥涂的险恶,皆用小说形态作诗意的抒写。沈从文写到湘西,写到他记忆中的河流及水上岸边风物,写到他熟悉且关怀的那些在社会底层顽强挣扎的人物命运,他的笔便好像具有了一种魔力,字里行间便充满温情的缅想和悲悯的情绪,那些山光水色,平常人事,只要轻轻点染勾勒,便发出一种美的光辉。[京派小说的特点]

对沈从文的人性思想,苏雪林曾经作过解释:"这理想是什么?我看就是想借文字的力量,把野蛮人的血液注射到老态龙钟,颓废腐败的中华民族身体里去,使他兴奋起来,年青起来,好在20世纪舞台上与别个民族争生存权利。"作为一个独特的"乡下人",沈从文的小说力避现实政治,游离于主流文学之外,其小说艺术成就的最大所在,既非他的都市讽刺,也不是那些以少数民族习俗和佛经故事为题材的浪漫传奇,而是他的以沅水流域乡村人事为描写对象的小说。《柏子》便是这类小说的标志性作品。沈从文企图以生命的强力来滋养文明侵蚀下的人性的枯萎,抗拒人性的扭曲和病态。当然也不乏对乡下人现代生存方式和不健全人性的反思。[参见苏雪林:《沈从文论》(1934)] [沈从文试图从城乡互参的角度对人性进行治疗]

★ **作者的话:**

请你试从我的作品里找出两个短篇对照看看,从《柏子》同《八骏图》看看,就可明白对于道德的态度,城市与乡村的好恶,知识阶级与抹布阶级的爱憎,一个乡下人之所以为乡下人,如何显明具体反映在作品里。[《柏子》同《八骏图》是城乡互参的典范]

《从文小说习作选·代序》,《沈从文文集》(11),花城出版社1984

★相关评论：

以蛮野拯救人性的萎弱

他很想将这分蛮野气质当火炬，引燃整个民族青春之焰，所以他把"雄强"、"犷悍"，整天挂嘴边。他爱写湘西民族的下等阶级，从他们龌龊、卑鄙、粗暴、淫乱的性格中发现……也有同我们一样的人性。

苏雪林《沈从文论》，《文学》，1934年第3卷第3期

沈从文作品大多不乏野趣

《柏子》写漂流沅水的船夫柏子与水码头上沦落风尘的情人见面倾吐思慕，以埋怨发泄妒嫉，以诅骂表达爱情，真率泼辣，野趣洋溢。

杨义《中国现代小说史》（第二卷），人民文学出版社 1986/9

畸形的爱

虽然从表面上，原始民风犹存，下层人民纯朴的品性犹在，但人与人之间的关系在本质上却有了重大变异。……严酷的封建宗法关系已经剥夺了他们生命的自由，他们的人生命运无法摆脱环境的制约。柏子与吊脚楼妓女的爱终究处于一种畸形状态，严峻的经济现实从根本上否定了他们自由嫁娶的权利……一双看不见的大手，将他们推向悲惨的人生境地。

凌宇《从边城走向世界》，北京三联书店，1985

萧　　萧（节选）

《萧萧》写于1929年冬，1957年2月校改，后收入《沈从文文集·新与旧》（第6卷）。

萧萧、花狗及三岁的小丈夫的故事

《萧萧》写少女萧萧12岁就嫁给比她小九岁的丈夫做童养媳，尽管在婆家带丈夫、做杂事很苦很累，但压制不住花季少女渴望自由与爱情的心。她被那个在她家做工名叫花狗的年轻人诱惑而怀了身孕。花狗因此不辞而别，萧萧亦试图出逃，但失败了。依照当时封建习俗，她面临沉潭或发卖的惩处。由于娘家与婆家两方都没读过"子曰诗云"，故决定将她发卖。但待到萧萧十月足胎生了儿子，也未曾有人来买。萧萧侥幸逃过了惩罚，并留在婆家正经地做了丈夫的媳妇，到萧萧正式同丈夫拜堂圆房时，儿子牛儿已经10岁了。牛儿12岁时也娶了一房18岁的大媳妇。萧萧又坐月子了，抱着新生的毛毛，就如同当年抱着小丈夫一样。

……………

小媳妇很勤快

叙述很简洁、质朴

小夫妻自得其乐，悲剧在不露声色中展开

做小媳妇的萧萧，一个夏天中，一面照料丈夫，一面还绩了细麻四斤。到秋八月工人摘瓜，在瓜间玩，看硕大如盆、上面满是灰粉的大南瓜，成排成堆摆到地上，很有趣味。时间到摘瓜，秋天真的已来了，院子中各处有从屋后林子里树上吹来的大红大黄木叶。萧萧在瓜旁站定，手拿木叶一束，为丈夫编小小笠帽玩。

工人中有个名叫花狗，年纪二十三岁，抱了萧萧的丈夫到枣树下去打枣子。小小竹竿打在枣树上，落枣满地。

"花狗大"的"大"即"大哥"的简称

"花狗大，莫打了，太多了吃不完。"

虽听到这样喊，还不歇手。到后，仿佛完全因为丈夫要枣子，花狗才不听话。萧萧于是又警告她那小丈夫： | "枣子"具有"早生贵子"隐喻意义

"弟弟,弟弟,来,不许捡了。吃多了生东西肚子痛！"

丈夫听话,兜了大堆枣子向萧萧身边走来,请萧萧吃枣子。 | 小夫妻却以姐弟相称

"姐姐吃,这是大的。"

"我不吃。"

"要吃一颗！" | 将童养媳的悲苦掩抑在乡下人生活的自然状态中

她两手哪里有空！木叶帽正在制边,工夫要紧,还正要个人帮忙！

"弟弟,把枣子喂我口里。"

丈夫照她的命令做事,做完了觉得有趣,哈哈大笑。

她要他放下枣子帮忙捏紧帽边,便于添加新木叶。

丈夫照她吩咐做事,但老是顽皮的摇动,口中唱歌。这孩子原来像一只猫,欢喜时就得捣乱。

"弟弟,你唱的是什么？"

"我唱花狗大告我的山歌。"

"好好的唱一个给我听。"

丈夫于是帮忙拉着帽边,一面就唱下去,照所记到的歌唱：

　　天上起云云起花,包谷林里种豆荚, | 民间情歌
　　豆荚缠坏包谷树,娇妹缠坏后生家。

　　天上起云云重云,地下埋坟坟重坟, | 语言特点一：民歌的引用,原始而生动
　　娇妹洗碗碗重碗,娇妹床上人重人。

歌中意义丈夫全不明白,唱完了就问萧萧好不好。萧萧说好,并且问跟谁学来的。她知道是花狗教他的,却故意盘问他。

"花狗大告我,他说还有好多歌,长大了再教我唱。" | 对话推动情节发展

听说花狗会唱歌,萧萧说：

"花狗大,花狗大,你唱一个好听的歌我听听。"

那花狗,面如其心,生长得不很整齐,知道萧萧要听歌,人也快到听歌的年龄了,就给她唱"十岁娘子一岁夫"。那故事说的是妻年大,可以随便到外面做一点不规矩的事情;夫年小,只知吃奶,让他吃奶。这歌丈夫完全不懂,懂到一点儿的是萧萧。把歌听过后,萧萧装成"我全明白"那种神气,她用生气的样子,对花狗说： | 当地民风

"花狗大,这个不行,这是骂人的歌！"

花狗分辨说："不是骂人的歌。" | 即"分辨"之误

"我明白,是骂人的歌。"

花狗难得说多话,歌已经唱过了,错了赔礼,只有不再唱。他看她已经有点懂事了,怕她回头告祖父,会挨顿臭骂,就把话支吾开,扯到"女学生"上头去。他问萧萧,看没看过女学生习体操唱洋歌的事情。 | 小说曾写道：每年1—6月放"水假"时常有女学生经过此地

若不是花狗提起，萧萧几乎忘却了这事情。这时又提到女学生，她问花狗近来有没有女学生过路，她想看看。

　　花狗一面把南瓜从棚架边抱到墙角去，告她女学生唱歌的事，这些事的来源还是萧萧的那个祖父，他在萧萧面前说了点大话，说他曾经到官路上见过四个女学生，她们都拿得有旗子，走长路流汗喘气之中仍然唱歌，同军人所唱的一模一样。不消说，这自然完全是胡诌的。可是那故事把萧萧可乐坏了。因为花狗说这个就叫作"自由"。

> 关于女学生的谈论显示了乡下人对自由的误解与向往

　　花狗是起眼动眉毛，一打两头翘，会说会笑的一人。听萧萧带着歆羡口气说："花狗大，你膀子真大，"他就说：

　　"我不止膀子大。"

　　"你身个子也大。"

　　"我全身无处不大。"

> 暗示，引诱

　　萧萧还不大懂得这个话的意思，只觉得憨而好笑。

　　到萧萧抱了她丈夫走去以后，同花狗一起摘瓜，取名字叫哑巴的，开了平时不常开的口。

　　"花狗，你少坏点。人家是十三岁黄花女，还要等十年才圆房！"

> 哑巴对花狗的警告

　　花狗不作声，打了那伙计一巴掌，走到枣树下捡落地枣去了。

　　到摘瓜的秋天，日子计算起来，萧萧过丈夫家有一年半了。

　　几次降雪落雪，几次清明谷雨，一家中人都说萧萧是大人了。天保佑，喝冷水，吃粗粝饭，四季无疾病，倒发育得这样快。婆婆虽生来像一把剪子，把凡是给萧萧暴长的机会都剪去了，但乡下的日头同空气都帮助人长大，却不是折磨可以阻拦得住。

> 语言简洁、干净
>
> 语言特点二：比喻新奇，贴切自然

　　萧萧十五岁时已高如成人，心却还是糊糊涂涂的心。

> 农村闭塞造成的愚昧

　　人大了一点，家中做的事也多了一点。绩麻、纺车、洗衣、照料丈夫以外，打猪草推磨一些事情也要做，还有浆纱织布。凡事都学，学学就会了。乡下习惯凡是行有余力的都可以从劳作中攒点本分私房，两三年来仅仅萧萧个人份上所聚集的粗细麻和纺就的棉纱，也够萧萧坐到土机上抛三个月的梭子了。

　　丈夫早断了奶。婆婆有了新儿子，这五岁儿子就像归萧萧独有了。不论做什么，走到什么地方去，丈夫总跟在身边。丈夫有些方面很怕她，当她如母亲，不敢多事。他们俩实在感情不坏。

> 家庭关系的新变化。是文中惟一涉及淡化了的婆媳矛盾处

　　地方稍稍进步，祖父的笑话转到"萧萧你也把辫子剪去好自由"那一类事上去了。听着这话的萧萧，某个夏天也看过了一次女学生，虽不把祖父笑话认真，可是每一次在祖父说过这笑话以后，她到水边去，必不自觉的用手捏着辫子末梢，设想没有辫子的人那种神气，那点趣味。

> "自由"一再出现，显示"五四"新思潮已零星而变形地影响到偏僻乡村

　　打猪草，带丈夫上螺狮山的山阴是常有的事。

　　小孩子不知事，听别人唱歌也唱歌。一开腔唱歌，就把花狗引来了。

　　花狗对萧萧生了另外一种心，萧萧有点明白了，常常觉得惶恐不安。但花狗是男子，凡是男子的美德恶德都不缺少，劳动力强，手脚勤快，又会玩会说，所以一面使萧萧的丈夫非常欢喜同他玩，一面一有机会即缠在萧萧身边，且总是想

方设法把萧萧那点惶恐减去。

山大人小,到处是树林蒙茸,平时不知道萧萧所在,花狗就站在高处唱歌逗萧萧身边的丈夫;丈夫小口一开,花狗穿山越岭就来到萧萧面前了。

见了花狗,小孩子只有欢喜,不知其他。他原要花狗为他编草虫玩,做竹箫哨子玩,花狗想方法支使他到一个远处去找材料,便坐到萧萧身边来,要萧萧听他唱那使人开心红脸的歌。她有时觉得害怕,不许丈夫走开;有时又像有了花狗在身边,打发丈夫走去反倒好一点。终于有一天,萧萧就这样给花狗把心窍子唱开,变成个妇人了。

> 情动于衷,因境形成。语言特点三:口语化的描写,极富地方特色

那时节,丈夫走到山下采刺莓去了,花狗唱了许多歌,到后却向萧萧唱:

娇家门前一重坡,别人走少郎走多,
铁打草鞋穿烂了,不是为你为那个?

末了却向萧萧说:"我为你睡不着觉。"他又说他赌咒不把这事情告给人。听了这些话仍然不懂什么的萧萧,眼睛只注意到他那一对粗粗的手膀子,耳朵只注意到他最后一句话。末了花狗大便又唱了许多歌给她听。她心里乱了。她要他当真对天赌咒,赌过了咒,一切好像有了保障,她就一切尽他了。到丈夫返身时,手被毛毛虫螫伤,肿了一大片,走到萧萧身边。萧萧捏紧这一只小手,且用口去呵它,呎它,想起刚才的糊涂,才仿佛明白自己做了一点不大好的糊涂事。

> 湘西人"爱的神性"的体现。理性的缺失,自由的获得,更加重了悲哀的色彩

★编选者的话:

《萧萧》是作家最富有写实意味的作品之一。作品以小说联结着风俗散文与爱情歌谣,自由的结构使小说融入丰富的散文和诗的因素。小说从萧萧12岁嫁到婆家开始,以较多笔墨描写了萧萧的勤劳、纯朴以及作为一个少女所有的天真、幼稚、单纯的情状,故事慢慢走向高潮,到萧萧被花狗用歌唱开心窍,并怀有身孕时,情节出现急剧转折,充满诗意的浪漫变成生死攸关的人生险关。这以后情节发展简洁明了迅速地向前推进,并有循环往复的趋势。

我们知道,对湘西完美人性的思考与表现,是沈从文小说在思想内容上的一个显著的特色。《边城》中所表现的"优美、自然"的人性思想在这里预先得到体现。《萧萧》写童养媳生活,写一个如野草般在山野春风中生长的顽强生命,与一般于婆媳的复杂关系中展示童养媳命运的作品不同,它把大量笔墨用于风俗描绘,在人物命运和风俗场景之间进行精细的结构处理,笔锋往返,跌宕有致,灵便活泼,形成一幅以社会风俗为浓厚背景的人物画。为表现完美人性的理想,作者以表现青年男女的情爱作为切入视角与中心话题。在《萧萧》中作者安排了欢喜的结局,肯定了自主自为,自然形态的爱,显示出"神即自然"的思想。但现代理性的缺乏,使他们最终无法摆脱自身的悲剧命运。

> "神即自然",人应由"自然"来安排

★作者的话:

神的意义在我们这里只是"自然",一切生成的现象,不是人为的,由他来处置。他常常是合理的,宽容的,美的。人作不到的算是他所作,人作得的归人去

作。人类更聪明一点,也永远不妨碍到他的权力,科学只能同迷信相冲突,或被迷信所阻碍,或消灭迷信。我这里的神并无迷信,他不拒绝知识,他同科学无关。

《凤子》,《沈从文文集》(第4卷),花城出版社1982

★相关评论:

> 表现童养媳人生的《萧萧》,一反二三十年代描写童养媳制度罪恶的小说的常见模式……而是从独特的角度提示人物内部主观精神,与摆脱现存人生秩序,获得生命自由的历史需求的不相适应。虽然,在对外部黑暗制度的批判上,《萧萧》不如另外一些小说猛烈,但在对人物精神的深层次的透视上,却非另外一些小说所能及。《萧萧》终于以独有的样式,存在于中国现代小说史上。

凌宇《从边城走向世界》,北京三联书店1985

> 在《萧萧》中,构成环境社会性内容的是萧萧与婆家与本家主人的关系,但这关系也没有成为萧萧命运的最后决定因素。在这里起最终决定作用的仍然是自然选择,这便是自然生存欲望使他行为与习惯相悖,从而带来厄运,但自然又恩赐了她,让她生了男孩,由此转危为安。

韩立群《沈从文:中国现代文化的反思》,天津人民出版社1994/9

边 城(节选)

《边城》最初于1934年1月至4月在《国闻周报》连载,1934年10月上海生活书店初版。其后40年间,沈从文对《边城》屡有修改。后收入《沈从文文集》(第6卷),广州花城出版社、香港三联书店1983年1月版。《沈从文选集》(四川人民出版社)等各种选本都有收录。

在湘西山清水秀、人情质朴的边远小城茶峒,生活着靠摆渡为生的祖孙二人,祖父古道热肠,孙女翠翠淳朴善良,情窦初开,祖孙俩相依相偎,风雨同舟。在一次端午节赛龙舟的盛会上,翠翠邂逅了当地船总顺顺的二儿子——貌美、健壮、人称"岳云"的傩送,俩人萌发了一种朦胧的情感,傩送爱翠翠,翠翠也下意识地爱傩送。不巧的是,傩送的哥哥天保也爱上了美丽清纯的翠翠。按当地的风俗,两位男子同时爱上一个女子,便应以决斗定胜负。但天保、傩送两兄弟没有反目为仇,也没有慷慨相让,他们公平地、正大光明地用唱山歌来一定乾坤。哥哥天保自知不敌弟弟傩送,于是带着失恋的忧伤远走他乡,不幸被竹篙弹入急流淹死了。傩送觉得自己对哥哥的死负有责任,也无心谈爱对歌了,他抛下翠翠,驾船到下游寻找哥哥的尸首。翠翠惦记着傩送。祖父为了孙女的幸福去找船总顺顺,顺顺则以为大儿子的死与祖父有关,对祖父很冷淡。祖父心中郁闷,在一个雷雨交加的晚上,伴随白塔的坍塌而死去了。留下翠翠孤单单一人。翠翠不愿离开渡口,她仍然弄着渡船,一边接送四方客人,一边矢志不渝地等着心上人的归来。而"<u>这个人也许永远不回来了,也许明天回来!</u>"

《边城》共21节,每一节都是一首圆润的散文诗。本文所选三节中体现了作

现代文学中描写童养媳的独特篇章

原文《萧萧》为《肖肖》,不规范简化字

社会环境与自然选择的冲突

一副充满诗意的边城风景图

神来之笔

品的写作风格：舒缓的情节发展、细腻的心理刻画、清丽的语言描绘。

一

　　由四川过湖南去，靠东有一条官路。这官路将近湘西边境，到了一个地方名为"茶峒"的小山城时，有一小溪，溪边有座白色小塔，塔下住了一户单独的人家。这人家只一个老人，一个女孩子，一只黄狗。

　　小溪流下去，绕山岨流，约三里便汇入茶峒大河。人若过溪越小山走去，只一里路就到了茶峒城边。溪流如弓背，山路如弓弦，故远近有了小小差异。小溪宽约二十丈，河床是大片石头作成。静静的河水即或深到一篙不能落底，却依然清澈透明，河中游鱼来去皆可以计数。小溪既为川、湘来往孔道，水常有涨落，限于财力不能搭桥，就安排了一只方头渡船。这渡船一次连人带马，约可以载二十位搭客过河，人数多时必反复来去。渡船头竖了一根小小竹竿，挂着一个可以活动的铁环；溪岸两端水面横牵了一段竹缆，有人过渡时，把铁环挂在竹缆上，船上人就引手攀缘那条缆索，慢慢的牵船过对岸去。船将拢岸时，管理这渡船的，一面口中嚷着"慢点慢点"，自己霍的跃上了岸，拉着铁环，于是人货牛马全上了岸，翻过小山不见了。渡头属公家所有，过渡人本不必出钱；有人心中不安，抓了一把钱掷到船板上时，管渡船的必为一一拾起，依然塞到那人手心里去，<u>俨然吵嘴时的认真神气</u>："我有了口粮，三斗米，七百钱，够了！谁要这个！"

　　但是，凡事求个心安理得，出气力不受酬谁好意思，不管如何还是有人要把钱的。管船人却情不过，也为了心安起见，便把这些钱托人到茶峒去买茶叶和草烟，将茶峒出产的上等草烟，一扎一扎挂在自己腰带边，过渡的谁需要这东西必慷慨奉赠。有时从神气上估计那远路人对于身边草烟引起了相当的注意时，这弄渡船的便把一小束草烟扎到那人包袱上去，一面说："大哥，不吸这个吗，这好的，这妙的，看样子不成材，巴掌大叶子，味道蛮好，送人也很合适！"茶叶则在六月里放进大缸里去，用开水泡好，给过路人随意解渴。

　　管理这渡船的，就是住在塔下的那个老人。活了七十年，从二十岁起便守在这小溪边，五十年来不知把船来去渡了若干人。年纪虽那么老了。骨头硬硬的，本来应当休息了，但天不许他休息，他仿佛便不能够同这一份生活离开。他从不思索自己职务对于本人的意义，只是静静的很忠实在那里活下去。代替了天，使他在日头升起时，感到生活的力量；当日头落下时，又不至于思量和日头同时死去的，是那个近在他身旁的女孩子。他唯一的伙伴是一只渡船和一只黄狗，唯一的亲人便只那个女孩子。

　　<u>女孩子的母亲，老船夫的独生女</u>，十七年前同一个茶峒屯防军人唱歌相熟后，很秘密的背着那忠厚爸爸发生了<u>暧昧关系</u>。有了小孩子后，结婚不成，这屯戍兵士便想约了她一同向下游逃去。但从逃走的行为上看来，一个违悖了军人的责任，一个却必得离开孤独的父亲。经过一番考虑后，屯戍兵见她无远走勇气，自己也不便毁去作军人的名誉，就心想一同去生既无法聚首，一同去死应当无人可以阻拦，便毅然下决心首先服毒就死去。女的却关心腹中的一块肉，不忍心，拿不出主张。事情<u>业已</u>为作渡船夫的父亲知道，父亲却不加上一个有分量的

———

文笔简洁、洗练

山美，水美

犹如一幅生动的画卷，山城水乡的气息扑面而来

人情美一：祖父。作者赞美边城的自然、人情，但对边城的僻野、恒定，更充满悲悯。这种思想感情回荡在他整个的"湘西世界"之中

翠翠母亲的故事最能说明作者的人生观

业已：已经

字眼儿,只作为并不听到过这事情一样,仍然把日子很平静的过下去。女儿一面怀了羞惭,一面却怀了怜悯,仍旧守在父亲身边。等待腹中小孩生下后,却到溪边吃了许多冷水死去了。在一种近于奇迹中,这遗孤居然已长大成人,一转眼间便十五岁了。因为住处两山多竹篁,翠色逼人而来,老船夫随便为这可怜的孤雏拾取了一个近身的名字,叫作"翠翠"。

翠翠在风日里长养着,把皮肤变得黑黑的,触目为青山绿水,一对眸子清明如水晶。自然既长养她且教育她,为人天真活泼,处处俨然如一只小兽物。人又那么乖,如山头黄麂一样,从不想到残忍事情,从不发愁,从不动气。平时在渡船上遇陌生人对她有所注意时,便把光光的眼睛瞅着那陌生人,作成随时皆可举步逃入深山的神气,但明白了人无机心后,就又从从容容的在水边玩耍了。

老船夫不论晴雨,必守在船头。有人过渡时,便略弯着腰,两手缘引了竹缆,把船横渡过小溪。有时疲倦了,躺在临溪大石上睡着了,人在隔岸招手喊过渡,翠翠不让祖父起身,就跳下船去,很敏捷地替祖父把路人渡过溪,一切皆溜刷在行,从不误事。有时又和祖父、黄狗一同在船上,过渡时和祖父一同动手牵缆索。船将近岸边,祖父正向客人招呼"慢点,慢点"时,那只黄狗便口衔绳子,最先一跃而上,且俨然懂得如何方为尽职似的,把船绳紧衔着拖船拢岸。

风日清和的天气,无人过渡,镇日长闲,祖父同翠翠便坐在门前大岩石上晒太阳;或把一段木头从高处向水中抛去,嗾使身边黄狗自岩石高处跃下,把木头衔回来;或翠翠与黄狗皆张着耳朵,听祖父说些城中多年以前的战争故事;或祖父同翠翠两人,各把小竹作成的竖笛,逗在嘴边吹着迎亲送女的曲子。过渡人来了,老船夫放下了竹管,独自跟到船边去,横溪渡人,在岩上的一个,见船开动时,于是锐声喊着:

"爷爷,爷爷,你听我吹,你唱!"

爷爷到溪中央便很快乐的唱起来,哑哑的声音同竹管声振荡在寂静空气里,溪中仿佛也热闹了一些。(实则歌声的来复,反而使一切更寂静一些了。)

有时过渡的是从川东过茶峒的小牛,是羊群,是新娘子的花轿,翠翠必争着作渡船夫,站在船头,懒懒地攀引缆索,让船缓缓的过去。牛、羊、花轿上岸后,翠翠必跟着走,站到小山头,目送这些东西走去很远了,方回转船上,把船牵靠近家的岸边,且独自低低地学小羊叫着,学母牛叫着,或采一把野花缚在头上,独自装扮新娘子。

茶峒山城只隔渡头一里路,买油买盐时,逢年过节祖父得喝一杯酒时,祖父不上城,黄狗就伴同翠翠入城里去备办年货。到了卖杂货的铺子里,有大把的粉条,大缸的白糖,有炮仗,有红蜡烛,莫不给翠翠很深的印象,回到祖父身边,总把这些东西说个半天。那里河边还有许多上行船,百十船夫忙着起卸百货。这种船只比起渡船来全大得多,有趣味得多,翠翠也不容易忘记。

四

还是两年前的事。五月端阳,渡船头祖父找人作了代替,便带了黄狗同翠翠进城,到大河边去看划船。河边站满了人,四只朱色长船在潭中滑着,龙船水刚刚涨过,河中水皆泛着豆绿色,天气又那么明朗,鼓声蓬蓬响着,翠翠抿着嘴一句话不说,心中充满了不可言说的快乐。河边人太多了一点,各人尽张着眼睛望河中,不多久,黄狗还在身边,祖父却挤得不见了。

　　翠翠一面注意划船,一面心想:"过不久祖父总会找来的。"但过了许久,祖父还不来,翠翠便稍稍有点儿着慌了。先是两人同黄狗进城前一天,祖父就问翠翠:"明天城里划船,倘若你一个人去看,人多怕不怕?"翠翠就说:"人多我不怕,但自己只是一个人可不好玩。"于是祖父想了半天,方想起一个住在城中的老熟人,赶夜里到城里去商量,请那老人来看一天渡船,自己却陪翠翠进城玩一天。且因为那人比渡船老人更孤单,身边无一个亲人,也无一只狗,因此便约好了那人早上过家中来吃饭,喝一杯雄黄酒。第二天那人来了,吃了饭,把职务委托那人以后,翠翠等便进了城。到路上时,祖父想起什么似的,又问翠翠:"翠翠,翠翠,人那么多,好热闹,你一个人敢到河边看龙船吗?"翠翠说:"怎么不敢?可是一个人有什么意思。"到了河边后,长潭里的四只红船,把翠翠的注意力完全占去了,身边祖父似乎也可有可无了。祖父心想:"时间还早,到收场时,至少还得三个时刻。溪边的那个朋友,也应当来看看年青人的热闹,回去一趟,换换地位还赶得及。"因此就告翠翠,"人太多了,站在这里看,不要动,我到别处去有事情,无论如何总赶得回来伴你回家。"翠翠正为两只竞速并进的船迷着,祖父说的话毫不思索就答应了。祖父知道黄狗在翠翠身边,也许比他自己在她身边还稳当,于是便回家看船去了。

　　祖父到了那渡船处时,见代替他的老朋友,正站在白塔下注意听远处鼓声。

　　祖父喊他,请他把船拉过来,两人渡过小溪仍然站到白塔下去。那人问老船夫为什么又跑回来,祖父就说想替他一会儿,故把翠翠留在河边,自己赶回来,好让他也过河边去看看热闹,且说:"看得好,就不必再回来,只须见了翠翠告她一声,翠翠到时自会回家的。小丫头不敢回家,你就伴她走走!"但那替手对于看龙船已无什么兴味,却愿意同老船夫在这溪边大石上各自再喝两杯烧酒。老船夫十分高兴,把酒葫芦取出,推给城中来的那一个。两人一面谈些端午旧事,一面喝酒,不到一会,那人却在岩石上被烧酒醉倒了。

　　人既醉倒了,无从入城,祖父为了责任又不便与渡船离开,留在河边的翠翠便不能不着急了。

　　河中划船的决了最后胜负后,城里军官已派人驾小船在潭中放了一群鸭子,祖父还不见来。翠翠恐怕祖父也正在什么地方等着她,因此带了黄狗各处人丛中挤着去找寻祖父,结果还是不得祖父的踪迹。后来看看天快要黑了,军人扛了长凳出城看热闹的,皆已陆续扛了那凳子回家。潭中的鸭子只剩下三五只,捉鸭人也渐渐的少了。落日向上游翠翠家中那一方落去,黄昏把河面装饰了一层银色薄雾。翠翠望到这个景致,忽然起了一个怕人的想头,她想:"假若爷爷死了?"

　　她记起祖父嘱咐她不要离开原来地方那一句话,便又为自己解释这想头的错误,以为祖父不来必是进城去或到什么熟人处去,被人拉着喝酒,故一时不能来的。正因为这也是可能的事,她又不愿在天未断黑以前,同黄狗赶回家去,只好站在那石码头边等候祖父。

端午、中秋和过年是边城一年之中最热闹的三个日子,赛龙舟是当地端午节的主要娱乐形式,特别隆重、热闹。此外,尚有在河中捉鸭子的习俗。

人情美三:友情美

爱情出现的环境。为后文铺垫

有声有色、独具特点的边城风情画	再过一会,对河那两只长船已泊到对河小溪里去不见了,看龙船的人也差不多全散了。<u>吊脚楼有娼妓的人家,已上了灯,且有人敲小斑鼓弹月琴唱曲子。另外一些人家</u>,又有猜拳行酒的吵嚷声音。同时停泊在吊脚楼下的一些船只,上面也有人在摆酒炒菜,把青菜萝卜之类,倒进滚热油锅里去时发出沙沙的声音。河面已朦朦胧胧,看去好像只有一只白鸭在潭中浮着,也只剩一个人追着这只鸭子。 　　翠翠还是不离开码头,总相信祖父会来找她,同她一起回家。 　　吊脚楼上唱曲子声音热闹了一些,只听到下面船上有人说话,一个水手说:"金亭,你听你那婧子陪川东庄客喝酒唱曲子,我赌个手指,说这是她的声音!"另一个水手就说:"她陪他们喝酒唱曲子,心里可想我。她知道我在船上!"先前那一个又说:"身体让别人玩着,心还想着你,你有什么凭据?"另一个说:"我有凭据。"于是这水手吹着唿哨,作出一个古怪的记号,一会儿,楼上歌声便停止了,两个水手皆笑了。两人接着便说了些关于那个女人的一切,使用了不少粗鄙字眼,翠翠很不习惯把这种话听下去,但又不能走开。且听水手之一说,楼上妇人的爸爸是在棉花坡被人杀死的,一共杀了十七刀,翠翠心中那个古怪的想头,"爷爷死了呢?"便仍然占据到心里有一会儿。
三两笔勾出二老傩送的形象	两个水手还正在谈话,潭中那只白鸭却慢慢地向翠翠所在的码头边游来,翠翠想:"再过来些我就捉住你!"于是静静地等着,但那鸭子将近岸边三丈远近时,却有个人笑着,喊那船上水手。<u>原来水中还有个人,那人已把鸭子捉到手,却慢慢地"踹水"游近岸边的</u>。船上人听到水面的喊声,在隐约里也喊道:"二老,二老,你真能干,你今天得了五只吧?"那水上人说:"这家伙狡猾得很,现在可归我了。""你这时捉鸭子,将来捉女人,一定有同样的本领。"水上那一个不再说什么,手脚并用的拍着水傍了码头。湿淋淋地爬上岸时,翠翠身旁的黄狗,仿佛警告水中人似的,汪汪地叫了几声,那人方注意到翠翠。码头上已无别人,<u>那人</u>问:
说"那人"而不说"二老",意即翠翠当时还不认识他	"是谁?" 　　"是翠翠!" 　　"翠翠又是谁?"
碧溪岨:渡口地点	"是<u>碧溪岨</u>撑渡船的水女。" 　　"你在这儿做什么?" 　　"我等我爷爷。我等他来。" 　　"等他来他可不会来,你爷爷一定到城里军营里喝了酒,醉倒后被人抬回去了!" 　　"他不会,他答应来,他就一定会来的。" 　　"这里等也不成。到我家里去,到那边点了灯的楼上去,等爷爷来找你好不好?"
注意文中的误会	翠翠误会邀他进屋里去那个人的好意,正记着水手说的妇人丑事,她以为那男子就是要她上有女人唱歌的楼上去,本来从不骂人,这时正因等候祖父太久了,心中焦急得很,听人要她上去,以为欺侮了她,就轻轻地说:
虽是骂人,却显出娇憨之美	<u>"你个悖时砍脑壳的!"</u>

话虽轻轻的,那男的却听得出,且从声音上听得出翠翠年纪,便带笑说:"怎么,你骂人!你不愿意上去,要呆在这儿,回头水里大鱼来咬了你,可不要叫喊!"

翠翠说:"鱼咬了我也不管你的事。"

那黄狗好像明白翠翠被人欺侮了,又汪汪地吠起来。那男子把手中白鸭举起,向黄狗吓了一下,便走上河街去了。黄狗为了自己被欺侮还想追过去,翠翠便喊:"狗,狗,你叫人也看人叫!"翠翠意思仿佛只在告给狗"那轻薄男子还不值得叫",但男子听去的却是另外一种好意,男的以为是她要狗莫向好人乱叫,放肆的笑着,不见了。

又过了一阵,有人从河街拿了一个废缆做成的火炬,喊叫着翠翠的名字来找寻她,到身边时翠翠却不认识那个人。那人说:老船夫回到家中,不能来接她,故搭了过渡人口信来,要她即刻就回去。翠翠听说是祖父派来的,就同那人一起回家,让打火把的在前引路,黄狗时前时后,一同沿了城墙向渡口走去。翠翠一面走一面问那拿火把的人,是谁告他就知道她在河边。那人说是二老告他的,他是二老家里的伙计,送翠翠回家后还得回转河街。

翠翠说:"二老他怎么知道我在河边?"

那人便笑着说:"他从河里捉鸭子回来,在码头上见你,他说好意请你上家里坐坐,等候你爷爷,你还骂过他!"

翠翠带了点儿惊讶轻轻地问:"二老是谁?"

那人也带了点儿惊讶说:"二老你都不知道?就是我们河街上的傩送二老!就是岳云!他要我送你回去!"<u>傩送二老在茶峒地方不是一个生疏的名字!</u>

<u>翠翠想起自己先前骂人那句话</u>,心里又吃惊又害羞,再也不说什么,默默地随了那火把走去。

翻过了小山,望得见对溪家中火光时,那一方面也看见了翠翠方面的火把,老船夫即刻把船拉过来,一面拉船一面哑声儿喊问:"翠翠,翠翠,是不是你?"翠翠不理会祖父,口中却轻轻地说:"不是翠翠,不是翠翠,翠翠早被大河里鲤鱼吃去了。"翠翠上了船,二老派来的人,打着火把走了,祖父牵着船问:"翠翠,你怎么不答应我,生我的气了吗?"

<u>翠翠站在船头还是不作声</u>。翠翠对祖父那一点儿埋怨,等到把船拉过了溪,一到了家中,看明白了醉倒的另一个老人后,就完事了。<u>但另一件事,属于自己不关祖父的,却使翠翠沉默了一个夜晚。</u>

十三

黄昏来时翠翠坐在家中屋后白塔下,看天空为夕阳烘成桃花色的薄云。十四中寨逢场,城中生意人过中寨收买山货的很多,过渡人也特别多,祖父在渡船上忙个不息。天快夜了,别的雀子似乎都休息了,只杜鹃叫个不息。石头泥土为白日晒了一整天,草木为白日晒了一整天,到这时节皆放散一种热气。空气中有泥土气味,有草木气味,且有甲虫类气味。翠翠看着天上的红云,听着渡口飘乡生意人的杂乱声音,心中有些儿薄薄的凄凉。

黄昏照样的温柔,美丽,平静。但一个人若体念到这个当前一切时,也就

旁注:

人情美四:二老

第二节曾对掌水码头的顺顺和他的两个儿子天保和傩送有专门介绍。"傩送",取"傩神所送"之意

情窦乍开

朦胧的少女情怀。作者不着一字,尽得风流

误会在小说中有多处。这也从一个侧面构成了《边城》的悲剧

134　《中国现当代文学专题研究》作品讲评

躁动的爱情却不能像鸟儿般热烈勃发

样的在这黄昏中会有点儿薄薄的凄凉。于是,这日子成为痛苦的东西了。翠翠觉得好像缺少了什么。好像眼见到这个日子过去了,想在一件新的人事上攀住它,但不成。好像生活太平凡了,忍受不住。

"我要坐船下桃源县过洞庭湖,让爷爷满城打锣去叫我,点了灯笼火把去找我。"

她便同祖父故意生气似的,很放肆的去想到这样一件事,她且想象她出走后,祖父用各种方法寻觅全无结果,到后如何无可奈何躺在渡船上。

人家喊:"过渡,过渡,老伯伯,你怎么的,不管事!""怎么的!翠翠走了,下桃源县了!""那你怎么办?""怎么办吗?拿把刀,放在包袱里,搭下水船去杀了她!"……

无法言说的孤独。作品中处处有悲苦的影子,似无法摆脱的命运

翠翠仿佛当真听着这种对话,吓怕起来了,一面锐声喊着她的祖父,一面从坎上跑向溪边渡口去。见到了祖父正把船拉在溪中心,船上人嗡嗡说着话,小小心子还依然跳跃不已。

"爷爷,爷爷,你把船拉回来呀!"

那老船夫不明白她的意思,还以为是翠翠要为他代劳了,就说:

"翠翠,等一等,我就回来!"

"你不拉回来了吗?"

"我就回来!"

情感得不到满足的哀怨

翠翠坐在溪边,望着溪面为暮色所笼罩的一切,且望到那只渡船上一群过渡人,其中有个吸旱烟的打着火镰吸烟,且把烟杆在船边剥剥的敲着烟灰,就忽然哭起来了。

祖父把船拉回来时,见翠翠痴痴的坐在岸边,问她是什么事,翠翠不作声。祖父要她去烧火煮饭,想了一会儿,觉得自己哭得可笑,一个人便回到屋中去,坐在黑黝黝的灶边把火烧燃后,她又走到门外高崖上去,喊叫她的祖父,要他回家里来,在职务上毫不儿戏的老船夫,因为明白过渡人皆是赶回城中吃晚饭的人,来一个就渡一个,不便要人站在那岸边呆等,故不上岸来。只站在船头告翠翠,且让他做点事,把人渡完事后,就回家里来吃饭。

翠翠第二次请求祖父,祖父不理会,她坐在悬崖上,很觉得悲伤。

人与景相契合

天夜了,有一匹大萤火虫尾上闪着蓝光,很迅速的从翠翠身旁飞过去,翠翠想,"看你飞得多远!"便把眼睛随着那萤火虫的明光追去。杜鹃又叫了。

"爷爷,为什么不上来?我要你!"

祖父不懂孙女的心

在船上的祖父听到这种带着娇有点儿埋怨的声音,一面粗声粗气的答道:"翠翠,我就来,我就来!"一面心中却自言自语:"翠翠,爷爷不在了,你将怎么样?"

老船夫回到家中时,见家中还黑黝黝的,只灶间有火光,见翠翠坐在灶边矮条凳上,用手蒙着眼睛。

走过去才晓得翠翠已哭了许久。祖父一个下半天来,皆弯着个腰在船上拉来拉去,歇歇时手也酸了,腰也酸了,照规矩,一到家里就会嗅到锅中所焖瓜菜的味道,且可见到翠翠安排晚饭在灯光下跑来跑去的影子。今天情形竟不同了一点。

祖父说:"翠翠,我来慢了,你就哭,这还成吗?我死了呢?"

翠翠不作声。

祖父又说："不许哭，做一个大人，不管有什么事都不许哭。要硬扎一点，结实一点，才配活到这块土地上！"

翠翠把手从眼睛边移开，靠近了祖父身边去，"我不哭了。"

两人吃饭时，祖父为翠翠说到一些有趣味的故事。因此提到了死去了的翠翠的母亲。两人在豆油灯下把饭吃过后，老船夫因为工作疲倦，喝了半碗白酒，因此饭后兴致极好，又同翠翠到门外高崖上月光下去说故事。说了些那个可怜母亲的乖巧处，同时且说到那可怜母亲性格强硬处，使翠翠听来神往倾心。

翠翠抱膝坐在月光下，傍着祖父身边，问了许多关于那个可怜母亲的故事。间或吁一口气，似乎心中压上了些分量沉重的东西，想挪移得远一点，才吁着这种气，可是却无从把那东西挪开。

月光如银子，无处不可照及，山上竹篁在月光下皆成为黑色。身边草丛中虫声繁密如落雨。间或不知道从什么地方，忽然会有一只草莺"喀喀喀喀嘘！"啭着它的喉咙，不久之间，这小鸟儿又好像明白这是半夜，不应当那么吵闹，便仍然闭着那小小眼儿安睡了。 黑白分明，光影相谐，细腻灵动。诗般的意境

祖父夜来兴致很好，为翠翠把故事说下去，就提到了本城人二十年前唱歌的风气，如何驰名于川、黔边地。翠翠的父亲，便是唱歌的第一手，能用各种比喻解释爱与憎的结子，这些事也说到了。翠翠母亲如何爱唱歌，且如何同父亲在未认识以前在白日里对歌，一个在半山上竹篁里砍竹子，一个在溪面渡船上拉船，这些事也说到了。 人情美五：父亲、母亲

翠翠问："后来怎么样？"

祖父说："后来的事长得很，最重要的事情，就是这种歌唱出了你。"

祖父于是沉默了，不曾说"唱出了你后也就死去了你父亲和母亲。" 现在的通行本大多删去了这最后一句

★编选者的话：

沈从文创作的小说主要有两类：一类是以湘西生活为题材的，一类是以都市生活为题材的。而其在文学上的主要贡献是用小说和散文建构了他特异的"湘西世界"，描写了湘西原始、自然的生命形式，赞颂了人性美。在沈从文看来，湘西世界是一个"神性"的世界，是"爱"和"美"构筑的一个理想王国。《边城》就是这个王国中的一座丰碑。在《边城》中，作者以恬静悠远的风格，用温润柔和的笔调，借诗词曲赋的意境，描绘出了"风俗淳朴，便是作妓女，也永远那么浑厚……"（沈从文语）的湘西边城的美丽风光，反映了"优美、健康、自然，而又不悖于人性的人生形式"（沈从文语），刻画了一群性格鲜活而又可爱的人物形象，它既是湘西边城山村生活的牧歌，也是一曲真挚、热烈的爱情颂歌。 牧歌般的世界与30年代喧嚣的都市生活相对应

沈从文说"我只想造希腊小庙，……精致、结实、匀称，形体虽小而不纤巧，是我理想的建筑，这神庙供奉的是'人性'。"在《边城》这座"希腊小庙"里，作者供奉着自己的人生理想。爱与美完美结合，人与人肝胆相照。天真温柔的翠翠、勤劳朴实的祖父，能干体贴的傩送，个个美好善良；两性之爱、兄弟之爱、亲子之爱、朋友之爱，弥漫在作品中，缓缓地、悄悄地拨动着人们的心弦，展示着人性中庄严、健康、美丽、虔诚的一面。然而，令人心疼的是，这理想生活的结局并不美 《边城》的创作意图

满,作品结尾处,死的死,走的走,留下翠翠孤独无望地等候着,一个美好的爱情故事以悲剧而告终。作者认为,这就是"神性",是天意。

在《边城》这座"希腊小庙"里,作者同时还供奉着自己的文学理想。作品打破了传统的写作手法,不仅创造了独特的艺术境界,而且创造出了自己的理想文体:诗化抒情小说。作品用散文的笔调和诗歌的意境淡淡写来,没有激烈的矛盾冲突,没有人与人之间的你争我夺,只有微妙的暗示,细腻的心理刻画,情不自禁的感情流动。现实与梦幻,人生和自然,天衣无缝的融合在一起,融合在"水"做的背景下,你中有我,我中有你,是"画",也是"诗"。

这种山美、水美、人性美融为一炉的写作手法不是该篇独创,在他不少作品中都有,尤其是以故乡为题材的许多作品中。对故乡沈从文怀有一种"无可言说的温爱",这种温爱体现在他的许多作品中,如《湘西》、《湘行散记》等。他用作品赞颂故土的一切,用作品探索故土人们生命的形态,即"自然、自在、自为"(凌宇语),而《边城》的问世,意味着沈从文探索的趋于完善。《边城》之后,作者又写了一些探讨生命形式的作品,其中《长河》就继续着《边城》对自为生命形式的探索。文中老水手、夭夭、三黑子等人物身上,依旧保留了翠翠、傩送、老船夫的善良、纯朴与天真,且开始有了要求社会平等的渴求,他们已经摆脱对"天命"的依赖,想要自己把握自己的命运。

★**作者的话:**

作家的理想

我要的,已经得到了,名誉或认可,友谊和爱情,全部到了我的身边。我从社会和别人证实了存在的意义。可是不成,我似乎还有另外一种幻想,即从个人工作上证实个人希望所能达到的传奇。我准备创造一点纯粹的诗,与生活不相粘附的诗。情感上积压下来的一点东西,家庭生活并不能完全中和它消耗它,我需要一点传奇,一种出于不巧的痛苦体验,一分从我"过去"负责所必然发生的悲剧。换言之,即完美爱情生活并不能调整我的生命,还要用一种温柔的笔调来写爱情,写那种和我目前生活完全相反,然而与我过去情感又十分相近的牧歌,方可望使生命得到平衡。

《水云——我怎么创造故事,故事怎么创造我》(1942)

我的读者应是有理性的,而这点理性便基于对中国现社会变动有所关心,认识这个民族的过去伟大处和目前堕落处,各在那里很寂寞地从事于民族复兴大业的人。这作品或者只能给他们一点怀古的幽情,或者只能给他们一次苦笑,或者又将给他们一个噩梦,但同时说不定,也许尚能给他们一种勇气同信心!

《〈边城〉题记》(1934)

★**相关评论:**

在他成熟的时期,他对几种不同文体的运用,可说已到随心所欲的境界,计有玲珑剔透牧歌式的文体,里面的山水人物,呼之欲出,这是沈从文最拿手的文体,而《边城》是最完善的代表作。

夏志清《中国现代小说史》,台北:传记文学杂志社 1985/11

《边城》便是这样一部 idyllic 杰作。这里一切是谐和,光与影的适度配置,什么样人生活在什么样空气里,一件艺术作品,正要叫人看了不是艺术的,一切准乎自然,而我的明白,在这种自然的气势之下,藏着一个艺术家的心力。细致,然而绝不琐碎;真实,然而绝不教训;风韵,然而绝不弄姿;美丽,然而绝不做作。这不是一个大东西,然而这是一颗千古不磨的珠玉。在现代大都市病了的男女,我保险这是一付可口的良药。

> Idyllic,田园诗的

李健吾《咀华集·边城》,文化生活出版社 1936

《边城》融入了作者对湘西下层人民因不能自主把握自己人生命运,一代又一代继续着悲哀人生命运的认识,和自己生命从自在向自为途路中,遭受种种压抑的内心感慨。

凌宇《从边城走向世界》,北京三联书店 1985

这部作品以柔婉清淳的歌喉,引导人们从桃花源上溯七百里的酉水流域,谛视一种自然自在、野趣悠然的人生方式。

杨义《京派海派信任》,中国社会科学出版社 2003

鸭窠围的夜

散文《鸭窠围的夜》发表于1934年4月《文学》第二卷第4号,后收入《沈从文文集·湘行散记》(第9卷)。

作品写"我"在鸭窠围泊船过夜的见闻感想,贯穿着作者对湘西乡土的悲悯情怀。对鸭窠围的人事、风物、民俗等的描写繁复而不杂乱,鸭窠围的夜景静穆而神秘,吊脚楼景象奇异,形成一幅五光十色的画,带有浓厚的地域和民族特点。

<u>天快黄昏时落了一阵雪子,不久就停了。</u>天气真冷,在寒气中一切都仿佛结了冰。便是空气,也像快要冻结的样子。我包定的那一只小船,在天空大把撒着雪子时已泊了岸,从桃源县沿河而上这已是第五个夜晚。看情形晚上还会有风有雪,故船泊岸边时便从各处挑选好地方。沿岸除了某一处有片沙岨宜于泊船以外,其余地方全是黛色如屋的大岩石。石头既然那么大,船又那么小,我们都希望寻觅得到一个能做小船风雪屏障,同时要上岸又还方便的处所。凡是可以泊船的地方早已被当地渔船占去了。小船上的水手,把船上下各处撑去,钢钻头敲打着沿岸大石头,发出好听的声音,结果这只小船,还是不能不同许多大小船只一样,在正当泊船处插了篙子,把当作锚头用的石碇抛到沙上去,尽那行将来到的风雪,摊派到这只船上。

> 清丽的文字营造出静穆的境界

这地方是个长潭的转折处,两岸是高大壁立千丈的山,山头上长着小小竹子,长年<u>翠色逼人</u>。这时节两山只剩余一抹深黑,赖天空微明为画出一个轮廓。

> 边城也翠色逼人

旁批	正文

黄昏中奇异的吊脚楼景象

但在黄昏里看来如一种奇迹的,却是两岸高处去水已三十丈上下的吊脚楼。这些房子莫不俨然悬挂在半空中,借着黄昏的余光,还可以把这些稀奇的楼房形体,看得出个大略。这些房子同沿河一切房子有个共通相似处,便是从结构上说来,处处显出对于木材的浪费。房屋既在半山上,不用那么多木料,便不能成为房子吗?半山上也用吊脚楼形式,这形式是必须的吗?然而这条河水的大宗出口是木料,木材比石块还不值价。因此,即或是河水永远长不到处,吊脚楼房子依然存在,**自问自答,乐在其中喜形于色** 似乎也不应当有何惹眼惊奇了。但沿河因为有了这些楼房,长年与流水斗争的水手,寄身船中枯闷成疾的旅行者,以及其他过路人,却有了落脚处了。这些人的疲劳与寂寞是从这些房子中可以一律解除的。地方既好看,也好玩。

悲凉而平淡的生存背景:汤汤河水上的夜

河面大小船只泊定后,莫不点了小小的油灯,拉了篷。各个船上皆在后舱烧了火,用铁鼎罐煮红米饭,饭焖熟后,又换锅子熬油,哗的把菜蔬倒进热锅里去。一切齐全了,各人蹲在舱板上三碗五碗把腹中填满后,天已夜了。水手们怕冷怕冻的。收拾碗盏后,就莫不在舱板上摊开了被盖,把身体钻进那个预先卷成一筒又冷又湿的硬棉被里去休息。至于那些想喝一杯的,发了烟瘾得靠靠灯,船上烟灰又翻尽了的,或一无所为,只是不甘寂寞,好事好玩想到岸上去烤烤火谈谈天的,便莫不提了桅灯,或燃一段废缆子,摇晃着从船头跳上了岸,从一堆石头间的小路径,爬到半山上吊脚楼房子那边去,找寻自己的熟人,找寻自己的熟地。陌生人自然也有来到这条河中,来到这种吊脚楼房子里的时节,但一到地,在火堆旁小板凳上一坐,便是陌生人,即刻也就可以称为熟人乡亲了。

说"天已夜了"似乎比"天已黑了"更有人情味

这河边两岸除了停泊有上下行的大小船只三十左右以外,还有无数在日前趁融雪涨水放下形体大小不一的木筏。较小的木筏,上面供给人住宿过夜的棚子也不见,一到了码头,便各自上岸找住处去了。大一些的木筏呢,则有房屋,有船只,有小小菜园与养猪养鸡栅栏,还有女眷和小孩子。

黑夜占领了全个河面时,还可以看到木筏上的火光,吊脚楼窗口的灯光,以及上岸下船在河岸大石间飘忽动人的火炬红光。这时节岸上船上都有人说话,吊脚楼上且有妇人在黯淡灯光下唱小曲的声音,每次唱完一支小曲时,就有人笑嚷。**听觉描写一:小羊柔和的鸣叫,使人忧郁悲悯** 什么人家吊脚楼下有匹小羊叫,固执而且柔和的声音,使人听来觉得忧郁。我心中想着,"这一定是从别一处牵来的,另外一个地方,那小畜生的母亲,一定也那么固执地鸣着吧。"算算日子,再过十一天便过年了。"小畜生明不明白只能在这个世界上活过十天八天?"明白也罢,不明白也罢,这小畜生是为了过年而赶来,应在这个地方死去的。此后固执而又柔和的声音,将在我耳边永远不会消失。我觉得忧郁起来了。我仿佛触着了这世界上一点东西,看明白了这世界上一点东西,心里软和得很。

但我不能这样子打发这个长夜。我把我的想象,追随了一个唱曲时清中夹沙的妇女声音到她的身边去了。于是仿佛看到了一个床铺,下面是草荐,上面摊了一床用旧帆布或别的旧货做成脏而又硬的棉被,搁在床正中被单上面的是一个长方木托盘,盘中有一把小茶盏,一个小烟盒,一支烟枪,一块小石头,一盏灯。盘边躺着一个人在烧烟。唱曲子的妇人,或是袖了手捏着自己的膀子站在吃烟者的面前,或是靠在男子对面的床头,为客人烧烟。房子分两进,前面临街,地是土地，后面临河，便是所谓吊脚楼了。这些人房子窗口既一面临河，<u>可以凭了窗口呼喊河下船中人</u>，当船上人过了瘾，胡闹已够，下船时，或者尚有些事情嘱托，或有其他原因，一个晃着火炬停顿在大石间，一个便凭立在窗口，"大老你记着，船下行时又来。""好，我来的，我记着的。""你见了<u>顺顺</u>就说：会呢，完了；孩子大牛呢，脚膝骨好了。细粉带三斤，冰糖或片糖带三斤。""记得到，记得到，大娘你放心，我见了顺顺大爷就说：会呢，完了。大牛呢，好了。细粉来三斤，冰糖来三斤。""杨氏，杨氏，一共四吊七，莫错账！""是的，放心呵，你说四吊七就四吊七，年三十夜莫会要你多的！你自己记着就是了！"这样那样的说着，我一一都可听到，而且一面还可以听着在黑暗中某一处咩咩的羊鸣。我明白这些回船的人是上岸吃过"荤烟"了的。

我还估计得出，这些人不吃"荤烟"，上岸时只去烤烤火的，到了那些屋子里时，便多数只在临街那一面铺子里。这时节天气太冷，大门必已上好了，屋里一隅或点了小小油灯，屋中土地上必就地掘了浅凹火炉膛，烧了些树根柴块。火光煜煜，且时时刻刻爆炸着一种难于形容的声音。火旁矮板凳上坐有船上人，木筏上人，有对河住家的熟人。且有虽为天所厌弃还不自弃<u>年过七十的老妇人</u>，闭着眼睛蜷成一团蹲在火边，悄悄的从大袖筒里取出一片薯干或一枚红枣，塞到嘴里去咀嚼。有穿着肮脏，身体瘦弱的孩子，手擦着眼睛傍着火旁的母亲打盹。屋主人有才退伍的老军人，有翻船背运的老水手，有单身寡妇。藉着火光灯光，可以看得出这屋中的大略情形，三堵木板壁上，一面必有个供奉祖宗的神龛，神龛下空处或另一面，必贴了一些大小不一的红白名片。这些名片倘若有那些好事者加以注意，用小油灯照着，去仔细检查检查，便可以发现许多动人的名衔，军队上的连副、上士、一等兵，商号中的管事，当地的团总、保正；催租吏，以及照例姓滕的船主，洪江的木簰商人，与其他各行各业人物，无所不有。这是近一二十年来经过此地若干人中一小部分的题名录。这些人各用一种不同的生活，来到这个地方，且同样的来到这些屋子里，坐在火边或靠近床上，逗留过若干时间。这些人离开了此地后，在另一世界里还是继续活下去，但除了同自己的生活圈子中人发生关系以外，与一同在这个世界上其他的人，却仿佛便毫无关系可言了。他们如今也许早已死掉了：水淹死的，枪打死的，被外妻用砒霜谋杀的，然而这些名片却依然将好好的保留下去。也许有些人已成了富人名人，成了当地的小军阀，这些名片却仍然写着催租人，上士等等的衔头。……除了这些名片，那屋子里是不是还有比它更引人注意的东西呢？锯子，小捞兜，香烟大画片，装干栗子的口袋，……

提起这些问题时使人心中很激动。我到船头上去眺望了一阵。河面静静的，木筏上火光小了，船上的灯光已很少了，远近一切只能借着水面微光看出个大略情形。另外一处的吊脚楼上，又有了妇人唱小曲的声音，灯光摇摇不定，<u>且有猜拳声音</u>。我估计那些灯光同声音所在处，不是木筏上的簰头在取乐，就是水手们小商人在喝酒。妇人手指上说不定还戴了水手特别为从常德府捎带来的镀金戒指，一面唱曲一面把那只手理着鬓角，多动人的一幅画图！我认识他们的哀乐，这一切我也有份。看他们在那里把每个日子打发下去，也是眼泪也是笑，离我虽那么远，同时又与我那么相近。这正同读一篇描写西伯利亚的农人生活动

听觉描写二：吊脚楼前的对答声，极富神韵

"顺顺"大概是湘西极普通的名字

有对话，有声音，生机盎然

吃"荤烟"：指玩女人

人物速写，古老而单调的生活

听觉描写三：唱小曲的声音，哀中取乐

人作品一样，使人掩卷引起无言的哀戚。我如今只用想象去领味这些人生活的表面姿态，却用过去一分经验，接触着了这种人的灵魂。

> 听觉描写四：远处的锣鼓声音，把人带回到遥远的过去

羊还固执地鸣着。远处不知什么地方有锣鼓声音，那一定是某个人家禳土酬神还愿巫师的锣鼓。声音所在处必有火燎与九品蜡照耀争辉。眩目火光下必有头包红布的老巫师独立作旋风舞，门上架上有黄钱，平地有装满了谷米的平斗。有新宰的猪羊伏在木架上，头上插着小小五色纸旗。有行将为巫师用口把头咬下的活公鸡，缚了双脚与翼翅，在土坛边无可奈何的躺卧。主人锅灶边则热了满锅猪血稀粥，灶中正火光熊熊。

> 联想翩翩地进行描写

邻近一只大船上，水手们已静静的睡下了，只剩余一个人吸着烟，且时时刻刻把烟管敲着船舷。也像听着吊脚楼的声音，为那点声音所激动，引起种种联想，忽然按捺自己不住了，只听到他轻轻的骂着野话，擦了支自来火，点上一段废缆，跳上岸往吊脚楼那里去了。他在岸上大石间走动时，火光便从船篷空处漏进我的船中。也是同样的情形吧，在一只装载棉军服向上行驶的船上，泊到同样的岸边，躺在成束成捆的军服上面，夜既太长，水手们爱玩牌的各蹲坐在舱板上小油灯光下玩天九，睡既不成，便胡乱穿了两套棉军服，空手上岸，藉着石块间还未融尽残雪返照的微光，一直向高岸上有灯光处走去。到了街上，除了从人家门罅里露出的灯光成一条长线横卧着，此外一无所有。在计算中以为应可见到的小摊上成堆的花生，用哈德门长方纸烟盒装着干瘪瘪的小橘子，切成小方块的片糖，以及在灯光下看守摊子把眉毛扯得极细的妇人（这些妇人无事可作时还会在灯光下做点针线），如今甚么也没有。既不敢冒昧闯进一个人家里面去，便只好又回转河边船上了。但上山时向灯光凝聚处走去，方向不会错误。下河时可糟了。糊糊涂涂在大石小石间走了许久，且大声喊着，才走近自己所坐的一只船。上船时，两脚全是泥，刚攀上船舷还不及脱鞋落舱，就有人在棉被中大喊："伙计哥子们，脱鞋呀！"把鞋脱了还不即睡，便镶到水手身旁去看牌，一直看到半夜，——十五年前自己的事，在这样地方温习起来，使人对于命运感到十分惊异。我懂得那个忽然独自跑上岸去的人，为什么上去的理由！

> 参见小说《柏子》

等了一会，邻船上那人还不回到他自己的船上来，我明白他所得的必比我多了一些。我想听听他回来时，是不是也像别的船上人，有一个妇人在吊脚楼窗口喊叫他。许多人都陆续回到船上了，这人却没有下船。我记起"柏子"。但是，同样是水上人，一个那么快乐的赶到岸上去，一个却是那么寂寞的跟着别人后面走上岸去，到了那些地方，情形不会同柏子一样，也是很显然的事了。

> 听觉描写五：长潭深夜捕鱼的声音，单纯而使人惆怅，庄严而神秘

为了我想听听那个人上船时那点推篷声音，我打算着，在一切声音全已安静时，我仍然不能睡觉。我等待那点声音。大约到午夜十二点，水面上却起了另外一种声音。仿佛鼓声，也仿佛汽油船马达转动声，声音慢慢的近了，可是慢慢的又远了。像是一个有魔力的歌唱，单纯到不可比方，也便是那种固执的单调，以及单调的延长，使一个身临其境的人，想用一组文字去捕捉那点声音，以及捕捉在那长潭深夜一个人为那声音所迷惑时节的心情，实近于一种徒劳无功的努力。那点声音使我不得不再从那个业已用被单塞好空罅的舱门，到船头去搜索它的来源。河面一片红光，古怪声音也就从红光一面掠水而来。原来日里隐藏在大岩下的一些小渔船，在半夜前早已静悄悄的下了拦江网。到了半夜，把一个从

船头伸在水面的铁兜，盛上燃着熊熊烈火的油柴，一面用木棒槌有节奏的敲着船舷各处漂去。身在水中见了火光而来与受了柝声吃惊四窜的鱼类，便在这种情形中触了网，成为渔人的俘虏。

一切光，一切声音，到这时节已为黑夜所抚慰而安静了，只有水面上那一分红光与那一派声音。那种声音与光明，正为着水中的鱼和水面的渔人生存的搏战，已在这河面上存在了若干年，且将在接连而来的每个夜晚依然继续存在。我弄明白了，回到舱中以后，依然默听着那个单调的声音。我所看到的仿佛是一种原始人与自然战争的情景。那声音，那火光，都近于原始人类的战争，把我带回到四五千年那个"过去"时间里去。

不知在甚么时候开始落了很大的雪，听船上人细语着，我心想，第二天我一定可以看到邻船上那个人上船时节，在岸边雪地上留下那一行足迹。那寂寞的足迹，事实上我却不曾见到，因为第二天到我醒来时，小船已离开那个泊船处很远了。

> 结尾以大雪唤起记忆和想象，一种单纯而忧伤的调子

★**编选者的话：**

除了小说，沈从文的散文创作成就也很高。其散文那种诗化的文体与诗意的抒情带有牧歌的特征，他常常将湘西的人生方式，通过景物印象与人事哀乐娓娓道来，真切而富有历史感，饱蕴作者的故乡情思与现实思考。

在散文中，作者继续营造他的"希腊神庙"。作者从水手与妓女的缠绵相恋中进行着爱欲即为生命、生命契合自然的人性的哲理思考，这种违背传统道德与伦理的思考，表现了沈从文独特的、原始主义的人性理想。地域性、民族性及人性仍是沈从文散文着力表现的主要方面。

沈从文散文呈现三个艺术特点，一是将眼前与过去的人事与风景融合一体进行叙写。二是以小说笔法写散文，穿插小说式的人物对话与细节、情节的描写，具有小说的情节与情境。三是写景多采用融情入景的手法，形成诗一般的意境。

★**作者的话：**

这……表面上虽只是涉笔成趣不加剪裁的一般性游记，其实每个篇章都于谐趣中有深一层感慨和寓意，……内中写的尽管只是沅水流域各个水码头及一只小船上纤夫水手等等琐细平凡人事得失哀乐，其实对于他们的过去和当前，都怀着不易行诸笔墨的沉痛和隐忧，预感到他们明天的命运——即这么一种平凡卑微生活，也不容易维持下去，终将受一种来自外部另一方面的巨大势能所摧毁。生命似异实同，结束于无可奈何情形中。

> 美好的人性常与野蛮粗陋缠杂

《散文选译·题记》，《沈从文散文精品文库》，四川文艺出版社 1998/2

我的作品稍稍异于同时代作家处，在一开始写作时，取材的侧重在写我的家乡，我生于斯长于斯的一条延长千里水路的沅水流域。对沅水和它的五个支流、十多个县份的城镇及几百个大小水码头给我留下的人事哀乐、景物印象，想试试作综合处理，看是不是能产生点散文诗的效果。

> 故乡给了沈从文写作上的激情和灵感

《沈从文散文选·题记》，《沈从文散文精品文库》，四川文艺出版社 1998/2

142　《中国现当代文学专题研究》作品讲评

★**相关评论：**

作品的诗化特点

　　沈从文的笔是彩笔，写出来的文章像画出来的画。画的是写意画，只几笔就点出韵味和神髓、轻妙而空灵。……沈从文的散文，则像顺流而下的船，不着一点气力，"轻舟已过万重山"。

司马长风《中国新文学史》（中）香港昭明出版社 1978

内心的乡土悲悯感使沈从文笔下的文字具有丰富的情感

　　这种由每个具体人生景象诱发的情绪，在《湘行散记》《湘西》中并非彼此独立的存在，而是源于作者内心更大的情感潮流，即作者对湘西从整体上拥有的乡土悲悯感。这种悲悯感产生作者对湘西社会演变的历史观照，又借历史回忆与现实人生的交织获得表现。……湘西人民是历代变动的牺牲品，同时又是被历史遗忘的对象。……当作者的笔触及到现实人生种种时，作者总是越过时间，以今会古，情感的音响在现实与历史的沟通中振荡。

凌宇《从边城走向世界》，北京三联书店 1985

其小说与散文的内在联系

　　那些借助于经验材料营造出的人物情境（小说），在重访更在记述重访的文字（散文）中被再度制作，……然而你不必太死心眼儿地将同一作者散文中所述与小说情节有关的事件，径直当作了小说的"本事"。古老的"本事"说已经可疑。……"本事"说尽管可疑，沈从文的这类散文却仍要与有关的小说并读……才更觉有味的。这样读着，你于领略沈从文的散文艺术的同时，也猜到了一点他作为小说家的材料运用：变形、改装。……他在此不过用了"鸭窠围的夜"这题目，将熟悉的情景与感喟编织成较整一而浑圆的"文章"罢了。

赵园《听夜》，《沈从文名作欣赏》，中国和平出版社 1993/6

抓住最有特点的景物进行传神描写

　　在《鸭窠围的夜》中，作者完全按照他记忆中的鸭窠围的夜的本来面目去写，一切都还带有"原料"意味，但把鸭窠围的夜那种安静中的嘈杂，那种悠然不尽的感觉写得惟妙惟肖，尤其是那河上河下人的对话，生活气息十分浓厚，小羊固执而柔和的声音，使作者永不能忘记，也使读者永不能忘记。一切都那么平常琐碎，一切都那么生动传神；一切都那么生活化，一切又都是那么富有诗意，这些都是得益于作者那自然的笔，可谓清水出芙蓉，天然去雕饰……

皮传荣《论沈从文散文的艺术个性》，《西南师范大学学报》1998/3

八骏图（节选）

　　《八骏图》发表于 1935 年 7 月《文学》，后收入《沈从文文集》（第 6 卷），是沈从文都市小说中的优秀短篇之一。

是其讽刺知识分子的代表作之一

　　《八骏图》写作家达士与其他七位专家同来青岛讲学与休假，"心灵皆不健全"，均患了性压抑、性变态的病症。通过达士讲学休假期间耳闻目睹的经历叙写，揭露大学教授们的伪善矫作，假正经与假道学。表面衣冠楚楚，文明儒雅，其实怯懦庸鄙无聊。

瑗瑗：

　　暑期学校按期开了学。在校长欢迎宴席上，他似庄似谐把远道来此讲学的称为"千里马"；一则是人人皆大名赫赫，二则是不怕路远。假若我们全是千里马，我们现在住处，便应当称为"马房"了！　　　　　　　"八骏"的由来

　　我意思与校长稍稍不同。我以为几个人所住的房子，应当称为"天然疗养院"，才名实相副。你信不信，这里的人从医学观点看来，皆好像有一点病。（在这里我真有个医生资格！）我不是说过我应当极力逃避那些麻烦我的人吗？可是，结果相反，三天以来同住的七个人，有六个人已同我很熟习了。我有时与他们中一个两个出去散步，有时他们又到我屋子里来谈天，在短短时期中我们便发生了很好的友谊。教授丁，丙，乙，戊，尤其同我要好。便因为这种友谊，我诊断他们都是病人。我说的一点不错，这不是笑话。这些教授中至少有两个人还有点儿疯狂，便是教授乙同教授丙。　　以书信的方式来叙述，自然，真实

文明压制欲望，使人疯狂

　　我觉得很高兴，到这里认识了这些人，从这些专家方面，学了许多应学的东西。这些专家年龄有的已经五十四岁，有的还只三十左右。正仿佛他们一生所有的只是专门知识，这些知识，有的同"历史"或"公式"不能分开，因此为人显得很庄严，很老成。但这就同人性有点冲突，有点不大自然。一个不到三十岁的小说作家，年龄同事业，从这些专家看来，大约应当属于"浪漫派"。正因为他们是"古典派"，所以对我这个"浪漫派"发生了兴味，发生了友谊。我相信我同他们的谈话，一面在检察他们的健康，一面也就解除了他们的"意结"。这些专家有的儿女已到大学三年级，早在学校里给同学写情书谈恋爱了，然而本人的心，真还是天真烂漫。这些人虽富于学识，却不曾享受过什么人生。便是一种心灵上的欲望，也被抑制着，堵塞着。我从这儿得到一点珍贵知识，原来十多年大家叫喊着"恋爱自由"这个名词，这些过渡人物所受的刺激，以及在这种刺激之下，藏了多少悲剧，这悲剧又如何普遍存在。瑗瑗，你以为我说的太过分了是不是？我将把这些可尊敬的朋友神气，一个一个慢慢的写出来给你看。　　结果产生悲剧

　　　　　　　　　　　　　　　　　　　　　　　　达士

　　教授甲把达士先生请到他房里去喝茶谈天，房中布置在达士先生脑中留下那么一些印象：

　　房中小桌上放了张全家福的照片，六个胖孩子围绕了夫妇两人。太太似乎很肥胖。

　　白麻布蚊帐里，有个白布枕头，上面绣着一点蓝花。枕旁放了一个旧式扣花抱兜。一部《疑雨集》，一部《五百家香艳诗》。大白麻布蚊帐里挂一幅半裸体的香烟广告美女画。　　速写：幸福家庭与非分之想

有意味的细节描写

　　窗台上放了个红色保肾丸小瓶子，一个鱼肝油瓶子，一贴头痛膏。　　蒙太奇手法：海边浴女镜头

　　教授乙同达士先生到海边去散步。一队穿着新式浴衣的青年女子迎面而

来,擦身走过。教授乙回身看了一下几个女子的后身,便开口说:

"真稀奇,这些女子,好象天生就什么事都不必做,就只那么玩下去,你说是不是?"

"……"

"上海女子全象不怕冷。"

"……"

意识流手法:话题转换

"宝隆医院的看护,十六元一月,新新公司的售货员,四十块钱一月。假若她们并不存心抱独身主义,在货台边相攸的机会,你觉不觉得比病房中机会要多一些?"

"……"

以上全都关乎女人

"我不了解刘半农的意思,女子文理学院的学生全笑他。"

走到沙滩尽头时,两人便越马路到了跑马场。场中正有人调马。达士先生想同教授乙穿过跑马场,由公园到山上去。教授乙发表他的意见,认为那条路太远,海滩边潮水尽退,倒不如湿沙上走走有意思些。于是两人仍回到海滩边。

达士先生说:

"你怎不同夫人一块来?家里在河南,在北京?"

"……"

一连串发问,击中对方性压抑的要害

"小孩子读书实在也麻烦,三个都在南开吗?"

"……"

"家乡无土匪倒好。从不回家,其实把太太接出来也不怎么费事;怎么不接出来?"

"……"

可以比较鲁迅《肥皂》中四铭的意淫与伪道

"那也很好,一个人过独身生活,实在可以说是洒脱、方便。但是,有时候不寂寞吗?"

"……"

"你觉得上海比北平好?奇怪。一个二十来岁的人,若想胡闹,应当称赞上海。若想念书,除了北平往哪里走。你觉得上海可以——"

那一队青年女子,恰好又从浴场南边走回来。其中一个穿着件红色浴衣,身材丰满高长,风度异常动人,赤着两只脚,经过处,湿沙上便留下一列美丽的脚印。教授乙低下头去,从女人一个脚印上拾起一枚闪放珍珠光泽的小小蚌螺壳,用手指轻轻的很情欲的拂拭着壳上粘附的沙子。

蚌具隐喻义。极度意淫

"达士先生,你瞧,海边这个东西真美丽。"

达士先生不说什么,只是微笑着,把头掉向海天一方,眺望着天际白帆与烟雾。

欲擒故纵:让丙大谈精神恋爱故事

哲学教授丙,从住处附近山中散步回到宿舍,差役老王在门前交给他一个红喜帖,"先生,有酒喝!"教授丙看看喜帖是上海×先生寄来的。过达士先生房中谈闲天时,就说起×先生。

"达士先生,您写小说我有个故事给您写。民国十二年,我在杭州××大学教书,与×先生同事。这个人您一定闻名已久。这是个从五四运动以来过了好一阵戏剧性热闹日子的人物!这×先生当时住在西湖边上,租了两间小房子,与一个姓×的爱人同住。各自占据一个房间,各自有一铺床。两人日里共同吃饭,共同散步,共同作事读书,只是晚上不共同睡觉。据说这个叫作"精神恋爱"。×先生为了阐发这种精神恋爱的好处,同时还著了一本书,解释它,提倡它。性行为在社会引起纠纷既然特别多,性道德又是许多学者极热烈高兴讨论的问题。当时倘若有只公鸡,在母鸡身边,还能作出一种无动于衷的阉鸡样子,也会为青年学者注意。至于一个男人,能够如此,自然更引人注意,成为不起的一件大事了。社会本是那么一个凡事皆浮在表面上的社会,因此×先生在他那份生活上,便自然有一种伟大的感觉,日子过得仿佛很充实。分析一下,也不过是佛教不净观,与儒家贞操说两种鬼在那里作祟罢了。 〖自画像〗

"有朋友问×先生,你们过日子怪清闲,家里若有个小孩,不热闹些吗?×先生把那朋友看得很不在眼似的说,嗨,先生,你真不了解我。我们恋爱哪里象一般人那种兽性;你真是——有眼不识泰山。你没看过我那本书吗?他随即送了那朋友一本书。 〖道貌岸然〗

"到后丈母娘从四川远远的跑来了,两夫妇不得不让出一间屋子给丈母娘住。两人把两铺床移到一个房中去,并排放下。另一朋友知道了这件事,就问他,×先生如今主张变了吧?×先生听到这种话,非常生气的说,哼,你把我当成畜生!从此不再同那个朋友来往。 〖假道学〗

"过了一年,那丈母娘感觉生活太清闲,那么过日子下去实在有点寂寞,希望作外祖母了。同两夫妇一面吃饭,一面便用说笑话口气发表意见,以为家中有个小孩子,麻烦些同时也一定可以热闹些。两夫妇不待老母亲把话说完,同声齐嚷起来:娘,你真是无办法。怎不看看我们那本书?两夫妇皆把丈母娘当成老顽固,看来很可怜。以为没受过高等教育的人,除了想儿女为她养孩子含饴弄孙以外,真再也没有什么高尚理想可言! 〖充分铺垫〗

〖含饴弄孙:含着饴糖逗小孙子〗

"再过一阵,女的害了病,害了一种因贫血而起的某种病。×先生陪她到医生处去诊病。医生原认识两人,在病状报告单上称女的为××太太,两夫妇皆不高兴,勒令医生另换一纸片,改为×小姐。医生一看病人,已知道了病因所在,是在一对理想主义者,为了那点违反人性的理想把身体弄糟了。要它好,简便得很。医生有作医生的义务,就老老实实把意见告给×先生。×先生听完,一句话不说,拉了女的就走。女的还不明白是怎么回事。×先生说,这家伙简直是一个流氓,一个疯子,哪里配作医生。后来且同别人说,这医生太不正经,一定靠卖春药替人堕胎讨生活。我要上衙门去告他。公家应当用法律取缔这种坏蛋,不许他公然在社会上存在,才是道理。 〖病因何在?〗

〖对比湘西世界性爱的活泼、自由、健康、明朗,都市中被理念压抑的大学教授显得孱弱、阴暗、畸形、虚假萎缩〗

"于是女人另换医生服中药,贝母当归煎剂吃了无数,延缠半年,终于死去了。×先生在女的坟头立了个纪念碑,石上刻字:我们的恋爱,是神圣纯洁的恋爱!当时的社会是不大吝惜同情的,自然承认了这件事。凡朋友们不同意这件事的,×先生就觉得这朋友很卑鄙龌龊,不了解人间恋爱可以作到如何神圣纯洁与美丽,永远不再同那朋友往来。

"今天我却接到这个喜帖,才知道原来×先生八月里在上海又要同上海交际花结婚了,有意思。潮流不同了,现在一定不再坚持那个了。" 〖怎么来了个180度的大转弯?很有讽刺意味〗

达士先生听完了这个故事,微笑着问教授丙:

	"丙先生,我问您,您的恋爱观怎么样?"
	教授丙把那个红喜帖折叠成一个老猪头。
	"我没有恋爱观。我是个老人了,这些事应当是儿女们的玩意儿了。"
口是心非一:关注爱神照片	达士先生房中墙壁上挂了个希腊爱神照片,教授丙负手看了又看,好像想从那大理石胴体上凹下处凸出处寻觅些什么,发现些什么。到把目光离开相片时,忽然发问:
口是心非二:反复询问漂亮女生	"达士先生,您班上有个杨秀清,是不是?"
	"真有这样一个人。您怎么认识她?这个女孩子真是班上顶美……"
	"她是我的内侄女。"
	"哦,你们是亲戚!"
	"这孩子还聪敏,书读得不坏,"说着,教授丙把视线再度移到墙头那个照片上去,心不在焉的问道:"达士先生,这照片是从希腊人的雕刻照下的吗?"这种询问似乎不必回答,达士先生很明白。
各自心怀鬼胎	达士先生心想,"丙先生倒有眼睛,认识美。"不由得不来一个会心微笑。
	两人于是同时皆有一个苗条圆熟的女孩子影子,在印象中晃着。

★编选者的话:

另外还有"写实故事"和"浪漫传奇"	"讽刺小说"是沈从文小说三种基本形态和文体结构之一。都市人生与湘西乡村的对立互参是沈从文创作的总体指向。这篇作品是嘲讽、抨击现代都市"上等人"所谓"文明"的讽刺小说的代表。作品用批判现实主义的创作方法,抓住被揭露对象的精神病态以及由精神病态而产生的可笑言行,对现代文明中的上层人物进行辛辣的嘲讽与抨击。
文体特点	
对比手法	沈从文善于抓住人物自身思想与行为、文明社会的道德理性与人的自然本性的矛盾心态进行如实叙写或白描,通过叙述方式和视角的不断转换加上书信、日记、电报及对话的巧妙穿插,使全篇呈现出典型的京派精巧讽刺风格。儿女成行的教授在床里挂着半裸体的广告美女画,宣布不愿结婚的教授大谈以前主张"精神恋爱"的同事拜倒在上海交际花的石榴裙下,如此等等,不一而足。这些教授生活在文明和学识的世界里,心灵上的欲望被抑制和堵塞,但又不愿卸下文明的衣冠,以冠冕堂皇的人生哲学作虚伪的遮掩。
可参阅丁西林、李健吾的话剧	
对比湘西人的性爱观	
切入角度	沈从文从人性的缺失、人性的冲突入手,从性爱的角度切入,一一展示这些知识精英的灵魂,揭示出自以为深得现代文明真谛的高等知识者,也阻挡不住性爱的隐隐涌动,并用"习惯"、"道德"种种绳索捆绑自己,以理性压制自己,以至最后人格分裂、精神变态、人性扭曲。
城乡对立立场及终极理想	自称"乡下人"的沈从文始终是站在原始荒蛮的湘西人性世界的立场上,对现代都市文明及传统文化予以否定的。对于他而言,性爱即是人的生命存在,生命意识的符号,只有返朴归真,才能求得人性和谐。只有人性复归,才能实现人的重造和民族的重造。

★作者的话:

创作动机	活在中国作一个人并不容易,尤其是活在读书圈儿里,大多数人都十分懒

惰、拘谨、小气,又全都是营养不足,睡眠不足,生殖力不足:这种人数目既多,自然而然会产生一个观念,就是不大追问一件事情的是非好坏,"自己不作算聪明,别人作来却嘲笑"的观念。这种观念普遍存在,适用到一切人事上,同时还适用到文学上。这观念反映社会与民族的堕落,憎恶这种近于被阉割过的寺宦观念,应当是每个有血性的青年人的感觉。

> 生殖力:生命活力的标志

> 阉寺病相对于血性

《八骏图题记》,《沈从文批评文集》,珠海出版社 1998/10

★相关评论:

环境和命运在嘲笑达士先生,而作者也在捉弄他这位知识阶级人物。"这自以为医治人类灵魂的医生(他是一位小说家),以为自己心身健康。""写过了一种病(传奇式的性追求),就永远不至于再传染了!"——一个永久治愈不了的伤口,灵魂的伤口。这种藏在暗地嘲弄的心情,主宰《八骏图》整个进行,却不是《边城》的主调。

> 运用心理讽刺

李健吾《边城》,《李健吾批评文集》,珠海出版社 1998/10

自十八世纪启蒙主义大师卢梭开始,文明与道德的二律背反就引起人类的焦虑,《八骏图》所反映的正是人类脱离童年而进入更年期的人性苦恼。

> 时代使然

杨义《中国现代小说史》(第二卷),人民文学出版社 1986/9

小说《八骏图》是描写和讽刺这类恋爱神圣论者最精彩的作品。小说中的"八骏"都是城市文化培育出的精神贵族。他们在观念上恪守精神恋爱的圣洁,视情欲为亵渎和兽性,在情感上却难以抑制情欲冲动。理智和情感的冲突,观点和行为的矛盾,折磨扭曲了他们的身心,使其变成精神萎靡没有生命的"阉寺",并由此生出"寺宦观念",造成病态的都市文化。

> 批判传统文化与现代文明中的"阉寺"性

韩立群《沈从文:中国现代文化的反思》,天津人民出版社 1994/9

沈从文是从社会文明的进步与道德的退步,即历史主义与伦理主义二律背反的角度透视都市病态的。在世界文学史上,处于文化转型期的西方作家,从处于文明程度滞后,尚未被"现代文明"异化的民族那里,发现着野性的生命强力及不受现代社会秩序与观念束缚的人性自然与生命自由,并以此返照现代社会人性的萎靡及生命活力的退化,以及上流社会的堕落与无耻。在这方面,沈从文对都市上流社会的观照,恰恰是对这一世界文学潮流的呼应。

> 城乡二元对立视角,具有世界性意义

凌宇《沈从文创作的思想价值论》,《文学评论》2002/6

文献索引:

1. **沈从文作品集要目**

《沈从文小说选集》,人民文学出版社 1957
《沈从文短篇小说选》,香港文教出版社 1978
《从文小说选》,香港时代图书有限公司 1980
《从文散文选》,香港时代图书有限公司 1980
《沈从文散文选》,湖南人民出版社 1981

《沈从文小说选》,湖南人民出版社 1981
《沈从文小说选》(1—2),人民文学出版社 1982
《沈从文散文选》,人民文学出版社 1982
《沈从文文集》(1—12),花城出版社、香港三联书店 1982—1984
《沈从文选集》(1-5),四川人民出版社 1983
《神巫之爱》(小说、散文集),花城出版社 1983
《凤凰》(小说散文集),文化艺术出版社 1986
《沈从文代表作》(小说、散文集),黄河文艺出版社 1987
《从文自传》,人民文学出版社 1981/12
《沈从文别集》(20种),岳麓书社 1992/12
《沈从文散文精品文库》(4种),四川文艺出版社 1998
《沈从文全集》(32卷),北岳文艺出版社 2002/12

2. 沈从文研究要目

凌　宇:《从边城走向世界》,北京:生活·读书·新知三联书店 1985
凌　宇《沈从文传》,北京十月文艺出版社 1988/10
邵华强编《沈从文研究资料》,花城出版社 1991
吴立昌《"人性的治疗者"沈从文传》,上海文艺出版社 1993/12
赵　园《沈从文名作欣赏》,中国和平出版社 1993/6
韩立群《沈从文:中国现代文化的反思》,天津人民出版社 1994/9
向成国《回归自然与追寻历史:沈从文与湘西》,湖南师范大学出版社 1997/7
王润华(新加坡),《沈从文小说新论》,学林出版社 1998
金介甫(美)《沈从文传》,中国友谊出版公司 2000/1
吕　慈《论沈从文》,《浊流》第 3 期(1931/5)
高　植《〈边城〉的英译》,《大公报·文艺》(天津)1933/2/3
苏雪林《沈从文论》,《文学》3 卷 3 期(1934/9)
周同愈《沈从文的短篇小说》,《新中华》3 卷 7 期(1935/4)
刘西渭《〈边城〉与〈八骏图〉》,《文学季刊》2 卷 3 期(1935/9)
李影心《评〈八骏图〉》,《国闻周报》1936/5/18
毕树堂《评〈从文自传〉》《大公报·文艺》(天津)1936/2/3
贺玉波《沈从文作品评价》,《中国现代作家论》(第二卷)上海大华书局 1936
冈本隆三(日)《沈从文论》,《中国文学》(日文)第 96 期(1946/6)
冈崎俊夫(日)《风俗画与老舍与沈从文》,《中国语文杂志》(日文)6 卷 4—6 期(1951/6)
普林斯·安东尼·杰(美)《沈从文的生平和作品》,悉尼出版社 1968
金克利·杰弗里·卡罗(美)《沈从文眼中的民国》,哈佛出版社 1976
金介甫(美)《沈从文论》,《钟山》1980/4
凌　宇《沈从文小说的倾向性和艺术特色》,《中国现代文学研究丛刊》1980/3
黄永玉《太阳下的风景》,《花城》1980/5
朱光潜《从沈从文先生的人格看他的文艺风格》,《花城》1980/5
汪曾祺《沈从文和他的〈边城〉》,《芙蓉》1981/2
吴立昌《沈从文的"浮沉"与现代文学研究》,《复旦学报》1981/2
凌　宇《从〈边城〉到〈长河〉》,《花城》1981/2
吴立昌《论沈从文笔下的人性美》,《文艺论丛》第 17 辑。
侯达航《略论沈从文短篇小说的开头和结尾》,《新文学论丛》1982/1

李恺玲《不露声色的鞭笞》,《江汉论坛》1982/7
凌　宇《从特异世界探索美的艺术》,《读书》1982/6
凌　宇《〈沈从文散文选〉编后记》,《沈从文小说选》,人民文学出版社 1982
董　易《自己走出来的路子》,《中国现代文学研究丛刊》1983/2
朱光潜《关于沈从文同志的文学成就历史将会重新评价》,《湘江文学》1983/1
李旦初《爱的颂歌 美的旋律》,《名作欣赏》1983/2
赵福生《论沈从文的湘西小说》,《中国现代文学研究丛刊》1985/1
赵　园《沈从文构筑的"湘西世界"》,《文学评论》1986/6
金介甫(美)《沈从文与中国现代文学的地域色彩》,台湾《联合文学》1987/27
王晓明《"乡下人"的文体与"土绅士"的理想》,《潜流与旋涡》中国社会科学出版社 1991/10
张新颖《论沈从文:从一九四九年起》,《上海文学》1998/2
王友光《穿越城市文明的三次精神怀乡》,《中国现代文学研究丛刊》1998/4
张新颖《从"抽象的抒情"到"呓语狂言"》,《当代作家评论》2001/5
凌　宇《沈从文创作的思想价值论》,《文学评论》,2002/6
杨瑞仁《域外学者关于沈从文与世界文学比较研究述略》,《文学评论》2002/12

(唐旭君　申　燕)

张爱玲小说三篇

张爱玲,原名张瑛。祖籍河北丰润,1920年出生于上海。祖父张佩纶系晚清名臣,祖母李菊耦系李鸿章之女。<u>早年父母离异,母亲出国留学</u>。张爱玲的文化教养既有满清贵族的豪华,又接受了西洋文化,少年时代即表现出早熟的文学才华。1938年参加伦敦大学远东区入学考试得第一名,因战争未能赴英。1939年入读香港大学文科。1942年插班入圣约翰大学文科四年级就读。1943年开始作家生涯。1944年小说集《传奇》和散文集《流言》先后出版,名躁上海文学界。1952年赴香港,1955年离港赴美。1995年9月逝世于美国洛杉矶租用的公寓。

> 母亲黄逸梵(素琼)系原南京长江水师提督黄军门之孙女

张爱玲的小说以她叙述特有的生存"苍凉"及语言华美哀婉,在20世纪40年代的上海文坛堪称独步,也是现代文学史上具有独特个性和艺术风格的少数女作家之一。

沉香屑 第一炉香(节选)

《沉香屑 第一炉香》1943年4月发表于上海《紫罗兰》杂志,后收入《传奇》,是她开始作家生涯的第一篇小说。

作品叙述的是上海的女中学生葛薇龙"八一三"后随家人一起到香港避难,后因物价飞涨,家人离港返沪,葛薇龙为了继续求学投靠了一个断绝亲戚关系多年的、拥有巨额财产并寡居的亲姑母梁太太。在姑母那豪华、精巧的豪宅里,葛薇龙开始为姑母的物质款待所俘虏,在"假做真来假亦真,真作假时真亦假"的游戏氛围中,成为姑母勾住那些对她不再感兴趣的男人的色饵。在姑母指导下,葛薇龙最终和华侨花花公子乔其结了婚。她整天不是替乔其弄钱,就是为姑母弄人,变成了家庭里的高级交际花,甚至自嘲为娼妓。

> 以讲故事的方式开始叙述

请您寻出家传的霉绿斑斓的铜香炉,点上一炉沉香屑,听我说一支战前香港的故事。您这一炉沉香屑点完了,我的故事也该完了。

> 薇龙眼中的姑母的家

在故事的开端,葛薇龙,一个极普通的上海女孩子,站在半山里一座大住宅的走廊上,向花园里远远望过去。薇龙到香港来了两年了,但是对于香港山头华贵的住宅区还是相当的生疏。这是第一次,她到姑母家里来。姑母家里的花园不过是一个长方形的草坪,四周绕着矮矮的白石卐字栏杆,栏杆外就是一片荒山。这园子仿佛是乱山中凭空擎出的一只金漆托盘。园子里也有一排修剪得齐齐整整的长青树,疏疏落落两个花床,种着艳丽的英国玫瑰,都是布置谨严,一丝不乱,就像漆盘上淡淡的工笔彩绘。草坪的一角,栽了一棵小小的杜鹃花,正在开着,花朵儿粉红里略带些黄,是鲜亮的虾子红。墙里的春天,不过是虚应个景儿,谁知星星之火,可以燎原,墙里的春延烧到墙外去,满山轰轰烈烈开着野杜鹃,那灼灼的红色,一路摧枯拉朽烧下山坡去了。杜鹃花外面,就是那浓蓝的海,海里泊着白色的大船。这里不单是色彩的强烈对照给予观者一种眩晕的不真实的感觉——处处都是对照;各种不调和的地方背景,时代气氛,全是硬生生地给搀揉在一起,造成一种奇幻的境界。

这里的春天和色彩都有一种生命力的动感

不真实感,一种主导性的情绪

　　山腰里这座白房子是流线型的,几何图案式的构造,类似最摩登的电影院。然而屋顶上却盖了一层仿古的碧色琉璃瓦。玻璃窗也是绿的,配上鸡油黄嵌一道窄红边的框。窗上安着雕花铁栅栏,喷上鸡油黄的漆。屋子四周绕着宽绰的走廊,当地铺着红砖,支着巍峨的两三丈高一排白石圆柱,那却是美国南部早期建筑的遗风。从走廊上的玻璃门里进去是客室,里面是立体化的西式布置,但是也有几件雅俗共赏的中国摆设,炉台上陈列着翡翠鼻烟壶与象牙观音像,沙发前围着斑竹小屏风,可是这一点东方色彩的存在,显然是看在外国朋友们的面上。英国人老远的来看看中国,不能不给点中国给他们瞧瞧。但是这里的中国,是西方人心目中的中国,荒诞,精巧,滑稽。

色彩斑斓,描写精巧、典雅、富贵。这是张爱玲小说修辞的特点

杂糅的香港

　　葛薇龙在玻璃门里瞥见她自己的影子——她自身也是殖民地所特有的东方色彩的一部分,她穿着南英中学的别致的制服,翠蓝竹布衫,长齐膝盖,下面是窄窄的裤脚管,还是满清末年的款式;把女学生打扮得像赛金花模样,那也是香港当局取悦于欧美游客的种种设施之一。然而薇龙和其他的女孩子一样的爱时髦,在竹布衫外面加上一件绒线背心,短背心底下,露出一大截衫子,越发觉得非驴非马。

赛金花:清末名妓

　　薇龙对着玻璃门扯扯衣襟,理理头发。她的脸是平淡而美丽的小凸脸,现在,这一类的"粉扑子脸"是过了时了。她的眼睛长而媚,双眼皮的深痕,直扫入鬓角里去。纤瘦的鼻子,肥圆的小嘴。也许她的面部表情稍嫌缺乏,但是,惟其因为这呆滞,更加显出那温柔敦厚的古中国情调。她对于她那白净的皮肤,原是引为憾事的,一心想晒黑它,使它合于新时代的健康美的标准。但是她来到香港之后,眼中的粤东佳丽大都是橄榄色的皮肤。她在南英中学读书,物以希为贵,倾倒于她的白的,大不乏人;曾经有人下过这样的考语:如果湘粤一带深目削颊的美人是糖醋排骨,上海女人就是粉蒸肉。薇龙端详着自己,这句"非礼之言"蓦地兜上心来。她把眉毛一皱,掉过身子去,将背倚在玻璃门上。

女人的肉性,强调了"娼"的色彩

　　姑母这里的娘姨大姐们,似乎都是俏皮人物,糖醋排骨之流,一个个拖着木屐,在走廊上踢托踢托地串来串去。这时候便听到一个大姐娇滴滴地叫道:"睇睇,客厅里坐的是谁?"睇睇道:"想是少奶娘家的人。"听那睇睇的喉咙,想必就是适才倒茶的那一个,长脸儿,水蛇腰;虽然背后一样的垂着辫子,额前却梳了虚笼笼的鬓头。薇龙肚里不由得纳罕起来,那"少奶"二字不知指的是谁?没听说姑母有子嗣,哪儿来的媳妇?难不成是姑母?姑母自从嫁了粤东富商梁季腾做第四房姨太太,就和薇龙的父亲闹翻了,不通庆吊,那时薇龙还没出世呢。但是常听家人谈起,姑母年纪比父亲还大两岁,算起来是年逾半百的人了,如何还称少奶,想必那女仆是伺候多年的旧人,一时改不过口来?正在寻思,又听那睇睇说道:"真难得,我们少奶起这么一大早出门去!"那一个鼻里哼了一声道:"还不是

从场景到语气都令人想起林黛玉初进大观园时的情景

为不守妇道铺垫

庆吊:红白喜事

青春苦短,红颜难留

乔家十三少爷那鬼精灵,说是带她到浅水湾去游泳呢!"睇睇哦了一声道:"那,我看今儿指不定什么时候回来呢。"那一个道:"可不是,游完水要到丽都去吃晚饭,跳舞。今天天没亮就催我打点夜礼服,银皮鞋,带了去更换。"睇睇悄悄地笑道:"乔家那小子,怄人也怄够了!我只道少奶死了心,想不到他那样机灵人,还是跳不出她的手掌心去!"那一个道:"罢了!罢了!少嚼舌头,里面有人。"睇睇道:"叫她回去吧。白叫人家呆等着,作孽相!"那一个道:"理她呢!你说是少奶娘家人,想必是<u>打抽丰</u>的,我们应酬不了那么多!"睇睇半天不做声,然后细着嗓子笑道:"还是打发她走吧,一会儿那修钢琴的俄罗斯人要来了。"那一个听了,格格地笑了起来,拍手道:"原来你要腾出这间屋子来和那亚历山大·阿历山杜维支鬼混!我道你为什么忽然婆婆妈妈的,一片好心,不愿把客人干搁在这里。果然里面大有道理。"睇睇赶着她便打,只听得一阵劈啪,那一个尖声叫道:"君子动口,小人动手!"<u>睇睇也嗳唷连声道:"动手的是小人,动脚的是浪蹄子!……你这蹄子,真踢起人来了!真踢起人来了!"</u>一语未完,门开处,一只朱漆描金折枝梅的玲珑木屐的溜溜地飞了进来,不偏不倚,恰巧打中薇龙的膝盖,痛得薇龙弯了腰直揉腿。再抬头看时,一个黑里俏的丫头,金鸡独立,一步步跳了进来,踏上那木屐,扬长自去了,正眼也不看薇龙一看。

薇龙不由得生气,再一想:"阎王好见,小鬼难当。""在他檐下过,怎敢不低头?"这就是求人的苦处。看这光景,今天是无望了,何必赖在这里讨人厌?只是我今天大远的跑上山来,原是扯了个谎,在学校里请了假来的,难道明天再逃一天学不成?明天又指不定姑母在家不在。这件事,又不是电话里可以约好面谈的!踌躇了半响,方道:"走就走罢!"出了玻璃门,迎面看见那睇睇斜倚在石柱上,搂起裤脚来捶腿肚子,踢伤的一块还有些红红的。那黑丫头在走廊尽头探了一探脸,一溜烟跑了。睇睇叫道:"睨儿你别跑!我找你算账!"睨儿在那边笑道:"我哪有那么多的工夫跟你胡闹?你爱动手动脚,等那俄国鬼子来跟你动手动脚好了。"睇睇虽然喃喃骂着小油嘴,也撑不住笑了;掉转脸来瞧见薇龙,便问道:"不坐了?"薇龙含笑点了点头道:"不坐了,改天再来;难为你陪我到花园里去开一开门。"

两人横穿过草地,看看走近了那盘花绿漆的小铁门。香港地气潮湿,富家宅第大都建筑在三四丈高的石基上,因此出了这门,还要爬下螺旋式的百级台阶,方才是马路。睇睇正在抽那门闩,底下一阵汽车喇叭响,睨儿不知从哪儿钻了出来,斜刺里掠过薇龙睇睇二人,噔噔噔跑下石级去,口里一路笑嚷:"少奶回来了!少奶回来了!"<u>睇睇耸了耸肩冷笑道:"芝麻大的事,也值得这样舍命忘身的,抢着去拔个头筹!一般是奴才,我却看不惯那种下贱相!"</u>一扭身便进去了。丢下薇龙一个人呆呆站在铁门边;她被睨儿乱哄哄这一搅,心里倒有些七上八下的发了慌。<u>扶了铁门望下去,汽车门开了,一个娇小个子的西装少妇跨出车来,一身黑,黑草帽檐上垂下绿色的面网,面网上扣着一个指甲大小的绿宝石蜘蛛,在日光中闪闪烁烁,正爬在她腮帮子上,一亮一暗,亮的时候像一颗欲坠未坠的泪珠,暗的时候便像一粒青痣。</u>那面网足有两三码长,像围巾似的兜在肩上,飘飘拂拂。开车的看不清楚,似乎是个青年男子,伸出头来和她道别,她把脖子一僵,就走上台阶来了。<u>睨儿早满面春风迎了上去问道:</u>"乔家十三少爷怎么不上来喝杯啤酒?"那妇人道:"谁有空跟他歪缠?"睨儿听她声气不对,连忙收起

旁注:
- 打抽丰:假借某种名义向别人索取财物。也说"打秋风"
- 犹如大观园中丫环们的打闹
- 贾府的奴才也是这般相互作践
- 现代王凤姐的富贵、华丽。有派!
- 一个"早"字尽得红楼遗风

笑容,接过她手里的小藤箱,低声道:"可该累着了!回来得倒早!"那妇人回头看汽车已经驶开了,便向地上重重地啐了一口,骂道:"去便去了,你可别再回来!我们是完了!"睨儿看她是真动了大气,便不敢再插嘴。那妇人瞅了睨儿一眼,先是不屑对她诉苦的神气,自己发了一会愣,然后鼻子里酸酸地笑了一声道:"睨儿你听听,巴巴的一大早请我到海边去,原来是借我做幌子呢。他要约玛琳赵,她们广东人家规矩严,怕她父亲不答应,有了长辈在场监督,赵家的千金就有了护身符。他打的这种主意,亏他对我说得出口!"睨儿忙不迭跌脚叹息,骂姓乔的该死。那妇人且不理会她,透过一口气来接下去说道:"我替人拉拢是常事,姓乔的你不该不把话说明白了,作弄老娘。老娘眼睛里瞧过的人就多了,人人眼睛里有了我就不能有第二个人。唱戏唱到私订终身后花园,反正轮不到我去扮奶妈!吃酒,我不惯做陪客!姓乔的你这小杂种,你爸爸巴结英国人弄了个爵士衔,你妈可是来历不明的葡萄牙婊子,澳门摇摊场子上数筹码的。你这猴儿崽子,胆大包天,到老娘面前捣起鬼来了!"一面数落着,把面纱一掀,掀到帽子后头去,移步上阶。

　　薇龙这才看见她的脸,毕竟上了几岁年纪,白腻中略透青苍,嘴唇上一抹紫黑色的胭脂,是这一季巴黎新拟的"桑子红"。薇龙却认识那一双似睡非睡的眼睛,父亲的照相簿里珍藏着一张泛了黄的"全家福"照片,里面便有这双眼睛。美人老去了,眼睛却没老。薇龙心里一震,脸上不由热辣辣起来。再听睨儿跟在姑母后面问道:"乔家那小子再俏皮也俏皮不过您。难道您真陪他去把赵姑娘接了出来不成?"那妇人这才眉飞色舞起来,道:"我不见得那么傻!他在汽车上一提议,我就说:'好吧,去接她,但是三个人怪僵的,你再去找一个人来。'他倒赞成,可是他主张先接了玛琳赵再邀人;免得二男二女,又让赵老爷瞎疑心。我说:'我们顺手牵羊,拉了赵老太爷来,岂不是好?我不会游泳,赵老太爷也不会,躺在沙滩上晒晒太阳,也有个伴儿。'姓乔的半天不言语,末了说:'算了罢!还是我们两个人去清静些。'我说:'怎么啦?'他只闷着头开车;我看看快到浅水湾了,推说中了暑,逼着他一口气又把车开了回来,累了他一身大汗,要停下来喝瓶汽水,我也不许;总算出了一口气。"睨儿拍手笑道:"真痛快!少奶摆布得他也够了!只是一件,明儿请客,想必他那一份帖子是取消了,还得另找人补缺吧?请少奶的示。"那妇人偏着头想了一想道:"请谁呢?这批英国军官一来了就算计我的酒,可是又不中用,喝多了就烂醉如泥。哦!你给我记着,那陆军中尉,下次不要他上门了,他喝醉了尽粘着睨睨胡调,不成体统!"睨儿连声答应着。那妇人又道:"乔诚爵士有电话来没有?"睨儿摇了摇头笑道:"我真是不懂了:从前我们爷在世,乔家老小两三代的人,成天电话不断,鬼鬼祟祟地想尽方法,给少奶找麻烦,害我们底下人心惊肉跳,只怕爷知道了要恼。如今少奶的朋友都是过了明路的了,他们反而一个个拿班做势起来!"那妇人道:"有什么难懂的?贼骨头脾气罢了!必得偷偷摸摸的,才有意思!"睨儿道:"少奶再找个合适的人嫁了,不怕他们不眼红!"那妇人道:"呸!又讲呆话了。我告诉你——"说到这里,石级走完了,见铁门边有生人,便顿住了口。

　　薇龙放胆上前,叫了一声姑妈。她姑妈梁太太把下巴颏儿一抬,眯着眼望了她一望。薇龙自己报名道:"姑妈,我是葛豫琨的女儿。"梁太太劈头便问道:"葛豫琨死了么?"薇龙道:"我爸爸托福还在。"梁太太道:"他知道你来找我么?"薇龙一时答不出话来,梁太太道:"你快请罢,给他知道了,<u>有一场大闹呢!我这里不是你走动的地方,倒玷辱了你好名好姓的!</u>"薇龙赔笑道:"不怪姑妈生气,我们到了香港这多时,也没有来给姑妈请安,实在是该死!"梁太太道:"哟!原来你今天是专程来请安的!我太多心了,我只当你们无事不登三宝殿,想必有用得着我的地方。我当初说过这话:有一天葛豫琨寿终正寝,我乖乖地拿出钱来替他买棺材。他活一天,别想我借一个钱!"被她单刀直入这么一说,薇龙到底年轻脸嫩,再也敷衍不下去了。原是浓浓的堆上一脸笑,这时候那笑便冻在嘴唇上。

睨儿在旁,见她窘得下不来台,心有不忍,笑道:"人家还没有开口,少奶怎么知道人家是借钱来的?可是古话说的,三年前被蛇咬了,见了条绳子也害怕!葛姑娘您有所不知,我们公馆里,<u>一年到头,川流不息的有亲戚本家同乡来打抽丰</u>,少奶是把胆子吓细了。姑娘您别性急,大远地来探亲,娘儿俩也说句体己话儿再走。你且到客厅里坐一会,让我们少奶歇一歇,透过这口气来,我自会来唤你。"梁太太淡淡的一笑道:"听你这丫头,竟替我赔起礼来了。你少管闲事罢!也不知你受了人家多少小费!"睨儿道:"呵哟!就像我眼里见过钱似的!你看这位姑娘也不像是使大钱的人,只怕还买不动我呢!"睨儿虽是<u>一片好意给薇龙解围</u>,这两句话却使人难堪,薇龙勉强微笑着,脸上却一红一白,神色不定。睨儿又凑在梁太太耳朵边唧唧哝哝说道:"少奶,你老是忘记,美容院里冯医生嘱咐过的,不许皱眉毛,眼角容易起鱼尾纹。"梁太太听了,果然和颜悦色起来。睨儿又道:"大毒日头底下站着,仔细起雀斑!"一阵风把梁太太撮哄到屋里去了。

<u>薇龙一个人在太阳里立着,发了一回呆,腮颊晒得火烫;滚下来的两行泪珠,更觉得冰凉,直凉进心窝里去</u>。抬起手背来揩了一揩,一步懒似一步地走进回廊,在客室里坐下。心中暗想:"姑妈在外面的名声原不很干净,我只道是造谣言的人有心糟踏寡妇人家,再加上梁季腾是香港数一数二的阔人,姑母又是他生前的得意人儿,遗嘱上特别派了一大注现款给她,房产在外,眼红的人多,自然更说不出好话来。如今看这情形,竟是真的了!我平白来搅在浑水里,女孩子家,就是跳到黄河里也洗不清!我还得把计划全盘推翻,再行考虑一下。可是这么一来,今天受了这些气,竟有些不值得!把方才那一幕细细一想,不觉又心酸起来。

    ………

薇龙回到了梁宅,问知梁太太在小书房里,便寻到书房里来。书房里只在梁太太身边点了一盏水绿小台灯,薇龙离着她老远,在一张金漆椅子上坐下了,两人隔了好些时都没有开口。房里满是那类似杏仁露的强烈的蔻丹的气味,梁太太正搽完蔻丹,尖尖的翘着两只手,等它干。两只雪白的手,仿佛才上过拶子似的,夹破了指尖,血滴滴的。薇龙脸不向着梁太太,慢慢地说道:"姑妈,乔琪不结婚,一大半是因为经济的关系吗?"梁太太答道:"他并不是没有钱娶亲。乔家虽是不济,也不会养不活一房媳妇。就是乔琪有这心高气傲的毛病,总愿意两口子在外面过舒服一些,而且还有一层,乔家的家庭组织太复杂,他家的媳妇岂是好做的?若是新娘子自己有些钱,也可以少受些气,少看许多怪嘴脸。"薇龙道:"那么,他打算娶个妆奁丰厚的小姐。"梁太太不做声。薇龙垂着头,小声道:"我没有钱,但是……我可以赚钱。"梁太太向她瞟了一眼,咬着嘴唇,微微一笑。薇龙被她激红了脸,辩道:"怎么见得我不能赚钱? 我并没问司徒协开口要什么,他就给了我那只手镯。"梁太太格格的笑将起来,一面笑,一面把一只血滴滴的食指点住了薇龙,一时却说不出话来;半晌方道:"瞧你这孩子! 这会子就记起司徒协来了! 当时人家一片好意,你那么乱推乱搡的,仿佛金刚钻要咬手似的,要不是我做好做歹,差一些得罪了人。现在你且试试看开口问他要东西去。他准不知道送你糖好还是玫瑰花好——只怕小姐又嫌礼太重了,不敢收!"薇龙低着头,坐在暗处,只是不言语。梁太太又道:"你别以为一个人长的有几分姿色,会讲两句场面上的话,又会唱两句英文歌,就有人情情愿愿的大把的送钱给你花。我同你是自家人,说句不客气的话,你这个人呀,脸又嫩,心又软,脾气又大,又没有决断,而且一来就动了真感情,根本不是这一流的人材。"薇龙微微地吸了一口气道:"你让我慢慢地学呀!"梁太太笑道:"你该学的地方就多了! 试试也好。"

　　薇龙果然认真地练习起来,因为她一心向学的缘故,又有梁太太在旁随时地指拨帮衬,居然成绩斐然。圣诞节前后,乔琪乔和葛薇龙正式订婚的消息,在《南华日报》上发表了。订婚那天,司徒协送了一份隆重的贺礼不算,连乔琪乔的父亲乔诚爵士也送了薇龙一只白金嵌钻手表。薇龙上门去拜谢,老头儿一高兴,又给她买了一件玄狐披风。又怕梁太太多了心去,买了一件白狐的送了梁太太。乔琪对于这一头亲事还有几分犹疑,梁太太劝他道:"我看你将就一点罢! 你要娶一个阔小姐,你的眼界又高,差一些的门户,你又看不上眼。真是几千万家财的人家出身的女孩子,骄纵惯了的,哪里会像薇龙这么好说话? 处处地方你不免受了拘束。你要钱的目的原是玩,玩得不痛快,要钱做什么? 当然,过了七八年,薇龙的收入想必大为减色。等她不能挣钱养家了,你尽可以离婚。在英国的法律上,离婚是相当困难的,唯一的合法的理由是犯奸。你要抓到对方犯奸的证据,那还不容易?"一席话说得乔琪心悦诚服。他们很快地就宣布结婚,在香港饭店招待来宾,自有一番热闹。

　　香港的公寓极少,两个人租一幢房子嫌太贵,与人合住又嫌耳目混杂。梁太太正舍不得薇龙,便把乔琪招赘了进来,拨了楼下的三间房给他们住,倒也和独门独户的公寓差不多。从此以后,薇龙这个人就等于卖了给梁太太与乔琪乔,整天忙着,不是替梁太太弄钱,就是替梁太太弄人。但是她也有快乐的时候,譬如说,阴历三十夜她和乔琪两个人单独的到湾仔去看热闹。湾仔那地方原不是香港的中心区,地段既偏僻,又充满了下等的娱乐场所,惟有一年一度的新春市场,类似北方的庙会,却是在那里举行的,届时人山人海,很多的时髦人也愿意去挤一挤,买些零星东西。薇龙在一片古玩摊子上看中了一盆玉石梅花,乔琪挤上前去和那伙计还价。那人蹲在一层一层的陈列品的最高层上,穿着紧身对襟柳条布棉袄,一色的裤子,一顶呢帽推在脑后,街心悬挂着的汽油灯的强烈的青光正照在他广东式的硬线条的脸上,越显得山陵起伏,丘壑深沉。他把那一只手按在膝盖上,一只手打着手势,还价还了半晌,只是摇头。薇龙拉了乔琪一把道:"走罢走罢!"她在人堆里挤着,有一种奇异的感觉。头上是紫魆魆的蓝天,天尽头是紫魆魆的冬天的海,但是海湾里有这么一个地方,有的是密密层层的人,密密层层的灯,密密层层的耀眼的货品——蓝瓷双耳小花瓶;一卷一卷的葱绿堆

司徒协:汕头小财主,梁太太的老情人

姑妈一语道破,说得很露骨,让薇龙彻底对自己绝望

决心入伙

向学:立志求学

谁能相信此话出自自己的姑母口?

婚姻就是合理的通奸

招赘:计划中的一环 直白

弄钱:为梁太太,也为自己和乔琪

鲜明的对比，荒凉感更强	金丝绒；玻璃纸袋，装着"吧岛虾片"；琥珀色的热带产的榴莲糕；拖着大红穗子的佛珠，鹅黄的香袋；乌银小十字架；宝塔顶的大凉帽；然而在这灯与人与货之外，有那凄清的天与海——无边的荒凉，无边的恐怖。她的未来，也是如此——不能想，想起来只有无边的恐怖。她没有天长地久的计划。只有在这眼前的琐碎的小东西里，她的畏缩不安的心，能够得到暂时的休息。
不可理喻。明知乔琪的为人，仍执迷不悟，一如赌徒	这里脏虽脏，的确有几分狂欢的劲儿，满街乱糟糟的花炮乱飞，她和乔琪一面走一面缩着身子躲避那红红绿绿的小扫帚星。乔琪突然带笑喊道："喂！你身上着了火了！"薇龙道："又来骗人！"说着，扭过头去验看她的后襟。乔琪道："我几时骗过你来！快蹲下身来，让我把它踩灭了。"薇龙果然屈膝蹲在地上，乔琪也顾不得鞋底有灰，两三脚把她的旗袍下摆的火踏灭了。那件品蓝闪小银寿字织锦缎的棉袍上已经烧了一个洞。两个人笑了一会，继续向前走去。乔琪隔了一会，忽然说道："真的，薇龙，我是个顶爱说谎的人，但是我从来没对你说过一句谎，自己也觉得纳罕。"薇龙笑道："还在想着这个！"乔琪逼着她问道："我从来没对你说过谎，是不是？"薇龙叹了一口气："从来没有。有时候，你明明知道一句小小的谎可以使我多么快乐，但是——不！你懒得操心。"乔琪笑道："你也用不着我来编谎给你听。你自己会哄自己。总有一天，你不得不承认我是多么可鄙的一个人。那时候，你也要懊悔你为我牺牲了这许多！一气，就把我杀了，也说不定！我简直害怕！"薇龙笑道："我爱你，关你什么事？千怪万怪，也怪不到你身上去。"乔琪道："无论如何，我们现在的权利和义务的分配，太不公平了。"薇龙把眉毛一扬，微微一笑道："公平？人与人之间的关系里，根本谈不到公平两个字。我倒要问了，今天你怎么忽然这样的良心发现起来？"乔琪笑道："因为我看你这么一团高兴的过年，跟孩子一样。"薇龙笑道："你看着我高兴，就非得说两句使人难受的话，不叫我高兴下去。"
薇龙十分清楚自己在社会中的位置	两人一路走一路看着摊上的陈列品，这儿什么都有，可是最主要的还是卖的是人。在那惨烈的汽油灯下，站着成群的女孩子，因为那过分夸张的光与影，一个个都有着浅蓝的鼻子，绿色的面颊，腮上大片的胭脂，变成了紫色。内中一个年纪顶轻的，不过十三四岁模样，瘦小身材，西装打扮，穿了一件青莲色薄呢短外套，系着大红细褶绸裙，冻得直抖。因为抖，她的笑容不住的摇漾着，像水中的倒影，牙齿忒楞楞打在下唇上，把嘴唇都咬破了。一个醉醺醺的英国水手从后面走过来拍了她的肩膀一下，她扭过头去向他飞了一个媚眼——倒是一双水盈盈的吊梢眼，眼角直插到鬓发里去，可惜她的耳朵上生着鲜红的冻疮。她把两只手合抱着那水兵的臂膀，头倚在他身上；两人并排走不了几步，又来了一个水兵，两个人都是又高又大，夹持着她。她的头只齐他们的肘弯。
薇龙精明而清醒，一心想做梁太太第二，但她也知道连这一点也做不到了	后面又拥来一大帮水兵，都喝醉了，四面八方地乱掷花炮，瞥见薇龙，不约而同地把她做了目的物，那花炮像流星赶月似的飞过来。薇龙吓得撒腿便跑，乔琪认准了他们的汽车，把她一拉拉到车前，推了进去，两人开了车，就离开了湾仔。乔琪笑道："那些醉泥鳅，把你当做什么人了？"薇龙道："本来吗，我跟她们有什么分别？"乔琪一只手管住轮盘，一只手掩住她的嘴道："你再胡说——"薇龙笑着告饶道："好了好了！我承认我说错了话。怎么没有分别呢？她们是不得已，我是自愿的！"车过了湾仔，花炮啪啦啪啦炸裂的爆响渐渐低下去了，街头的

红绿灯,一个赶一个,在车前的玻璃里一溜就黯然灭去。汽车驶入一带黑沉沉的街衢。乔琪没有朝她看,就看也看不见,可是他知道她一定是哭了。他把自由的那只手摸出香烟夹子和打火机来,烟卷儿衔在嘴里,点上火。火光一亮,在那凛冽的寒夜里,他的嘴上仿佛开了一朵橙红色的花。花立时谢了,又是寒冷与黑暗……

这一段香港故事,就在这儿结束……薇龙的一炉香,也就快烧完了。

(一九四三年四月)

> 这朵花象征着薇龙的命运?

★编选者的话:

在第一炉香的烟絮袅绕中,张爱玲向我们讲述了她初识的愁滋味。张爱玲在创作生涯的一开始就表现出描绘热闹掩藏下的人情荒凉的特点,正如作品结尾处所说:"花立时谢了,又是寒冷与黑暗……"

《沉香屑 第一炉香》是张爱玲因为战事从香港回到上海的第一篇小说。小说中有很多对香港战前战后声色犬马的回忆。港战给她带来的不仅是战争慌乱的背景,更重要的是独在异乡为异客的人情冷暖以及毫无屏障的孤独。

簪缨世族的自足已经过去,从贵族落入平民,在自己的刻苦里委屈的讨生活,心灵的难受不在苦难本身,而是从高处突然坠向低处时难以适应的失重感。葛薇龙的身上无疑叠印着张爱玲自己的影子和一个年轻女子对女性人生命运的思考。

这是"一个改良为娼的故事,一个遇人不淑的古老话题"。这篇小说的出奇之处就在于张爱玲写出了葛薇龙自甘堕落的自觉和无奈。小说精工绘制,迷朦意象,似古实雅,美艳如初升旭日,一登文坛便出手不凡,立即引起了轰动和惊叹。

> 簪、缨:古时达官贵人的冠物。簪缨世族:世代做官之家

★作者的话:

我与香港之间已经隔了相当的距离了——几千里路,两年,新的事,新的人。战时香港所见所闻,唯其因为它对于我有切身的,剧烈的影响,当时我是无从说起的。现在呢,定下心来了,至少提到的时候不至于语无伦次。

……战争开始的时候港大的学生大都乐得欢蹦乱跳,因为十二月八日正是大考的第一天,平白地免考是千载难逢的盛事。那一冬天,我们总算吃够了苦,比较知道轻重了。可是"轻重"这两个字,也难讲……去掉了一切的浮文,剩下的仿佛只有饮食男女这两项。人类的文明努力想要跳出单存的兽性生活的圈子,几千年来的努力竟是枉费精神么?事实是如此。香港的外埠学生困在那里没事做,成天就只买菜,烧菜,调情——不是普通学生式的调情,温和而带一点感伤气息的。

> 对此阅读《倾城之恋》。"香港的陷落"成全了流苏的婚姻,同时也展示了流苏与柳原非普通学生式的"调情"

……时代的车轰轰地往前开。我们坐在车上,经过的也许不过是几条熟悉的街衢,可是在满天的火光中也自惊心动魄。就可惜我们只顾忙着在一瞥即逝的店铺的橱窗里找寻我们自己的影子——我们只看见自己的脸,苍白,渺小;我们的自私与空虚,我们恬不知耻的愚蠢——谁都像我们一样,然而我们每一个人都是孤独的。

《烬余录》,《张爱玲文集》(第4卷),安徽文艺出版社1991/1

★ 相关评论：

《沉香屑 第一炉香》中的女学生薇龙，出演的是女性为了爱情而将自身毁灭的一个极普通又触目的老而又老的悲剧。薇龙原是一个纯洁而又有个性的女学生，为求学而客居姑妈家里。不幸爱上一个放荡不羁的纨绔子弟乔琪而不能自拔。为了得到乔琪的爱，不惜将自身卖于"交际"，变成"造钱"的交际花以取悦并不爱她的丈夫。一个鲜活的生命，就这样被拖向黑暗中，正如薇龙自己的体会："她在人堆里挤着，有一种奇异的感觉……然而在这灯与人与货之外，还有那凄情的天与海——无边的荒凉，无边的恐怖。她的未来也是如此——不能想，想起来只有无边的恐怖。"更可怕的是，薇龙自己看着自己走上了那条将一生悲欢强系于男人身上的浮萍之路。每一步，都付出了女性身心的代价。

于青《女奴时代的谢幕》，《张爱玲评说六十年》，
中国华侨出版社 2001/8

> 如果有幸而不爱上乔琪，她的命运会因此而改变？

倾城之恋（节选）

《倾城之恋》写于1943年9月，收入《传奇》。

这是一部香港式的"传奇"故事，白流苏是白公馆的六小姐，离婚已有七八年，被家人视作"天生的扫帚星"。前夫去世后，家人要她回去守空房，继承遗产，她当然不肯。此时，徐太太正好来为七小姐作媒，对方是华侨富商之子范柳原，同时也为流苏物色到一个对象，是在海关做事、有五个孩子的父亲。在白家倾巢而出为七小姐相亲时，由于只有流苏会跳舞，抢了七小姐的风头，也坏了七小姐的好事。事后，徐太太来请流苏陪自己去香港，流苏立即意识到是徐太太想牺牲自己这个不相干的穷亲戚来巴结范柳原，却决心用自己未来"下注"：得到众人虎视眈眈的范柳原，出一口恶气。一到香港，柳原果然已在此等候多时。最后因香港的沦陷而成全了他们世故的婚姻。

本书节选流苏和柳原在香港最初的见面和结婚前后的两个片断，充分展示了这对精明过分的男女是如何调情，如何在爱情上锱铢必较的过程。

………………

然而那天晚上，香港饭店里为他们接风一班人，都是成双捉对的老爷太太，几个单身男子都是二十岁左右的年轻人。流苏正在跳着舞，范柳原忽然出现了，把她从另一个男子手里接了过来，在那荔枝红的灯光里，她看不清他的黝暗的脸，只觉得他异样的沉默。流苏笑道："怎么不说话呀？"柳原笑道："可以当着人说的话，我全说完了。"流苏噗嗤一笑道："鬼鬼祟祟的，有什么背人的话？"柳原道："有些傻话，不但是要背着人说，还得背着自己。让自己听见了也怪难为情的。譬如说，我爱你，我一辈子都爱你。"流苏别过头去，轻轻啐了一声道："偏有这些废话！"柳原道："不说话又怪我不说话了，说话，又嫌唠叨！"流苏笑道："我问你，你为什么不愿意我上跳舞场去？"柳原道："一般的男人，喜欢把好女人教

> 33岁的柳原是情场老手，长于逢场作戏

坏了,又喜欢感化坏的女人,使她变为好女人。我可不像那么没事找事做。我认为好女人还是老实些的好。"流苏瞟了他一眼道:"你以为你跟别人不同么?我看你也是一样的自私。"柳原笑道:"怎样自私?"流苏心里想着:你最高的理想是一个冰清玉洁而又富于挑逗性的女人。冰清玉洁,是对于他人。挑逗,是对于你自己。如果我是一个彻底的好女人,你根本就不会注意到我。她向他偏着头笑道:"你要我在旁人面前做一个好女人,在你面前做一个坏女人。"柳原想了一想道:"不懂。"流苏又解释道:"你要我对别人坏,独独对你好。"柳原笑道:"怎么又颠倒过来了?越发把人家搅糊涂了!"他又沉吟了一会道:"你这话不对。"流苏笑道:"哦,你懂了。"柳原道:"你好也罢,坏也罢,我不要你改变。难得碰见像你这样的一个真正的中国女人。"流苏微微叹了口气道:"我不过是一个过了时的人罢了。"柳原道:"真正的中国女人是世界上最美的,永远不会过了时。"流苏笑道:"像你这样的一个新派人——"柳原道:"你说新派,大约就是指的洋派。我的确不能算一个真正的中国人,直到最近几年才渐渐的中国化起来。可是你知道,中国化的外国人,顽固起来,比任何老秀才都要顽固。"流苏笑道:"你也顽固,我也顽固,你说过的,香港饭店又是最顽固的跳舞场……"他们同声笑了起来。音乐恰巧停了。柳原扶着她回到座上,向众人笑道:"白小姐有点头痛,我先送她回去罢。"流苏没提防他有这一着,一时想不起怎样对付,又不愿意得罪了他,因为交情还不够深,没有到吵嘴的程度,只得由他替她披上外衣,向众人道了歉,一同走了出来。

迎面遇见一群西洋绅士,众星捧月一般簇拥着一个女人。流苏先就注意到那人的漆黑的头发,结成双股大辫,高高盘在头上。那印度女人,这一次虽然是西式装束,依旧带着浓厚的东方色彩。玄色轻纱氅底下,她穿着金鱼黄紧身长衣,盖住了手,只露出晶亮的指甲,领口挖成极狭的V形,直开到腰际,那时巴黎最新的款式,有个名式,唤做"一线天"。她的脸色黄而油润,像飞了金的观音菩萨,然而她的影沉沉的大眼睛里躲着妖魔。古典型的直鼻子,只是太尖,太薄一点。粉红的厚重的小嘴唇,仿佛肿着似的。柳原站住了脚,向她微微鞠了一躬。流苏在那里看她,她也昂然望着流苏,那一双骄矜的眼睛,如同隔着几千里地,远远的向人望过来。柳原便介绍道:"这是白小姐。这是萨黑夷妮公主。"流苏不觉肃然起敬。萨黑夷妮伸出一双手来,用指尖碰了一碰流苏的手,问柳原道:"这位白小姐,也是上海来的?"柳原点点头。萨黑夷妮微笑道:"她倒不像上海人。"柳原笑道:"像哪儿的人呢?"萨黑夷妮把一只食指按在腮帮子上,想了一想,翘着十指尖尖,仿佛是要形容而又形容不出的样子,耸肩笑了一笑,往里走去。柳原扶着流苏继续往外走,流苏虽然听不大懂英文,鉴貌辨色,也就明白了,便笑道:"我原是个乡下人。"柳原道:"我刚才对你说过了,你是个道地的中国人,那自然跟她所谓的上海人有点不同了。"

他们上了车,柳原又道:"你别看她架子搭得十足。她在外面招摇,说是克力希纳·柯兰姆帕王公的亲生女,只因王妃失宠,赐了死,她也就被放逐了,一直流浪着,不能回国。其实,不能回国倒是真的,其余的,可没有人能够证实。"流苏道:"她到上海去过么?"柳原道:"人家在上海也是很有名的。后来她跟着一个英国人上香港来。你看见她背后那老头子么?现在就是他养活着她。"流苏笑道:

最高理想:出门是贵妇,上床是荡妇

柳原是其父在伦敦与一华侨交际花所生,在英国长大,24岁才回国

印度女人:柳原精心为流苏安排的"情敌"

公主:特意强调对方的贵族身份

以自嘲化解,并未服软

"你们男人就是这样,当面何尝不奉承着她,背后就说得她一个钱不值。像我这样一个穷遗老的女儿,身份还不及她高的人,不知道你对别人怎样的说我呢!"柳原笑道:"谁敢一口气把你们两人的名字说在一起?"流苏撇了撇嘴道:"也许是她的名字太长了,一口气念不完。"柳原道:"你放心。你是什么样的人,我就拿你当什么样的人看待,准没错。"流苏做出安心的样子,向车窗上一靠,低声道:"真的?"他这句话,似乎并不是挖苦她,因为她渐渐发觉了,他们单独在一起的时候,他总是斯斯文文的,君子人模样。不知道为什么,他背着人这样稳重,当众却喜欢放肆。她一时摸不清那到底是他的怪脾气,还是他另有作用。

> 以攻为守的流苏深谙柳原的心思。貌似娇嗔,言语间充满调情

到了浅水湾,他挽着她下车,指着汽车道旁郁郁的丛林道:"你看那种树,是南边的特产。英国人叫它'野火花'。"流苏道:"是红的么?"柳原道:"红!"黑夜里,她看不出那红色,然而她直觉地知道它是红得不能再红了,红得不可收拾,一蓬蓬一蓬蓬的小花,窝在参天大树上,壁栗剥落燃烧着,一路烧过去,把那紫蓝的天也熏红了。她仰着脸望上去。柳原道:"广东人叫它'影树'。你看这叶子。"叶子像凤尾草,一阵风过,那轻纤的黑色剪影零零落落颤动着,耳边恍惚听见一串小小的音符,不成腔,像檐前铁马的叮当。

> "野火花"与下面的"墙"是小说中最精彩的意象。野火花喻示红红火火地"谈"恋爱

柳原道:"我们到那边去走走。"流苏不做声。他走,她就缓缓的跟了过去。时间横竖还早,路上散步的人多着呢——没关系。从浅水湾饭店过去一截子路,空中飞跨着一座桥梁,桥那边是山,桥这边是一堵灰砖砌成的墙壁,拦住了这边的山。柳原靠在墙上,流苏也就靠在墙上,一眼看上去,那堵墙极高极高,望不见边。墙是冷而粗糙,死的颜色。她的脸,托在墙上,反衬着,也变了样——红嘴唇,水眼睛,有血,有肉,有思想的一张脸。柳原看着她道:"这堵墙,不知为什么使我想起地老天荒那一类的话。……有一天,我们的文明整个的毁掉了,什么都完了——烧完了,炸完了,坍完了,也许还剩下这堵墙。流苏,如果我们那时候在这墙根底下遇见了……流苏,也许你会对我有一点真心,也许我会对你有一点真心。"
…………

> 墙的喻义很隐晦;有人说是历史的见证;有人说意味着好景不长;有人说是个人时间与历史时间相遇时的感觉;有人说象征着白范恋爱的隔膜
> 战争成全了"婚姻"

停战了。困在浅水湾饭店的男女们缓缓向城中走去。过了黄土崖,红土崖,又是红土崖,黄土崖,几乎疑心是走错了道,绕回去了,然而不,先前的路上没有这炸裂的坑,满坑的石子。柳原与流苏很少说话。从前他们坐一截子汽车,也有一席话,现在走上几十里的路,反而无话可说了。偶然有一句话,说了一半,对方每每就知道了下文,没有往下说的必要。柳原道:"你瞧,海滩上。"流苏道:"是的。"海滩上布满了横七竖八割裂的铁丝网,铁丝网外面,淡白的海水汩汩吞吐淡黄的沙。冬季的晴天也是淡漠的蓝色。野火花的季节已经过去了。流苏道:"那堵墙……"柳原道:"也没有去看看。"流苏叹了口气道:"算了罢。"柳原走得热了起来,把大衣脱下来搁在臂上,臂上也出了汗。流苏道:"你怕热,让我给你拿着。"若在往日,柳原绝对不肯,可是他现在不那么绅士风了,竟交了给她。再走了一程子,山渐渐高了起来。不知道是风吹着树呢,还是云影的飘移,青黄的山麓缓缓地暗了下来。细看时,不是风也不是云,是太阳悠悠地移过山头,半边山麓埋在巨大的蓝影子里。山上有几座房屋在燃烧,冒着烟——山阴的烟是白的,山阳的是黑烟——然而太阳只是悠悠地移过山头。

> 在双方的较量中,流苏败下阵来,不明不白地把自己交给了对方;所谓婚姻,也只是同居

到了家,推开了虚掩着的门,拍着翅膀飞出一群鸽子来。穿堂里满积着尘灰

与鸽粪。流苏走到楼梯口，不禁叫了一声"哎呀"。二层楼上歪歪斜斜大张口躺着她新置的箱笼，也有两只顺着楼梯滚了下来，梯脚便淹没在绫罗绸缎的洪流里。流苏弯下腰来，捡起一件蜜合色衬绒旗袍，却不是她自己的东西，满是汗垢，香烟洞与贱价香水气味。她又发现许多陌生的女人的用品，破杂志，开了盖的罐头荔枝，淋淋漓漓流着残汁，混在她的衣服一堆。这屋子里驻过兵么？——带有女人的英国兵？去得仿佛很仓促。挨户洗劫的本地的贫民，多半没有光顾过，不然，也不会留下这一切。柳原帮着她大声唤阿栗。末一只灰背鸽，斜刺里穿出来，掠过门洞子里的黄色的阳光，飞了出去。

〔逃难回家后的破败光景，新的生活要开始了〕

　　阿栗是不知去向了，然而屋子里的主人们，少了她也还得活下去。他们来不及整顿房屋，先去张罗吃的，费了许多事，用高价买进一袋米。煤气的供给幸而没有断，自来水却没有。柳原拎了铅桶到山里去汲了一桶泉水，煮起饭来。以后他们每天只顾忙着吃喝与打扫房间。柳原各样粗活都来得，扫地，拖地板，帮着流苏拧绞沉重的褥单。流苏初次上灶做菜，居然带点家乡风味。因为柳原忘不了马来菜，她又学会了做油炸"沙袋"，咖喱鱼。他们对于饭食上虽然感到空前的兴趣，还是极力地撙节着。柳原身边的港币带得不多，一有了船，他们还得设法回上海。

〔贫贱夫妻，患难育真情〕
〔战争使这对乱世男女居家过起日子来〕
〔撙节：节约〕

　　在劫后的香港住下去究竟不是长久之计。白天这么忙忙碌碌也就混了过去。一到了晚上，在那死的城市里，没有灯，没有人声，只有那莽莽的寒风，三个不同的音阶，"喔……呵……呜……"无穷无尽地叫唤着，这个歇了，那个又渐渐响了，三条并行的灰色的龙，一直线地往前飞，龙身无限制地延长下去，看不见尾。"喔……呵……呜……"叫唤到后来，索性连苍龙也没有了，只是三条虚无的气，真空的桥梁，通入黑暗，通入虚空的虚空。这里是什么都完了。剩下点断墙颓垣，失去记忆力的文明人在黄昏中跌跌绊绊摸来模去，像是找着点什么，其实是什么都完了。

〔象征性意象，表现流苏的心境〕

　　流苏拥被坐着，听着那悲凉的风。她确实知道浅水湾附近，灰砖砌的那一面墙，一定还屹然站在那里。风停了下来，像三条灰色的龙，蟠在墙头，月光中闪着银鳞。她仿佛做梦似的，又来到墙根下，迎面来了柳原。她终于遇见了柳原。……在这动荡的世界里，钱财，地产，天长地久的一切，全不可靠了。靠得住的只有她腔子里的这口气，还有睡在她身边的这个人。她突然爬到柳原身边，隔着他的棉被，拥抱着他。他从被窝里伸出手来握住她的手。他们把彼此看得透明透亮，仅仅是一刹那的彻底的谅解，然而这一刹那够他们在一起和谐地活个十年八年。

〔相依相靠，再没有了游戏的兴趣与浮躁〕

　　不过是一个自私的男子，她不过是一个自私的女人。在这兵荒马乱的时代，个人主义者是无处容身的，可是总有地方容得下一对平凡的夫妻。

　　有一天，他们在街上买菜，碰着萨黑夷妮公主。萨黑夷妮黄着脸，把蓬松的辫子胡乱编了个麻花髻，身上不知从哪里借来一件青布棉袍穿着，脚下却依旧趿着印度式七宝嵌花纹皮拖鞋。她同他们热烈地握手，问他们现在住在哪里，急欲看看他们的新屋子。又注意到流苏的篮子里有去了壳的小蚝，愿意跟流苏学习烧制清蒸蚝汤。柳原顺口邀了她来吃便饭，她很高兴地跟了他们一同回去。她的英国人进了集中营，她现在住在一个熟识的，常常为她当点小差的印度巡捕

| 柳原终于承认了"事实婚姻",让流苏颇感意外 | 家里。她有许久没有吃饱过。她唤流苏"白小姐"。柳原笑道:"这是我太太。你该向我道喜呢!"萨黑夷妮道:"真的么?你们几时结的婚?"柳原耸耸肩道:"就在中国报上登了个启事。你知道,战争期间的婚姻,总是潦草的……"流苏没听懂他们的话。萨黑夷妮吻了他又吻了她。然而他们的饭菜毕竟是很寒苦,而且柳原声明他们也难得吃一次蚝汤。萨黑夷妮没有再上门过。

当天他们送她出去,流苏站在门槛上,柳原立在她身后,把手掌合在她的手掌上,笑道:"我说,我们几时结婚呢?"流苏听了,一句话也没有,只低下了头,落下泪来。柳原拉住她的手道:"来来,我们今天就到报馆里去登启事。不过你也许愿意候些时,等我们回到上海,大张旗鼓的排场一下,请请亲戚们。"流苏道:"呸!他们也配!"说着,嗤的笑了出来,往后顺势一倒,靠在他身上。柳原伸手到前面去羞她的脸道:"又是哭,又是笑!"

两人一同走进城去,走到一个峰回路转的地方,马路突然下泻,眼见只是一片空灵——淡墨色的,潮湿的天。小铁门口挑出一块洋瓷招牌,写的是:"赵祥庆牙医。"风吹得招牌上的铁钩子吱吱响,招牌背后只是那空灵的天。

柳原歇下脚来望了半晌,感到那平淡中的恐怖,突然打起寒战来,向流苏道:"现在你可该相信了:'死生契阔,'我们自己哪儿做得了主?轰炸的时候,一个不巧——"流苏嗔道:"到了这个时候,你还说做不了主的话!"柳原笑道:"我并不是打退堂鼓。我的意思是——"他看了看她的脸色,笑道:"不说了。不说了。"他们继续走路。柳原又道:"鬼使神差地,我们倒真的恋爱起来了!"流苏道:"你早就说过你爱我。"柳原笑道:"那不算。我们那时候太忙着谈恋爱了,哪里还有工夫恋爱?"

结婚启事在报上刊出了,徐先生徐太太赶了来道喜。流苏因为他们在围城中自顾自搬到安全地带去,不管她的死活,心中有三分不快,然而也只得笑脸相迎。柳原办了酒席,补请了一次客。不久,港沪之间恢复了交通,他们便回上海来了。

白公馆里流苏只回去过一次,只怕人多嘴多,惹出是非来。然而麻烦是免不了的。四奶奶决定和四爷离婚,众人背后都派流苏的不是。流苏离了婚再嫁,竟有这样惊人的成就,难怪旁人要学她的榜样。流苏蹲在灯影里点蚊烟香。想到四奶奶,她微笑了。

柳原现在从来不跟她闹着玩了。他把他的俏皮话省下来说给旁的女人听。那是值得庆幸的好现象,表示他完全把她当做自家人看待——名正言顺的妻。然而流苏还是有点怅惘。

香港的陷落成全了她。但是在这不可理喻的世界里,谁知道什么是因,什么是果?谁知道呢,也许就因为要成全她,一个大都市倾覆了。成千上万的人死去,成千上万的人痛苦着,跟着是惊天动地的大改革……流苏并不觉得她在历史上的地位有什么微妙之点。她只是笑吟吟地站起身来,将蚊烟香盘踢到桌子底下去。

传奇里的倾国倾城的人大抵如此。

到处都是传奇,可不见得有这么圆满的收场。胡琴咿咿呀呀拉着,在万盏灯火的夜晚,拉过来又拉过去,说不尽的苍凉的故事——不问也罢!

(一九四三年九月) |
|---|---|
| 婚姻使流苏的心死而复生 | |
| 这就是所谓"战争的成全" | |
| "谈恋爱"与"恋爱"的区别。戏语中蕴含哲理 | |
| 把自己好好嫁出去,即女人的最大成就 | |
| 悲乎,鱼与熊掌不可兼得 | |
| 为什么说只是成全了"她"? | |
| 不尽的苍凉 | |

★编选者的话：

《倾城之恋》是张爱玲小说中写得最出彩的一篇。说它最出彩源于两点：其一是故事的传奇性。谈婚论嫁，男欢女爱，本是人之常情。大凡婚姻一般规律皆是两心喜悦，由感生情，有情方嫁，秦晋百年；而此篇小说却写了一对本不会见面的男女阴差阳错见了面，又由于男女双方呕心沥血地做着恋爱游戏，一个是工于心计要嫁，一个是绞尽脑汁要玩；本不该成就的姻缘最后却因着战争与硝烟炸碎了双方的浮浅，撮合了患难与共的真情，成就了一段偶合的姻缘。这其中姻缘关系的因与果就像拉胡琴，没有内在的必然，只落在偶然。不会见的，见了；不会成的，成了；奇了——《倾城之恋》！其二是小说叙述的视点与技巧的华丽。一般作家阐释爱情故事，叙述的视点都放在情感的忠贞，爱情的缠绵，结局的完美上，张爱玲却选择了表现人的爱情在客观环境中的无奈与无常上。正如张爱玲在小说结尾处写的那样："但是在不可理喻的世界里，谁知道什么是因，什么是果？谁知道呢？"叙述视点的奇巧正得益于精炼的构思、华丽的描写。

作品深刻地反映出乱世中的人情全然没有些许纯真，使人性得到稳定和规范的竟是险而又险的"传奇"力量。这部小说对人性冷漠的描写令人震慑，仿佛出自一个饱经沧桑的大家之手，其艺术之圆熟，语言之精美，堪称中国现代爱情小说之经典。一半的篇幅在写调情，虽写得如此的典雅、风趣，也有人认为表面上珠光宝气，内里却是空空洞洞，美丽的对话，真真假假的游戏，好似六朝骈文，"华彩胜过了骨干"，文雅有余，深刻不足。 详见傅雷的评论

★作者的话：

我喜欢参差的对照的写法，因为它是较近事实的。《倾城之恋》里，从腐旧的家庭里走出来的流苏，香港之战的洗礼并不曾将她感化成为革命女性；香港之战影响范柳原，使他转向平实的生活，终于结婚了，但结婚并不使他变为圣人，完全放弃往日的生活习惯与作风。因之柳原与流苏的结局，虽然多少是健康的，仍旧是庸俗；就事论事，他们也只能如此。 此文是张爱玲针对傅雷的批评所作的答辩

……美的东西不一定伟大，但伟大的东西总是美的，只是我不把虚伪与真实写成强烈的对照，却是用参差的对照的手法写出现代人的虚伪之中有真实，浮华之中有素朴，因此容易被人看作我是有所耽溺，流连忘返了。 张爱玲的文学理想

《自己的文章》，《张爱玲文集》（第4卷），安徽文艺出版社 1991/1

★相关评论：

一个"破落户"的一个离婚女儿，被穷酸兄嫂的冷嘲热讽撵出母家，跟一个饱经世故，狡猾精刮的老留学生谈恋爱。正要陷在泥沼里时，一件突然震动世界的变故把她救了出来，得到一个平凡的归宿——整篇故事可以用这一两行包括。因为是传奇（正如作者所说），没有悲剧的严肃、崇高，和宿命性；光暗的对照也不强烈。因为是传奇，情欲没有惊心动魄的表现。几乎占到二分之一篇幅的调情，尽是些玩世不恭的享乐主义者的精神游戏；尽管那么机巧，文雅，风趣，终究 此文发表时署名"迅雨"。傅雷是最早肯定张爱玲小说的左翼批评家，可他却惟独看不上《倾城之恋》

> 是精练到近乎病态的社会的产物。好似六朝的骈体，虽然珠光宝气，内里却空空洞洞，既没有真正的欢畅，也没有刻骨的悲哀。《倾城之恋》给人的印象，仿佛是一座雕刻精工的翡翠宝塔，而非茇特式大寺的一角。美丽的对话，真真假假的捉迷藏，都在心的浮面飘滑；吸引，挑逗，无伤大体的攻守战，遮饰着虚伪。
>
> ……勾勒的不够深刻，是因为对人物思索得不够深刻，生活得不够深刻；并且作品的重心过于偏向顽皮而风雅的调情，倘再从小节上检视一下的话，那末，流苏"没念过两句书"而居然够得上和柳原针锋相对，未免是个大漏洞。离婚以前的生活经验毫无追叙，使她离家以前和以后的思想引动显得不可解。这些都减少了人物的现实性。
>
> 总之，《倾城之恋》的华彩胜过了骨干；两个主角的缺陷，也就是作品本身的缺陷。
>
> 傅雷《论张爱玲的小说》，《万象》第3卷第11期（1944年5月），署名"迅雨"

（两点总结：太华丽、不深刻）

（文胜质）

> 《倾城之恋》中最关键的一场戏是：柳原和流苏从浅水湾饭店走过去在桥边看到一堵灰砖砌成的墙壁，"柳原靠在墙上，流苏也就靠在墙上，一眼看上去，那堵墙极高极高，望不见边。墙是冷而粗糙，死的颜色"。这堵墙显然是一个重要的意象，甚至象征一个苍老的文明，不禁使我联想到《红楼梦》第二十三回黛玉初听"牡丹亭"："原来是姹紫嫣红开遍，似这般，都付与断井颓垣……"的句子，下面一句是："良辰美景奈何天，赏心乐事谁家院。"黛玉感伤的这两句所意味的正是好景无常，而《倾城之恋》中的灰墙，则可以说是一个"好景无常"之后的象征显现，怪不得柳原虽不懂古书却突然想到地老天荒不了情那一类的话。
>
> 李欧梵《不了情》，《张爱玲评说六十年》，中国华侨出版社 2001/8

金锁记（节选）

《金锁记》发表于1943年10月，收入《传奇》。

小说讲述的是现代都市中的人性扭曲和心理变态给人造成的悲剧。曹七巧原是乡下开麻油店的小户人家的女儿，她的哥嫂贪图荣华富贵想攀高枝，把她嫁到上海富室姜家，做了姜家的二奶奶。丈夫病入膏肓完全瘫在床上，七巧没有正常人的生活。为了继承丈夫可观的家财，七巧埋葬了正常人的情欲，守着活寡。丈夫死后，她自立门户，带着一双儿女牢牢地看守着自己用一生的幸福换来的财产。小叔子季泽利用七巧过去对他的感情来套七巧的财产，被识破骂走。她也看不得自己的儿子和女儿幸福。她逼死儿媳，又断送了女儿的姻缘，最后在黄金枷锁的寒凉中耗尽了自己的一生。

（黄金毁坏了七巧的爱情，因此，她恨一切幸福的人）

小说明显地可以分为前后两个部分。前半部分主要写七巧在姜家的生活，以丫环们对各房奶奶的议论、七巧与三少爷的纠缠最为生动；后半部分主要写七巧在丈夫和婆婆先后去世，分家独居后的生活，是作品描写的重点，其中，又以七巧赶走旧日情人、破坏儿子长白的夫妻生活，以及搅散女儿长安的婚姻等最为精彩。本书节选这五个片断中的三个。

三十年前的上海，一个有月亮的晚上……我们也许没赶上看见三十年前的月亮。年轻的人想着三十年前的月亮该是铜钱大的一个红黄的湿晕，像朵云轩信笺上落了一滴泪珠，陈旧而迷糊。老年人回忆中的三十年前的月亮是欢愉的，比眼前的月亮大，圆，白；然而隔着三十年的辛苦路往回看，再好的月色也不免带点凄凉。

　　月光照到姜公馆新娶的三奶奶的陪嫁丫鬟凤箫的枕边。凤箫睁眼看了一看，只见自己一只青白色的手搁在半旧高丽棉的被面上，心中便道："是月亮光么？"凤箫打地铺睡在窗户底下。那两年正忙着换朝代，姜公馆避兵到上海来，屋子不够住的，因此这一间下房里横七竖八睡满了底下人。

　　凤箫恍惚听见大床背后有窸窸窣窣的声音，猜着有人起来解手，翻过身去，果见布帘子一掀，一个黑影跶着鞋出来了，约莫是侍候二奶奶的小双，便轻轻叫了一声"小双姐姐"。小双笑嘻嘻走来，踢了踢地下的褥子道："吵醒了你了。"她把两手抄在青莲色旧绸夹袄里，下面系着明油绿裤子。凤箫伸手捻了捻那裤脚，笑道："现在颜色衣服不大有人穿了。下江人时兴的都是素净的。"小双笑道："你不知道，我们家哪比得旁人家？我们老太太古板，连奶奶小姐们尚且做不得主呢，何况我们丫头？给什么，穿什么——一个个打扮得庄稼人似的！"她一蹲身坐在地铺上，捡起凤箫脚头一件小袄来，问道："这是你们小姐出阁，给你们新添的？"凤箫摇头道："三季衣裳，就只外场上看见的两套是新制的，余下的还不是拿上头人穿剩下的贴补贴补！"小双道："这次办喜事，偏赶着革命党造反，可委屈了你们小姐！"凤箫叹道："别提了！就说省俭些罢，总得有个谱子！也不能太看不上眼了。我们那一位，嘴里不言语，心里岂有不气的？"小双道："也难怪三奶奶不乐意。你们那边的嫁妆，也还凑合着，我们这边的排场，可太凄惨了。就连那一年娶咱们二奶奶，也还比这一趟强些！"凤箫愣了一愣道："怎么？你们二奶奶……"

　　小双脱下了鞋，赤脚从凤箫身上跨过去，走到窗户跟前，笑道："你也起来看看月亮。"凤箫一骨碌爬起身来，低声问道："我早就想问你了，你们二奶奶……"小双弯腰拾起那件小袄来替她披上了，道："仔细招了凉。"凤箫一面扣钮子，一面笑道："不行，你得告诉我！"小双笑道："是我说话不留神，闯了祸！"凤箫道："咱们这都是自家人了，干吗这么见外呀？"小双道："告诉你，你可别告诉你们小姐去！咱们二奶奶家里是开麻油店的。"凤箫哟了一声道："开麻油店！打哪儿想起的？像你们大奶奶，也是公侯人家的小姐，我们那一位虽比不上大奶奶，也还不是低三下四的人——"小双道："这里头自然有个缘故。咱们二爷你也见过了，是个残废。做官人家的女儿谁肯给他？老太太没奈何，打算替二爷置一房姨奶奶，做媒的给找了这曹家的，是七月里生的，就叫七巧。"凤箫道："哦，是姨奶奶。"小双道："原是做姨奶奶的，后来老太太想着，既然不打算替二爷另娶了，二房里没个当家的媳妇，也不是事，索性聘了来做正头奶奶，好教她死心塌地服侍二爷。"凤箫把手扶着窗台，沉吟道："怪道呢！我虽是初来，也瞧料了两三分。"小双道："龙生龙，凤生凤，这话是有的。你还没听见她的谈吐呢！当着姑娘们，一点忌讳也没有。亏得我们家一向内言不出，外言不入，姑娘们什么都不懂。饶是不懂,还臊得没处躲!"凤箫扑嗤一笑道:"真的?她这些村话,又是从哪儿听来的?就连我们丫头——"小双抱着胳膊道:"麻油店的活招牌,站惯了柜台,见多识广的,我们拿什么去比人家?"凤箫道:"你是她陪嫁来的么?"小双冷笑说:"她也配!我原是老太太跟前的人,二爷成天的吃药,行动都离不了人,屋里几个丫头不够使,把我拨了过去。怎么着?你冷哪?"凤箫摇摇头。小双道:"瞧你缩着脖子这娇模样儿!"一语未完,凤箫打了个喷嚏,小双忙推她道:"睡罢!睡罢!快焐一焐。"凤箫跪了下来脱袜子,笑道:"又不是冬天,哪儿就至于冻着了?"小双道:"你别瞧这窗户关着,窗户眼儿里吱溜溜的钻风。"

……………

七巧带着儿子长白,女儿长安另租了一幢屋子住下了,和姜家各房很少来往。隔了几个月,姜季泽忽然上门来了。老妈子通报上来,七巧怀着鬼胎,想着分家的那一天得罪了他,不知他有什么手段对付。可是兵来将挡,她凭什么要怕他?她家常穿着佛青实地纱袄子,特地系上一条玄色铁线纱裙,走下楼来。季泽却是满面春风的站起来问二嫂好,又问白哥儿可是在书房里,安姐儿的湿气可大好了,七巧心里便疑惑他是来借钱的,加意防备着,坐下笑道:"三弟你近来又发福了。"季泽笑道:"看我像一点儿心事都没有的人。"七巧笑道:"有福之人不在忙吗!你一向就是无牵无挂的。"季泽笑道:"等我把房子卖了,我还要无牵无挂呢!"七巧道:"就是你做了押款的那房子,你还要卖?"季泽道:"当初造它的时候,很费了点心思,有许多装置都是自己心爱的,当然不愿意脱手。后来你是知道的,那边地皮值钱了,前年把它翻造了巷堂房子,一家一家收租,跟那些住小家的打交道,我实在嫌麻烦,索性打算卖了它,图个清静。"七巧暗地里说道:"口气好大!我是知道你的底细的,你在我跟前充什么阔大爷!"

虽然他不向她哭穷,但凡谈到银钱交易,她总觉得有点危险,便岔了开去道:"三妹妹好么?腰子病近来发过没有?"季泽笑道:"我也有许久没见过她的面了。"七巧道:"这是什么话?你们吵了嘴么?"季泽笑道:"这些时我们倒也没吵过嘴。不得已在一起说两句话,也是难得的,也没那闲情逸致吵嘴。"七巧道:"何至于这样?我就不相信!"季泽两肘撑在藤椅的扶手上,交叉着十指,手搭凉棚,影子落在眼睛上,深深地唉了一声。七巧笑道:"没有别的,要不就是你在外头玩得太厉害了。自己做错了事,还唉声叹气的仿佛谁害了你似的。你们姜家就没有一个好人!"说着,举起白团扇,作势要打。季泽把那交叉看的十指往下移了一移,两只大拇指按在嘴唇上,两只食指缓缓抚摸着鼻梁,露出一双水汪汪的眼睛来。那眼珠却是水仙花缸底的黑石子,上面汪着水,下面冷冷的没有表情。看不出他在想什么。七巧道:"我非打你不可!"季泽的眼睛里突然冒出一点笑泡儿,道:"你打,你打!"七巧待要打,又挈回手去,重新一鼓作气道:"我真打!"抬高了手,一扇子劈下来,又在半空中停住了,吃吃笑将起来。季泽带笑将肩膀耸了一耸,凑了上去道:"你倒是打我一下罢!害得我浑身骨头痒痒着,不得劲儿!"七巧把扇子向背后一藏,越发笑得格格的。

季泽把椅子换了个方向,面朝墙坐着,人向椅背上一靠,双手蒙住了眼睛,又是长长地叹了口气。七巧啃着扇子柄,斜瞟着他道:"你今儿是怎么了?受了暑吗?"季泽道:"你哪里知道?"半晌,他低低的一个字一个字说道:"你知道我为什

么跟家里的那个不好，为什么我拼命的在外头玩，把产业都败光了？你知道这都 | 诉衷肠
是为了谁？"七巧不知不觉有些胆寒，走得远远的，倚在炉台上，脸色慢慢地变
了。季泽跟了过来。七巧垂着头，肘弯撑在炉台上，手里擎着团扇，扇子上的杏黄
穗子顺着她的额角拖下来。季泽在她对面站住了，小声道："二嫂！……七巧！"

七巧背过脸去淡淡笑道："我要相信你才怪呢！"季泽便也走开了，道："不
错。你怎么能够相信我？自从你到我家来，我在家一刻也待不住，只想出去。你 | 设套
没来的时候我并没有那么荒唐过，后来那都是为了躲你。娶了兰仙来，我更玩得
凶了，为了躲你之外又要躲她，见了你，说不了两句话我就要发脾气——你哪儿
知道我心里的苦楚？你对我好，我心里更难受——我得管着我自己——我不得
平白的坑坏了你！家里人多眼杂，让人知道了，我是个男子汉，还不打紧，你可了
不得！"七巧的手直打颤，扇柄上的杏黄须子在她额上苏苏磨擦着。季泽道："你 | 季泽以情为饵，七巧
信也罢，不信也罢！信了又怎样？横竖我们半辈子已经过去了，说也是白说。我 | 真情已动
只求你原谅我这一片心。我为你吃了这些苦，也就不算冤枉了。"

七巧低着头，沐浴在光辉里，细细的音乐，细细的喜悦……这些年了，她跟 | 细细的音乐、细细的
他捉迷藏似的，只是近不得身，原来还有今天！可不是，这半辈子已经完了—— | 喜悦
花一般的年纪已经过去了。人生就是这样的错综复杂，不讲理。当初她为什么嫁 | 七巧沉溺在片刻的
到姜家来？为了钱么？不是的，为了要遇见季泽，为了命中注定她要和季泽相 | 欢情中
爱。她微微抬起脸来，季泽立在她跟前，两手合在她扇子上，面颊贴在她扇子
上。他也老了十年了，然而人究竟还是那个人呵！他难道是哄她么？他想她的钱 | 财欲战胜情欲
——她卖掉她的一生换来的几个钱？仅仅这一转念便使她暴怒起来。就算她错
怪了他，他为她吃的苦抵得过她为他吃的苦么？好容易她死了心了，他又来撩拨 | 情绪陡然转变
她。她恨他。他还在看着她。他的眼睛——虽然隔了十年，人还是那个人呵！就
算他是骗她的，迟一点儿发现不好么？即使明知是骗人的，他太会演戏了，也跟
真的差不多罢？

不行！她不能有把柄落在这厮手里。姜家的人是厉害的，她的钱只怕保不 | 野兽般的本能
住。她得先证明他是真心不是。七巧定了一定神，向门外瞧了一瞧，轻轻惊叫道： | 都是金钱把她害的
"有人！"便三脚两步赶出门去，到下房里吩咐潘妈替三爷弄点心去，快些端了
来，顺便带把芭蕉扇进来替三爷打扇。七巧回到屋里来，故意皱着眉道："真可
恶，老妈子在门口探头探脑的，见了我抹过头去就跑，被我赶上去喝住了。若是
关上了门说两句话，指不定造出什么谣言来呢！饶是独门独户住了，还没个清
净。"潘妈送了点心与酸梅汤进来，七巧亲自拿筷子替季泽拣掉了蜜层糕上的玫
瑰与青梅，道："我记得你是不爱吃红绿丝的。"有人在跟前，季泽不便说什么，只
是微笑。七巧似乎没话找话说似的，问道："你卖房子，接洽得怎样了？"季泽一面 | 试探
吃，一面答道："有人出八万五，我还没打定主意呢。"七巧沉吟道："地段倒是好
的。"季泽道："谁都不赞成我脱手，说还要涨呢。"七巧又问了些详细情形，便道：
"可惜我手头没有这一笔现款，不然我倒想买。"季泽道："其实呢，我这房子倒不
急，倒是咱们乡下你那些田，早早脱手的好。自从改了民国，接二连三的打伏，何
尝有一年闲过？把地面上糟踏得不成样子，中间还被收租的，师爷；地头蛇一层
一层勒掯着，莫说这两年不是水就是旱，就遇着了丰年，也没有多少进账轮到我
们头上。"七巧寻思着，道："我也盘算过来，一直捱着没有办。先晓得把它卖了，

168　《中国现当代文学专题研究》作品讲评

时局变化　　这会子想买房子,也不至于钱不凑手了。"季泽道:"你那田要卖趁现在就得卖了,听说直鲁又要开仗了。"七巧道:"急切间你叫我卖给谁去?"季泽顿了一顿道:"我去替你打听打听,也成。"七巧耸了耸眉毛笑道:"得了,你那些狐群狗党里头,又有谁是靠得住的?"季泽把咬开的饺子在小碟子里蘸了点醋,闲闲说出两个靠得住的人名,七巧便认真仔细盘问他起来,他果然回答得有条不紊,显然

蓄谋已久　　他是筹之已熟的。

　　七巧虽是笑吟吟的,嘴里发干,上嘴唇黏在牙仁上,放不下来。她端起盖碗来吸了一口茶,舐了舐嘴唇,突然把脸一沉,跳起身来,将手里的扇子向季泽头

激烈而失态的报复　上滴溜溜掷过去,季泽向左偏了一偏,那团扇敲在他肩膀上,打翻了玻璃杯,酸梅汤淋淋漓漓溅了他一身,七巧骂道:"你要我卖了田去买你的房子?你要我卖田?钱一经你的手,还有得说么?你哄我——你拿那样的话来哄我——你拿我当傻子——"她隔着一张桌子探身过去打他,然而她被潘妈下死劲抱住了。潘妈叫

母兽护犊般的劲头　唤起来,祥云等人都奔了来,七手八脚按住了她,七嘴八舌求告着。七巧一头挣扎,一头叱喝着,然而她的一颗心直往下坠——她很明白她这举动太蠢——太蠢——她在这儿丢人出丑。

　　季泽脱下了他那湿湿的白香云纱长衫,潘妈绞了手巾来代他揩擦,他理也不理,把衣服夹在手臂上,竟自扬长出门去了,临行的时候向祥云道:"等白哥儿下了学,叫他替他母亲请个医生来看看。"祥云吓糊涂了,连声答应着,被七巧兜脸给了她一个耳刮子。

意象的转换。惟有长　　季泽走了。丫头老妈子也都给七巧骂跑了。酸梅汤沿着桌子一滴一滴朝下
夜不变　　滴,像迟迟的夜漏——一滴,一滴……一更,二更……一年,一百年。真长,这寂寂的一刹那。七巧扶着头站着,倏地掉转身来上楼去,提着裙子,性急慌忙,跌跌绊绊,不住地撞到那阴暗的绿粉墙上,佛青袄子上沾了大块的淡色的灰。她要在楼上的窗户里再看他一眼。无论如何,她从前爱过他。她的爱给了她无穷的痛

她知道,这回是彻底　苦。单只这一点,就使他值得留恋。多少回了,为了要按捺她自己,她捏得全身的
毁了　　筋骨与牙根都酸楚了。今天完全是她的错。他不是个好人,她又不是不知道。她

黄金有价,情义无　要他,就得装糊涂,就得容忍他的坏。她为什么要戳穿他?人生在世,还不就是那
价。七巧什么都明白　么一回事?归根究底,什么是真的,什么是假的?

　　她到了窗前,揭开了那边上缀有小绒球的墨绿洋式窗帘,季泽正在弄堂里往外走,长衫搭在臂上,晴天的风像一群白鸽子钻进他的纺绸裤褂里去,哪儿都钻到了,飘飘拍着翅子。

　　七巧眼前仿佛挂了冰冷的珍珠帘,一阵热风来了,把那帘子紧紧贴在她脸上,风去了,又把帘子吸了回去,气还没透过来,风又来了,没头没脸包住她——一阵凉,一阵热,她只是淌着眼泪。

　　…………

为了防止别人觊觎　　无论两人之间的关系是怎样的微妙而尴尬,他们认真的做起朋友来了。他
她的财产,容不得任　们甚至谈起话来。长安的没见过世面的话每每使世舫笑起来,说:"你这人真有
何外人　　意思!"长安渐渐的也发现了她自己原来是个"很有意思"的人。这样下去,事情会发展到什么地步,连世舫自己也会惊奇。

设计一:请君入瓮　　然而风声吹到了七巧耳朵里。七巧背着长安盼咐长白下帖子请童世舫吃便

饭。世舫猜着姜家是要警告他一声,不准他和他们小姐藕断丝连,可是他同长白在那阴森高敞的餐室里吃了两盅酒,说了一回话,天气,时局,风土人情,并没有一个字沾到长安身上,冷盘撤了下去,长白突然手按着桌子站了起来。世舫回过头去,只见门口背着光立着一个小身材的老太太,脸看不清楚,穿一件青灰团龙宫织缎袍,双手捧着大红热水袋,身旁夹峙着两个高大的女仆。门外日色昏黄,楼梯上铺着湖绿花格子漆布地衣,一级一级上去,通入没有光的所在。世舫直觉地感到那是个疯人——无缘无故的,他只是毛骨悚然。长白介绍道:"这就是家母。"

　　世舫挪开椅子站起来,鞠了一躬。七巧将手搭在一个佣妇的胳膊上,款款走了进来,客套了几句,坐下来便敬酒让菜。长白道:"妹妹呢?来了客,也不帮着张罗张罗。"七巧道:"她再抽两筒就下来了。"世舫吃了一惊,睁眼望着她。七巧忙解释道:"这孩子就苦在先天不足,下地就得给她喷烟。后来也是为了病,抽上了这东西。小姐家,够多不方便哪!也不是没戒过,身子又娇,又是由着性儿惯了的,说丢,哪儿就丢得掉呀?戒戒抽抽,这也有十年了。"世舫不由得变了色。七巧有一个疯子的审慎与机智。她知道,一不留心,人们就会用嘲笑的,不信任的眼光截断了她的话锋,她已经习惯了那种痛苦。她怕话说多了要被人看穿了。因此及早止住了自己,忙着添酒布菜。隔了些时,再提起长安的时候,她还是轻描淡写的把那几句话重复了一遍。她那平扁而尖利的喉咙四面割着人像剃刀片。

　　长安悄悄地走下楼来,玄色花绣鞋与白丝袜停留在日色昏黄的楼梯上。停了一会,又上去了。一级一级,走进没有光的所在。

　　七巧道:"长白你陪童先生多喝两杯,我先上去了。"佣人端上一品锅来,又换上了新烫的竹叶青。一个丫头慌里慌张站在门口将席上伺候的小厮唤了出去,嘀咕了一会,那小厮又进来向长白附耳说了几句,长白仓皇起身,向世舫连连道歉,说:"暂且失陪,我去去就来。"三脚两步也上楼去了,只剩下世舫一人独酌。那小厮也觉过意不去,低低地告诉了他:"我们绢姑娘要生了。"世舫道:"绢姑娘是谁?"小厮道:"是少爷的姨奶奶。"

　　世舫拿上饭来胡乱吃了两口,不便放下碗来就走,只得坐在花梨炕上等着,酒酣耳热,忽然觉得异常的委顿,便躺了下来。卷着云头的花梨炕,冰凉的黄藤心子,柚子的寒香……姨奶奶添了孩子了。这就是他所怀念着的古中国……他的幽娴贞静的中国闺秀是抽鸦片的!他坐了起来,双手托着头,感到了难堪的落寞。

　　他取了帽子出门,向那小厮道:"待会儿请你对上头说一声,改天我再面谢罢!"他穿过砖砌的天井,院子正中生着树,一树的枯枝高高印在淡青的天上,像瓷上的冰纹。长安静静的跟在他后面送了出来。她的藏青长袖旗袍上有着浅黄的雏菊。她两手交握着,脸上现出稀有的柔和。世舫回过身来道:"姜小姐……"她隔得远远的站定了,只是垂着头。世舫微微鞠了一躬,转身就走了。长安觉得她是隔了相当的距离看这太阳里的庭院,从高楼上望下来,明晰,亲切,然而没有能力干涉,天井,树,曳着萧条的影子的两个人,没有话——不多的一点回忆,将来是要装在水晶瓶里双手捧着看的——她的最初也是最后的爱。

　　芝寿直挺挺躺在床上,搁在肋骨上的两只手蜷曲着像宰了的鸡的脚爪。帐

| 作秀 |
| 疯一:最初是长白媳妇芝寿发现婆婆疯了 |
| 设计二:自毁其女 |
| 疯二:作者也认为她必是疯了 |
| 一把割人情爱的刀 |
| 螭魅魍魉。电影特写,暗示长安情爱的消融 |
| 设计三:再毁其子 |
| 攻心为上 |
| 达到设计目的:让对方知难而退 |
| 她知道这是母亲的杰作吗? |
| 芝寿:长白媳妇,七巧的手下败将 |

子吊起了一半。不分昼夜她不让他们给她放下帐子来。她怕。

外面传进来说绢姑娘生了个小少爷。丫头丢下了热气腾腾的药罐子跑出去凑热闹了，敞着房门，一阵风吹了进来，帐钩豁朗朗乱摇，帐子自动地放了下来，然而芝寿不再抗议了。她的头向右一歪，滚到枕头外面去。她并没有死——又挨了半个月光景才死的。

> 绢姑娘：长白的姨太太。长白知道，娶多少也白搭
> "金锁记"的由来

绢姑娘扶了正，做了芝寿的替身。扶了正不上一年就吞了生鸦片自杀了。长白不敢再娶了，只在妓院里走走。长安更是早就断了结婚的念头。

> 恐怖

七巧似睡非睡横在烟铺上。<u>三十年来她戴着黄金的枷</u>。她用那沉重的枷角劈杀了几个人，没死的也送了半条命。她知道她儿子女儿恨毒了她，她婆家的人恨她，她娘家的人恨她。<u>她摸索着腕上的翠玉镯子，徐徐将那镯子顺着骨瘦如柴的手臂往上推，一直推到腋下。</u>她自己也不能相信她年轻的时候有过滚圆的胳膊。就连出了嫁之后几年，镯子里也只塞得进一条洋绉手帕。十八九岁做姑娘的时候，高高挽起了大镶大滚的蓝夏布衫袖，露出一双雪白的手腕，上街买菜去。喜欢她的有肉店里的朝禄，她哥哥的结拜弟兄丁玉根，张少泉，还有沈裁缝的儿子。喜欢她，也许只是喜欢跟她开开玩笑，然而<u>如果她挑中了他们之中的一个，往后日子久了，生了孩子，男人多少对她有点真心。</u>七巧挪了挪头底下的荷叶边小洋枕，凑上脸去揉擦了一下，那一面的一滴眼泪她就懒怠去揩拭，由它挂在腮上，渐渐自己干了。

> 如果不嫁姜家，七巧的命运又如何？

七巧过世以后，长安和长白分了家搬出来住。七巧的女儿是不难解决她自己的问题的。谣言说她和一个男子在街上一同走，停在摊子跟前，他为她买了一双吊袜带。也许她用的是她自己的钱，可是无论如何是由男子的袋里掏出来的。……当然这不过是谣言。

> 月圆月缺，首尾呼应。月亮象征自古以来的女性命运

<u>三十年前的月亮早已沉了下去</u>，三十年前的人也死了，然而三十年前的故事还没完——完不了。

（一九四三年十月）

★编选者的话：

《金锁记》是张爱玲小说中成就最高的一部作品。20多年后，她又将它改为长篇小说《怨女》，由此可见张爱玲本人对它的偏爱。《金锁记》是一篇写女人的小说。在写女人的小说中，从未见过有谁能像张爱玲这样将一个女性的心理渲染到如此令人战栗的程度。曹七巧因财产泯灭了自己的情欲，转回头来又以封杀别人和自己儿女的情欲来作为自己情欲缺失的补偿。这种变态情欲流的恐怖与怜悯是小说震撼力的源泉；而多种意象的建构，使人物的动作、心理、暗示、感觉、道具、色彩融为一体，文字间有一种张力与通感。

解读全篇小说，一个从五彩缤纷到灰暗艰涩最终情干神衰的曹七巧伴着尘埃慢慢向历史的长河隐去……

★作者的话：

<u>极端病态与极端觉悟的人究竟不多</u>。时代是这么沉重，不容那么容易就大彻大悟。这些年来，人类到底也这么生活了下来，可见疯狂是疯狂，还是有分寸

的。所以我的小说里,除了《金锁记》里的曹七巧,全是些不彻底的人物。他们不是英雄,他们可是这时代的广大的负荷者。因为他们虽然不彻底,但究竟是认真的。他们没有悲壮,只有苍凉。悲壮是一种完成,而苍凉则是一种启示。

> 苍凉:张爱玲小说的主题

我知道人们急于要求完成,不然就要求刺激来满足自己嗜好。他们对于仅仅是启示,似乎不耐烦。但我还是只能这样写。我以为这样写是更真实的。我知道我的作品里缺少力,但既然是个写小说的,就只能尽量表现小说里人物的力,不能代替他们创造出力来。而且我相信,他们虽然不过是软弱的凡人,不及英雄有力,但正是这些凡人比英雄更能代表这时代的总量。

> 在张爱玲笔下,七巧的文化程度和家庭地位都是最低的

《自己的文章》,《张爱玲评说六十年》,73页,中国华侨出版社2001/8

★相关评论:

最初她把黄金锁住了爱情,结果却锁住了自己。爱情磨折了她一世和一家。她战败了,她是弱者。但因为是弱者,她就没有被同情的资格了么?弱者做了情欲的俘虏,代情欲做了刽子手,我们便有理由恨她么!作者不这么想。在上面所引的几段里,显然有作者深切的怜悯,唤引着读者的怜悯。还有:"多少回了,为了要按奈她自己,她逼得全身的筋骨与牙根都酸楚了。""十八九岁姑娘的时候……喜欢她的有……如果她挑中了他们之中的一个,往后日子久了,生了孩子,男人多少对她有点真心。七巧挪了挪头底下的荷叶边洋枕,凑上脸去揉擦一下,那一面的一滴眼泪,她也就懒怠去揩拭,由它挂在腮上,渐渐自己干了。"这些淡淡的朴素的句子,也许为粗忽的读者不曾注意的,有如一阵温暖的微风,抚弄着七巧墓上的野草。

傅雷《论张爱玲的小说》,《万象》第3卷第11期(1994/5)

排在卷首的《金锁记》最称力作。然而这篇精巧、结实、在性格描写方面极见功力的小说,对于说明张爱玲的文学观念,却不一定是最具代表性的。曹七巧是张爱玲小说世界中惟一的"英雄",而张爱玲所主张的,却是写"软弱的凡人",因为在她看来,"正是这些凡人比英雄更能代表这时代的总量"。而且与其艺术成就显得同样触目的是,在《金锁记》里,缺乏故事于历史生活之间的必然联系,情节、人物性格缺乏历史的规定性。这不免令人惋惜。不同于《传奇》中其他诸作,《金锁记》所写的姜公馆中人,不过因时代动乱客居沪上,他们的生活方式,显然没有与沪上的生活情调融合起来;也不同于《传奇》中其他诸篇,七巧与小叔子季泽、七巧女儿长安与留洋学生童世舫的"爱情",尽管在曹七巧的性格刻画中处于重要位置,但"两性关系"毕竟只是作品观察与表现曹七巧的<u>一个</u>角度,即使是一个极关重要的角度。然而,《金锁记》仍然由一个方面,以其强烈的主题笼盖了全书,那就是:金钱对于人性的腐蚀。

赵园《开向沪、港"洋场社会"的窗口》,《张爱玲评说六十年》,
中国华侨出版社2001/8

文献索引：

1. 张爱玲小说要目

《沉香屑·第一炉香》，《紫罗兰》(上海)1943/4
《沉香屑·第二炉香》，《紫罗兰》(上海)1943/6
《茉莉香片》，《杂志》第11卷4期(上海)1943/7
《心经》，《万象》(上海)1943/8
《倾城之恋》，《杂志》第11卷6期(上海)1943/9
《金锁记》，《杂志》第12卷2期(上海)1943/11
《连环套》，《万象》第7、8、9、10、12期连载(上海)1944/1—6
《花凋》，《杂志》第12卷6期(上海)1944/3
《鸿鸾禧》，《杂志》第13卷2期(上海)1944/5
《红玫瑰与白玫瑰》，《杂志》第13卷2、3、4、期连载(上海)1944/5—7
《怨女》，《星岛日报》(香港)1966/9连载

2. 张爱玲研究要目

迅　雨《论张爱玲的小说》，《万象》第3卷11期 1944/5（上海）
张爱玲《自己的文章》，《苦竹》第2期 1944/11（上海）
吕启祥《〈金锁记〉与〈红楼梦〉》，《中国现代文学研究丛刊》1987/1
钱荫愉《丁玲与张爱玲：一个时代的升腾飞扬与苍凉坠落》，《贵州民族学院学报》1987/2
宋家宏《张爱玲的"失落者"心态及其创作》，《文学评论》1988/1
严家炎《张爱玲与新感觉派》，《中国现代小说流派》，人民文学出版社 1989/8
孟　悦、戴锦华《张爱玲：苍凉的莞尔一笑》，《浮出历史地表》，河南人民出版社 1989
柯　灵《遥寄张爱玲》，《张爱玲文集》(第4卷)安徽文艺出版社 1991
于　青《张爱玲传略》，《张爱玲文集》(第4卷)安徽文艺出版社 1991
王剑丛《雅俗结合的宁馨儿——试论张爱玲小说的审美特征》，《社会科学战线》1991/1
余　彬《张爱玲传》，海南出版社 1993/4
静　思编《张爱玲与苏青》，安徽文艺出版社 1994年6月版
《张爱玲研究资料》，海峡文艺出版社 1994/1
萧　南选编《贵族才女张爱玲》，四川文艺出版社 1995
子通、亦清主编《张爱玲评说六十年》，华侨出版社 2001/8
任茹文、王艳著《张爱玲传》，团结出版社 2002年1月版

（车晓勤）

穆旦诗七首

穆旦,原名查良铮,曾用笔名梁真。祖籍浙江海宁。1918年4月5日生于天津。1935年入清华大学,后随校内迁昆明(与北大、南开合并为西南联合大学),1940年毕业,曾短期留校任教。1942年2月作为翻译参加中国远征军,出征缅甸抗日战场。1945年10月赴沈阳筹备并创办《新报》。1948年,在FAO(联合国世界粮农组织)等处工作。1949年8月,赴美留学。1950年获芝加哥大学英美文学硕士。1953年初回国,任南开大学外文系副教授。1958年,被宣布为"历史反革命",身心遭受严重摧残。1977年2月26日,因突发心脏病,病逝于天津。

穆旦是现代以来中国最杰出的诗人和翻译家之一。他的诗歌(出版有《探险者》、《穆旦诗集(1939—1945)》、《旗》等诗集)具有强烈的现代意识、富于深厚凝重的心灵思辨,对现代人的生存处境做出了相当积极的探索,是现代中国现代主义诗歌的旗帜。

作为翻译家,曾翻译出版普希金、拜伦、雪莱、济慈的诗集等16部文学作品及文艺理论著作,50年代,穆旦名字逐渐被翻译家查良铮的名字所取代

我

《我》作于1940年11月,初载1941年5月16日重庆《大公报》。

全诗共四节。前两节通过一种主观性极强的时间("时流")和空间("子宫"),标明了"我"的被锁闭状态:"锁在荒野里"。"我"不断挣扎,仍不能溶入历史和人群。后两节通过"遇见"表达了"冲出樊篱"的决心,即向外诉求和发展的愿望,最终结果却是再一次被锁闭。所谓"更深的绝望"是一种两难之境:既指"渴望着救援"而不可得,又指向外诉求和发展同样不可得。这样,它写出了现代社会个体命运的"残缺性"及孤独本性。

从子宫割裂,失去了温暖,
是残缺的部分渴望着救援,
永远是自己,锁在荒野里,

从静止的梦离开了群体,
痛感到时流,没有什么抓住,
不断的回忆带不回自己,

遇见部分时在一起哭喊,
是初恋的狂喜,想冲出藩篱,

子宫:一个身处其中无所知觉,脱离后只能在想象中回味失去的温暖的空间

时流:时间流动,充满主观感受性

部分:既指第一节"残缺的部分",又对应第二节的"群体",不妨看成是与"我"相似的另一个"我"

> 伸出双手来抱住了自己
>
> 幻化的形象,是更深的绝望,
> 永远是自己,锁在荒野里,
> 仇恨着母亲给分出了梦境。

★编选者的话:

《我》是穆旦写作中现代意味最为强烈的作品之一。穆旦作品最基本的价值取向就是对"现代的'我'"的探讨。有时候,这个"我"和"你"、"他"并列,即"我"处于和意象、词语并列的地位;但在《我》中,这种探讨上升到了主题层面:"我"是"残缺"的;"我"被围困在一个锁闭的"荒野"里。"我"等待着拯救,或,等待着突"围"而出。

从诗人整个探讨过程来看,对"残缺的我"这一基本主题的关注是一以贯之的。《我》虽深刻地揭示了自我"残缺"的困境,但尚处于过渡阶段。与《被围者》(1945)相比,《我》的"残缺"正热切地"渴望着救援";在《被围者》中,"我"才真正甄破现实的欺骗机制及平庸本性。

读者可结合《防空洞里的抒情诗》(1939)、《从空虚到充实》(1939)、《控诉》(1941)、《诗八首》(1942)、《被围者》(1945)等一并阅读,以更好地理解"我"在诗人笔下的丰富内涵。

★相关评论:

对于一个中国现代诗人来说,要撇开许多俗成的观念和已成滥调的套语,重新坦率地探索现代人的自我,是加倍困难的。许多人止于表面的假象,不愿进入陌生芜乱的境地。穆旦却反叛成规俗见,反复强调并在诗中创造"我"的身份,通过它考察它的感触、它扮演的角色及其意义……虽然诗名叫做《我》,穆旦却利用了中文的特质,省略了这个文法上的主词,一开始就强调了个体的被动性和易感性。诗中的"我"是残缺的、孤立的,这是时间也是空间的隔绝,既没法溶入历史的整体,也没法汇入群众之中。失去那种和谐的整体性,是现代的"我"焦虑的由来,所以便用种种方法来反叛,想改变这状态。第三段最末一行至第四段第一行是惟一的跨行句,如果孤立地读是"伸出双手来抱住了自己",是自我封闭的态度;如果连起来读是"伸出双手来抱住了自己幻化的形象",是向外投射、寻觅、求证,结果"是更深的绝望"。这里诗人巧妙地利用了跨段跨行的欲断欲连,写出了自闭和外求的两难之境。"自我"一词在诗中四个段落出现四次,分别是:自己被锁在荒野中,自己在时流中迷失,自己想冲出"藩篱"等。第四段自己"锁在荒野里"再重复出现,好像是重复开头第一段,但因为处在段中的位置不同,所以并不是首尾呼应地"锁"住全诗、关起自我,而是有了差异,有了转变。"自己"在开始第一段是从子宫割裂出来的客体,被锁在荒野里;到了最后一段,照语法看,"自己"虽然被锁在荒野里,却是仇恨的主体,"仇恨着母亲给分出了梦境"。在自我的孤立和关系的破碎之中,惟一可以肯定的只有主观的感受:狂喜、绝望以及仇恨。

梁秉钧《穆旦与现代的"我"》,《一个民族已经起来》,江苏人民出版社 1987

旁注:
- 母亲对应子宫
- 《我》从抽象层面对现代社会个体的两难处境做出了理性探讨
- 该文讨论了"发展至内省阶段的现代主义作品"中"我"的种种特性:"不再是一种自我的爆发或讴歌,而是强调自我的破碎和转变,显示内察的探索";易"受外事影响"等。《我》体现了这种特性

赞　美（节选）

《赞美》作于1941年12月，初载1942年2月16日《文聚》一卷一期。

《赞美》最核心的情感和信念是："一个民族已经起来"，这也是穆旦诗歌创作的基本主题之一。全诗共四节，每一节都以"一个民族已经起来"收束。节选为第一节。在这一节里，诗人主要从"人民"层面，也即整体层面直接抒发了"一个民族已经起来"的感情；随后三节采取象征手法，将情感寄寓在一个具体形象——"农夫"身上，通过"农夫"这个"受难者形象"，一方面祖国灾难深重的现实得以突现；另一方面，情感获得深化，也更显诚挚。

> 《赞美》是穆旦前期代表作之一

　　走不尽的山峦的起伏，河流和草原
　　数不尽的密密的村庄，鸡鸣和狗吠，
　　接连在原是荒凉的亚洲的土地上，
　　在野草的茫茫中呼啸着干燥的风，
　　在低压的暗云下唱着单调的东流的水，
　　在忧郁的森林里有无数埋藏的年代。
　　它们静静地和我拥抱：
　　说不尽的故事是说不尽的灾难，沉默的
　　是爱情，是在天空飞翔的鹰群，
　　是干枯的眼睛期待着泉涌的热泪，
　　当不移的灰色的行列在遥远的天际爬行；
　　我有太多的话语，太悠久的感情，
　　我要以荒凉的沙漠，坎坷的小路，骡子车，
　　我要以槽子船，漫山的野花，阴雨的天气，
　　我要以一切拥抱你，你，
　　我到处看见的人民呵，
　　在耻辱里生活的人民，佝偻的人民，
　　我要以带血的手和你们一一拥抱。
　　<u>因为一个民族已经起来。</u>

> 长期负荷着"希望与失望"的"人民"——这民族的脊梁保持着坚忍的沉默，从不诅咒，这是一个不会屈服的民族，一个必将站立起来的民族

> 有点像艾青风格的诗，深沉的感情，质朴的意象，绵长而细密的长句，北方的大地和人民

★编选者的话：

作为《赞美》最核心的情感，"一个民族已经起来"同时也是当时众多诗人及广大民众的普遍情感，是一种"战争乌托邦"：基于历史进化论观念，相信战争能净化一切，能改变旧中国，建立新中国。

穆旦<u>独特之处</u>在于：借助意象的不断铺陈及情感的不断激荡来表达"赞美"之情，这既使得张扬的生命力超越词语层面直抵读者内心，又和那些廉价的标语口号形成了境界性区别。

> 独特之处：意象的创造与选择

更独特之处在于，穆旦选取的词语多是和生命力张扬相反的词语，如"忧

郁"、"干枯"、"灰色";意象更几乎全是非歌颂型意象:来自"荒凉"、"耻辱"的生存底层,来自民族传统以来的不为人注意的农业型空间。这充分显示了诗人情感的滞重性:对于祖国怀有无比诚挚的热爱,以及强烈的忧患意识——这也显示了诗人作为一个现代知识分子的独立性。这样,《赞美》既反映了战争来临时个体的情感,又经过艺术的有效积淀上升到民族史诗的高度。

读者可结合《中国在哪里》(1941)等诗来理解《赞美》的情感。《中国在哪里》中有:"希望,系住我们。希望/在没有希望,没有怀疑/的力量里,//在永远被蔑视的,沉冤的床上,/在隐藏了欲念的,枯瘪的乳房里,/我们必需扶助母亲的生长/我们必需扶助母亲的生长/我们必需扶助母亲的生长/因为在史前,我们得不到永恒,/我们的痛苦永远地飞扬,/而我们的快乐/在她的母腹里,是继续着……"在诗人看来,"隐藏了欲念的,枯瘪的乳房"比年轻丰满、没有岁月伤痕的"乳房"更为滞重;"佝偻"的、"在耻辱里生活的人民"比欢唱歌舞升平的人民更为滞重。这同样饱含了诗人的热爱与忧患之情。

需要特别指出的是,这种词语和意象取向问题,也即这种奇崛而滞重的情感,往往被我们所忽略,以致并不被理解。长期以来,穆旦并不被读者、特别是年轻读者所熟知,这是一个重要原因。穆旦的这种遭遇并非他所独有。

<small>帕乌斯托夫斯基在《早就打算写的一本书:亚历山大·勃洛克》中谈到俄苏诗人勃洛克时,谈论了类似情况,即青年人不理解勃洛克对已经消逝的俄罗斯所怀的那种情感(详见《金玫瑰》)。</small>

穆旦诗歌诞生的年代已然"消逝",它所流现的情感,作为民族精神的一个重要组成部分,却应该不断流传。

★相关评论:

<small>结合穆旦经历及其思想矛盾,点明了《赞美》所蕴涵的深挚情感的由来</small>

在抗战爆发以前,作为学生的诗人主要生活在校园里,咖啡店里的生活于他是自然而然的,但抗战军兴,穆旦本人作为清华护校成员,随校南下;长沙临大转迁昆明,他作为"湘黔滇旅行团"成员,步行三千华里,沿途见到无数为贫穷、鸦片、愚昧所苦的"苍白""孱弱"的农民和他们的子女,他们无声无息、无知无觉,"流着汗挣扎、繁殖";到昆明后,这些无疑成为一种"经验"烙上诗人的心灵,而使他产生一种近乎"原罪"的负罪感。然而从前全部的"温馨"记忆,也很难一笔抹去,但农民的愚昧无知确实又是他所不能认同和俯就的,如何救赎自己的"原罪",又如何处理自己的战时生活,使其不至于和目光所及的农民的生活有巨大的反差,这些问题折磨着诗人,他应做出痛苦、深入的思考……战争的"乌托邦"解救了他……到了《赞美》,这种混乱和矛盾得到了一定程度的解决,农人既是实体又是象征,当穆旦说"再一次相信名词,溶进大众的爱/坚定地,他看着自己溶进死亡里"时,他对农民的付出有同情和敬佩,对战争的不公,对以"名词"来利用、使用"大众的爱"保持警惕;而当他说"一个农夫,他粗糙的身躯移动在田野中","翻起同样的泥土溶解过他祖先的,/是同样的受难的形象凝固在路旁"时,这个农人是整个民族背负的象征,成了赞美的对象。

姚丹《"第三条抒情的路"》,《中国现代文学研究丛刊》1999/3

诗八首

《诗八首》作于1942年2月,初载1942年4月《文聚》一卷三期。原题为《诗八章》,收入《旗》时改为《诗八首》。

这是一首充满理性思辨色彩的爱情诗。全诗共八章,有开始、发展,更有矛盾爆发,及最终的爱情丧失。敏锐的个体一开始就意识到爱情受制于"上帝",但依然决定在这种"危险"境遇里体验生命的"丰富",以获得自身发展。"危险"(内在矛盾)随时都可能爆发,但个体藉此感受到了自身存在,并确证了自身的肉体感觉。随着内在矛盾发展,个体有了一个惊人发现:爱情对个体发展而言是一种限制;爱情是一种被"相同"和"差别"限定的永劫:"相同"带来"倦怠","差别"带来"陌生"。由于"相同"与"差别"是人与人处境的两极,它最终宣告了爱情的丧失,个体回归"孤独"。

与上帝的永恒相比,爱情不过是一种"偶然";个体生命终将化为平静,个体终究抵挡不了上帝的"不仁的嘲弄",终究抵挡不了生命前定的虚空。这多少带有点悲观色彩。

> 这种既甜蜜沉迷又矛盾痛苦的爱情,是一次现实失败,更是一种形而上的失败。爱情从欲望转变为思想,个体生命体验被推向崭新高度:爱情是一种限制。从现代新诗发展进程看,它提升了爱情诗的境界

(一)

你底眼睛看见这一场**火灾**,
你看不见我,虽然我为你点燃;
唉,那燃烧着的不过是成熟的年代,
你底,我底。我们相隔如重山!

> 火灾:即爱情之火。灾,蕴涵了内在矛盾

从这自然底蜕变底程序里,
我却爱了一个暂时的你。
即使我哭泣,变灰,变灰又新生,
姑娘,那只是上帝玩弄他自己。

> "上帝"永恒,自然万物却不断蜕变,无法恒常,爱情因此艰难

(二)

水流山石间沉淀下你我,
而我们成长,在死底子宫里。
在无数的可能里一个**变形的生命**
永远不能完成他自己。

> 可看作是"你"

我和你谈话,相信你,爱你,
这时候就听见我底主暗笑,
<u>不断地他添来另外的你我</u>

> 敏锐的个体总能意识到自身生命发展所遭遇到的种种外来限制。但只有体验"危险",个体生命才能"丰富"

使我们丰富而且危险。

（三）

在"黑暗"中，个体感受到了生命的"惊喜"和"温暖"	你底年龄里的小小野兽， 它和青草一样地呼吸， 它带来你底颜色，芳香，丰满， 它要你疯狂在温暖的黑暗里。 我越过你大理石的理智殿堂， 而为它埋藏的生命珍惜； 你我底手底接触是一片草场， 那里有它底固执，我底惊喜。

（四）

尽管"危险"，也要"拥抱"	静静地，我们拥抱在 用言语所能照明的世界里， 而那未成形的黑暗是可怕的， 那可能和不可能的使我们沉迷。
限制总是存在，诗歌也因此充满情绪的张力	那窒息着我们的 是甜蜜的未生即死的言语， 它底幽灵笼罩，使我们游离， 游进混乱的爱底自由和美丽。

（五）

敏感的心灵得到片刻松弛	夕阳西下，一阵微风吹拂着田野 是多么久的原因在这里积累。 那移动了景物的移动我底心 从最古老的开端流向你，安睡。
新的矛盾即将爆发	那形成了树林和屹立的岩石的， 将使我此时的渴望永存， 一切在它底过程中流露的美 教我爱你的方法，教我变更。

（六）

相同和相同溶为怠倦，
在差别间又凝固着陌生；
是一条多么危险的窄路里，
我制造自己在那上面旅行。

他存在，听从我底指使，
他保护，而把我留在孤独里，
他底痛苦是不断的寻求
你底秩序，求得了又必须背离。

> 惊人的发现！

> "我"对自我处境的认识：人格一分为二。一个外在的"我"（"他"）永远无法追随"你"的"秩序"；一个内在的"我"锁闭在"孤独"里

（七）

风暴，远路，寂寞的夜晚，
丢失，记忆，永续的时间，
所有科学不能祛除的恐惧
让我在你底怀里得到安憩——

呵，在你底不能自主的心上，
你底随有随无的美丽的形象，
那里，我看见你孤独的爱情
笔立着，和我底平行着生长！

> 安憩：祈求灵魂的救赎

（八）

再没有更近的接近，
所有的偶然在我们间定型；
只有阳光透过缤纷的枝叶
分在两片情愿的心上，相同。

等季候一到就要各自飘落，
而赐生我们的巨树永青，
它对我们的不仁的嘲弄
（和哭泣）在合一的老根里化为平静。

> 完全消融，完全接近的不可能

> 爱情最终丧失，归于"孤独"

★ **编选者的话：**

《诗八首》据说和诗人本人的恋爱有关。诗人年轻时期的爱情生活很不顺利，这对他的内敛性格及悲观心性有很大影响。本诗最终收束中的悲观情绪也

表明了这一点。

具体到穆旦写作，它统属于穆旦诗歌对个体命运探讨这一基本命题，个体爱情追求的失败再一次印证了现代社会个体命运的"不幸"。这种"不幸"是双重性的：上帝给予了造物"我"以"丰富"的"变化"，但上帝对个体发展本身有太多限制；而个体在获得爱情后对爱情的背离又是另外一种"不幸"，个体总是敏锐地意识到自身现实处境的尴尬。从而凸显出穆旦诗歌的另一重要主题："丰富和丰富的痛苦"。

> 由于内涵的丰富和不确定性，《诗八首》在穆旦所有作品中有可能是被阐释度最高的

★作者的话：

你大概看到我的那《诗八首》，那是写在我二十三、四岁的时候，那里也充满爱情的绝望之感。什么事情都有它的时期，过了那个时期，迫切感就消失了。现在让你不关心它也不成，可是完全迷失于其中也不明智，如果能由于心里的重压而写出诗的结晶，那也不白苦一阵。当然，现在写纯粹打官司的诗，又有点不合时。我想给你抄一首奥登的爱情诗看看：……爱情的关系，生于两个性格的交锋，死于"太亲热、太含糊"的俯顺。这是一种辩证关系，太近则疏远了。该在两个性格的相同和不同之间找到不断的平衡，这才能维持有活力的爱情。

《1975年9月9日致郭保卫的信》，《蛇的诱惑》珠海出版社1997

> 奥登的爱情诗：指《太亲热，太含糊了》
>
> 郭保卫：经杜运燮介绍认识的东方歌舞团青年演员

★相关评论：

他总给人那么一点肉体的感觉，这感觉之所以存在是因为他不仅用头脑思想，他还"用身体思想"。就是关于爱情，他的最好的地方是在那些官感的形相里……这个将肉体与形而上的玄思混合的作品是现代中国最好的情诗之一。

王佐良《一个中国新诗人》，《文学杂志》二卷三期(1947/8)

> "用身体思想"这个最早的经典评价被后来研究者奉为圭臬

徐志摩的情诗是浪漫派的，热烈而缠绵；卞之琳的情诗是象征派的，感情冲淡而外化，可意会而不可言传；穆旦的情诗是现代派的，它热情中多思辨，抽象中有肉感，有时还有冷酷的自嘲……在穆旦那些最佳诗行里，形象和思想密不可分，比喻是大跨度的，富于暗示性，语言则锋利有力，这种现代化的程度确是新诗中少见的。

袁可嘉《诗人穆旦的位置》，《一个民族经起来》，江苏人民出版社1987

> 简略比较，强调了穆旦的现代性

控 诉(节选)

《控诉》作于1941年11月，原题《寄后方的朋友》，发表于桂林《自由中国》1942年5月第二卷1-2期合刊，收入《穆旦诗集(1939—1945)》时改题为《控诉》。

全诗共两章。第一章是背景：无数"耗子"充斥着的"自私"社会；第二章转向了形而上层面，即诗人所要"控诉"的，既针对社会表层那些清晰可辨的现实，更针对潜藏在其里层的那些被"平衡"所毒蛰着的"罪行"。同时，"我们"既是"智

慧"的主体，"控诉"也针对"我们"自身。这里节选的是第二章的后半部分。

……
>但不能断定它就是未来的神，
>这痛苦了我们整日，整夜，
>零星的知识已使我们不再信任
>血里的爱情，而它的残缺
>
>我们为了补救，自动的流放，
>什么也不做，因为什么也不信仰，
>阴霾的日子，在知识的期待中，
>我们想着那样<u>有力的童年</u>。
>
>这是死。历史的矛盾压着我们，
>平衡，毒戕我们每一个冲动。
>那些盲目的会发泄他们所想的，
>而<u>智慧使我们怯懦无能</u>。
>
>我们做什么？我们做什么？
>呵，谁该负责这样的罪行：
>一个平凡的人，里面蕴藏着
>无数的暗杀，无数的诞生。

"有力"的"童年"是一种象征。"我们"所面对的却是"童年"消失后的、充满"历史的矛盾"的、为"平衡"(即"平庸")所笼罩的现实

我们是"智慧"的主体，却因此而缺少了生命的激情

谁该为藏在表象下的罪行负责？深切的控诉！

★编选者的话：

本诗与稍早的《我》和作于1945年的《被围者》三首诗，都指涉了现代人格的"残缺"。写作时间的差别，正显示出问题探讨的逐步深化。

《我》塑造了一个"残缺"、"分裂"的自我形象，当时，"残缺的部分渴望着救援"，是一个痛苦呼号而陷入"更深的绝望"的"我"的形象。

一年之后，在《控诉》中，诗人已认识到，在一个被僵化腐朽的文明浸淫已久的社会里，"懦弱无能"成为知识分子最需要摆脱却往往无法摆脱的命运。虽然"残缺"仍是现代人难以摆脱的人格宿命，个体仍陷于深重的精神困境中，但在这里，"残缺"不再是被动地呼唤"救援"，而成为主动"补救"的对象。这意味着：尽管这一时期的穆旦已经意识到了现实症结之所在，"控诉"也极具力度，但还未找到解决症结的办法。

经过几年的思索，《被围者》终于完成了对现代人格"残缺"的全面指涉和深化："残缺"、"平衡"、"绝望"、"围"等等用意深涩的词语有了最终落实，"残缺哲学"得以确立。读者可将这三首诗结合起来对比阅读。

★相关评论：

《控诉》第一节将时代的操纵者放上审判台，但第二节中被告缺席……卑鄙者通行，腐化与阴谋合法，而正直善良只有陷阱。传统文明崩溃，我们什么也不

指出《控诉》的复杂性及深刻性

做,因为什么也不信仰,个体生命失去价值指向。在重重压迫下,盲目者、未被文明浸染的人敢于发泄,而知识分子因智慧而懦弱,因此,暗杀不仅来自外部的腐朽势力,也源自本体的衰败与僵化,而诞生则是各种势力碰撞所引致的变革。这样,站在被告席上的,应该是旧势力与我们自身的文明病。

张同道《探险的风旗——记20世纪中国现代主义诗潮》,安徽教育出版社 1998/1

> "中国新诗派"即"九叶诗派"
>
> 见《搏求者穆旦》(唐湜)
>
> 将"残缺"上升到"现代哲学和诗学"的高度
>
> 见《诗人与矛盾》(郑敏)

同是中国新诗派的唐湜解释说,他所"毁坏"的,是对"至善的终结"、"绝对的理念"的虚妄追求,从而达到了"一个自觉的超越":这正意味着对以"圆"为中心的传统哲学与诗学的"超越",与以"残缺"为中心的现代哲学与诗学的建立。于是,在穆旦的笔下,出现了中国诗歌史上从未有过的"残缺"的世界里的"残缺"的"自我":如果说在传统诗歌里诗人的主体是与客体的物象融合为一体的,从早期白话诗开始,才出现了有着强大的独立意志的诗人主体,但诗中的自我,或者是浪漫主义的无限扩张(如创造社郭沫若的诗歌),或者虽然已经触及现代社会里知识者个体的种种矛盾与痛苦,却缺乏开掘到灵魂深处的勇气与思想穿透力,终不免成为充满感伤情调的自哀与自恋(如戴望舒、何其芳30年代的诗歌);那么,现在在穆旦的诗歌里,出现了站在不稳定的点上,不断分裂、破碎的自我,存在于永远的矛盾的张力上的自我,诗人排拒了中国传统的中和与平衡,将方向各异的各种力量,相互纠结、撞击,以致撕裂。所有现代人的生命困惑:个体与群体、欲望与信仰、现实与理想、创造与毁灭、智慧与无能、流亡与归宿、拒绝与求援、真实与谎言、诞生与谋杀、丰富与无有……,全都在这里展开:不是简单化的二元对立,也不是直线化地"一个吃掉(否定)一个",而是相互对立、渗透、纠结为一团,如同为中国新诗派的郑敏所说,是"思维的复杂化,情感的线团化":这正是现代人的思维方式和情感方式。于是,我们可以说,早期白话诗人所提出的建立现代新诗的现代思维方式与情感方式的历史任务,到穆旦这里开始得到了初步的落实,这自然是意义重大的。

钱理群、吴福辉、温儒敏《中国现代文学三十年(修订本)》,北京大学出版社 1998

森林之魅
——祭胡康河上的白骨(节选)

《森林之魅》作于1945年9月,载1946年7月《文艺复兴》一卷六期,1947年7月1日《文学杂志》二卷二期。原题为《森林之歌——祭野人山死难的兵士》。

1942年,穆旦经历了缅甸抗日战场上惨绝人寰的"野人山战役"。《森林之魅》是穆旦第一次也是惟一的一次正面表现这次战役的诗作。从形式上看,作品有意识地借鉴了西方诗歌中常见的"诗剧体"形式,即"拟诗剧"体,全诗基本由"森林"与"人"这两个角色的对话组成,以未出场的诗人唱出的"葬歌"结束。从内容上看,它着眼于森林的恐怖和"非文明性",并将"人"置于这种死亡背景之上,充分表现了"人"所感受到的恐惧、饥饿与绝望,这就是诗人眼中的"战争"的意义:"人"对死亡的恐惧,个体的被遗忘。

节选为最后三节,最能传达出诗歌内核:对于大地和死亡的"恐惧"。

人:
是什么声音呼唤?有什么东西
忽然躲避我?在绿叶后面
它露出眼睛,向我注视,我移动
它轻轻跟随。黑夜带来它嫉妒的沉默
贴近我全身。而树和树织成的网
压住我的呼吸,隔去我享有的天空!
是饥饿的空间,低语又飞旋,
像多智的灵魂,使我渐渐明白
它的要求温柔而邪恶,它散布
疾病和绝望,和憩静,要我依从。
在横倒的大树旁,在腐烂的叶上,
绿色的毒,你瘫痪了我的血肉和深心!

森林:
这不过是我,<u>没法</u>朝你走近,
我要把你领过黑暗的门径;
美丽的一切,由我无形的掌握,
全在这一边,等你枯萎后来临。
美丽的将是你无目的眼,
一个梦去了,另一个梦来代替,
无言的牙齿,它有更好听的声音。
从此我们在一起,在空幻的世界游走,
空幻的是所有你血液里的纷争,
一个长久的生命就要拥有你,
你的花你的叶你的幼虫。

葬歌:
在阴暗的树下,在急流的水边,
逝去的六月和七月,在无人的山间,
你的身体还挣扎着想要回返,
而无名的野花已在头上开满。

那刻骨的饥饿,那山洪的冲击,
那毒虫的啮咬和痛楚的夜晚,
你们受不了要向人讲述,
<u>如今却是欣欣的林木把一切遗忘。</u>

过去的是你们对死的抗争,

旁注:
在《文学杂志》发表时,"没法"为"设法"

"森林"以"无形"之手掌握一切

充满历史悲观主义:人的葬歌,人的历史终将被遗忘在森林中

你们死去为了要活的人们的生存,
那白热的纷争还没有停止,
你们却在森林的周期内,不再听闻。

静静的,在那被遗忘的山坡上,
还下着密雨,还吹着细风,
没有人知道历史曾在此走过,
留下了英灵化入树干而滋生。

★ 编选者的话:

1942年2月,穆旦作为随军翻译参加中国远征军,出征缅甸抗日战场。战争异常残酷,他本人也几乎在撤退中死去。正是这次经历带来了穆旦写作的变化:一方面,随后几年的诗歌,如《阻滞的路》(1942/8)、《活下去》(1944/9)等出现了以"'绝望'引路"这样相当奇崛的信念——从整个中国现代文学发展看,它和鲁迅"绝望的抗争"紧密相关;另一方面,他对战争的观照获得深化和独特化。

这种视角既针对战争本身,更针对战争中的个体命运:所谓"战争"是"一次人类的错误";"退伍"是从"没有个性的兵,重新恢复了一个人"(《退伍》);印度民族英雄甘地是一个"唯有勇敢地和上帝同行,使众人忏悔"的人(《甘地》);"农民兵"是"最可爱的人"(《农民兵》);对"先导"的态度则是:"你们惟一的遗嘱是我们,这醒来的一群,/穿着你们燃烧的衣服,向着地面降临。"(《先导》);《轰炸东京》中有:"因为一个合理的世界就要投下来,/我们要把你们长期的罪恶提醒"。凡此种种,所凭依的是纯粹的个人视角,并无半点意识形态的影子。

《森林之魅》是这种视角的聚焦。这不仅是因为写作时间上延伸,更是因为个人化写作态度的最终确立。与《赞美》等诗中的历史进化式的乐观主义不同,《森林之魅》充满强烈的悲剧意识:在战争中,死去的个体生命不过是一个终将被湮没、被摧毁、被"遗忘"的渺小生物;而活着的人内心所存留的也不是英雄主义的梦想,而是一个充满"惧怕"的自我——这"惧怕"甚至源自"大地",而不仅仅是战争,这更突现了战争本身的残酷性,以及现实对个体生命的深刻戕害。

对这种"戕害"的认识是穆旦诗歌一个重要的生长点:战争胜利了,兵"还原"为人了,但现实"戕害"并未结束。《退伍》里还有:"你未来的好日子隐藏着敌人"。《农民兵》里也还有:"他们被谋害从未曾控诉。"这已包含了深化意味:战争现实对个体具有强大摧毁力,蒙昧及庸碌的现实生活对个体同样有着强大的戕害力。

在一定程度上,"用身体思想"的含义即在于此

这时的穆旦不再是那个怀有"雪莱式的浪漫派"梦想,或像《赞美》那样热情高呼"一个民族已经起来"的穆旦了,他已经最终确立了自我——这种自我借助战争诗歌来表达。首先,这可视为一种政治态度——作为诗人和知识分子的穆旦的态度:不站在任何先验的政治立场上,而是站在"人"的立场上来评判战争;其次,进而推广为一种写作姿态:即以个人的生存感觉和体验来认识事物,拒绝来自书本或先验价值体系的判断。这种写作姿态带来了穆旦诗歌鲜明的个性,

在整个四十年代独树一帜。在这个意义上,《森林之魅》在穆旦整个写作中占有异常重要的地位,它意味着一个新的阶段的诞生。

★ **相关评论:**

  "诗剧"形式的写作,在穆旦诗中确然是一种"客观化"传达方式的自觉实践。穆旦读书期间,就与袁可嘉所说的1935年前后的几位英国现代诗人"诗剧"创作崛起的现象之间,有着一种深度联系。他的诗里有浪漫的热诚和强烈的政治意识,却努力避免热情呼喊式的浪漫的感伤和正面陈述式的政治的感伤,而用象征的意象、观念的跳跃和模糊化的语言传达;他的情感和经验充满了现实的和个人生命体验的矛盾与痛苦的张力;他常常拉开抒情、叙述对象与诗人自我之间的距离,用远距离的透视方法构造象征的世界。这样的创作姿态和心理特质,使他很容易接受西方诗剧创作的形式。但是又不是完全按照长篇诗剧形式创作,而将戏剧表现形式容纳于或短或长的抒情与叙事的框架中,成为一种或可称为"拟诗剧"形式的作品。这些作品有《神魔之争》(1941)、《森林之魅》(1945)、《隐现》(1947)……《森林之魅》……作者没有将这一题材写成叙事诗,或抒情的控诉,而是纳入短小的诗剧框架,为我们揭开人类生活悲剧中残酷的一页。

> 从艺术层面揭示了穆旦诗歌创作的艺术特点

孙玉石《中国现代主义诗潮史论》,北京大学出版社 1999

隐 现(节选)

  《隐现》作于1947年8月,发表于1947年10月26日《大公报·文艺》(天津版),1948年5月《文学杂志》二卷十二期。

  这首诗作的宗教意味极为强烈,虽然"隐现"并非正式意义上的宗教性用语。从字面看,"隐现"指"时隐时现",其中暗含所显现之物并不清晰之意,"与作者本人所认为的'主'的时而'隐'时而'现'的属性有着密切的关系"。

  诗歌包含"宣道"、"历程"、"祈神"三章。前面的"<u>献词</u>"显现了全诗的精神取向:寻求精神救主。随后三章是一个完整过程:先借助《圣经·旧约全书·传道书》这一经典来"宣道":"一切皆虚有,一切令人厌倦。"接下来展现个体成长"历程":个体命运从一诞生就被"固定"。突破约束、不断扩充自己、不断追求而不可得;生活"困难"而找不到通向"你的一扇门"。这样,"历程"归宿为虚有。"祈神"章是用相当虔敬的语气祈求主对个体的拯救。

> 献词为:"让我们看见吧,我的救主。"

3 祈神

……
让我们和耶稣一样,给我们你给他的欢乐,
因为我们已经忘记了
在非我之中扩大我自己,

> 以祈求的语气来祈祷欢乐

让我们体验我们朝你的飞扬,在不断连续的事物里,
　　　让我们违反自己,拥抱一片广大的面积,

　　　主呵,我们这样的欢乐失散到哪里去了

<small>在一种张力中表现"我们"的矛盾和冲突</small>

　　　因为我们生活着却没有中心
　　　我们有很多中心
　　　我们的很多中心不断地冲突,
　　　或者我们放弃
　　　生活变为争取生活,我们一生永远在准备而没有生活,
　　　三千年的丰富枯死在种子里而我们是在继续……

　　　主呵,我们衷心的痛惜失散到哪里去了

　　　每日每夜,我们计算增加一点钱财,
　　　每日每夜,我们度量这人或那人对我们的态度,
　　　每日每夜,我们创造社会给我们划定的一些前途,

　　　主呵,我们生来的自由失散到哪里去了

　　　等我们哭泣时已经没有眼泪
　　　等我们欢笑时已经没有声音
　　　等我们热爱时已经一无所有
　　　一切已经晚了然而还没有太晚,当我们知道我们还不知道的时候,

　　　主呵,因为我们已经看见了,在我们聪明的愚昧里,
　　　我们已经有太多的战争,朝向别人和自己,
　　　太多的不满,太多的生中之死,死中之生,
　　　我们有太多的利害,分裂阴谋,报复,
　　　这一切把我们推到相反的极端,我们应该
　　　忽然转身,看见你

　　　这是时候了,这里是我们被曲解的生命
　　　请你舒平,这里是我们枯竭的众心
　　　请你揉合,
　　　主呵,生命的源泉,让我们听见你流动的声音。

★编选者的话:

　　穆旦诗歌中的宗教取向是被现实一步一步鞭打出来的。随着诗人对"现代的'我'"的认识逐渐深化,其主题也日渐清晰。《玫瑰之歌》(1940)中有"虽然我

还没有为饥寒,残酷,绝望,鞭打出过信仰来",指明了"信仰"(宗教)和现实的紧密联系;《诗四首》(1948)中的"他们太需要信仰"也表明了这一点。这凸显出穆旦的一种大致思考:既然现代社会中"我"是"残缺"的,是"不幸"的,那就需要有"信仰"(宗教)来进行拯救,这即是"原罪"与"救赎"。

不妨将《被围者》和《隐现》并行阅读,两者篇幅虽相差甚远,但"突围"和"祈神"的语气对应饶有趣味:一个无比决绝,一个无比虔敬。这两种极致表明了两个主题在诗人内心都有着深刻烙印。而这种无以复加的矛盾本身也揭示了"现代的我"的特性。

★相关评论:

> 穆旦对于中国新诗写作的最大贡献,照我看,还是在他的创造了一个上帝。他自然并不为任何普通的宗教或教会而打神学上的仗,但诗人的皮肉和精神有着那样的一种饥饿,以致喊叫着要求一点人身以外的东西来支持和安慰。大多数中国作家的空洞他看了不满意……在中国式极为平衡的心的气候里,宗教诗从来都没有发达过。我们的诗里缺乏大的精神的起伏……但是穆旦,以他的孩子似的好奇,他的在灵魂深处的窥探,至少是明白冲突和怀疑的……就目前说,我们必须抗议穆旦的宗教是消极的。他懂得受难,却不知至善之乐。不过,这可能是因为他今年还只有二十七岁。他的心还在探索着。这种流动,就中国新诗写作而言,也许比完全的虔诚要更有用些。
>
> 王佐良《一个中国新诗人》,《文学杂志》第 2 卷第 3 期(1947/8)

王佐良最早对穆旦诗歌中的宗教取向问题做出了评价。需要指出的是,此文写作时,《隐现》还未诞生;但"消极"的预言,最终成为事实:在穆旦诗歌中,"至善之乐"始终被"受难"所淹没

冬(节选)

《冬》作于 1976 年 12 月,1980 年 2 月以"穆旦遗作选"刊于《诗刊》第 2 期。

《冬》共有四章,从语言表达看,受当时诗人所潜心翻译的普希金、拜伦等人诗歌语言表达习惯的影响,整体语言效果流畅,不再像 40 年代诗歌那么晦涩。

节选为第一章。其余三章不似这章整齐,但情绪基本相似:"人生已到严酷的冬天"的悲观情绪。它同时也是诗人当时其他不少作品共有的情绪,是诗人生命的总结,真实地反映了"一个身处黑暗的命运隧道人"的现实态度。

《冬》最初手稿及在《诗刊》初刊时,第一章每一节最后一句均为"人生本来就是一个严酷的冬天"。杜运燮等认为这种复沓"太悲观",才改为不同的四行。诗虽然改了,但前后对照更折射出诗人当时的悲观情绪

(一)

我爱在淡淡的太阳短命的日子,
临窗把喜爱的工作静静做完;
才到下午四点,便又冷又昏黄,
我将用一杯酒灌溉我的心田。
<u>多么快,人生已到严酷的冬天。</u>

一种舒淡、平和的调子

冰河下面跳跃着生命的律动	我爱在枯草的山坡，死寂的原野， 独自凭吊已埋葬的火热一年， 看着冰冻的小河还在冰下面流， 不知低语着什么，只是听不见。 呵，生命也跳动在严酷的冬天。
回忆好友围火闲谈，生之乐趣竟然如此短暂	我爱在冬晚围着温暖的炉火， 和两三昔日的好友会心闲谈， 听着北风吹得门窗沙沙地响， 而我们回忆着快乐无忧的往年。 人生的乐趣也在严酷的冬天。
温润的雪花，一种温情，温暖着寒冷	我爱在雪花飘飞的不眠之夜， 把已死去或尚存的亲人珍念， 当茫茫白雪铺下遗忘的世界， 我愿意感情的热流溢于心间， 来温暖人生的这严酷的冬天。

★编选者的话：

1977年2月26日，穆旦逝世于天津。《冬》是绝笔之作。

1958年12月，穆旦被打成"历史反革命"。那时起，虽然翻译了大量诗歌作品，但诗歌写作却不得不放弃，一直到1975年。1976年，诗人至少写下了27首诗（含断章），可算是一次高峰。与40年代的创作相比，此时诗人的风格已有了较大转变。虽然，对现实的"控诉"仍有体现（如《演出》），但已退居次要地位，占主要篇幅的是人生总结：静穆的人生回顾和生命咏叹。如《冥想》中有："但如今，突然面对着坟墓，/我冷眼向过去稍稍回顾，/只见它曲折灌溉的悲喜/都消失在一片亘古的荒漠，/这才知道我的全部努力/不过是完成了普通的生活。"

《冬》也是这种生命态度的具体化。40年代，诗人曾在《春》等诗里讴歌过充满肉感和青春气息的春天："蓝天下，为永远的谜迷惑着的/是我们二十岁的紧闭的肉体"；可到了晚年，诗人认为："那蓬勃的春夏两季使人昏头转向，像喝醉了的人，我很不喜欢。"秋天与冬天，"这是我最爱的两个季节。它们体现着收获、衰亡、沉静之感，适于在此时给春夏的蓬勃生命做总结"。正是从这种态度的绝对转换上来看，《冬》成为诗人人生的一种有意识收束，是"悲观的终结"。

有论者认为，穆旦若继续写下去，"会更有成就"。遗憾的是，尽管穆旦在1975—1976年间写下的作品"属于'文革'中的潜在写作中最优秀的诗歌之列"，但因为早逝，我们无法看到他的更大发展和更多成就。这不能不说是中国文学的重大损失。

★ 相关评论：

我觉得穆旦晚年的诗歌更有价值。40年代，他太年轻了，他的诗歌不可能真正反映人类的生存和历史，不可能真正反映民族和世界。到了晚年，他对于现实有了更真实的理解。我一直觉得，如果穆旦活过了1979年，他对生活会更有更深的理解，会更深刻，会更有成就。

易彬《"他非常渴望安定的生活"——同学四人谈穆旦》(郑敏语)，
《文汇读书周报》2002/9/27

> 与众多对穆旦40年代诗歌做出极高评价不同，郑敏认为穆旦晚期诗歌更有价值

与40年代的诗作相比，穆旦晚年的诗思虽然并没有被"驯服"，但更带有一种特有的沧桑和沉郁，字里行间到底透露着一种逼人的凄凉来……《冬》一诗……凝聚和概括了诗人晚年的人生感受和思考。在北方寒冷的冬季里，经受着精神和肉体的痛苦，诗人反复吟诵："人生本来是一个严酷的冬天"。寒冷使心灵变得枯瘦，就连梦也经不起寒风的撕吼，惟有友谊和亲情可慰藉，惟有工作可以抵御它的侵袭，最后一节尤其是一种朴实的震撼人心的力量。诗人以平实朴素的笔调，想象着冬夜旷野里一群粗犷旅人，在简陋的土屋里经过短暂的歇息后，又跨进扑面而来的寒夜，走上漫漫长旅，在"枯燥的原野上枯燥的事物"的广漠背景上，这些粗犷的人群的身影使人怦然心动，这表明，在生命的最后时刻，在绝望的边缘里，诗人仍然不放弃生存、抗争和追问的努力。

宋炳辉《新中国的穆旦》，《当代作家评论》2000/2

> 1976年1月，穆旦骑车不慎摔倒，其最后岁月一直在病痛中度过
>
> 这段评论与"凄凉而驯服"构成对应

文献索引：

1. 穆旦诗集目录

《探险队》，昆明文聚社 1945/1

《穆旦诗集(1939-1945)》，沈阳 1947/5(自费出版)

《旗》，上海文化生活出版社 1948/2

《九叶集》(辛笛等)，江苏人民出版社 1981

《穆旦诗集》(杜运燮编)，人民文学出版社 1986

《穆旦诗全集》(李方编)，中国文学出版社 1996

《蛇的诱惑》(曹元勇编)，珠海出版社 1997

2. 穆旦研究要目

杜运燮等编《一个民族已经起来》，江苏人民出版社 1987

杜运燮等编《丰富和丰富的痛苦》，北京师范大学出版社 1997

王佐良《一个中国新诗人》，《文学杂志》二卷 3 期(1947/8)

唐湜《新意度集》，三联书店 1989

钱理群《鲁迅与穆旦》，《中华读书报》1997/10/15、22

姚丹《"第三条抒情的路"》，《中国现代文学研究丛刊》1999/3

宋炳辉《新中国的穆旦》，《当代作家评论》2000/2

易彬《悲观的终结》，《书屋》，2002/3

易彬《"他非常渴望安定的生活"——同学四人谈穆旦》，《文汇读书周报》，2002/9/27

孙玉石《中国现代主义诗潮史论》，北京大学出版社 1999

张同道《探险的风旗——论二十世纪中国现代主义诗潮》，安徽教育出版社

陈思和等《中国当代文学史教程》,复旦大学出版社 1999
钱理群等《中国现代文学三十年》(修订本),北京大学出版社 1998

3. 其他

[苏联]康·帕乌斯托夫斯基《金玫瑰》,百花文艺出版社 1987

(李跃　易彬)

现代散文五篇

周作人散文一篇

周作人,原名櫆寿,后改名作人,笔名有起孟、启明、知堂、仲密、药堂、周遐寿等。1885 生于浙江绍兴,<u>鲁迅之弟</u>。1906 年赴日本留学,1911 年夏回国。1917年到北京大学任教。"五四"时期是新文化运动的重要代表人物。1937 年抗战爆发后,滞留北京,后出任日伪统治下的北京大学文学院长、华北教育督办等职。1945 年日本投降后被国民党以汉奸罪判刑。1949 年保释出狱后,居家从事希腊、日本文学的翻译。1967 年在北京病逝。 在文学史上与鲁迅并称"周氏兄弟"

周作人是现代文学史上最有影响的散文家之一。他从自己的个性出发,创造了一种"平和冲淡"的散文风格,为现代散文的形成和发展作出了重要的贡献。

苍　蝇

《苍蝇》发表于 1924 年 7 月 13 日的《晨报副镌》及《小说月报》第 15 卷第 12 号,署名朴念仁,收入《雨天的书》、《泽泻集》,是周作人提倡的以叙事与抒情为主的"<u>美文</u>"的范本之一。人们在评论"五四"散文时,一般都要提到这篇短文。批评家阿英甚至将此文的发表作为周作人散文创作(以致整个现代散文创作)发生根本性转折的标志。 借鉴英式随笔 Essay 的艺术散文

文章不足 2000 字,却通过儿时快乐的游戏,以小儿谜语歌、希腊史诗、传说、颂歌、<u>法勃耳</u>的《昆虫记》、我国的《诗经》、日本的俳句等大量的材料来旁征博引,充分说明苍蝇的可爱,富有知识性和趣味性,可读性很强。 显现出作者渊博的学识
法勃耳:今译法布尔

<u>苍蝇不是一件很可爱的东西</u>,但我们在做小孩子的时候都有点喜欢他。我同兄弟常在夏天乘大人们午睡,在院子里弃着香瓜皮瓤的地方捉苍蝇——苍蝇共有三种,饭苍蝇太小,麻苍蝇有蛆太脏,只有金苍蝇可用。金苍蝇即青蝇,<u>小儿谜中所谓"头戴红缨帽,身穿紫罗袍"者是也</u>。我们把他捉来,摘一片月季花的叶,用月季的刺钉在背上,便见绿叶在桌上蠕蠕而动,<u>东安市场有卖纸制各色小虫者,标题云"苍蝇玩物",即是同一的用意</u>。我们又把他的背竖穿在细竹丝上,取灯心草一小段,放在脚的中间,他便上下颠倒的舞弄,名曰"戏棍";又或用白纸条缠在腹上纵使飞去,但见空中一片片的白纸乱飞,很是好看。倘若捉到一个年富力强的苍蝇,用快剪将头切下,他的身子便仍旧飞去。<u>希腊路吉亚诺思(Lukianos)的《苍蝇颂》中说,"苍蝇在被切去了头之后,也能生活好些时光,"</u>大 "起":句式别致。开篇即破题,周作人特点

引证一

纯真的童趣与苍蝇的可爱互为映衬,描写传神

引证二

"承":目的是为了更多引证关于苍蝇的故事	约二千年前的小孩已经是这样的玩耍的了。 　　我们现在受了科学的洗礼,知道苍蝇能够传染病菌,因此对于他们很有一种恶感。三年前卧病在医院时曾作有一首诗,后半云:
指1921年4月18日作的新诗《苍蝇》,载5月12日《晨报·副刊》及9月1日《新青年》9卷5号。署名仲密,收入《过去的生命》	大小一切的苍蝇们, 　　　　美和生命的破坏者, 　　　　中国人的好朋友的苍蝇们呵, 　　　　我诅咒你的全灭, 　　　　用了人力以外的 　　　　最黑最黑的魔术的力。
古今对比。引证三苍蝇本有可爱的历史?	但是实际上最可恶的还是他的别一种坏脾气,便是喜欢在人家的颜面手脚上乱爬乱舐,古人虽美其名曰"吸美",在被吸者却是极不愉快的事。希腊有一篇传说,说明这个缘起,颇有趣味。据说本来苍蝇是一个处女,名叫默亚(Muia),很是美丽,不过太喜欢说话。她也爱那月神的情人恩迭米盎(Endymion),当他睡着的时候,她总还是和他讲话或唱歌,使他不能安息,因此月神发怒,把她变成苍蝇。以后她还是纪念着恩迭米盎,不肯叫人家安睡,尤其是喜欢搅扰年青的人。
"转":苍蝇的性格。 引证四 叮人的是蚊,不叮人的才是蝇 引证五 进化论影响 引证六	苍蝇的固执与大胆,引起好些人的赞叹。诃美洛思(Homeros)在史诗中常比勇士于苍蝇,他说,虽然你赶他去,他总不肯离开你,一定要叮你一口方才罢休。又有诗人云,那小苍蝇极勇敢地跳在人的肢体上,渴欲饮血,战士却躲避敌人的刀锋,真可羞了。我们侥幸不大遇见渴血的勇士,但勇敢地攻上来舐我们的头的却常常遇到。法勃耳(Fabre)的《昆虫记》里说有一种蝇,乘土蜂负虫入穴之时,下卵于虫内,后来蝇卵先出,把死虫和蜂卵一并吃下去。他说这种蝇的行为好像是一个红巾黑衣的暴客在林中袭击旅人,但是他的慓悍敏捷的确也可佩服,倘使希腊人知道,或者可以拿去形容阿迭修思(Odssyeus)一流的狡狯英雄罢。
引证七 引证八 湫[jiǎo]:低洼 对苍蝇抱着友善的态度 周作人曾经翻译过日本俳句	中国古来对于苍蝇也似乎没有什么反感。《诗经》里说,"营营青蝇,止于樊。岂弟君子,无信谗言。"又云:"非鸡则鸣,苍蝇之声。"据陆农师说,青蝇善乱色,苍蝇善乱声,所以是这样说法。传说里的苍蝇,即使不是特殊良善,总之决不比别的昆虫更为卑恶。在日本的俳谐中则蝇成为普通的诗料,虽然略带湫秽的气色,但很能表出温暖热闹的境界。小林一茶更为奇特,他同圣芳济一样,以一切生物为弟兄朋友,苍蝇当然也是其一。检阅他的俳句选集,咏蝇的诗有二十首之多,今举两首以见一斑。一云: 　　　　笠上的苍蝇,比我更早地飞进去了。 这诗有题曰《归庵》。又一诗云: 　　　　不要打哪,苍蝇搓他的手,搓他的脚呢。

我读这一句,常常想起自己的诗觉得惭愧,不过我的心情总不能达到那一步,所以也是无法。《埤雅》云,"蝇好交其前足,有绞蝇之象,……亦好交其后足,"这个描写正可作前句的注解。又绍兴小儿谜语歌云,"像乌虳豆格乌,像乌虳豆格粗,堂前当中央,坐得拉胡须。"也是指这个现象。(格犹云"的",坐得即"坐着"之意。) _{对比自己 / 引证九 / 引证十 / 括号为原注}

据路吉亚诺思说,古代有一个女诗人,慧而美,名叫默亚,又有一个名妓也以此为名,所以滑稽诗人有句云,"默亚咬他直达他的心房。"中国人虽然永久与苍蝇同桌吃饭,却没有人拿苍蝇作为名字,以我所知只有一二人被用为诨名而已。 _{引证十一}

★编选者的话:

要在周作人众多的散文中选一篇来作为代表,不是一件易事,因为他作品的精品很多,相当多的篇目都可以作代表。有人说,读周作人一定要读他的《乌篷船》,但一来所有的现代散文选文都选这一篇,几乎随处可见,二来《苍蝇》更具代表性。 _{《乌篷船》可列入中学生必读书目,而《苍蝇》可列入大学生必读书目}

我们知道,周作人对现代散文最突出的贡献就是创造了一种独特的闲适体小品文,影响深远。这种文体的特点是:闲谈、涩味、简单味、趣味和节奏。而这种文体特点的形成是出现在1924年写的一组散文中。此时,正值"五四"低潮,周作人在他的"彷徨"期找到了"自己的园地",于是写下了《北京的茶食》、《故乡的野菜》、《苍蝇》、《苦雨》等散文。这组散文有意地以闲谈为方式,以"描摹民俗风物,追忆故人风貌"为内容,以表现"生活之艺术"为中心,追求"平淡自然的境地",从而成为典范美文的代表作。周作人正是由此而成为"闲话"散文的第一家。 _{鲁迅、郭沫若等都有自己的彷徨期 / 见《雨天的书·自序二》}

在这组散文中,《苍蝇》最别致。第一,作者把世间这种微不足道,又受人类厌恶的生物写得趣味盎然,给人以阅读的娱乐;第二,作者滴水不漏地通过赞美苍蝇来寄托自己"物我合一"的生命观,构思非常巧妙;第三,作者赞美苍蝇,并不是具体描绘苍蝇本身的特点,而是借助美丽的神话、传说故事、诗文等来说明苍蝇的可爱;第四,作者在文中引用了大量的材料,又运用得那么熨帖自如,突出显现周作人"摇笔即来"的学者风度,也让人体味了什么叫"掉书袋"。第五,此文还体现了周作人"五四"后追求"珍重思想的自由,判断的自主"的人文思想,现代科学常识让人们在理性上讨厌苍蝇,但人们也可以从非理性的角度来接受苍蝇,这纯属个人的自由。这种思想贯穿着周作人以后的整个创作。这篇文章纯粹是一种闲谈,而且好像是一种"无聊"的闲谈,需要细细品读,这种"涩味"由此便成了周作人散文的最大特色,所以,批评家阿英将此文作为周作人散文创作发生根本性转折的标志,不无道理。 _{文章的"隔"或"涩味"由此而生 / 闲淡的心境,自由的态度}

★作者的话:

我们生活在这年头儿,能够于文字中去找到古今中外的人听他言志,这实在已是一个快乐,原不该再去挑剔好丑。但是话虽如此,我们固然也要听野老的话桑麻,市侩的说行市,然而友朋间气味相投的闲话,上至生死兴衰,下至虫鱼神鬼,无不可谈,无不可听,则其乐益大,而以此例彼,人情复不能无所偏向耳。

《中国新文学大系·散文一集导言》,良友出版公司 1935/8

草木虫鱼与作者物我融合

现在便姑且择定了草木虫鱼,为什么呢?第一,这是我所喜欢,第二,他们也是生物,与我们很有关系,但又到底是异类,由得我们说话。万一草木虫鱼还有不行的时候,那么这也不是没有办法,我们可以谈谈天气罢。

《雨天的书·草木虫鱼小引》,陕西人民出版社 1991

★ **相关评论:**

注意和鲁迅的散文比较

周作人的文体,又来得舒徐自在,信笔所致,初看似散漫支离,过于繁琐,但仔细一读,却觉得他的漫谈,句句含有分量,一篇之中,少一句就不对,一句之中,易一字也不可,读完之后,还想翻转来从头再读的。

周作人的理智既经发达,又时时加以灌溉,所以便造成了他的博识;但他的态度却不是卖智与炫学的,谦虚和真诚的二重内美,终于使他的理智放了光,博识致了用。

郁达夫《中国新文学大系·散文二集导言》,良友出版公司 1935/8

文笔的淡与心境的淡

周作人先生以**冲淡**的笔调,丰富的知识和情感,和颇为适当的修辞来写出他的嗜好,他的生活,他的诅咒和赞美,他的非难和拥护;……在他冲淡的笔下,谈到苍蝇的传说也谈到水乡的乌篷船;谈到江南的野菜也谈到北京的茶食;……读他的文章,好像一个久居北京的人突然走上了到西山去的路,鸟声使他知道了春天,一株草,一塘水使他爱好了自然,青蛙落水的声音使他知道了动和静,松涛和泉鸣使他知道了美然后再回到都市,他憎恶喧嚣,他憎恶人与人之间的狡狯,他憎恶不公平的责骂与赞美,他憎恶无理由的传统的束缚。

康嗣群《周作人先生》,《周作人评说80年》,中国华联出版社 2000

冰心散文一篇

冰心,原名谢婉莹,笔名冰心女士,男士等。1900年生于福州,1918年入协和女子大学预科,积极参加五四运动。1919年发表第一篇小说《两个家庭》,1921年加入文学研究会。1923年毕业于燕京大学文科,即赴美国威尔斯利女子大学学习英国文学。1926年,获文学硕士后回国,执教于燕京大学和清华大学等校。1946年赴日本,曾任东京大学教授。1951年回国,先后任《人民文学》编委、中国作家协会理事、中国文联副主席等职。1980年,短篇小说《空巢》获优秀短篇小说奖,儿童文学作品选集《小桔灯》获全国少年儿童文艺创作荣誉奖。1999年于北京去逝。

在中国现代文学史上,冰心是最富有诗情、拥有最多读者的散文家之一。

寄小读者·十

《寄小读者》收 1923 年 7 月至 1926 年 4 月间刊登在北京《晨报》"儿童世界"上的 27 篇通讯，1926 年 5 月由北新书局初版，是一本以儿童为读者对象的通讯集。"通讯十"发表于 1924 年 2 月，作品以细腻温柔的笔调描述了作者在童年时饱尝母爱的故事，对母爱作了无比深情的赞美。

亲爱的小朋友：

我常喜欢挨坐在母亲的旁边，挽住她的衣袖，央求她述说我幼年的事。

母亲凝想地，含笑地，低低地说： "我"是第一叙述者，"母亲"是第二叙述者。以母亲回忆的口吻，显得特别温柔、委婉，又真实

"不过有三个月罢了，偏已是这般多病。听见端药杯的人的脚步声，已知道惊怕啼哭。许多人围在床前，乞怜的眼光，不望着别人，只向着我，似乎已经从人群里认识了你的母亲！"

这时眼泪已湿了我们两个人的眼角！

"你的弥月到了，穿着舅母送的水红绸子的衣服，戴着青缎沿边的大红帽子，抱出到厅堂前。因看你丰满红润的面庞，使我在姊妹妯娌群中，起了骄傲。 两个第一人称的交叉，"冰心体"的特点之一

"只有七个月，我们都在海舟上，我抱你站在阑旁。海波声中，你已会呼唤'妈妈'和'姊姊'。"

对于这件事，父亲和母亲还不时的起争论。父亲说世上没有七个月会说话的孩子。母亲坚执说是的。在我们家庭历史中，这事至今是件疑案。

"浓睡之中猛然听得丐妇求乞的声音，以为母亲已被她们带去了。冷汗被面的惊坐起来，脸和唇都青了，呜咽不能成声。我从后屋连忙进来，珍重的揽住，经过了无数的解释和安慰。自此后，便是睡着，我也不敢轻易的离开你的床前。"

这一节，我仿佛记得，我听时写时都重新起了呜咽！

"有一次你病得重极了。<u>地上铺着席子，我抱着你在上面膝行</u>。正是暑月，你父亲又不在家。你断断续续说的几句话，都不是三岁的孩子所能够说的。因着你奇异的智慧，增加了我无名的恐怖。我打电报给你父亲，说我身体和灵魂上都已不能再支持。忽然一阵大风雨，深忧的我，重病的你，和你疲乏的乳母，都沉沉的睡了一大觉。这一番风雨，把你又从死神的怀抱里，接了过来。" 用"膝行"的细节来写母爱

我不信我智慧，我又信我智慧！母亲以智慧的眼光，看万物都是智慧的，何况她的唯一挚爱的女儿？ 充满敬仰的议论

"头发又短，又没有一刻肯安静。早晨这左右两个小辫子，总是梳不起来。没有法子，父亲就来帮忙：'站好了，站好了，要照相了！'父亲拿着照相匣子，假作照着。又短又粗的两个小辫子，好容易天天这样的将就的编好了。" 父爱也同样有趣

<u>我奇怪我竟不懂得向父亲索要我每天照的相片！</u> 童真

"陈妈的女儿宝姐，是你的好朋友。她来了，我就关你们两个人在屋里，我自己睡午觉。等我醒来，<u>一切的玩具，小人小马，都当做船</u>，飘浮在脸盆的水里，地上已是水汪汪的。" 童趣

宝姐是我一个神秘的朋友,我自始至终不记得,不认识她。然而从母亲口里,我深深的爱了她。

"已经三岁了,或者快四岁了。父亲带你到他的兵舰上去,大家匆匆的替你换上衣服,<u>你自己不知什么时候,把一只小木鹿,放在小靴子里</u>。到船上只要父亲抱着,自己一步也不肯走。放到地上走时,只有一跛一跛的。大家奇怪了,脱下靴子,发现了小木鹿。父亲和他的许多朋友都笑了。——傻孩子!你怎么不会说?"

母亲笑了,我也伏在她的膝上羞愧的笑了。——回想起来,她的质问,和我的羞愧,都是一点理由没有的。十几年前事,提起当面前事说,真是无谓。<u>然而那时我们中间弥漫了痴和爱!</u>

"你最怕我凝神,我至今不知是什么缘故。每逢我凝望窗外,或是稍微的呆了一呆,你就过来呼唤我,摇撼我,说:

'妈妈,你的眼睛怎么不动了?'我有时喜欢你来抱住我,便故意的凝神不动。"

我自己也不知道是什么缘故。也许母亲凝神,多是忧愁的时候,我要搅乱她的思路,也未可知。——无论如何,这是个隐谜!

"然而你自己却也喜凝神。天天吃着饭,呆呆的望着壁上的字画,桌上的钟和花瓶,一碗饭数米粒似的,吃了好几点钟。我急了,便把一切都挪移开。"

这件事我记得,而且很清楚,因为独坐沉思的脾气至今不改。

当她说这些事的时候,我总是脸上堆着笑,眼里满了泪,听完了用她的衣袖来印我的眼角,静静的伏在她的膝上。这时宇宙已经没有了,只母亲和我,最后我也没有了,只有母亲;因为我本是她的一部分!

这是如何可惊喜的事,从母亲口中,逐渐的发现了,完成了我自己!她从最初已知道我,认识我,喜爱我,在我不知道不承认世界上有个我的时候,她已爱了我了。我从三岁上,才慢慢的在宇宙中寻到了自己,爱了自己,认识了自己;然而我所知道的自己,不过是母亲意念中的百分之一,千万分之一。

小朋友!当你寻见了世界上有一个人,认识你,知道你,爱你,都千百倍的胜过你自己的时候,<u>你怎能不感激,不流泪,不死心塌地的爱她</u>,而且死心塌地的容她爱你?

有一次,幼小的我,忽然走到母亲面前,仰着脸问说:

"妈妈,你到底为什么爱我?"母亲放下针线,用她的面颊,抵住我的前额,温柔地,不迟疑地说:"不为什么,——只因你是我的女儿!"

小朋友!我不信世界上还有人能说这句话!"<u>不为什么</u>"这四个字,从她口里说出来,何等刚决,何等无回旋!她爱我,不是因为我是"冰心",或是其他人世间的一切虚伪的称呼和名字!她的爱是不附带任何条件的,唯一的理由,就是我是她的女儿。总之,她的爱,是屏除一切,拂拭一切,层层的麾开我前后左右所蒙罩的,使我成为"今我"的原素,而直接的来爱我的自身!

假使我走至幕后,将我二十年的历史和一切都更变了,再走出到她面前,世界上纵没有一个人认识我,只要我仍是她的女儿,她就仍用她坚强无尽的爱来包围我。她爱我的肉体,她爱我的灵魂,她爱我前后左右,过去,将来,现在的一

顽皮

泛爱,却不免做作

交融的爱心

母爱的伟大

童心

"五四"启蒙主义者进行的"爱的启蒙"

切!

　　天上的星辰,骤雨般落在大海上,嗤嗤繁响。海波如山一般的汹涌,一切楼屋都在地上旋转,天如同一张蓝纸卷了起来。树叶子满空飞舞,鸟儿归巢,走兽躲到它的洞穴。万象纷乱中,只要我能寻到她,投到她的怀里……天地一切都信她!她对于我的爱,不因着万物毁灭而更变!

　　<u>她的爱不但包围我,而且普遍的包围着一切爱我的人;而且因着爱我,她也爱了天下的儿女,她更爱了天下的母亲。小朋友!告诉你一句小孩子以为是极浅显</u>,而大人们以为是极高深的话,"世界便是这样的建造起来的!"　　"新文艺腔"

　　世界上没有两件事物,是完全相同的,同在你头上的两根丝发,也不能一般长短。然而——请小朋友们和我同声赞美!只有普天下的母亲的爱,或隐或显,或出或没,不论你用斗量,用尺量,或是用心灵的度量衡来推测;我的母亲对于我,你的母亲对于你,她的和他的母亲对于她和他;她们的爱是一般的长阔高深,分毫都不差减。小朋友!我敢说,也敢信古往今来,没有一个敢来驳我这句话。当我发觉了这神圣的秘密的时候,我竟欢喜感动得伏案痛哭!　　感染力很强的时代话语,时过境迁,便显出了造作

　　我的心潮,沸涌到最高度,我知道于我的病体是不相宜的,而且我更知道我所写的都不出乎你们的智慧范围之外。——窗外正是下着紧一阵慢一阵的秋雨,玫瑰花的香气,也正无声的赞美她们的"自然母亲"的爱!　　泛爱主义

　　我现在不在母亲的身畔,——但我知道她的爱没有一刻离开我,她自己也如此说!　——暂时无从再打听关于我的幼年的消息;然而我会写信给我的母亲。我说:"亲爱的母亲,请你将我所不知道的关于我的事,随时记下寄来给我。我现在正是考古家一般的,要从深知我的你口中,<u>研究我神秘的自己</u>。"　　神秘主义是冰心独特的审美理想之一

　　被上帝祝福的小朋友!你们正在母亲的怀里。——小朋友!我教给你,你看完了这一封信,放下报纸,就快快跑去找你的母亲——若是她出去了,就去坐在门槛上,静静的等她回来——不论在屋里或是院中,把她寻见了,你便上去攀住她,左右亲她的脸,你说:"母亲!若是你有工夫,请你将我小时候的事情,说给我听!"等她坐下了,你便坐在她的膝上,倚在她的胸前,你听得见她心脉和缓的跳动,你仰着脸,会有无数关于你的,你所不知道的美妙的故事,从她口里天乐一般的唱将出来!

　　然后,——小朋友!我愿你告诉我,她对你所说的都是什么事。

　　我现在正病着,没有母亲坐在旁边,小朋友一定怜念我,然而我有说不尽的感谢!造物者将我交付给我母亲的时候,竟赋予了我以记忆的心才;现在又从忙碌的课程中替我匀出七日夜来,回想母亲的爱。我病中光阴,因着这回想,寸寸都是甜蜜的。

　　小朋友,再谈罢,致我的爱与你们的母亲!

　　　　　　　　　　　　　　你的朋友　冰　心
　　　　　　十二,五晨,一九二三,圣卜生疗养院,威尔斯利

★编选者的话:

　　《寄小读者》是冰心的第一部散文集。冰心散文的最独特处就是以表现母爱、童心、自然为题材,以儿童读者为对象,用轻灵、温柔的体式来抒写心中的情　　也是最具冰心本色的散文集

感。在1933年出版的《冰心全集·序》中,冰心这样写道:"我知道我的弱点,也知道我的长处。我不是一个有学问的人,也没有喷溢的感情,然而我有坚定的信仰和深厚的同情。在平凡的小小事物上,我仍宝贵着自己的一方园地。我要栽下平凡的小小的花,给平凡的小小的人看!"这本散文集在1926年初版后的一年里就再版了4次,风靡一时。至今已再版了几十版,它深深影响了中国几代的少年儿童。这种现象在中国现当代文学史上是不多见的,尤其是冰心在这部集子里所显现的文体风格,被称为"<u>冰心体</u>",成为一种文学形式的楷模,这不仅是现代文学的成绩,也是女性作家的骄傲。

> **冰心体**:以行云流水似的文字,说心中要说的话,倾诉真情,满蕴着温柔,微带着忧愁,显出清丽的风致

《寄小读者·通讯十》在这本通讯集中写得不算特别美、特别清丽的一篇,但它是写母爱写得最细腻、最倾情、最尽致的一篇。歌颂母爱是冰心"爱的哲学"创作基点最突出、最具体的外化表现,《寄小读者》27篇通讯中有9篇是涉及母爱的,整整占了三分之一。冰心在这本集的第四版自序中就明确说:"这书中的对象,是我挚爱的母亲。""通讯十"是对这一点的最好注解。

20世纪三四十年代,有批评家和作家认为冰心的散文含有太浓重的"<u>新文艺腔</u>",《寄小读者·通讯十》也是一个典型。这篇作品里,冰心为了营造一种母爱的气氛,阐明母爱的无私、高尚、伟大,在语言、语气上作了大胆的雕饰和夸张。

> **新文艺腔**:主要指一种做作、不自然的文风,以及与现实及现实语言都有一定距离的、书面化的语言方式

★作者的话:

假如文学的创作,是由于不可遏抑的灵感,则我的作品之中,只有这一本是最自由,最不思索的了。

这书中的对象,是我挚爱恩慈的母亲。她是最初也是最后我所恋慕的一个人。我提笔的时候,总有她的颦眉或笑脸涌现在我的眼前。她的爱,使我由生中求死——要担负别人的痛苦;使我由死中求生——要忘记自己的痛苦……

我无有话说,人生就是人生!母亲赋予了我以灵魂和肉体,我就以我的灵肉来探索人生。以往的试验和探索的结果,使我写寄了小朋友这些书信。这书中有幼稚的欢乐,也有天真的眼泪。

《寄小读者·四版自序》,《晨报副镌》1927/3/24

★相关评论:

冰心女士散文的清丽,文字的典雅,思想的纯洁,在中国好算是独一无二的作家了;记得雪莱的咏云雀的诗里,仿佛曾说过云雀是初生的欢喜的化身,是光天化日之下的星辰,是同月光一样来把歌声散溢于宇宙之中的使者,是红霓的彩滴要自愧不如的妙音的雨师,是……这一首千古的杰作,我现在记也记不清了,总而言之,把这一首诗全部拿来,以诗人赞美云雀的清词妙句,一字不易地用在冰心女士的散文批评之上,我想是最适当也没有的事情。

女士的故乡是福建,福建的秀丽的山水,自然也影响到了她的作风,虽然她并不是在福建长大的。十余年前,当她二十几岁的时候孤身留学在美国,慰冰湖,青山,沙穰,大西洋海滨,白岭,咸呷落亚,银湖,洁湖等佳山水处,都助长了她的诗思,美化了她的文体。

对父母之爱,对小弟兄小朋友之爱,以及对异国的弱小儿女,同病者之爱,使她的笔底有了像温泉水似的柔情。她的写异性爱的文字不多,写自己的两性间的苦闷的地方独少的原因,一半原是因为中国传统思想在那里束缚她,但一半也因为她的思想纯洁,把她的爱宇宙化了秘密化了的缘故。

我以为读了冰心女士的作品,就能够了解中国一切历史上的才女的心情;意在言外,文必己出,哀而不伤,动中法度,是女士的生平,亦即是女士的文章之极致。

郁达夫《中国新文学大系·散文二集导言》,良友出版公司 1935/8

我们说句老实话,指名是给小朋友的《寄小读者》和《山中杂记》,实在是要"少年老成"的小孩子或者"犹有童心"的"大孩子"方才读去有味儿。在这里,我们又觉得冰心女士又以她的小范围的标准去衡量一般的小孩子。

茅盾《冰心论》,《文学》第 3 卷第 2 号 1934/8

朱自清散文一篇

朱自清,原名自华,号秋实,后改名自清,字佩弦。祖籍浙江绍兴,1898 年生于江苏省东海县。6 岁时随家从东海移居扬州。因成长于扬州,自称扬州人。1912 年入江苏省立第八中学(今扬州中学),1916 年考上北京大学预科,后转入哲学系。1920 年毕业后在杭州一师、吴淞中国公学、温州第十中学等校教书。1922 年和俞平伯等人创办《诗》月刊。1925 年清华学校设大学部,经俞平伯推荐,于 8 月起任清华大学中国文学系教授、中文系主任,从此一生服务于清华大学。1931 年 8 月休年假,到英国学习并漫游欧洲,1932 年 7 月返国。抗战期间任西南联大教授,抗战胜利后随校回京任清华大学教授。1948 年因胃病逝世于北京。

《诗》是新诗诞生时期最早的诗刊

朱自清被认为是新文学初期现代白话新诗的重要诗人和现代艺术散文的杰出代表。

欧游杂记·威尼斯(节选)

1931 年 8 月,朱自清经苏联往英国伦敦学习语言和英国文学,其后漫游欧洲的法、德、荷兰、瑞士、意大利等国。每到一处,他都忙着游览风景名胜,参观文化古迹。他把这些游踪记录下来结为散文集《欧游杂记》,于 1934 年出版。

威尼斯是意大利一座著名的水上城市,建于公元 6 世纪,坐落在亚得里亚海的西北岸。这里风光旖旎,水光潋艳,市区建在离陆地四公里的泻湖中的一百多个小岛上,有一百七十余条水道贯通其间,是一座有独特风貌的"水上城市"。文章主要是抓住威尼斯的特点:"水上城市"、"文化艺术之城"来叙写。一开头先用一串数字告诉我们,这是一个用船作交通工具,水天一色的别致城市。接着以圣马克方场为中心,以空间转移为顺序,很有条理地一一巡视方场周围最

以游踪为线索	有文化价值的建筑古迹。然后，带我们欣赏方场近处的圣马克教堂、公爷府的建筑艺术和运河上的夜曲，再带我们到离方场较远的地方，去欣赏美术作品。在作者亲切、细致、清楚的介绍中，我们仿佛也游历了一遍这座独特的城市。
从一个游客的感觉说出水城特点，突出其"别致"	威尼斯（Venice）是一个别致地方。出了火车站，你立刻便会觉得：这里没有汽车，要到那儿，不是搭小火轮，便是雇"刚朵拉"（Gondola）。大运河穿过威尼斯象反写的S；这就是大街。另有小河道四百十八条，这些就是小胡同。轮船象公共汽车，在大街上走；"刚朵拉"是一种摇橹的小船，威尼斯所特有，它那儿都去。威
用数字来勾勒一个城市的布局，既清楚又形象	尼斯并非没有桥，<u>三百七十八座</u>，有的是。只要不怕转弯抹角，那儿都走得到，用不着下河去。可是轮船中人还是很多，"刚朵拉"的买卖也似乎并不坏。
	威尼斯是"海中的城"，在意大利半岛的东北角上，是一群小岛，外面一道沙堤隔开亚得利亚海。在圣马克方场的钟楼上看，团花簇锦似的东一块西一块在绿波里荡漾着。远处是水天相接，一片茫茫。这里没有什么煤烟，天空干干净净；在温和的日光中，一切都像透明的。中国人到此，仿佛在江南的水乡；夏初从欧洲北部来的，在这儿还可看见清清楚楚的春天的背影。海水那么绿，那么酽，会带你到梦中去。
文章将以圣马克方场为中心介绍充满文化气息的威尼斯	威尼斯不单是明媚，在<u>圣马克方场</u>走走就知道。这个方场南面临着一道运河；场中偏东南便是那可以望远的钟楼。威尼斯最热闹的地方是这儿，最华妙庄严的地方也是这儿。除了西边，围着的都是三百年以上的建筑，东边居中是圣马克堂，却有了八九百年——钟楼便在它的右首。再向右是"新衙门"；教堂左首是"老衙门"。这两溜儿楼房的下一层，现在满开了铺子。铺子前面是长廊，一天到晚是来来去去的人。紧接着教堂，直伸向运河去的是公爷府；这个一半属于小方场，另一半便属于运河了。
由自然景观进入到人文景观	…………
公爷府以古老建筑闻名于世	<u>公爷府</u>里有好些名人的壁画和屋顶画，丁陶来陀（Tintoretto,十六世纪）的大画《乐园》最著名；但更重要的是它建筑的价值。运河上有了这所房子，增加了不少颜色。这全然是戈昔式；动工在九世纪初，以后屡次遭火，屡次重修，现在的据说还是原来的式样。最好看的是它的西南两面；西面斜对着圣马克方场，南面正在运河上。在运河里看，真像在画中。它也是<u>三层</u>：下两层是尖拱门，一眼看去，
抓住三层楼建筑巧妙的外部结构和艳而雅的颜色来写	无数的柱子。最下层的拱门简单疏阔，是载重的样子；上一层便繁密得多，为装饰之用；最上层却更简单，一根柱子没有，除了疏疏落落的窗和门之外，都是整块的墙面。<u>墙面上用白的与玫瑰红的大理石砌成素朴的方纹，在日光里鲜明得</u>
朱自清喜用少女作喻	<u>像少女一般</u>。威尼斯人真不愧着色的能手。这所房子从运河中看，好像在水里。下两层是玲珑的架子，上一层才是屋子；这是很巧的结构，加上那艳而雅的颜色，令人有惝恍迷离之感。府后有太息桥；从前一边是监狱，一边是法院，狱囚提
用拜伦诗增加公爷府的文化价值	讯须过这里，所以得名。<u>拜伦诗中曾咏此</u>，因而便脍炙人口起来，其实也只是近世的东西。
这一段突出夜幕下威尼斯的迷人处，又很巧妙地道出自己思乡的愁情，以景写情	威尼斯的夜曲是很著名的。夜曲本是一种抒情的曲子，夜晚在人家窗下随便唱。可是运河里也有：晚上在圣马克方场的河边上，看见河中有红绿的纸球灯，便是唱夜曲的船。雇了"刚朵拉"摇过去，靠着那个船停下，船在水中间，两边

挨次排着"刚朵拉",在微波里荡着,象是两只翅膀。唱曲的有男有女,围着一张桌子坐,轮到了便站起来唱,旁边有音乐和着。曲词自然是意大利语,意大利的语音据说是最纯粹,最清朗。听起来似乎的确斩截些,女人的尤其如此——意大利的歌女是出名的。音乐节奏繁密,声情热烈,想来是最流行的"爵士乐"。在微微摇摆的红绿灯球底下,颤着酽酽的歌喉,运河上一片朦胧的夜也似乎透出玫瑰红的样子。唱完几曲之后,船上有人跨过来,反拿着帽子收钱,多少随意。不愿意听了,还可摇到第二处去。这个略略象当年的秦淮河的光景,但秦淮河却热闹得多。

> 异国的夜之色彩
>
> 他与俞平伯于1923年发表的同题散文《桨声灯影里的秦淮河》是当时的名篇

....

★编选者的话

《荷塘月色》是朱自清早期的散文代表作,也是现代美文的典范,至今仍是中学生的必读书目。《威尼斯》是朱自清30年代写的一系列游记中的一篇,从时间和文风来说,应该算是后期的作品。自从周作人在1921年提倡写"叙事与抒情"的美文以来,人们认为散文就是要像《荷塘月色》那样写景或叙事,并在写景、叙事中抒发自我的情感。诚然,朱自清以自己的实践显示了现代白话文也能作美文的功绩,但这些过于雕饰的美文总是让人有点生涩,不够自然,读起来有点累。郁达夫在编新文学第一个十年的散文集时说:"文学研究会的散文作家中,除冰心女士外,文字之美,要算他了"(《中国新文学大系·散文二集导言》)。其实,郁达夫在赞美朱自清的同时也含蓄地指出朱自清的不足,他比冰心差一点,差就差在:冰心的美是从心里淌出来的,自然、流畅,朱自清的美是用手刻出来的,人工痕迹太浓,正如唐弢先生说的:"缺少一个灵魂。"

但是在《威尼斯》里,那种刻意用词、制造意境的痕迹已几乎看不见,抒情的色彩也没有那么浓烈。而是呈现一种随意、朴素自然的风格。如第一段,本来威尼斯是一座很特别的城市,作者既没有浓烈的感叹,也不直截了当地指出来,而是用聊天似的口语,以一个刚到威尼斯的旅客的印象说起,显得自然又别致。文中,作者如实、客观地描绘所看到的景观,而不是像早年的游记《踪迹》那样,为情而造景。但他又不是纯客观地进行描绘,而是常在描写时"不从景物自身而从游人说",因此也时时流露出自己在特定情景中的观感,如写"威尼斯夜曲"一段,由河上唱歌的情景,联想到秦淮河,联想到家乡,这样就使文章气韵流动,活泼感人,使人有身临其境的亲切感。

朱自清散文的最大特点之一就是讲究语言,他的整个风格跟语言有密切的关系,前期的散文是这样,后期的散文也如此。后期的散文是更注意自然、平实,使用的是通常说话的口气,用词造句都十分接近口语,甚至有些是很纯的口语,如:"威尼斯并非没有桥,三百七十八座,有的是。""'刚朵拉'的买卖也似乎并不坏"。这样的语句,自然亲切,没有他早期描写风景时那么多华丽的词藻,使人有清新洗练之感。另外,此文中,朱自清进一步发挥其善于运用比喻的长处来增强文章的感情色彩,如第四自然段描写圣马克堂时,把圣马克堂比作"方场的主人",接着又颇有风趣地说:"好象我们戏里大将出场,后面一对比杆旗子总是偏着取势。"(教堂与钟楼配置关系)使人对教堂气度有更深刻的印象。还有第五自然段写公爷府,用"少女"来比喻墙面上红白相间的鲜明色彩,由此把威尼

> 选文中第一段中的两句
>
> 突出它在方场中的地位

人高超的着色技艺写得含蓄而富有情趣。

沈从文在《创作杂谈》里说,一篇好的游记作品的首要条件是:作者得好好把握住手中那支有色泽、富情感、善体物、会叙事的笔。他不仅仅应当如一个优秀山水画家,还必需兼有一个高明人物画家的长处,而且还要博学多通,对于艺术各部门都略有会心,……《威尼斯》应该算是这样一篇作品。

★作者的话:

本书绝无胜义,却也不算指南的译本;用意是在写些游记给中学生看。……书中各篇以记述景物为主,极少说到自己的地方。这是有意避免的:一则自己外行,何必放言高论;二则这个时代"身边琐事"说来到底无谓。但这么着又怕干枯板滞——只好由它去吧。记述时可也费了一些心在文字上:觉得"是"字句,"有"字句,"在"字句安排最难。显示景物间的关系,短不了这三样句法;可是老用这一套,谁耐烦!再说这三种句子都显示静态,也够沉闷的。于是想方法省略那三个讨厌的字,……再有,不从景物自身而从游人说,例如"天尽头处偶尔看见一架半架风车"。若能将静的变为动的,那当然更乐意,例如"他的左胳膊底下钻出一个孩子"(画中人物)。不过这些也无非雕虫小技罢了。

《欧游杂记·序》,开明书店 1934/9

★相关评论:

后期散文特点

……到了写《欧游杂记》《伦敦杂记》的时候就不然了,全写口语,从口语中提取有效的表现方式,虽然有时候还带一点文言成份,但是念起来上口,有现代口语的韵味,叫人觉得那是现代人口里的话,不是不尴不尬的"白话文"。当世作者的白话文字,多数是不尴不尬的"白话文",面貌像个说话,可是决没有一个人的口里真会说那样的话。又有些全从文言而来,把"之乎者也"换成了"的吗呢",那格调跟腔拍却是文言。照我们想来,现代语跟文言是两回事儿,不写口语便罢,要写口语就得写真正的口语。自然,口语还得问什么人的口语,各种人的生活经验不同,口语也就两样。朱先生写的只是知识分子的口语,念给劳苦大众听未必了然。但是,像朱先生那样切于求知,乐于亲近他人,对于语言又有敏锐的感觉,他如果生活在劳苦大众中间,我们料想他必然也能写劳苦大众的口语。话不要说远了,近年来他的文字越见得周密妥贴,可是平淡质朴,读下去真个像跟他面对面坐着,听他亲亲切切的谈话。现在大学里如果开现代本国文学的课程,或者有人编现代本国文学史,论到文体的完美,文字的全写口语,朱先生该是首先被提及的。

叶圣陶《朱佩弦先生》,《中学生》1948年9月号(总203期)

前后期散文的辩证关系

佩弦先生的《背影》、《荷塘月色》、《桨声灯影里的秦淮河》,是被称作早期散文里的代表作的,论文字,平稳清楚,找不出一点差池,可是总觉得缺少一个灵魂,一种口语里所包含的生气,到了《伦敦杂记》,所用几乎全是口语,——圣陶先生说的知识分子的口语。逐句念来,有一种逼人的风采,使你觉得这确是佩弦的话,确是佩弦的口气,那么亲切,那么诚恳。只要你肯听,便叫满怀念念,也不会不慢慢地心平气和,乃至倾耳入神,为他一句一句点头呢。这是佩弦先生文字的魔力。不过我还有一点想法,我觉得佩弦先生晚年的文章偏于说理,倘论情致,却似乎不及早年;不过思想成熟,脚步坚实,再加上语言上的成功,这些地方远非早年所可比拟而已。

晦庵《书话》,北京出版社 1962

晦庵:唐弢

郁达夫散文一篇

　　郁达夫,原名郁文,字达夫。1896 生于浙江富阳,为家中幼子,有两兄一姐。3 岁丧父,7 岁入私塾受启蒙教育,后到嘉兴、杭州等地中学求学。1913 年随长兄郁华去日本留学,1921 年在日本东京与郭沫若等创办创造社,同年出版小说集《沉沦》。1922 年回国参加《创造季刊》的创办,专门从事文学创作。1938 年底赴新加坡,从事报刊编辑和抗日救亡工作。1942 年流亡到苏门答腊。1945 年 9 月被日本宪兵秘密杀害。1952 年,中央人民政府追认为"为民族解放殉难的烈士",并在他的家乡建亭纪念。

　　郁达夫是以小说著名,而 30 年代致力于散文,又以游记为多。在现代文学史上,他不仅是一个小说奇手,也是一位游记高手,曾被称为"游记文学家"。

《沉沦》是中国现代文学史的第一部短篇小说集

钓台的春昼(节选)

　　《钓台的春昼》写于 1932 年 8 月,发表于林语堂主办的《论语》创刊号(1932 年 9 月出版),收入《屐痕处处》。

　　此文记录的是作者在 1931 春末的一次游历。20 世纪 30 年代,国民党为了配合对共产党的军事围剿,在城市疯狂地迫害有进步倾向的文化人士。1931 年 3 月,浙江党部下令通缉鲁迅、郁达夫等人。郁达夫接到消息后,匆匆离开上海,为避难辗转回到自己的家乡富阳。因为家居的寂寞,作者去了一趟富阳邻近的钓台山。

　　作品记述"我"因避难在故乡与亲戚朋友热闹了几天,"一种乡居的倦怠,忽而袭上心来了",于是就决心上钓台访一访严子陵的幽居。去钓台必经桐庐,作者在桐庐停留时,用仅有的一个晚上登上桐君山去瞻仰道观,可到了道观的门前,作者被山上秀美的景色感染而放弃了登山的目的。第二天,悠然地乘着小帆船,一路欣赏两岸的春色,喝着严东关的药酒,吟诗高谈,晃晃荡荡地来到钓台,可眼前的钓台却是一派荒凉、颓废,供奉严子陵的祠堂孤清、阴冷,让人害怕。作者觉得,这清冷的幽谷,"正是足以代表东方民族性的颓废荒凉的美"。从钓台山上下来,作者看到在严子陵的神像前挂着许多"俗而不雅"的过路高官的题字,想着当今一些奴颜婢膝的官员,不由"难熬",于是"堆起几张桌椅,借得一支破笔",把自己怒斥"中央帝党"的"歪诗"泼在高墙上。最后,"我"在院子里静喝两碗清茶,在船工的高声催促中离开了严陵。

　　全文约 5000 字,这里节选两段,第一段是作者在桐庐夜登桐君山的过程,

严子陵:严光,余姚人。曾与刘秀同学。刘秀即位后,他改名隐居。后被召到京师洛阳,任谏议大夫,不肯受,归隐于富春山

桐庐只是去钓台的经过地,为什么要写得这么详细,还弄得曲曲折折?

第二段是作者到钓台后的情景。

一折

二折

用声音来渲染气氛、营造意境，是我国传统诗文的特点之一。此文多处都体现这一点

古朴的民风。记得《边城》里的渡船吗？

有对话，生活气息浓郁

三折

火的由来

叙述简洁

用声音写静

四折

五折

由大门铺开去写，随意，自然

鱼梁渡头，因为夜渡无人，渡船停在东岸的桐君山下。我从旅馆踱了出来，先在离轮埠不远的渡口停立了几分钟。后来向一位来渡口洗夜饭米的年轻少妇，弓身请问了一回，才得到了渡江的秘诀。她说："你只须高喊两三声，船自会来的。"先谢了她教我的好意，然后以两手围成了播音的喇叭，"喂，喂，船渡请摇过来！"地纵声一喊，果然在半江的黑影当中，船身摇动了。渐摇渐近，五分钟后，我在渡口，却终于听出了咿呀柔橹的声音。时间似乎已经入了酉时的下刻，小市里的群动，这时候都已经静息；自从渡口的那位少妇，在微茫的夜色里，藏去了她那张白团团的面影之后，我独立在江边，不知不觉心里头却无自感到了一种他乡日暮的悲哀。渡船到岸，船头上起了几声微微的水浪清音，又铜东的一响，我早已跳上了船，渡船也已经掉过头来了。坐在黑沉沉的舱里，我起先只在静听着柔橹划水的声音，然后却在黑影里看出了一星船家在吸着的长烟管头上的烟火，最后因为沉默压迫不过，我只好开口说话了："船家！你这样的渡我过去，该给你几个船钱？"我问。"随你先生把几个就是。"船家说话冗慢幽长，似乎已经带着些睡意了，我就向袋里摸出了两角钱来。"这两角钱，就算是我的渡船钱，请你候我一会，上去烧一次夜香，我是依旧要渡过江来的。"船家的回答，只是嗯嗯、呜呜，幽幽同牛叫似的一种鼻音，然而从继这鼻音而起的两三声轻快的喀声听来，他却已经感到满足了，因为我也知道，乡间的义渡，船钱最多也不过是两三枚铜子而已。

到了桐君山下，在山影和树影交掩着的崎岖道上，我上岸走不上几步，就被一块乱石绊倒，滑跌了一次。船家似乎也动了恻隐之心了，一句话也不发，跑将上来，他却突然交给了我一盒火柴。我于感谢了一番他的盛意之后，重整步武，再摸上山去，先是必须点一枝火柴走三五步路的，但到得半山，路既就了规律，而微云堆里的半规月色，也朦胧地现出一痕银线来了，所以手里还存着的半盒火柴，就被我藏入了袋里。路是从山的西北，盘曲而上；渐走渐高，半山一到，天也开朗了一点，桐庐县市上的灯光，也星星可数了。更纵目向江心望去，富春江两岸的船上和桐溪合流口停泊着的船尾船头，也看得出一点一点的火来。走过半山，桐君观里的晚祷钟鼓，似乎还没有息尽，耳朵里仿佛听见了几丝木鱼钲钹的残声。走上山顶，先在半途遇着了一道道观外围的女墙，这女墙的栅门，却已经掩上了。在栅门外徘徊了一刻，觉得已经到了此门而不进去，终于是不能满足我这一次暗夜冒险的好奇怪癖的。所以细想了几次，还是决心进去，非进去不可，轻轻用手往里面一推，栅门却呀的一声，早已退向了后方开开了，这门原来是虚掩在那里的。进了栅门，踏着为淡月所映照的石砌平路，向东向南的前走了五六十步，居然走到了道观的大门之外，这两扇朱红漆的大门，不消说是紧闭在那里的。到了此地，我却不想再破门进去了，因为这大门是朝南向着大江开的，门外头是一条一丈来宽的石砌步道，步道的一旁是道观的墙，一旁便是山坡，靠山坡的一面，并且还有一道二尺来高的石墙筑在那里，大约是代替栏杆，防人倾跌下山去的用意；石墙之上，铺的是二三尺宽的青石，在这似石栏又似石凳的墙上，尽可以坐卧游息，饱看桐江和对岸的风景，就是在这里坐它一晚，也很可以，

我又何必去打开门来，惊起那些老道的恶梦呢！

空旷的天空里，流涨着的只是些灰白的云，云层缺处，原也看得出半角的天，和一点两点的星，但看起来最饶风趣的，却仍是欲藏还露，将见仍无的那半规月影。这时候江面上似乎起了风，云脚的迁移，更来得迅速了，而低头向江心一看，几多散乱着的船里的灯光，也忽阴忽灭地变换了一变换位置。

这道观大门外的景色，真神奇极了。我当十几年前，在放浪的游程里，曾向瓜州京口一带，消磨过不少的时日，那时觉得果然名不虚传的，确是甘露寺外的江山，而现在到了桐庐，昏夜上这桐君山来一看，又觉得这江山的秀而且静，风景的整而不散，却非那天下第一江山的北固山所可与比拟的了。真也难怪得严子陵，难怪得戴征士，倘使我若能在这样的地方结屋读书，以养天年，那还要什么的高官厚禄，还要什么的浮名虚誉哩？一个人在这桐君观前的石凳上，看看山，看看水，看看城中灯火和天上的星云，更做做浩无边际的无聊的幻梦，我竟忘记了时刻、忘记了自身，直等到隔江的击柝声传来，向西一看，忽而觉得城中的灯影微茫地减了，才跑也似地走下了山来，渡江奔回了客舍。

············

擦擦眼睛，整了一整衣服，抬起头来一看，四面的水光山色又忽而变了样子了。清清的一条浅水，比前又窄了几分，四围的山包得格外的紧了，仿佛是前无去路的样子。并且山容峻削，看去觉得格外的瘦格外的高。向天上地下四围看看，只寂寂的看不见一个人类。双桨的摇响，到此似乎也不敢放肆了，钩的一声过后，要好半天才来一个幽幽的回响，静，静，静，身边水上，山下岩头，只沉浸着太古的静，死灭的静，山峡里连飞鸟的影子也看不见半只。前面的所谓钓台山上，只看得见两个大石垒，一间歪斜的亭子，许多纵横芜杂的草木。山腰里的那座祠堂，也只露着些废垣残瓦，屋上面连炊烟都没有一丝半缕，像是好久好久没有人住了的样子。并且天气又来得阴森，早晨曾经露一露脸过的太阳，这时候早已深藏在云堆里了，余下来的只是时有时无从侧面吹来的阴飕飕的半箭儿山风。船靠了山脚，跟着前面背着酒菜鱼米的船夫，走上严先生祠堂去的时候，我心里真有点害怕，怕在这荒山里要遇见一个干枯苍老得同丝瓜筋似的严先生的鬼魂。

在祠堂西院的客厅里坐定，和严先生的不知第几代的裔孙谈了几句关于年岁水旱的话后，我的心跳，也渐渐儿的镇静下去了，嘱托了他以煮饭烧菜的杂务，我和船家就从断碑乱石中间爬上了钓台。

东西两石垒，高各有二三百尺，离江面约两里来远，东西台相去，只有一二百步，但其间却夹着一条深谷，立在东台，可以看得出罗芷的人家，回头展望来路，风景似乎散漫一点，而一上谢氏的西台，向西望去，则幽谷里的清景，却绝对的不像是在人间了。我虽则没有到过瑞士，但到了西台，朝西一看，立时就想起了曾在照片上看见过的威廉退儿的祠堂。这四山的幽静，这江水的青蓝，简直同在画片上的珂罗版色彩，一色也没有两样；所不同的，就是在这儿的变化更多一点，周围的环境更芜杂不整齐一点而已，但这却是好处，这正是足以代表东方民族性的颓废荒凉的美。

············

大自然比老道们真实。郁达夫的个性决定了他做不到真正的归隐

诗意的景物描写渲染着诗样的氛围

北固山在镇江。辛弃疾有《永遇乐·京口北固亭怀古》
戴征士：戴安道，名逵。东晋有名野士

暂时的超脱

写景近乎于白描

用响声写静，跃出来的是沉寂的气氛

坦率

罗芷：钓台附近一地名

谢氏：谢翱。南宋末遗民诗人，文天祥遇害后曾登严子陵台写下《登西台恸哭记》

威廉·退尔：14世纪瑞士民族英雄

书卷气

《中国现当代文学专题研究》作品讲评

★ 编选者的话：

  提起郁达夫，我们都知道他的小说《沉沦》，知道他袒露、直率描写个性的特点。其实，作为一个文人，郁达夫的才情更具体地展现在他的旧体诗和散文创作里。特别是他的游记散文，写得挥洒自如，在散漫、不经意间恰到好处地抒写自己的喜怒哀乐。这一点<u>与朱自清有很大的差异</u>。朱自清的写景抒情散文特别讲究结构的营造，他是用结构来一步步推动情感的发展的；而<u>郁达夫却是让结构随着情走，巧妙而不拘谨</u>。这篇散文的题目是《钓台的春昼》，按章法，重点在钓台的景物上，可文章在交待去钓台的原因后，并不接着去写钓台，而是写去钓台的经过地桐庐和桐君山，写到钓台时，文章也接近尾声了。纵观全文，写钓台的文字不及全文的三分之一，这从文章的结构来说，有游离于题之嫌，但实际上，这是作者有意为之的。从写作的背景看，郁达夫访钓台，不是一次真正悠闲的游玩，而是为了排遣心中的郁闷。所以，文章破题后，他故意绕了一个弯子，用很重的笔墨叙写了上桐君山的过程。而且情节、用词都弄得疙疙瘩瘩、曲曲折折，不露痕迹地营造了一种幽深意远的古典意境，以衬托自己迷惘、意图超脱并暂时能得到超脱的恍惚心绪，这样，到了钓台，他就可以淋漓尽致地抒写失望、无奈、悲愤之情，以形成情感的跌宕起伏，增强文章的感染力。在此文里，我们可以看到，郁达夫的散文也如他的小说一样，重在抒写自我率真的情感，但在章法上，却比小说要讲究和浑熟，文风也比小说飘逸和从容多了。

★ 作者的话：

  <u>孙文定公在《南游记》</u>的头上，历说了些游的作用："游亦多术矣，昔禹乘四载，刊山通道以治水；孔子孟子，周游列国以行其道；太史公览四海名山大川，以奇其文；他如好大之君，东封西狩以荡心；山人羽客，穷幽极远以行怪；士人京宦之贫而无事者，投刺四方以射财"，以表明他自己的出游，是为了"以写我忧"。然而我的每次出游，大抵连孙文定公那样清高的目的都没有的，一大半完全是偶然的结果。因而写下来的游记，也乱七八糟……

《屐痕处处·自序》，上海现代书局 1934/6

  原来小品文字的所以可爱的地方，就在它的细、清、真三点。细密的描写，若不慎加选择，巨细兼收，则清字就谈不上了。……中国旧诗词所说的<u>以景述情</u>、<u>缘情叙景</u>等诀窍，也就在这些地方。譬如"杨柳岸晓风残月"，完全是叙景，但是景中却富有着不断之情；……情景兼到，既细且清，而又真切灵活的小品文字，看起来似乎很容易，但写起来，却往往不能够如我们所意想那么的简洁周至。……

《清新的小品文》，转引自《中国现代散文理论》（俞桂元主编），
广西人民出版社 1984

★ 相关评论：

  达夫的散文，如行云流水中映着霞绮。他和古代写景抒情之作不相蹈袭，而又得其神髓。写到山水，尤其他故乡富阳一带风光，不愧是一位大画师。他把诗

旁注：
- 与朱自清的散文比较
- 郁达夫散文的结构特点为随意、自然、洒脱
- 郁达夫的抒情方式就是不加掩饰地袒露
- 孙文定：孙嘉淦，康熙进士，雍乾两朝要员
- 写作也有诀窍
- 画家眼中的郁达夫

人的灵感赋予了每一朵浪花、每一片绿叶、每一块嶙岩、每一株小草,让大自然的一切具有性格和情味,再把风俗人情穿插其间,浓淡疏密,无笔不美,灵动浑成,功力惊人。

青年画家不精读达夫的游记,画不了浙皖二省间的山水;不看钱塘、富春、新安,也读不通达夫的妙文。他的这些作品根植于他对乡土的赤子之爱,其生命力必然比小说久远。

刘海粟《郁达夫传·序》(郁云著),福建人民出版社 1984

刘海粟:中国现代美术大师

郁达夫的游记,从整体上看,是奇特的——他以平淡的内容,容纳复杂的情感;他以散漫的结构,表现起伏的情绪;他以清隽的文笔,渲染忧郁的情调。清人刘大櫆论文章"贵奇",有所谓"奇在气者"及"奇在神者"之别。我以为郁氏的记游散文,并不只是"字句之奇",也谈不上"神"奇,他主要是"气"奇,奇在气质,奇在那"微苦笑的心境"。

许子东《郁达夫新论·郁达夫的散文创作》,浙江文艺出版社 1984

刘大櫆:清代散文家,桐城派代表之一

何其芳散文一篇

何其芳,原名何永芳,1912 年生于四川万县。1929 年初中毕业后考入上海中国公学预科,1931 年入北京大学哲学系,开始在京、沪《现代》、《文学季刊》等刊物上发表诗和散文。1935 年大学毕业后,先后在天津南开中学和山东莱阳乡村师范学校执教。抗日战争爆发后,回到家乡和成都任教员,1938 年与沙汀、卞之琳一起奔赴延安,在鲁迅艺术学院工作。1944 年后两次被派往重庆,进行文化界的统一战线工作,任《新华日报》社副社长等职。1948 年调中央马列学院。从 1953 年起,长期领导社科院文学研究所,并任中国作家协会书记处书记,主要致力于文学评论和文学研究的组织工作。1977 年 7 月 24 日因病在北京逝世。

曾与李广田、卞之琳出版诗合集《汉园集》(1936)而被称为"汉园三诗人"之一

何其芳的散文作品不多,但在现代作家中,他最早自觉意识到散文是一种独立的文体,并创造了别具一格的"独语体"美文。他的作品提高了抒情文体的地位和格调。

墓

《墓》是何其芳的散文集《画梦录》的第一篇。作品虚写了一个浪漫的爱情故事。善良、可爱的农家女孩柳铃铃,在情窦初开的年龄却夭折了,她带着生前的寂寞与初孕的爱情之花,静静地躺在山峦田野之间的一道小溪旁。一个深秋的黄昏,铃铃期待的意中人雪麟从异乡回来,他在夕阳中见到了铃铃的小墓碑,就深深地爱上了她。每到黄昏时,雪麟就来到铃铃的墓旁徘徊。于是,他们相遇了,手拉着手在黄昏的深处享受着爱的甜蜜与温情……

作品对故事情节并不作具体、细致的展开,而是着意营造一种朦胧典雅的

这是一篇极平凡的爱情故事,却慑人魂魄,留给人的是一片怅惘,无限的哀思

气氛,形成一种镜花水月般的美。

| 色彩绚丽,很唯美 | 初秋的薄暮。翠岩的横屏环拥出旷大的草地,有常绿的柏树作天幕,曲曲的清溪流泻着幽冷。以外是碎瓷上的图案似的田亩,阡陌高下的毗连着,黄金的稻穗起伏着丰实的波浪,微风传送出成熟的香味。黄昏如晚汐一样淹没了草虫的鸣声,野蜂的翅。<u>快下山的夕阳如柔和的目光,如爱抚的手指从平畴伸过来,从林叶探进来,落在溪边一个小墓碑上,摩着那白色的碑石,仿佛读出上面镌着的朱字:柳氏小女铃铃之墓</u>。 |

用通感手法,景中含情

这儿睡着的是,一个美丽的灵魂。

排比句式,表现出一种诗意

这儿睡着的是一个农家的女孩,和她十六载静静的光阴,从那茅檐下过逝的,从那有泥蜂做巢的木窗里过逝的,从俯嚼着地草的羊儿的角尖,和那濯过她的手、回应过她寂寞的捣衣声的池塘里过逝的。

她有黑的眼睛,黑的头发,和浅油黑的肤色。但她的脸颊,她的双手有时是微红的,在走了一段急路的时候,回忆起一个羞涩的梦的时候,或者三月的阳光满满的晒着她的时候。照过她的影子的溪水会告诉你。

巧的语言创造出一种独特韵味,有点冰心散文的味道,却自然得多

她是一个有好心肠的姑娘,她会说极和气的话,常常小心的把自己放在谦卑的地位。亲过她的足的山草会告诉你,被她用死了的蜻蜓宴请过的小蚁会告诉你,她一切小小的侣伴都会告诉你。

是的,她有许多小小的侣伴,她长成一个高高的女郎了,不与它们生疏。

她对一朵刚开的花说,"给我讲一个故事,一个快乐的。"对照进她的小窗的星星说,"给我讲一个故事,一个悲哀的。"

当她清早起来到柳树旁的井里去提水,准备帮助她的母亲作晨餐,径间遇着她的侣伴都向她说,"晨安。"她也说,"晨安。""告诉我们你昨夜做的梦。"她却笑着说,"不告诉你。"

勤劳纯朴的农家女孩,细致而充满柔情

<u>当农事忙的时候,她会给她的父亲把饭送到田间去。当蚕子初出卵的时候,她会采摘最嫩的桑叶放在篮儿里带回来,用布巾揩干那上面的露水,而且用刀切成细细的条儿去喂它们。</u>四眠过后,她会用指头捉起一个个肥大的蚕,在光线里透视,"它腹里完全亮了!"然后放到成束的菜子秆上去。

她会同母亲一块儿去把屋后的麻茎割下,放在水里浸着,然后用刀打出白色的麻来。她会把麻分成极纤微的丝,然后用指头绩成细纱,一圈圈的放满竹筐。

她有一个小手纺车,还是她祖母留传下来的。她常常纺着棉,听那轮子唱着单调的歌,说着永远雷同的故事。她不厌烦,只在心里偷笑着:"真是一个老婆子。"

反衬
神秘而迷人的青春期待

她是快乐的。<u>她是在寂寞的快乐里长大的</u>。

她是期待什么的。她有一个秘密的希冀,那希冀于她自己也是秘密的。她有做梦似的眼睛常常迷漠的望着高高的天空,或是辽远的、辽远的山以外。

十六岁的春天的风吹着她的衣衫,她的发,她想悄悄的流一会儿泪。银色的月光照着,她想伸出手臂去拥抱它,向它说:"我是太快乐,太快乐。"但又无理由

的流下泪。她有一点忧愁在眉尖、有一点伤感在心里。

　　她用手紧握着每一个新鲜的早晨，而又放开手叹一口气让每一个黄昏过去。 <!-- 叙述语言细腻而感伤 -->

　　她小小的侣伴们都说她病了，只有它们稍稍关心她，知道她的。"你瞧，她常默默的。""你说，什么能使她欢喜？"它们互相耳语着，担心她的健康，担心她郁郁的眸子。

　　菜圃里的红豆藤还是高高的缘上竹竿，南瓜还是肥硕的压在篱脚下，古老的桂树还是飘着金黄色的香气，这秋天完全如以前的秋天。

　　铃铃却瘦损了。

　　她期待的毕竟来了，那伟大的力，那黑暗的手遮到她眼前，冷的呼吸透过她的心，那无声的灵语吩咐她睡下安息。"不是你，我期待的不是你。"她心里知道。但不说出。

　　快下山的夕阳如温暖的红色的唇，刚才吻过那小墓碑上"铃铃"二字的，又落到溪边的柳树下，树下有白藓的石上，石上坐着的年青人雪麟的衣衫上。<u>他和铃铃一样郁郁的眼睛，迷漠的望着。在那眼睛里展开了满山黄叶的秋天，展开了金风拂着的一泓秋水，展开了随着羊铃声转入深邃的牧女的梦。</u>毕竟来了，铃铃期待的。 <!-- 把人写得如此富有诗意，很奇特 -->

　　在花香与绿阴织成的春夜里，谁曾在梦里摘取过红熟的葡萄似的第一次蜜吻？谁曾梦过燕子化作年青的女郎来入梦，穿着燕翅色的衣衫？谁曾梦过一不相识的情侣来晤别，在她远嫁的前夕？ <!-- 又是排比，诗意盎然 -->

　　一个个春三月的梦呵，都如一片片你偶尔摘下的花瓣，夹在你手边的一册诗集里，你又偶尔在风雨之夕翻见，仍是盛开时的红艳，仍带着春天的香气。 <!-- 年青的倾诉，青春的记忆 -->

　　雪麟从外面的世界带回来的就只一些梦，如一些饮空了的酒瓶，与他久别的乡土是应该给他一瓶未开封的新酿了。

　　雪麟见了铃铃的小墓碑，读了碑上的名字，如第一次相见就相悦的男女们，说了温柔的"再会"才分别。

　　以后他的影子就踯躅在这儿的每一个黄昏里。

　　<u>他渐渐猜想着这女郎的身世，和她的性情，她的喜好，如我们初认识一个美丽的少女似的。</u>他想到她是在寂寞的屋子里过着晨夕，她最爱着什么颜色的衣衫，而且当她微笑时脸间就现出酒涡、羞涩的低下头去。他想到她在窗外种着一片地的指甲花，花开时就摘取几朵来用那红汁染她的小指甲，而这仅仅由于她小孩似的欢喜。 <!-- 想象 -->

　　铃铃的侣伴们更会告诉他，当他猜想错了或是遗漏了的时候。

　　"她会不会喜欢我？"他在溪边散步时偷问那多嘴的流水。

　　"喜欢你。"他听见轻声的回语。 <!-- "小说"笔法 -->

　　"她似乎没有朋友？"他又偷问溪边的野菊。

　　"是的，除了我们。"

　　<u>于是有一个黄昏里他就遇见了这女郎。</u> <!-- 虚构 -->

"我有没有这样的荣幸,和你说几句话?"

他知道她羞涩的低垂的眼光是说着允许。

他们就并肩沿着小溪散步下去。他向她说他是多大的年龄就离开这儿,这儿是她的乡土也是他的乡土,向她说他到过许多地方,听过许多地方的风雨。向她说江南与河水一样平的堤岸,北国四季都是风吹着沙土。向她说骆驼的铃声,槐花的清芬,红墙黄瓦的宫阙,最后说,"我们的乡土却这样美丽。"

"是的,这样美丽。"他听见轻声的回语。

"完全是崭新的发见。我不曾梦过这小小的地方有这多的宝藏,不尽的惊异,不尽的欢喜。我真有点儿骄傲这是我的乡土。——但要请求你很大的谅恕,我从前竟没有认识你。"

他看见她羞涩的头低下去。

> 小说似的情节

他们散步到黄昏的深处,散步到夜的阴影里。夜是怎样一个荒唐的絮语的梦呵,但对这一双初认识的男女还是谨慎的劝告他们别去。

他们伸出告别的手来,他们温情的手约了明天的会晤。

有时,他们散步倦了,坐在石上休憩。

"给我讲一个故事,要比黄昏讲得更好。"

他就讲着"小女人鱼"的故事。讲着那最年轻,最美丽的人鱼公主怎样爱上那王子,怎样忍受着痛苦,变成一个哑女到人世去。当他讲到王子和别的女子结婚的那夜,她竟如巫妇所预言的变成了浮沫。铃铃感动得伏到他怀里。

有时,她望着他的眼睛问:"你在外面爱没有爱过谁?"

"爱过……"他俯下吻她,怕她因为这两字生气。

"说。"

"但没有谁爱过我。我都只在心里偷偷的爱着。"

"谁呢?"

"一个穿白衫的玉立亭亭的;一个秋天里穿浅绿色的夹外衣的;一个在夏天的绿杨下穿红杏色的单衫的。"

"是怎样的女郎?"

> 梦中情人

"穿白衫的有你的身材;穿绿衫的有你的头发;穿红杏衫的有你的眼睛。"说完了又俯下吻她。

> 比喻巧。这种孤独,美得令人心颤
>
> Paradise:天堂

晚秋的薄暮。田亩里的稻禾早已割下,枯黄的割茎在青天下说着荒凉。草虫的鸣声,野蜂的翅声都已无闻,原野被寂寥笼罩着,夕阳如一枝残忍的笔在溪边描出雪麟的影子,孤独的,瘦长的。他独语着,微笑着。他憔悴了。但他做梦似的眼睛却发出异样的光,幸福的光,满足的光,如从 Paradise 发出的。

1933 年

★编选者的话:

> 因《画梦录》获《大公报》文艺奖而成为"京派"名人

最能代表何其芳散文成就的是他写于30年代的散文集《画梦录》。这些充满田园诗风格的感伤散文,在30年代的文坛独树一帜,风靡一时。何其芳认为,散文是一种独立的抒情文体,而"在中国新文学的部门中,散文的生长不能说很荒芜,很孱弱,但除去那些说理的、讽刺的,或者说偏重智慧的之外,抒情的多半流入身边杂事的叙述和感伤的个人遭遇的告白"。所以,他要以自己的实践来使散文成为真正的美文。《画梦录》里只有16篇散文,但几乎每一篇都是用美丽的幻想故事或营造一种优美的意境来抒写一种独特的情绪或感情,具有很强的唯美倾向和艺术感染力。

见何其芳《〈还乡记〉代序》

《墓》是《画梦录》中的首篇,也可以说是何其芳美文的处女作,以当代女作家王安忆的话来说,处女作是作家心灵世界的初创阶段,那里有作家最纯粹的感性。从散文的特性来看,《墓》并不是最纯粹的美文,甚至还留有许多诗的特点,但它以一个幻想的爱情故事为背景,把人生青春期那种特有的孤独、寂寞和渴望纯洁美好爱情的心绪,在如诗如画的意境中真切、精到地表现了出来。罗丹说:艺术就是感情。《墓》的迷人处就在于它的情真、纯粹。

★作者的话:

我的工作是为抒情的散文发现一个新的园地,我企图以很少的文字制造出一种情调:有时叙述着一个可以引起许多想象的小故事,有时是一阵伴着深思的情感的波动。正如我写诗时一样入迷,我追求着纯粹的柔和,纯粹的美丽。

把散文作为一种独立的艺术,是作者的艺术追求——纯粹的柔和,纯粹的美丽

《〈还乡记〉代序》,《还乡记》,文化生活出版社1949

★相关评论:

他不是那类寒士,得到一个情境,一个比喻,一个意象,便如众星捧月,视同瑰宝。他把若干情境揉在一起,仿佛万盏明灯,交相映辉;又像河曲,群流汇注,荡漾回环;又像西岳华山,峰峦叠起,但见神往,不觉险。他用一切来装潢,然而一紫一金,无不带有他情感的图记。这恰似一块浮雕,光影匀停,凹凸得宜,由他的智慧安排成功一种特殊的境界。

他有的是<u>姿态</u>。和一个自然美好的淑女一样,姿态有时属于多余。但是,这年轻的画梦人,拨开纷披的一切,从谐和的错综寻出他全幅的主调,这正是像他这样的散文家,会有句句容人深思的对话,却那样不切说话人的环境身份和语气。他替他们想出这些话来,叫人感到和读《圣经》一样,全由他一人出口。此其我们入魔而不自知。因为他如彼自觉,而又如此自私,我们不由滑上他"梦中道路的迷离"。

何其芳在解释自己的创作活动时说:我欣赏的是姿态

……他避免抽象的牢骚,也绝少把悲哀直然裸露。他用比喻见出他的才分,<u>他用技巧或者看法烘焙一种奇异的情调,和故事进行同样自然</u>,而这种情调,不浅,不俗,恰巧完成悲哀的感觉。是过去和距离形成他的憧憬,是艺术的手腕调理他的观感和世界。让我们致敬这文章能手,让我们希望他扩展他的宇宙。

刘西渭《读〈画梦录〉》,《文季月刊》第1卷(1936/9)

首先,我觉得何其芳的想象是可悲的:

在《墓》里,他写着那"农家的女孩"铃铃,有"忧郁的眸子"和"黑的眼睛,黑的头发,和浅油黑的肤色"的姑娘,依然是一位多愁善感的小姐,会"回忆起一个羞涩的梦",会"对一朵刚开的花说'给我讲一个故事,一个快乐的'……

> 同一篇作品,不同的人会读出不同的结论,这很自然。艾青从现实主义的真实文艺观来读解《墓》,把玲玲对应到现实生活中的真人,所以才会感到"可悲"。如果把玲玲作为一种青春的想象,是不是也是一种"真实"?

这些都离开我们的常识多远啊。我自己就是一个乡下农人的孩子,在我生活的周围从没有发觉过如此天仙般的铃铃。直到我记起我曾看过或是接近过这样的少女,我才知道这样的少女该在上海圣玛利亚女校里念着书,在南京路沙利文吃着西点,在南京大戏院看着《罗密欧与朱丽叶》的影片,由于过甚的闲空而养成富于幻想的癖性,眼睛也变成做梦似的了。

至于乡下的真正的铃铃,决不会被作为诗人的雪麟所爱,也不会衷心爱上只会讲俏皮话或用尽心思去讨都市女人欢心的雪麟,她爱那些同太阳一起生活的,显得有些粗鲁而是最诚实不过的,有紫铜色皮肤的青年,健康得使少女的眼睛看了会闪光的青年。

艾青《梦·幻想与现实》,《文艺阵地》第 3 卷第 4 期(1939/6/1)

文献索引:

1. **周作人散文集要目**

《自己的园地》,北京晨报社 1923/11(改正三版)
《雨天的书》,北京新潮社 1925/12
《泽泻集》,北京北新书局 1927/9
《谈虎集》(上),上海北新书局 1928/1
《谈虎集》(上),上海北新书局 1928/2
《永日集》,上海北新书局 1929/5
《谈龙集》,上海开明书局 1930/4(4 版)
《看云集》,上海开明书局 1933/2(2 版)
《夜读抄》,上海北新书局 1935/6(2 版)
《苦茶随笔》,上海北新书局 1936/4(2 版)
《苦竹杂记》,上海良友图书公司 1936/2
《风雨谈》,上海北新书局 1936/10
《瓜豆集》,上海宇宙风社 1937/3

2. **周作人散文要目**

《祖先崇拜》,《每周评论》第十期(1919/2/23)
《前门遇马队记》,《每周评论》第二十五期(1919/6/8)
《美文》,《晨报》副刊 1921/6/16
《山中杂信》,《晨报》副刊,1921/67、6/24、7/2、7/21、9/6。
《自己的园地》,《晨报副镌》1922/1/22
《镜花缘》,《晨报副镌》1923/3/31
《北京的茶食》,《晨报副镌》1924/3/18
《故乡的野菜》,《晨报副镌》1924/4/5
《苍蝇》,《晨报副镌》1924/7/13
《苦雨》,《晨报副镌》1924/7/22
《生活之艺术》,《晨报副镌》1924/11/17
《喝茶》,《语丝》第七期(1924/12/29)
《鸟声》,《语丝》第二十一期(1925/4/6)
《唁辞》,写于 1925 年 5 月 26 日,收入《雨天的书》。
《乌篷船》,《语丝》第 107 期(1926/11/27)

《谈酒》,《语丝》第 85 期(1926/6/28)
《两个鬼》,《语丝》第 91 期(1926/8/9)
《菱角》,《语丝》第 92 期(1926/8/16)
《麻醉礼赞》,《益世报》副刊 1929/12/5
《自己的文章》,《青年界》第十卷第三期(1936/10)
《草木虫鱼小引》,写于 1930 年中秋,收入《看云集》

3. 周作人散文研究要目
《周作人评说 80 年》,中国华联出版社 2000
许志英《论周作人早期散文的思想倾向》,《中国现代文学研究丛刊》1981/4
许志英《论周作人早期散文的艺术成就》,《文学评论》1981/6
温儒敏《周作人的散文理论与批评》,《上海文论》1992/5

4. 冰心散文要目
《笑》,《小说月报》第 12 卷第 1 号(1921/1/10)
《往事》(一),《小说月报》第 13 卷第 10 期(1922/10/10)
《梦》,《小说月报》第 14 卷第 4 号(1923/4/10)
《寄儿童世界的小读者》,《晨报·儿童世界》1923/7/29
《寄儿童世界的小读者》,《晨报·儿童世界》1923/8/2-29
《寄儿童世界的小读者》,《晨报·儿童世界》1923/11/23
《好梦》,《晨报副镌》1923/12/1
《寄儿童世界的小读者》,《晨报·儿童世界》1924/2/11-9/29
《往事》(二),《小说月报》第 15 卷第 7 号(1924/7/10)
《山中杂记》,《晨报副镌》1924/8/8-10,《小说月报》第 15 卷第 10 号(1924/10/10)
《寄儿童世界的小读者》,《晨报副镌》1924/9/7-29
《寄儿童世界的小读者》,《晨报副镌》1925/3/6
《寄儿童世界的小读者》,《晨报副镌》1925/4/26
《寄小读者·通讯二十七》,《晨报副镌》1926/4/26
《寄小读者·通讯二十八》,《晨报副镌》1926/4/26
《我的母亲》,《星期评论》第十四期(1941/3/7,重庆版)
《我的同班》,《星期评论》第四十期(1941/12/25,重庆版)
《访日观感》,《人民日报》1955/9/27
《樱花赞》,《人民日报》1961/6/12
《一寸法师》,《民间文学》1961/6
《一只木屐》,《上海文学》1962/7

5. 冰心研究要目
茅　盾《冰心论》,《文学》第 3 卷第 2 号(1934/8)
李素伯《冰心的〈寄小读者〉》,《小品文研究》新中国书局出版 1932/1
郁达夫《中国新文学大系·散文二集导言》,良友出版公司 1935/8
叶圣陶《男士的〈我的同班〉》,《国文杂志》第 1 卷第 4、5 期合刊(1943/3/10)
林　非《冰心》,《现代散文六十家札记》(一),百花文艺出版社 1980/5
范伯群《我爱我的祖国,我爱我的母亲》,《语文教学通讯》第九期(1980/9)
吴周文《论冰心散文的艺术风格》,《文哲史》1981/3

阎纯得《新文学第一代开拓者冰心》,《新文学史料》第 4 辑(1981/11/22)
汪文顶《冰心散文的审美价值》,《文学评论》1997/5
徐　敏《论冰心散文的审美观照方式及其形成》,《浙江师大学报》1997/4
徐　型《至情至处即奇文——试论冰心早期散文的艺术特色》,《广西师范大学学报》2000/12

6. 朱自清散文要目

《匆匆》,《时事新报·文学旬刊》第 34 期,1922/4/11
《桨声灯影里的秦淮河》,《东方杂记》第 21 卷第 2 号(20 周年纪念号)1924/1/25
《荷塘月色》,《小说月报》第 18 卷第 7 期(1925/11/22)
《背影》,《文学周报》第 200 期(1927/10/10)
《儿女》,《小说月报》第 19 卷第 10 期(1928/10/10)
《给亡妇》,《东方杂志》第 30 卷第 1 号(1933/1/1)
《春》,《初中语文读本》(朱文叔编)第 1 册,1933/7
《罗马》,《中学生》第 28 号(1932/10/1)
《莱茵河》,《中学生》第 35 号(1933/5/10)
《圣诞节》,《中学生》第 52 号(1935/2/1)
《博物院》,《中学生》第 70 号(1936/12)

7. 朱自清研究要目

《朱自清研究资料》,北京师范大学出版社 1981/8
涂　鸿《朱自清对中国现代散文艺术的探索与贡献》,《西南民族学院学报》1999/3
麦石安《论朱自清散文的意境创造》,《中山大学学报》1996/5
张征联《试论朱自清散文的美学原则》,《广西师院学报》1998/3
邓训鉴《试论朱自清散文中的象征色彩》,《黔南民族师专学报》1998/3
张晓东《认同危机与朱自清的艺术世界》,《文艺理论研究》1999/6
吕若涵《"隐逸的诗"和"日常生活的诗":俞平伯、朱自清散文的比较研究》,《文学评论》2000/2

8. 郁达夫游记要目

《还乡记》,《中华新报·创造日》第 23 期(1923/8/2)
《还乡后记》,《中华新报·创造日》第 24 期(1923/8/19),收入《达夫代表作》上海现代书局
《苏州烟雨记》,《中华新报·创造日》1923/9/19－26,收入《奇零集》
《小春天气》,《晨报·晨报副镌》1924/11/11、12、14
《一个人在途上》,《创造月刊》第 1 卷第 5 期(1926/10/5)
《灯蛾埋葬之夜》,《奔流》第 1 卷第 4 期(1928/9/20)
《感伤的行旅》,《北新》半月刊第 3 卷第 1 号(1929/1/1),收入《屐痕处处》
《钓台的春昼》,《论语》创刊号(1932/9),收入《屐痕处处》
《西游日录》,《申报·自由谈》1934/4/13、14、16—21、23—25,收入《屐痕处处》
《故都的秋》,《当代文学》月刊第 1 卷第 3 期(1934/9/1),收入《闲书》
《北平的四季》,《宇宙风》第 12 期(1936/7/1)
《江南的冬景》,《文学》第六卷第一号(1936/1/1),收入《闲书》

9. 郁达夫散文研究要目

许子东《郁达夫的散文创作·郁达夫新论》,浙江文艺出版社 1984

李欧梵《孤独者的漂泊》,《李欧梵自选集》,上海教育出版社 2002
葛乃福《读出作者的灵魂和价值》,《吉首大学学报》1997/3
王秀林《郁达夫游记简评》,《北京第二外国语学院学报》2001/5
温儒敏《略论郁达夫的散文》,《读书》1983/3
温儒敏主编《郁达夫名作欣赏》,中国和平出版社 1998

10. 何其芳散文集要目

《画梦录》,上海文化出版社 1936
《还乡记》,文化生活出版社 1949

11. 何其芳研究要目

刘西渭《读〈画梦录〉》,《文季月刊》第 1 卷 1936/9
骆寒超《论何其芳早期作品的抒情个性》,《何其芳研究资料》第四期 1983/12
司马长风《何其芳确立美文格调》,《中国新文学史》(中卷),香港昭明出版社,1982/8
艾　青《梦·幻想与现实》,《文艺阵地》第 3 卷第 4 期 1939/6/1
曾　锋《何其芳早期的文学追求》,《湖南师范大学社会科学学报》2001/5
张　岚《孤独者的"夜歌"——论何其芳早期诗文意象的孤独美》,《南京师大学报》1995/2

(朱慧玲)

赵树理小说四篇

赵树理,原名赵树礼,1906年出生于山西省沁水县尉迟村一农民家庭,自幼喜爱民间曲艺。1927年加入中国共产党,1929年被捕入狱,释放后四处流浪,谙熟农民的文化风俗,1931年开始发表通俗文艺作品,1937年重新入党,并参加抗战工作。1943年因《小二黑结婚》而一举成名。40年代后期在文坛上获得广泛的赞誉,被确立为"赵树理方向"。1949年后,先后任中国曲艺协会主席、《说说唱唱》主编、北京市作协副主席等,1959年因对农村政策有意见而被视为"右倾","文革"期间受到迫害,1970年9月23日被批斗致死。

> 1949年前,除《邪不压正》,几乎都受到人们的推崇;1949年后,除了《登记》,几乎都受到过批评

赵树理是最受中国农民欢迎的作家之一,曾被誉为描写农村的"铁笔"、"圣手"。以赵树理为杰出代表的"山药蛋派",是中国当代文学史上最重要、最有影响的文学流派之一。

> "山药蛋派",又称"山西派"。主要作家有山西籍作家马烽、西戎、束为、孙谦、胡正等

小二黑结婚(节选)

《小二黑结婚》写于1943年5月,华北新华书店同年9月出版,之后被许多出版社反复再版和翻印,收入1952年版的《高级中学语文课本》,数以百计的剧团改编为不同地方剧种搬上舞台。

> 此前还有1931年的《铁牛复职》和1934年的《蟠龙峪》等

《小二黑结婚》的素材是山西左权县某山村一个真实的爱情悲剧:村民兵小队长岳冬至与俊俏的智英祥自由恋爱,遭家长及社会反对,岳冬至被垂涎智英祥的富农村长挟私报复致死。赵树理化悲剧为喜剧,描写成新一代农民青抗先队长小二黑与本村纯洁美丽的小芹姑娘自由恋爱,遭到双方家长二诸葛、三仙姑反对和村里封建恶势力金旺弟兄的迫害,最终在区政府的支持下,恶棍被惩治,落后的老一辈农民被教育,有情人终成眷属。

> 写作《小二黑结婚》时赵树理已接近不惑之年

小说共12节,这里节选其中的第5、8、12节。

五、小二黑

小二黑,是二诸葛的二小子,有一次反扫荡打死过两个敌人,曾得到特等射手的奖励。说到他的漂亮,那不只在刘家峧有名,每年正月扮故事,不论去到那一村,妇女们的眼睛都跟着他转。

> 小二黑是新一代农民的代表
> 扮故事,即演戏

小二黑没有上过学,只是跟着他爹识了几个字。当他六岁时候,他爹就教他识字。识字课本既不是《五经》《四书》,也不是常识国语,而是从天干、地支、五行、八卦、六十四卦名等学起,进一步便学些《百中经》、《玉匣记》、《增删卜易》、

> 先叙述小二黑

《麻衣神相》《奇门遁甲》《阴阳宅》等书。小二黑从小就聪明，像那些算属相、卜六壬课、念大小流年或"甲子乙丑海中金"等口诀，不几天就都弄熟了，二诸葛也常把他引在人前卖弄。因为他长得伶俐可爱，大人们也都爱跟他玩；这个说："二黑，算一算十岁属什么？"那个说："二黑，给我卜一课！"后来二诸葛因为说"不宜栽种"误了种地，老婆也埋怨，大黑也埋怨，庄上人也都传为笑谈，小二黑也跟着这事受了许多奚落。那时候小二黑十三岁，已经懂得好歹了，可是大人们仍把他当成小孩来玩弄，好跟二诸葛开玩笑的，一到了家，常好对着二诸葛问小二黑道："二黑！算算今天宜不宜栽种？"和小二黑年纪相仿的孩子们，一跟小二黑生了气，就连声喊道："不宜栽种不宜栽种……"小二黑因为这事，好几个月见了人躲着走，从此就和他娘商量成一气，<u>再不信他爹的鬼八卦</u>。

[旁注：埋伏笔；用老百姓的俚语，通俗、易懂；为后来的反叛铺垫]

　　小二黑跟小芹相好已经<u>二三年</u>了。那时候他才十六七，原不过在冬天夜时候，跟着些闲人到三仙姑那里凑热闹，后来跟小芹混熟了，好像是一天不见面也不能行。后庄上也有人愿意给小二黑跟小芹做媒人，二诸葛不愿意，不愿意的理由有三：第一小二黑是金命，小芹是火命，恐怕火克金；第二小芹生在十月，是个犯月；第三是三仙姑的名声不好。恰巧在这时候彰德府来了一伙难民，其中有个老李带来个八九岁的小姑娘，因为没有吃的，愿意把姑娘送给人家逃个活命。二诸葛说是个便宜，先问了一下生辰八字，掐算了半天说："千里姻缘一线牵。"就替小二黑收作童养媳。

[旁注：小二黑与小芹自由恋爱]

　　虽然二诸葛说是千合适万合适，小二黑却不认账。父子俩吵了几天，二诸葛非养不行，小二黑说："你愿意养你就养着，反正我不要！"<u>结果虽然把小姑娘留下了，却到底没有说清楚算什么关系。</u>

[旁注：评书体小说特点之一：事事交待清楚]

八、拿　双

　　小芹把她娘怎样主婚怎样装神，唱些什么，从头至尾细细向小二黑说了一遍，小二黑说："不用理她！我打听过区上的同志，人家说只要男女本人愿意，就能到区上登记，别人谁也作不了主。……"说到这里，听见外边有脚步声，小二黑伸出头来一看，黑影里站着四五个人，有一个说："拿双拿双！"他两人都听出是<u>金旺</u>的声音，小二黑起了火，大叫道："拿？没有犯了法！"<u>兴旺也来了</u>，下命令道："捉住捉住！我就看你犯法不犯法？给你操了好几天心了！"小二黑说："你说去那里咱就去那里，到边区政府你也不能把谁怎么样！走！"兴旺说："走？便宜了你！把他捆起来！"小二黑挣扎了一会，无奈没有他们人多，终于<u>被他们七手八脚打了一顿捆起来了</u>。兴旺说："里边还有个女的，也捆起来！捉奸要双，这是她自己说的！"说着就把小芹也捆起来了。

[旁注：金旺兴旺弟兄是执掌村政权的地头蛇、封建恶势力的代表；小二黑与金旺之间的矛盾势如水火]

　　前庄上的人都还没有睡，听见有人吵架，有些人就跑出来看，麻秆火把下看见捆着的两个人，大家不问就都知道了八九分。二诸葛也出来了，见小二黑被人家捆起来，就跪在兴旺面前哀求道："兴旺！咱两家没有什么仇！看在我老汉面上，请你们诸位高高手……"兴旺说："这事情，我们管不了，送给上级再说吧！"小二黑说："爹！你不用管！送到那里也不犯法！我不怕他！"兴旺说："好小子！要硬你就硬到底！"又逼住三个民兵说："带他们走！"一个民兵问："带到村公

[旁注：二诸葛性格的懦弱]

所？"兴旺说："还到村公所干什么？上一回不是村长放了的？送给区武委会主任按军法处理！"说着就把他两个人拥上走了。

十二、怎么到底

三个民兵回到刘家峧，一说区上把兴旺金旺两人押起来，又派助理员来调查他们的罪恶，真是人人拍手称快。午饭后，庙里开一个群众大会，村长报告了开会宗旨就请大家举他两个人的作恶事实。起先大家还怕扳不倒人家，人家再返回来报仇，老大一会没有人说话，有几个胆子太小的人，还悄悄劝大家说："忍事者安然。"有个被他两人作践垮了的年青人说："我从前没有忍过？越忍越不得安然！你们不说我说！"他先从金旺领着土匪到他家绑票说起，一连说了四五款，才说道："我歇歇再说，先让别人也说几款！"他一说开了头，许多受过害的人也都抢着说起来：有给他们花过钱的，有被他们逼着上过吊的，也有产业被他们霸了的，老婆被他们奸淫过的。他两人还派上民兵给他们自己割柴，拨上民夫给他们自己锄地；浮收粮、私派款、强迫民兵捆人，……你一宗他一宗，从晌午说到太阳落，一共说了五六十款。

区上根据这些罪状把他两人送到县里，县里把罪状一一证实之后，除叫他们赔偿大家损失外，又判了十五年徒刑。

经过这次大会之后，村里人也都敢出头了。不久，村干部又都经过大改选，村里人再也不敢乱投坏人的票了。这其间，金旺老婆自然也落了选。偏她还变了口吻，说："以后我也要进步了。"

两个神仙也有了变化：

三仙姑那天在区上被一伙妇女围住看了半天，实在觉着不好意思，回去对着镜子研究了一下，真有点打扮得不像话；又想到自己的女儿快要跟人结婚，自己还卖什么老俏？这才下了个决心，把自己的打扮从顶到底换了一遍，弄得像个当长辈人的样子，把三十年来装神弄鬼的那张香案也悄悄拆去。

二诸葛那天从区上回去，又向老婆提起二黑跟小芹的命相不对，他老婆道："把你的鬼八卦收起吧！你不是说二黑这回了不得吗？你一辈子放个屁也要卜一课，究竟抵了些什么事？我看小芹蛮不错，能跟咱二黑过就很好！什么命相对不对？你就不记得'不宜栽种'？"二诸葛见老婆都不信自己的阴阳，也就不好意思再到别人跟前卖弄他那一套了。

小芹和小二黑各回各家，见老人们的脾气都有些改变，托邻居们趁势和说，两位神仙也就顺水推舟同意他们结婚。后来两家都准备了一下，就过门了。过门之后，小两口都十分得意，邻居们都说是村里第一对好夫妻。

夫妻们在自己卧房里有时候免不了说玩话：小二黑好学三仙姑下神时候唱"前世姻缘由天定"，小芹好学二诸葛说"区长恩典，命相不对"。淘气的孩子们去听窗，学会了这两句话，就给两位神仙加了新外号：三仙姑叫"前世姻缘"，二诸葛叫"命相不对"。

1943年5月，写于太行

为适于农民阅读，有意控制每节的字数

赵树理的理想主义

当时农民的普通心态

鲁迅《狂人日记》："他们——也有给知县打枷过的，也有给绅士掌过嘴的，也有衙役占了他妻子的，也有老子娘被债主逼死的……"

"两个神仙"：二诸葛和三仙姑。作者试图通过他们来揭示农村小生产者精神的落后、陈腐，说明实行民主改革、移风易俗的势在必行

转变过程过于简略

皆大欢喜大团圆

赵树理笔下的人物多有外号

★ **编选者的话：**

《小二黑结婚》是"赵树理方向"的奠基石，无论是在人物塑造，还是情节结构和语言驾驭上，都开辟了一个崭新的为老百姓所喜闻乐见的、独特的艺术世界。从此，赵树理踏上了"老百姓喜欢看，政治上起作用"的辉煌而坎坷的创作之途。《小二黑结婚》的成功来源于现实的真实性与艺术的创造性的生动结合。

赵树理传奇的文学人生折射出中国近半个世纪的文学风潮变化。

从纵向看，1943年赵树理发表《小二黑结婚》时37岁，与鲁迅发表《狂人日记》(1918年)时的年龄相同。这两篇小说均被认为是在现代文学史上具有某种历史象征意义的小说。《狂人日记》被看做是中国文学现代化的惊世之作；《小二黑结婚》被看做是中国文学大众化的经典之作。赵树理笔下的农民系列特别是落后农民系列与鲁迅笔下的"阿Q系列"有着某种历史的沿袭性。赵树理继承了鲁迅热忱关注中国农民的传统，弥补了新文学严重脱离农民大众的不足，选择了一条新文化与中国农民相结合的道路——文艺大众化的道路。

> 赵树理衔接了中国现当代文学两个时期。通过他可以梳理清楚40年代至60年代中国文学发展的脉络

从横向看，《小二黑结婚》的发行盛况空前，在太行山区竟销到4万份，超出了作者以及作品的批评者、甚至支持者的意料，赵树理因此成为解放区家喻户晓的大作家，在农民中的知名度仅次于毛泽东和彭德怀。同一时期，在上海沦陷区张爱玲也一夜成名，成为市民心目中的明星，其作品的不断再版也表明了市民对她的欢迎。在20世纪40年代的文坛上，两人却是两种不同文化背景中通俗文学的杰出代表和重要存在。赵树理与张爱玲笔下的婚恋，都市中人性的变异与乡村里人性的畸形，贵族作家与农民作家风格差异等，存在着某种耐人寻味的关联。三仙姑与曹七巧、梁太太可看做是"被食—食人—自食"旧文化循环链上的农村与都市的典型女性。1943年，是赵树理也是张爱玲的成名年，这两人的同年兴起，不应是文坛完全孤立的现象，可以看做是新文学在雅俗共赏的追求上同样出色的两种努力。此外，还有许多有趣的现象，如1959年赵树理给《红旗》杂志上"万言书"，表达自己对农村浮夸风气的看法，主要观点与庐山会议刚刚受批的彭德怀的"万言书"基本相似，两个"不识时务"的著名人士几乎在同一时间因成为不合时宜的"噪音"制造者而被批判。

★ **作者的话：**

《小二黑结婚》中的二诸葛就是我父亲的缩影，兴旺、金旺就是我工作地区的旧渣滓。

> 从生活中来

《也算经验》，原载《人民日报》1949/6/26

★ **相关评论：**

像这种从群众调查研究中写出来的通俗故事还不多见。

> 经杨献珍、浦安修推荐

彭德怀《小二黑结婚·题词》(1943)

短篇小说《小二黑结婚》，是作家赵树理同志优秀的处女作，也是毛主席《在延安文艺座谈会上的讲话》后结出的第一颗硕果。它，初次表现了作家全部最重要的创作的特点；也表现了在《讲话》巨大而深刻的影响下，当时解放区创作形

> 把《小二黑结婚》和《讲话》联系起来

成的新的特色。

映白《〈小二黑结婚〉创作特点的分析》,《前哨》1958/5-6

李家庄的变迁(节选)

赵树理的第一部长篇小说

《李家庄的变迁》完成1945年冬。1946年3月由华北新华书店首印,后各地纷纷翻印。

这部长篇所写故事背景始自民国17、18年间至抗战胜利。小说虽立足于一个落后闭塞的山西小村庄,却在故事过程中溶进了中国历史上的一些重大事件,如民国19年(1930年)蒋阎战争,民国25年(1936年)红军北上,民国26年(1937年)抗战开始以及阎锡山与八路军合作、组织牺盟会、新旧军的冲突、人民政权的成立等。小说以一个忠厚、愚昧、朴直的庄稼汉<u>张铁锁的不幸遭遇及其成长过程</u>为主线,叙述了李家庄20年间所发生的巨大变化。

张铁锁是李家庄的外来户,贫苦农民,小说的中心人物,后成为农民领袖

小说共16节,这里节选其中的第15节,是小说中最具"血淋淋的斗争生活"特点的一节,也是在小说中最经典和最具代表性的一节。

15

李如珍:李家庄村长、恶霸地主、大汉奸
小毛:地主走狗、村里人叫他"坏家伙的尾巴"

捉回<u>李如珍</u>来,事情就大了:村里人要求的是枪毙,铁锁是个区长,不便做主。县长也是随军来的,还住在部队里。县政府区公所都还没有成立起来,送也没处送,押也没处押,铁锁和村里人商量,叫把李如珍和<u>小毛</u>暂且由村里人看守,他去找县长。到部队上见了县长,说明捉住这两个汉奸以后群众对政府的要求。县长觉着才来到这里,先处理一个案件也好,能叫群众知道又有抗日政权了。这样一想,他便答应就到村里去对着全村老百姓<u>公审</u>这两个人。

注意"公审"的程序与形式

龙王庙的拜亭上设起公堂,<u>县长坐了正位</u>,村里公举了十个代表陪审,公举了<u>白狗</u>和<u>王安福</u>老汉代表全村作<u>控告人</u>,村里的全体民众站在庙院里旁听。李如珍一看这个形势,也知道没有什么便宜,便撑住气来装好汉。县长叫控告人发言,诉说李如珍的罪行,群众中有个人向白狗叫道:"白狗!不用说他以前那些讹人的事,就从中央军来了那时候算起,算到如今,看他杀了多少人?打过多少人?逼死过多少人?讹穷了多少人?逼走了多少人?"白狗道:"可以,先数杀的人吧!"接着就指名数了一遍,别人又把说漏了的补充了一些,一共是四十二个。县长问李如珍,李如珍说:"这些人杀是杀了,有的是中央军杀的,有的是突击队杀的,有的是日本人杀的,我没有亲手杀过一个。"王安福道:"你开名单,你出主意,说叫谁死谁就不得活,如今还能推到谁账上去?"有个青年喊道:"照你那么说,县政府要枪毙你,还非县长亲自动手不行?"又有人说:"怕他嘴巧啦?咱村里会说话的人都是他的证人。"李如珍料也推不过,就装好汉道:"就说成杀了你们两个人,我一条命来抵也不赔本!杀了你们四十二个,利不小了!说别的吧!<u>这些人都是我杀的!不差!</u>"他既然痛快承认,以下的事情就不麻烦了。控告人说一宗,他承认一宗,一会也就说完了。审罢李如珍又审小毛。小毛打的人最多,控告人

白狗:铁锁的妻弟
王安福:杂货铺老板

真够猖狂的

一时给他数不清，就向群众道："跑了的且不说，现在在场的，谁挨过小毛的打都站过东边，没有挨过的留在西边！"这样一过，西边只留下几个小孩子和年轻媳妇们，差不多完全都到了东边了，数了一下，共六十八人，陪审的十个代表、当控告代表的白狗还不在数。白狗道："连陪审的人带我自己一共是七十九个！叫他本人看看有冒数没有？"小毛也不细看，他说："我知道打得不少。反正是错了，也不用细数他吧！不过我可连一个人也没有害死过，叫我去捉人都是他们的主意！他们讹人家的东西我也没有分过赃，只是跟着他们吃过些东西吸过些大烟！"群众里有人喊："跟着龙王吃贺雨就是帮凶！""光喝一口泔水（洗碗水）还那么威风啦，能分上东西来，你还认得你是谁啦？"

> 语言特点

审完以后，全村人要求马上枪毙；可是这位县长不想那么办。县长是在老根据地作政权工作的。老根据地对付坏人是只要能改过就不杀。他按这个道理向大家道："按他们的罪行，早够枪毙的资格了……"群众中有人喊道："够了就毙，再没有别的话说！"县长道："不过只要他能悔过……"群众乱喊起来："可不要再说那个！他悔过也不止一次了！""再不毙他我就不活了！""马上毙！""立刻毙！"县长道："那也不能那样急呀？马上就连个枪也没有！"又有人喊："就用县长腰里那枝手枪！"县长说没有子弹，又有人喊："只要说他该死不该，该死没有枪还弄不死他？"县长道："该死吧是早就该着了……"还没有等县长往下说，又有人喊："该死拖下来打不死他？"大家喊："拖下来！"说着一轰上去把李如珍拖下当院来。县长和堂上的人见这情形都离了座到拜亭前边来看，只见已把李如珍拖倒，人挤成一团，也看不清怎么处理。听有的说"拉住那条腿"，有的说"脚蹬住胸口"。县长、铁锁、冷元，都说"这样不好这样不好"，说着挤到当院里拦住众人，看了看地上已经把李如珍一条胳膊连衣服袖子撕下来，把脸扭得朝了脊背后，腿虽没有撕掉，裤裆子已撕破了。县长说："这弄得叫个啥？这样子真不好！"有人说："好不好吧，反正他不得活了！"冷元道："唉！咱们为什么不听县长的话？"有人说："怎么不听？县长说他早就该死了！"县长道："算了！这些人死了也没有什么可惜，不过这样不好吧！把这个院子弄得血淋淋的！"白狗说："这还算血淋淋的？人家杀我们那时候，庙里的血都跟水道流出去了！"县长又返到拜亭上，还没有坐下，又听见有人说："小毛啦？"大家看了看，不见小毛，连县长也不知道他往哪里去了。有人进龙王殿去找，小毛见藏不住了，跟殿里跑出来抱住县长的腿死不放。他说："县长县长！你叫我上吊好不好？"青年人们说不行，有个愣小伙子故意把李如珍那条胳膊拿过来伸到小毛脸上道："你看这是什么？"小毛看了一眼，浑身哆嗦，连连磕头道："县长！我我我上吊！我跳崖！"冷元看见他也实在有点可怜，便向他道："你光难为县长有什么用呀，你就没有看看大家的脸色？"小毛听说，丢开县长的腿回头向大家磕头道："大家爷们呀！你们不要动手！我死！我死！"大家看见他这种样子，也都没心再打他了，只说："你知道你该死还算明白！"县长道："大家都还下去！"又向陪审的人道："咱们都还坐好！"庙里又像才开审时候那个样子了。县长道："你们再不要亲自动手了！本来这两个人都够判死罪了，你们许他们悔过，才能叫他们悔；实在要要求枪毙，我也只好执行，大家千万不要亲自动手。现在的法律，再大的罪也只是个枪决；那样活活打死，就太，太不文明了。"王安福道："县长！他们当日在庙里杀人时候，比这残忍得多，——有

> 阶级斗争的残忍、农民与地主二元对立的尖锐：第13节中有"捉了一百多人，说都是共产党，剁手的剁手，剜眼的剜眼，要钱的要钱……龙王庙院里满地血，走路也在血里走。""中央军跟突击队把县政府牺盟会包围了。里边的人，冲出去一部分，打死了一部分，叫人家捉住杀了一部分，现在还正捉啦。县长生死不明，小常同志叫人家活埋了！"

剜眼的,有剁手的,有剥皮的……我都差一点叫人家这样杀了!"县长道:"那是他们,我们不学他们那样子!好了,现在还有个小毛,据他说的,他虽然也很凶,可是没有杀过人,大家允许他悔过不允许?"大家正喊叫"不行",白狗站起来喊道:"让我提个意见,我觉着就留下他,他也起不了什么反!只要他能包赔咱们些损失,好好向大家赔罪,咱们就留他悔过也可以!"还没有等大家说赞成不赞成,小毛脸向外趴下一边磕头一边说:"只要大家能容我不死,叫我做什么也行!实在不能容我,也请容我寻个自尽。俗话常说'死不记仇',只求大家叫我落个囫囵尸首,我就感恩不尽了!"说罢呜呜地哭起来。县长道:"这样吧,李如珍就算死了,小毛还让我把他带走,等成立起县政府来再处理他吧?大家看这样好不好?"青年人们似乎还不十分满意,可也没有再说什么。白狗说:"就叫县长把他带走吧!只要他还有一点点改过的心,咱们何必要多杀他这一个人啦?他要没有真心改过,咱的江山咱的世界,几时还杀不了个他?"这样一说,大家也就没有什么不同意了。审判又继续下去,控告人又诉说了小喜春喜的罪行,要求通缉;又要求没收他们四家的财产,除了赔偿群众损失,救济灾难民外,其余归公。县长在堂上立刻宣布接受大家的意见。审讯以后,写了判决书,贴出布告,这案件就算完结。

<u>这部作品后来成为中共中央下发的土改工作的必读文件</u>

村里由冷元、铁锁帮忙,<u>组织起处理逆产委员会来处理这些汉奸财产</u>——除把小毛的财产暂且查封等定了案再斟酌处理外,李如珍叔侄们的财产,马上就动手没收处理。他们讹人家的不动产,前二年已经处理过一次,这次仍照上次的决定各归原主。动产也都作了价,按各家损失的轻重作为赔偿费。最大的一宗,是李如珍家里存着三百来石谷子和一百二十石麦子。把这一批粮食拿出来救济了村里的赤贫户,全村人马上就都不吃槐叶了。

不几天,县政府、区公所都成立了;各地的土匪也被解决了;各村里当过汉奸的,听说打死李如珍的事,怕群众找他们算账,都赶紧跑到县政府自首了。

<u>土改运动过程简明扼要</u>

在李家庄,被李如珍他们逼得逃出去的人,被中央军和日本人抓走的人,都慢慢回来了;街上的草被大家踏平了;地里的蒿也被大家拔了种成晚庄稼了。修福老汉的病也好了。二妞跟小胖孩又回到十余年前被春喜讹去的院子里去住。村政权、各救会、武委会也都成立起来,不过跟冷元、铁锁他们年纪差不多的中年人损失得太多了,村干部除了二妞是妇救会主席,白狗是武委会主任外,其余都是些青年。没收的汉奸财产除了一部分钱作为村公产,开了个合作社,大家请王安福老汉当经理。民兵帮着正规军打了几次土匪,分到了十来枝枪。龙王庙有五亩社地拨给了老宋。这时候的李家庄,虽然比不上老根据地,可也像个根据地的样子了。

小毛这次悔了过,果然比前一次好得多:自动请村干部领着他到他欺负过的人们家里去赔情,自动把他作过的可是别人不知道的坏事也都讲出来。说到处理他的财产,他只要求少给他除出一点来,饿不死就好。

只有小喜、春喜两个人归不了案:春喜跟着孙楚回阎锡山那里去了就再没有回来,小喜跟着日军跑到长治去了。

★编选者的话:

读《李家庄的变迁》易于加深理解40年代"赵树理方向"是怎样构建出来的

这一问题,从而深入领会对赵树理的评价问题,特别是理解解放前后对赵树理的不同评价。

第13节和15节在全小说中最具"血淋淋的斗争生活"性质,这两节的内容和手法都应该对照起来看。13节是通过冷元和二妞的转述表现了敌强我弱的"血淋淋"的斗争情景,15节则正面表现了翻身得解放的村里人在公审大会上活活打死大地主李如珍的同样"血淋淋"的斗争情景。从村里人对李如珍的无比仇恨和对小常的无比爱戴的强烈反差中反映了农民鲜明的阶级爱憎。这个落后而闭塞的山村的觉醒是经过无数事实的教训与血腥斗争得来的。

> 小常,地下党员,铁锁的革命引路人

这里应该特别注意主人公张铁锁的"变迁",一个愚昧、忠厚、质朴的外来户,屡次遭受恶霸地主的欺弄、迫害,终致破产而离家出走,饱尝豪绅、官僚、流氓的剥削与压榨,在地下党员小常的启蒙与引导下,在不断的残酷的斗争教训里,坚定地走上觉醒、反抗之路,最终成为村民的领袖。《李家庄的变迁》充分体现了赵树理与解放区主流意识形态及文学主张的一致性和协调性。

★作者的话:

我的材料大部分是拾来的,而且往往是和材料走得碰了头,想不拾也躲不开。因为我的家庭是在高利贷压迫之下由中农变为贫农的,我自己又上过几天学,抗日战争开始又作的是地方工作,所以每天尽和我那几个小册子中的人物打交道,所参与的也尽在那些事情的一方面。例如:——我的叔父,正是被《李家庄的变迁》中六老爷的"八当十"高利贷逼得破了产的人。同书中阎锡山的48师留守处,就是我当日在太原的寓所。同书中"血染龙王庙"之类的场合,染了我好多老同事的血,连我自己也差一点染到里边去——这一切便是我写作材料的来源。

《也算经验》,《人民日报》1949/6/26

★相关评论:

我感觉着这和《小二黑结婚》、《李有才板话》一样的可爱,而规模确实是更加宏大了。这是一株在原野里成长起来的大树子,它根扎得很深,抽长得那么条畅,吐纳着大气和养料那么不动声色地自然自在。

大大方方地,十足地,表现了"实事求是"的精神。

事件的进行,人物的安排,都是妥帖均匀地,一点也不突兀,一点也不冗赘。

由《小二黑结婚》到《李有才板话》,再到《李家庄的变迁》,作者本身也就像一株树子一样,在欣欣向荣地,不断地成长。赵树理,毫无疑问,已经是一株大树子。这样的大树子在自由的土地里面,一定会更加长大,更加添多,再隔些年辰会成为参天拔地的大树子的。作家是这样,作品也会这样。

郭沫若《读了〈李家庄的变迁〉》,《文萃》第49期(1946/9/26)

> 解放区的周扬、陈荒煤等,国统区的郭沫若、茅盾等,都对赵树理给予了高度赞扬,无疑极大地提升了在太行山区已有广泛群众基础的赵树理的声望,并催生了"赵树理方向",巩固了他独步40年代文坛的地位

赵树理先生是在血淋淋的斗争生活中经验过来的,而这样的告白就是小说《李家庄的变迁》。

"李家庄"的故事在普遍性中自有其特殊之处;这不仅代表了旧中国的农村,而且确是代表了受欺诈与压迫最深重的山西农村。

《李家庄的变迁》不但是表现解放区生活的一部成功的小说,并且也是"整风"以后文艺作品所达到的高度水准之一例证。这一部优秀的作品表示了"整风"运动对于一个文艺工作者在思想和技巧的修养上会有怎样深厚的影响。

这是走向民族形式的一个里程碑,解放区以外的作者们足资借镜。

茅盾《谈〈李家庄的变迁〉》,《文学作品选读》,三联书店 1949/6

登　　记(节选)

《登记》创作完成于 1950 年 6 月 5 日,发表于《说说唱唱》1950 年 6 月,是为配合我国第一部婚姻法的出台而创作的一部评书体短篇小说,后被改编为《罗汉钱》搬上银幕和各种戏剧戏曲舞台,可以看作是《小二黑结婚》的姊妹篇。

小说主要以张家庄张木匠的老婆小飞蛾为主线,描写了她与婆婆和女儿艾艾三代女性的婚恋故事。小飞蛾婚前在娘家有自己的相好,这在封建思想浓厚的农村被视作"名声不正",被丈夫张木匠在受过同样苦的婆婆教唆下用锯梁子暴打后,便麻木地安于包办的婚姻生活。女儿艾艾与同村的小晚自由恋爱,也受到同样"名声不正"的非议,但是生长在新时代,在《婚姻法》的保护下,这对年青人最终冲破重重束缚,终成眷属。

小说共分 4 节,这里节选前 3 节的部分内容。

一、罗汉钱

> 赵树理惯用的评书体小说范式

……有个农村叫张家庄。张家庄有个张木匠。张木匠有个好老婆,外号叫个"小飞蛾"。小飞蛾生了个女儿叫"艾艾",算到一九五〇年阴历正月十五元宵节,虚岁二十,周岁十九。庄上有个青年叫"小晚",正和艾艾搞恋爱。故事就出在他们两个人身上。

照我这么说,性急的朋友们或者要说我不在行:"怎么一个'罗汉钱'还要交代半天,说到故事中间的人物,反而一句也不交代?照这样说下去,不是五分钟就说完了吗?"其实不然:有些事情不到交代时候,早早交代出来是累赘;到了该交代的时候,想不交代也不行。闲话少说,我还是接着说吧:

> 今年,指 1950 年。作者原注

张木匠一家就这么三口人——他两口子和这个女儿艾艾——独住一个小院:他两口住北房,艾艾住西房。今年阴历正月十五夜里,庄上又要玩龙灯,张木匠是老把式,甩尾巴的,吃过晚饭丢下碗就出去玩去了。艾艾洗罢了锅碗,就跟她妈相跟着,锁上院门,也出去看灯去了。后来三个人走了个三岔:张木匠玩龙灯,小飞蛾满街看热闹,艾艾可只看放花炮起火,因为花炮起火是小晚放的。艾艾等小晚放完了花炮起火就回去了,小飞蛾在各街道上飞了一遍也回去了,只有张木匠不玩到底放不下手,因此他回去得最晚。

艾艾回得北房里等了一阵等不回她妈来,就倒在她妈的床上睡着了。小飞蛾回来见闺女睡在自己的床上，就轻轻推了一把说："艾艾！醒醒！"艾艾没有醒来，只翻了一个身，有一个明晃晃的小东西从她衣裳口袋里溜出来，叮铃一声掉到地下，小飞蛾端过灯来一看："这闺女！几时把我的罗汉钱偷到手？"她的罗汉钱原来藏在板箱子里边的首饰匣子里。这时候，她也不再叫艾艾，先去放她的罗汉钱。她拿出钥匙来，先开了箱子上的锁，又开了首饰匣子上的锁，到她原来放钱的地方放钱："咦！怎么我的钱还在？"摸出来拿到灯下一看：一样，都是罗汉钱，她自己那一个因为隔着两层木头没有见过潮湿气，还是那么黄，只是不如艾艾那个亮一点。她看了艾艾一眼，艾艾仍然睡得那么憨（酣）。她自言自语说："憨闺女！你怎么也会干这个了？说不定也是戒指换的吧？"她看看艾艾的两只手，光光的；捏了捏口袋，似乎有个戒指，掏出来一看是顶针圈儿。她叹了一口气说："唉！算个甚？娘儿们一对戒指，换了两个罗汉钱！明天叫五婶再去一趟赶快给她把婆家说定了就算了！不要等闹出什么故事来！"她把顶针圈儿还给艾艾装回口袋里去，拿着两个罗汉钱想起她自己那一个钱的来历。

　　这里就非交代一下不行了。为了要说明小飞蛾那个罗汉钱的来历，先得从小飞蛾为什么叫"小飞蛾"说起：

　　二十多年前，张木匠在一个阴历腊月三十日娶亲。娶的这一天，庄上人都去看热闹。当新媳妇取去了盖头红的时候，<u>一个青年小伙子对着另一个小伙子的耳朵悄悄说</u>："看！小飞蛾！"那个小伙子笑了一笑说："活像！"不多一会，屋里，院里，你的嘴对我的耳朵，我的嘴又对他的耳朵，各哩各得都嚷嚷这三个字——"小飞蛾""小飞蛾""小飞蛾"……

　　原来这地方一个梆子戏班里有个有名的武旦，身材不很高，那时候也不过二十来岁，一出场，抬手动脚都有戏，眉毛眼睛都会说话。唱《金山寺》她装白娘娘，跑起来白罗裙满台飞，一个人撑满台，好像一只蚕蛾儿，人都叫她"小飞蛾"。张木匠娶的这个新媳妇就像她——叫张木匠自己说，也说是"越看越像"。

　　第二天是大年初一，按这地方的习惯，用两个妇女搀着新媳妇，一个小孩在头里背条红毯儿，到邻近各家去拜个年——不过只是走到就算，并不真正磕头。早饭以后，背红毯的孩子刚一出门，有个青年就远远地喊叫："都快看！小飞蛾出来了！"他这么一喊，马上聚了一堆人，好像正月十五看龙灯那么热闹，新媳妇的一举一动大家都很关心："看看！进了她隔壁五婶院子里了！""又出来了又出来了！到老秋孩院子里去了！……"

　　张木匠娶了这么个媳妇，当然觉得是得了个宝贝，一九里，除了给舅舅拜了一趟年，再也不愿意出门，连明带夜陪着小飞蛾玩；穿起小飞蛾的花衣裳扮女人，想逗小飞蛾笑；偷了小飞蛾的斗方戒指，故意要叫小飞蛾满屋子里撵他，……可是小飞蛾偏没心情，只冷冷地跟他说："不要打哈哈！"

　　几个月过后，不知道谁从小飞蛾的娘家东王庄带了一件消息来，说小飞蛾在娘家有个相好的叫保安。这消息传到张家庄，有些青年小伙子就和张木匠开玩笑："小木匠，回去先咳嗽一声，不要叫跟保安碰了头！""小飞蛾是你的？至少有人家保安一半！"张木匠听了这些话，才明白了小飞蛾对自己冷淡的原因，好几次想跟小飞蛾生气，可是一进了家门，就又退一步想："过去的事不提它吧，只要以后不胡来就算了！"后来这消息传到他妈耳朵里，他妈把他叫到背地里，骂

罗汉钱：一种具有地区色彩的爱情信物。在物质匮乏的山西太行山区，它是青年用以寄托美好情感的最珍贵的东西

这是作者经常采用的"烘云托月"的人物描写手法。作者对小飞蛾的外貌虽无一字正面描写，但从村里人和张木匠的言语行动中映衬并渲染了小飞蛾的美丽动人

一九：从立冬起每九天为一个单元。一九为初冬，三九为严冬

> 婆婆可恶

了他一顿"没骨头",骂罢了又劝他说:"人是苦虫!痛痛打一顿就改过来了!舍不得了不得……"他受过了这顿教训以后,就好好留心找小飞蛾的岔子。

有一次他到丈人家里去,碰见保安手上戴了个斗方戒指,和小飞蛾的戒指一个样;回来一看小飞蛾的手,小飞蛾的戒指果然只留下一只。"他妈的!真是有人家保安一半!"他把这消息报告了他妈,他妈说:"快打吧!如今打还打得过来!要打就打她个够受!轻来轻去不抵事!"他正一肚子肮脏气,他妈又给他打了打算盘,自然就非打不行了。他拉了一根铁火柱正要走,他妈一把拉住他说:"快丢手!不能使这个!细家伙打得疼,又不伤骨头,顶好是用小锯子上的梁!"

> 必是经验之谈。说明婆婆也曾有过类似经历
>
> 果然,婆婆既是封建包办婚姻的受害者,也是它的捍卫者

他从他的一捆木匠家具里边抽出一条小锯梁子来,尺半长,一指厚,木头很结实,打起来管保很得劲。他妈为什么知道这家具好打人呢?原来他妈当年年轻时候也有过小飞蛾跟保安那些事,后来是被老木匠用这家具打过来的。闲话少说,张木匠拿上这件得劲的家伙,黑丧着脸从他妈的房子里走出来,回到自己的房里去。

小飞蛾见他一进门,照例应酬了他一下说:"你拿的那个是什么?"张木匠没有理她的话,用锯梁子指着她的手说:"戒指怎么只剩了一只?说!"这一问,问得小飞蛾头发根一支杈。小飞蛾抬头看看他的脸,看见他的眼睛要吃人,吓得她马上没有答上话来,张木匠的锯梁子早就打在她的腿上了。她是个娇闺女,从来没有挨过谁一下打,才挨了一下,痛得她叫了一声低下头去摸腿,又被张木匠抓住她的头发,把她按在床边上,拉下裤子来"披、披、披"一连打了好几十下。她起先还怕招得人来看笑话,憋住气不想哭,后来实在支不住了,只顾喘气,想哭也哭不上来,等到张木匠打得没了劲扔下家伙走出去,她觉得浑身的筋往一处抽,喘了半天才哭了一声就又压住了气,头上的汗,把头发湿得跟在热汤里捞出来的一样,就这样喘一阵哭一声喘一阵哭一声,差不多有一顿饭工夫哭声才连起来。一家住一院,外边人听不见,张木匠打罢了早已走了,婆婆连看也不来看,远远地在北房里喊:"还哭什么?看多么排场?多么有体面?"小飞蛾哭了一阵以后,屁股蛋疼得好像谁用锥子剁,摸了一摸满手血,咬着牙兜起裤子,站也站不住。

> 旧时代的女人之苦

她的戒指是怎样送给保安的,以后张木匠也没有问,她自己自然也没有说。原来是她在端午那一天到娘家去过节,保安想要她个贴身的东西,她给保安卸了一个戒指;她也要叫保安给她个贴身的东西,保安把口里衔的罗汉钱送了她。

> 山西汉子用情之深
>
> 山西女子痴情之苦

自从她挨了这一顿打之后,这个罗汉钱更成了她的宝贝。人怕伤了心:从挨打那天起,她看见张木匠好像看见了狼,没有说话先哆嗦。张木匠也莫想看上她一个笑脸——每次回来,从门外看见她还是活人,一进门就变成死人了。有一次,一个鸡要下蛋,没有回窝里去,小飞蛾正在院里撵,张木匠从外边回来,看见她那神气,真有点像在戏台上系着白罗裙唱白娘娘的那个小飞蛾,可是小飞蛾一看见他,就连鸡也不撵了,赶紧规规矩矩走回房子里去。张木匠生了气,撵到房子里跟她说:"人说你是'小飞蛾',怎么一见了我就把你那翅膀搭拉下来了?我是狼?""呱"一个耳刮子。小飞蛾因为不愿多挨耳刮子,也想在张木匠面前装个笑脸,可惜是不论怎么装也装得不像,还不如不装。张木匠看不上活泼的小飞蛾,觉着家里没了趣,以后到外边做活,一年半载不回家,路过家门口也不愿进

去,听说在外面找了好几个相好的。张木匠走了,家里只留下婆媳两个。婆婆跟丈夫是一势,一天跟小飞蛾说不够两句话,路上碰着了扭着脸走,小飞蛾离娘家虽然不远,可是有嫌疑,去不得;娘家爹妈听说闺女丢了丑,也没有脸来看望。这样一来,全世界上再没有一个人跟小飞蛾是一势了,小飞蛾只好一面伺候婆婆,一面偷偷地玩她那个罗汉钱。她每天晚上打发婆婆睡了觉,回到自己房子里关上门,把罗汉钱拿出来看了又看,有时候对着罗汉钱悄悄说:"罗汉钱!要命也是你,保命也是你!人家打死我我也不舍你!咱俩死活在一起!"她有时候变得跟小孩子一样,把罗汉钱暖到手心里,贴到脸上,按到胸上,衔到口里……除了张木匠回家来那有数的几天以外,每天夜上她都是离了罗汉钱睡不着觉,直到生了艾艾,才把它存到首饰匣子里。

　　她剩下的那只戒指是自从挨打之后就放进首饰匣子里去的。当艾艾长到十五那一年,她拿出匣子来给艾艾找帽花,艾艾看见了戒指就要。她生怕艾艾再看见罗汉钱,赶快把戒指给了艾艾就把匣子锁起来了。那时候张木匠和小飞蛾的关系比以前好一点,因为闺女也大了,他妈也死了,小飞蛾和保安也早就没有联系了。又因为两口子只生了艾艾这么个孤闺女,两个人也常借着女儿开开玩笑。艾艾戴上了小飞蛾那只斗方戒指,张木匠指着说:"这原来是一对来!"艾艾问:"那一只哩?"张木匠说:"问你妈!"艾艾正要问小飞蛾,小飞蛾翻了张木匠一眼。艾艾只当是她妈丢了,也就不问了。这只戒指就是这么着到了艾艾手的。

　　以前的事已经交代清楚,再回头来接着说今年(一九五〇年)正月十五夜里的事吧:

　　…………

二、眼　　力

　　…………

　　艾艾又和燕燕计划了一下,见了谁该怎样说见了谁该怎样说,东院里五奶奶要给民事主任的外甥说成了又该怎样顶。她两人正计划得起劲,小飞蛾回来了。她两个让小飞蛾坐了之后,燕燕正打算提个头儿,可是还没有等她开口,五婶就赶来了。五婶说:"不论说人,不论说家,都没有什么包弹的!婆婆就是咱村民事主任的姊姊,你还不知道人家那脾气多么好?闺女到那里管保受不了气!你还是不要错打了主意!"小飞蛾说:"话叫有着吧!回头我再和她爹商量商量!"五婶见小飞蛾不愿意,又应酬了几句就走了,艾艾可喜得满脸笑涡。

　　小飞蛾为什么不愿意呢?这就得谈谈她这一次去娘家的经过:早饭后他们三个人相跟着到了东王庄,先到了小飞蛾她妈家里。五婶叫小飞蛾跟她到民事主任的外甥家里看看去,小飞蛾说:"相跟去不好!不如你先到他家去,我随后再去,就说是去叫你相跟着回去,省得人家说咱是亲自送上门的!"

　　南头这家也只有三口人——老两口,一个孩子——就是张家庄民事主任的姊姊、姊夫和外甥:孩子玩去了,家里只剩下老两口。五婶一进去,老汉老婆齐让坐。几句见面话说过后,老汉就问:"你说的那三家,究竟是哪一家合适些?"五婶说:"依我看都差不多,不过那两家都有主了,如今只剩下小飞蛾家这一个了!"

旧时农村男女的不平等

罗汉钱是小飞蛾惟一的精神寄托

注意小飞蛾与其婆婆和女儿在精神个性方面的异同

燕燕是艾艾自主婚姻的推动者

老汉说:"怎么那么快?"五婶说:"十八九的大姑娘自然快得很了!"老婆向老汉说:"我叫快点决定,你偏是那么慢腾腾地拖!好的都叫人家挑完了!"五婶故意说:"小一点的不少!就再说个十四五的吧?反正还比你的孩子大!"老婆说:"老嫂子!不要说笑话了!我要是愿意要十四五的,还用得搬你这大的面子吗?"五婶说:"要大的可算再找不上了!你怎么说'好的都叫人家挑完了'?我看三个里头,就还数人家小飞蛾这一个标致!我想你也该见过吧!长得不是跟二十年前的小飞蛾一个样吗?"老婆说:"人样儿满说得过去,不过听说她<u>声名不正</u>!"五婶说:"要不是那点毛病,还能留到十八九不占个家吗?以前那两个不一样吗?"老婆说:"要是有那个毛病,咱不是花着钱买个气布袋吗?"五婶说:"你不要听外人瞎谣传!要真有大毛病的话,你娘家兄弟还叫我来给你提吗?那点小毛病也算不了什么,只要到咱家改过来就行了!"老汉说:"还改什么?<u>什么样的老母下什么样的儿</u>!小飞蛾从小就是那么个东西!"五婶说:"改得了!<u>人是苦虫!痛痛打一顿以后就没有事了</u>!"老汉说:"生就的骨头,哪里打得过来?"五婶说:"打得过来,打得过来!小飞蛾那时候,还不是张木匠一顿锯梁子打过来的?"

　　他们正说到这里,小飞蛾正走到当院里,正赶上听见五婶末了说的那两句话。她一听,马上停了步,看了看院里没人,就又悄悄溜出院来往回走。她想:"<u>难道这挨打也得一辈传一辈吗?去你妈的!我的闺女用不着请你管教</u>!"回到她家里,她妈和张木匠都问:"怎么样?"她说:"不行!不跟他来!"大家又问她为什么,她说:"不提他吧!反正不合适!"她妈见她咕嘟着个嘴,问她怎么那样不高兴,她自然不便细说,只说是"昨天晚上熬了夜",说了就到套间里睡觉去了。

　　其实她怎么睡得着呢?五婶那两句话好像戳破了她的旧伤口,新事旧事,想起来再也放不下。她想:"<u>我娘儿们的命运为什么这么一样呢?当初不知道是什么鬼跟上了我,叫我用一只戒指换了个罗汉钱,害得后来被人家打了个半死,直到现在还跟犯人一样,一出门人家就得在后边押解着</u>。如今这事又出在我的艾艾身上了。真是冤孽!我会干这没出息事,你偏也会!从这前半截事情看起来,娘儿们好像钻在一个圈子里。傻孩子呀!这个圈子,你妈半辈子没有得跳出去,难道你就也跳不出去了吗?"她又前前后后想了一下:不论是和她年纪差不多的姊妹们,不论是才出了阁的姑娘们,凡有像罗汉钱这一类行为的,就没有一个不挨打——<u>婆婆打,丈夫打,寻自尽的,守活寡的</u>……"反正挨打的根儿已经扎下了!贱骨头!不争气!许就许了吧!不论嫁给谁还不是一样挨打?"头脑要是简单一点,打下这么个主意也就算了,可是她的头脑偏不那么简单,闭上了眼睛,就又想起张木匠打她那时候那股牛劲:瞪起那两只吃人的眼睛,用尽他那一身气力,满把子揪住头发往那床沿上"扑差"一按,跟打骡子一样一连打几十下也不让人喘口气……"妈呀!怕煞人了!二十年来,几时想起来都是满身打哆嗦!不行!<u>我的艾艾哪里受得住这个</u>?……"就这样反一遍、正一遍尽管想,晌午就连一点什么也吃不下去,为着应付她妈,胡乱吃了四五个饺子。

　　午饭以后,五婶等不着她,就到她妈家里来找。五婶还要请她到南头看看,她说"怕天气晚了赶天黑赶不到家"。三个人往张家庄走,五婶还要跟她麻烦,说了民事主任的外甥一百二十分好。她因为不想听下去,又拿出二十多年前那"小飞蛾"的精神在前边飞,虽说只跟五婶差十来步远,可弄得五婶直赶了一路也没

声名不正:指不遵从父母之命、媒妁之言的自由恋爱

观念的遗传性

小飞蛾不愿看到女儿重蹈自己的覆辙

小飞蛾们对命运不平的抗争就像蚕蛹撞上了蛛网,越挣脱缠得越紧,伤得越重

有着切身之痛的小飞蛾虽未全然觉醒,却也开始了比其婆婆进步的初步觉悟

非人遭遇

母女与婆媳的区别

有赶上她。进了村,张木匠被一伙学着玩龙灯的青年叫到场里去了,小飞蛾一直飞回了家。五婶还不甘心,就赶到小飞蛾家里,后来碰了个软钉子,应酬了几句就走了。艾艾见她妈没有答应了,自然眉开眼笑;燕燕看见这情形,也觉着要说的话更好说一点。

…………

小飞蛾呢?自从燕燕和艾艾走出去,她把小晚这一家子细细研究了好几遍:日子也过得,家里也和气,大人们脾气都很平和,孩子又漂亮又正干,年纪也相当,挑来挑去挑不着毛病。这时候,她完全同意了,暗暗夸奖艾艾说:"好孩子!你的眼力不错!说闲话的人真是老脑筋!"想到这里,她又想起头一天晚上那个罗汉钱。她又揭开箱子找出那个钱来,心想还了艾艾,又想不到该怎样还她。她正拿着这个在手里搓来搓去想法子,艾艾一股劲跑回来。艾艾看见她手里有个东西,就问:"妈!你拿了个什么的?"小飞蛾用两根指头捏起来向她说:"罗汉钱!""哪儿来的?""我拾(拣)的!""妈!那是我的!""你哪儿来的?""我,我也是拾的!"艾艾说着就笑了。小飞蛾看了看她的脸说:"是你的还给了你!"艾艾接过来还装在她的衣裳口袋里。

一会,张木匠玩罢龙灯回来了,艾艾回房去做她的好梦,张木匠和小飞蛾商量艾艾的婚事。

三、不准登记

…………

正月天,亲戚们彼此来往得多,说成了的亲事也特别多,王助理员的办公室挤满了领结婚证的人,累得王助理员满头汗。屋子小,他们进去站在门边,只能挨着次序往桌边挤。看见别人办的手续,跟五婶说的一样,很简单:助理员看了介绍信,"你叫什么名?"叫什么。"多大了?"多大了。"自愿?""自愿!""为什么愿嫁他?"或者"为什么愿娶她?""<u>因为他能劳动!</u>"这一套,听起来好像背书,可是谁也只好那么背着,背了就发给一张红纸片叫男女双方和介绍人都盖指印。也有两件不准的,那就是有破绽:一件是假岁数报得太不相称,一件是从前有过纠纷。

快轮到他们了,燕燕把艾艾推到前边说:"先办你的!"艾艾便挤到桌边。这时候弄出个笑话来:助理员伸着手要介绍信,西王庄那个孩子也已经挤到桌边,信就在手里预备着,一下子就递上去!五婶看见着了急,拉了他一把说:"错了错了!"那孩子说:"不错,人家都是一人一封!"原来五婶在区门口没有把艾艾和燕燕向那孩子交代清楚,那孩子看见艾艾比燕燕小一点,以为一定是这个小的。王助理员接住他的信还没有赶上拆开,小晚就挤过去跟他说:"说你错了你还不服哩!"回头指了指燕燕又向他说:"你是跟那一个!"经他一说破,满屋子弄了个哄堂大笑!王助理员又把信递给那个孩子说:"<u>你怎么连你的对象也认不得?</u>"小晚说:"我两个没有介绍信,能不能登记?"王助理员说:"为什么没有介绍信?"艾艾说:"民事主任不给写!燕燕她妈替她去还给写,<u>我们亲自去了不给写!他要叫我嫁给他的外甥!</u>""你们是哪个村?""张家庄!"问艾艾:"你叫什么?""张艾艾!"

> 小飞蛾暗自称赞女儿选择小晚眼力好时,已经成为了女儿自由恋爱的支持者

> 50年代的爱情观:以是否热爱劳动作为衡量和选择爱情的价值尺度。可参见闻捷的《苹果树下》等诗歌

> 还有包办婚姻混杂其中

> 自主婚姻遭到民事主任的刁难

旁注	正文
"早就有来往"就是"声名不正"的证据	王助理员注意了她一下说："你就是张艾艾呀？""是！"王助理员又看着小晚说："那末你一定就是李小晚了？"小晚说："是！"王助理员说："谁的介绍人呢？"燕燕说："我！""你叫什么？""马燕燕！"王助理员说："你两个都来了？你怎么能当介绍人？""我怎么不能当介绍人？""村里有报告，说你的声名不正！"三个人同问："有什么证据？"王助理员说："说你们早就有来往！"小晚说："早有个来往有什么不好？没来往不是会把对象认错了吗？"这句话又说得大家笑起来。王助理员说："村里既然有报告，等调查调查再说吧！"燕燕说："助理员！你说叫他们两人结了婚有什么不好？为什么还要调查呢？他们两个人都没有结过婚，和谁也没有麻烦！两个人又是真正自愿，还要调查什么呢？"助理员说："<u>反正还得调查调查！这件事就这样了</u>。"又指着西王庄那个孩子说："拿你的信来吧！"小孩子递上了信，五婶一边把村公所给燕燕的介绍信也递上去。
揭露工作中存在的问题，是赵树理小说创作的主要目的	王助理员问西王庄那个孩子："你叫什么？""王旦！""十几了？""十……二十了！"小王旦说了个"十"就觉着五婶教他的话不一样，赶快改了口。王助理员说："怎么叫个'十二十'呢？"小王旦没话说，王助理员又问："你们是自愿吗？""自愿。""为什么愿意跟她结婚？""因为她能劳动！"王助理员又看了看燕燕的介绍信说："马燕燕！你说他究竟多大了！"燕燕说："我不知道。"五婶急得向燕燕说："你怎么说不知道？"燕燕回答说："五奶奶！我真正不知道！你哪里跟我说过这个？"五婶不知道燕燕是<u>有意叫弄不成事</u>，还暗暗地埋怨燕燕说："这闺女心眼儿为什么这么死？就算我没有跟你说过，可是人家说二十，你就不会跟着说二十吗？"在这时候，小王旦偏要卖弄他的聪明。他说："人家是真正不知道！我住在西王庄，人家住在张家庄，我两个谁也没有见过谁，人家怎么知道我多大了呢？"王助理员说："我早就知道你没有见过她！要是见过，怎么还能认错了呢？你没有见过人家，怎么知道人家能劳动？小孩子家尽说瞎话！不准你们两个登记！一来男方的岁数不实在，说不上什么自愿不自愿；二来见了面连认也不认得，根本不能算自由婚姻！都回去吧！"
燕燕的智斗	五个人都出了区公所：小王旦回西王庄去了，五婶和他们三个年轻人仍回张家庄去。在路上，五婶怪燕燕说错了话，燕燕故意怪五婶教她说话的时候没有教全。艾艾跟小晚说王助理员的脑筋不清楚，燕燕说王助理员的脑筋还不错。
农村风气的新变化 新时代的新语言	他们四个人相跟了一段，还跟来的时候一样，三个青年走在前边商量自己的事，五婶在后边赶也赶不上。他们谈到以后该怎么样办，<u>燕燕仍然帮着艾艾和小晚想办法，他们两个也愿意帮着燕燕</u>，叫她重跟小进好起来。用外交上的字眼说，也可以叫做"订下了<u>互助条约</u>"。 …………

★编选者的话：

赵树理的成名作和建国后的第一篇小说都是描写农村婚姻问题的作品，这两部姊妹篇都曾给文坛带来很大的震动。虽然前者声誉更高、影响更广，但从文学艺术的角度考察，后者比前者的描写更内在和细腻，人物塑造更丰满和成功。

《小二黑结婚》、《李有才板话》、《李家庄的变迁》三篇小说在20世纪40年代被视作描写阶级斗争之作而备受赞誉,而《登记》并未描写什么鲜明的阶级斗争,也没有表现善恶分明的水火矛盾。《登记》虽是赵树理为配合宣传刚颁布的"婚姻法",在较短的时间里完成的,但由于赵树理十分熟悉山西的风俗民情,了解农民的思想和心理,同时注重遵循艺术的创作规律,真实地揭示了中国农民尤其是农村女性心灵演变的艰难轨迹,因而不同于一般的"应景之作",具有较高的艺术水准,在平静之中写出了波澜,平淡之中透出了深意。

> 其实《小二黑结婚》主要描写的是新旧思想的矛盾以及乡野恶棍和善良农民之间的矛盾

比较而言,从结构上来看,《小二黑结婚》注重的是故事的动作性和完整性,采用的是单线推进情节发展,一个有头有尾的大故事中间套着小故事,封闭而连贯;《登记》注重的是人物的丰满与故事的跌宕,采用双线结构,主线实写艾艾的自主恋爱,副线回忆小飞蛾的包办婚姻,双线交织演绎了老中青三代女性的婚恋故事,给人以更内在和圆整的感觉。

从人物塑造来看,三仙姑与小飞蛾两位母亲相比,作者的描写一个疏于外在,一个趋于内在;一个更多刻薄与苛责,一个更多理解与宽容;同样是饱受封建婚姻之苦的农村妇女,一个畸形变态,一个委曲求全;两个受害者虽然怀有不同目的的开始都反对女儿的自由恋爱,后来又都有所觉悟同意了孩子的婚事,但对这一痛苦转变,作者对三仙姑的解释却过于简单和漫画化,让三仙姑在众人面前丢丑、受辱而后被迫自新;相比之下,小飞蛾的转变更真切自然,有其内在的动力,由命运的屈从者转而成为女儿婚姻的推动者,其积极意义远远超过三仙姑;但是小飞蛾并没有被作者描述成"正面形象",她身上仍有许多值得人们反思和批判的劣性,如其<u>灵魂深处的惰性与被动</u>等。显然两个人物一个是不符合农民道德规范和审美规范的落后农民形象,扁平而单一;一个是符合传统价值和伦理道德而性格瑕瑜互现的中间人物形象,细腻而丰满。新人形象小二黑、小芹与艾艾、燕燕相比,亦是《登记》的塑造更富于立体可感性。同样是为了取得父母的支持,小二黑、小芹倔强、决断,非常富有斗争精神;艾艾、燕燕则和风细雨得多,既有抗争性又有人情味。

> 她女儿艾艾身上也有

★**作家的话:**

这完全是凭材料,可是那些材料的来源分散得很,一一追查是查不出来的,但又都是见过若干遍而且又掌握了构成那些材料的思想规律的。我所指的化了的材料就是这一类。只要掌握了这一类的材料,便可调遣你的人物到任何环境中去。我以为古人创作所掌握的材料也是如此——果戈理掌握了市侩们的这种材料构成了《巡抚使》,吴敬梓掌握了酸秀才们这种材料构成了《儒林外史》,曹雪芹能使林黛玉在幽居独处中感到孤独,也能使她在稠人广众中感到孤独;能使她在秋雨之夜制作《秋窗风雨夕》,也能使她在欢娱节目中制作出《更香》的灯谜。无论哪个人(小孩除外)都有一大批这样的熟材料,只是因为各人环境,时代的不同而其用处有大有小罢了。

> 《登记》正是赵树理掌握了农村妇女们的材料、遵循了艺术规律而创作的成功之作

《谈创作》,原载于《长江文艺》1956/5

★**相关评论:**

这小说的好处,当然不光在于它的故事生动,更重要的是它反映的问题非

常深刻。

它揭露了封建思想的坏处,不只给青年人看,也给守旧的中年以上人们看;让他们冷静地看一看他们从来主张的、实行的那一套,造成的是何等悲惨的现象,何等违背理性。

王春《介绍〈登记〉》,《中国青年》第 78 期(1950/11/24)

艾艾命运的转变和自由婚姻的胜利,并非艾艾自我争取的结果,它只取决于两方面的外力条件:一是她幸好有一个爱护她的母亲和一个见义勇为的朋友,二是在她通往自由婚姻的路上,受到保障婚姻法实施的政权力量的支持。——在赵树理看来,妇女的独立和解放,似乎不是靠自己争取和斗争,而是一种赐予和拯救,然而,这种依靠外力获得的自由婚姻,如果离开了女性自身意识的解放以及对爱的自觉和主动,如果离开了妇女独立价值的发现和觉醒以及妇女对自身弱点的自省和自悟,很难说它不会在遭遇更强大外力下摇撼和崩塌。因此,由于靠外力构建起来的自由婚姻,我们有理由对它的可信和可靠表示怀疑。这样的"自由婚姻"是没有说服力的,显得苍白、脆弱。

刘保宏《外力作用之下的"自由婚姻"——重读〈登记〉》,
《吕梁高等专科学校学报》2000/12

> "外力作用下的自由婚姻"恰是赵树理对建国后农村女性婚姻状况和精神层面的真实把握。这并不是小说的"苍白和脆弱",而是其真实和深刻的折射

三里湾(节选)

《三里湾》取材于 1951 年太行山区一个农业生产合作社的试验地区,1952 年作者亲自参加了那里的并社、扩社工作。它是赵树理 1953 年冬至 1955 年春创作的长篇小说。《人民文学》1955 年 1—4 月号连载。曾被改编为电影《花好月圆》以及话剧、评剧等剧种。

小说"从旗杆院说起",讲述了 1952 年 9 月一个月里发生在三里湾这个老解放区里围绕着扩社、开渠两件事而展开的合作化运动。作品着重突出了两个对比鲜明的家庭:一是王金生的民主和睦的模范家庭,一是马多寿的保守落后的封建家庭,其中,又重点描写了村支部书记王金生的妹妹王玉梅、中农马多寿的四儿子马有翼、村长范登高的女儿范灵芝三个年轻人的爱情婚姻变化等,其间还穿插了何科长巡查工作,党内对多留自留地的党员袁天成和想走资本主义道路的村长范登高的斗争,马家大院家庭生活的分裂,最后是皆大欢喜:年轻人花好月圆,扩社开渠圆满成功。

这里节选其中的两节。第 18 节"有没有面",由马家婆媳的是非之争引起分家之乱,表现了作者善于从家庭人伦关系变化的角度揭示农村社会变革的特点。小说的叙述焦点是"问题——家庭",从"问题"切入农业合作化运动的广阔社会生活,主要通过四个家庭的矛盾以及三组爱情婚姻的变化,体现了农村的新与变,让农村社会变革落到实处。第 30 节"变糊涂为光荣",通过落后人物被裹挟入社的过程,也使我们看到农业合作化运动对农村社会和农民的深刻触动,预示了改造农民的长期性和艰巨性,揭示了农民根深蒂固的传统文化心理

和接受新的生产和生活方式的艰难历程。

18 有没有面

糊涂涂回到马家院，没有看见菊英，见他老婆坐在灶火边的小板凳上、大媳妇坐在阶台上面对面谈话。以前谈了些什么他不知道，只从半当腰里见大媳妇惹不起说："……翅膀楂棱越来越硬了！"他老婆常有理说："不怕！她吃不了谁！也不只告过咱们一次了，也没有见她拔过谁一根毛！"糊涂涂听这口气，知道菊英不在家，也想到她可能又是去找干部去了，不过既然回来了，总得问讯一下，就向他老婆问："菊英哩？"常有理说："谁管得了人家？还不是去告咱们的状去了？"糊涂涂又问："又为什么吵起来了？"常有理说："家常饭吃腻了，想要你给她摆一桌大菜吃吃！"糊涂涂着了急，便催着说："说正经的！"常有理说："有什么正经的？如今妇女自由了，还不是想找事就找事吗？"糊涂涂更急了。他见老婆的回话牛头不对马嘴，怕拖长了时间真让菊英到优抚委员会诉什么苦去，便向老婆和大媳妇发脾气说："忍着点吧！趁咱们的运气好哩？趁咱们在村上的人缘好哩？"他也再顾不上问什么底细，便走出门来去找菊英去。

凭过去的经验他想到菊英一定会先到优抚主任秦小凤家里去，可是走到小凤家，没有。他又想到她会到村长范登高家里去，走到范登高家，又没有。他见秦小凤和范登高也都不在家，连着想到头一天晚上小俊和玉生的事。他想大家一定是都在旗杆院处理那事，这才又往旗杆院来。

他走进旗杆院，见前院北房门上挤着好多人——有些是拿着簸箕、口袋或者别的家具往场上去的青年，绕到这里来看结果——因为婚姻问题是很容易引起青年的注意的。糊涂涂好容易挤出一条路来挤到里边去，见里边的人比外边的人还密。他先不向桌边挤，跷起脚来把一个一个脸面都看遍，哪个也不是菊英。他正扭转身往外走，桌边坐着的秦小凤却看见了他。

小凤喊他说："多寿叔！你且等一下！不要着急！我们给玉生写完了证明信，马上就调解你们的事！"糊涂涂见她这么说，知道菊英已经来过了，便向一个看热闹的人问菊英到哪里去了。那个人告他说去吃饭去了。他说："没有回去呀？"那个人说："难道不许到别人家里吃饭吗？"这些看热闹的人，见调解委员会把玉生的离婚问题调解得有了结果（没有平息下来，已经决定要向区公所写信证明调解无效，让他们去办离婚手续，也就算看出结果来了），其中有好多人本来正准备走散，恰好碰上菊英去找小凤诉苦，就又有些人留下来。小凤只听菊英提了个头儿，听她说还没有吃饭，就叫她先领着玲玲到后院奶奶家里借米做饭吃，才把菊英打发走了。这些情况，在场的人谁也听得明白——都知道菊英到后院奶奶家里去了，可是大家都恨常有理和惹不起欺负人；所以都不愿把情况告糊涂涂说。糊涂涂见人家不告他说，知道再问也无效，到别处瞎找也不见得能找到，也只好暂且挤在人中间等着。这些人差不多都是年轻人，而且又差不多是在打场工作中间抽空子来的，流动性很大，一直挤进来挤出去，糊涂涂这个老头站在中间很不相称，又吃不住挤，弄得东倒西歪不由自主。还是秦小凤看见有点不好意思，便向大家说："大家让一让！多寿叔请到这里来坐下歇歇！"大家给让开一

糊涂涂：马多寿的外号，一个死守封建习俗的落后老中农

菊英：马多寿的三儿媳、军属、共青团员

惹不起：马多寿的大儿媳、有名的泼妇

常有理：马多寿的老婆，一个愚昧、无理搅三分的刁蛮妇女

《三里湾》出场人物33人，有绰号的13人。这些绰号不仅准确传神而且增加了小说的情趣

小俊：袁天成的女儿，她的母亲"能不够"与"常有理"是姊妹，玉生是玉梅的二哥

玲玲：菊英4岁的女儿

条路，糊涂涂走过去，玉生站起来腾出一把椅子让他坐下。

  一会，证明信写完，打发玉生和小俊走了，看热闹的人差不多也走了三分之一，会议室里便松动了好多，主任委员范登高便向糊涂涂说："是怎么一回事？你谈谈吧！"糊涂涂说："我一点也不知道呀！"有一个和他年纪差不多的人向他开玩笑说："一点也不知道，你来做什么呀？你真是糊涂涂！"看热闹的人哄笑了一阵子，糊涂涂把他才从场里回来的情况交代了一下之后，秦小凤说："还是把老婶婶和大嫂子请来吧！"便打发值日的去请常有理与惹不起。

  又停了一阵子，菊英也来了，常有理和惹不起也来了。范登高说："好！大家都来齐了！各人都先把事实谈一谈，然后我们大家再来研究。菊英！你先谈吧！"菊英说："我不是已经谈过了吗？"登高说："你再谈一下，让她们两位也听一听，看事实有没有出入！"菊英说："很简单：我从早起架上磨，早饭只喝了一碗稠粥，吃中午饭也不让卸磨，直到他们碾完了场才卸下磨来。这时候家里早吃过饭了，只给我和玲玲留下些面汤……"惹不起说："说瞎话叫你烂舌根！我给你留的没有面！"常有理接上去说："大家吃什么你也只能吃什么！磨个面又不是坐了皇帝了！我不能七碟子八碗给你摆着吃！"范登高拦住她们说："慢着慢着！还是一个人说了一个人说！菊英你还说吧！"菊英说："我说完了！她说有面我没有见！"小凤说："究竟有没有面，我提议连锅端得来大家看看！"菊英说："端什么？她早给驴倒到槽里去了！有没有面<u>有翼和满喜</u>都看见来！不能只凭她的嘴说！"惹不起说："放着面你不吃，我不能伺候到你天黑！"登高说："你就接着说吧！她已经说完了！"惹不起说："我也说完了！"登高又让常有理说，<u>常有理倒说得端端有理</u>。她说："孩子都是我的孩子，媳妇自然也都是我的儿媳，哪一根指头也是自己的骨肉，我也犯不上偏谁为谁！可是咱们这庄户人家，不到过年过节，每天也不过吃一些家常便饭，我吃了这么大也没有敢嫌坏。大家既然都吃一样饭，自然也没有给媳妇另做一锅的道理——我和孩子他爹这么大年纪了，也没有另做过小锅饭。今天的晌午饭是黄蒸和汤面，男人们在地里做重活，<u>每人有两个黄蒸，汤面管饱</u>；女人们在家里做轻活，软软和和吃顿汤面也很舒服，我和大伙家吃了没有意见，不知道我们的三伙家想吃什么！人和人的心事不投，想找碴儿什么时候都找得出！像这样扭扭别别过日子怎么过得下去呀？我也不会说什么，请你们大家评一评吧！"登高问菊英还有什么意见，菊英说："<u>照我娘说的，好像是我不愿意吃汤面，可是我实在没有见哪里有汤面呀！吃糠也行——我也不是没有吃过，不过要我吃糠也得给我预备下糠呀！</u>"在座的张永清，因为得罪过常有理，半天不愿意开口，到这时候看见双方谈的情况对不了头，便出主意说："我看就这样谈，谈不明白事实。菊英刚才不是说满喜和有翼看见过她们争论吗？我建议请他们两位来证明一下。"委员们，连看的人都说对，并且有人自动愿意去叫。惹不起听说要找证人，有点慌。她说："他们回来抬了个风车就走了，哪里知道什么底细？自己要是不凭良心说话，找谁也是白费！可知道别人的话是不是凭良心说出来的？"小凤说："大嫂子！这样说就不对了！难道人家别人都跟你有仇吗？"登高说："就找他们两个来吧！能证明多少证明多少！证不明也坏不了什么事！"这样决定下来，便有人去找有翼和满喜去了。

  这两个人一来，登高便把案情简单向他们说了一下，然后先让满喜来作证。

<small>
有翼：马多寿的四儿子
满喜：外号"一阵风"

"常有理"自然是经常端端有理

"两个黄蒸，汤面管饱"的趣剧促成了菊英的分家

通俗、生活化的口语对话凸现了婆媳不同的个性特征
</small>

满喜对头天晚上和惹不起吵架的事仍然有点不平,便趁这机会把那件事埋伏在他的话里边。他说:"看见我倒是看见,可是这证人我不能当!有嫌疑!"登高说:"有甚说甚,那有什么嫌疑?"满喜说:"我说的不是今天的吃饭问题,是人家军属的名誉问题!咱可担不起那个事!"他卖了这么个关节,大家自然要追问,他便趁势把头天晚上惹不起说玲玲"有娘""有爹"那些话一字不漏说了一遍。还没有等满喜说完,看热闹的人中间有好多军属妇女就都叫起来。有人向委员们说:"……且不要说今天的事了,先把昨天晚上的事弄清楚!先看她拿的是什么证据!要是拿不出证据来,血口喷人不能算拉倒。"登高说:"已经过去就不要提了,还是说今天的吧!"军属们仍然坚持不能放过去,说菊英担不起这个名声。菊英不愿转移吃饭问题的目标,便向大家说:"由她说去吧!只要别人信她的!"小凤说:"我是军属,也是优抚主任。我代表军属和优抚委员说句话。我也觉着说这话是要负责任的,不过菊英不追究了也就算了,再要那么说我们就要到法院去控告她。"登高说:"过去的事,已经说开了就算了。满喜!你还是谈谈今天的情况吧!"满喜说:"我还是不谈!谈了她会说我是报复她!有翼是他们家里人,可以先让他谈谈!"登高说:"也好!有翼你就先谈谈!"有翼还没有开口,常有理向有翼说:"看见就说你看见来,没看见就说你没看见!不要有的也说,没的也道!"有翼看了看她,又看了看范登高说:"我没有看见!"满喜说:"咱们走过去,不是正碰上她端起锅来往外走吗?你真没有看见吗?"有翼支支吾吾地说:"我没有注意!"满喜说:"好!就算你没有看见!你晌午吃了几碗汤面?"有翼说:"两碗!"满喜说:"第二碗碗里有面没有?"有翼又向他妈看了一眼,支支吾吾地说:"面不多了!"满喜说:"不要说囫囵话!有没有一两面?"有翼又看了他妈一眼,满喜追着说:"我的先生!拿出你那青年团员的精神来说句公道话吧!有没有一两面?"有翼再不好意思支吾,只好照实说了个"没有!"大家又哄笑了一阵,有翼说:"这不是了吗?也不能说一点面也没有,横顺一样长那面条节节,每一碗总还有那么十来片,不用说一两,要够二钱也算我是瞎说!"大家又笑起来,常有理气得把头歪在一边,指着有翼骂:"你这小烧锅子给我过过秤?"登高说:"事实就是这样子了。现在可以休息一会,让我们委员们商量一下看怎样调解好。你们双方有什么意见,有什么要求,也都在这时候考虑考虑,一会再提出来。"说了便和各委员们离开了座,往西边套间里去。满喜截住登高问:"没有我们证人的事了吧?"登高说:"没有了!你们忙你们的去吧!"说着便都走进套间——村长办公室里去。

常有理觉着没有自己的便宜,拉了一下惹不起的衣裳角,和惹不起一同走出旗杆院回家去了。

糊涂涂坐着没有动,拿出烟袋来抽旱烟。

<u>一伙军属拉住菊英给她出主意,差不多一致主张菊英和他们分家。</u>

天气已经到了睡起午觉来往地里去的时候,看热闹的人大部分都走散了,只是军属们都没有散,误着生产也想看一看结果。

套间里的小会开得也很热闹:范登高主张糊涂事糊涂了,劝一劝大家好好过日子,只求没事就好。秦小凤不同意他的意见。小凤说:"在他们家里,进步的势力小,落后的势力大,要是仍然给他们当奴隶、靠他们吃饭,事情还是不会比

菊英闹分家和后来有翼闹革命(28节)都是因不堪忍受这个腐朽愚昧的封建家庭的压制而被迫引发的

军属们支持菊英,是农村妇女觉悟与坚强的表现

现在少的。让一个能独立生活的青年妇女去受落后势力的折磨,是不应该的。"范登高说:"正因为他们家里有落后的,才要让进步的在里边做些工作。"范登高

范登高心怀鬼胎　这话要打点折扣。实际上他也知道菊英在他们家里起不了争取他们进步的作用,可是他知道菊英要分出来一定入社,保不定也会影响得糊涂涂入社,所以才找些理由来让他们维持现状。小凤说:"想叫菊英在他们家里做些工作也是分开了才好做。分开了在自己的生活上先不受他们的干涉,跟他们的关系是'你听我的也好,不听我的我也用不着听你的';要是仍在一处过日子,除非每件事都听他们的,哪一次不听哪一次就要生气。"别的委员们也都说小凤说得对。登高见这个理由站不住,就又说出一个理由来。他说:"咱们调解委员会,不能给人家调解得没有事,反叫人家分了家,群众会不会说闲话呢?"小凤说:"你就没有看见刚才休息时候已经有人悄悄跟菊英说'分开''分开'吗?大多数的人都看到菊英在他们家里过不下去,要不分开,群众才会不同意哩!"登高最后把他和金生笔记簿上记的那拆不拆的老理由拿出来说:"要是咱们调解委员会给人家把家挑散了的话,咱们这些干部们,谁也再不要打算争取他们进步了!"张永清反驳他说:"想要争取他们进步,应该先叫他们知道不说理的人占不了便宜。让落后思想占便宜,是越让步越糟糕的。"范登高说:"难道除分家再没有别的办法了吗?"小凤说:"有!叫她们婆媳俩向菊英赔情、认错、亲口提出以后的保证,把菊英请回去,那是最理想的。你想这都办得到吗?"有个委员说"一千年也办不到",别的委员都说对,小凤接着说:"不行!哪个人的转变也不是一个晌午就能转变了的!可是要不分开家,菊英马上就还得回去和她们过日子!咱们先替菊英想想眼前的事:要不分家,今天晚上回去,晚饭怎么样吃?婆婆摔锅打碗、嫂嫂比鸡骂狗,自己还是该低声下气哩,还是该再和她们闹起来呢?"登高说:"那也只能睁一只眼合一只眼!才闹了气自然有几天别扭,忍着点过几天也就没有事了!"小凤说:"难道还要让受了虐待的人再向虐待她的人低头吗?"登高说:"就是要分家,今天也分不完,晚饭还不是要在一块吃吗?"小凤说:"不!要分家,就不要让菊英回去了——让菊英暂且住在外边,让他们家里先拿出一些米面来叫菊英吃,直到把家分清了然后再回到自己分的房子里住去!我赞成永清叔的话——不能让不说理的人再占了便宜。"大家同意小凤的意见,登高也不再坚持自己的主张。小会就开到这里为止,大家便从套间里走出来。

　　会议又恢复了,只是缺两个当事人——常有理和惹不起都回家去了,打发人去请了一次也请不来,糊涂涂便作了她们两个的代表。

　　范登高问菊英的要求,菊英提出和他们分开过。别的军属又替她提出追究造谣和虐待的罪行。范登高作好作歹提出"只要分开家过,不必追究罪行"的主张。糊涂涂没有想到要分家,猛一听这么说,一时得不着主意,便问范登高说:"难道再没有别的办法吗?"没有等登高答话,有一个军属从旁插话说:"有!叫她们婆媳俩先到这里来坦白坦白,提出保证,亲自把菊英请回去!"糊涂涂一想:"算了算了!这要比分家还难办得多!"登高劝他说:"弟兄几个,落地就是几家,迟早还不是个分?扭在一块儿生气,哪如分开清静一点?少一股头,你老哥不省一分心吗?"别的委员们也接二连三劝了他一阵子,年纪大一点的,又直爽地指出他老婆不是东西,很难保证以后不闹更大的事。说到再闹事他也有点怕。他的

怕老婆虽是假怕，可是碰到管媳妇的事，老婆可真不听他的。他想到万一闹出人命来自己也有点吃不消。这么一想，他心里有点活动，只是一分家要分走自己一部分土地，他便有点不舒服。他反复考虑了几遍，便向调解委员们说："要分也只能把媳妇分出去，孩子不在家，不能也把孩子分出去。"小凤说："老叔！这话怎么说得通呢？你把孩子和媳妇分成两家子，怎么样写信告你的孩子说呢？要是那样的话，还叫<u>有喜</u>怀疑是菊英往外扭哩！事实上是她们俩欺负了菊英呀！"别的委员们又说服了一阵，说得糊涂涂无话可说。

这点小事，一直蘑菇到天黑，<u>总算蘑菇出个结果来</u>：自第二天——九月三号——起，三天把家分清；已经收割了的地分粮食，还没有收割的地各收各的；先拿出一部分米面来，让菊英住到后院奶奶家里起火，等分清家以后再搬回自己房子里去住。

<small>有喜：菊英丈夫，马多寿的三儿子</small>

<small>菊英分家成为导致马家大院瓦解的导火索</small>

30　变糊涂为光荣

<u>灵芝和玉生订过婚，有翼和天成革了命的第二天（九月二十号）</u>又是个休息日，上午又是在旗杆院前院搭起台开大会。

早饭以后，大家正陆续往旗杆院走的时候，干部们照例在北房里作开会的准备。

这天负责布置会场的是灵芝。灵芝参加这次布置工作的心情和以前不同——因为休息日是社里的制度，社外人只是自由参加，上次她还是社里用玉梅换来帮忙的工，这次她爹已经入了社，她又和玉生订了婚，娘家婆家都成了社里的人，她便感觉到她是主人，别人也觉得她不止是会计，而且是社里的秘书。

台后的布幕中间，并排挂着一张画和一张表——画还是老梁的三张画中的第二张，准备讲到开渠问题说明地点时候用；表是说明近十天来扩社成绩的，是灵芝制的，为了让远处也看得见，只写了几行大字，说明户口、土地、牲畜等和原来的比较数字。

先到的人们，一方面等着别人，一方面个别地念着"……原五十户、增七十一户、共一百二十一户……原七百二十亩、增一千二百一十五亩、共一千九百三十五亩……原五十八头、增……"

一会，人到得差不多了。有人问灵芝说："怎么还不开会？"灵芝告他们说因为魏占奎到县里去取个重要的东西还没有回来。灵芝问八音会的人都来了没有，有人告她说只缺个打鼓的。打鼓的就是外号叫"使不得"的王申老汉。灵芝又问王申的孩子接喜，接喜说："他身上有点不得劲，不会来了。"另外有知道情况的人说："有什么不得劲？还是思想上的毛病！"灵芝说："思想上没有什么吧？他已经报名入社了！"又有人说："就是因为那个才有了毛病！"灵芝把他们的话反映给在北房里开会的干部们，金生和张永清都忙着跑到台上来问，才问明了毛病出在张永清身上。

原来十号以后，参加在沟口那个小组里讨论扩社问题的干部是张永清。有个晚上，王申老汉说他不愿意和大家搅在一块做活，张永清说："组织起来走社会主义道路是毛主席的号召。要是不响应这个号召，就是想走蒋介石路线。"到

<small>玉生与小俊离异、与灵芝订婚，以及后来的小俊改嫁满喜，有翼与玉梅的结合，都是新社会的胜利与年轻一代进步的体现</small>

> 在赵树理笔下,农村并非营垒分明。作者对乡土社会自身走社会主义道路的力量给予了充分重视与信任

了报名时候,王申老汉还是报了,不过报过以后又向别人说:"我报名是我的自愿,你们可不要以为我的思想是张永清给打通了的!全社的人要都是他的话,我死也不入!我就要看他怎么把我和蒋介石那个王八蛋拉在一起!"

问明情况之后,金生埋怨张永清说:"你怎么又拿大炮崩起人来了?是光崩着了这位老人家呀,还是也崩着别人了?"没有等他回答,沟口那些人说:"没有崩着别人,因为别人表明态度在前!"张永清说:"这我完全没有想到!我得罪了人家还是我自己请他去!"说着就要下台。金生:"你不要去了!咱们还有要紧事要谈!我替你找个人去,等请来了你给老汉赔个情!"他向台下问:"我爹来了没有?"宝全老汉从团在一块吸烟的几个老汉中间站起来说:"来了!"金生便要求他替张永清去请王申老汉去,别人也都说他去了管保请得来。

宝全老汉去了。

> 有翼入社加剧了马家的崩溃
> 有余:马多寿的长子,外号"铁算盘"

金生和永清正要返回去,有翼站起来说:"现在还能不能报名入社呢?"金生说:"当然可以!你们家也愿意入了吗?""不!光我入!我就要和家里分开了!"金生看见有余也在场,就问有余说:"有余!怎么样?你们已经决定要分了吗?"有余无可奈何地看了有翼一眼说:"唉!分就分吧!到了这种出事故的时候了!"金生说:"你们分家的事我不太了解,不过我可以告你说社里的规矩:在每年春耕以前,不论谁想加入,社是不关门的!"

小反倒袁丁未站起来说:"我也要报名!我的思想也打通了!"金生也说可以,满喜喊了一声"不要!"金生向满喜说:"应该说欢迎,怎么说不要呢!"满喜说:"他昨天把他的驴卖了!"永清说:"那自然不行了!"金生说:"本来到银行贷款买牲口也跟把你的牲口给你作价出息一样,只是你既然这样做,就证明你不信任社。要收一个不信任社的社员,对社说来是不起好作用的!迟一迟等你的思想真正打通了再说吧!"有人说:"迟迟也不行!想入社他再买回个驴来!"又有人说:"把驴价缴出来也行!"小反倒说:"把驴价缴出来也可以!

> 旧币

一百万块钱除了缴税一个也没有花!"范登高说:"一百万?闭住眼睛也卖它一百五十万!"小反倒说:"不不不!真是一百万!税款收据还在我身上!"满喜说:"你就白送人吧还怕没有人要?"登高问:"卖给谁了?"小反倒说:"买主我也认不得!有余他舅舅给找的主!"有人说:"老牙行又该过一过年了!"金生说:"这样吧:你的思想要是真通了,卖了一百万就缴一百万也行!反正缴多少就给你按多少出利!"小反倒两眼瞪着天不说话了。满喜又问他说:"想什么?五十万块钱只当放了花炮了!要入社,少得上五十万本钱的利息;要不入,再贴上五十万还买不回那么一个驴来?"别的人都乱说:"放花炮还能听听、看看","要卖给我我出一百六十万","小反倒不会再去反倒一下"……

大家正嚷嚷着,魏占奎回来了。张永清先问魏占奎:"领来了没有?"魏占奎说:"领来了!"金生又向小反倒说:"入社的事你考虑考虑再说吧!不忙!离春耕还远哩!"说了就和张永清、魏占奎相跟着往幕后边走。金生说:"就叫有余来吧!"张永清说:"可以!"金生回头把马有余也叫进去。

马上开不了会,大家等着无聊,青年人们便拿起八音会的锣鼓打起来。打鼓的老王申还没有来,吹喇叭的张永清只顾得和别的干部们商量事情,短这么两个主要把式,乐器便奏不好,好多人换来换去,差不多一样乱。

正吹打着,马有余从幕后出来了。他低着头,脚步很慢,跳下台来不找自己的坐位,一直往大门外去。有人问:"你怎么走了?"他说:"我有事!回去一趟。"

女副社长秦小凤,手里拿着个红绸卷儿,指着北房问灵芝说:"他们都在里边吗?"灵芝点点头,她上了台进幕后去了。她拿的是刚刚做好的一面旗子,拿到北房里展开了让大家都看活儿做得整齐不整齐。不协调的锣鼓在外边咚咚当当乱响,大家说讨厌,张永清说:"这算好的!这鼓是接喜打着的,他比他爹自然差得远,不过还不太使不得。"他正评论着接喜的手法,忽然听得鼓点儿变了样。他高兴得说:"王申来了!我先给人家赔情去!"说着便跑出去。金生说:"咱们一切都准备好了!出去开会去吧!"

开会了。第一项是金生的讲话。他先简单报告了一下扩社的情况,然后提出个国庆节前后的工作计划草案。他代表支部建议把九月三十号的休息日移到十月一号国庆节;建议在国庆节以前这十天内,一方面社内社外都抓紧时间把秋收、秋耕搞完,另一方面把开渠的准备工作做完;在国庆节以后、地冻之前,一方面社内社外抓紧时间开渠,另一方面在社内评定新社员入社的土地产量、作出新社员入社牲畜农具的价钱,定好明年的具体生产计划。接着他又把支部对这些工作想到的详细办法谈了一下。他说:"这是我们党支部提出的一个初步草案,希望大家补充、修正一下,作为我们这十天的工作计划。"

他讲完了,大家热烈地鼓掌拥护。不常来的老头们也都互相交头接耳举着大拇指头说:"有学问!""不简单!"……

第二项是选举开渠的负责人。金生提出个候选名单草案来让大家研究。他说:"我们开渠的筹委会建议把这条总渠分成五段动工。"接着便指着画面上的地段说:"龙脖上前后,包括刀把上在内算一段。三十亩到村边算一段。黄沙沟口左右算一段。下滩靠山根分成南北两段。为了说着方便,咱们就叫刀把上段、三十亩段、沟口段、山根一段、山根二段。刀把上段短一点,因为要挖得深。山根二段也短一点,因为要把渠床垫高。除此以外还有两处特别工程:一处是龙脖上的石头窟窿,一处是黄沙沟的桥梁。这两处要用匠工,所以不算在各段内。"接着就念出正副总指挥、总务、会计、五段和两处正副主任的名单,其中总指挥是张乐意、副总指挥是王玉生、总务是王满喜、会计是马有翼、石窟主任是王宝全、桥梁主任是王申。大家听了,觉着这些角色都配备得得当。有人提出金生自己也应参加指挥部,金生说到那时候还有社里评产量、订计划那一摊子,所以自己不能参加。念完名单接着就发票选举。

在投票之后开票之前,马有余领着马多寿来了。这老头从来不参加会议,他一来,会场人的眼光都向着他,查票的人也停了工作看着他走到台下来。有爱和他开玩笑的老头说:"糊涂涂你不是走迷了吧?"金生向大家说:"欢迎欢迎!把老人家招呼到前边来坐!"大家给他让开了路,又在前排给他让出个座来。

马多寿还没有坐下去先向金生说:"我这个顽固老头儿的思想也打通了!我也要报名入社!"还没有等金生答话,全场的掌声就响成一片。和他开玩笑的那个老头站起来朝天看了看说:"今天的太阳是不是打西边出来的?"另一个老头站起来说:"不要开玩笑了!我们大家应该诚心诚意地欢迎人家!"大家又鼓了一番掌。这个老头接着又说:"人家既然入了社,和咱们走一条路,我建议以后再不

王金生虽不是小说中塑造最成功的人物形象,却是作者极力赞扬的

马多寿的转变是三里湾合作化运动的一大突破

要叫人家'糊涂涂'!"大家喊:"赞成!"金生说:"这个建议很好!咱们应该认真接受!"马多寿想:"也值得!总算把这顶糊涂帽子去了!"

监票人查完了票,宣布了选举结果——原来提出的人完全当选。大家自然又来了一番鼓掌。

金生说:"最后一项是宣布一件喜事!有翼他二哥马有福,把他分到的十三亩地捐给咱们社里了!刀把上的三亩也在内!"全场的掌声又响起来。好多人觉着奇怪,互相问是怎么一回事。金生在台上接着说:"事情的经过是这样:在菊英分家的时候,有人见马家刀把上那块地写在有福的分单上。社干部们商量了一下,给有福写了这么一封信。"说着取出一叠纸来,在中间挑出那信稿念:"'有福同志:我们社里,要和全村散户合伙开水渠,渠要经过你们刀把上的三亩地,你们家里把这块地在十年前就分在你名下了。有人说这分单是假的,我们看来不假,现在附在信里寄给你看看!我们向你提出个要求,请你把这块地让出来。你愿意要地,村里给你换好地;你愿意得价,村里给你作价汇款;你愿意得租,村里就租用你的。这三种办法,请你选择一下,回我们一封信。为了咱村的生产建设,我们想你一定是会答应我们的!敬礼! 三里湾农业生产合作社。一九五二年九月六日。'到了昨天下午,接到有福的回信。我也念一念,'正副社长并转全体社员、全村乡亲们:你们集体生产建设,走社会主义道路,我很高兴。我现在是县委会互助合作办公室主任,每天研究的尽是这些事,请你们多多告诉我一些模范先进经验。分单字迹是我表伯父写的,不会是假。我现在是革命干部,是机关工作者。这工作是我的终身事业,再也没有回三里湾种地去的机会。现在我把我分到的土地全部捐到咱村的社里,原分单也附还,请凭分单到县里领取土地证。至于分单上的房屋,一同送给我的哥弟们重新分配——因为他们的房子不多。我已经另给我父亲写信说明此事,请你们和他取得联系。你们接受之后,请来信告我。敬礼! 马有福。九月十三日。'"念完这封信,大家又鼓了一次掌。金生又取起一张纸来说:"这是派魏占奎到县里领来的土地证!"掌声又响起来。

原来头天上午有余接到的那封信,也是说这事;党团支委和正副社长开的紧急会议也是讨论这事。

在紧急会议时候,金生主张当下就去和马家联系,可是大家主张先领回土地证来再联系。大家是怕马家节外生枝。金生虽然觉着那样做有点不大正派,但不是什么大的原则问题,也没有再争论。

马多寿接到信后,也和有余商量了一个下午,结果他们打算等社里打发人来说的时候,再让有余他妈出面拒绝。到了这天开会之前,魏占奎拿回土地证来,干部才把有余叫进去,向他说明经过,并且说准备给他们送旗,叫他回去动员马多寿来参加会议。

马有余回去一说,马多寿觉着再没了办法。常有理说:"不要他们的旗!送来了给他们撕了!"马多寿说:"算了算了!那样一来,土地也没有了,光荣也没有了!"

马多寿又让有余算了算账:要是入社的话,自己的养老地连有余的一份地,一共二十九亩,平均按两石产量计算,土地分红可得二十二石四斗;他和有余算一个半劳力,做三百个工,可得四十五石,共可得六十七石四斗。要是不入社的话,一共也不过收上五十八石粮,比入社要少得九石四斗;要是因为入社的关系

旁注:

有福,马多寿的二儿子
通过有福捐地表现了合作化运动的广阔背景和时代趋势

铁算盘的作用

石[dan]:容量单位,1石等于10斗

能叫有翼不坚持分家，收入的粮食就更要多了。马多寿说："要光荣就更光荣些！入社！"

马多寿决定了入社，就到会场上来。

让大家看过土地证，金生接着说："干部捐了土地，他的家属是很光荣的——现在老汉又要报名入社，更是光荣上加光荣了。我们一夜工夫赶着做了一杆光荣旗，现在咱们打着锣鼓到马家送一送好不好？"大家鼓掌赞成。王申老汉又拿起他的鼓棰，张永清从台上跳下来拿起喇叭，别人也都各自拿起自己吹打的乐器，吹打起来，秦小凤打着红绸旗走在前面，大家离了旗杆院往马家院来。马家的大黄狗被乐队的大声镇压得躲到北房的床下去。

马家也临时在供销社买了一些酒，炒了几盘菜，举行了接待的仪式。

在互相应酬的中间，张永清向多寿老婆说："老嫂子！从前我得罪了你，今天吹着喇叭来给你赔个情。你在县人民法院告我的状子，法院里又要我们的村调解委员会再调解一下，假如调解不了，他们再受理。我想过一两天再请你老嫂子谈谈！"多寿老婆说："拉倒！还有什么要谈的呢？"

★ **编选者的话：**

在教学过程中我们发现许多同学并未读过《三里湾》，在做作业时经常照搬教材的观点，在比较同类作品时有时出现言之无物或张冠李戴的现象，如梁三老汉、亭面糊、糊涂涂都是老一代农民的代表，却是<u>不同作家的三部作品中的人物</u>；在同一作品举例时说错糊涂涂、常有理、铁算盘、惹不起、能不够、一阵风等人的复杂关系等。为了帮助大家更好得理解教材关于《三里湾》的评述，在这里从34个章节里挑选出其中比较精彩和具有代表性的两个章节，以引起阅读其全文或深入思考的兴趣。

《三里湾》是一部先引起巨大轰动、获得高度赞扬，后又受到种种批评的重要作品，也是我国第一部关于农业合作化运动的长篇小说。与其他同类题材相比，赵树理坚持的是乡土社会立场，柳青、周立波坚持的是主流意识形态立场。三位作家用各自不同的文学叙述解释了乡土社会的现代变迁，艺术上都取得了很大的成就。但与《创业史》、《山乡巨变》不同的是，《三里湾》较少受当时流行的主流意识形态影响，更多地站在乡土社会的自身的生活秩序内部来考察农村的情况，叙述农业合作化运动的变化与发展。《创业史》反复申述的一条真理，即梁生宝的一句口头禅："有党的领导，咱怕啥？"而本色创作的赵树理笔下的农业合作化运动主要是依靠乡土社会的自身力量来完成的。写完《三里湾》之后的赵树理实际上已经陷入写作的困境，作品数量越来越少，受到的批评也越来越多。

赵树理是我国当代第一位明确坚持乡土社会立场、坚持真实言说的文学作家。从李家庄的龙王庙到三理湾的旗杆院，赵树理用他一贯坚持的传统的现实主义文学样式为我们解释了20世纪乡土社会的现代变迁，并思考了传统崩塌之后乡村生活秩序重构的问题。在《三里湾》中已经没有了铁锁式的阶级仇和民族恨，即使是对扩社开渠百般阻挠的马多寿，作者也未把他写成十足的坏人，而只是做出辛辣的但又是善意的嘲讽。赵树理的写作内容与写作方式在解放前与

旁注：
- 马多寿的被动入社是出于个人利益的考虑、迫于传统的乡土社会力量的推动
- 注意《三里湾》、《创业史》、《山乡巨变》三部作品以及其人物形象的比较
- 《三里湾》是同类题材小说的佼佼者，它的叙述方式以及受到的批评均对后来的农村写作产生了深远影响

主流意识形态不谋而合,在解放后与主流意识形态之间的复杂的共生和对抗关系,无疑是文学史上值得重视的艺术经验。

> 《三里湾》受批评的主要原因就是没有把两条道路的斗争写得尖锐剧烈、阵线分明

> 自1952年4月赵树理到山西省平顺县川底村后,每年都回山西

★作者的话:

我从前没有写过农村生产,自他们这次试验取得肯定的成绩后,我便想写农业生产了,但是我在这次试验中仅仅参加了建设以前的一段,在脑子里形不成一个完整的社会生活面貌,只好等更多参加一些实际生活再动手,于是第二年便仍到一个原来试验的老社里去参加他们的生产、分配、并社、扩社等工作。1953年冬天开始动笔写,中间又因事打断好几次,并且又参加了一些别处的社,到今年春天才写成《三里湾》这本书。

《〈三里湾〉写作前后》,《文艺报》1955/19

> 受到批评后的固执己见和不识时务

《三里湾》书中所说的人,就是在这两条道路上一些有点代表性的人。我们说他们"摆开阵势",说他们"走的是两条道路",不过是为了说话方便打的一些比方,实际上这两种势力的区别,不像打仗或者走路那样容易叫人看出个彼此来。尽管是同在一块做活、同在一个锅里吃饭的一家人,甚而是夫妇两口,在这两条道路的斗争中,也不一定同站在一方面。

《与读者谈〈三里湾〉》,《文艺报》1962/10

★相关评论:

以农业合作化为题材的创作近来出现不少,《三里湾》无疑是最受欢迎的作品之一。任何读者一上手就放不下,觉得非一口气读完不可。一部小说没有惊险的故事,没有紧张的场面,居然能这样的引人入胜,自不能不归于作者的艺术手腕。

傅雷《评〈三里湾〉》,《文艺月报》1956/7

作品中对矛盾冲突的描写不够尖锐、有力,不能充分反映现代的壮阔波澜和充分激动读者的心灵,这个弱点,在其他作家的许多作品中也是存在的。

周扬《评〈三里湾〉》,《文艺报》1956/5—6

文献索引:

1. 赵树理小说要目

《小二黑结婚》,华北新华书店1943/9
《李有才板话》,《群众》第7卷第13—14期;第12卷11—12期;第13卷1—3期(1943)
《地板》,《文艺杂志》(太行区)第1卷第2期(1946/4/1)
《孟祥英翻身》,《东北文艺》创刊号(1946/12/1)
《李家庄的变迁》,《东北日报》1947
《福贵》,《太岳文艺》创刊号(1946/10)
《邪不压正》,《人民日报》1948/10
《传家宝》,《人民日报》1949/4
《田寡妇看瓜》,《大众日报》1949/5/14
《登记》,《说说唱唱》1950(总6)

《三里湾》,《人民文学》1955/1—4
《锻炼锻炼》,《人民文学》1958/9
《老定额》,《人民文学》1959/10
《套不住的手》,《人民文学》1960/11
《实干家潘永福》,《人民文学》1961/4
《卖烟叶》,《人民文学》1964/2

2. 赵树理研究要目

郭沫若等《论赵树理的创作》,冀鲁豫书店 1947/7
郭沫若等《论赵树理的创作》,华北新华书店 1947/9
周　扬等《论赵树理的创作》,东北新华书店 1949/5
郭沫若等《论赵树理的创作》,苏南新华书店 1949/6
吴调公《人民作家赵树理》,四联出版社 1954/3
山东师院中文系《赵树理研究资料汇编》,山东师院中文系 1960/8
王中青《谈赵树理的〈三里湾〉》,上海文艺出版社 1959/7
方欲晓《赵树理的小说》,北京出版社 1964/6
王中青《太行人民的儿子》,山西师院学报编辑部 1980/1
董大中《赵树理年谱》,山西师院学报编辑部 1980/2,山西人民出版社 1982/8
韩玉峰《赵树理的生平与创作》,山西人民出版社 1981/2
复旦大学中文系《赵树理专集》,福建人民出版社 1981/6
黄修己《赵树理评传》,江苏人民出版社 1981/9
高　捷等《赵树理传》,山西人民出版社 1982/8
王中青《评论与回忆》,山西人民出版社 1982/8
《赵树理学术讨论会纪念文集》,中国作家协会山西分会,1982/12
杨志杰《赵树理小说人物论》,山西人民出版社 1983/10
黄修己《赵树理研究》,山西人民出版社 1985/5
黄修己编《赵树理研究资料》,北岳文艺出版社 1985/9
李士德《赵树理小说的艺术世界》,东北师大出版社 1986/10
戴光中《赵树理传》,北京十月文艺出版社 1987/6
王中青《赵树理作品论集》,北岳文艺出版社 1987 年
孙淑红《论〈三里湾〉中人物的绰号》,《平顶山师专学报》1998/10
金　红《相同的婚姻道路与不同的灵魂剖析》,《齐齐哈尔大学学报》1999/1
朱庆华《霜叶红于二月花——论〈登记〉对〈小二黑结婚〉的超越》,《佳木斯大学社会科学学报》2000/1
汪东发《〈三里湾〉、〈创业史〉、〈山乡巨变〉的叙述个性》,《湖南社会科学》2000/3
刘保宏《外力作用之下的"自由婚姻"——重读〈登记〉》,《吕梁高等专科学校学报》2000/12
萨支山《试论五十至七十年代"农村题材"长篇小说》,《文学评论》2001/3
孙正国《〈三里湾〉:文学人类学文化意义上的文化真实》,《人文杂志》2002/3

(王宁宁)

"样板戏"三部

> 政治乌托邦理想在艺术中的社会反映
>
> 绝对的政治必然导致绝对的艺术

所谓"样板戏",指的是20世纪中叶的文化大革命期间,受极"左"文艺思潮影响,在原"京剧现代戏"等戏剧改革成果基础上推出的创造艺术经典活动的一项重要戏剧艺术类型。简单些说,就是江青等人出于政治需要,以京剧创作为突破口,而发起的一场全国范围内的戏剧造神运动,其艺术特点是为了迎合当时的形势,用政治概念图解艺术作品,具有非常明显的类型化、脸谱化和雷同化创作倾向,它是"思维大于形象"的产物,对于当时的社会产生了深刻的影响,至今仍是"文化大革命"的"形象代言人"之一。其代表性作品有《红灯记》、《沙家浜》和《智取威虎山》等。

红灯记(节选)

> 红灯记:一个极富象征性的名字。革命的红灯闪闪亮,这红灯就是一个政治写意符号

《红灯记》最早的戏剧演出出现在沪剧舞台上,改编自电影剧本《革命自有后来人》,由凌大可、夏剑青改,1962年上海爱华沪剧团演出。1964年,全国京剧现代戏观摩大会在京举行,中国京剧院和哈尔滨京剧院同时选取了这一题材进行移植,后者仍沿用原名,由梁一鸣、赵鸣华、云燕铭主演;前者则更名为《红灯记》,剧本由阿甲、翁偶虹据沪剧改编,李少春、高玉倩、刘长瑜、袁世海主演,"文革"中被"样板化"后确定为八部革命样板戏之一,钱浩梁(浩亮)替代李少春成为该剧主演,其余角色的饰演者保持原班人马。

剧情讲述日本统治下的东北,铁路工人李玉和作为地下交通员,以红灯为信号和标志来接应战友并传递情报。不料,王连举卖友求荣、叛变革命,导致李玉和被捕,李玉和的母亲李奶奶、女儿李铁梅也先后入狱。最后,李玉和及李奶奶英勇牺牲,李铁梅继承遗志前赴后继,把密电码送交游击队。

第六场 赴宴斗鸠山

> 环境的布陈对于营造戏剧冲突非常富于暗示性。一个"鸿门宴"式的戏剧陷阱,意味着一场剑拔弩张的戏剧冲突即将到来

〔紧接前场。〕
〔鸠山会客室。<u>桌上摆着酒席</u>。〕
〔幕启:侯宪补上。〕
侯宪补:李师傅请吧。
〔李玉和从容镇静,坚定走上。侯宪补下。〕
李玉和:唱【二黄原板】
　　一封请帖藏毒箭,
　　风云突变必有内奸。

   笑看他刀斧丛中摆酒宴，

    我胸怀着革命正气、从容对敌、巍然如山。　　　　　　　　正面人物造型亮相

   〔鸠山上。〕

鸠　山：哦，老朋友，你好啊？

李玉和：哦，鸠山先生，你好啊？

   〔鸠山要与李玉和握手，李玉和视若无睹，鸠山尴尬地将手缩回。〕　对于反面人物的冷

鸠　山：哎呀！好不容易见面哪！当年在铁路医院我给你看过病，你还记得吗？　嘲热讽

李玉和：噢，那个时候，你是日本的阔大夫；我是中国的穷工人，你我是"两股道　点明阶级关系

   上跑的车"，走的不是一条路啊！

鸠　山：呃！不管怎么说，我们总不是初交吧！

李玉和（虚与周旋）：那就请你多"照应"罗！　　　　　　　　　　　　　　　　与敌周旋，冲突的必

鸠　山：所以，请你到此好好地叙谈叙谈。来，请坐，请坐。老朋友，今天是私人宴　要铺垫

   会，我们只叙友情，不谈别的，好吗？

李玉和（应对自若，探敌虚实）：我是个穷工人，喜欢直来直去，你要说什么你就

   说什么！

鸠　山：痛快！痛快！来来来，老朋友，先干上一杯。　　　　　　　　　　　　　表明李玉和"我不会

李玉和：鸠山先生，你太客气了。实在对不起呀，我不会喝酒！　　　　　　　　上当"的决心

   （推开酒杯，掏出烟袋，划火抽烟）

鸠　山：不会喝？唉！中国有句古语："人生如梦"，转眼就是百年哪！正所谓："对　利诱

   酒当歌，人生几何"？

李玉和（鄙视地吹灭火柴）：是啊，听听歌曲，喝点美酒，真是神仙过的日子。鸠山

   先生，但愿你天天如此，"长命百岁"！

   （讽刺地掷火柴于地）　　　　　　　　　　　　　　　　　　　　　　　　"火柴"也具象征性

鸠　山：呃……（尴尬一笑）老朋友，我是信佛教的人，佛经上有这样一句话，说　斗智、斗勇、斗信念

   是："苦海无边，回头是岸"。

李玉和：（反击）我不信佛。可是我也听说有这么一句话，叫做："道高一尺，魔高　戏剧艺术就是对白

   一丈"！　　　　　　　　　　　　　　　　　　　　　　　　　　　　　　的艺术

鸠　山：好！讲的好！老朋友，我们所讲的，只不过是一种信仰。其实呢，最高的

   信仰，只用两个字便可包括。

李玉和：两个字？

鸠　山：对。

李玉和：两个什么字啊？

鸠　山："为我"。　　　　　　　　　　　　　　　　　　　　　　　　　　　　　以装傻为基本策略

李玉和：哦，为你！

鸠　山：不，为自己。

李玉和（佯装不解）："为自己"？

鸠　山：对。老朋友，"人不为己，天诛地灭"呀！　　　　　　　　　　　　　　　带有讥讽意味，突出

李玉和：怎么？人不为己，还要天诛地灭？　　　　　　　　　　　　　　　　　　两种截然不同的人

鸠　山：这是做人的诀窍。　　　　　　　　　　　　　　　　　　　　　　　　　生观

李玉和：哦！做人还要有诀窍？

	鸠　山：做什么都要有诀窍！
以不变应万变	李玉和：哎呀，鸠山先生，<u>你这个诀窍对我来说，真好比：擀面杖吹火，一窍不通</u>！
	〔鸠山一震。〕
	鸠　山：老朋友，不要开玩笑了！就请你来帮帮我的忙吧！
	李玉和：我是个穷工人，能帮你什么忙啊？
	鸠　山：好啦，不必兜圈子了，快把那件东西交给我！
	李玉和：啥东西？
	鸠　山：密电码！
初胜	李玉和：哈……什么电马电驴的，我就会扳道岔，从来没玩过那个玩艺儿！
原形毕露，冲突升级	鸠　山：（威胁地）<u>老朋友，要是敬酒不吃吃罚酒的话，可别怪我不懂得交情。</u>
	李玉和：（从容地）那就随你的便吧！
	〔鸠山示意，王连举上。〕
	鸠　山：老朋友，你看看这是谁呀！
样板戏的标志性手法：正面与反面人物的对比和映衬	〔<u>李玉和目光如电，王连举龟缩胆颤。</u>〕
	〔鸠山示意王连举向前劝降。〕
	王连举：老李，你不要……
	李玉和：住口！
	王连举：老李，你不要太死心眼儿了……
	李玉和：（拍案而起，奋臂怒斥）无耻叛徒！
	唱【西皮快板】
	屈膝投降真劣种，
样板戏的标志性手法：用唱词、唱腔体现革命者的精神风貌	贪生怕死可怜虫。
	敌人的威胁和利诱，
	我时时向你敲警钟！
	你说道："既为革命不怕死"，
	为什么背叛来帮凶？
	敌人把你当狗用，
	反把耻辱当光荣！
	到头来，人民定要审判你，
	变节投敌罪难容！
反面人物造型，又是一次对比	（李玉和的革命正气，使叛徒心惊胆颤，躲到鸠山背后）
	鸠　山：（自以为得意）呃！老朋友，不要发火。呵……（挥令王连举下）老朋友，这张王牌我本不愿意拿出来，可是你逼得我走投无路哇，所以，我是不得不这样做呀！
	李玉和：（迎头痛击）哼！我料定你会这样做的！你这张王牌，不过是一条断了脊梁骨的癞皮狗！鸠山，我不会使你满意的！
图穷匕首现。一计不成，再施一计	鸠　山：（<u>诡计失败，凶相毕露</u>）李玉和，我干的这一行，你不会不知道吧？<u>我是专给下地狱的人发放通行证的！</u>
义无反顾	李玉和：（针锋相对）哼！我干的这一行，你还不知道吗？我是专去拆你们地狱

　　　　的!
鸠　山:你要知道,我的刑具是从不吃素的!
李玉和:(蔑视地)哼!那些个东西,我早就领教过啦!
鸠　山:(妄图恐吓)李玉和,劝你及早把头回,免得筋骨碎!
李玉和:(压倒敌人)宁可筋骨碎,决不把头回! ……革命者的气概
鸠　山:宪兵队里刑法无情,出生入死!
李玉和:(斩钉截铁,字字千钧)共产党员钢铁意志,视死如归!鸠山!(痛斥日寇) ……以硬碰硬
　　　　唱【西皮原板】
　　　　日本军阀豺狼种,
　　　　本性残忍装笑容。
　　　　杀我人民侵我国土,
　　　　【快板】
　　　　说什么"东亚共荣"不"共荣"!
　　　　共产党毛主席领导人民闹革命,
　　　　抗日救国几亿英雄。
　　　　你若想依靠叛徒起效用,
　　　　这才是水中捞月一场空! ……对反动派命运的断言
鸠　山:来人!
　　　　〔伍长,二日寇宪兵上。〕
鸠　山:唱【西皮散板】
　　　　我五刑俱备叫你受用!
　　　　〔李玉和斗志昂扬,敞怀"亮相"。〕 ……亮相:样板戏塑造正面人物的标志性手法。高潮的到来
李玉和:(冷笑)哼……
伍　长:走!
李玉和:(接唱)你只能把我的筋骨松一松! ……革命的浪漫主义
伍　长:带走!
　　　　〔二日寇宪兵拉李玉和。〕
李玉和:不用伺候!
　　　　〔李玉和略一挥臂,二日寇宪兵跟跄后退。〕 ……注意表现革命者"高、大、全"形象的一系列戏剧细节
　　　　〔李玉和从容扣钮,拿起帽子,掸灰;转身,背手持帽,以压倒一切敌人的气魄,阔步走下。〕
　　　　〔伍长、二日寇宪兵随下。〕
鸠　山:(精神上被完全击败,无可奈何地)好厉害呀! ……敌人黔驴技穷,不得不对革命者表示叹服
　　　　念【扑灯蛾】
　　　　共产党人,为什么比钢铁还要硬?
　　　　我软硬兼施全落空。
　　　　但愿得重刑之下他能招供——
　　　　〔伍长上。〕
伍　长:报告,李玉和宁死不讲!
鸠　山:宁死不讲?

	伍　长：队长，我带人到他家再去搜！ 鸠　山：算了。共产党人机警得很，恐怕早就转移了！ 伍　长：是！ 鸠　山：把他带上来！ 伍　长：带李玉和！
革命者宁死不屈造型，可与《红色娘子军》中洪常青英勇就义造型进行对比	〔二日寇宪兵拖李玉和上。李玉和身带伤痕，血迹殷红；英气勃勃，逼近鸠山，"翻身"，扶椅挺立。〕 李玉和：唱【西皮导板】 　　　　狼心狗肺贼鸠山！
声嘶力竭，外强中干	鸠　山：密电码，你交出来！ 李玉和：鸠山！ 　　　　【快板】 　　　　任你毒刑来摧残，
	真金哪怕烈火炼，
冲突以革命者精神的胜利和敌人的失败而告终	要我低头难上难！ 哈…… 〔英雄气概，令群敌心胆俱裂。〕
不忘革命者形象的最后造型	〔李玉和"亮相"。〕 〔灯暗。〕

★编选者的话：

"赴宴斗鸠山"是样板戏的一个经典段落，它很好地反映出了当时人们对于政治与文艺关系的深刻理解，体现出了无产阶级革命文艺的特点："戏剧冲突"就变成了"政治冲突"。

大是大非	那么，究竟该怎样理解戏剧中的"政治冲突"艺术内涵呢？从这场戏中，我们可发现，这种冲突有三个层次的"政治含义"：
一种戏剧结构的图解程式	一是"政治斗争"是戏剧的永恒主题，这是一种"革命斗争的绝对化"的艺术表现手法，它简单地将戏剧冲突理解为"革命集团"和"反动集团"两大集团的利益冲突。其中，前者代表了无产阶级的利益，是正义的化身；而后者代表了剥削阶级的利益，是罪恶的渊薮。
力图用简单的二元对立关系涵盖复杂的社会现实生活	二是"政治人物"是戏剧的永恒形象，这是一种"人物形象的绝对化"的艺术表现手法，它片面性地将戏剧人物塑造为"正面人物"与"反面人物"两种形象类型。其中前者形象光辉，频频出台亮相；而后者行为永远卑琐，走不到舞台中央。一般来说，样板戏中，没有"圆形人物"或"中间人物"的立足之地。
标榜反传统的革命文艺，却又完全采用了一个非常传统的脸谱化戏剧表现手法。一个绝妙的艺术反讽	三是"政治话语"是戏剧的永恒语言，这是一种"台词对白的绝对化"的艺术表现手法，它将人物戏剧台词简单地界定为"英雄语言"和"坏蛋语言"两种类型。其中前者与其"高、大、全"式的美好形象非常相合，显示出机智勇敢、意志坚定的浪漫主义气质，台词充满阳刚之气，激越高亢、雄壮优美、掷地有声；而后者却总是与其"低、小、丑"式的可恶形象完全相宜，台词阴阳怪气、粗野放肆、愚蠢奸诈。

★**相关评论：**

　　李玉和的任务是把由根据地送来的密电码交到柏山游击队手里，这就把抗日根据地、游击队、敌占区的斗争，更明确地表现为一个整体，把<u>地下斗争表现为对武装斗争的配合</u>。……《红灯记》新的演出本，在加强党的地下工作和武装斗争的关系的描写时，不但更正确地表现了地下工作对武装斗争的配合，而且在最后两场《伏击歼敌》和《胜利前进》中，增加了正面表现武装斗争的武打和舞蹈。这些武打和舞蹈不是为了单纯增加一些艺术手段，而是担负着深化主题思想的任务。

上海京剧团《智取威虎山》剧组《高举红旗继续革命——
学习革命现代京剧〈红灯记〉一九七零年五月演出本的一些体会》，
《人民日报》1970/5/12

	白区的地下斗争得以表现的重要理由

　　为了更加强调地表现城市地下工作为革命武装斗争服务的意图，剧本在围绕密电码而展开戏剧冲突的过程中，还采取了越来越激化的布局。可以看出，在戏剧情节进展中，争夺密电码的斗争愈是表现得尖锐激烈，鸠山要尽一切阴谋诡计竭力想夺取密电码和李玉和等不惜一切誓死保卫密电码的斗争愈是展开得充分，革命武装斗争在反对日本帝国主义斗争中的重要意义也就愈是显得突出。而且对于这种越来越激化的戏剧冲突，剧本最后是采取正面表现革命武装斗争力量的方式解决的。在《伏击歼敌》一场中，我柏山游击队杀上台来，一场短兵相接的搏斗，处死叛徒，刀劈鸠山，尽歼日寇。这场戏是剧本特意设置的<u>画龙点睛</u>的一笔，它以革命战争的熊熊烈火，照亮李玉和等英勇斗争的巨大意义，揭示出革命武装斗争在解决敌我矛盾中的决定性作用，生动地表现了**革命的中心任务和最高形式是武装夺取政权，是战争解决问题**的伟大真理。

复旦大学五·七文科写作组《为工人阶级的伟大英雄造像——学习
革命现代京剧〈红灯记〉的艺术构思》，《解放日报》1970/5/20

旁注：
- 仔细理解这个结构中所体现的政治意图
- 不点还好，一点即能真正的画蛇添足
- 文中的黑体字，为毛主席语录。原文如此

　　"革命样板戏"是"文化大革命"期间制造出的文艺怪胎。作为政治需要的样板之戏已经寿终正寝，但作为戏剧本身的"样板戏"并没有死亡。

　　在我看来，样板戏最公式化之处不在于写阶级斗争，而在于每一部样板戏都无条件地设定了以无产阶级英雄人物为中心的角色等级制度，于会泳总结出的"<u>在所有人物中突出正面人物；在正面人物中突出英雄人物；在英雄人物中突出中心人物</u>"的"<u>三突出</u>"原则就是这个角色等级制度的依据。其次，样板戏的情感表达的单纬度，仇恨成为每一部样板戏的主导情感，当这种单纬度的情感主宰了每一部样板戏作品之时，样板戏作为工具性文艺的特征便一再得到强化，为了保证样板戏中阶级仇恨情感的超级地位，任何其他情感如爱情、亲情的表述都被默然放逐，不断重复的以阶级仇恨为核心的<u>"宏大情感"</u>同样导致了样板戏艺术表现方式的僵化和虚假一个重要原因。

余岱宗《论样板戏的角色等级与仇恨视角》，http://www.dongdongpiang.com

旁注：
- 任何作品一旦问世，就成为历史
- "三突出"原则：样板戏的根本
- "宏大叙事"的主要特征

即红色戏剧神话

《红灯记》也好，所有的样板戏也好，它们的地位来自于"文革"十多年里对其他一切文艺的扼杀，以及由此而形成的一批老观众的怀旧。可是，现在有些人却把样板戏称作"红色经典"，当作思想和艺术完美结合的最高典范来推崇。这就滑稽了。重新审视样板戏，它们的创作原则有失偏颇，它们的人物塑造显得别扭，在特定历史条件下它们的存在是可以理解的，而在新时代炒作样板戏就不能接受了。抬高样板戏不是鼓励京剧革新，而是阻碍京剧的革新。把样板戏捧为红色经典的人，表面上抬高了样板戏，实际上却对京剧的发展产生了怀疑。如果我们的京剧艺术家真的把样板戏捧作经典，在以后的革新中也真正以这些经典为蓝本，试问还能革出什么新来？不是一条死路又是什么？

刘新生《〈红灯记〉是"红色经典"？》，《文化时报》2001/6/13

对"不破不立"文艺创作原则的文化反思

戏剧创作中所表现出的政治斗争的残酷本质

在中共1949年以前的"革命史"上，有着"地下工作"和"武装斗争"两条战线。刘少奇曾长期担任"地下工作"的领导，而毛泽东则一直投身于"武装斗争"。取材于所谓"民主革命时期斗争生活"的"样板戏"，大都是一开始就正面表现"武装斗争"的，只有《红灯记》和《沙家浜》原本是正面反映"地下工作"而后来改成对"武装斗争"的"突出"的。"地下工作"当然也是一种重要的"革命"，也为中共的最终夺取政权立下了汗马功劳。但在"文革"期间，即使在一部具体的戏中，"地下工作"也不能作为正面表现的对象，"地下工作者"也不可成为占据舞台中心的主人公，以至于是突出"地下工作"还是突出"武装斗争"成为一个重大的政治问题。

表现"武装斗争"或"地下斗争"问题的关键是表现"谁"领导的斗争

《红灯记》本也是突出"地下工作"的，在后来的修改中，也不断加重"武装斗争"的分量。

王彬彬《"主席？哪个主席？"——"革命样板戏"中的
"地下工作"与"武装斗争"》，《钟山》2003/1

沙家浜（节选）

《沙家浜》取材于崔左夫的"革命回忆录"《血染着的姓名——三十六个伤病员的斗争纪实》。20世纪50年代末，上海市人民沪剧团集体将其改编为沪剧剧本，取名《碧水红旗》，执笔文牧。1960年正式公演时又改名为《芦荡火种》。1963年初冬，正醉心于"京剧革命"的江青看中了沪剧《芦荡火种》，便"推荐"给北京京剧团，令将其改编成京剧。北京京剧团汪曾祺、杨毓珉、萧甲、薛恩厚等负责剧本改编，根据原剧突出"地下工作"的主题，剧名亦改为《地下联络员》，因仓促上马，都不满意，北京市委安排剧组体验生活，并借上海沪剧团赴京演出之机，观摩学习，又重新改用《芦荡火种》的原名。1964年6月，在全国的京剧现代戏观察大会上参加会演，并依据毛泽东的意见改名《沙家浜》。

沪剧《芦荡火种》说的是1939年新四军主力转移后，阳澄湖畔沙家浜地区的中共地下联络员、春来茶馆的老板娘阿庆嫂，机智巧妙地掩护郭建光等18名新四军伤病员的故事，正面表现的是"地下工作"，剧中的头号人物是阿庆嫂。改编为京剧后，虽然主角变成了新四军排长郭建光，但阿庆嫂与胡传魁和刁德一

原著的精华

的斗智斗勇仍然是全剧中最精彩也最受观众喜爱的片断。

第四场　智斗

〔日寇在沙家浜镇"扫荡"了三天,已经过境。〕

〔春来茶馆。设在埠头路口。台的左右各有方桌一张,方凳两个。日寇过后,桌椅茶具均遭破坏,屋外凉棚东倒西歪。地下有一些断砖碎瓦,春来茶馆的招牌也被扔在地下。〕

〔幕启:阿庆嫂扶老携幼上。〕

阿庆嫂:您慢着点!
老大爷:阿庆嫂,谢谢你一路上照顾!
阿庆嫂:没什么,这是应当的。
老大爷:看,叫他们糟蹋成什么样了!

〔又一批群众上。〕

群　众:阿庆嫂!
阿庆嫂:你们回来了!
群　众:回来了。
老大爷:我们大家伙帮助收拾收拾吧!
阿庆嫂:行了,我自己来吧。

〔阿庆嫂从地下把招牌拾起,放在桌上。众扶起翻倒的桌凳,捡走破碎的茶具、砖瓦,支起凉棚。〕

少　妇:阿庆嫂,我回去了。
老大爷:阿庆嫂,我们也回去了。
阿庆嫂:您慢点走啊!
老大娘:我们也回去了。
阿庆嫂:(向小姑娘)搀着你妈点!

〔群众下。〕

〔阿庆嫂掸净招牌上的泥土,对着观众,亮出招牌上的字样,然后挂起招牌,打开放置茶具的柜子。〕

阿庆嫂:(唱)【西皮摇板】
　　　　敌人"扫荡"三天整,
　　　　断壁残墙留血痕。
　　　　逃难的众邻居都回乡井,
　　　　我也该打双桨迎接亲人。

〔沙奶奶、沙四龙迎面而来。〕

沙奶奶:阿庆嫂!
沙奶奶:你回来了。
阿庆嫂:回来了。
沙四龙:鬼子走了,该把伤病员同志们接回来了!
阿庆嫂:对!四龙,咱们这就走!

敌军扫荡后的残酷局面活生生的跃然纸上,生动的描述了事情发生的背景和环境

阿庆嫂与乡亲们的亲密关系

被敌人破坏的程度

通过台词作故事交待

设置障碍，激化矛盾，营造冲突气氛	沙四龙：走。 〔内喊："胡传魁的队伍快要进镇子了！"〕 〔群众跑上，告诉阿庆嫂："胡传魁来了！"……赶快跑下。〕 〔赵阿祥、王福根上。〕
	赵阿祥：阿庆嫂，胡传魁的队伍快要进镇了！
有头脑、有思想，为后面的"智斗"铺垫	阿庆嫂：他来了！日本鬼子前脚走，他后脚就到了，怎么这么快呀？（向王福根）你瞧见他们的队伍了吗？
	王福根：瞧见了，有好几十个人哪！
	阿庆嫂：好几十个人？
讽刺国民党军队"假抗日，真反共"的反动本质	王福根：戴的是国民党的帽徽，旗子上写的是"忠义救国军"。
	阿庆嫂：（思考）"忠义救国军"？……国民党的帽徽？……
	赵阿祥：听说刁德一也回来了。
老财的儿子：阶级身份识别	沙奶奶：刁德一是刁老财的儿子！
	阿庆嫂：（向王福根）王福根你再看看去。
	王福根：哎。（下）
	阿庆嫂：胡传魁这一回来，是路过，是长住，还不清楚，伤员同志们先不能接，咱们得想办法给他们送点干粮去。
	赵阿祥：我去预备炒米。
	沙四龙：我去准备船。
	阿庆嫂：要提高警惕呀！
	赵阿祥：哎！
	沙四龙：
	〔沙四龙扶沙奶奶下，赵阿祥随下。〕 〔阿庆嫂走进屋内。〕 〔内喊："站住！"〕 〔一妇女跑下。〕 〔内喊："站住！"刁小三追逐一挟包袱的少女上。〕
有意味的细节，揭露国民军的祸国殃民的本来面目	刁小三：站住！老子们抗日救国，给你们赶走了日本鬼子，你得慰劳慰劳！ 〔刁小三抢少女包袱。〕
	少 女：你干嘛抢东西？！
	刁小三：抢东西？我还要抢人呢！（扑向少女）
	少 女：（急中生计，求救地喊）阿庆嫂！ 〔阿庆嫂急忙从屋里出来，护住少女。〕
阿庆嫂：一个不简单的茶馆老板	阿庆嫂：得啦，得啦，本乡本土的，何必呢！来，这边坐会儿，吃杯茶。
	刁小三：干什么呀，挡横是怎么着？！……
	〔刘副官上。〕
	刘副官：刁小三，司令这就来，你在这干嘛哪？
	阿庆嫂：喂，是老刘啊！
	刘副官：（得意地）阿庆嫂，我现在当副官啦！
	阿庆嫂：喔！当副官啦！恭喜你呀！

刘副官：老没见了，您倒好哇？
阿庆嫂：好。
刘副官：刁小三，都是自己人，你在这闹什么哪？ | 能让敌人以为是自己人，足见阿庆嫂"地下工作"的出色
阿庆嫂：是啊，这位兄弟，眼生得很，没见过，在这儿跟我有点过不去呀！
刘副官：刁小三！这是阿庆嫂，救过司令的命！你在这儿胡闹，司令知道了，有你的好吗？
刁小三：我不知道啊！阿庆嫂，我刁小三有眼不识泰山，您宰相肚里能撑船，别跟我一般见识啊！
阿庆嫂：(已经察觉他们是一伙敌人，虚与周旋)没什么！一回生，两回熟嘛，我也不会倚官仗势，背地里给人小鞋穿，刘副官，您是知道的！ | 指桑骂槐，挖苦敌人
刘副官：哎，人家阿庆嫂是厚道人！
阿庆嫂：(向少女)回去吧。
少　女：他还抢我包袱哪！
阿庆嫂：包袱？他哪能要你的包袱啊！(向刁小三)跟她闹着玩哪，是吧？(向刘副官)啊？ | 初露"智斗"锋芒
刘副官：啊。(向刁小三)闹着玩，你也不挑个地方！
〔刁小三无可奈何地把包袱递给阿庆嫂。〕
阿庆嫂：(把包袱给少女)拿着，要谢谢！快回去吧！
〔少女下。〕
刘副官：刁小三，去接司令、参谋长。去吧！
刁小三：阿庆嫂，回见。
阿庆嫂：回见，呆会儿过来吃茶呀。
〔刁小三凶横地、恨恨不满地下。〕
刘副官：阿庆嫂，他是我们刁参谋长的堂弟，您得多包涵点呀！
阿庆嫂：这算不了什么。刘副官，您请坐，呆会儿水开了我就给您泡茶去，您是稀客，难得到我这小茶馆里来！
〔阿庆嫂欲进屋，刘副官从后叫住。〕
刘副官：阿庆嫂，您别张罗！我是奉命先来看看，司令一会儿就来。
阿庆嫂：司令？
刘副官：啊，就是老胡啊！
阿庆嫂：哦，老胡当司令了？
刘副官：对了！人也多了，枪也多了！跟上回大不相同，阔多喽。今非昔比，鸟枪换炮了！
阿庆嫂：哦。(下决心进行侦察)啊呀，那好哇！刘副官，一眨眼，你们走了不少的日子了。(一面擦拭桌面，一面观察刘副官)
刘副官：啊，可不是嘛。
阿庆嫂：(试探地)这回来了，可得多住些日子了？
刘副官：这回来了，就不走了！
阿庆嫂：……哦！(断定他们是长住了，就故意表示欢迎的态度)那好啊！ | 八面玲珑，左右逢源
刘副官：要在沙家浜扎下去了，司令部就安在刁参谋长家里，已经派人收拾去

	了。司令说:先到茶馆里来坐坐。 〔内一阵脚步声。〕
含而不露	刘副官:司令来了! 〔刘副官忙去迎接。阿庆嫂思考对策。〕 〔胡传魁、刁德一、刁小三上。四个伪军从土坡上走过。〕
	胡传魁:嘿,阿庆嫂! 〔胡传魁脱斗篷。刘副官接住。刘副官下。〕
与敌周旋	阿庆嫂:(回身迎上)听说您当了司令啦,恭喜呀!
	胡传魁:你好哇?
	阿庆嫂:好啊,好啊,哪阵风把您给吹回来了?
	胡传魁:买卖兴隆,混得不错吧?
	阿庆嫂:托您的福,还算混得下去。
	胡传魁:哈哈哈……
	阿庆嫂:胡司令,您这边请坐。
	胡传魁:好好好,我给你介绍介绍,这是我的参谋长,姓刁,是本镇财主刁老太爷的公子,刁德一。 〔刁德一上下打量阿庆嫂。〕
暗中观察,发现一个潜在的对手	阿庆嫂:(发觉刁德一是很阴险狡猾的敌人,就虚与周旋地)参谋长,我借贵方一块宝地,落脚谋生,参谋长树大根深,往后还求您多照应。
	胡传魁:是啊,你还真得多照应着点。
	刁德一:好说,好说。 〔刁德一脱斗篷。刁小三接住。刁小三下。〕
	阿庆嫂:参谋长,您坐!
	胡传魁:阿庆哪?
	阿庆嫂:还提哪,跟我拌了两句嘴,就走了。
	胡传魁:这个阿庆,就是脚野一点,在家里呆不住哇。上哪儿了?
"样板戏"中的人物都没有爱情生活	阿庆嫂:有人看见他了,说是在上海跑单帮哪。说了,不混出个人样来,不回来见我。
	胡传魁:对嘛!男子汉大丈夫,是要有这么点志气!
	阿庆嫂:您还夸他哪!
交代人物之间的复杂关系,为后面阿庆嫂打"司令牌"做铺垫	胡传魁:阿庆嫂,我上回大难不死,才有了今天,我可得好好的谢谢你呀!
	阿庆嫂:那是您本身的造化。哟,您瞧我,净顾了说话了,让您二位这么干坐着。我去泡茶去,您坐,您坐!(进屋)
	刁德一:司令!这么熟识,是什么人哪?
	胡传魁:你问的是她? (唱)【西皮二六】
"文革"中最为流行的反面人物唱段	想当初老子的队伍才开张, 拢共才有十几个人、七八条枪。 【流水】 遇皇军追得我晕头转向,

多亏了阿庆嫂,她叫我水缸里面把身藏。 她那里提壶续水,面不改色,无事一样, 〔阿庆嫂提壶拿杯,细心地听着,发现敌人看见了自己,就若无其事地从屋里走出。〕	政治斗争,没有永恒的敌人,也没有永恒的朋友
胡传魁:(接唱) 　　骗走了东洋兵,我才躲过大难一场。(转向阿庆嫂) 　　似这样救命之恩终身不忘, 　　俺胡某讲义气终当报偿。	
阿庆嫂:(有意在敌人面前掩饰自己)胡司令,这么点小事,您别净挂在嘴边上。 　　那我也是急中生智,事过之后,您猜怎么着,我呀,还真有点后怕呀! 〔阿庆嫂一面倒茶,一面观察。〕	阿庆嫂聪明过人
阿庆嫂:参谋长,您吃茶!(忽然想起)哟,香烟忘了,我去拿烟去。 　　(进屋)	
刁德一:(看着阿庆嫂背影)司令!我是本地人,怎么没有见过这位老板娘啊?	刁德一奸诈、狡猾,又很有心机,人物形象刻画得入木三分
胡传魁:人家夫妻"八·一三"以后才来这儿开茶馆,那时候你还在日本留学,你怎么会认识她哪?!	
刁德一:噢!这个女人真不简单哪!	
胡传魁:怎么,你对她还有什么怀疑吗?	
刁德一:不不不!司令的恩人嘛!	
胡传魁:你这个人哪!	
刁德一:嘿嘿嘿……	
〔阿庆嫂取香烟、火柴,提铜壶从屋内走出。〕	
阿庆嫂:参谋长,烟不好,请抽一支呀!	
〔刁德一接过阿庆嫂送上的烟。阿庆嫂欲为点烟,刁德一谢绝,自己用打火机点着。〕	
阿庆嫂:胡司令,抽一支!	
〔胡传魁接烟。阿庆嫂给胡传魁点烟。〕	
刁德一:(望着阿庆嫂背影,唱)【反西皮摇板】 　　这个女人不寻常!	互相揣摩 心理分析。反衬阿庆嫂
阿庆嫂:(接唱) 　　刁德一有什么鬼心肠?	机智、敏锐
胡传魁:(唱)【西皮摇板】 　　这小刁一点面子也不讲!	表现其愚,不分敌我
阿庆嫂:(接唱) 　　这草包倒是一堵挡风的墙。	突出胡传魁与刁德一的区别
刁德一:(略一想,打开烟盒请阿庆嫂抽烟)抽烟! 〔阿庆嫂摇手拒绝。〕	
胡传魁:人家不会,你干什么!	
刁德一:(接唱) 　　她态度不卑又不亢。	激烈的心理交锋

	阿庆嫂：（唱）【西皮流水】 　　他神情不阴又不阳。
被两个人精搞得一头雾水	胡传魁：（唱）【西皮摇板】 　　刁德一搞的什么鬼花样？
决非一般村姑所能	阿庆嫂：（唱）【西皮流水】 　　他们到底是姓蒋还是姓汪？
	刁德一：（唱）【西皮摇板】 　　我待要旁敲侧击将她访。
	阿庆嫂：（接唱） 　　我必须察言观色把他防。 〔阿庆嫂欲进屋。刁德一从她的身后叫住。〕
激将法，试火候	刁德一：阿庆嫂！ 　　（唱）【西皮流水】 　　适才听得司令讲， 　　阿庆嫂真是不寻常。 　　我佩服你沉着机灵有胆量， 　　竟敢在鬼子面前耍花枪。 　　若无有抗日救国的好思想， 　　焉能够舍己救人不慌张！
"开茶馆，盼兴旺"：这是一个隐喻，更加形象生动	阿庆嫂：（接唱） 　　参谋长休要谬夸奖， 　　舍己救人不敢当。 　　开茶馆，盼兴旺， 　　江湖义气第一桩。 　　司令常来又常往，
投敌所好	我有心背靠大树好乘凉。 　　也是司令洪福广， 　　方能遇难又呈祥。
知根知底，一针见血，非等闲之辈	刁德一：（接唱） 　　新四军久在沙家浜， 　　这棵大树有阴凉， 　　你与他们常来往， 　　想必是安排照应更周详！
原著精华，突显"江湖本色" 汪曾祺的捉笔使其文词精美，流畅	阿庆嫂：（接唱） 　　垒起七星灶， 　　铜壶煮三江。 　　摆开八仙桌， 　　招待十六方。 　　来的都是客， 　　全凭嘴一张。

相逢开口笑,
　　　过后不思量。
　　　人一走,茶就凉……
〔阿庆嫂泼去刁德一杯中残茶,刁德一一惊。〕

阿庆嫂:(接唱)
　　　有什么周详不周详!
胡传魁:哈哈哈…… | 两种不同的笑
刁德一:嘿嘿嘿……阿庆嫂**真不愧是个开茶馆的,说出话来滴水不漏。佩服!佩服!** | 棋逢对手,发自内心,但言不由衷,暗含讽刺味道
阿庆嫂:胡司令,这是什么意思呀?
胡传魁:他就是这么个人,阴阳怪气的!阿庆嫂别多心啊!
阿庆嫂:我倒没什么!(提铜壶进屋)
胡传魁:老刁啊,人家阿庆嫂救过我的命,咱们大面儿上得晾得过去,你干什么这么东一锒头西一棒子,叫我这面子往哪儿搁!你要干什么,你?
刁德一:不是啊,司令,这位阿庆嫂眼观六路,耳听八方,胆大心细,遇事不慌。咱们要在沙家浜久住,搞曲线救国,这可是用得着的人哪。就不知道她跟咱们是不是一条心! | 进一步突出刁德一的刁钻、狡猾和老练,玩胡传魁于股掌之中
胡传魁:阿庆嫂? 自己人!
刁德一:那要问问她新四军和新四军的伤病员,她不会不知道。
　　　就怕她知道了不说。
胡传魁:要问,得我去!你去,准得碰钉子!
刁德一:那是,还是司令有面子嘛!
胡传魁:哈哈哈……
〔阿庆嫂机警从容,端着一盘瓜子从屋内走出。〕
阿庆嫂:胡司令,参谋长,吃点瓜子啊。
胡传魁:好……(喝茶)
阿庆嫂:……这茶吃到这会儿,刚吃出味儿来!
胡传魁:不错,吃出点味儿来了。——阿庆嫂,我跟你打听点事。
阿庆嫂:哦,凡是我知道的……
胡传魁:我问你这新四军……
阿庆嫂:新四军? 有,有! | 阿庆嫂反应机敏。对答如流。对白的妙用
　　　(唱)【西皮摇板】
　　　司令何须细打听,
　　　　此地驻过许多新四军。
胡传魁:驻过新四军?
阿庆嫂:驻过。
胡传魁:有伤病员吗?
阿庆嫂:有!
　　　(接唱)【西皮流水】
　　　还有一些伤病员,

	伤势有重又有轻。
	胡传魁：他们住在哪儿？
	阿庆嫂：（接唱）
逗你玩儿，精彩。称"家家"如此，让敌人无从下手	我们这个镇子里， 家家住过新四军。 就是我这小小的茶馆里， 也时常有人前来吃茶、灌水、涮手巾。
	胡传魁：（向刁德一）怎么样？
步步紧逼	刁德一：现在呢？
	阿庆嫂：现在？
	（接唱）
神来之笔。推个一干二净	听得一声集合令， 浩浩荡荡他们登路程！
	胡传魁：伤病员也走了吗？
	阿庆嫂：伤病员？
	（接唱）〔西皮散板〕 伤员也无踪影， 远走高飞难找寻！
	刁德一：哦，都走了？！
以日本人作佐证	阿庆嫂：都走了。要不日本鬼子"扫荡"了三天，把个沙家浜像篦头发似的篦了这么一遍，也没找出他们的人来！
并不上钩，以子之矛，攻子之盾，也以日本人作佐证	刁德一：日本鬼子人地生疏，两眼一抹黑。这么大的沙家浜，要藏起个把人来，那还不容易吗！就拿胡司令来说吧，当初不是被你阿庆嫂在日本鬼子的眼皮底下，往水缸里这么一藏，不就给藏起来了吗！
撒娇。把球踢给胡传魁	阿庆嫂：噢，听刁参谋长这意思，新四军的伤病员是我给藏起来了。这可真是呀，听话听声，锣鼓听音。照这么看，胡司令，我当初真不该救您，倒落下话把儿了！
语气由缓而急，步步反逼，不给敌人以喘息之机	胡传魁：阿庆嫂，别……
	阿庆嫂：不……
	胡传魁：别别别……
	阿庆嫂：不不不！胡司令，今天当着您的面，就请你们弟兄把我小小的茶馆，里里外外，前前后后，都搜上一搜，省得人家疑心生暗鬼，叫我们里外不好做人哪！（把抹布摔在桌上，撑裙，双手一搭，昂头端坐，面带怒容，反击敌人）
	胡传魁：老刁，你瞧你！
试探失败，矛盾缓和	刁德一：说句笑话嘛，何必当真呢！
	胡传魁：哎，参谋长是开玩笑！
	阿庆嫂：胡司令，这种玩笑我们可担当不起呀！（进屋）
心中有数，判断正确，阿庆嫂将面对一个非常厉害的对手	刁德一：（看着隔湖芦荡，转身向胡传魁）司令，新四军伤病员没有走远，就在附近！

胡传魁：在哪儿呢？
刁德一：看！（指向芦苇荡里）很有可能就在对面的芦苇荡里！
胡传魁：芦苇荡？（恍然大悟）不错！来人哪！
　　〔刘副官、刁小三上。〕
胡传魁：往芦苇荡里给我搜！
刁德一：慢着！不能搜，司令，你不是这里的人，还不十分了解芦苇荡的情形。这芦苇荡无边无沿，地势复杂，咱们要是进去这么瞎碰，那简直是大海里捞针。再者说，咱们在明处，他们在暗处，那可净等着挨黑枪。咱们要向皇军交差，可不能做这赔本的买卖！ ｜ 刁德一是本地人 知道胡传魁的弱点
胡传魁：那依着你怎么办呢？
刁德一：我叫他们自己走出来！ ｜ 诡计多端
胡传魁：大白天说梦话！他们会自己走出来？
刁德一：我自有办法！来呀！
刘副官：有！
刁小三：
刁德一：把老百姓给我叫到春来茶馆，我要训话！
刘副官：是！（下）
刁小三：
胡传魁：你叫老百姓干什么？
刁德一：我叫他们下阳澄湖捕鱼捉蟹！
胡传魁：捕鱼捉蟹，这里头有什么名堂？
刁德一：每只船上都派上咱们自己的人，叫他们换上便衣。那新四军要是看见老百姓下湖捕鱼，一定以为镇子里头没有事，就会自动走出来。到那个时候各船上一齐开火，岂不就…… ｜ 狡诈、恶毒
胡传魁：老刁，你真行啊！哈哈哈……
　　〔内响起群众的声音，由远而近。刘副官、刁小三上。〕
刘副官：报告！老百姓都来了！
刁小三：
刁德一：好，我训话。
　　〔内群众抗议声。〕
刘副官：站好了！……嗐！站好了！
刁小三：
刁小三：参谋长训话！
刁德一：乡亲们！我们是"忠义救国军"，是抗日的队伍。我们来了，知道你们现在很困难，也拿不出什么东西来慰劳我们，也不怪罪你们，叫你们下阳澄湖捕鱼捉蟹，按市价收买！ ｜ 欺骗
　　〔内群众抗议声。王福根："长官，我们不能去，要是碰见日本鬼子的汽艇，我们就没命了！"……〕
刁小三：别吵！
刁德一：大家不要怕，每只船上派三个弟兄保护你们！

根据地的群众不会上当	〔内群众抗议声："那也不去！不敢去！"……〕 胡传魁：他妈的！谁敢不去！不去，枪毙！ 〔胡传魁、刁德一、刘副官、刁小三下。〕 〔阿庆嫂急忙由屋内走出。〕 阿庆嫂：（唱）【西皮散板】
字句铿锵	刁德一，贼流氓， 毒如蛇蝎狠如狼， 安下了钩丝布下网，
形势危险	只恐亲人难提防。 渔船若是一举桨， 顷刻之间要起祸殃。 〔内群众抗议声。〕 阿庆嫂：（接唱） 乡亲们若是来抵抗， 定要流血把命伤。 恨不能生双翅飞进芦苇荡， 急得我浑身冒火无主张。 〔内刁小三叫喊："不去？不去我就要开枪了！"〕
转机。机会稍纵即逝	阿庆嫂：开枪？ （唱）【西皮流水】 若是镇里枪声响， 枪声报警芦苇荡， 亲人们定知镇上有情况， 芦苇深处把身藏。（欠身了望，看到断砖、草帽，灵机一动） 要沉着，莫慌张， 风声鹤唳，引诱敌人来打枪！
阿庆嫂的机敏	〔阿庆嫂拿起墙根的断砖，上复草帽，扔进水中，急忙躲进屋里。〕 〔刁小三跑上。〕 刁小三：有人跳水！ 〔胡传魁，刘副官急上。〕
同样的机敏，但晚了一步。差之毫厘，失之千里	〔刘副官、胡传魁开枪。刁德一闻声急上。〕 刁德一：不许开枪……唉！不许开枪！ 〔阿庆嫂走到门旁观察。〕 胡传魁：为什么呀？ 刁德一：司令！新四军听见枪声，他们能够出来么？ 胡传魁：你怎么不早说哪！刁小三！ 刁小三：有！ 胡传魁：把带头闹事的给我抓起几个来！ 刁德一：刘副官！ 刘副官：有！

刁德一：所有的船只都给我扣了，我都把他们困死！

〔胡传魁、刁德一下。刘副官、刁小三随下。〕

〔阿庆嫂走到门外，思考，考虑下一步的战斗。亮相。〕

——幕　闭——

> 黔驴技穷
>
> 形势严峻，为下场戏的冲突打下了基础

★编选者的话：

"智斗"是《沙家浜》最具民间意味的华彩乐章。但是，在这场戏中，我们仍然能够看到"主题先行论"的痕迹，能够透视到中国20世纪的政治风云变幻。作为一个极富象征意味的戏剧段落，这场戏集中表现了<u>"两条战线、两种形式、三个层次、三个方面"的"政治斗争"</u>。具体说，就是<u>"武装斗争"与"地下斗争"这"两条战线"</u>的斗争，文本内显性的"戏剧斗争"与文本外隐性的"社会斗争"这"两种形式"的"政治斗争"，"阿庆嫂与胡传魁、刁德一"、"江青与彭真"、"毛泽东与刘少奇"三个层面的"政治斗争"，"形象人物"、"演艺人物"、"政治人物"三个方面人物的"政治斗争"。所有的斗争，都显示出斗智斗勇的"政治斗争"特质，都使这场戏显示出神秘诡异的政治色彩。

> "智斗"一场戏内涵的方方面面

★相关评论：

<u>一九六四年七月二十三日，伟大领袖毛主席观看了京剧《芦荡火种》演出后指出：要以武装斗争为主。江青同志根据这一指示</u>，调动一切艺术手段，加强了新四军指挥员郭建光的英雄形象，突出了武装斗争的主题。

北京京剧团红光《人民战争的胜利凯歌——革命现代京剧
〈沙家浜〉修改过程中的一些体会》，《人民日报》1970/1/11

> 《沙家浜》的剧情从突出"地下工作"改为"以武装斗争为主"，"摆正秘密工作与武装斗争的关系"的关键过程

在江青同志领导我们修改加工，进行艰苦的创作过程中，旧北京市委不断地干扰破坏。<u>从《芦荡火种》到《沙家浜》，意味着京剧革命向纵深发展，而阶级敌人的破坏也越来越疯狂。</u>当时旧北京市委主管文化工作的某负责人就多次煽阴风，胡说什么不要老是改。这是个有群众影响的戏，不要把一个好戏改坏了。为了腾出篇幅表现新四军远途奔袭的军事行动，我们删掉了原来后面的闹剧性的场子，但是他却说后三场有戏，拿掉了可惜。他反对删掉原来闹喜堂一场戏。这一场戏阿庆嫂在那里指挥一切，郭建光和新四军战士则化装成各行各业的人，完全听从阿庆嫂的部署而行动。他们的目的，就是要颠倒武装斗争和秘密工作的关系，把秘密工作凌驾于武装斗争之上，要由秘密工作来领导武装斗争。……<u>在《沙家浜》已经接近定型时，又叫剧团的另一个演出队仍按《芦荡火种》的老本子演。</u>

> 围绕着《沙家浜》修改展开的政治斗争

> 顽强。也颇有点大逆不道的意味

……以彭真为头子的旧北京市委一小撮反革命修正主义，拼命反对突出武装斗争，他们在郭建光、阿庆嫂等英雄人物的塑造上，进行了种种干扰破坏。《沙家浜》的英雄人物的塑造过程中，<u>贯串着两个阶级、两条道路、两条路线的斗争</u>。

北京京剧团《沙家浜》剧组《〈在延安文艺座谈会上的讲话〉
照耀着〈沙家浜〉的成长》，《红旗》杂志 1970/6

> 这也是样板戏产生的文化语境

阿庆嫂本是沪剧《芦荡火种》中的主要人物，因为执行突出"武装斗争"的政治要求，改编后"退居二线"的原剧中她戏份最重，改编时删去许多，但留下的往往是删不得的部分，正像时下所说"浓缩的都是精华"，她出场时也往往是在斗争最为复杂、最为紧张、最能迸出火花的时刻，她与敌人斗争也是最为直接、最为巧妙的，故而，她的戏往往也是最精彩的，也由于她在戏中是敌我交锋最前沿，斗争是最激烈的，故而，她的戏往往就是戏剧中矛盾汇集的时候，最精彩的部分，这也使得阿庆嫂为主的《智斗》一场充满了戏剧矛盾，成为最精彩的部分。

尽管《沙家浜》这出戏最早的剧名就叫《地下联络员》，以地下工作的传奇故事取胜，但为了突出武装斗争而不是地下斗争的主导地位，这出剧在修改为《沙家浜》过程中不得不遵命加重郭建光的分量，让郭建光在戏剧的关键处不时地发挥些"重要作用"，多说些有觉悟的"阶级话""政策话"。但不管怎么改，观众欣赏的依然是说话滴水不漏带点江湖气的阿庆嫂，欣赏阿庆嫂如何周旋于胡传魁和刁德一这两男人之间。

余岱宗《论样板戏的角色等级与仇恨视角》，http://www.dongdongpiang.com

> 观众们似乎更对"地下斗争"感兴趣。"武装斗争"的主流政治话语显然被观众放逐到边缘话语位置

演出效果并不理想。大失所望的江青在上台接见演员时，绷着脸一言不发，并在之后撒手不再过问，去南方疗养了。倒是以彭真为首的北京市委、市政府，认为这出戏基础不错，多次抽空去剧团，鼓励和支持他们不要泄气，下功夫把这出戏改好。

……不知是不是悉知此情的彭真深怕剧团再受江青的折腾，故意作出了巧妙的安排。1964年4月27日，党和国家领导人刘少奇、周恩来、朱德、邓小平、董必武、陈毅等，观看了京剧《芦荡火种》，并盛赞了因尚未（按江青指示）修改定稿而按原样演出的这出戏。以刘少奇为首的高层领导的表态，微妙地令颐指气使的江青不能不有所收敛。

> 江青与彭真之间在一台具体的戏上的较量

> "智斗"这场戏的难得

……就在奉毛泽东指示这出戏修改并易名为《沙家浜》之后，他（彭真）指示北京京剧团二队继续演出修改前的《芦荡火种》。……这一颇有点大逆不道的举措的结果，无疑增强了毛泽东视北京市是个针插不进、水泼不进的独立王国的看法，同时也加强了江青对他的仇视。

戴嘉枋《样板戏的风风雨雨》，知识出版社 1995/4

> 影响戏剧创作的外部因素，政治对文艺的极端"干预"。也是文化大革命最终爆发的政治原因

<u>江青与彭真之间在一台具体的戏上的较量，最终发展为毛泽东与刘少奇之间的较量</u>，而当毛泽东要求本来是突出"地下工作"的《芦荡火种》改为"突出武装斗争"时，就更暴露了他与刘少奇之间关系的微妙。有毛泽东直接的撑腰，江青自然胆气更壮。在传达毛泽东指示的同时，她还做了这样的解释："突出阿庆嫂？还是突出郭建光？是关系到突出哪条路线的大问题。"而"其间的影射，自然是战争年代以毛泽东为首的武装斗争及刘少奇主管的白区斗争"。<u>中共最上层的斗争竟通过一出戏的剧情得以表现，这也真是那个时代的"中国特色"，是文艺特色，也是政治特色</u>。

……"文化大革命"一开始，"以彭真为首的旧北京市委"（这是"文革"期间

批判彭真等人时的惯用语)就被摧毁,彭真以"地下工作"对抗"武装斗争"的努力终成徒劳。《沙家浜》终于不折不扣地按照毛泽东和江青的意愿演出,到了拍成彩色影片时,更是在光线、镜头、细节等方面大力突出"武装斗争"。"文革"期间吹捧《沙家浜》的文章,都要把对"武装斗争"的"突出"作为重点歌颂的内容。

……彩色影片《沙家浜》正确处理了武装斗争和秘密工作的关系。从整个的结构布局上全力突出武装斗争这一条主线,恰如其分地表现秘密工作这一条辅线。影片把原剧中表现武装斗争的第二、第五、第八三场作为全剧的主干,使表现秘密工作的第四、第六、第七三场处于从属地位,而第二、第五、第八三场中又以第五场《坚持》作为全剧的核心。镜头的运用,光线的处理,场面的调度,景物的安排,都服务于这一创作思想。……影片在描写郭建光与阿庆嫂这两个人物时,不是平分秋色,而是重点突出全剧的中心人物郭建光。

与电影《沙家浜》的比较

王彬彬《"主席?哪个主席?"》——"革命样板戏"中的
"地下工作"与"武装斗争"》,《钟山》2003/1

智取威虎山(节选)

《智取威虎山》取材于曲波的同名小说《林海雪原》。

1946年冬,东北人民解放军某团参谋长少剑波,奉命率领一支武装小分队深入林海雪原剿匪。为消灭盘踞在威虎山的土匪座山雕,少剑波决定采纳侦察排长杨子荣的建议,由杨子荣化装成奶头山匪首许大马棒的副官胡彪,献上从土匪一撮毛手中缴获的"地下先遣军"的组织联络图——"先遣图",打入威虎山,实现里应外合消灭座山雕的计划。杨子荣上山后,狡猾的座山雕多次进行试探,他机智应付,通过了多次考察,终于取得了座山雕的信任,被封为上校团副。除夕之夜,杨子荣利用给座山雕庆贺六十大寿之机,在威虎厅大摆百鸡宴,以配合小分队实现歼敌计划。不料被小分队俘虏的奶头山土匪小炉匠栾平逃脱后突然来到威虎山,杨子荣以其大智大勇,采用先发制人的方法,控制了栾平,消除了座山雕和"八大金刚"对他的怀疑,并利用栾平不敢道出曾被解放军俘虏的真情,步步紧逼,最后枪毙了作恶多端的栾平。少剑波率小分队和民兵及时赶到威虎山,全歼喝得烂醉如泥的土匪,活捉了座山雕。

第七场 发动群众

〔夹皮沟。李勇奇家内外。室内有套间。<u>墙上留着焚烧过的痕迹。</u>〕

〔中午。风雪交加。〕

〔李母在灶台前,揭开锅盖,见空无所有,摇头喟叹;<u>一阵狂风吹过,她瑟缩蹒跚地走至桌旁。</u>〕

李　母:(唱"二黄摇板")

　　<u>风雪穿墙刺骨冷,</u>

　　<u>衣单粮尽愁煞人。</u>

注意细节,遭受劫掠焚烧

突出了当时生存环境的恶劣,老百姓过着水深火热的生活

	呼儿唤娘都不应, 血海深仇很难平。
	张大山:大娘。
	李 母:大山哪!
	〔李母开门,张大山进屋。〕
	张大山:大娘,今儿病好点了吧?
	李 母:早晨起来头更晕了。
人民生活在水深火热之中	张大山:您的病呀,是连急加饿,我家里还有点薯根,您先点点饥。
	李 母:大山,老给你们添麻烦,可真过意不去呀。
	张大山:大娘,勇奇在,他照顾您,他不在,还有我们大家呢。
	〔张大山烧水。〕
	〔李母持薯根进室内。〕
	〔李勇奇上,推门进屋。〕
	张大山:(一惊)勇奇!
	李勇奇:大山!
	〔李母从室内出。〕
	李勇奇:妈!
	李 母:勇——奇——!
	(唱"二黄散板")
	难道说与孩儿相逢在梦境, 你这样浑身伤痕叫妈怎不心疼, 你走后我哭干眼泪一气成病!
	李勇奇:(接唱)在匪窟日夜里思念母亲。
	李 母:(接唱)妈的病多亏了……
	(转"紧原板")
	相邻照应。
	李勇奇:(接唱)谢乡邻情谊深!
	张大山:(接唱)理当尽心。(战友情深)
	李 母:(接唱)你怎样离虎口逃脱生命?
	李勇奇:(接唱)跳悬崖翻山岭冲出狼群。
	李 母:(接唱)
	母子们得重逢悲喜交拌, 越是喜越想念儿媳孙孙!
	李勇奇:(接唱)
土匪带给人民以仇恨。为冲突打基础	多少仇来多少恨, 点点滴滴记在心, 今朝留得青山在, 来日奋力杀仇人!
为后面的误会埋伏笔	〔群众内喊:"大兵进村喽!"〕
	张大山:啊! 座山雕又来了?

"样板戏"三部 265

李勇奇:追我来了!?	
张大山:你快躲一躲,我出去看看。(下。)	
李 母:你这可怎么好哇!	老百姓的处境。进一步为后面的误会烘托
李勇奇:要真是追我来了,我就跟他拼!	
李 母:孩子,你再有个三长两短,叫妈怎么活呀!你还是躲躲吧!	
李勇奇:躲?妈,往哪躲呀?反正豁出去了!今天是拼一个够本,拼俩赚一个!	
李 母:勇奇,这可不行啊!	
〔董中松、李鸿义上。〕	
李鸿义:咱们再到这家看看。	
董中松:(敲门)屋里有老乡吗?	
李勇奇:有!人还没死绝哪!	
李 母:勇奇!	
董中松:老乡,老大娘,开开门吧!	
〔李勇奇猛然把门打开,随着一阵寒风,董中松、李鸿义进屋。董中松关上门。〕	
〔李母一惊,护着李勇奇。〕	
李鸿义:老大娘,别害怕,我们是……	
李勇奇:少罗嗦!	
董中松:老乡,你可别弄错了!我们是中国人民解放军!	交代身份
李勇奇:解放军?!(打量对方)哼!这号"军",那号"军",我见得多啦,谁知道你们是什么军!想怎么着就直说吧!要钱,没有!要粮,早被你们抢光了!要命……	时局混乱,对解放军产生误解
李鸿义:我们解放军是人民的子弟兵,是保护老百姓的!	缓和气氛
李勇奇:说的好听!	将信将疑,冲突加强
李 母:勇奇!你……(一阵眩晕)	继续解释,释放情绪
李鸿义:大娘有病?我们找人来看看。	提供缓释的机会
李勇奇:得了吧!(搀李母进室内)	
〔董中松示意李鸿义,同出门,把门带上。〕	
〔少剑波、高波上。〕	
少剑波:情况怎么样?	
董中松:走了几户,都是一个样。这家的怨气特别大!	人民的普遍心态
李鸿义:这家有个老大娘病了!	
少剑波:哦,李鸿义,快把卫生员叫来,叫她带点粮食来!	
李鸿义:是!(下)	
董中松:咳!这儿的群众工作真难做呀!	
少剑波:怎么,小董,又不耐心啦?夹皮沟的老乡对我们不了解,他们过去可能上过当。你忘了,一撮毛不是还冒充过咱们的侦察员吗?只要他们弄明白了,这仇恨就会化成巨大的力量!	
董中松:二零三,这我知道,可就是……	"二零三":是少剑波
少剑波:小董,要关心群众的疾苦。你要懂得,我们不发动群众,就不能站稳脚	

跟,消灭座山雕;我们不把土匪打垮,群众也不能真正发动起来。

董中松:我明白了。

少剑波:你去告诉大家,要耐心宣传党的政策,严格执行三大纪律、八项注意,以实际行动打开局面!

董中松:是!(转身欲下)

少剑波:哎,顺便打听一下,猎户老常来了没有。

董中松:是!(下)

〔白茹上。〕

白　茹:二零三,粮食带来了。(递粮袋)病人在哪?

少剑波:在这家,白茹同志,我们进去看看!

白　茹:是!(敲门)老乡!

少剑波:老乡!我们的医生来了,快开门吧!

〔李勇奇持匕首怒冲冲地上,李母追上,劝阻。〕

> 误会尚未消除,冲突的因素仍在

李　母:勇奇,你可别……

李勇奇:怕什么?有这个也能跟他们拼!(把匕首猛插桌上)

李　母:(大惊)勇奇,我求求你!(晕倒)

李勇奇:(急扶)妈!妈!

〔少剑波用力推门,与白茹、高波同进。〕

〔李勇奇对目而视。〕

> 非常个性化的一个细节,使剧情更加细腻丰富

少剑波:白茹,赶快急救!

〔白茹脱下大衣给李母披上,搀扶进室内,李勇奇、高波随入。少剑波把干粮袋内的粮食倒进锅内少许,煮粥。〕

〔少顷,李勇奇从室内出,取水。少剑波进室内。〕

> 终于消除了误会。冲突解除

李勇奇:(发现锅内的粥,沉思)解放军?(唱"二黄慢原板")

这些兵急人难治病救命,

又需含有温暖和气可亲。

自古来兵匪一家欺压百姓,

今日事却叫人难消疑云!

真是我们盼望的救星来了吗?

李　母:(内呼)水!

〔李勇奇舀粥汤;高波从室内出,接粥复入。少剑波从内出。〕

少剑波:老乡,大娘醒过来了,并不要紧的,你放心吧!

李勇奇:哦……

少剑波:老乡,你叫什么名字?干什么活的?

> 工人是一个隐喻的符号,意即革命的主要力量

李勇奇:李勇奇。原先是铁路工人。

少剑波:工人?好哇!更是自己人了!在这儿住多久了?

李勇奇:已经两代人了。

少剑波:家里有几口人?

> 此时无声胜有声

李勇奇:(触动感情,欲语无言)唉!

少剑波:(取粮袋)老乡,听说你们没吃的了,这一点粮食……(见李勇奇不接,放

　　　　　在桌上,发现匕首)
　　　　　老乡,跟我们可用不着这个!咱们是一家人哪!
李勇奇:(对少剑波细细地上下打量)你们到底是什么队伍?到深山老林干什么
　　　　来了?
少剑波:老乡!(唱"二黄原板") | 少剑波的经典唱段
　　　　我们是工农子弟兵来到深山,
　　　　要消灭反动派改地换天。
　　　　几十年闹革命南北转战,
　　　　共产党、毛主席指引我们向前。 | 人民子弟兵形象的完美塑造
　　　　一颗红星头上带,
　　　　革命红旗挂两边。(转"紧原板")
　　　　红旗指处乌云散,
　　　　解放区人民斗倒地主把身翻。
　　　　人民的军队与人民共患难,
　　　　到这里为的是扫平威虎山!
李勇奇:(激动地,唱"二黄碰板") | 李勇奇的经典唱段
　　　　早也盼晚也盼望穿双眼,
　　　　怎知道今日里打土匪,进深山,救穷人,
　　　　脱苦难,自己的队伍来到面前! | 唱词节奏感强,有力量
　　　　亲人哪!我不该青红不分皂白不辨,
　　　　我不该将亲人当仇敌……羞愧难言!
　　　　三十年作牛马天日不见,
　　　　扶着这条条伤痕,处处疮疤,
　　　　我强按怒火,挣扎在深渊,
　　　　乡亲们悲愤难诉仇和怨,
　　　　乡亲们切齿怒向威虎山。
　　　　只说是苦岁月无边无沿,
　　　　谁料想铁树开花,枯树发芽竟在 | 盲目的仇恨转化为清醒的仇恨
　　　　今天!(转"紧原板")
　　　　从此我跟共产党把虎狼撵,
　　　　不管是水里走、火里钻,粉身碎骨也心甘!
　　　　纵有千难万险,(转"散板") | 两转三转,人物的思想感情急转直下
　　　　扫平那威虎山我一马当先!
　　　　〔少剑波握李勇奇的手〕
　　　　〔白茹,高波挽李母从室内出〕
李　母:勇奇,这姑娘把我的病治好了!
李勇奇:人家还送咱们粮食呢。
　　　　(少剑波扶李母坐下。)
　　　　〔李鸿义上。〕
李鸿义:二零三,老乡们看你来啦!

常宝是常猎户的女儿	〔群众拥战士上。董中松、张大山陪同常猎户和常宝走在前〕 董中松：(向常猎户)这就是我们首长。 少剑波：(迎上去,握常猎户手)你就是猎户老常吧？打山里来？ 常猎户：山洼里住不下去了,我们爷俩又投奔她大山叔(指张大山)这来。 少剑波：(拍拍常宝肩)好姑娘！ 常猎户：您一猜就中！ 李勇奇：老常哥！
当时流行"救星"说	常猎户：勇奇！大娘！可盼到救星啦！ 张大山：首长,咱村里人人心头一团火,争着去打威虎山哪！
不失时机进行政治宣传	少剑波：乡亲们！咱们人民解放军在前方打了大胜仗！牡丹江一带也解放啦！座山雕没处跑啦！
发动群众,组织群众,是革命的主要目的	张大山：去抄他的老窝。首长,快给我们枪吧！ 群　众：对,快发给我们枪吧。 李勇奇：要是有了枪,夹皮沟哪一个也能对付他仨俩的。 少剑波：枪一定发给大家！(抚摸着群众褴褛的衣服)不过,现在乡亲们身无御寒衣,家无隔夜粮,还能到深山老林里去打土匪吗？ 群　众：那怎么办呢？
为下面的控诉铺垫	少剑波：夹皮沟药材遍地,木材如山。只要森林小火车一开动,不就可以换回衣服、粮食吗？ 常猎户：是啊,俗话说,"火车一响,粮食满仓；火车一开,吃穿都来嘛。"
揭露人民受苦受难的根源	群众甲：咳！这都是大家那么盼哪！以前呀,"火车一响,座山雕来抢；穷了老百姓,富了国民党啊"！ 李勇奇：大叔,现在有了解放军,十个座山雕也不怕！ 少剑波：对！有我们在,大家再把民兵组织起来,小火车一定能通车；有吃有穿,打座山雕就更有劲啦！ 李勇奇：什么时候动手修铁路？ 少剑波：说干就干,咱们一起动手。 张大山：首长,这可是个力气活呀！
用戏剧的形式印证毛泽东思想的伟大："军民团结如一人,试看天下谁能敌？"	董中松：喝！你当我们都是少爷啊！我们这些人都是苦出身,扛起枪当兵,拿起家伙能干活！ 李勇奇：好哇！首长！咱们真是一家人哪！ 　　山里人说话说了算, 　　一片真心可对天！ 　　擒龙跟你下大海, 　　打虎随你上高山。 　　春雷一声天地动！ 　　座山雕！ 众　人：(齐唱"二黄散板") 　　看你还能活几天！ 〔灯暗。〕

★ **编选者的话：**

《智取威虎山》重在"智"，但"智"的源泉在哪里？在人民。一般来说，人们更关注"智斗栾平"一场戏，因为，其中将"智"（人民的力量）和"斗"（冲突）发挥到极致。我们选"发动群众"一场戏，旨在说明，即使这么一场原本很平淡的戏，样板戏也处理得很有特色。将人民武装的"人民性"和"武装性"表现得淋漓尽致。

> 以小见大，不平凡的样板戏

★ **相关评论：**

反映民主革命时期斗争生活的作品，深刻地表现了毛主席关于人民军队、人民战争的思想，关于依靠群众的思想，关于党指挥枪的思想，以及利用矛盾、各个击破的策略。无论是《智取威虎山》还是《平原作战》，都形象地表明了被压迫人民要翻身解放，必须用革命的武装消灭反革命的武装，而**战争的伟力之最深厚的根源，存在于民众之中**。

> 文中黑体字为毛主席语录。原文如此

初澜《中国革命历史的壮丽画卷
——谈革命样板戏的成就和意义》，《红旗》1974/1

巴金先生在"文革"后再听到样板戏的唱腔就做恶梦，可见样板戏对"牛鬼蛇神"曾经达到怎样的"威慑"作用。但到了九十年代，以战争年代为背景的几部样板戏如《智取威虎山》、《沙家浜》，一度以"红色经典"的面目出现在舞台上，欣赏者对样板戏的解读已经毫无阶级斗争的功利色彩，却带着对往昔英雄主义情怀的诗意缅想。在另一些文艺作品中，如张建亚导演的电影，样板戏的片段则成为滑稽模仿或反讽的对象。可见，在今天这个价值多元化的历史语境中，关于样板戏的阐释有着相当多样的解读空间。但尚活跃在我们文艺集体记忆中的样板戏，关于其人物形象设置和情感表述方式的探讨却一再停留在样板戏作为被阴谋家利用的工具文艺的解读水平上，而不是进一步追问，样板戏的形象设计和叙事模式情感表达方式为什么会成为工具文艺的典型呢？许多人都认为样板戏的失败在于以阶级斗争作为叙事主线，但我们应该注意到：《智取威虎山》、《杜鹃山》、《沙家浜》这些以战争年代为背景的剧目中，以阶级斗争为叙事主线并不能成为降低其艺术质量的必然理由，因为导致这些战争的实质就是阶级集团的不同利益无法协调所导致的，浓墨重彩地叙述阶级斗争同样可以创造具有极高艺术价值的文艺作品。

> 样板戏在历史中的副作用

> 这是值得深入思考的问题

余岱宗《论样板戏的角色等级与仇恨视角》，http://dongdongpiang.com

文献索引：

毛泽东《看了〈逼上梁山〉以后写给延安平剧院的信》，《红旗》1967/9
江 青《林彪同志委托江青同志召开的部队文艺工作座谈会纪要》，《红旗》1967/9
江 青《谈京剧革命》，《红旗》1967/6
于会泳《让文艺舞台永远成为宣传毛泽东思想的阵地》，《文汇报》1968/5/23
上海京剧团《智取威虎山》剧组《努力塑造无产阶级英雄人物的光辉形象》，《红旗》1969/11
北京京剧团红光《人民战争的胜利凯歌——革命现代京剧〈沙家浜〉修改过程中的一些体会》，《人民日报》1970/1/11
上海京剧团《智取威虎山》剧组《高举红旗继续革命——学习革命现代京剧〈红灯记〉一九七

零年五月演出本的一些体会》,《人民日报》1970/5/12

复旦大学五·七文科写作组《为工人阶级的伟大英雄造像——学习革命现代京剧〈红灯记〉的艺术构思》,《解放日报》1970/5/20

北京京剧团《沙家浜》剧组《〈在延安文艺座谈会上的讲话〉照耀着〈沙家浜〉的成长》,《红旗》杂志 1970/6

初　澜《中国革命历史的壮丽画卷——谈革命样板戏的成就和意义》,《红旗》1974/1

戴嘉枋《样板戏的风风雨雨》知识出版社 1995/4

余岱宗《论样板戏的角色等级与仇恨视角》,http://dongdongpiang.com

刘新生《〈红灯记〉是"红色经典"?》,《文化时报》2001/6/13

王彬彬《"主席？哪个主席？"——"革命样板戏"中的"地下工作"与"武装斗争"》,《钟山》2003/1

（张亚斌　郝米娜）

"朦胧诗"十八首

北岛诗四首

北岛,原名赵振开,笔名石默、艾珊。祖籍浙江湖州,1949年生于北京。1968年毕业于北京四中。1969年当建筑工人。1970年末开始写诗。1972年开始写小说。1978年底与芒克等创办民间刊物《今天》杂志,任主编。1986年被《星星》杂志评为"我最喜欢的中青年诗人"之一。《北岛诗选》获中国作协全国第三届新诗诗集奖。80年代末移居国外。曾被提名诺贝尔文学奖候选人,其诗作被译成多种外国文字。

> 曾以"艾珊"为笔名写过小说《波动》

北岛的诗最能代表新诗潮的现代主义倾向,同时,北岛也是朦胧诗人中争议最大的作家。

履 历

《履历》是一首以诗歌的形式出现的带有荒诞色彩的孤独的觉醒者的"自传",诗人以一种怀疑的眼光对那个荒谬的世界进行审视和嘲弄,表现了理性的怀疑主义精神。

> 据内容判断,此作疑创作于文革后期

我曾正步走过广场
剃光脑袋
为了更好地寻找太阳
却在疯狂的季节里
转了向,隔着栅栏
会见那些表情冷漠的山羊
直到从盐碱地似的
<u>白纸上看见理想</u>
我弓起了脊背
自以为找到了表达真理的
惟一方式,如同
烘烤着的鱼梦见海洋
<u>万岁!我只他妈喊了一声</u>
胡子就长出来了
纠缠着,像无数个世纪

> 以一个"曾"字提出"履历"的题旨

> 象征性书写"冷酷的希望"
> 盐碱地:时代的贫瘠与荒芜
> 白纸:暗喻"理想"的不可靠

> 与其说是自身的荒诞感,不如说是反讽、调侃客观现实

272　《中国现当代文学专题研究》作品讲评

与生存现实的不妥协	我不得不和历史作战 并用刀子与偶像们 结成亲眷，倒不是为了应付 那从蝇眼中分裂的世界 在争吵不休的书堆里 我们安然平分了 倒卖每一颗星星的小钱 一夜之间，我赌输了 腰带，又赤条条地回到世上 点着无声的烟卷 是给这午夜致命的一枪
"倒挂"着的形象，是诗人的自画像	当天地翻转过来 我被倒挂在 一棵墩布似的老树上 眺望

★编选者的话：

　　北岛的诗歌创作开始于十年动乱后期，反映了从迷惘到觉醒的一代青年的心声。十年动乱的荒诞现实，造成了诗人独特的"冷抒情"的方式——出奇的冷静和深刻的思辨性。他在冷静的观察中，发现了"那从蝇眼中分裂的世界"如何造成人的价值的全面崩溃、人性的扭曲和异化。他想"通过作品建立一个自己的世界，这是一个真诚而独特的世界，正直的世界，正义和人性的世界"。在这个见北岛《谈诗》世界中，北岛建立了自己的"理性法庭"，以理性和人性为准绳，重新确定人的价值，恢复人的本性；悼念烈士，审判刽子手；嘲讽怪异和异化的世界，反历史和现"生命的湖"，见北岛诗《走吧》。"红帆船"，北岛有诗名《红帆船》实；呼唤人性的复归，寻找"生命的湖"和"红帆船"。北岛的《履历》集中体现了那一代人所特有的悲愤和沉思。他的创作不但使《今天》成为新诗潮运动的核心期刊，而且也奠定了他在新诗潮的领袖地位。

　　那"倒挂在一棵墩布似的老树上"的形象，颇有几分荒诞色彩。但确是一个孤独的觉醒者形象。因为在这颠倒了的世界，惟有倒挂在树上，才能保持对这个世界的理性观照。我们从诗歌中更深地感受到那个被颠倒了的时代以及荒诞的世界本身。

　　清醒的思辨与直觉思维产生的隐喻、象征意象相结合，是北岛诗歌显著的艺术特征；具有高度概括力的悖论式警句，形成了北岛诗歌独有的振聋发聩的艺术力量。

★相关评论：

冷酷的反叛者　　北岛被诗意地比喻为<u>北方的孤岛</u>。这是由他的作品所宣示的悲剧色彩而形成的意念。……北岛所有的诗句似乎都在叙述一个共同的主题——"冷酷的希望"，被打碎的花瓶，吁呼的芦苇，凝固的波涛，诗人总是随时感到希望幻灭的沉重。

但绝望与这位抗争的诗人无涉。这是一座"退潮中上升的岛屿",它的目光随时都在寻找通往彼岸的帆影。他的忧伤是寻找帆影的忧伤,他的怀疑是冰川纪重临的怀疑。他的最重要的品质是迷途中坚定的前行,以及面对黑暗宣判的勇敢而不妥协的"我不相信"的回答。

张炯主编《新中国文学五十年》,山东教育出版社 1999

回　　答

　　《回答》作于1976年清明前后,初刊于《今天》创刊号(1978年12月23日),后作为第一首公开发表的朦胧诗,刊载于《诗刊》1979年第3期。
　　《回答》反映了整整一代青年觉醒的心声,是与已逝的一个历史时代彻底告别的"宣言书"。

<u>卑鄙是卑鄙者的通行证, 高尚是高尚者的墓志铭。</u> 看吧,在那镀金的天空中, 飘满了死者弯曲的倒影。	以悖论式警句斥责是非颠倒的荒谬时代 镀金:揭示虚假 弯曲的倒影:暗指冤屈
冰川纪过去了, 为什么到处都是冰凌? 好望角发现了, 为什么死海里千帆相争?	冰凌:暗示人们心灵的阴影
我来到这个世界上, 只带着纸、绳索和身影, 为了在审判之前, 宣读那些被判决的声音:	普罗米修斯式的拯救者形象
告诉你吧,世界, <u>我——不——相——信!</u> 纵使你脚下有一千名挑战者, 那就把我算作第一千零一名。	破折号加重了语气 无畏的挑战者形象
<u>我不相信天是蓝的; 我不相信雷的回声; 我不相信梦是假的; 我不相信死无报应。</u>	排比句表现了否定和怀疑精神
如果海洋注定要决堤,	

对苦难的态度，抒发承担未来重托的英雄情怀	就让所有的苦水注入我心中， 如果陆地注定要上升， 就让人类重新选择生存的峰顶。
从历史和未来中捕捉到希望和转机，显示了具有五千年历史的民族的强大的再生力	新的转机和闪闪星斗， 正在缀满没有遮拦的天空。 那是<u>五千年的象形文字</u>， 那是未来人们凝视的眼睛。

★**编选者的话：**

  北岛是带着对"文化大革命"十年浩劫的强烈的否定倾向进入诗坛的。他在小说《波动》里曾借主人公说过这样的话："我喜欢诗，过去喜欢它美丽的一面，现在却喜欢它鞭挞生活和刺人心肠的一面。"诗人已经从顶礼膜拜、盲从苟合、随波逐流的状态中挣脱出来，他以怀疑、指控的态势切入与之格格不入的现实，表现他对生活的决绝的批判、否定和毫不妥协的反抗。他的诗集中地表现了一代人所特有的悲愤和沉思。

（左栏：舒婷说她1977年初读此诗时，内心的震动不亚于一次八级地震；顾城说他产生被雷击中的感觉）

  《回答》是北岛最著名的诗作之一。这首诗对那个变异社会表示了怀疑和否定，诗人以强烈的历史责任感和对民族生存的忧患，面对黑暗和荒谬，以挑战者的身份发出"我不相信"的回答，与此同时，在挑战和摧毁现存世界的声音背后，诗人从历史和未来之中捕捉到希望和"转机"。《回答》一诗显示了北岛深沉、冷峻和凝重的艺术风格以及明显的现代主义特征。

★**作者的话：**

  诗人应该通过作品建立一个自己的世界，这是一个真诚而独特的世界，正直的世界，正义和人性的世界。

  诗歌面临着形式的危机，许多陈旧的表现手段已经远不够用了，隐喻象征通感改变视觉和透视关系，打破时空次序等手法为我们提供了新的前景。我试图把电影蒙太奇的手法引入自己的诗中，造成意象的撞击和迅速转换，激发人们的想像力来填补大幅度跳跃留下的空白。另外，我还十分注意诗歌的容纳量、潜意识和瞬间感受的捕捉。

  民族化不是一个简单的戳记，而是对于我们负责的民族精神的挖掘和塑造。

            《谈诗》，《青年诗人谈诗》（老木编），北京大学五四文学社1985/1

★**相关评论：**

  毫无疑问，《回答》是一首杰出的政治抒情诗。诗人在表现时，没有像传统的政治抒情诗那样去直抒胸臆，也没有去肤浅地演绎心中的主题概念。在概括现实表现怀疑精神和英雄气概的时候，诗人借助的是几组新异奇特的意象：如诗的第一段用通行证展现卑鄙者的畅行无阻；墓志铭表明高尚者被摧残被葬送；镀金暗示粉饰的虚假，弯曲的倒影则暗指无数死者的冤屈。这些经过变形处理的意象，充分表现了诗人奇异的联想。意象化的表现手法把直说明言变为象征暗示，赋予这首主旨相当明确的政治抒情诗几分朦胧色彩，从而加大了诗句的张力，扩展了作品的艺术容量。无论是对十年动乱现实的高度概括，对现存秩序的怀疑否定的彻底，还是作为挑战反叛英雄的悲壮程度，抑或对这一切的崭新艺术的表现，在同派诗人的同类作品中，都是无与伦比的。因此，这首沉雄冷峻大气磅礴激荡人心的作品，成为现今流行的几个朦胧诗本压卷第一篇，是当之无愧非其莫属的。

杨景龙《朦胧诗的压卷之作：北岛〈回答〉评析》，《文学知识》1991/5

一 切

《一切》发表于《今天》杂志第3期(1978)，后收入《北岛诗选》。
当时，以"一切"为题的诗不止一篇，而北岛的这一篇是最有代表性的。

<u>一切都是命运</u>　　　　　　　　　　通篇排比，一气呵成。让人想起郭沫若
<u>一切都是烟云</u>　　　　　　　　　　的《天狗》
<u>一切都是没有结局的开始</u>　　　　　有对人生的认识和
<u>一切都是稍纵即逝的追寻</u>　　　　　感受；有对现实的斥责；有对时局的担忧
一切欢乐都没有微笑
一切苦难都没有泪痕　　　　　　　　在语义矛盾和悖论
一切语言都是重复　　　　　　　　　中表达一种复杂性
一切交往都是初逢
一切爱情都在心里
一切往事都在梦中
<u>一切希望都带着注释</u>　　　　　　　诗中传达出怀疑和
<u>一切信仰都带着呻吟</u>　　　　　　　否定的情绪
一切爆发都有片刻的宁静　　　　　　深沉而冷峻的理性
一切死亡都有冗长的回声　　　　　　批判

★编选者的话：

《一切》以极为沉痛和警策的声音宣谕了一代人传统价值观念的失落和精神信仰的危机。由不相信到怀疑这"一切"，一股彻底的怀疑主义气息弥漫开来。20世纪70年代的中国青年所遭受的精神创伤及其危机，甚至不亚于艾略特时代的西方青年。北岛的这首诗表达了一代人的精神状态和主体性意识。但是，现在来读这首诗，显得有点直白和理念化。

古 寺

《古寺》发表于《上海文学》1981年第5期，后收入《北岛诗选》。

这首诗采取整体象征和意象叠加的手法，表达出严峻的历史批判意识。凝聚在"古寺"这一整体意象中的是对陈旧、封闭的封建状态的否定情感。"古寺"可以说是几千年来受制于封建意识的古老中国的象征。

> 把钟声化为可视的波形与蛛网、年轮等意象叠加，突出古寺的陈旧、破败

消失的钟声
结成蛛网，在裂缝的柱子里
扩散成一圈圈年轮
没有记忆，石头
空濛的山谷里传播回声的
石头，没有记忆
当小路绕开这里的时候
龙和怪鸟也飞走了
从房檐上带走喑哑的铃铛

> 时间凝固了，一切有生命有记忆的东西都没有了

荒草一年一度
生长，那么漠然
不在乎它们屈从的主人
是僧侣的布鞋，还是风
石碑残缺，上面的文字已经磨损
仿佛只有在一场大火之中
才能辨认，也许

> 生者的目光、复活的乌龟使古寺出现一点生机。意象怪诞，怪诞中却包含了合理因素

会随着一道生者的目光
乌龟在泥土中复活
驮着沉重的秘密，爬出门槛

★ **编选者的话：**

这首诗与他的《回答》相似，对于中国历史和现实的审视所得到的结论和所表达的期待是相同的。北岛的诗有较强的现代主义特征，在这首诗中，用隐喻、象征、暗示等，创造了冷色调的意象符号，表达了诗人的理性思考。

北岛用思想消解了情感和情绪，思想又借助那些阴冷的形象而产生感染与震撼作用，使诗歌充满了质感和力度。

★ **相关评论：**

从人的觉醒意义上说，对自由人性的追求，对个性的寻找，北岛从这走上了对社会批判的道路。他的孤独是空前的，而骚动不安是激烈的，但同时他又是理智的、老成的。虽然对世界充满了不满和敌意，但他没有走向彻底的悲观主义，也没有遁入犬儒主义，他的生活依然审慎得、冷静得出奇。他属于思索，因此他与玩世不恭无缘。他深刻地认识到人与现实的关系，他的每一首诗都不是无的放矢，他的批判总能击中要害。愤怒而能节制，悲哀而不沉沦，坚强而不盲目，北岛展示了这一代人对命运对自身的思索，这种思索是成年人理性的思索。

> 犬儒主义：古希腊大儒学派的哲学家认为社会和文化生活无足轻重，主张克己自制，独善其身，无所作为，而又玩世不恭，以消极态度抵抗骄奢淫侈的生活方式

丁宗皓《人格的界碑：北岛的位置》，《当代作家评论》1988/4

舒婷诗三首

舒婷,原名龚佩瑜。原籍福建厦门,1952年生于泉州。1969年到闽西山区插队。1971年开始写诗,在知青中传抄。1972年回厦门,当过泥工、挡车工、浆纱工、焊锡工等临时工。1975年起在集体所有制企业工作。1977年与北岛结识,创作受其影响。1977年开始发表作品,成为《今天》的主要撰稿人。1980年《福建文艺》编辑部对她的作品展开近一年讨论,涉及到新诗的一系列根本性问题。1982年出版第一部诗集《双桅船》,获全国第一届新诗集优秀奖。

> 成为与北岛、顾城、江河、杨炼齐名的朦胧诗代表诗人

舒婷的诗具有细腻柔婉抒情浪漫的女性风格,忧伤而不悲观,充满对价值寻找的渴望,带有理想主义的色彩,表达了对理想的追寻、对传统的反思和对人的价值的呼唤。

祖国啊,我亲爱的祖国

《祖国啊,我亲爱的祖国》写于1977年,先刊于《今天》,后发表于《诗刊》1979年7月号,获1979—1982全国优秀新诗奖。

十年"文革"浩劫,给祖国和人民带来深重的灾难,舒婷也历经坎坷,她以与祖国共命运的情感,大胆地将自己内在的情感与外在客观物象融合在一起,创造出一系列感性和理性交融的鲜活意象,并通过他们的递进组合,把祖国和个人之间的血肉联系艺术地揭示出来。舒婷的这首诗不仅表达了祖国从苦难到新生的发展历程,而且表达了有着迷惘到深思到沸腾的特殊情感历程的一代人的呼声。

我是你河边上破旧的老水车,
数百年来纺着疲惫的歌;
我是你额上熏黑的矿灯,
照你在历史的隧洞里蜗行摸索;
我是干瘪的稻穗;是失修的路基;
是淤滩上的驳船
把纤绳深深
勒进你的肩膊
——祖国啊!

> 以破旧的老水车、熏黑的矿灯等暗色调意象,概括祖国长期的贫穷和落后

> 长句式、多节拍,巧妙地运用通感手法

我是贫穷,
我是悲哀。
我是你祖祖辈辈
　　痛苦的希望啊,
是"飞天"袖间

> 诗句简短急促,把忧郁的情绪强化为深深的悲怆

> 千百年未落到地面的花朵，
> ——祖国啊！
>
> 我是你簇新的理想
> 刚从神话的蛛网里挣脱
> 我是你雪被下古莲的胚芽；
> 我是你挂着眼泪的笑窝；
> 我是新刷出的雪白的起跑线；
> 是绯红的黎明
> 正在喷薄；
> ——祖国啊！
>
> 我是你十亿分之一，
> 是你九百六十万平方的总和；
> 你以伤痕累累的乳房
> 喂养了
> 迷惘的我，深思的我，沸腾的我；
> 那就从我的血肉之躯上
> 去取得
> 你的富饶，你的荣光，你的自由；
> ——祖国啊，
> 我亲爱的祖国！

旁注：
- 一组象征振兴与希望的意象，描绘出处于历史转折时期的祖国形象
- 两组色调情致的不同意象并置与对立，产生情绪的对流、冲撞和张力
- 抒情主人公既是迷惘的，又是深思的、沸腾的，她超越了诗人自我，是具有普遍意义的一代人的形象

★编选者的话：

"歌唱祖国"是一个永恒的话题。从《诗经》发轫、《楚辞》登程，在中国历史上涌现出众多的爱国诗人。他们在诗中抒发的爱国之情总是和忧虑国家的命运相联系的。从这一点来说，《祖国啊，我亲爱的祖国》是与传统一脉相承的。

舒婷从关心个体价值出发，上升到对他人、对民族命运的关切。《祖国啊，我亲爱的祖国》可见她的这种历史感和崇高的人道主义精神。在若干意向的组合中，将"我"作为包含既有现实深度又有历史深度的个体，这种自我历史化的过程，远远超越了仅仅强调个人自我完善的人性孤独。同时在诗歌艺术上，也可见到她从感情直接倾泻到重视运用诗歌意象来表现激荡情感的倾向。

★作者的话：

《祖国啊，我亲爱的祖国》引用的是闽南民歌的一种调子，把祖国放在后面，造成一种回旋调、咏叹调，起一个加重语气的作用。这首诗创作于1977年，当时我在灯泡厂作工人，焊灯泡，时常被烫得双手都是水泡。当时"四人帮"刚刚打倒，我们心中有一种国家兴旺可以指日可待的期望，这对当时我们那一代人是很重要的。我们能感受到黎明的曙光，感受到一种希望，感情是相当真实的。我一边焊灯泡一边写诗，诗写出来以后我就把它附在一封信的后面寄给北京的一

位老师，这位老师认为是一首好诗，就抄在稿纸上寄给广东的《作品》杂志。当时，编辑觉得诗写得低沉、晦涩、难懂，没有反映出青年女工朝气蓬勃的思想感情。我收到这封信后不服气，就把它混在另外三首诗一起寄给《诗刊》编辑邵燕祥老师。这首诗后来发表在七七年的《诗刊》上，并在第四次文代会期间由孙道临老师在大会上进行了朗诵。

我从来认为我是普通劳动人民中间的一员，我的忧伤和欢乐都是来自这块汗水和眼泪浸透的土地……纵然我是一枝芦苇，我也是属于你，祖国啊！

《生活、书籍和诗》，《福建文艺》1981/2

★ **相关评论：**

这是一首充满着强烈爱国主义精神的歌，无论从思想上还是从艺术上来看，都堪称是舒婷最好的诗。这诗并没有回避现实，她以与祖国共命运的情感，正视了祖国苦难、贫穷、悲哀的过去，也正视了伤痕累累的现在。而强烈的历史感与使命感又使她认识到现在不仅是伤痕累累，而同时又是充满希望的，使她要以自己的血肉之躯去换取祖国的富饶、光荣与自由，这无疑是时代的最强音。这首诗在艺术上的突出特点是博喻和象征的结合，或者说形式上是博喻，而实质上是象征。"我是……"句式贯穿全篇，我无处不在；而选用的意象又新颖生动，含蕴深刻。二者的结合令人突出地感受到我与祖国共命运的亲切情感。

赵咸重《论舒婷的朦胧诗》，《社会科学辑刊》1993/3

这也是一切
——答一位青年朋友的《一切》

《这也是一切》写于1977年，是为应答北岛的《一切》而作的赠答诗。北岛的在《一切》中凸现了虚无、毁灭、破碎的荒原景象，舒婷的《这也是一切》则希望在这片荒原上耸立起一座未来希望的高峰，让四周的原野和群山都聚拢而来。

不是一切大树 　　都被风暴折断； 不是一切种子 　　都找不到生根的土壤； 不是一切真情 　　都流失在人心的沙漠里； 不是一切梦想 　　都甘愿被折掉翅膀。 不，不是一切 　　都像你说的那样！	诗人选择了大树、风暴、种子、土壤、沙漠、翅膀等精致的细节，用成套的意象概括生活 诗人用否定句式表达的是肯定 感情的强化

借用了欧美浪漫派诗歌的表现手法，用排比来构筑诗的意象，增强诗的内涵容量	不是一切火焰 　　都只燃烧自己 　　而不把别人照亮； 不是一切星星 　　都仅指示黑暗 　　而不报告曙光； 不是一切歌声 　　都掠过耳旁 　　而不留在心上。 不，不是一切 都象你说的那样！
连续15次的"不是一切"，时而并列时而递进；时而实写时而虚写，以多种意象的堆砌，多视角地表现诗人的理想追求	不是一切呼吁都没有回响； 不是一切损失都无法补偿； 不是一切深渊都是灭亡； 不是一切灭亡都覆盖在弱者头上； 不是一切心灵 　　都可以踩在脚下，烂在泥里； 不是一切后果 　　都是眼泪血印，而不展现欢容。
承担未来重托的英雄情怀	一切的现在都孕育着未来， 未来的一切都生长于它的昨天。 希望，而且为它斗争， 请把这一切放在你的肩上。 　　　　　　　　　　1977.7.25

★**编选者的话：**

吟诵《这也是一切》与《一切》，体味这两位诗人不同的审美倾向	从《一切》和《这也是一切》这两首诗歌中，可见朦胧诗潮中北岛、舒婷这两员主将不同的思维方式和艺术倾向。 　　北岛是一个孤独、激愤的时代觉醒者。在《一切》中，他以怀疑和指控的态势切入格格不入的现实，表现了他对十年"文革"浩劫的社会现实的批判、怀疑和反抗，对时代和历史的深刻反思。北岛是一位冷峻的启蒙理性主义者，他的怀疑和批判虽立足于现实，但其指向依然是一个未来的世界。 　　而舒婷则是一个有着鲜明的女性意识的情感型的诗人。在《这也是一切》中表现出舒婷特有的温情、浪漫和理想主义色彩。舒婷诗歌的精神原动力即是建立在理想主义的未来意识之上的。她著名的诗句是："理想使痛苦光辉"。她说：
可参阅舒婷的散文集《心烟》或散文《神启》和她的诗歌《在诗歌的十字架上》	"我已经意识到、被迫意识到，只有我的理想才是我的'上帝'，它仲裁一切"，"我曾经渴望全心归依，渴望着一生听人指引……我的痛苦，来自我的理想，我的追求……这就是我的十字架。"

★**作者的话：**

　　敏感，依恋温情，不能忍受暴力，是人类的善良天性之一。善良造成痛苦，人间的痛苦形形色色，每一种痛苦都可能是一剂毒药，如果没有理想的太阳的高高的照耀，如果不是"为了不可抗拒的召唤"，人怎能有力量翻越这无穷尽的障碍奔向目标呢？

舒婷《以忧伤的明亮透彻沉默》

★**相关评论：**

　　"爱"是她情感和意识中供养的神明。这个神明也曾经是许多浪漫主义诗人的神明，拜伦与雪莱都曾以最热烈的感情为它献上自己的祭果。当然，舒婷诗中的"爱"有它自己的特点，其基本特征是："当做一个正直的普通人都很不容易的时候，我不奢望当英雄"，不是英雄和骑士的爱，而是普通人的自爱和爱人。正因为如此，她不满自己"袖手旁观生活"，真诚地表示"要回到人群里去"，在物质和精神生活走下坡路的年代，努力让自己的感情往高处跑去，并用诗去抚慰困倦的灵魂。也正是从这种普通人的爱人和自爱的思想感情出发，面对特定年代人们共同的匮乏，舒婷分外珍惜生活中的感情和友谊，本能地写下了许多真挚隽永的赠答和送别诗章，这些诗脱离了骚人墨客的酬唱，有鲜明的时代色彩。

王光明《一个诗人的里程》

童话诗人
——给 G. C.

> "G. C."是顾城拼音字母的缩写

　　《童话诗人》写于1980年，是舒婷题赠给顾城的一首诗。
　　诗中体现了对顾城深切的理解和关怀，并形象而准确地揭示了顾城诗歌的特质，即以儿童的思维建构了一个充满幻想的童话世界。

　　你相信了你编写的童话
　　自己就成了童话中幽蓝的花

> 顾城是他自己童话中的人物

　　你的眼睛省略过
　　病树、颓墙
　　锈崩的铁栅
　　只凭一个简单的信号
　　集合起星星、紫云英和蝈蝈的队伍

> 童话的意象象征单纯和美好，与"病树、颓墙"形成对照

　　向没有被污染的远方
　　出发

　　心也许很小很小
　　世界却很大很大

> 与最后两句对应，表现了心与世界的辩证关系

于是，人们相信了你
相信雨后的松塔
有千万颗小太阳悬挂
桑椹、钓鱼竿弯弯绷住河面
云儿缠住风筝的尾巴
无数被摇撼着的记忆
抖落岁月的尘沙
以纯银一样的声音
和你的梦对话

世界也许很小很小
心的领域很大很大

1980.4

旁注：
- 塔松、纯银：见顾城《学诗杂记》
- 雨果名言：比大海更宽阔的是天空，比天空更宽阔的是人的心灵。这两句诗也成了舒婷的名言
- 从此，"童话诗人"就成为了顾城的别号
- 舒婷在《生活、书籍和诗》一文中说："我成不了思想家，哪怕我多么愿意，我宁愿听从感情的引领而不大信任思想的加减乘除。"

★ 编选者的话：

顾城在《学诗杂记》写道：雨后的"塔松忽然闪耀起来，枝叶上挂满晶亮的雨珠，我忘了自己。我看见每粒水滴中，都有无数游动的虹，都有一个精美的天空，都有我和世界"。"我要用心中的纯银，铸一把钥匙，去开启那天国的门，向着人类。"舒婷在诗中套用顾城的语汇，既强调了诗的针对性，又有别开生面的创造。

顾城以一个"任性的孩子"的固执去憧憬美，去建造一座诗的童话的花园，一个与世俗世界对立的彼岸世界，并以此来表现他对人类精神困境的"终极关怀"。对于顾城来说，也许再没有比《童话诗人》这首诗更好的理解和关切了。同时，舒婷在诗中也集中运用了童话的意象，创造了一个完全可以与顾城诗歌比美的童话天地，舒婷温婉而富于同情的天性在此诗中又一次得以表现。

文学史家在描述顾城时，常常引用《童话诗人》中的诗句。

★ 作者的话：

我通过我自己深深意识到，今天，人们迫切需要尊重、信任和温暖。我愿意尽可能地利用我的诗来表现我对"人"的一种关切。

《青春诗会》，《诗刊》1980/10

★ 相关评论：

与新诗潮的另一些诗人不同，舒婷不是一个偏于理智型的诗人。例如思辨，很少是她创作的直接推动力，知性内容也不是她的诗的表现中心。对她来说，宝贵的是审美的直觉与形象的感悟。她也写一些带有哲理内涵的句子和篇章（《土地情诗》、《这也是一切》等），但那并非她的所长，她也没有在这上面取得很大的成功。从艺术气质上看，舒婷是一个内向的情感型的诗人，自我情感和心理过程的揭示和呈现，是她作品的主要成分。她通过内心的映照来辐射外部世界，捕捉

生活现象所激起的情感反应，揭示外部事态融解于内心的秘密。这种基于独特个性气质的情感体验所推衍出来的心灵对于世界的感应，使它她的作品从整体上回到对自我个性价值的尊重，这对于中国当代新诗长期忽略和回避"自我"的现象，自然是引起人们注意的"反叛"。这种抒情风格，是对五四以来浪漫主义诗潮中侧重表现个人内心震颤的一脉的承接。这一流脉，在七十年代末处于审美心理转变期的中国诗界上，容易受到不同层次、不同范围的读者的接受和欢迎。

洪子诚、刘登翰《中国当代新诗史》，人民文学出版社 1993

顾城诗二首

顾城，原籍上海，1956 年生于北京。童年时期开始诗歌写作，1969 年随其父顾工下放到山东一个农场。1974 年带着几盒昆虫标本和<u>两册自编的诗集</u>回到北京，当过木工、搬运工、借调编辑等。1980 年以《小诗六首》参加"青春诗会"，因不同于以往的现实主义的审美追求而引起非议，从而引发了长达六年的关于朦胧诗的论争。1981 年因《爱情诗十首》获"星星诗歌奖"。1987 年应邀出访欧美国家，进行文化交流。1988 年赴新西兰教授中国古典文学，后辞职隐居新西兰激流岛。1992 年获德国学术交流中心 DAAD 创作年金。1993 年获伯尔创作基金，在德写作。1993 年 10 月在新西兰杀妻后自杀。身后出版有《顾城诗全编》、自传体小说《英儿》等。

顾城是"朦胧诗"代表诗人之一，与北岛、舒婷齐名，被称为"童话诗人"。

> 一是《无名的小花》一是格律诗《白云集》

生命幻想曲

《生命幻想曲》写于 1971 年，后收入《舒婷、顾城抒情诗选》。当时诗人年仅 15 岁，随父亲在山东农村的河湾里放猪。这首诗是<u>在烈日下以沙地为纸写成的</u>，顾城自称为"少年时代最好的习作"。诗歌意象丰富而奇特，想象开阔，以生命为核心，建构了梦幻般的诗意境界。

> 以孩童的天真和单纯感受世界

<u>把我的幻影和梦，
放在狭长的贝壳里。</u>
<u>柳枝编成的船篷，
还旋绕着夏蝉的长鸣。</u>
拉紧桅绳
风，吹起晨雾的帆，
我开航了。

没有目的，

> 把装着"幻影和梦"的贝壳比喻成"船"

	在蓝天中荡漾。
烈日联想一	让阳光的瀑布，
	洗黑我的皮肤。
烈日联想二	太阳是我的纤夫。
	它拉着我，
把太阳当纤夫：让诗人父亲惊喜的美妙诗句	用强光的绳索
	一步步，
	走完十二小时的路途。
上半部分想像的脉络建立在"船"的比喻的基础上	我被风推着
	向东向西，
	太阳消失在暮色里。
诗人想象驾着"船"在蓝天中荡漾，把新月作为船锚	黑夜来了。
	我驶进银河的港湾，
	几千个星星对我看着，
	我抛下了
使人想起安徒生笔下的某些画面	新月——黄金的锚。
	天微明，
	海洋挤满阴云的冰山，
	碰击着，
	"轰隆隆"——雷鸣电闪！
	我到哪里去呵？
	宇宙是这样的无边。
下半部分的想象建立在"车"的基础上，一架载着摇篮、以纽扣为车轮的车	用金黄的麦秸，
	织成摇篮，
	把我的灵感和心
	放在里边。
	装好纽扣的车轮，
	让时间拖着
	去问候世界。
全是自然的意象，像一个童话世界	车轮滚过
	百里香和野菊的草间。
	蟋蟀欢迎我
	抖动着琴弦
	我把希望溶进花香。
	黑夜象山谷，

白昼象峰巅。
睡吧！合上双眼，
世界就与我无关。

时间的马，
累倒了。
黄尾的太平鸟，
在我的车中做窝。
我仍然要徒步走遍世界——
沙漠、森林和偏僻的角落。

太阳烘着地球，
象烤一块面包。
我行走着，
赤着双脚。
我把我的足迹
象图章印遍大地，
世界也就溶进了
我的生命。

我要唱
一支人类的歌曲，
千百年后
在宇宙中共鸣。

1971年盛夏自潍河归来

白昼象峰巅…世界就与我无关。	这大概就是让公刘和顾工感到"太低沉"的可怕思想
时间的马，累倒了。	孩子式的奇思妙想，反映了诗人宏大的气魄
太阳烘着地球，象烤一块面包。	烈日联想三
我行走着…我的生命。	沙地联想

★编选者的话：

　　顾城从倾泻在沙地上的瀑布般的盛夏阳光中，感到大自然的存在以及心灵与大自然相撞击产生的强烈的共鸣，于是"自然的声音在我的心里变成了语言"，生成诗人的"幻影和梦"以及"灵感和心"。顾城这种"共鸣"的幸福体验是诗歌创作的最高境界，是无法重复的。

　　顾城自己曾说，他少年时代在山东的河滩的沙地上写下的这首诗，使"我确信了我的使命，我应走的道路——我要用我的生命，自己和未来的微笑，去为孩子铺一片草地，筑一座诗和童话的花园，使人们相信美，相信明天的存在，相信东方会像太阳般光辉，相信一切美好的理想，最终都会实现。"因此，在顾城早期诗歌中，充满大量自然意象和他特有的孩子般的纯稚风格和梦幻情绪。　　见顾城散文《少年时代的阳光》

　　《生命狂想曲》已经表现出顾城作为"童话诗人"的某些特征。同时，也体现出顾城诗歌注重意象营造，即以与他生命感受相呼应的新奇意象来表达新鲜的人生体验，注重艺术创新的特点。顾城以自己独特的艺术探索赋予了新诗鲜活的艺术生命。

★作者的话：

由于渴望，我常常走向社会边缘。

前面是草、云、海，是绿色、白色、蓝色的自然。这干净的色彩，抹去了闹市的浮尘，使我的心恢复了感知。

我是在记忆吗？似乎也在回忆，因为我在成为人之前，就是它们之中的一员；我曾像猛犸的巨齿那样弯曲，曾像叶子那样天真，我曾像浮游生物那样，渺小而愉快，像云那样自由……

<u>我感谢自然，使我感到了自己，感到无数生命和非生命的历史，我感谢自然，感谢它继续给我一切——诗和歌。</u>

这就是为什么要在现实紧迫的征战中，在机器的轰鸣中，我仍然用最美的声音，低低地说：

我是你的。

《学诗笔记》，《顾城诗全集》（顾工编），上海三联书店 1995/6

> 自然之子

★相关评论：

他的诗和诗论显然是争取个人主体空间的先驱性文本之一。正是由于有了顾城，我们才有机会重新发现启蒙思想传统的一个巨大侧面——"童心"精神。他用孩子式的目光去观察和探究外部世界，他为中国五四以来的"现代性"的话语添加了一个卢梭式的"回返自然"的层面。他在这方面<u>显然与北岛和舒婷有十分微妙的不同</u>。在北岛和舒婷的诗中，理性的追求和社会的批判的精神一直贯注其中，构成了他们的文本存在的前提。而顾城却试图以未经社会污染的纯情的童稚的目光发现自然的诗意和美。在顾城早期的、也是最为重要的那些诗作中，对"大自然"作为一种超验的、理想化的文化代码的表述构成了完整的形式。他在自我/大自然的二元关系中发现了一种新的和谐和完美的联系。"自我"变成了谛听自然神示的、超越了文明与文化制约的自由的心灵。

张颐武《一个童话的终结》，《当代作家评论》1994/2

> 顾城开辟了一个不同于北岛、舒婷、江河、杨炼的创作立场和语言环境

一代人

《一代人》作于 1979 年，发表于《星星》1980 年第 3 期，后收入《顾城诗全编》。

这首诗是朦胧诗创作中最经典的名篇之一，它以一组单纯的意象构成了对刚刚过去的"文革"岁月的隐喻，以及"一代人"历经黑暗后对光明的顽强的渴望与执著的追求。

<u>黑夜给了我黑色的眼睛</u>
<u>我却用它寻找光明</u>

1979 年 4 月

> 顾城的成名之作

> 三个意象："黑夜"和"光明"分别是专制、压抑和人道、人性两种生存状态的总体特征。"黑眼睛"产生自黑夜，与黑夜有着同一色泽，却能反抗黑夜。"黑眼睛"的意象深化了诗的意境

★ 编选者的话：

《一代人》是一首只有短短两行诗句的小诗，以三个单纯的意象概括了生于逆境却始终不失信念的一代人异常复杂的心理经验和精神特征。向来被称为"童话诗人"的顾城，尽管一直沉醉于他的梦幻般的"生命狂想曲"中，却也以他特有的委婉方式反思时代。这首诗因表达了对理想的追求而受到普遍的推崇。

在"文革"中长大的"一代人"，历经磨难但并未丧失理想与信念，并产生一种坚强不屈的独立意志和反抗精神，这是《一代人》及"朦胧诗"整体上给人的印象。这首诗仅有的两句之间意义上的转折，无疑也体现同北岛《回答》相一致的精神取向："告诉你吧，世界／我——不——相——信……"面对"黑夜"毫不妥协，自觉承担民族的命运，同时伴随着高涨的理想主义，可以说是北岛、顾城和他们这"一代人"对苦难和整整一个行将过去的黑暗时代的回答。

★ 作者的话：

可以说，我们所惯指的世界，只是人们所感知的世界。而艺术世界是通过人相联系的，诗的世界是通过诗人的心相联系的，诗人总是通过灵感——彻悟的方式去发现世界和人所未有的、新的、前所未知的联系。诗人不仅在发现那些具象和最抽象的、最宏观的和最微观的、最易知和最未知的联系，而且，他还不断地燃起愿望的电火，来熔化和改变这种联系。

《关于诗的现代技巧》，《顾城诗全编》，上海三联书店 1995/6

★ 相关评论：

在我看来，这两句诗的悲剧性意义首先体现在环境的非历史性非正常性上。"黑夜"，这一意象笼括了广阔而无定性的时空，隐喻一种不正常、不人道的年月与环境，这本身便是一种历史进程发展中的悲剧，"给了我黑色的眼睛"，正是这一悲剧性向前发展的结果，悲剧的承受者是"我"，因为在"黑夜"与"黑色的眼睛"（"黑夜"的派生意象）之间是由"我"来连接，而"我"则被动地成为这场灾难的承受者。"黑色的眼睛"实际是一种"异化"的具象形式，这已经深入到人与环境的不可调和的悲剧之中。但更为深刻的悲剧意味在于"我却用它寻找光明"。在这里似乎"我"处于主动地位，也无疑有着一种敢于向"黑夜"叛逆、寻找光明的精神，可是，所使用的武器——"它"竟然是"黑夜"的派生，这似乎预示了这种寻找势必又会陷入一种新的悲剧之中。这一悲剧性的循环揭示了人能够发现自我，人不能够实现自我这种规律背反，这几乎已成为人类精神生活中一个永恒的悲剧情结所在。

王干《透明的红萝卜——我读顾城的〈黑眼睛〉》，《读书》1987/10

江河诗二首

江河，原名于友泽，1949年生于北京。1968年高中毕业后在北京一家工厂工作,"文化大革命"期间开始写诗,1980年开始发表诗歌,为《今天》杂志的重要诗人,1985年从事专业写作,是"朦胧诗"的代表人物之一。

在朦胧诗人中,江河和杨炼的写作风格在初期有某些共同点,当人们把个人情感表达的"自我表现"视为诗歌创作的重要原则时,他们却致力于倡导体现民族历史的"史诗"意识。

> 江河和杨炼的独特之处,就是努力追求浑厚的"历史感"

纪念碑

《纪念碑》发表于《诗刊》1980年10期。

《纪念碑》是表现民族历史和现实思考的深刻之作。天安门广场的人民英雄纪念碑,在诗人眼中,就是民族历史、现实和未来的记录和见证,诗人在回顾民族被劫掠、被出卖和奋起抗争的历史的基础上,呼唤、探求民族尊严、魄力的重建。诗人的命运和民族的命运,诗人的沉思和民族的沉思在纪念碑的形象中得到统一。

> 意象新异!
>
> "纪念碑"是民族精神的雕像,又是自我的外在形态。这一意象连结历史和未来,自我和民族融为一体

我常常想
<u>生活应该有一个支点</u>
这支点
<u>是一座纪念碑</u>

天安门广场
在用混凝土筑成的坚固底座上
建筑起中华民族的尊严
纪念碑
历史博物馆和人民大会堂
像一台巨大的天平
一边
是历史,是昨天的教训
另一边
是今天,是魄力和未来

纪念碑默默地站在那里
像胜利者那样站着
像经历过许多次失败的英雄
在沉思

> 人民与纪念碑融为一体

<u>整个民族的骨骼是他的结构</u>
<u>人民巨大的牺牲给了他生命</u>
他从东方古老的黑暗中醒来
把不能忘记的一切都刻在身上

从此
他的眼睛关注着世界和革命
他的名字叫人民

我想
我就是纪念碑
我的身体里垒满了石头
中华民族的历史有多么沉重
我就有多少重量
中华民族有多少伤口
我就流出过多少血液

我就站在
昔日皇宫的对面
那金子一样的文明
有我的智慧,我的劳动
我的被掠夺的珠宝
以及太阳升起的时候
琉璃瓦下紫色的影子
——我苦难中的梦境
在这里
我无数次地被出卖
我的头颅被砍去
身上还留着锁链的痕迹
我就这样地被埋葬
生命在死亡中成为东方的秘密

但是
罪恶终究会被清算
罪行终将会被公开
当死亡不可避免的时候
流出的血液也不会凝固
当祖国的土地上只有呻吟
真理的声音才更响亮
既然希望不会灭绝
既然太阳每天从东方升起
真理就把诅咒没有完成的
留给了枪
革命把用血浸透的旗帜
留给风,留给自由的空气

	江河把自己垒进了纪念碑,反思民族的历史和命运
	自我和民族的深刻关联
	自我、民族和纪念碑融为一体
	诗人感受并表现了民族的苦难
	奋起抗争,追寻真理,充满希望的理性与激情
	展现了诗人的英雄和崇高的精神

	那么
自我与纪念碑融为一体	斗争就是我的主题 我把我的诗和我的生命 献给了纪念碑

★**编选者的话：**

历史的见证

江河是以《纪念碑》登上诗坛的，对民族历史的富于纵深度的思考，使江河的诗一开始就显示其独特性。"纪念碑"是空间化了的时间的形象，诗人把自己比做"纪念碑"，连接历史、现实、未来。这个"大我"的抒情主人公，从历史发展角度，与民族、与个人感悟的民族历史锲合点上，展开抒情与思考。

《纪念碑》体现了江河对历史感的追求

江河、杨炼的诗歌主张和诗歌创作表明了他们想"介入"历史的强烈愿望。在经过一段时间的反思和自我价值的探索之后，"为历史提供见证"成为朦胧诗的重要主题。

★**作者的话：**

我的诗的主人公是人民。

从某种意义上来说，江河、杨炼等也为"朦胧诗"铸造了一块纪念碑

人民，通过曲折的道路走向光明。我和人民走在一起，我和人民有着共同的命运，共同的梦想，共同的追求。

我认为诗人应当具有历史感，使诗走在时代的前面。

诗，要表现带有强烈感情的思想，在灵感所照亮的可感受的形象中，与人们心心相印，息息相通。

我最大的愿望，是写出史诗。

《青春诗会》，《诗刊》1080/10

过去——现代——未来，在诗人身上同时存在，他把自己融入历史中，同富有创造性的人们一起，真诚地实现着全人类的愿望。

《请听听我们的声音》，《诗探索》1980/1

★**相关评论：**

（《纪念碑》一诗）既有被埋葬、出卖和死亡的耻辱性记忆，也有不屈的抗争和自强、智慧、劳动的文明经验，构成了纪念碑所包含的全部"东方的秘密"，也构成了把历史、现实与未来连接起来的巨大支点。采取"我"——"纪念碑"——"人民"浑然一体的抒情视角，表明个体与群体、与历史整体无法分割的整合关系。意象宏阔有力，结构奇崛，情绪沉重。在恢复个性尊严还是一个普遍的热门话题的时候，诗作以着力张扬的历史整体观念，反显出别具一格的思想个性。

李振声《新中国文学词典·纪念碑》

太阳和他的反光·射日

组诗《太阳和他的反光》发表于《黄河》1985年第1期。全诗共12首,诗中大量运用了中国古代的神话传说作为题材,如《补天》中的女娲补天,《追日》中的夸父追日,《填海》中的精卫填海,《射日》中的后羿射日等等……

后羿射日是一个古老的神话,传说中的后羿是一个胜利了的英雄,他射落了多余的九个太阳,使人间恢复了正常的秩序。作者把这个故事改造成了一个悲剧,射日的后羿被烈日"红色大弓"所射中。他倒下了,然而他的英雄壮举却永存人间。诗人以独特的想象激活了古代神话,把这个神话变成了对于牺牲了的英雄的颂歌。英雄为"去除虚妄"而向"泛滥的太阳"的"漫天谎言"宣战,使"射日"的这个神话有了"去伪存真"牺牲取义的原型含义,也使这首诗在内容上具有了很大的张力。

泛滥的太阳漫天谎言 | 似是描写远古战争,却是十年动乱的象征
漂浮着热气　如辞藻 |
烟尘　如战乱的喧嚣 | 空格,停顿,增强节奏和力度
十个太阳把他架在火上烘烤 |
十个太阳野蛮地将他嘲弄 |
他像野兽,围着自己逡巡 |

团团火焰的红色大弓 | 前两节写后羿与十个太阳的战斗
射中了他,穿过他的 |
生命、激情和奇遇 |
那破灭的年纪荡然烧成 |
一片沉寂的废墟 |
残存的石头上可辨模糊的训言: |
去除虚妄的……勿浪费火 |
留有最后的太阳　唯一的珍宝 |

他起身做了他应该做的 | 九日射落,世界恢复了正常的秩序
如今他常无形地来到中午的原野 |
昆虫禽鸟掀动草波有如他徐行漫步 | 长句,节奏舒缓柔和
祝福火焰角斗中的见证者: |
天上的太阳　地上的废墟 |
以光结盟 |
热力不得破坏。荒凉不得蔓延。 |
弓的神力悄然放松赋予花的开落 |
箭如别针闪闪布散于女人的头发 |

	太阳吹奏号角像武士巡礼蓝天
肃穆、沉静的氛围，既是对新生活秩序的赞颂，又是对英雄的祭奠	废墟披开残缺的书卷肃穆陈在大地 山巅的青崖天空的极顶 太阳慢慢旋转 ——饱满彤弓 永祭英雄辉煌的沉静。

★编选者的话：

江河在80年代初经过四年的沉默和思考后，开始转向民族历史的探寻。组诗《太阳和他的反光》最为典型。

组诗《太阳和他的反光》标志着江河的创作进入第二阶段

包括《射日》在内的组诗《太阳和他的反光》，从民族的古老神话、传说中感受、挖掘民族精神的深层素质。诗人以现代人的理性与哲学思考再现了中华民族自创世纪以来的生存历程与历史命运，并综合性的体现了诗歌"文化寻根"的整体水平和所达到的思想深度。在这一组诗歌中，创造了盘古、女娲、夸父、后羿、精卫等英雄形象，但他们所传达的，却是民族的文化精神和"文革"期间涌动着人本主义思想，同时，从某种意义说，这些上古的英雄形象，也是诗人自我形象的化身。

★作者的话：

任何民族都有神话，自己心理建构的原型。作为生命隐秘的启示，以点石生辉。神话并不提供蓝图。他把精灵传递到一代又一代人的手指上，实现远古的梦想。

诗为国魂。早有夙愿，将中国神话蕴含之气贯通至今，使青铜的威武静摄、砖瓦的古朴、墓雕的浑重、瓷的清雅等荡穿其中，催动诗歌开放。

面对艺术，我总有敬畏之感。诗的最高境界是和谐，生机静静萌动，我若能在这样的心境里站上一会儿，该有多好。

《青年诗人谈诗·小序》(老木编)，北京大学五四文学社1985/1

★相关评论：

包括《追日》在内的组诗《太阳和他的反光》通过积聚着民族某类最古老、最根本的智慧和经验的神话框架的重建，充分发挥现代历史感，倾听古老生命经验在现代人身心中激发的回响，展示过去与现在在人类精神中的同时性存在。……与作者以往自我意识旺盛的诗作有所不同，主观激情沉潜到物象内里，无迹可求又无所不在。……是"文革"结束后诗创作由直接关注社会政治现实转向沉思民族文化精神中较具代表性的诗作之一。

李振声《新中国文学词典·太阳和他的反光》

他写神话，表现的却是作为整体的人生，他的思考和追求都借助神话获得了生命。……他拿来的只是神话的灵魂，他重新创造。这是创造的诗，没有那种材料的堆砌和炫耀，他把深厚体现为平淡，而且排斥激情的处理。他极力地隐匿自我，多处描写物我两忘的奇妙境界……但是我们看到了自我在古老神话中思考，他要展现的是民族不死精神的讴歌。我们看到了他的重新创造的巨大才能和想像力。他把古老的神话改造成为完全的现代诗。他不试图解释神话，不是再现神话的叙事性质，甚至也不夸饰神话的精神和情绪，而是让贯穿在神话中的民族精魂在现代背景上萌生发扬。

谢冕《地火依然运行——中国新诗潮论》，上海三联书店 1991/3

杨炼诗二首

杨炼，1955年出生于瑞士伯尔尼，长于北京。1973年高中毕业，1974年到北京郊区昌平县插队，这期间开始练习写诗。1977年考入中国广播艺术团创作室，并开始发表作品。1979年以后发表了一批很有影响的组诗，如《诺日朗》、《半坡》、《敦煌》、《西藏》、《人与火》等。他的诗歌先后被译成多种外国文字。于1999年5月获意大利"FLAIANO 国际诗歌奖"。现为北京作家协会会员。 也写有清新隽永的抒情小诗

这些组诗反映了杨炼试图从历史文化的角度去探索生命意义及人类生存本质，在艺术上则尝试将现代意识与东方哲学、东方美学相结合，创造了具有东方文化特色的现代史诗。

大雁塔（节选）

《大雁塔》发表于1980年。

大雁塔始建于唐代，在西安南郊。诗人吟赞历史遗迹大雁塔，以"大雁塔"为历史文化承载与象征物，以强烈的现代生命意识对"人"的主体重建、对旧文化传统进行了反拨。 在这首诗中，已看不到前期朦胧诗中的理性激情，对于社会的政治关注也被对于民族文化乃至人类生存状况的关注所取代

全诗分为"位置"、"遥远的童话"、"痛苦"、"民族的悲剧"、"思想者"5章。本书节选其中的三章。

1. 位　置

孩子们来了
拉着年轻母亲的手
穿过灰色的庭院

孩子们来了
眼睛在小槐树的青色衬裙间
像被风吹落的
透明的雨滴
幽静地向凝望

请对比韩东的《有关大雁塔》

燕子喳喳地在我身边盘旋……

我：大雁塔。既是文化的承载又是生命的象征

我被固定在这里
已经千年
在中国
古老的都城
我像一个人那样站立着
粗壮的肩膀，昂起的头颅
面对无边无际的金黄色土地
我被固定在这里
山峰似的一动不动
墓碑似的一动不动
记寻下民族的痛苦和生命

沉默
岩石坚硬的心
孤独地思考
黑洞洞的嘴唇张开着
朝太阳发生无声的叫喊
也许，我就应当这样
给孩子们
讲讲故事

震撼人心的一座雕塑

3. 痛　苦

漫长的岁月里
我像一个人那样站立着
像成千上万被鞭子驱使的农民中的一个
畜牧似的，被牵到这北方来的士卒中的一个
寒冷的风撕裂了我的皮肤
夜晚窒息着我的呼吸
我被迫站在这里
守卫天空、守卫大地
守卫着自己被践踏、被凌辱的命运

大雁塔的命运，中国的历史

在我遥远的家乡
那一小片田园荒芜了，年轻的妻子
倚在倾斜的竹篱旁
那样的黯淡、那样的凋残

一群群蜘蛛在她绝望的目光中结网
旷野、道路
伸向使人伤心的冬天
和泪水像雨一样飞落的夏天
伸向我的母亲深深抠进泥土的手指
绿荧荧的,比飘游的磷火更阴森的豺狼的眼睛

我的动作被剥夺了
我的声音被剥夺了
浓重的乌云,从天空落下
写满一道道不容反抗的旨意
写满代替思考的许诺、空空洞洞的
希望,当死亡走过时,捐税般
勒索着明天
我的命运呵、你哭泣吧! 你流血吧
我像一个人那样站立着
却不能像一个人那样生活
连影子都不属于自己

5. 思想者

我常常凝神倾听远方传来的声音
闪闪烁烁,枯叶、白雪
在悠长的梦境中飘落
我常常向雨后游来的彩虹
寻找长城的影子、骄傲和慰藉
但咆哮的风却告诉我更多崩塌的故事
——碎裂的泥沙、石块、淤塞了
运河,我的血管不再跳动
我的喉咙不再歌唱

我被自己所铸造的牢笼禁锢着
几千年的历史,沉重地压在肩上
沉重得像一块铅,我的灵魂
在有毒的寂寞中枯萎灰色的庭院呵
寥落、空旷
燕子们栖息、飞翔的地方……
我感到羞愧
面对这无边无际的金黄色土地
面对每天亲吻我的太阳

（右侧批注：意象密集 情绪饱满；以大雁塔喻意中华民族；以自愧对不肖子孙的羞辱）

手指般的，雕刻出美丽山川的光
面对一年一度在春风里开始飘动的
柳丝和头发，项链似的
树枝上在熟的果实
我感到羞愧

<u>祖先从埋葬他们尸骨的草丛中
忧郁地注视着我</u>
成队的面孔，那曾经用鲜血
赋予我光辉的人们注视着我
甚至当孩子们来到我面前
当花朵般柔软地小手信任地抚摸
眸子纯净得像四月的湖
我感到羞愧

我的心被大洋彼岸的浪花激动着
被翅膀、闪电和手中升起是星群激动着
可我却不能飞上天空、像自由的鸟
和昔日从沙漠中走来的人们
驾驶过独木舟的人们
欢聚到一起
<u>我的心在郁闷中焦急地颤栗</u>

> 转折，将从思想者变为行动者

就让这渴望、折磨和梦想变成力量吧
像积聚着激流的冰层，在太阳下
投射出奔放的热情
我像一个人那样站在这里，一个
经历过无数痛苦、死亡而依然倔强挺立的人
粗壮的肩膀、昂起的头颅
就让我最终把这铸造恶梦的牢笼摧毁吧
把历史的阴影，战斗者的姿态
像夜晚和黎明那样连接在一起
像一分钟一分钟增长的树木、绿荫、森林
我的青春将这样重新发芽
我的兄弟们呵，让代表死亡的沉默永久消失吧
像覆盖大地的雪——我的歌声
将和排成"人"字的大雁并肩飞回
和所有的人一起，走向光明

<u>我将托起孩子们</u>

高高地、高高地、在太阳上欢笑……

★编选者的话:

在被称为朦胧诗的群体中,杨炼显示了自己的独特风貌。他的诗中很少有北岛那种悲壮的失落和舒婷那种优美的感伤,也没有顾城的童话的幻想,而表现了一种朝气勃勃的气象。

杨炼一个很大的愿望就是成为一名"史诗诗人"。因此,从80年代开始,杨炼诗歌逐渐从现实关怀转向对更为深广悠久的民族传统文化和生命意义的"寻根",试图在"自然、历史、现实、文化"的四维空间建构现代东方史诗。 _{当代诗坛文化寻根派的急先锋,他率先把文化的锚尖抛在历史的古老源头。可见寻根文学的端倪}

《大雁塔》以悠久的历史文化为背景,呈现出积淀深厚的民族文化心理结构,大雁塔既是文化的承载又是生命的象征。这首诗以强烈的现代生命意识对旧文化传统进行了反拨。

★作者的话:

强调传统的意义并非企图仅仅以此判定艺术品的价值。没有任何一个"过去的"标准能用来衡量"今天的"东西。强调传统是强调"历史感"——这个名词尽管早已为人所知,但可惜还未能在创作中充分体现——强调对于艺术进程中应当扬弃或保持的不同部分的清醒认识,实际上也就是强调"现在"。"现在"只有与"过去"相比较的时候才有确切的意义。……同出于一种物质,有的人喋喋不休地指责别人"抛弃传统",有的人自命不凡地宣称自己"反传统"。结果是相同的,因袭伟大祖先的外表服饰并不能成为伟大的后代(一种丑角?),而无休止地模拟外来影响也变成另外传统的笨拙俘虏;两者从不同方向同时进行着消失着自己的努力。

《传统与我们》,《山花》1983/9

★相关评论:

文化成了杨炼正式起步的出发点,同时也成了他的归宿,文化既是诗人创作的源头又是其精神依托,文化不仅成为诗的赞颂对象,更是价值重构的手段和目的。他常常出入神话典故图腾巫术,难免镀上一层层青铜的光泽,而多少"放逐"了人的性情。他推崇包容性思维,给充满文化意识的诗情设计阔大浑涵的立体框架,由于结构繁杂而鲜为多数所接受,他的<u>组装式构成语言</u>,为大规模交错运行的团块意象群落大开绿灯,引起直接运送语言载体的严重不满,然而这一切都为奠定新诗史上迄今尚属稀有金属的文化诗雏形,立下了汗马功劳。 _{诗的文化寻根}

_{指剪接、组合、跳跃、转换等语言操作方式}

陈仲义:《中国朦胧诗人论》,江苏文艺出版社 1996/9

诺日朗

组诗《诺日朗》发表于《上海文学》1985年第5期。

"诺日朗:藏语;男神。四川著名风景区九寨沟有一座瀑布、一座雪山以此命 _{原注}

名,地处川、甘交界高原区。"《诺日朗》揭示人类生存与自然的关系,描述了人类前期生命的萌动和人类的起源,全诗充满生命力的骚动、充满对生命奥秘的追寻与探究。对生命的起源、人类的起源的兴趣构成了诗歌的主旋律。在他的想像力和对感觉理念的综合能力中,使人感受到一种独特的情调和风格,一种既悲壮又辉煌的境界。此诗一发表,即引来种种"破译":有人说,"表现了性解放";也有人说,"概括了整个'文化大革命'的历程";还有人说,"本质地揭示出人类存在与自然存在的关系"。

> 这恐怕是最难懂的一首朦胧诗
>
> 诗歌笼罩在宗教的神秘气氛中

全诗以《日潮》《黄金树》《血祭》《偈子》《午夜的庆典》5 个相对独立的片段组成。

一、日 潮

高原如猛虎,焚烧于激流暴跳的万物的海滨
　　哦,只有光,落日浑圆地向你们泛滥,大地悬挂在空中

> 西南少数民族地区特有的自然景观

强盗的帆向手臂张开,岩石向胸脯,苍鹰向心
牧羊人的孤独被无边起伏的灌木所吞噬
经幡飞扬,那凄厉的信仰,悠悠凌驾于蔚蓝之上

> 大自然的神秘莫测

你们此刻为哪一片白云的消逝而默哀呢
在岁月脚下匍匐,忍受黄昏的驱使
成千上万座墓碑像犁一样抛锚在荒野尽头
互相遗弃,永远遗弃:把青铜还给土、让鲜血生锈
你们仍然朝每一阵雷霆倾泻着泪水吗

> 人类与自然的斗争

西风一年一度从沙砾深处唤醒淘金者的命运
栈道崩塌了　峭壁无路可走,石孔的日晷是黑的
而古代女巫的天空再次裸露七朵莲花之迷

> 长句,长诗,一种绵长的情绪表达方式

哦,光,神圣的红釉,火的崇拜火的舞蹈
洗涤呻吟的温柔,赋予苍穹一个破碎陶罐的宁静
你们终于被如此巨大的一瞬震撼了么
——太阳等着,为陨落的劫难,欢喜若狂

二、黄金树

> 以树为图腾

我是瀑布的神,我是雪山的神
高大、雄健、主宰新月
成为所有江河的惟一首领
雀鸟在我胸前安家
浓郁的丛林遮盖着

那通往秘密池塘的小径
我的奔放像大群刚刚成年的牡鹿
欲望像三月
聚集起骚动中的力量

我是金黄色的树
收获黄金的树
热情的挑逗来自深渊
毫不理睬周围怯懦者的箴言
直到我的波涛把它充满

流浪的女性，水面闪烁的女性
谁是那迫使我啜饮的惟一的女性呢

我的目光克制住夜
十二支长号克制住番石榴花的风
我来到的每个地方，没有阴影
触摸过的每颗草莓化作辉煌的星辰
　　在世界中央升起
占有你们，我，真正的男人

三、血　祭

用殷红的图案簇拥白色颅骨，供奉太阳和战争
用杀婴的血，行割礼的血，滋养我绵绵不绝的生命
一把黑曜岩的刀剖开大地的胸膛，心被高高举起
无数旗帜像角斗士的鼓声，在晚霞间激荡
我活着，我微笑，骄傲地率领你们征服死亡
——用自己的血，给历史签名，装饰废墟和仪式

那么，擦去你的悲哀！让悬崖封闭群山的气魄
兀鹰一次又一次俯冲，像一阵阵风暴，把眼眶啄空
苦难祭台上奔跑或扑倒的躯体同时怒放
久久迷失的希望乘坐尖锐的饥饿归来，撒下呼啸与赞颂
你们听从什么发现了弧形地平线上孑然一身的壮丽
于是让血流尽：赴死的光荣，比死更强大

朝我奉献吧！四十名处女将歌唱你们的幸运
晒黑的皮肤像清脆的铜铃，在斋戒和守望里游行
那高贵的卑怯的、无辜的罪恶的、纯净的肮脏的潮汐

（对人类性本源的崇拜）

（"性解放"说的根据）

（原始祭仪的再现）

（人类进化与愚昧的冲突）

（死亡的哲学意义）

300　《中国现当代文学专题研究》作品讲评

英雄主义的崇高与孤独	辽阔记忆,我的奥秘伴随抽搐的狂欢源源诞生 宝塔巍峨耸立,为山巅的暮色指引一条向天之路 你们解脱了——从血泊中,亲近神圣
原注:"偈子:佛经中的一种体裁,短小类似于格言,意译为'颂'"	### 四、偈　子 为期待而绝望 为绝望而期待 绝望是最完美的期待 期待是最漫长的绝望
具有佛教哲理意义的沉思	期待不一定开始 绝望也未必结束 或许召唤只有一声—— 最嘹亮的,恰恰是寂静
原注:"本节采用四川民歌中'丧歌'仪式,三小段标题均采自原题。"	### 五、午夜的庆典 **开歌路** 领:午夜降临了,斑斓的黑暗展开它的虎皮。金灿灿地闪耀着绿色。遥远。青草的芳香使我们感动,露水打湿天空,我们是被谁集合起来的呢? 合:哦,这么多人,这么多人! 领:星座倾斜了,不知不觉的睡眠被松涛充满。风吹过陌生的手臂,我们紧紧挤在一起,梦见篝火,又大又亮。孩子们也睡了。
在绝望中期待最嘹亮的一声呼唤	合:哦,这么多人,这么多人! 领:灵魂颤栗着,灵魂渴望着,在漆黑的树叶间找寻找一块空地。在晕眩的沉默后面,有一个声音,徐徐松弛成月色,那就是我们一直追求的光明吗? 合:哦,这么多人,这么多人! **穿　花** 诺日朗的宣喻: 惟一的道路是一条透明的路 惟一的道路是一条柔软的路 我说,跟随那股赞歌的泉水吧 夕阳沉淀了,血流消融了 瀑布和雪山的向导 笑容荡漾袒露诱惑的女性 从四面八方,跳舞而来,沐浴而来

超越虚幻,分享我的纯真

煞 鼓

此刻,高原如猛虎,被透明的手指无垠的爱抚
此刻,狼藉的森林漫延被踩躏的美、灿烂而严峻的美
向山洪、向村庄碎石累累的毁灭公布宇宙的和谐
树根象粗大的脚踝倔强地走着,孩子在流离中笑着
尊严和性格从死亡里站起,铃蓝花吹奏我的神圣
我的光,即使陨落着你们时也照亮着你们
那个金黄的召唤,把苦涩交给海,海永不平静
在黑夜之上,在遗忘之上,在梦呓的呢喃和微微呼喊之上
此刻,在世界中央。我说:活下去——人们
天地开创了,鸟儿啼叫着。一切,仅仅是启示

> 人与自然冲突后的沉寂,同时也孕育着新生和希望
>
> 对人类的期待与肯定

★**编选者的话:**

以《诺日朗》为界,杨炼的诗可分为两个阶段。早期诗作体现了朦胧诗的基本风貌,<u>第二个阶段他告别了理想主义抒情,把目光投向了古老的民俗和民族生命的本源,诗歌创作开始专注于历史文化的探求。</u>

《诺日朗》描写民俗,通过对宗教文化和民间文化的审美透射,歌赞民族原始状态下的生命伟力,突出生命对于文化和理性的挣扎,表现生命的永恒与悲剧性的崇高复合。

★**作者的话:**

我希望,一个诗人的独创性和那个曾被我们拒绝的"传统",将迂回地重建一种联系。……诗必须"善变",以突出那个"不变";人触摸自身内黑暗极限的努力。深度派生难度,而难度也激发深度:诗对中文性的探索(原谅我,译者!);语言的造形能力;不盲目追随西方的时间观,或简单代之以"东方的"时间观,而是建立自己的时空观,使作品的每一部分间、甚至作品与作品间全方位共振共鸣,由此把"同心圆"的寓意推向极致,才真是我想像中的"幻象空间写作"。《同心圆》结尾处一个断句:"诗是"(一个隐身的?)也只能由诗自问自答:"再被古老的背叛所感动。"回到"传统",我渴望的秩序,或许正建立在自我更新的能力上——'在一个人身上重新发现传统"——诗人独创性的赤裸裸的活力,让"传统"生长。这个词,既是当代中文诗的悲哀又是它的兴奋点:它甩掉我们伸出的寻求依托的双手,却反过来依托着我们。

《诗,自我怀疑的形式》,《诗刊》1986/1

> 杨炼的诗以对东方文化的思考和对史诗品格的建树为当代诗歌做出了独特的贡献,他把新时期的诗歌从政治和社会语意的层面拉出来,这对后来的"新生代"诗歌中的"新传统主义"或"整体主义"的创造都产生了直接的影响

★**相关评论:**

这些意象的组合,超越了一般的现实生活的表象,也超越了历史与自然的具体表象;它们既蕴含着仿佛梦幻境般的自然与历史的片段,更摄入了自然与历史的灵魂;它们超越了现实,却让人感受到宇宙硕大的心灵在80年代那恢宏的

律动声。……它们丰富、深邃的内涵，使得自然、历史、社会、人们心灵整体地、浑然无迹地成为我们的审美观照对象。

> 也有人认为：《诺日朗》的形象，确实把现实生活中的那些流氓、淫棍、"性解放者"以及"种马"、"种牛"们的行为大大美化了。……《诺日朗》思想迷乱，词汇胡编乱造，令人费解

读者们显然不会忘记，当《诺日朗》出人意外地出现于1983年的中国诗坛上，它使当时的诗坛产生了怎样的震撼！这道似从天外射来的强光，使得那些习惯于在狭小与昏暗的诗歌天地中屈身摸索诗行的某些诗人与诗歌评论家睁不开眼睛……但它也使哪些无法忍受当时诗坛之昏暗与嘶哑、期待着电的强光和雷的轰鸣的诗心为之欢呼！……《诺日朗》磅礴的气势、恢弘的结构、深邃丰富的浑然之大象，鲜明浑厚的象征意蕴与主体性创造色彩，确使它当之无愧地成为中国当代诗坛的翘楚。

李黎《向着自在的艺术空间——杨炼诗歌评述》，《萌芽》1987/11

海子诗三首

海子，原名查海生，1964年3月生于安徽省怀宁县高河查湾，在农村长大。1979年（15岁）考入北京大学法律系，1982年开始写诗。1983年毕业后在中国政法大学政治系哲学教研室任教。1989年3月26日于山海关卧轨自杀。

海子七年间留下了200万字的遗稿，死后由友人编辑出版《海子的诗》、《海子诗全编》和《土地》等。

> 海子曾长期不被世人理解

海子是中国新文学史上一位"全力冲击文学与生命极限的诗人"，不仅对现在、将来，而且对过去都将产生重大的影响。海子的存在使人们改变了对中国现代诗歌历史的观察角度和方式。

五月的麦地

《五月的麦地》写于1987年5月，发表于《诗刊》1988年第9期。

在这首抒情短诗中，诗人想象东南西北全世界的兄弟在"五月的麦地"里会合拥抱的情景。然而，在这广阔的背景中，诗人却"孤独"一人。"没有了眼睛也没有了嘴唇"，表现了诗人理想失落的孤独和悲凉。

> 麦子的意象经常出现在海子的诗歌中

全世界的兄弟们
要在麦地里拥抱
东方，南方，北方和西方
麦地里的四兄弟，好兄弟
回顾往昔
背诵各自的诗歌
要在麦地里拥抱

> 一种对于大地的言说
> "孤独一人"的境地，使诗人感到"看"与"说"都似乎失去了意义

有时我孤独一人坐下

在五月的麦地　梦想众兄弟
看到家乡的卵石滚满了河滩
黄昏常存弧形的天空
让大地上布满哀伤的村庄
有时我孤独一人坐在麦地为众兄弟背诵中国诗歌
没有了眼睛也没有了嘴唇

1987.5

★编选者的话：

　　张承志在《金牧场》里写到："向日葵是平民之花，……自十七世纪以来，西欧世界和美术界就一直对向日葵寄托了一种神圣的情思。'向日葵'的含义是'崇高者的家'。"这里的崇高者应该是广泛意义上的大地主人（平民）。西欧诗人所要表达的一切对大地（西欧大地）的情思都是以向日葵作为一个媒介和归宿的合体。海子和他的诗友骆一禾从中国文化的源头，创造了诗歌中的"麦子"意象。麦子虽是如此平凡，然而却是由天、地、人三者合作创作的精品，是我们这个农耕民族的共同的生命背景。

　　"麦地"和"麦子"是海子诗歌中屡屡出现的意象。在《五月的麦地》中，"麦地"构成了诗人生命个体的生存背景，而当它在海子诗中屡次复现之后则上升为"我们这个农耕民族的共同的生命背景，那些排列在我们生命经历中关于麦子的痛苦，在它进入诗歌之后，便成为折射我的所有生命情感的黄金之光，成为贫穷、崇高的生存者生命之写实"。"全世界的兄弟们／要在麦地里拥抱"的向往，正是把"麦地"视为"一种群体性的生命空间"。

　　有评论家认为，海子诗歌中除了"麦子"、"麦田"意象外，还有另一类意象，即太阳（阳光）、月亮（月光）。前一类是物质的、生存的，后一类是精神的、艺术的。这两类意象的相互碰撞，精神和物质的对抗，构成海子诗歌的基本主题："歌唱生命的痛苦，令人的灵魂颤抖"，而这一主题的生成，经历了四个心理时期：村庄乌托邦、麦子乌托邦、诗歌乌托邦、乌托邦的幻灭。那么，可以这样认为，《五月的麦地》属于第三心理时期。"麦地"是海子的"乌托邦"。但麦地并不是完美的理想天堂，而是一个痛苦的圣地。当时的诗坛，充满喧嚣和骚动，反叛崇高人格、反叛英雄神话，诗歌创作进入一种无序状态。诗人在反叛声中捍卫自己的精神家园，常有理想失落后的孤独悲凉。

> "麦子"之于中国，正如"向日葵"之于欧洲

★相关评论：

　　海子在乡村一共生活了十五年，于是他曾自认为，关于乡村，他至少可以写作十五年。但是他未及写满十五年便过早地离去了。每一个接近他的人，每一个诵读过他的诗篇的人，都能从他身上嗅到四季的轮转、风吹的方向和麦子的成长。泥土的光明与黑暗，温情与严酷化作他生命的本质，化作他出类拔萃、简约、流畅又铿锵的诗歌语言。仿佛沉默的大地为了说话而一把抓住了他，把他变成了大地的嗓子。哦，中国广大贫瘠的乡村有福了？

西川《怀念》，《倾向》1990/2

80年代中后期,在普遍以放逐抒情为一大宗旨的"后新诗潮"中,海子的出现堪称一种"奇迹"。在整个新诗史上,没有哪位诗人的抒情姿态比海子更为彻底。海子诗的强烈浪漫精神集中表现在诗人自我理想的极度张扬以及对于庸常生存现实的深刻摒弃与蔑视上(如《祖国——或以梦为马》)。同时,海子的精神视野还聚焦于生命存在主题,使他作品中的抒情具有哲学的深度与高度,极大地丰富了抒情诗的内涵。海子的艺术天才表现在他土地般旺盛、卓越的原始创造力,他所独创的"麦地"、"黑夜"等意象具有符咒般的艺术感染效果,成为海子诗的象征与标志,它在客观上强调了独创性对于一个诗人的重要性。海子诗超越时空的魅力与价值凸现了诗作为一门心灵与精神的艺术所具有的普遍意义,为中国新诗提供了不可多得的深刻启示。

谭五昌《中国新诗300首·序言——百年新诗的光荣与梦想》,北京出版社 1999/8

面朝大海　春暖花开

《面朝大海　春暖花开》写于海子死前的两个月,诗中表达的"在尘世获得幸福"的憧憬,也反映了海子面临生命中两难的心境。同时,也体现了海子诗歌意象单纯而明净的独特风格。

向往自由独立、远离尘世喧嚣的生活 返璞归真 简单生活	从明天起,做一个幸福的人 喂马、劈柴,周游世界 从明天起,关心粮食和蔬菜 我有一所房子,面朝大海,春暖花开
对亲情友情的珍惜与怀念,透露出诗人内心的动向	从明天起,和每一个亲人通信 告诉他们我的幸福 那幸福的闪电告诉我的 我将告诉每一个人
对世界万物以至"陌生人"的告别	给每一条河每一座山取一个温暖的名字 陌生人,我也为你祝福 愿你有一个灿烂的前程 愿你有情人终成眷属 愿你在尘世获得幸福
最后一句显示出诗人的矛盾心境,对世俗生活既憧憬又不甘	我只愿面朝大海,春暖花开

1989. 1. 13

★ 编选者的话：

海子以创作长诗（诗剧）为目标，也写了大量的抒情短诗。

海子一生短暂却成就卓著。

海子是一个沉湎于心灵孤独之旅的诗人，也是一个理想主义诗人。

海子生前好友西川曾回顾说："海子没有幸福地找到他在生活中的一席之地，这或许是由于他的偏颇。在他的房间里，你找不到电视机、录音机、甚至收音机，海子在贫穷、单调与孤独之中写作。他既不会跳舞、游泳，也不会骑自行车。"从中我们可以体会到海子在献身诗歌事业的同时，是以牺牲尘世日常生活为代价的。

海子写完这首向往大海的诗之后不久，在离海不远的地方不幸逝世，永远地"面朝大海"了。

★ 相关评论：

有人分析海子说："柔弱的第一自我和强悍的第二自我的长时间的冲突，使他的诗一再出现雅各布森所说的'对称'。"所谓"对称"，无非指二重人格。也就是说，体现出外弱而内强的特点：诗之表有柔弱的外象，"喂马，劈柴，周游世界"，"面朝大海，春暖花开"，词情轻柔而清淡，此诗之婉约风派者也；然而诗之心也有强悍的本质，言词的背后隐藏着一颗崇高、骄傲的心，"只愿面朝大海"，让人们看到海边站立着一位遗世独立的诗人形象，那是自封王者的形象。这种二重人格还可细分出：对众人和世俗生活的亲近与排拒，对现实生活体验的喜悦与悲忧，在文情表现上的直致与含蓄……作进一步提炼，大约有三重意识：世俗意识，崇高意识，逃逸意识。这三重意识排在一起不太"和谐"，正好表明海子这首诗在情感的清纯、明净、世俗化的背后蕴蓄着某些复杂性、矛盾性的东西。

刘真福《〈面朝大海　春暖花开〉赏析》，《中小学教材教法》2001/6

春天，十个海子

《春天，十个海子》写于 1989 年的 3 月 14 日的凌晨。距离海子自杀的时间只有 12 天。 海子的最后一首诗

在这首抒情短诗中，以"十个海子"这种主体分裂的意象，传达这个"沉浸于冬天，倾心死亡/不能自拔，热爱着空虚而寒冷的乡村"的"黑夜的孩子"的内心痛苦。

春天，十个海子全部复活
在光明的景色中　　　　　　　　　　　　　　　　悲哀而断续的思路
嘲笑这一个野蛮而悲伤的海子
你这么长久的沉睡究竟为了什么？　　　　　　　　苦苦追问人生的意义

春天，十个海子低低的怒吼
围着你和我跳舞，唱歌　　　　　　　　　　　　　破碎的意象
扯乱你的黑头发，骑上你飞奔而去，尘土飞扬

> 你被劈开的疼痛在大地弥漫
>
> 在春天,野蛮而悲伤的海子
> 就剩下这一个,最后一个
> 这是一个黑夜的孩子,沉浸于冬天,倾心死亡
> 不能自拔,热爱着空虚而寒冷的乡村
>
> 那里的谷物高高堆起,遮住了窗户
> 他们把一半用于一家六口人的嘴,吃和胃
> 一半用于农业,他们自己的繁殖
> 大风从东刮到西,从北刮到南,无视黑夜和黎明
> 你所说的曙光究竟是什么意思
>
> 1989.3.14 凌晨3点—4点

旁注:
- 内心的伤痛和悲凉
- 海子是在农村长大的,乡村情思是他永远的爱
- 平静的悲哀
- 还在追问"曙光"。一种意义质询
- 荷尔德林和凡·高对海子有着深刻的影响

★编选者的话:

《春天,十个海子》写于海子临死之前几天,是海子写下的最后一首抒情诗。悲哀的诗句带来了不详的惊恐,预示了某种幻灭。从中我们可以体味到海子伤痛而悲凉的心境和那种难以言说的情绪。

★作者的话:

有两类抒情诗人,第一种诗人,他热爱生命,但他热爱的是生命中的自我,他认为生命可能只是自我的官能的抽搐和内分泌。而另一类诗人,虽然只热爱风景,热爱景色,热爱冬天的朝霞和晚霞,但他所热爱的是景色中的灵魂,是风景中大生命的呼吸。……从"热爱自我"进入"热爱景色",把景色当成"大宇宙神秘"的一部分来热爱,就超出了第一类狭窄的抒情诗人的队伍。

……要热爱生命不要热爱自我,要热爱风景而不仅仅热爱自己的眼睛。……做一个诗人,你必须热爱人类的秘密,在神圣的黑夜中走遍大地,热爱人类的痛苦和幸福,忍受那些必须忍受的,歌唱那些应该歌唱的。

《我热爱的诗人——荷尔德林》,《海子诗全编》,上海三联书店1997/2

★相关评论:

《春天,十个海子》立即打动我,甚至打击我,而其力量本质上跟《祖国,或以梦为马》的不一样。我把差别归因于《春天,十个海子》内容、意象上的独特性和其个人化,又能说是私人化的风格,还有一种调和而平衡的感觉:这首诗没有因过分而失效。海子在这里不再向读者喊着可预告的陈词滥调,文本却发散一种独自的绝望而且暗示诗中的海子根本不在乎读者的反应如何,"真实"是虚构而狡猾的概念,但我说《春天,十个海子》比《祖国,或以梦为马》要真实得多。《春天,十个海子》的诗歌自我已蜕掉了主流风格的皮,不再寻求社会承认,换上个人化的东西——既是更具体,又是更荒谬、更异常、更疯狂的东西。十个海子这

韩东诗一首

韩东，1961年生于江苏南京，1980年开始发表诗歌，1982年毕业于山东大学哲学系，后在西安、南京等地高校任马列教员。1985年起在南京主编民间文学刊物《他们》(第1—9期)，1994年受聘于广东青年文学院，1996年转聘于深圳尼克艺术公司，为合同制作家。

韩东是"他们文学社"的代表人物，也是"第三代诗歌"运动中具有代表性的诗人之一。近年来，韩东的创作正逐渐从诗歌转向小说，成为新生代的重要小说家之一。

> 著有诗集《白色的石头》，小说集《西天上》、《我们的身体》、诗文集《交叉跑动》等

有关大雁塔

《有关大雁塔》作于1983年，是韩东的代表作之一。

他叙写许多人爬上大雁塔，看看四周的风景后再下来的感觉。这首诗歌集中显示了韩东诗歌语言的简约、意象的淡漠、人生的无奈和反英雄主义、反理想主义、反启蒙主义的平民化特征。

> 与杨炼的《大雁塔》对比，从中体验朦胧诗人和第三代诗人不同的审美取向

有关大雁塔
我们又能知道些什么
有很多人从远方赶来
为了爬上去
做一次英雄
也有的还来做第二次
或者更多
那些不得意的人们
那些发福的人们
统统爬上去
做一做英雄
然后下来
走进这条大街
转眼不见了
也有有种的往下跳
在台阶上开一朵红花
那就真的成了英雄

> 他只看到许多人爬上去，然后再下来

> 无奈的懒散，反朦胧与反朦胧后的失重

308　《中国现当代文学专题研究》作品讲评

对英雄的解构	**当代英雄** 有关大雁塔 我们又能知道些什么 我们爬上去 看看四周的风景 然后再下来 　　　　　　　　　　1983年
大雁塔仅仅是一个建筑	
对历史和文化的解构	

★**编选者的话：**

　　大雁塔、长城、圆明园遗址、故宫……都是内涵无比丰富的历史象征，常常引发诗人的许多联想和思考。有关大雁塔可以有许多话题可说，但是在韩东笔下，大雁塔不再有任何伟大和崇高之处，登塔也不会有怀古之幽思。诗中没有任何激情的涟漪，全是平淡的语调、日常的口语，记写的也仅仅是人们"看看四周的风景／然后再下来"。《有关大雁塔》的情绪基调与杨炼发表于1980年的洋溢着理性激情的长诗《大雁塔》构成鲜明对照。

　　第三代诗人的写作往往是以对朦胧诗的挑战和反叛来显示不同于朦胧诗的独特的品格。韩东代表性的诗作有《有关大雁塔》、《你见过大海》、《明月降临》、《跑吧》、《这个晚上》等。这首诗体现出第三代诗人在价值观念上的"反英雄"、"反崇高"、注重诗歌对平民日常生活的审美；同时在艺术观念上，从蕴涵文化意义的书面语退回到原生态的日常语言，也表现出"反意象"、"反优雅"的新诗的语言特点。

★**作者的话：**

　　那种作为一个诗人有了自我感觉，随后排斥粗俗的口语和那种很现实的语言——具有生命力的语言。排斥一个生活其间的语言现实，我觉得是不可解释的愚蠢。因为我们生活在一个语言现实当中，它们具有生动性、不稳定性、冲突、流动、变动等特点。这种语言是特别值得欢迎。拥抱的一个东西，而不是应该排斥的，当然，我并不是把诗歌等同于口语，而是把口语作为原生地，从中汲取营养。

　　……如果你调集了力量、对现实予以肯定，你认为是切入了现实，我认为这完全是不对的。这是一种概念切入现实，离现实有千里之遥。我想剔除的是那种凭借的力量，直接以一个敏感、脆弱的灵魂暴露在一个力量的旋涡中，这是非常重要的，这样你才能接近现实，如果你把自己包裹得十分紧密，你身上有你的知识、道德、伦理、你的地位，所有这些都在起作用，你携带着这些东西去面对现实，这时现实已不存在。你面对的这些东西是虚假的，我想剔除的是这种使灵魂不能敞露，掩盖灵魂的自我保护的种种屏障，让我们真实面对眼前的困难与现实。

　　　　　　　　　　　　《文学的力量——当代著名作家访谈录》（张英），民族出版社2001/1

★ 评论家话：

"他们"诗群的执牛耳者韩东的《有关大雁塔》，虽然和他的大多数诗作一样，显得故作冷漠，淡而无味，但却值得格外注意，因为它最先表达了"第三代"中相当一批年青诗人的一种有意识的放弃，从而在"第三代"诗中具有某种"经典性"意义。这种有意识的放弃，就是要放弃这样一种途径：通过加入历史文化的延续从而使个体生存获得意义和支撑，这一途径曾经是T·S·艾略特的一个重要思想，并且得到稍前于"他们"的"朦胧"诗，尤其是"文化寻根"诗的尊崇。

《有关大雁塔》述及了历史对当代人的不可企及性，以及由此而来的当代人对历史文化的单方面断弃。

……《有关大雁塔》似乎表明一种对历史文化的想像力和同情心的缺乏，但很明显的是，这种缺乏是有意为之的，它实际上表现了一种坦率的傲慢，那就是诗人决不想让自己的个体生命淹没在所见所思的文化物像之中。

李振声《季节轮换》，学林出版社 1996

第三代诗人试图反叛和超越朦胧诗，重建一种诗歌精神。这种精神不是英雄悲剧的崇高、理性自我的庄严、人道主义的感伤，而是建立在普通人平淡无奇的日常生活和世俗人生中的个体的感性生命体验。因而"诗人不再是上帝、牧师、人格典范一类的角色"。于是，反英雄、反崇高、平民化成为后新诗潮的总体特征。韩东的《大雁塔》是最早的对英雄主义别出心裁的嘲弄。……这种局外人式的冷漠叙述姿态显然解构了杨炼《大雁塔》中悲剧英雄的崇高。

朱栋霖等《中国现代文学史（1917—1997）》高等教育出版社 1999/8

> 1984年，韩东、于坚、丁当曾在南京创办民间刊物《他们》

于坚诗一首

于坚，1954年生于昆明，1970年至1980年在工厂当工人，1973年开始新诗创作，1979年开始发表作品，1984年毕业于云南大学中文系，同年冬在南京与韩东、丁当等创办民间刊物《他们》。主要作品有《感谢父亲》、《尚义街六号》、《河流》、《作品第100号》、《避雨之树》、《作品第39号》、长诗《0档案》等。出版有诗集《诗六十首》(1989)、《对一只乌鸦的命名》(1993)、《一枚穿过天空的钉子》(1999)、《于坚的诗》(2000)及诗论集《棕皮手记》、《人间笔记》等。

于坚的诗歌表现了普通人平淡无奇的生活，反意象、反修辞和口语化是其语言实验的重要特征。于坚的原生态口语化倾向构成了对新诗潮经典性的意象和语言规范的颠覆。

> 他的早期作品曾在朋友和昆明的大学生中流传

尚义街六号（节选）

《尚义街六号》发表于《诗刊》1986年第1期。

"尚义街六号"是男大学生宿舍，诗人和他的朋友曾在那里度过一段难忘的青春时光。因此《尚义街六号》和诗中写到的那些人都是对于真实经验的记录。

	尚义街六号
	法国式的黄房子
以调侃的语调、日常的口语,对"学子"日常平庸的生活进行逼真描写	老吴的裤子晾在二楼
	喊一声　胯下就钻出戴眼镜的脑袋
	隔壁的大厕所
	天天清早排着长队
日常形象素描	我们往往在黄昏光临
	打开烟盒　打开嘴巴
	打开灯
	墙上钉着于坚的画
	许多人不以为然
	他们只认识凡·高
	老卡的衬衣,揉成一团抹布
	我们用它拭手上的果汁
	他在翻一本黄书
	后来他恋爱了
	常常双双来临
	在这里吵架　在这里调情
故意打破诗的神圣感,故意瓦解以往诗歌,包括朦胧诗的崇高和庄重	有一天他们宣告分手
	朋友们一阵轻松　很高兴
	次日他又送来结婚的请柬
	大家也衣冠楚楚　前去赴宴
	桌上总是摊开朱小羊的手稿
	那些字乱七八糟
	这个杂种警察样地盯牢我们
	面对那双红丝丝的眼睛
讽刺	我们只好说得朦胧
	像一首时髦的诗
	李勃的拖鞋压着费嘉的皮鞋
	他已经成名了　有一本蓝皮会员证
	他常常躺在上边
描述和叙事呈现出平民生存状态的琐碎与尴尬	告诉我们应当怎样穿鞋子
	怎样小便　怎样洗短裤
	怎样炒白菜　怎样睡觉等
	八二年他从北京回来
	外表比过去深沉
以生活流入诗,解构了以前诗歌的唯美	他讲文坛内幕
	口气像作协主席

茶水是老吴的　电表是老吴的 地板是老吴的　邻居是老吴的 媳妇是老吴的　胃舒平是老吴的 口痰烟头空气朋友　是老吴的 老吴的笔躲在抽桌里 很少露面	口语化
没有妓女的城市 童男子们老练地谈着女人 偶尔有裙子们进来 大家就扣好钮子 那年纪我们都渴望钻进一条裙子 又不肯弯下腰去 于坚还没有成名 每回都被教训 在一张旧报纸上 他写下许多意味深长的笔名 有一人大家很怕他 他在某某处工作	与北岛、舒婷、顾城、江河、杨炼朦胧诗歌中表现的英雄崇高形成鲜明的对比
"他来是有用心的， 我们什么也不要讲！" …………	诗歌的口语化反叛朦胧诗的意象化、象征化

★ **编选者的话：**

《尚义街六号》被文学史家认为是"第三代"诗人口语写作的代表。它最大的特点在于把口语作为主要的诗歌语言，这些口语是直白的、日常生活中的语词，与大家熟悉的隐喻化的诗歌语言（包括运用象征、意象等隐喻语言）相比，它们往往不负载双重和多重语义，而只是用调侃的语调对日常经验的平实记录。但是一旦日常语言转化为"诗"，它显然又具有了不同于"真实经验"的更多内涵。同时也体现出诗歌审美意识的变化。

于坚拒绝隐喻，试图用"当代口语"反叛北岛、舒婷等朦胧诗人的精英独白，回到民间社会的日常语言中

★ **作者的话：**

大学时代我结识了许多非常优秀的朋友。在昆明，尚义街六号形成一个大学才子沙龙。在这幢法国式的黄色楼房的二楼，我多年扮演一个怀才不遇的激情、伤感、阴郁、被迫害的诗人形象，多少年后我才摆脱了这种风度对我的诱惑力……。我在一首就叫《尚义街六号》的长诗中描述了这个沙龙。这首诗在一九八六年《诗刊》一月号头条发表后，中国诗坛开始了用口语写作的风气。

《关于我自己的一些事情》

在这个诗歌日益被降级到知识的水平的时代，我坚持的是诗人写作，其实这是不言自明的。世界在诗歌中，诗歌在世界中。因为诗歌来自大地，而不是来自知

识。这个充满伪知识的世界把诗歌变成了知识、神学、修辞学。真正的诗歌只是诗歌。真正的诗人从来不会偏离这一点,不会被别的什么可以立即兑现在时代中的招摇过市的写作所迷惑。诗人拥有的难道不仅仅就是诗人写么?难道还有比诗人写作更高的写作活动么?诗人写作乃是一切写作之上的写作。诗人写作是神性的写作,而不是知识的写作。在这里,我要说的神性,并不是"把你教为神圣"的乌托邦主义,而是对人生的日常经验世界中被知识遮蔽着的诗性的澄明。

《棕皮手记:诗人写作》,《星星》1998/11

★相关评论:

显然,在于坚看来,正是与平凡生活相契合的日常口语,才具有消解精英独白而返回日常生活的巨大可能性。于是,返回褪去了浓烈的理想与理性印记的基本的口语式语言,就成了他拒绝朦胧诗的精英独白而抵达个人日常生活体验的最合适途径。

于坚的这些口语化努力令人信服地显示了口语式语言的表现力。当长期袭用的书面语已经被赋予了某种固定的内涵,从而显示了意义表达上的僵化和陈旧时,口语式语言却能构成为一种新的创造源泉。口语式语言的这种兴盛,也折射出中国社会的一种新的变化或趋势:与口语式语言相连的长期受到抑制的市民文化正在兴盛,而与书面语相连的长久独霸文坛的精英文化正在被拆解。

王一川《在口语与杂语之间——略谈于坚的语言历险》,
《当代作家评论》1999/4

很明显,于坚试图用一种"当代口语",来反叛以北岛为代表的、积极浪漫主义中掺杂着感伤色彩的"今天派"传统,进而又用来对抗正依附着"燕园诗派"的酸溜溜的"知识分子写作"。为了嘲弄抽象的、玄思的形而上学,为了戳穿虚假的"诗性想象",为了保持所谓"民间资源"的质朴性,于坚急于在"日常生活"中吸取力量。他甚至不惜在观念取消了诗人特有的精神印记。他的诗歌,尤其是散文中常常流露出明显的市民智慧,其结果是将自己的诗歌一起搭了进去。我并不想否定这种做法在当代写作中的某种特殊意义。但是,如何面对诗歌艺术本身,或像希尼所说的,如何"把诗歌纠正为诗歌",还依然是个问题。

张柠《于坚和"口语诗"》,《当代作家评论》1999/6

于坚重视诗中的语感,认为在诗歌中,生命被表现为语感,语感是诗人心灵的呼吸。他的诗的取材有许多是对日常生活描述的叙事因素,并且表面看来冷静、淡漠、不动声色的宣叙语调加以陈述。静观与激情、淡漠与痛苦、自然形态的描述与深入的体验、思考,构成这些作品的内部矛盾。

洪子诚、刘登翰《中国当代新诗史》,人民文学出版社 1996

文献索引:

1. 朦胧诗作品要目

《双桅船》(舒婷),上海文艺出版社 1982/2

《舒婷、顾城抒情诗选》,福建人民出版社 1982/10
《北岛、顾城诗选》,瑞典好书出版社 1983
《朦胧诗选》,春风文艺出版社 1985
《五人诗选》,作家出版社 1986
《会唱歌的鸢尾花》(舒婷),四川文艺出版社 1986
《黑眼睛》(顾城),人民文学出版社 1986/3
《从这里开始》(江河),花城出版社 1986/9
《北京青年现代诗十六家》(周国强编),漓江出版社 1986/10
《北岛诗选》,新世纪出版社 1987/2
《太阳和它的反光》(江河),人民文学出版社 1987/4
《中国当代实验诗选》,春风文艺出版社 1987
《中国现代主义诗群大观》(徐敬亚等编),同济大学出版社 1988/9
《土地》(海子),春风文艺出版社 1990
《海子、骆一禾作品集》(周俊、张维编),南京出版社 1991
《在黎明的铜镜中——朦胧诗卷》(谢冕、唐晓渡编),北京师范大学出版社 1993/10
《与死亡对称——长诗、组诗卷》(谢冕、唐晓渡编),北京师范大学出版社 1993/10
《顾城诗全集》(顾工编),上海三联书店 1995/6
《舒婷的诗》,江苏文艺出版社 1997/8
《海子诗全编》(西川编),上海三联书店 1997
《东方金子塔——中国青年诗人十三家》,安徽文艺出版社 1997

2. 朦胧诗研究要目

江　河《请听听我们的声音》,《诗探索》1980/1
谢　冕《在新的崛起面前》,《光明日报》1980/5/7
章　明《令人气闷的"朦胧"》,《诗刊》1980/8
孙绍振《新的美学原则在崛起》,《诗刊》1981/3
程代熙《评〈新的美学原则在崛起〉》,《诗刊》1981/4
徐敬亚《崛起的诗群》,《当代文艺思潮》1983/1
柯　岩《关于诗的对话》,1983/12
老　木《青年诗人谈诗》,北京大学五四文学社 1985
谢　冕《断裂和倾斜:倾斜期的投影》,《文学评论》1985/5
贝　岭《作为运动的中国新诗潮》,纽约《华侨日报》1986/12/25
《朦胧诗论争集》,学苑出版社 1989/7
谢　冕《地火依然运行——中国新诗潮论》,上海三联书店 1991/3
吴开晋主编《新时期诗潮论》,济南出版社 1991/12
谢　冕《新世纪的太阳》,时代文艺出版社 1993
洪子诚、刘登翰《中国当代新诗史》,人民文学出版社 1993
杨　健《"文革"时期的地下文学》,朝花出版社 1993
毕光明《文学复兴十年》,海南出版社 1995
谢　冕《20 世纪中国新诗:1978—1989》,《诗探索》1995/2
李振声《季节轮换》,学林出版社 1996
陈仲义《中国朦胧诗人论》,江苏文艺出版社 1996/9
张清华《中国当代先锋文学思潮论》,江苏文艺出版社 1997/6
廖亦武《沉沦的圣殿——中国 20 世纪 70 年代地下诗歌》,新疆少青年出版社 1999

陈思和《中国当代文学史教程》,复旦大学出版社 1999
洪子诚《中国当代文学史》,北京大学出版社 1999
张炯主编《新中国文学五十年》,山东教育出版社 1999
杨鼎川《1967:狂乱的文学年代》,山东教育出版社
孟繁华《1977:激情岁月》,山东教育出版社
李新宇《中国当代诗歌艺术演变史》,浙江大学出版社 2000/5

3. 北岛、舒婷、顾城诗歌研究要目

孙绍振《恢复新诗根本的艺术传统——舒婷的创作给我们的启示》,《福建文艺》1980/4
刘登翰《一股不可遏制的新诗潮》,《福建文艺》1980/12
楼肇明《〈回答〉评点》,《诗探索》1981/1
舒　婷《生活、书籍和诗》,《福建文艺》1981/2
舒　婷《和读者朋友说几句话》,《飞天》1981/6
朱先树《实事求是地评价青年诗人的创作》,《新文学论丛》1982/2
顾　城《光的灵魂在幻影中前进》,《当代文艺探索》1985/3
王　干《历史·瞬间·人》,《文学评论》1986/3
王　干《透明的红萝卜——我读顾城的〈黑眼睛〉》,《读书》1987/10
丁宗皓《人格的里碑:北岛的位置》,《当代作家评论》1988/4
杨景龙《朦胧诗的压卷之作:北岛〈回答〉评析》,《文学知识》1991/5
陈绍伟《重评北岛》,《文艺理论与批评》1991/5
赵威重《论舒婷的朦胧诗》,《社会科学辑刊》1993/3
张颐武《一个童话的终结——顾城之死与当代文化》,《当代作家评论》1994/2
彭卫鸿《一个童话的终结——顾城诗歌散论》,《湖北大学学报》1995/5
顾　城《学诗笔记》,《顾城诗全集》,上海三联书店 1995/6
顾　城《关于诗的现代技巧》,《顾城诗全集》,上海三联书店 1995/6
伊沙等《十诗人批判书》,时代文艺出版社 2001/3

4. 江河、杨炼、海子诗歌研究要目

江　河《请听听我们的声音》,《诗探索》1980/1
肖　池《〈太阳和它的反光〉的反光——江河新作的民族性独特性》,《文学评论》1985/5
鲁　扬《莫把腐朽当神奇——组诗〈诺日朗〉剖析》,《诗刊》1984/1
李　黎《向着自在的艺术的空间——杨炼诗歌评述》,《萌芽》1987/11
杨　炼《我的宣言》,《福建文学》1980/1
杨　炼《传统和我们》,《山花》1983/9
杨　炼《诗,自在者说》,《诗刊》1986/1
杨　炼《鬼话·治理的空间》,上海文艺出版社 1998/12
海　子《伟大的诗歌》,《简历》,《倾向》1990/2
西　川《怀念》,《倾向》1990/2
柯　雷[澳]《实验的范围:海子、于坚的诗及其他》,《东南学术》1998/3
梁　云《海子抒情诗风格论谈》,《深圳大学学报》1998/2
宗　匠《海子诗歌:双重悲剧下的双重绝望》,《诗探索》1994/3

5. 韩东、于坚诗歌研究要目

臧　棣《后朦胧诗:作为一种写作的诗歌》,《中国诗歌九十年代备忘录》,人民文学出版社

2000/1
　　谢有顺《回到事物与存在的现场——于坚的诗与诗学》,《当代作家评论》1999/4
　　王一川《在口语与杂语之间——略谈于坚的语言历险》,《当代作家评论》1999/4
　　张　柠《于坚和"口语诗"》,《当代作家评论》1999/6
　　汪政、晓华《词与物——有关于坚写作的讨论》,《当代作家评论》1999/4
　　黄　梁《文化与自然的本质对话——综论于坚诗篇的朴质理想》,《当代作家评论》1999/4
　　于　坚《棕皮手记:诗人写作》,《星星》1998/11
　　于　坚、陶乃侃《抱着一块石头沉到底》,《当代作家评论》1999/3
　　于　坚《诗歌精神的重建》,北京大学出版社 1994

(张万仪)

"朦胧诗"十八首

汪曾祺小说四篇

汪曾祺，1920年生于江苏高邮一个旧式地主家庭。自幼受到良好的家庭教育，博学多才，尤喜爱文学，1939年经上海、香港、越南到昆明，考入西南联大中文系。1940年开始发表小说，1949年出版第一部小说集《邂逅集》，1948年到北平，失业半年，后到历史博物馆任职，又随军南下，在武汉被派往一女子中学任教，一年后调回北京，先后任《北京文艺》、《说说唱唱》和《民间文学》编辑。1958年被补划为右派，下放张家口沙岭子农业科学研究所劳动。1961年调北京京剧团任编剧。1963年出版第二部小说集《羊舍的夜晚》。"文革"中被"控制使用"，参加改编沪剧《芦荡火种》为京剧《沙家浜》。1979年重返文坛后，作品源源不断，小说、散文、评论均好评如潮，掀起了一股"汪曾祺热"。1997年病逝于北京。

> 其中《鸡鸭名家》与《老鲁》较为成功

> "文革"后的第一篇小说《骑兵列传》未引起反响

> 其实他的大器晚成是特定时代逼迫导致的

汪曾祺被评论家们认为是一个"大器晚成的作家"，为文坛提供了一种特别的小说艺术风格。这种风格既是沈从文、废名创作风格一脉相承的延续，又有汪曾祺自己独特的精神内涵与形式技巧，更体现汪曾祺儒雅的士大夫性情与人格魅力。

受　　戒（节选）

《受戒》发表于《北京文学》1980年第10期，获1980年度"《北京文学》奖"。

《受戒》描写的主要环境是菩提庵，小说一开头，即交待了充满儿童情趣的"荸荠庵"名称的来历。"荸荠"这个世俗、卑微、充满泥土气息和温馨回忆情调的意象，将佛教圣地的神秘、禁忌、阴冷冲洗掉大半。明海当和尚，没有一丝宗教原因，而纯粹是寻一条生路。因此，在作者笔下，荸荠庵是一个与世俗世界无本质差异的地方。这里的领袖不叫方丈或住持，而叫"当家的"。当家的大师父仁山的主要任务即是料理三种账务：经账、租账、债账，类似账房先生。二师父仁海是有家眷的人。三师父仁渡聪明、漂亮、充满活力，他是打牌高手，"飞铙"行家，还会唱最俗最昵的情歌。平常日子，各路生意人甚或偷鸡摸狗之徒常来打牌聊天，佛寺净土几成娱乐场。逢年过节他们也杀猪吃肉，"杀猪就在大殿上。一切都和在家人一样。"庵里惟一显得干枯冷寂的人——老师叔普照，也以给即将升天之猪念"往生咒"的方式参与着这项杀生活动。作者还不失时机地插叙各路和尚带着大姑娘、小媳妇私奔的故事。总之，"这个庵里无所谓清规，连这两个字也没人提起。"由此可见，小说通过描写"受戒"，想要表现的却是"不受戒"的人生理想。

这里节选的是小说的后三分之一部分，主要叙述了小和尚明海受戒的过程，和这过程中明海与小英子天真纯朴朦胧的爱情，展现了南方水乡人们自由自在、率性自然、不受约束的风土习俗和人情之美。选文中的四处省略号为原文所有。

"**搲**"荸荠，这是小英子最爱干的生活。秋天过去了，地净场光，荸荠的叶子枯了，——荸荠的笔直的小葱一样的圆叶子里是一格一格的，用手一**捋**，哔哔地响，小英子最爱捋着玩，——荸荠藏在烂泥里。<u>赤了脚</u>，在凉浸浸滑溜溜的泥里<u>踩着</u>，——哎，一个硬疙瘩！伸手下去，一个红紫红紫的荸荠。她自己爱干这生活，还拉了明子一起去。她老是故意用自己的光脚去踩明子的脚。| 写爱情，只有一连串动作

她拎着一篮子荸荠回去了，在柔软的田埂上留了一串脚印。明海看着她的脚印，傻了。五个小小的趾头，脚掌平平的，脚跟细细的，脚弓部分缺了一块。明海身上有一种从来没有过的感觉，他觉得心里痒痒的。<u>这一串美丽的脚印把小和尚的心搞乱了</u>。| 形象感强，画面感强，如一幅画，悠远，清新

……………

明子<u>常</u>搭赵家的船进城，<u>给庵里买香烛，买油盐</u>。闲时是赵大伯划船；忙时是小英子去，划船的是明子。| 过渡自然，一个"常"字，把小说前后两个主要事件给串起来了

从庵赵庄到县城，当中要经过一片很大的芦花荡子。芦苇长得密密的，当中一条水路，四边不见人。划到这里，明子<u>总是无端端地觉得心里很紧张</u>，他就使劲地划桨。| 明子为何紧张？可与小说结尾英子求爱联系起来看

小英子喊起来：
"明子！明子！你怎么啦？你发疯啦？为什么划得这么快？"

……………

明海到<u>善因寺</u>去受戒。| 善因寺原是高邮八大寺之一，70年代被拆除
"你真的要去烧戒疤呀？"
"真的。"
"好好的头皮上烧十二个洞，那不疼死啦？"
"咬咬牙。舅舅说这是当和尚的一大关，总要过的。"
"<u>不受戒不行吗？</u>"
"不受戒的是野和尚。"
"受了戒有啥好处？"
"受了戒就可以到处云游，逢寺挂褡。"
"什么叫'挂褡'？"
"就是在庙里住。有斋就吃。"
"不把钱？"
"不把钱。有法事，还得先尽外来的师父。"
"怪不得都说'远来的和尚会念经'。就凭头上这几个戒疤？"
"还要有一份戒牒。"
"<u>闹半天，受戒就是领一张和尚的合格文凭呀！</u>"
"就是！"
"我划船送你去。" | 通过对话形式侧面描写、解释"受戒"。一问一答，行云流水

| 这一句俏皮话不太像出自小英子之口，倒像是汪曾祺的调侃

旁批	正文
	"好。"
	小英子早早就把船划到荸荠庵门前。不知是什么道理,她兴奋得很。她充满了好奇心,想去看看善因寺这座大庙,看看受戒是个啥样子。
从小英子的视角来写善因寺	善因寺是全县第一大庙,在东门外,面临一条水很深的护城河,三面都是大树,寺在树林子里,远处只能隐隐约约看到一点金碧辉煌的屋顶,不知道有多大。树上到处挂着"谨防恶犬"的牌子。这寺里的狗出名的厉害。平常不大有人进去。放戒期间,任人游看,恶狗都锁起来了。
叙述视角、语气既是小英子的,又是作者的	好大一座庙!庙门的门坎比小英子的胯膝都高。迎门矗着两块大牌,一边一块,一块写着斗大两个大字:"放戒",一块是:"禁止喧哗"。这庙里果然是气象庄严,到了这里谁也不敢大声咳嗽。明海自去报名办事,小英子就到处看看。好家伙,这哼哈二将、四大天王,有三丈多高,都是簇新的,才装修了不久。天井有二亩地大,铺着青石,种着苍松翠柏。"大雄宝殿",这才真是个"大殿"!一进去,凉飕飕的。到处都是金光耀眼。释迦牟尼佛坐在一个莲花座上,单是莲座,就比小英子还高。抬起头来也看不全他的脸,只看到一个微微闭着的嘴唇和胖敦敦的下巴。两边的两根大红蜡烛,一搂多粗。佛像前的大供桌上供着鲜花、绒花、绢花,还有珊瑚树、玉如意、整棵的大象牙。香炉里烧着檀香。小英子出了庙,闻着自己的衣服都是香的。挂了好些幡。这些幡不知是什么缎子的,那么厚重,绣的花真细。这么大一口磬,里头能装五担水!这么大一个木鱼,有一头牛大,漆得通红的。她又去转了转罗汉堂,爬到千佛楼上看了看。真有一千个小佛!她还跟着一些人去看了看藏经楼,藏经楼没什么看头,都是经书!妈吔!逛了这么一圈,腿都酸了。小英子想起还要给家里打油,替姐姐配丝线,给娘买鞋面布,给自己买两个坠围裙飘带的银蝴蝶,给爹买旱烟,就出庙了。
整段描写强调了善因寺与"荸荠庵"的不同	
除了寺庙外表的不同,生活方式也不同	等把事情办齐,晌午了。她又到庙里看了看,和尚正在吃粥。好大一个"膳堂",坐得下八百个和尚。吃粥也有这样多讲究:正面法座上摆着两个锡胆瓶,里面插着红绒花,后面盘膝坐着一个穿了大红满金绣袈裟的和尚,手里拿了戒尺。这戒尺是要打人的。哪个和尚吃粥吃出了声音,他下来就是一戒尺。不过他并不真的打人,只是做个样子。真稀奇,那么多的和尚吃粥,竟然不出一点声音!他看见明子也坐在里面,想跟他打个招呼又不好打。想了想,管他禁止不禁止喧哗,就大声喊了一句:"我走啦!"她看见明子目不斜视地微微点了点头,就不管很多人都朝自己看,大摇大摆地走了。
以吃粥无声写大寺规矩	
一句"我走啦!"把她不受约束的可爱性格描写得淋漓尽致	
侧写的妙处:用四个"她知道……",把明子受戒的过程补叙出来,而这又是小英子的想象,还暗含她对明子的挂念	第四天一大清早小英子就去看明子。她知道明子受戒是第三天半夜,——烧戒疤是不许人看的。她知道要请老剃头师傅剃头,要剃得横摸顺摸都摸不出头发茬子,要不然一烧,就会"走"了戒,烧成了一片。她知道是用枣泥子先点在头皮上,然后用香头子点着。她知道烧了戒疤就喝一碗蘑菇汤,让它"发",还不能躺下,要不停地走动,叫做"散戒"。这些都是明子告诉她的。明子是听舅舅说的。
小英子"喊"劲真足!那是生命的呼喊吧	她一看,和尚真在那里"散戒",在城墙根底下的荒地里。一个一个,穿了新海青,光光的头皮上都有十二个黑点子。——这黑疤掉了,才会露出白白的、圆圆的"戒疤"。和尚都笑嘻嘻的,好像很高兴。她一眼就看见了明子。隔着一条护城河,就喊他:

"明子！"
"小英子！"
"你受了戒啦？"
"受了。"
"疼吗？"
"疼。"
"现在还疼吗？"
"现在疼过去了。"
"你哪天回去？"
"后天。"
"上午？下午？"
"下午。"
"我来接你！"
"好！"
....

小英子把明海接上船。

小英子这天穿了一件细白夏布上衣，下边是黑洋纱的裤子，赤脚穿了一双龙须草的细草鞋，头上一边插着一朵栀子花，一边插着一朵石榴花。她看见明子穿了新海青，里面露出短褂子的白领子，就说："把你那外面的一件脱了，你不热呀！"

他们一人一把桨。小英子在中舱，明子扳艄，在船尾。

她一路问了明子很多话，好像一年没有看见了。

她问，烧戒疤的时候，有人哭吗？喊吗？

明子说，没有人哭，只是不住地念佛。有个山东和尚骂人：

"俺日你奶奶！俺不烧了！"

她问善因寺的方丈石桥是相貌和声音都很出众吗？

"是的。"

"说他的方丈比小姐的绣房还讲究？"

"讲究。什么东西都是绣花的。"

"他屋里很香？"

"很香。他烧的是伽楠香，贵得很。"

"听说他会做诗，会画画，会写字？"

"会。庙里走廊两头的砖额上，都刻着他写的大字。"

"他是有个小老婆吗？"

"有一个。"

"才十九岁？"

"听说。"

"好看吗？"

"都说好看。"

"你没看见？"

只有对话，声音，仿佛是《边城》中翠翠的声音

小英子的打扮表露出女孩家心底里的秘密

"好像"一句，把恋爱中人"一日三秋"的感觉写出来了

又一段对话，巧妙地把有关受戒的花絮零星补叙出来

引出明子当"沙弥尾"的话题	"我怎么会看见？我关在庙里。" 明子告诉她，善因寺一个老和尚告诉他，寺里有意选他当沙弥尾，不过还没有定，要等主事的和尚商议。 "什么叫'沙弥尾'？" "放一堂戒，要选出一个沙弥头，一个沙弥尾。沙弥头要老成，要会念很多经。沙弥尾要年轻，聪明，相貌好。"
小英子如此关心受戒，仅仅是出于好奇吗？或者说，作者写明子受戒，仅仅是表现受戒？	"当了沙弥尾跟别的和尚有什么不同？" "沙弥头，沙弥尾，将来都能当方丈。现在的方丈退居了，就当。石桥原来就是沙弥尾。" "你当沙弥尾吗？" "还不一定哪。" "你当方丈，管善因寺？管这么大一个庙？！" "还早呐！"
对话自然由明子受戒转到明子与小英子的关系	划了一气，小英子说："你不要当方丈！" "好，不当。" "你也不要当沙弥尾！" "好，不当。" 又划了一气，看见那一片芦花荡子了。
又转到小英子大胆又含蓄的爱的表达	小英子忽然把桨放下，走到船尾，趴在明子的耳朵旁边，小声地说："我给你当老婆，你要不要？" 明子眼睛鼓得大大的。 "你说话呀！" 明子说："嗯。"
小英子表达爱情真霸道。在她的霸道面前，明子只有顺从的份。不过，是满心欢喜地顺从	"什么叫'嗯'呀！要不要，要不要？" 明子大声地说："要！" "你喊什么！" 明子小小声说："要——！" "快点划！"
芦花荡让明子紧张，莫非就是因为这爱情？	英子跳到中舱，两只桨飞快地划起来，划进了芦花荡。
结尾这段是景？是情？抑或是性的描写？	芦花才吐新穗。紫灰色的芦穗，发着银光，软软的，滑溜溜的，像一串丝线。有的地方结了蒲棒，通红的，像一枝一枝小蜡烛。青浮萍，紫浮萍。长脚蚊子，水蜘蛛。野菱角开着四瓣的小白花。惊起一只青桩（一种水鸟），擦着芦穗，扑鲁鲁鲁飞远了。 …………
作者强调"写四十三年前的一个梦"，用意何在？	一九八〇年八月十二日， 写四十三年前的一个梦

★编选者的话：

1980年，汪曾祺以他的《受戒》开始了自己的文学"新生"，也开创了新时期文学文体自觉的先声。《受戒》的发表，引起了人们普遍的惊奇与喟叹。那时的文学创作还没有从"伤痕"中脱离出来,《受戒》使人耳目一新。人们惊异地发现汪曾祺小说的另类风格和别样情趣。《受戒》所展示的散文化的艺术风格,完全与众不同,让人们恍悟"原来小说还可以这样写"。随着《大淖记事》《异秉》《岁寒三友》《八千岁》等一系列故乡怀旧作品的发表,汪曾祺那种清新隽永、生趣盎然而又朴实无华的风俗画描写风格得到了文坛的普遍赞誉。

> "原来小说还可以这样写",这是在文学被歪曲了几十年后人们的发问,也是对汪曾祺先生的最高礼赞

《受戒》是汪曾祺最主要的代表作品之一。它不仅承接、丰富了废名、沈从文这一支中断已久的中国抒情小说的传统,而且,"从纯粹文学的意义上来看,新时期文学所迸发出来的汹涌澎湃、铺天盖地的文学大潮,新时期文学所生发出来的持续不断的语言反省,都源自那'四十三年前的一个梦',都源自那一次文学的'受戒'"(李锐语)。

选择的这一部分其实可分为三个片断:"摔"荸荠、明子受戒与小英子求爱。其实,作者意欲描写的是他们俩的爱情。这三个片断是汪曾祺所有小说中描写爱情最直接、大胆的,也不过是"发乎情,止乎礼",含蓄、典雅。汪曾祺说自己受儒家影响比较多,由此可见一斑。这三个片断最精彩的地方,是对小英子的脚印及求爱方式的描写,在其他小说中几乎不可见。而对善因寺的描写,是汪曾祺小说风俗风情描写的一个典型例子,从中可以了解汪曾祺小说"宋人笔记"的风格。当然,风俗风情描写与人物还是有关系的,就像作者自己说的"小说里写风俗,目的还是写人"。风俗与人的关系作者用"蜻蜓点水"的笔法一笔带过:善因寺显然不同于"荸荠庵",它给人一种压抑,但小英子无疑具有大无畏的精神,在那么庄严肃穆的地方,她依然大喊大叫,象征着不受羁绊的人类自然天性,象征着在自然田园中生长生活的自然之子蓬勃的生命力。当然,联系到作者自己的坎坷经历,小英子也可视作是作者的化身,汪曾祺多想在厄运、坎坷面前像小英子那么无惧无畏,保持旺盛的生命本色呵,可惜,汪曾祺只能在梦中、文本中实现自己的愿望。这是对现实的逃避,同时,也是对现实委婉无奈的控诉。

> 关于爱情描写

> 关于风俗描写与人物关系

小说结尾这段文字用王国维先生的话来说,既是景语,又是情语。有人说是描写明子与小英子之间的"性爱"。即使如此,少男少女之间的性,也是情的成分居多。如果只限于作"性"的理解,就局限了这段文字优美的意象。这优美有梦的特点、理想的色彩。这理想到底是什么?当然不止于性。自由自在、不受拘束、顺性自然、勤劳善良……,都是理想生活的色彩。这段文字只是梦的高潮,而前面所有的描写都是不可或缺的铺垫。然而,这却是很久以前的一个梦。因此,尽管通篇都写欢乐,经结尾处这一句"写四十三年前的一个梦",我们却感受到《受戒》与《边城》结尾翠翠与傩送二佬没有结局的爱情同出一辙的哀婉。

> 关于小说结尾的风景描写

> 关于小说结尾"写四十三年前的一个梦"的解释

这三个片断既体现了汪曾祺小说散文化的一般风格,又展示了他对人物描绘扎实的写实功底,同时还包含了作者意欲表达的主旨。

★作者的话:

我因为是长子,常在法事的开头和当中被叫去磕头;法事完了,在他们脱下袈裟,互道辛苦之后(头一次听见他们互相道"辛苦",我颇为感动,原来和尚之间也很讲人情,不是那样冷淡),陪他们一起喝粥或者吃挂面。这样我就有机会看怎样布置道场,翻看他们的经卷,听他们敲击法器,对着经本一句一句地听正

> 生活对写作的影响

座唱"叹骷髅"(据说这一段唱词是苏东坡写的)。

我认为和尚也是一种人,他们的生活也是一种生活,凡作为人的七情六欲,他们皆不缺少,只是表现方式不同而已。

……四十多年前的事,我是用一个八十年代的人的感情来写的。《受戒》的产生,是我这样一个八十年代的中国人的各种感情的一个总和。

……我曾问过自己:这篇小说像什么?我觉得,有点像《边城》。

……"我写的是美,是健康的人性。"美,人性,是任何时候都需要的。

……我的作品的内在情绪是欢乐的。我们有过各种创伤,但是我们今天应该快乐。一个作家,有责任给予人们一分快乐,尤其是今天(请不要误会,我并不反对写悲惨的故事)。……我相信我的作品是健康的,是引人向上的,是可以增加人对于生活的信心的,这至少是我的希望。

也许会适得其反。

我们当然需要有战斗性的,描写具有丰富的人性的现代英雄的,深刻而尖锐地揭示社会的病痛并引起疗救的注意的悲壮、宏伟的作品。悲剧总是比喜剧更高一些。我的作品不是,也不可能成为主流。

《关于〈受戒〉》,《汪曾祺全集》第6卷,北京师范大学出版社1998

我写《受戒》,主要想说明人是不能受压抑的,反而应当发掘人身上美的、诗意的东西,肯定人的价值。我写了人性的解放。

像小英子这种乡村女孩,她们感情的发育是非常健康的,没有经过扭曲,跟城市里受教育的女孩不同。她们比较纯,在性的观念上比较解放。这是思无邪,《诗经》里的境界。我写这些,跟三中全会思想解放很有关系。多年来,我们深受思想束缚之苦。

《作为抒情诗的散文化小说》(对话录),《上海文学》1988/4

★相关评论:

小说的题目是《受戒》,但"受戒"的场面一直到小说即将结尾时才出现,而且是通过小英子的眼睛侧写的,作者并不将它当成情节的中心或者枢纽。小说一开始,就不断地出现插入成分,叙述当地"当和尚"的习俗、明海出家的小庵里的生活方式、英子一家及其生活、明海与英子一家的关系等等。不但如此,小说的插入成分中还不断地出现其他的插入成分,例如讲庵中和尚的生活方式的一段,连带插入叙述庵中几个和尚的特点,而在介绍三师傅的聪明时又连带讲到他"飞铙"的绝技、放焰口时出尽风头、当地和尚与妇女私奔的风俗、三师傅的山歌小调等等。虽然有这么多的枝节,小说的叙述却曲尽自然,仿佛水的流动,既是安安静静的,同时又是活泼的、流动的。

陈思和主编《中国当代文学史教程》,复旦大学出版社1999/9

大淖记事（节选）

《大淖记事》发表于《北京文学》1981年第7期，<u>获得同年度全国优秀短篇小说奖</u>和同年度《北京文学》奖。

> 这是汪曾祺首次获得全国优秀短篇小说奖

小说叙述的是民国时期发生在作者故乡高邮大淖的"故事"：大淖东面住着一些外来户，都是些做小生意的，他们勤劳、本分、讲义气；西面则住着本地人，大都以挑担为生，过着"今朝有饭今朝饱"的日子，不太守本分，尤其是在男女事情上。小锡匠十一子与挑夫女儿巧云就是这分属大淖东西两边"不同的人"，但他们一个生得一表人才，一个长得一朵花似的，互相倾慕，有了好感。十一子家有快瞎眼的母亲，巧云母亲在她三岁时就跟人跑了，能干的父亲因挑担不慎摔成了半瘫，生活全靠巧云织席、编网维持。他们俩的爱情无法实现，只得将彼此的爱慕隐藏在心底。有一天，巧云不慎落水，十一子舍身相救，"英雄美人"之间的感情就这样增进了一步。偏偏此时出现了恶人刘号长，他倚仗水上保安队的势力，胡作非为惯了，这天深夜拨开了巧云的门，破了巧云的身。然而，大淖人却并不见怪。屡遭恶人的羞辱，巧云却并不想死，她舍不下十一子和半瘫的父亲。而十一子勇敢地接受了她的爱，以一种无声的行动对抗刘号长的暴力。刘号长不肯善罢甘休，纠集同伙把十一子痛打了一顿。锡匠们再也不顾他们与大淖东头人是"不同的人"，在老锡匠的带领下，尽力帮助十一子与巧云。他们以沉默无言的游行抗议着恶人的暴行，县长不得不出面调解。最后，刘号长被驱逐出境。而巧云，也终于变成了一个地道的"挑夫"，勇敢地用自己的肩膀承担着养活她所爱的两个男人的责任。

小说共六小节，前三小节写大淖，后三小节写巧云与十一子的故事，本书节选第一小节。

一

<u>这地方的地名很奇怪，叫做大淖</u>。全县没有几个人认得这个淖字。县境之内，也再没有别的叫做什么淖的地方。据说这是蒙古话。那么这地名大概是元朝留下的。元朝以前这地方有没有，叫做什么，就无从查考了。

> 小说从"大淖"这一地名写起，与《受戒》从考证"荸荠庵"这一庵名来由写起相似

<u>淖，是一片大水</u>。说是湖泊，似还不够，比一个池塘可要大得多，<u>春夏水盛</u>时，是颇为浩淼的。这是两条水道的河源。淖中央有一条狭长的沙洲。沙洲上长满茅草和芦荻。<u>春初水暖</u>，沙洲上冒出很多紫红色的芦芽和灰绿色的蒌蒿，很快就是一片翠绿了。<u>夏天</u>，茅草、芦荻都吐出雪白的<u>丝穗</u>，在微风中不住地点头。<u>秋天</u>，全都枯黄了，就被人割去，加到自己的屋顶上去了。<u>冬天</u>，下雪，这里总比别处先白。化雪的时候，也比别处化得慢。河水解冻了，发绿了，沙洲上的残雪还亮晶晶地堆积着。这条沙洲是两条河水的分界处。从淖里坐船沿沙洲<u>西面北行</u>，可以看到高阜上的几家炕房。绿柳丛中，露出雪白的粉墙，黑漆大书四个字："<u>鸡鸭炕房</u>"，非常显眼。炕房门外，照例都有一块小小土坪，有几个人坐在树桩上负曝

> 先写"淖"。淖的一年四季自然景致

> 沙洲以及沙洲沿岸的自然、人文景致

> 这一座鸡鸭炕房，就是小说《鸡鸭名家》里写的"余大房炕房"

| 风俗风情
品味生活之趣味 | 闲谈。不时有人从门里挑出一副很大的扁圆的竹笼，笼口络着绳网，里面是松花黄色的，毛茸茸，挨挨挤挤，啾啾乱叫的小鸡小鸭。由沙洲往东，要经过一座浆坊。浆是浆衣服用的。这里的人，衣服被里洗过后，都要浆一浆。浆过的衣服，穿在身上沙沙作响。浆是芡实水磨，加一点明矾，澄去水分，晒干而成。这东西是不 |

洗一大盆衣要多少浆粉汪曾祺也知晓，插入这一细节，环境气氛就活了

值什么钱的。<u>一大盆衣被，只要到杂货店花两三个铜板，买一小块，用热水冲开，就够用了</u>。但是全县浆粉都由这家供应（这东西是家家用得着的），所以规模也不算小了。浆坊有四五个师傅忙碌着。喂着两头毛驴，轮流上磨。浆坊门外，有一片平场，太阳好的时候，每天晒着浆块，白得叫人眼睛都睁不开。炕房、浆坊

作者介绍大淖，经络分明，线索清晰，好似绘了一张地图

附近还有几家买卖荸荠、茨菇、菱角、鲜藕的鲜货行，集散鱼蟹的鱼行和收购青草的草行。过了炕房和浆坊，就都是田畴麦垅，牛棚水车，人家的墙上贴着黑黄色的牛屎粑粑，——牛粪和水，拍成饼状，直径半尺，整齐地贴在墙上晾干，作燃料，已经完全是农村的景色了。由大淖<u>北去</u>，可至北乡各村。<u>东去可至一沟、二沟、三垛</u>，直达邻县兴化。

插叙

大淖的<u>南岸</u>，有一座漆成绿色的木板房，房顶、地面，都是木板的。这原是一个轮船公司。靠外手是候船的休息室。往里去，临水，就是码头。原来曾有一只小轮船，往来本城的兴化，隔日一班，单日开走，双日返回。小轮船漆得花花绿绿的，飘着万国旗，机器突突地响，烟筒冒着黑烟，装货、卸货，<u>上客、下客</u>，也有卖牛肉、高粱酒、花生瓜子、芝麻灌香糖的小贩，吆吆喝喝，是热闹过一阵的。后来因为公司赔了本，股东无意继续经营，就卖船停业了。这间木板房子倒没有拆

小孩比撒尿，这细节真实可感，且使静止的环境流动起来

去。现在里面空荡荡、冷清清，只有附近的野孩子到候船室来唱戏玩，棍棍棒棒，乱打一气；或到码头上比赛撒尿。<u>七八个小家伙，齐齐地站成一排，把一泡泡骚尿哗哗地撒到水里</u>，看谁尿得最远。

大淖指的是这片水，也指水边的陆地。这里是城区和乡下的交界处。从轮船公司往南，穿过一条深巷，就是北门外东大街了。坐在大淖的水边，可以听到远

承上启下，过渡自然

远地一阵一阵朦朦胧胧的市声，<u>但是这里的一切和街里不一样。这里没有一家店铺。这里的颜色、声音、气味和街里不一样。这里的人也不一样。他们的生活，他们的风俗，他们的是非标准、伦理道德观念和街里的穿长衣念过"子曰"的人完全不同</u>。

"中华文苑网"之文化广场"名作欣赏"中有篇署名"那非"的文章《〈大淖记事〉赏析》，对《大淖记事》与《边城》作了详细比较，可参考

★**编选者的话：**

　　《大淖记事》是汪曾祺最长的小说，也就12000字左右。这篇小说也是汪曾祺最富有"故事性"的小说：恶人作恶，美人落难，英雄相救，有情人终成眷属。如果说《受戒》与沈从文的《边城》的相像处主要体现在小英子这个人物与翠翠的相似上，那么，《大淖记事》与《边城》的相似就绝非仅仅在人物上，更主要体现在叙事方式与小说结构上。除此之外，赞美人性、追求理想化的生活方式、在困厄面前依然保持乐观态度、地方风俗描写等等，也颇多相似。因此，这篇小说更能看出汪曾祺受沈从文影响的具体方面。当然，这篇小说与《边城》还是有相当多的不同，如《边城》中就未有"恶人"出现，两篇小说描绘的地方风俗显然也非常不同，沈从文的语言"文白杂糅"，给人生涩、古雅之感，而汪曾祺的语言显然更"白"，素朴中透出诗意与趣味。

有论者称,汪曾祺的小说虽然都是短篇,但合起来看,就像一个长篇。他的小说与小说之间常常有相互指涉、同一人物在几篇小说中出现的情况,特别是他写故乡的一些小说中,如本篇中提到的鸡鸭炕房,就是小说《鸡鸭名家》里写的"余大房炕房"。《鸡鸭名家》里也提到大淖:"这是个很动人的地方,风景人物皆有佳胜处。"仿佛早在40年代,作者已经为《大淖记事》在作广告了。这也许只表明了一点,作者对当地人、事、物太熟悉了,而且充满了感情。那不是80年代老了之后才有的感情,而是作者从小就怀藏着的对故乡也就是对生活的深厚感情。没有这种感情,小说恐怕就不会写得那么好看。 此观点可参看陆建华《汪曾祺传》

　　巧云是如何成为"这一个"巧云的? 这自然与大淖地区的文化风俗、道德伦理观念、地理环境等有关。小说花了近一半的篇幅来描写大淖,是为了营造气氛,而作者有一个文学观念:"气氛即人物。"气氛如何与人物相关,成为人物的一部分? 本片断就是很好的一例。 "气氛即人物"的文学观念

　　值得一提的是,作者考证"大淖"这个"淖"字,花了几十年时间。当地人都写成"脑",这让汪曾祺觉得别扭。后来他下放到张家口坝上劳动,无意中得知那儿的人们把大大小小的一片水叫做"淖儿"。陆建华在《汪曾祺传》里这样写道:"如果不是为大淖正了名,大淖仍是过去那个令他'觉得感情上不舒服'的'大脑',优秀小说《大淖记事》能否诞生恐怕还是个疑问。"因此,小说开头对"大淖"名称的简短介绍,既是地方风土(水乡)的描写,又带有一点历史悠长的意味,恰到好处地引出了以下的地方风情、风俗描写。"淖"因此也可以说是这篇小说描写气氛的中心意象。 对"淖"的考证

　　作者写环境,也是有情有致的,除了经络分明外,作者又不忘添上"血肉":沙洲上的"茅草和芦荻"、芦蒿,一年四季的景致,这是充满田园气息的自然景观;炕房的小鸡小鸭、门外负曝闲谈的人、浆坊师傅的工作流程、鲜货行、鱼行、草行、牛屎粑粑作燃料、码头、轮船、小贩、小家伙撒尿,这是充满人情意味、生活色彩的人文景观。最后自然而然总结第一节,过渡到第二节:这里的一切都和街里不一样。 关于环境描写

　　另外,汪曾祺的其他小说也营造气氛,但常常是一边造气氛,一边写人物,把人物置于气氛中,人物与气氛成为相互的穿插部分。而这篇小说把气氛与人物截然分开的写法,是比较特别的。这到底是隔断了人物与气氛,还是更好地融洽了人物与气氛的关系? 读了小说,相信你会有自己的观感。 关于本篇小说对气氛的营造

★作者的话:

　　大淖的景物,大体就是像我所写的那样。居住在大淖附近的人,看了我的小说,都说"写得很像"。当然,我多少把它美化了一点。比如大淖的东边有许多粪缸(巧云家的门外就有一口很大的粪缸),我写它干什么呢? 我这样美化一下,我的家乡人是同意的。我并没有有闻必录,是有所选择的。 "美化"生活

　　……小锡匠那回事是有的。像我这个年龄的人都还记得。我那时还在上小学,听说一个小锡匠因为和一个保安队的兵的"人"要好,被保安队打死了,后来用尿碱救过来了。我跑到出事地点去看,只看见几只尿桶。这地方是平常日子也总有几只尿桶放在那里的,为了集尿,也为了方便行人。我去看了那个"巧云" 小说原型

（我不知道她的真名叫什么），门半掩着，里面很黑，床上坐着一个年轻女人，我没有看清她的模样，只是无端地觉得她很美。过了两天，我看见锡匠们在大街上游行。这些，都给我留下很深的印象，使我向往。我当时还很小，但我的向往是真实的。我当时还不懂"高尚的品质、优美的情操"这一套，我有的只是一点向往。这点向往是朦胧的，但也是强烈的。这点向往在我的心里存留了四十多年，终于促使我写了这篇小说。

> "向往"使汪曾祺拿起了笔

……对这篇小说的结构，有两种不同的意见。一种以为前面（不是直接写人物的部分）写得太多，有比例失重之感。另一种意见，以为这篇小说的特点正在其结构，前面写了三节，都是记风土人情，第四节才出现人物。我于此有说焉。我这样写，自己是意识到的。所以一开头着重写环境，是因为"这里的一切和街里不一样"，"这里的人也不一样。他们的生活，他们的风俗，他们的是非标准、伦理道德观念和街里的穿长衣念过'子曰'的人完全不同"。<u>只有在这样的环境里，才有可能出现这样的人和事</u>。有个青年作家说："题目是《大淖记事》，不是《巧云和十一子的故事》，可以这样写。"我倾向同意她的意见。

> 关于小说的结构
>
> 有意而为之

我的小说的结构并不都是这样的。比如《岁寒三友》，开门见山，上来就写人。我以为短篇小说的结构可以是各式各样的。如果结构都差不多，那也就不成为其结构了。

《〈大淖记事〉是怎样写出来的》，《读书》1982/8

★**相关评论：**

《大淖记事》不是散文，但却具有散文的从容和潇洒；它不是诗，但却充满诗的韵味和魅力；它不是画，但却分明有迷人的风俗美与人情美。《大淖记事》全篇有一个扣人心弦的故事，但作者偏偏不着力于故事本身的娓娓叙述，而是从背景中推出故事和人物，成功地实践了他"气氛即人物"的美学理想。小说共六节，令人新奇的是，主要人物巧云一直到第四节才出场。而在前三节，作者则是恣意写大淖的风景、风俗、风情。正是因为写足、写透了大淖的"颜色、声音、气味和街里不一样"，这才会合理凸现出"这里的人也不一样。他们的生活，他们的风俗，他们的是非标准、伦理道德观念和街里穿长衫念过'子曰'的人完全不同。"确实，是大淖的秀丽风景滋润孕育出美丽的巧云，更是大淖人"和街里人不一样"的伦理道德标准铸造出巧云刚柔相济的独特性格。没有风情奇特的大淖，就没有"这一个"巧云；而没有似野实纯的巧云，又何来如此令人奇、令人惊的十足震撼人心的《大淖记事》？

> 陆建华是汪曾祺胞弟的同班同学，也是最早研究汪曾祺的专家之一。《汪曾祺传》也是国内目前惟一的一本汪曾祺传记，值得一读

陆建华《汪曾祺传》，江苏文艺出版社 1997/7

秦观有一首《鹊桥仙》，说的也是牛郎织女七夕会：
纤云弄巧，飞星传恨，银汉迢迢暗度。金风玉露一相逢，便胜却人间无数。
<u>柔情似水，佳期如梦</u>，忍顾鹊桥归路。两情若是久长时，又岂在朝朝暮暮。
这同汪曾祺的笔墨在神韵上确是像极了，其中"纤云弄巧"一句，不正同"巧云"的名字暗合么？据汪曾祺自己说，他的小说留给一位法国汉学家的印象是<u>满纸都是水</u>。殊不知秦少游已有"柔情似水"的名句了。高邮是江南水乡，所以把水

> 这段评论评的虽不是所选片断，但这一评论对我们理解汪曾祺小说风格的形成及渊源、塑造人物的心理动机都有极大的裨益
>
> 汪曾祺与秦观比较

的温软多情作为作品的底色,已成为一种文学上的传统。

　　至于"佳期如梦",那也是汪曾祺《大淖记事》的中心意象。汪曾祺的爱情小说如《大淖记事》、《受戒》,都似乎交织着梦境和现实力量两条线索。梦境一般象征着情人的幽期密约、海誓山盟,而现实力量则代表着外来的粗暴干涉。这里就涉及了中国传统知识分子的一个重要的心理秘密。编造关于巫山云雨的梦境成了他们对于残酷的历史过程的一种特殊的心灵规避方式。因此他们写的爱情故事不论怎样美丽,却总笼罩着一种"杜鹃声里斜阳暮"的沉郁色彩。汪曾祺曾说:"我买了一部词学丛书,课余常用毛笔抄宋词,既练了书法,也略窥了词义。词大都是抒情的,多写离别。这和少年人每每有的无端感伤情绪易于相合,到现在我的小说里还带有一点隐隐约约的哀愁。"这段回忆说明了他的创作与宋词的关系。在宋代词人中,高邮人氏确以秦少游最为著名。所以尽管汪曾祺没有明说,也自然可以使人联想到他和秦观之渊源了。

胡河清《汪曾祺论》,《灵地的缅想》,学林出版社 1995/4

> 关于梦境与现实

> 汪曾祺创作与宋词、秦观的关系

职　业

　　《职业》发表于1983年《文汇月刊》第5期。

　　20世纪40年代的昆明文林街上,有各种各样各地口音的叫卖声:收旧衣烂衫的,卖贵州遵义板桥的化风丹的,卖壁虱药蚊蚤药的,还有苗族少女卖杨梅、玉麦粑粑的。小说着重描写了一个卖椒盐饼子西洋糕的小孩。父亲死得早,读不起书,小小的年纪,他就自谋生路了,卖糕饼为生。可他却敬职敬业,热爱生活。可孩子毕竟是孩子,当他偶尔不必去卖糕饼,也就是丢开了"职业"的束缚时,他就完全恢复了孩子的淘气可爱,背着人模仿那些上学孩子的腔调,把叫卖声"椒盐饼子西洋糕"叫成了"捏着鼻子吹洋号"。

　　汪曾祺的小说的确与众不同,而又以此篇为最。本篇又是作家自己认为最满意的,故选此篇全文,以飨读者。

　　文林街一年四季,从早到晚,有各种吆喝叫卖的声音。街上的居民铺户、大人小孩、大学生、中学生、小学生、小教堂的牧师,和这些叫卖的人自己,都听得很熟了。

　　"有旧衣烂衫找来卖!"

> 叫卖声一

　　我一辈子也没有听见过这么脆的嗓子,就像一个牙口极好的人咬着一个脆萝卜似的。这是一个中年的女人,专收旧衣烂衫。她这一声真能喝得千门万户开,声音很高,拉得很长,一口气。她把"有"字切成了"一——尤",破空而来,传得很远(她的声音能传半条街)。"旧衣烂衫"稍稍延长,"卖"字有余不尽:

> 对声音的描摹很细腻

　　"一——尤旧衣烂衫……找来卖……"

> 叫卖声一的变化

叫卖声二	"有人买贵州遵义板桥的化风丹……?"

我从此人的吆喝中知道了一个一般地理书上所不载的地名:板桥,而且永远也忘不了,因为我每天要听好几次。板桥大概是一个镇吧,想来还不小。不过它之出名可能就因为出一种叫化风丹的东西。化风丹大概是一种药吧?这药是治什么病的?我无端地觉得这大概是治小儿惊风的。昆明这地方一年能销多少化风丹?我好像只看见这人走来走去,吆喝着,没有见有人买过她的化风丹。当然会有人买的,否则她吆喝干什么。这位贵州老乡,你想必是板桥的人了,你为什么总在昆明呆着呢?你有时也回老家看看么?

黄昏以后,直至夜深,就有一个极其低沉苍老的声音,很悲凉地喊着:

叫卖声三	"壁虱药!蛭蚤药!"

壁虱即臭虫。昆明的跳蚤也是真多。他这时候出来吆卖是有道理的。白天大家都忙着,不到挨咬,或已经挨咬的时候,想不起买壁虱药、蛭蚤药。

有时有苗族的少女卖杨梅、卖玉麦粑粑。

叫卖声四	"卖杨梅——!" "玉麦粑粑——!"

以上各段写法雷同,一句叫卖,一段感受或解释。以下写法有了变化	她们都是苗家打扮,戴一个绣花小帽子,头发梳得光光的,衣服干干净净的,都长得很秀气。她们卖的杨梅很大,颜色红得发黑,叫做"火炭梅",放在竹篮里,下面衬着新鲜的绿叶。玉麦粑粑是嫩玉米磨制成的粑粑(昆明人叫玉米为包谷,苗人叫玉麦),下一点盐,蒸熟(蒸出后粑粑上还明显地保留着拍制时的手指印痕),包在玉米的嫩皮里,味道清香清香的。这些苗族女孩子把山里的夏天和初秋带到了昆明的街头了。 ………… 在这些耳熟的叫卖声中,还有一种,是:

叫卖声五。卖糕饼孩子叫卖声第一次出现。未见人,已闻声	"椒盐饼子西洋糕!"

细致地描述,品味赏析,生活的滋味一点点呈现出来	椒盐饼子,名副其实:发面饼,里面和了一点椒盐,一边稍厚,一边稍薄,形状像一把老式的木梳,是在铛上烙出来的,有一点油性,颜色黄黄的。西洋糕即发糕,米面蒸成,状如莲蓬,大小亦如之,有一点淡淡的甜味。放的是糖精,不是糖。这东西和"西洋"可以说是毫无瓜葛,不知道何以命名曰"西洋糕"。这两种食品都不怎么诱人。淡而无味,虚泡不实。买椒盐饼子的多半是老头,他们穿着土布衣裳,喝着大叶清茶,抽金堂叶子烟,泛览周王传,流观山海图,一边嚼着这种古式的点心,自得其乐。西洋糕则多是老太太叫住,买给她的小孙子吃。这玩意好消化,不伤人,下肚没多少东西。当然也有其他的人买了充饥,比如拉车的,赶

马的马锅头,在茶馆里打扬琴说书的瞎子……

卖椒盐饼子西洋糕的是一个孩子。他斜挎着一个腰圆形的扁浅木盆,饼子和糕分别放在木盆两侧,上面盖一层白布,白布上放一饼一糕作为幌子,从早到晚,穿街过巷,吆喝着:

"椒盐饼子西洋糕!"

这孩子也就是十一二岁,如果上学,该是小学五六年级。但是他没有上过学。

我从侧面约略知道这孩子的身世。非常简单。他是个孤儿,父亲死得早。母亲给人家洗衣服。他还有个外婆,在大西门外摆一个茶摊卖茶,卖葵花子,他外婆还会给人刮痧、放血、拔罐子,这也能得一点钱。他长大了,得自己挣饭吃。母亲托人求了糕点铺的杨老板,他就做了糕点铺的小伙计。晚上发面,天一亮就起来烧火,帮师傅蒸糕、打饼,白天挎着木盆去卖。

"椒盐饼子西洋糕!"

这孩子是个小大人!他非常尽职,毫不贪玩。遇有唱花灯的、耍猴的、耍木脑壳戏的,他从不挤进人群去看,只是找一个有荫凉、引人注意的地方站着,高声吆喝:

"椒盐饼子西洋糕!"

每天下午,在华山西路、逼死坡前要过龙云的马。这些马每天由马夫牵到郊外去遛,放了青,饮了水,再牵回来。他每天都是这时经过逼死坡(据说这是明建文帝被逼死的地方),他很爱看这些马。黑马、青马、枣红马。有一匹白马,真是一条龙,高腿狭面,长腰秀颈,雪白雪白。它总不好好走路。马夫拽着它的嚼子,它总是骁骁骏骏的。钉了蹄铁的马蹄踏在石板上,郭答郭答。他站在路边看不厌,但是他没有忘记吆喝:

"椒盐饼子西洋糕!"

饼子和糕卖给谁呢?卖给这些马吗?
他吆喝得很好听,有腔有调。若是谱出来,就是:

|#5 5   6 — — | 5 3 $\widehat{2}$ — — ||
<u>椒盐　饼子　　西洋　糕</u>

放了学的孩子(他们背着书包),也觉得他吆喝得好听,爱学他。但是他们把字眼改了,变成了:

汪曾祺小说四篇　329

人物出场,一个简单亮相之后,出现小孩的第二次叫卖声

在对小孩作了简单介绍之后的这第三声叫卖,已经饱含生活的艰辛

艰辛的生活使孩子早熟早慧,第四次叫卖声表现了小孩的尽职

第五次叫卖声表现小孩对生活的热爱,童心依旧

第六次叫卖声干脆以曲谱的形式出现。小说语言节奏的音乐性,达到了一个高潮

叫卖声第七次出现，是以变奏、戏谑的形式出现	`|#5 5 6 — —	5 3 ⌢2 — —||` 　　捏着 鼻子　　吹洋 号
	昆明人读"饼"字不走鼻音，"饼子"和"鼻子"很相近。他在前面吆喝，孩子们在他身后摹仿：
第八次重复回旋	"捏着鼻子吹洋号！"
尽职尽责	这又不含什么恶意，他并不发急生气，爱学就学吧。这些上学的孩子比卖糕饼的孩子要小两三岁，他们大都吃过他的椒盐饼子西洋糕。他们长大了，还会想起这个"捏着鼻子吹洋号"，俨然这就是卖糕饼的小大人的名字。 　　这一天，上午十一点钟光景，我在一条巷子里看见他在前面走。这是一条很长的、僻静的巷子。穿过这条巷子，便是城墙，往左一拐，不远就是大西门了。我知道今天是他外婆的生日，他是上外婆家吃饭去的（外婆大概炖了肉）。他妈已经先去了。他跟杨老板请了几个小时的假，把卖剩的糕饼交回到柜上，才去。虽然只是背影，但看得出他新剃了头（这孩子长得不难看，大眼睛，样子挺聪明），换了一身干净衣裳。我第一次看到这孩子没有挎着浅盆，散着手走着，觉得很新鲜。他高高兴兴，大摇大摆地走着。忽然回过头来看看。他看到巷子里没有人（他没有看见我，我去看一个朋友，正在倚门站着），忽然大声地、清清楚楚地吆喝了一声：
第九次依然重复前两次，就像歌曲的结尾，经常都是重复几遍后结束	"捏着鼻子吹洋号！"
	作者附注：这是三十多年前在昆明写过的一篇旧作，原稿已失去。前年和去年都改写过，这一次是第三次重写了。一九八二年六月二十九日记
	★编选者的话：
本篇是小说散文化的典型范例	如果说汪曾祺的其他小说都有散文化的特点，那么《职业》这篇就几乎与散文没有区别。没有小说应有的连贯的故事情节，只有生活细节。汪曾祺为什么要把这篇算作小说而不是散文？如果说是因为有虚构的成分，作者却在小说结尾处特意用括号加上说明"他没有看见我，我去看一个朋友，正在倚门站着"，似乎要说明并不是虚构的。联系到汪曾祺自己对小说与散文的看法，大概可以猜测
见《汪曾祺文集·文集自序》	汪曾祺把《职业》视为小说的理由。关于小说，汪曾祺说："我以为思想是小说首要的东西。"关于散文，他又说："我以为散文的大忌是作态。散文是可以写得随便一些的。……散文总得有点见识，有点感慨，有点情致，有点幽默感。"也许可以这样认为：散文与小说最大的不同是，散文的见识是作者直接表达出来的，而小说的思想是寓于所写之事、物、人、景之中的。由篇名"职业"而非"文林街的叫卖声"或"卖糕饼的孩子"也可推想，作者写各种叫卖声和孩子，寓意在"职业"两字上，这就是小说才需要的刻意经营。而汪曾祺的才能在于，经营得看上去很随

便,随便得像散文。

小说全篇由各种叫卖吆喝声串连而成,加上叙述者"我"的感受、想象。"我"在小说中直接出现,这种叙述方式是40年代的汪曾祺最常用的方式,而本篇正是根据那时写过的小说改写的,因而保留了这一叙述方式。同时,这种叙述方式使本篇更接近散文。如果没有卖糕饼小孩的描写,本篇就不足以成为小说。因此,也可以把前面描写叫卖的部分,理解成对后面描写孩子的一个铺垫,是人物出场前的气氛营造。 _{小说的叙事特点}

卖糕饼小孩的叫卖声全篇一共出现九次,每次叫卖声都有不同的情形,不同的作用。每出现一次叫卖声,就是对小孩深入一步的刻画,层层递进。随着叫卖声声声传来,小孩的形象越来越清晰地凸现在读者眼前。同时,小孩的叫卖声与前面各种叫卖、后面上学孩子的模仿调笑一起,构成了本篇小说语言、节奏上的歌咏效果,从结构上讲有复调的意味。小说结束也是一句叫卖声,不同的是,这是一声不带职业性而带有娱乐游戏性的滑稽叫卖。小说反复咏叹至此才止,既干净利落,又余韵无尽。 _{小说的其他特点}

★作者的话:

有不少人问我:"你自己最满意的小说是哪几篇?"这倒很难回答。我只能老实说:大部分都比较满意。"哪一篇最满意?"一般都以为《受戒》、《大淖记事》是我的"代表作",似乎已有定评,但我的回答出乎一些人的意外:《职业》。 _{作家自己最满意的作品是《职业》}

山西的评论家兼小说家李国涛,说我的最好的小说是《职业》。有一位在新疆教古典文学的教授说他每读《职业》的结尾都要流泪。这使我觉得很欣慰。

……第四稿交给《人民文学》后,刘心武说:"为什么这样短的小说用这样大的题目?"他读了原稿,说:"是得用这样大的题目。" _{关于小说标题}

《〈职业〉自赏》,《文友》1994/8

我还写过一篇小说,是写我在昆明见到的一个小孩。那小孩未成年,应该是学龄儿童,可他已挣钱养家,因为他家生活很苦,他老挎一个椭圆形的木桶,卖椒盐饼西洋糕。……这篇小说我前后写了四次。……写了以后觉得不够丰满,我就把在昆明所接触的各种叫卖声、吆喝声,如卖壁虱药的、卖蚊香的、卖玉麦粑粑的、收破烂的,写了一长串,作为小孩的叫卖声的背景。这样写就比较丰满,主题就扩展了一些,变成:人世多苦辛。 _{小说的修改}

《小说的思想和语言》,《写作》1991/4

★相关评论:

我想,如果就总体而论,汪曾祺小说大约可以算得是"非情节"性、"反戏剧性"、无悬念、无高潮的。 _{颇有先锋意味}

妙就妙在,难就难在:小说又是浑然整体。意思不浅露,却深藏在整体之中。在相当一部分作品中,倒有点白居易的"首句标其目,卒章显其志"的味道。主要是"卒章显其志",读到结尾,你会从盎然的情趣中回过味儿来。《职业》结尾,那小贩孩子高叫一声"捏着鼻子吹洋号",比他一天到晚叫过千百遍的"椒盐 _{卒章显其志}

饼子西洋糕"，真是有无穷的快乐，因为这是非职业性的游戏。童心渴望自由，"职业"束缚得他太苦了。……所有这些"卒章显其志"的小说，你读前面时是万万想不到后面这一结的。它根本没有什么渲染铺垫。我们所谓的"渲染铺垫"常常是太假也太着力了。

《职业》是"语言游戏"。《职业》从头到尾写小贩的叫卖声。居民和"这些叫卖的人自己，都听得很熟了"。"熟"，就从一声吆喝里品味出它的深层潜藏着一些什么。从早到晚，从清脆到苍老，从苗家女儿到贵州老乡，阵阵叫卖声里倾诉出多少种人生——"职业"。从"职业"到"游戏"，从不自由到自由。汪曾祺的"语言游戏"揭示出语义学以外的心理内容。

李国涛《读〈矮纸集〉兼及汪曾祺小说文体描述》，
《中国当代作家面面观》(林建法、傅任选编)，华东师大出版社 2002/2

边注：
- 应该对"渲染铺垫"重新定义？
- 语言游戏

故里三陈·陈小手

《故里三陈》发表于1983年《人民文学》第9期。

《故里三陈》塑造了故乡三个姓陈的能人巧人形象，三篇写法各有不同。其中《陈小手》一篇写男性产科医生陈小手的经历与命运。小说开头就交待男性产科医生在当地绝无仅有，同时也是被人瞧不起的一个职业。但陈小手不仅不以为然，而且敬业，手艺高超。小说简单交待了陈小手的经历，也就是他的与众不同，却并未交待他为何要做产科医生。后半部分详细描写给团长太太接生的经过，最后轻描淡写地安排了陈小手的结局：仅仅因为他出于职业需要接触了团长太太的身体，这样一个有个性有手艺而又敬业的能人，被团长一枪打死。

《陈小手》是《故里三陈》的第一篇，也是最短的一篇。

我们那地方，过去极少有产科医生。一般人家生孩子，都是请老娘。什么人家请哪位老娘，差不多都是固定的。一家宅门的大少奶奶、二少奶奶、三少奶奶，生的少爷、小姐，差不多都是一个老娘接生的。老娘要穿房入户，生人怎么行？老娘也熟知各家的情况，哪个年长的女佣人可以当她的助手，当"抱腰的"，不需临时现找。而且，一般人家都迷信哪个老娘"吉祥"，接生顺当。——老娘家都供着送子娘娘，天天烧香。谁家会请一个男性的医生来接生呢？——我们那里学医的都是男人，只有李花脸的女儿传其父业，成了全城仅有的一位女医人。她也不会接生，只会看内科，是个老姑娘。男人学医，谁会去学产科呢？都觉得这是一桩丢人没出息的事，不屑为之。但也不是绝对没有。陈小手就是一位出名的男性的产科医生。

陈小手的得名是因为他的手特别小，比女人的手还小，比一般女人的手还更柔软细嫩。他专能治难产。横生、倒生，都能接下来(他当然也要借助于药物和器械)。据说因为他的手小，动作细腻，可以减少产妇很多痛苦。大户人家，非到万不得已，是不会请他的。中小户人家，忌讳较少，遇到产妇胎位不正，老娘束手，老娘就会建议："去请陈小手吧。"

陈小手当然是有个大名的，但是都叫他陈小手。

边注：
- 《故里三陈》：《陈小手》《陈四》《陈泥鳅》
- 最为经典的短篇小说
- 这一段侧写家乡接生风俗，以强调陈小手的独特个性："奇"
- 以下几段正面写陈小手的"能"
- 通过"陈小手"称呼的来历以侧锋写他的"能"

接生,耽误不得,这是两条人命的事。陈小手喂着一匹马。这匹马浑身雪白,无一根杂毛,是一匹走马。据懂马的行家说,这马走的脚步是"野鸡柳子",又快又细又匀。我们那里是水乡,很少人家养马。每逢有军队的骑兵过境,大家就争着跑到运河堤上去看"马队",觉得非常好看。陈小手常常骑着白马赶着到各处去接生,大家就把白马和他的名字联系起来,称之为"白马陈小手"。 <!-- 以"白马陈小手"称呼的来历进一步强调他的"能"且敬业 -->

同行的医生,看内科的、外科的,都看不起陈小手,认为他不是医生,只是一个男性的老娘。陈小手不在乎这些,只要有人来请,立刻跨上他的白马,飞奔而去。正在呻吟惨叫的产妇听到他的马脖子上的銮铃的声音,立刻就安定了一些。他下了马,即刻进产房。过了一会(有时时间颇长),听到哇的一声,孩子落地了。陈小手满头大汗,走了出来,对这家的男主人拱拱手:"恭喜恭喜!母子平安!"男主人满面笑容,把封在红纸里的酬金递过去。陈小手接过来,看也不看,装进口袋里,洗洗手,喝一杯热茶,道一声"得罪",出门上马。只听见他的马的銮铃声"哗棱哗棱"……走远了。 <!-- 有个性 -->

陈小手活人多矣。 <!-- 技术高超 -->

有一年,来了联军。我们那里那几年打来打去的,是两支军队。一支是国民革命军,当地称之为"党军";相对的一支是孙传芳的军队。孙传芳自称"五省联军总司令",他的部队就被称为"联军"。联军驻扎在天王寺,有一团人。团长的太太(谁知道是正太太还是姨太太),要生了,生不下来。叫来几个老娘,还是弄不出来。这太太杀猪也似的乱叫。团长派人去叫陈小手。 <!-- 以上概写陈小手,以下详写陈小手为团长太太接生一事 -->

陈小手进了天王寺。团长正在产房外面不停地"走柳"。见了陈小手,说:"大人,孩子,都得给我保住!保不住要你的脑袋!进去吧!" <!-- 团长仗势欺人,陈小手凶多吉少 -->

这女人身上的脂油太多了,陈小手费了九牛二虎之力,总算把孩子掏出来了。和这个胖女人较了半天劲,累得他筋疲力尽。他迤里歪斜走出来,对团长拱拱手:

"团长!恭喜您,是个男伢子,少爷!"

团长龇牙笑了一下,说:"难为你了!——请!" <!-- 陈小手可逃此一劫? -->

外边已经摆好了一桌酒席。副官陪着。陈小手喝了两盅。团长拿出二十块现大洋,往陈小手面前一送: <!-- 重"礼"的民族多的是虚礼,连粗人"团长"也不肯废这礼 -->

"这是给你的!——别嫌少哇!"

"太重了!太重了!"

喝了酒,揣上二十块现大洋,陈小手告辞了:"得罪!得罪!"

"不送你了!"

陈小手出了天王寺,跨上马。团长掏出枪来,从后面,一枪就把他打下来了。 <!-- 陈小手未能逃此劫 -->

团长说:"我的女人,怎么能让他摸来摸去!她身上,除了我,任何男人都不许碰!这小子,太欺负人了!日他奶奶!" <!-- 强盗逻辑 -->

团长觉得怪委屈。 <!-- 以团长的感受结束小说。幽默,却令人愤慨 -->

一九八三年八月一日急就

★ 编选者的话：

<small>三篇一组小说形式的特点</small>

三个短篇一组作为完整的一篇小说，在汪曾祺的作品中占六篇之多，《故里三陈》是其中最著名的。仔细研读后发现，这些小说大部分是写人物的，人物与人物之间也较少有社会关系。且人物不是能工巧匠、善人、义人，就是奇人怪人。三篇一组的形式，有点像人物志。

<small>选择三篇一组这种形式的原因及效果</small>

作者为什么要选择"组"这种形式？"组"里的三个人物有关系吗？我想既为一组，其中的人物虽然没有表面的社会关系，但却包含作者对他们的共同感情，因而也有相似的主旨。比如《故里三陈》中的"三陈"，都是能人，都有善心，社会地位都卑下，除陈泥鳅外，结局都不幸。他们虽各有各的职业与个性，但作者显然对他们都抱以同情与赞美。写"三陈"的笔法各有不同，有的侧重人物勾勒，有的侧重风俗描写，组合起来，却是完整的关于故乡的回忆。因此，之所以是三篇而不是四篇五篇一组，我个人认为，三篇有互补增色的作用，否则，单独作为一篇太单薄。另外，"三"这个数字在中国文化中有"多"的意思，像陈小手这样的普通人物，正是这世上最多的一群。他们有他们的小悲小欢，小奸小诈，既如陈小手这样冤屈而死，也不是什么大悲恸的事。这是生命的常态，也是生活的常态。然而，正是这种常态给我们的观感却是：生命的悲哀底色，但这却并不影响这些

<small>空白的艺术</small>

小人物在这悲哀的底色上描上一两笔亮色。简短的丰富，留白甚多，余味绵长，这是三篇一组这种形式给我们留下的一种感觉。

<small>见汪曾祺《自报家门》</small>

这么短的篇幅，描写的还是陈小手的一生，如何塑造人物？传统中国画的计白当黑呗。正像他自己所说的："短篇小说是'空白的艺术'。办法很简单，能不说的话就不说。这样一篇小说的容量就会更大了，传达的信息就更多。以己少少许，胜人多多许。短了，其实是长了。少了，其实是多了。这是很划算的事。"因

<small>写意画效果</small>

此，作者写人物较少肖像、心理等的精刻细描，大都写人物的表面行状，一件或几件事情，几乎没有作者直接鲜明的感情色彩，然而读完小说，你自然可以知道作者的感情。这种描写不是西洋人物画惟妙惟肖的逼真写法，而是中国人物画勾勒线条的粗犷写法，可能有眼睛没鼻子，只浓墨重彩于人物的某一特点，简约或省略其他方面。这种人物描写与《世说新语》写人简洁、奇崛的风格非常类似。

<small>小说结尾悲剧化的处理</small>

陈小手这一人物是有原型的，生活中的"陈小手"并未被团长一枪打死，汪曾祺在小说中对这一结局作了虚构处理。很显然，虚构的目的从内容上来看，是为了更有力地塑造"团长"的可恶，突出小人物的悲哀。同时，这一虚构从小说结构上讲也具有"空白的艺术"的效果。《陈小手》是"空白的艺术"典型的一例。

<small>摩罗对《陈小手》的异议</small>

对《陈小手》持异议的当推摩罗先生。出于对文学的理解，摩罗先生对汪曾祺80年代与90年代的小说评价完全不一样。他肯定的是汪曾祺90年代的作品，因为那些小说比较"直面人生"，而《受戒》等小说是作家对现实的逃避。摩罗的《汪曾祺：末世的温馨》还有网上版，题为《末世的温馨与悲凉——论汪曾祺》，不知哪篇发表在先。网上版此文中有一段评论在书中没有，从这一段评论大约可知摩罗对汪曾祺小说的观感："他在创作中的确常常遮掩丑恶、省略血腥，但这并不意味着他没有体验到这些。艺术家是一个心灵敏感的特殊群体。敏感又

往往与脆弱相亲相近。汪曾祺正是一个敏感而又脆弱的人，他所感到的黑暗与血腥不是比常人少，而是比常人多。但他未能通过精神的洗礼超越脆弱，无法获得鲁迅式的担当黑暗、批判丑恶的力量，他只能用遮掩的方式，维持心理的平衡、态度的平和。"摩罗先生希望看到的是一个鲁迅式的汪曾祺，这是我不敢苟同的，从汪曾祺90年代后小说失败之作多于成功之作，即使成功也没有达到《受戒》等80年代作品的水准可见，每个艺术家的个人才情、风格与审美倾向不同，应扬长避短。鲁迅式的"担当黑暗、批判丑恶"并不是汪曾祺的特长，故失败难免。而对现实的批判也应允许多样化，鲁迅的批判是一种，像《陈小手》结尾没有批判的戛然而止，正是汪曾祺式的无言愤怒与批判。因此，我个人比较赞同庄周先生对此的看法。

<small>详见"相关评论"</small>

★作者的话：

　　这些小短篇的组合，有的有点外部的或内部的联系。比如《故里三陈》写的三个人都姓陈；《钓人的孩子》所写的都是与钱有关的小故事。有的则没有联系，不能构成"组曲"，如《小说三篇》，其实可以各自成篇。至于为什么总是三篇为一组，也没有什么道理，只是因一篇太单，两篇还不足，三篇才够"一卖"。"事不过三"，三请诸葛亮，三戏白牡丹，都是三。一二三，才够意思。

<small>关于三篇一组</small>

《〈晚饭花集〉自序》，《晚翠文谈新编》，生活·读书·新知出版社2002/7

　　我的一些小说不大像小说，或者根本就不是小说。有些只是人物素描。我不善于讲故事。我也不喜欢太像小说的小说。即故事性很强的小说。故事性太强了，我觉得就不大真实。我的初期的小说，只是相当客观地记录了对一些人的印象，对我所未见的，不了解的，不去以意为之做过多的补充。后来稍稍展开一些，有较多的虚构，也有一点点情节。

<small>关于小说的故事性</small>

　　……一篇小说要在字里行间都浸透了人物。作品的风格，就是人物性格。

<small>风格即人物性格</small>

《〈汪曾祺短篇小说选〉自序》，《晚翠文谈新编》，
生活·读书·新知出版社2002/7

★相关评论：

　　从早期的《鸡鸭名家》到后期的《受戒》，汪曾祺一系列笔记风格的风俗画杰作肯定是中国现代小说最足以傲世的极少数重大收获之一，仅就艺术成就而论，决不下于鲁迅和张爱玲。洗练的语言，明丽的色彩，淳朴的民情，都达到了难以超越的极致，而《陈小手》足以代表他的至高成就。在这篇可算微型小说的极短篇中，汪曾祺的全面艺术才能得到了具体而微同时又淋漓尽致的展示。他的儒家倾向使他的小说体现出一种哀而不伤的含蓄沉痛和谑而不虐的超然独笑。有人用思想家甚至战士的标准来苛求他，但他仅仅是个艺术家——这不是他应该受到指责的理由，做一个称职的本色艺术家决非易事。不是思想斗士并非艺术家的耻辱，生产伪艺术或艺术垃圾才是艺术家的耻辱。汪曾祺是二十世纪下半叶在自己独创的形式中达到艺术完美的惟一大师级中国小说家，其成就丝毫不亚于被国人津津乐道的博尔赫斯。而那些称道博尔赫斯的国人，却并不

<small>艺术成就比之于鲁迅、张爱玲</small>

<small>小说形式比之于博尔赫斯</small>

苛求博尔赫斯一定要成为思想家或战士。

庄周《齐人物论》，上海文艺出版社 2001/1

小说纯字数应为1477字	《陈小手》是短篇杰作。 短，约一千七八百字。照现在的分类，归"小小说"。 再，完整。 散淡的"开"头，紧凑的"煞"尾。中间从容；聊家常，摆乡情，谈习俗。背景有军阀混战，长官专横。主角"陈小手"脱俗又"活人多矣"。"团长"的陪衬却如"点睛"。故事生动仿佛照录民间传说。 一个短篇，还要什么呢？ 一千多字，怎么装这么多东西？ 编者叫写篇短文，限千字往里，为帮助青年朋友的阅读。想来想去，还是先说这个"短"吧，说短，又不如先听听作家汪曾祺自己的说法。
现代小说的特点	"短，是现代小说的特征之一。" "短，是出于对读者的尊重。" "现代小说是忙书，不是闲书。""现代小说更符合现代生活方式，现代生活的节奏。""他们在码头上、候车室里、集体宿舍、小饭馆里读小说，一面读小说，一面抓起一个芝麻烧饼或者汉堡包（看也不看）送进嘴里，同时思索着生活。" "小说写得长，主要原因是情节过于曲折……"
小说的长与短	"小说长，另一个原因是描写过多。" "还有一个原因是对话多。" "长，还因为议论和抒情太多。" "还有一个原因是句子长，句子太规整……" 上边抄录的，好像都只是标题。标题下边应该还有议论，是的，请青年朋友细看《陈小手》，想想，若不同意也不要紧，看看别的小说对照对照也好。 接着还不能不再抄录几句，那更加是"一家言"，做个参考如何？ "短，才有风格。现代小说的风格，几乎等于：短。短，也是为了自己。" 青年朋友，其实《陈小手》这里，还有话说，不过说来就话长了。只可提一提，好比"参考题"，帮助思考思考。 《陈小手》扎根在"民族传统"，看来没有疑问吧，可又运用了现代写法，好比
传统与现代	"意识流"，不妨找找看。
叙述与描写	再，通篇像是"叙述"，不怎么"描写"。"叙述"起来和水洗了一般干净，又怎么能够和水洗了一般呢？
短，才完整	最后，想模仿一句：短，才完整。

林斤澜，天健网－生活娱乐 2001/1/6

对摩罗先生评论的不同意见，参见"编选者的话"	《陈小手》更是汪曾祺的奇作。团长的一声枪响，洞穿了汪曾祺刻意营构的平淡与和谐。陈小手的一汪鲜血足够将流氓时代的丑恶真实映现在广袤的天幕上，但作者不敢为此投射人性之光。他随手牵来冷峻的布幔，轻轻地将这一汪鲜血掩住，然后心平气和地这样结束全文："团长觉得怪委屈。"简直需要一种大痛

苦大刻毒大觉悟，才能在如此暴烈的地方写出如此平和的奇文，它给读者的震撼是深长持久的。这是汪曾祺文学创作中最为奇崛最为辉煌的一笔，尽管还有点遮遮掩掩躲躲闪闪，可总算是显出了一点想直面人生的姿态。

说他写男女之情是"发乎情，止乎礼"，我看他写到暴力与黑暗时，他是发乎恐惧，止乎斯文。他对自己的恐惧感感到恐惧。刚刚掀开一角，就闭目塞听，撒手而去，然后忙于洗手整衣，恢复士大夫的斯文风度。凡是威胁到斯文风度的恐惧，他要么忘掉，要么化掉，即使忘不掉化不掉，也只能如上文所述按下不表。

摩罗《汪曾祺：末世的温馨》，《耻辱者手记》，内蒙古教育出版社1998/12

> 摩罗先生更看重"辉煌"，即"阳刚"，汪曾祺作品多"阴柔"
>
> 汪曾祺作品已全部收入北京师范大学出版社1998年出版的《汪曾祺全集》（八卷本）

文献索引：

1. 汪曾祺小说要目

《鸡鸭名家》，《邂逅集》文化生活出版社1949
《老鲁》，《邂逅集》文化生活出版社1949
《受戒》，《北京文学》1980/10
《异秉》，《雨花》1981/1
《大淖记事》，《北京文学》1981/4
《岁寒三友》，《十月》1981/3
《王四海的黄昏》，《小说界》1982/2
《故里杂记》，《北京文学》1982/2
《皮凤三楦房子》，《上海文学》1982/3
《鉴赏家》，《北京文学》1982/5
《晚饭花》，《十月》1982/10
《八千岁》，《人民文学》1983/2
《职业》，《文汇月刊》1983/5
《故里三陈》，《人民文学》1983/9
《桥边小说三篇》，《收获》1986/2
《当代野人系列三篇》，《小说》1997/1

2. 汪曾祺研究要目

陆建华《汪曾祺传》，江苏文艺出版社1997/7
刘　明《汪曾祺文化意识论》，作家出版社2002
唐　挚《赞〈受戒〉》，《文艺报》1980/12
国　东《莫名其妙的吹捧》，《作品与争鸣》1981/7
凌　宇《是诗？是画？——读汪曾祺的〈大淖记事〉》，《读书》1981/11
程德培《别是一番滋味在心头——读汪曾祺的短篇近作》，《上海文学》1982/8
季红真《传统的生活与文化铸造的性格》，《北京文学》1983/2
雷　达《论汪曾祺的小说》，《钟山》1983/4
张君恬《奇趣中的求索——汪曾祺小说中的"异人"形象》，《当代文坛》1986/2
李国涛《童心渴望自由——评〈职业〉》，《名作欣赏》1987/4
汪曾祺、施叔青《作为抒情诗的散文化小说》（对话录），《上海文学》1988/4
张兴劲《访汪曾祺实录》，《北京文学》1989/1
黄子平《汪曾祺的意义》，《作品与争鸣》1989/5
张诵圣《开近年文学寻根之风——汪曾祺与当代欧美小说结构观相颉颃》，《当代作家评论》

1989/5
解志熙《汪曾祺早期小说片论》,《中国现代文学研究丛刊》1990/3
胡河清《汪曾祺论》,《当代作家评论》1993/1
马　风《汪曾祺与新时期小说》,《文艺评论》1995/4
摩　罗《末世的温馨——汪曾祺创作论》,《当代作家评论》1996/5 _{该文收入《耻辱者手记》（内蒙古教育出版社，1998）时改题为《汪曾祺：末世的温馨》，略有改动}
徐　江《捧出来的佛爷——汪曾祺批判》,《十作家批判书》陕西师范大学出版社 1999/11
陆　成《"时态"与叙事——汪曾祺〈异秉〉的两个不同文本》,《文艺理论研究》1999/1
罗振亚《论汪曾祺九十年代的美学发展及其意义》,《文艺理论研究》1999/1
刘　明《民间：汪曾祺的文化方位》《山东社会科学》2000/5
陈林群《鸡鸭名家汪曾祺》,《上海大学学报》2002/2
李国涛《读〈矮纸集〉兼及汪曾祺小说文体描述》,《中国当代作家面面观》(林建法、傅任选编),华东师范大学出版社 2002/2
晓　华、汪　政《何人不起故园情——再读汪曾祺〈受戒〉》,《名作欣赏》2002.5
南栀子《昙花·孤鹤·鬼火——汪曾祺小说的民俗意象分析》,《当代作家评论》2002.5

（陈林群）

王安忆小说四篇

王安忆,祖籍福建,1954年3月生于南京。1955年随家迁居上海,1970年去安徽淮北农村插队,1972年考入江苏徐州地区文工团。1976年开始发表作品。1978年调上海《儿童时代》杂志社任编辑。1985年调入上海作家协会任专业作家。现任中国作家协会副主席、上海作家协会主席。

王安忆涉及题材广泛,风格变化很大,具有跳跃性,是一位具有丰富潜力的作家。

小鲍庄(节选)

《小鲍庄》发表于《中国作家》1985年第2期,同年上海文艺出版社出版单行本,获1985-1986全国优秀中篇小说奖,是寻根文学的代表作之一,被认为是王安忆80年代中期风格转变的标志性作品。

> 王安忆在《小鲍庄》之前的"雯雯"系列,带有作家诸多的个人经验与感受

淮北某地小鲍庄,由于地势低洼,常闹水灾,但村里人都特别讲仁义。鲍彦山的小儿子捞渣(鲍仁平)从小就克己礼让,与孤寡老人鲍五爷结下了深厚的感情。鲍彦山收留逃荒的小翠子,本打算给大儿子建设子作媳妇,可是小翠子却与跟她年龄相仿的鲍彦山的二儿子文化子有了感情,在十七岁时出逃了。小冯庄有个老姑娘叫大姑,外出逃荒几年后带回一个叫"拾来"的孩子,两人一直同床就寝。长成青年的拾来逐渐对"大姑"产生了强烈的心理依恋,他拒绝了"大姑"的提亲,离家出走成了走街串巷的货郎。拾来几次来到小鲍庄,结识了寡妇二婶,两个人在互相帮助中产生了爱情,在小鲍庄人的反对声中结了婚。有知识、喜欢文学创作的鲍仁文写稿屡投不中,他缠住老革命鲍彦荣要写他的战斗经历,而鲍彦荣对此不感兴趣。小鲍庄地势低洼,夏天发了大水。鲍秉德的妻子淹死了,七岁的捞渣为救五爷献出了自己幼小的生命。捞渣感动了全村的人。鲍仁文写了捞渣的报告文学,终于引起了县里和省里的重视,他们要树立这个典型。不久,省报登了,题目是《幼苗新风——记舍己为人小英雄鲍仁平》。记者和作家们多次来采访捞出捞渣的拾来,使这个一向受到歧视的外来户挺起了腰杆。捞渣死后一周年,县上将他的坟迁到小鲍庄正中,墓碑上刻上了"永垂不朽"四个大字。此时,由于县里照顾,鲍彦山家的新屋封顶了。建设子到农机厂上班,并结了婚。小翠子回来了,文化子悲喜交集。村里的路也开始拓宽……

引　子

| 有一种神话的原型意义 | 　　七天七夜的雨，天都下黑了。洪水从鲍山顶上轰轰然地直泻下来，一时间，天地又白了。
　　鲍山底的小鲍庄的人，眼见得山那边，白茫茫地来了一排雾气，拔腿便跑。七天的雨早把地下喧了，一脚下去，直陷到腿肚子，跑不赢了。那白茫茫排山倒海般地过来了，一堵墙似的，墙头溅着水花。|

叙述简洁

　　茅顶泥底的房子趴了，根深叶茂的大树倒了，玩意儿似的。
　　孩子不哭了，娘们不叫了，鸡不飞，狗不跳，天不黑，地不白，全没声了。
　　天没了，地没了。鸦雀无声。
　　不晓得过了多久，像是一眨眼那么短，又像是一世纪那么长，一根树浮出来，划开了天和地。树横飘在水面上，盘着一条长虫。
　　…………

一

　　家里的，在床上哼唧，要生了。队长家的大狗子跑到湖里把鲍彦山喊回来。鲍彦山两只胳膊背在身后，夹了一杆锄子，不慌不忙地朝家走。不碍事，这是第七胎了，好比老母鸡下个蛋，不碍事，他心想。早生三个月便好了，这一季口粮全有了，他又想。不过这是作不得主的事，再说是差三个月，又不是三天，三个钟头，没处懊恼的。他想开了。
　　他家门口已经蹲了几个老头。还没落地，哼得也不紧。他把锄子往墙上一撑，也蹲下了。
　　"小麦出得还好？"鲍二爷问。
　　"就那样。"鲍彦山回答。

对话很有个性，落地有声

　　屋里传来呱呱的哭声，他老三家里的推门出来，嚷了一声："是个小子！"
　　"小子好。"鲍二爷说。
　　"就那样。"鲍彦山回答。
　　"你不进来瞅瞅？"他老三家里的叫她大伯子。
　　鲍彦山耸了耸肩上的袄，站起身进屋了。一会儿，又出来了。
　　"咋样？"鲍二爷问。
　　"就那样。"鲍彦山回答。
　　"起个啥名？"

"捞渣"是文中"仁义"的化身和具体实现

　　鲍彦山略微思索了一下："大号叫个鲍仁平，小名就叫个捞渣。"
　　"捞渣？！"
　　"捞渣。这是最末了的了，本来没提防有他哩。"鲍彦山惭愧似地笑了一声。
　　"叫是叫得响，捞渣！"鲍二爷点头道。
　　他老三家里的又出来了，冲着鲍彦山说："我大哥，你不能叫我大嫂吃芋干面坐月子。"说完不等回答，风风火火地走了，又风风火火地来了，手里端着一盆小麦面,进了屋。

"家里没小麦面了?"鲍二爷问。

鲍彦山嘿嘿一笑:"没事,这娘们吃草都能变妈妈。"此地,把奶叫作了妈妈。

大狗子背了一箕草从东头跑来:"社会子死了!"

东头一座小草屋里,传出鲍五爷哼哼唧唧的哭声,挤了一屋老娘们,唏唏溜溜地抹眼泪甩鼻子。

"你这个老不死的,你咋老不死啊!你咋老活着,活个没完,活个没头。像个老绝户活着有个啥趣儿啊!"鲍五爷咒着自个儿。

他惟一的孙子直挺挺地躺着,一张脸蜡黄。上年就得了干痨,一个劲儿地吐血,硬是把血呕干死的。

"早起喝了一碗稀饭,还叫我:'爷爷,扶我起来坐坐。'没提防,就死了哩!"鲍五爷跺着脚。

老娘们抽搭着。

队长挤了进来,蹲在鲍五爷身边开口了:

"你老别忒难受了,你老成不了绝户,这庄上,和社会子一辈的,'仁'字辈的,都是你的孙儿。"

"就是。"

"就是啊!"周围的人无不点头。

"小鲍庄谁家锅里有,就少不了你老碗里的。"

"我这不成吃百家饭的了吗?"鲍五爷又伤心。

"你老咋尽往低处想哇,敬重老人,这可不是天理常伦嘛!"

鲍五爷的哭声低了。

"现在是社会主义,新社会了。就算倒退一百年来说,咱庄上,你老见过哪个老的,没人养饿死冻死的!"

"就是。"

"就是啊!"

鲍五爷抑住啼哭:"我是说,我的命咋这么狠,老娘们,儿子,孙子,全叫我撵走了……"

"你老别这么说,生死不由人。"队长规劝道。鲍五爷这才渐渐地缓和了下来。

<small>小鲍庄最高的道德原则是"仁义"</small>

二十九

这次大水闹得凶,是一百年来没遇到过的大水。可是,全县最洼的小鲍庄只死了一个疯子,一个老人和一个孩子。这孩子本可以不死,是为了救那老人。

水下去了,要办丧事了。大伙儿商议着,不能像发送孩子那样发送捞渣。<u>捞渣人虽小,行的是大仁义,好歹得用一副板子送他。万不能像一般死孩子那样,用条席子卷巴卷巴。</u>

男人们去买板子了,女人们上街扯布。蓝的卡,做一身学生制服,鱼白色的确良,缝个衬里褂子。还买了一双白球鞋。捞渣打下地没穿过一件整褂子,都是

<small>小鲍庄人的仁义</small>

拾他哥哥们穿破穿烂的。要好好地送他，才心安。

全庄的人都去送他了，连别的庄上，都有人跑来送他。都听说小鲍庄有个小孩为了个孤老头子，死了。都听说小鲍庄出了个仁义孩子。送葬的队伍，足有二百多人，二百多个大人，送一个孩子上路了。<u>小鲍庄是个重仁重义的庄子，祖祖辈辈，不敬富，不畏势，就是敬重个仁义。</u>鲍庄的大人，送一个孩子上路了。

小鲍庄只留下了孩子们，小孩是不许跟棺材走的，大人们都去送葬了。

女人们互相拉扯着，嚯嚯地哭，风把哭声带了很远很远。男人们沉着脸，村长领着头，<u>全是彦字辈的抬棺，抬一个仁字辈的娃娃。</u>

刚退水的地，沉默着，默不作声地舔着送葬人的脚，送葬队伍歪下了一长串脚印。

送葬的队伍一直走到大沟边。坑，挖好了，棺材，落下了，村长捧了头一捧土。九十岁的老人都来捧土了："好孩子哪！"他哭着，"为了个老绝户死了，死的不值啊！"他跺着脚哭。

风吹过大沟边的小树林子，树林子沙啦啦的响。一满沟的水，碧清碧清，把那送葬的队伍映在水上，微微地动。土，越捧越高，越捧越高，堆成了一座新坟。坟映在清泠泠的水面上，微微地动。

他大在坟上拍了两下，哑着嗓子说：

"孩子，太委屈你了，没让你吃过一顿好茶饭！"

刚止住的哭声又起来了，大沟的水哭皱了，荡起了微波，把那坟影子摇得晃晃的。

天阴阴的，要下似的，却没有下。鲍山肃穆地立着，环起了一个哀恸的世界。

<u>这一天，小鲍庄没有揭锅，家家的烟囱都没有冒烟。</u>人们不忍听他娘的哭声，远远地躲到牛棚里，默默地坐了一墙根，吸着烟袋。唱古的颤巍巍地拉起了坠子：

"十字上面搁一撇念作千字，
千里那哈又送京娘。
有九字往里拐念力字，
力大无穷有燕张。
有人字一出头念入字，
任堂辉结拜杨天郎……"

鲍二爷轻轻问老革命：

"鲍秉德家里的找到没有？"

老革命目不转睛地看着唱古的，轻轻说："没有。"

"这就怪了。"

"大沟都下去摸过了。"他盯着唱古的回答。

"这娘们……兴许……怪了……"鲍二爷摇头。

老革命一字不拉地听着：

有五字添一个单人还念伍，
伍子胥打马又过长江。

世代因袭，以仁义为本

小鲍庄的特定环境伦理道德风尚沉积于全庄每个人的心里，形成一种群体意志

有四字添一横念西字,
西凉年年反朝纲。
....

★编选者的话：

《小鲍庄》发表于"寻根文学"兴起之时,是80年代中期王安忆风格转变的标志性作品。王安忆一改"雯雯"系列中明显的个人经验与自我感受的表达,开始冷静、理性的反思、审视。

作者尝试用小说的形式探讨与表现民族历史文化积淀和人物个体的生命意识。作者以特定的环境和角度,独特的文笔围绕表现一个核心内容——"仁义"精神。这部作品着眼于表现一个小村落的芸芸众生相,通过对几个家庭,十几个人物的生存和心理状态平凡、普通的历史的描绘,表现了农民以仁爱为核心的传统伦理价值观念。从中体现了作家对农民世代因袭的、约定俗成的文化心理结构的深刻洞悉与体察。

小说通过对捞渣、拾来、小翠等生活道路的叙写,既有朴素的人道主义和蒙昧主义的混合,又包含着传统道德心理的凝固、冲突、裂变。在小说中,小男孩捞渣可谓是"仁义"之乡"仁义"精神的体现者。孩童身上真纯地体现着人的生命本能与文化本能。拾来和二婶的情感因拾来捞起小男孩捞渣的尸体而终获人们的肯定。

这篇小说体现了王安忆80年代中期小说客观冷静、不发议论的创作风格,作者的叙述描写尽可能冷静细致、客观真实。整篇小说如同历史一样在近乎无序的状态中有序地向前推进。作者将对生活与民族的热爱消解为深刻的探索与冷峻的启迪。小说结构具有明显的散文化特点,情节穿插跳跃,构图简单明了,意味悠长。语言朴实、简洁而含蕴,具有音响美。作者很少用形容词,多按生活原形描绘,以简洁的语言创造深远的境界。作品情调柔婉清晰,描写细腻真切,富有哲理性以及历史的厚重感。

★作者的话：

那年夏天,我去了江淮流域的一个村庄,那是与我十五年前插队的地方极近的,除了口音和农田作物稍有区别。一下子勾起了许多。在我离开插队的地方以后,就再没回去过,人也没回去,信也没回去。许是插队时太小了,或是太娇了,那艰苦,那孤寂,尤其是那想家,真是逼得人走投无路。虽说才只两年半,其中有半年以上还是在家里的,可感觉却是十年、二十年。因此我无法像很多人那样,怀着亲切的眷恋去写插队生活,把农村写成伊甸园。但时间究竟在抹淡着强烈的色彩,因而纠正了偏执,也因为成熟了,稍通人世,不敢说透彻,也明了了许多;还因为毕竟身不在其中了,再不必加入那生存的争斗,有了安全感;或许也还因为去了美国数月,有了决然不同的生活作为参照。总之,静静地、安全地看那不甚陌生又不甚熟悉的地方,忽而看懂了许多。脑海中早已淡去的另一个庄子,忽然突现了起来,连那掩在秫秫叶后面的动作都看清了,连那农民口中粗俗的却像禅机一样叵测的隐语也听懂了。……

美国之行对王安忆的影响颇深。另有散文集《母女漫游美利坚》

叙事角度的变化	我写了那一个夏天里听来的一个洪水过去以后的故事,这故事里有许多人,每一个人又各有一个故事。一个大的故事牵起了许多小的故事;许多小的故事,又完成着一个大的故事。<u>我想讲一个不是我讲的故事</u>。就是说,这个故事不是我的眼睛里看到的,它不是任何人眼睛里看到的,它仅仅是发生了。发生在哪里,也许谁都看见了,也许谁都没看见。我很抱歉我说得这么乱七八糟。总之,好<u>像是从《大刘庄》或许更早开始的,我努力地要摆脱一个东西,一个自己的视点</u>。这样做下去,会有两个结果,乐观的话,那么最终会获得一个宏大得多的,而又更为"自我"的观点;可是,也许,事情从一开始就注定了不会有结果,全是徒劳,因为一个人是永远不可能离开自己的眼睛去看世界的。不通过自己的眼睛,却又要看到什么,是那么的不可能,就好像要拔着自己的头发往上飞一样的不可能。可我无法不这样做,好像小说写到了这步田地,只有这样做下去了。我不知道《小鲍庄》里是不是有点这个意思,但是《小鲍庄》比《大刘庄》好,这点大约
作者的自我感受	是肯定的了。《小鲍庄》写好之后,有一种奇怪的满足感,而《大刘庄》写完了则总有点惶惶的,<u>好像少了点遗漏了点什么,却又不知遗漏的是什么,无处去找</u>。我的感觉还不曾欺骗过我,所以我相信,《小鲍庄》不错。 《我写〈小鲍庄〉——王安忆复何志云》,《光明日报》1985/8/15
与知青文学的区别	我写农村,<u>并不是出于怀旧</u>,也不是为祭奠插队的日子,而是因为,农村生活的方式,在我眼里日渐呈现出审美的性质,上升为形式。 《生活的形式》,《上海文学》1999/5

★ **相关评论:**

客观性	在《小鲍庄》里,人们熟识的带有鲜明"王记"印迹的眼光和心态彻底褪隐了,代之而来的是对小鲍庄<u>世态生相的不动声色的描摹</u>。你牵引着读者,走进这个小小的村子,走进生于斯长于斯还将终于斯的五、六个家庭,结识这十好几口人。他们种地、打粮,生儿、育女;有人疯了,有人死去,不疯不死的人依旧过自己的日子;他们时而皱眉,时而叹气,时而也开怀;时而吵架,时而相爱,时而还做梦;老的小的,男的女的,<u>的的确确一批芸芸众生,所有的欲望、感受、情绪、心理看来都那么平凡而卑微</u>。

但是真实而丰富的人生,就在这里潜藏着迸涌着,压迫着读者的神经。你描摹着这一切,并不试图去过滤什么,提纯什么,结构、剪裁和各种技巧的运用,目的全在于传达人生的真实与丰富。因此,在小鲍庄的这幅世态生相图里,愚昧与人情相交,凄婉与温暖并杂,卑微与崇高消长,沉重与欢欣互缠,相生相克,相辅相成,彼此间难解难分地纽结在一起,糅杂在一起,人生于是便满溢着深厚浓重的情味。

就是这样,在《小鲍庄》里,你第一次显现了在人生经验与审美意识上的复杂化趋向,从而显示出一种全面把握和驾驭生活的能力。这种趋向,一方面体现为你对生活的审美感受有了综合性的趋势,另一方面体现为你对生活的探究有了历史性社会性的眼光。你已经不再把自己完全沉浸在笔下的生活与人物之中了;你也不再听凭自己的情感重新拼合和创造生活:在你的眼睛里,即使平凡卑微如小鲍庄里的生活,也不再具有简单明了可以一语破的般的性质;对生活的某一面,某一个故事或人物,你也不再怀着确信去加以解释,无论你多么理解、多么同情这一切。于是你耸身一跃到了这样一个高度:你干脆不去理会这些,从容而冷静地来俯瞰小鲍庄,在对小鲍庄生活的综合感受和宏观观照中浓缩生活。正是这种浓缩了的生活,把宽阔的想象与思索的空间留给了大家。……

生活经验与审美意识上的这一突变,连带引起了《小鲍庄》在创作形式与手法上的变异。他在叙事体态上果断地以结构方式代替了情节方式。单一的故事和情节线索,固定的叙述角度,都只会限制和妨碍你去传达繁复的感受和认识,于是你把小鲍庄分解为若干个面,若干个面包容着若干个人物,带出若干个故事,它们错综交织,齐头并进。这种块块式的拼合和交错,在共同的时态中集团向前迈进,就使你笔下的生活具有一种立体化状态和综合性情势,于是也就更能体现那种俯瞰式的观照意味。《小鲍庄》形式选择适应自己的内容的艺术方面的成果也不容轻觑。

何志云《生活经验与审美意识的蝉蜕——〈小鲍庄〉读后致王安忆》,
《光明日报》1985/8/15

小城之恋(节选)

《小城之恋》发表于《上海文学》1986年第8期。这部作品被归入当时的性题材中。在1986年后,王安忆发表了引起颇多争议的"三恋",《小城之恋》是其中之一。

小说描写了一对青年男女的性爱故事及内心体验。两位主人公是小剧团里的她与他。他们很小的时候就在一个剧团里,常在练功中厮磨接触,内心产生了躁动,彼此充满了渴望和快感。无法克制的欲念和需要驱使他们融合。但是在欢乐和幸福之后,他们又感到肮脏、厌倦和丑陋。罪孽感和不洁感笼罩了他们的心。她怀孕了。她在孕育中理解了生命的含义,而他却无法感受生命赋予的责任,于是他和她的一切结束了。她在孩子呼唤母亲的叫声中体会到生命的神圣和庄严。 [另外还有《荒山之恋》和《锦绣谷之恋》]

作品不分章节,而以空行的形式形成15个段落。本书节选的两小节出自第9段和最后一段。

…………

此地的观众不好将就,微微的一点差错,便会灵敏地起了反应,还会说出一些刻毒的话。演出便须分外地小心,十分认真。将疲劳硬压下去,抖擞着精神。精神振作得太过,闭幕散场还绰绰有余,况且又吃了夜宵,深夜十一二点却还一无睡意。天气又闷热,<u>人们便三三两两在台前台后闲话讲古</u>,还有的,干脆出了剧场到街上凉快。先是在门口马路走走,后来就越走越远,直走到了河岸上。夜晚的河岸十分安静,河水缓缓地流动,轻轻拍打着。几点隐隐的灯光,风很凉,裹着湿气扑来。先是大家一群一伙的走,然后便有成双成对的悄悄地分离出来,不见了。反正,河岸是那样的长,又那样的暗。<u>这一天,他们竟也分离了出来</u>。起先, [人人都不得安睡] [一个"竟"字,写出两人今日的特别]

他们是落了后,落在了人群的后面。他似乎没发现她也落后了,她似乎也没有发现他的落后。他们只是分开着,自顾自走着。那天,没有月亮,也没有星星,天很暗,他们全被黑暗裹起了,各自裹着一披黑夜的幕障独自走着。其实,彼此才只有十来步的距离。他走在河边的柳树林里,她则走在堤岸内侧的柳树林里。露水浸湿的土地在脚下柔软而坚韧,脚步落在上面,再没有一点声响。她张开两只手,轮番摸着两边的大柳树。左手扶住一棵,等右手扶住另一棵时,左手便松了,去够前边的。<u>粗糙的树皮磨擦着她的手心,微微地擦痛了,却十分的快意</u>。那是很慈祥的刺痛,好比姥姥的手挽着她的手。她调皮地,有意地将手掌在树身上搓着,搓痛了才放手。他则扯下了一根柳枝,缠在脖子上,凉阴阴的。他将柳枝缠成一个绞索的形状,小心地用力地扯紧了两头,沁凉的柳条勒进了脖子,越勒越深,那沁凉陷进了肉里,<u>他几乎要窒息,却觉得很快乐</u>。如不是柳枝断了,他还将更用力扯紧。他重新又折了一枝,重新来那套玩意儿。不一会儿,折断和没折断的柳枝便披挂了一身,他像个树妖似的。前边的人群越走越远,只是说笑的声音清晰地传来,还有歌声,唱得很不入调。河水轻微地拍响了。这时候,天上忽然亮起了一颗星星,很小很远,却极亮。黑暗褪色了,他看见那边柳树林里活泼泼的人影。她也看见那边柳树林里,奇怪的披挂着的人影。<u>他们彼此都不太确定,却彼此都心跳了</u>。天上又亮了一颗星星,这一颗,要大一点,近一点,就要落下河里似的。黑暗又褪去了一些,露出白蒙蒙的雾气。蒙蒙的雾气里,他看见了她,她也看见了他。<u>都没有回头,却都看见了</u>。她依然用手轮换着摸着树向前走,土地是越来越柔软,每一次抬脚,似乎都受到温情脉脉的挽留。树是越来越慈祥,像是对她手心粗糙又纯洁的亲吻。他继续折着柳枝,用柳枝制做圈套,勒索自己的脖子。那凉爽的窒息越来越叫他愉快,他没有发觉,脖子上已经印下了血痕。他只是非常的轻松和快乐,忍不住自语般地说道:

　　"天很好啊!"

　　不料那边有了清脆的回响:"是很好!"

　　于是他又说:"星星都出来了。"

　　那边回答:"是都出来了。"

　　他接着说:"月亮也要出来了。"

　　那边又回答:"是要出来了。"

　　话没落音,月亮出来了半轮,天地间一下子豁亮了,可那雾气更朦胧了。他渐渐地从柳树底下走出来,她也渐渐地从柳树底下走出,走到中间的大路上,这是掺了沙石的土路,沙石在月光下闪着莹莹的光彩。

　　"这几天,天很热啊。"他对着已经肩并了肩的她说。

　　"热,我不怕。"她回答,手上湿湿的,粘粘的,好像沾了树的眼泪。她将手合在一起,使劲搓着,搓得太用力,发出"咕滋咕滋"的声音,他便用柳枝去打她的手:

　　"搓什么,别搓了!"

　　柳枝凉阴阴的打在火热的手上,一点不疼,她却躲开去,说:"<u>就搓</u>!"

　　他便再用柳枝打她。她左躲右躲,他左打右打。她拔腿就跑,他就追。<u>她撒开两条又粗又长的腿,像一只母鹿似的跑,心跳着,好像被一只狼追着,紧张极了</u>,却又快乐极了,就格格地笑。他哈下腰,如同一只野兔子那样,几乎是贴着

生理快感的诱惑

心有灵犀

已经开始撒娇了

以游戏的方式进行试探

地面射出去的，又激动又兴奋，微微战栗着，咬紧了牙关，不出一点声响。他们俩只相距一步之遥，他伸长手臂，差一点就可触到她了，可她不让他触到。前边的说笑声，歌声接近了，影影绰绰地看见了人群，她不由慢下了脚步，被他一把逮住。似乎是从河的下游，极远极远地，逆着水上来了水客们悠扬苍凉的号子，细细听去，却被风声盖住了。

每次的接触，都使他们充满了渴望和快感

半轮月亮又回去了，星星也暗淡了，雾气更浓了，五步以外就不见人影，只听前边的歌声攀上了堤坝，离了河岸，渐渐远去了，回荡了许久。河水是漆黑漆黑地流淌，几点忽明忽暗的灯光。

他们激动而又疲惫地手拉着手，走在回去的路上，渐渐进了市区，灯光依然明亮，火车轰隆隆地驶过，车站与码头沸腾的人声充斥了一整座城市，连夜都不安宁了。他们走在窄窄的街道上，水泥的坚硬的路面再不隐匿他们的脚步，发出分外清脆的叩响。无论他们怎么小心，怎么轻轻地迈步，那叩响总是清脆，悦耳。天空边缘微明，他们以为是破晓了，不由得心里着慌，如同犯了大忌，加快了脚步，分开了手。"太晚了！"他们一起想到。他们觉着四周的一切，全在黑黝黝地监视着他们。"以后再不敢了。"他们不约而同地一起想到，自觉着犯了大罪，奔进了剧场。

情欲与伦理的冲突

天边微明，是终夜不息的灯光，这城市的夜晚总是这样微明的。

剧场里一片漆黑，连场灯都关了。她在伸手不见五指的黑暗里摸索着，爬上了放映间，终于摸到了自己的铺位，双膝触地摸了进去。因为怕惊扰了别人，衣服也没敢脱，就这么合衣睡了。他则还在漆黑的台侧摸索，他找不到自己的铺盖卷了。最终放弃了努力，便想找一只箱子凑合睡了，每一只箱子上都睡了人，被他的摸索打扰，恶狠狠地骂。他只好住了手，摸到幕条，将拖曳到地的幕条垫了半个身子，脸贴着幕条睡了。幕条渗透了几十年的灰尘，灰尘扑了他一脸，他却觉着了安全的偎依。

明知道这一切发生的不是时候，也不是地方，他们却再也遏止不住了。养息过来了的他们是越加的健康，身心都强壮极了。经验过了的他们是越加的成熟，懂得如何保留旺盛的精力，让这精力倾注在最关键的当口。这肮脏罪恶的向往搅扰着他们，他们坐立不安，衣食无心。可是他们找不到一处清静的地方，到处都是人，每一个旮旯里都是人，人是成团成团地在着。他们只有在演出之后去河岸。可是，这时候他们却发现，连河岸都不是那么清静的，人来人往，还有手扶拖拉机，车斗上坐着又粗鲁又下流的乡里人，只要是单独走着的一对男女，都可招来他们无耻的笑骂。这些人的眼光是特别敏锐，兴趣又是特别强烈，如同探照灯似地从柳树林间扫过，是无法躲过的。并且，此后再没有那么深沉的黑夜了，月亮与星星总是照耀如同白昼，连一棵小草也看得清亮。

他们被无法克制的欲念和需要驱使着去向往、去融合。他们陶醉在欢乐，又感到肮脏、厌倦和丑陋

没有黑暗的幕帷，即使是绝对的安全，也没兴致了，也要分出心警戒着，害羞着，内疚着，自责着，再也集中不了注意力享用那种奇异的痛苦和快乐了。最初的那一个夜晚，如今回想起来就像一个神话似的不可能，不真实，像是命运神秘的安排。自从有一次，他们在最是如火如荼的时刻，被一辆驶过的手扶大吼了一声，那沮丧，那羞辱，使得他们再不敢来河岸，甚至提一提河岸都会自卑和难堪。他们只得在小小的挤挤的剧场里硬捱着，其中的煎熬只有他们自己才明白

关系的突破

了。他们觉着这一整个世界里都是痛苦，都是艰苦的忍耐。他们觉着这么无望的忍耐下去，人生，生命，简直是个累赘。他们简直是苟延着没有价值没有快乐的生命，生命于他们，究竟有何用呢？可是，年轻的他们又不甘心，他们便费尽心机寻找单独相处的机会，最后一个节目是一个较大型的舞蹈，几乎所有的女演员都上了，她虽不上，却须在中途帮助主演抢换一套衣服，换完这套衣服以后，还有七分钟的舞蹈，方可闭幕。照理说，演员们还须换了衣服卸了妆才回宿舍，可是后台实在太拥挤，有好些女演员，宁可回到宿舍来换衣服。不过，她们从台前绕到观众席后面再上楼进放映间，至少也需要三分钟时间，加在一起，一共就有了十分钟。<u>这十分钟于他们是太可宝贵了</u>。前台，从放映机的窗洞里传进的每一句音乐，全被他们记熟了，每一句音乐，于他们就是一个标志，提醒他们应该做什么了。一切都须严密地安排好程序。<u>狂热过去以后，那一股万念俱灰的心情，使他们几乎要将头在墙上撞击，撞个头破血流才痛快。可是等到下一天，那欲念炽热地燃烧，烧得他们再顾不得廉耻了</u>。

"我们是在做什么呢！"

他们喘息还没平静，就匆匆地起身。他飞快地下楼，她则飞快地清理战场，不由得这样惶惑地想：

"我们是在做什么呢？"

这屈辱，这绝望竟使向来没有头脑的她，也开始这样询问自己了：

"我们是在做什么啊！"

却没有回答，他们自己回答不了自己，也没有任何人可以回答他们，他们只能自责自苦着。

然而，由于匆忙紧张而不能够尽兴，却更令他们神往了。由于他们深觉着外人的干扰，便分外地感觉到孤独，禁不住紧紧地偎依在一起，相濡以沫，敌视地面对着一整个世界。他每天要买东西给她：花露水，冰糕，手绢，发夹，香粉。她整天地对着镜子扑粉，黑黝黝的脸蛋上敷着厚厚的白粉，犹如一只挂了白霜的柿饼。自己觉得很俊，却又没有心思为这俊俏高兴。她愁苦得什么都不在意了。由于这愁苦，她竟也知道温柔体贴了。她从集市上买了新鲜的肉、蛋，借了别人的火油炉子，煮给他吃。煮得少油没盐的，火候也不对，他却也充满感激地吃完了。她坐在旁边，紧张地注视着他，等候他作出反应。他默默地吃，不说一句话。看着他一点一点吃完，她便也松弛下来，满足了。他们没有地方单独地谈话，可是灵魂却已经一千遍一万遍地立下了海誓山盟。<u>他们又孤苦又焦灼，身心受着这样的煎熬，却非但不憔悴，反而越来越苍壮，越来越旺盛。他们几乎忍无可忍，却必须要忍受。心里如同有一把烈火在燃烧，却又没有地方逃脱，只能直挺挺，活生生地任凭烧灼，没有比这更苦的了</u>。傍晚，从码头那面传来汽笛的长鸣，他们揣测是从那小城过来的轮船，便不可抑制地，疯狂地想回去，想离开这个沸沸腾腾的地方。那小城，这时候想起来，是多么清静，安宁得可人。

好在，这一个台口已经演完，要换台口了。他们期待在下一个台口，能有一处清静的地方供他们消磨去那灼人的欲念。

....

岁月如流水，缓缓地流过，流水如岁月，渐渐地度过。水客的歌声一日一日

（边注：冒险带来快感）

（边注：小说对性心理的刻画细腻、深刻，对人在灵与肉的冲突面前的矛盾心境也写得真挚、深切）

（边注：用三次有变化的重复，表现情欲的煎熬与理性的压迫给主人公带来的痛苦）

（边注：生命的原始动力）

稀薄，城里建起了自来水塔，直接把水引了过来，没水客的生计了，于是那歌声便沉寂了，再没人听见，也没人记起。只在剧团出发的日子里，她一个人带着两个孩子守着空寂的院子，睡着的时候，她深沉平静的梦里，便隐隐地响起了那忽而高亢忽而低回的歌唱。孩子一日一日地长大，会叫"妈妈"了，把个"妈妈"叫得山响，喜欢在练功房越来越褪色的红漆地板上玩耍。那一片地板在他们的眼里，简直是辽阔的了，四周都是镜子，往中间一站，四面八方都是自己，他们便害怕地逃走，却又按捺不住好奇心，手牵手慢慢地走回来，定定地站住，观望着。她倚着门框等茶炉的水开，手里提着那块写了"开水"字样的木牌，望着她的孩子在地上滚爬，怅怅地微笑着。

"妈妈！"孩子叫道。

"哎。"她回答。这是能够将她从任何沉睡中唤醒的声音。

"妈妈！"孩子又叫。

"哎！"她答应。

"妈妈！"孩子耍赖地一叠声地叫，在空荡荡的练功房里激起了回声。

犹如来自天穹的声音，令她感到一种博大的神圣的庄严，不禁肃穆起来。

> 一种舒缓的调子，一切冲动归入平寂
>
> 透过母亲和孩子之间的相亲相爱，写出了生命的另一个层面：圣洁和庄严
>
> 她在孩子呼唤母亲的叫声中体会到生命的神圣和庄严

★编选者的话：

《小城之恋》是王安忆80年代发表的"三恋"之一，曾引起文坛的震惊与不安，褒贬参半。小说写一对青春期男女物质形态的"性"在欲望与压制的复杂状态中发生以及给他们心理带来的复杂变化。小说的情节单纯，在削弱故事性的同时，突出心理描写，环境描写基本虚化，侧重写男女主人公之间的关系发展。作者似乎有意要虚化一切外在的因素，而关注于性的发生状态。

《小城之恋》中的他与她，毫无节制地放纵欲望，满足欲望，欲望主宰着他们的生命，使他们丧失理性与羞耻感。横冲直撞的欲望使他们相互吸引，又使他们如困兽一般。小说对他们不受理性控制的这种吸引与格斗写得非常细腻，深刻，对人在灵与肉的冲突面前的矛盾心境也写得真挚、深切。显示了作家细致入微的观察力与想像力。

这篇小说充满了哲学意味，对人类的性本能进行了深刻的思考。极其生动地描绘出性的冲动对这对青年男女所给予的诱惑，而在近乎蒙昧的现实处境下，犯罪感与羞耻感使他们在向往和悔恨中煎熬。作者在展示了生命与性冲动的不可摆脱的关联之后，透过母亲和孩子之间的相亲相爱，写出了生命的另一个层面，洁静和庄严。小说的结尾颇有意味，表达了王安忆不太自觉的女性意识。

> 原始冲动
>
> 对女性意识的初探

★作者的话：

我认为有两类作家在写爱情。三四流作家在写，是鸳鸯蝴蝶类的言情故事；二流作家不写爱情，因为他们知道自己难以跃出言情小说的陷阱，所以干脆不写了；一流作家也在写，因为要真正地写出人性，就无法避开爱情，写爱情就必定涉及性爱。而且我认为，如果写人不写其性，是不能全面表现人的，也不能写到人的核心，如果你真是一个严肃的、有深度的作家，性这个问题是无法逃避的。

> 自我定位与确认

《两个69届初中生的即兴对话》(王安忆、陈思和)，《上海文学》1988/3

> 抑或是由于社会性的原因，抑或更是由于生理性的原因，<u>女人比男人更善于体验自己的心情感受</u>，也更重视自己的心情感受，所以她们个人的意识要比人们更强，而男人们则更具有集体性的意识。一个失败的男人才会沉溺于爱情，而女人即便成功了，也渴望为爱情作出牺牲。女人比男人更有个人情感的需要，因此便也更有了情感流露的需要。文学的初衷，其实就是情感的流露，于是，<u>女人与文学，在其初衷是天然一致的</u>。而女人比男人更具有个人性，这又与文学的基础结成了联盟。
>
> 《女作家的自我》，《王安忆自选集之四·漂泊的语言》，作家出版社 1996/2

【旁注：在法语中，"文学"属阴性】

★相关评论：

> 女人经过热烈情欲的骚动与洗涤，在母性皈依中圣化自己，达到从未有过的生命和谐，是《小城之恋》最有深味的一笔。小说中那个近于憨愚的女孩子，在性爱力的驱策下不可遏制的原始生命的冲动，以及伴此而生的内在焦虑与罪恶感，表明了<u>女人在性爱中穿越非人格意识层面、人格意识层面、超人格意识层面，从生物的人到社会、文化的人的深刻矛盾与痛苦</u>。
>
> 王绯《女性与阅读期待》（"新世纪文丛"），陕西人民教育出版社 1991/6

> 王安忆对性的描写没有任何挑逗性的用语，小说里充塞的是对宇宙，对生命，对身体的赞叹，这一个力与美，阴与阳交融的奇妙世界。一般而言，女性作家涉及性题材，往往从女性的个人体验出发。以前的批评也认为王安忆"女性意识非常鲜明，不仅作品的主人公皆以女性为主，始终以女性的眼光、女性的立场，以女性特有的审美视角，对人类的性意识进行了新的审视和新的思考……"但我认为王安忆更多地是从社会的、审美的角度来探讨性。她自己也曾反对把"女性主义"这个标签贴在她身上。作为一名女性，写作中难免带有女性的特殊的视角，但从主观上，王安忆始终是希望以中性、客观的态度对待性，她的一系列性爱小说<u>都采取全知全能的角度</u>，从这点也可看出作者的良苦用心。
>
> 唐溱《从灵魂向肉体倾斜——以王安忆、陈染、卫慧为代表论三代女作家笔下的性》，《当代文坛》2002/2

【旁注：但女性视角仍然明显，主观愿望与客观效果仍有距离】

> 相比之下，《小城之恋》中对性本能揭示得更为切实、深入，其性意识越过前者所标示的心理层面，向生命本能深部逼近。这篇小说中，作者试图在一个"两人世界"中探险，探究"只有物质手段（性）而没有精神交流的男女关系能维持多久"。王安忆以越轨的笔致展示了这对少男少女繁复而终归单调的性爱过程及其灵肉创痛之后，不得不为缺乏思考力的主人公设置<u>突围方式</u>。出路只能在纯"物质交流"之外，或者升华，以精神之爱为归宿，或者移情，以追求他者为目标。新生命的孕育便是作家为困守窘境的主人公提供的契机，它打破了男女双方势均力敌从而牢不可破的局面，<u>女主人公借助本能的母性净化和拯救了自己，男主人公因与生命自然的隔膜而沉沦堕落</u>。实际是，在这篇小说中，作家暴示性爱本相的同时，所设置的"物质"世界并不纯粹，自觉退隐的精神交流以精

【旁注：阴盛阳衰，"三恋"皆然】

神重荷的形式易装登场、无所不在。

王向东《向人类生命本质和生存本义的逼近——
王安忆人性、人生小说论》，《唯实》2000/8—9

叔叔的故事（节选）

《叔叔的故事》发表于《收获》1990年第6期。王安忆经过一年的封笔。在这部作品中完成了叙事方式的巨大转变。

王安忆以叙述的方式写了"我"与"叔叔"两代知识分子不同的人生观。"我"一边叙述"叔叔"的故事，一边予以拆解。《叔叔的故事》将"叔叔"的生活历程：右派——被发配到远方——结婚生子——回城——作家——生活放纵精神虚空，这个80年代的流行故事，变成了可以进行多种阐释的叙事范本。

<u>我终于要来讲一个故事了。这是一个人家的故事，关于我的父兄。这是一个拼凑的故事，有许多空白的地方需要想象和推理，否则就难以通顺。我所掌握的讲故事的材料不多且还真伪难辨。</u>一部分来自于传闻和他本人的叙述，两者都可能含有失真与虚构的成分；还有一部分是我亲眼目睹，但这部分材料既少又不贴近，还由于我与他相隔的年龄的界线，使我缺乏经验去正确理解并加以使用。于是，这便是一个充满主观色彩的故事，一反我以往客观写实的特长；这还是一个充满议论的故事，一反我向来注重细节的倾向。我选择了一个我不胜任的故事来讲，甚至不顾失败的命运，因为讲故事的欲望是那么强烈，而除了这个不胜任的故事，我没有其他故事好讲。或者说，假如不将这个故事讲完，我就没法讲其他的故事。而且，我还很惊异，在这个故事之前，我居然已经讲过那许多的故事，那许多的故事如放在以后来讲，将是另一番面目了。

有一天，在我们这些靠讲故事度日的人中间，开始传播他最近的警句。在我们这些以语言为生产材料的劳动者的生活里，警句的意义是极大的，好比商品生产中的资本，可产生剩余价值，又可投放市场和扩大再生产。所以，传播并接受某人的警句，是我们工作的重要组成部分。他的警句是：

"原先我以为自己是幸运者，如今却发现不是。"

恰巧在这一天里，因为一些极个人的事故，我心里也升起了一个近似的思想，即：

"我一直以为自己是快乐的孩子，却忽然明白其实不是。"

我的警句和我的思想接上了火，我的思想里有一种优美的忧伤，而我又要保密我个人的故事，不想将其公布于众，因为这是于情爱有些关系的。所以我就决定讲他的故事，而寄托自己的思想，这是一种自私的、近乎偷窃的行为，可是讲故事的愿望多么强烈！我们这些人的生活方式，就是将真实的变成虚拟的存在，而后伫足其间，将虚拟的再度变为另一种真实。现在，故事可以开始了。

……………

<u>这样，叔叔就非常成功地完成了两个世界的转换。就是说：原先小说是一个</u>

这是《叔叔的故事》的开头。奠定了整篇文章的叙述语调，很平实，却又具有想像力

反复叙述这个故事的"讲法"，也是先锋小说常见的叙述特点

叔叔的警句

"我"的警句

叙述与拆解

	想象的世界，叔叔可在小说的世界里满足他心情上的某种需要；如今现实则变成虚拟的世界，为小说的现实提供依据和准备。从此后，叔叔庇身于小说中的生活就变得非常安全，他不会再遇到什么实际的侵害，所有实际的侵害会被他当作养料一般，丰富他的小说世界。由于这安全的地位，他便对现实的世界生出超然物外的心情。<u>什么样不合理的事情，都被他窥察到了合理的因素；什么样痛苦的事情都被他觑破了没有价值之处；残酷的事情被他视作历史前进的动力；美丽的事物则被他预言了凋零的命运以推断其腐朽的本质。样样事物都被他看到了反面，再由此推出发展的逻辑。叔叔变得越来越冷峻，不动声色，任何事物都被他看得很彻底，已经到了大彻大悟</u>的境界。叔叔在精神上终于脱俗，他不再担心平凡的生活对他会有所侵害，所以他在行为上反比往常更具世俗化的倾向，也不再讳言他身上所隐藏的平常人的素质。他有时候会和我们一起谈女人的事情，口气中不无猥亵。他还相当露骨地表示他对金钱的兴趣，告诉我们他心底里的一些卑鄙的念头。有人说叔叔又坦诚又勇敢，有人则说叔叔是地地道道的无耻。无论是坦诚还是无耻，都是需要本钱的，叔叔已有足够的脱俗的本钱而去做一些俗事了。
无法找到对现实的真正依托	
大姐：某刊物编辑，叔叔心中的女神，比叔叔小一岁	大姐已成为叔叔的过去。大姐去美国了。她初恋的情人已是一个发迹的商人，几经坎坷后，又与她重叙旧情。人们说大姐是为了女儿的前途而出国的。大姐出国的消息传来的那一天，叔叔默然神伤了一个晚上。我猜想，这是叔叔与大姐分手后传来的关于大姐的第一个消息，也是最后一个消息了。从此，大姐就将在叔叔生活中销声匿迹，叔叔难免会有些感慨。这时候，惟一可能理解叔叔的人也走了，人们理解叔叔的可能几乎没有了，理解叔叔从此后只可能等待一个契机，这个契机什么时候才能来临呢？就这样，叔叔生命中刻骨铭心的事物全部埋葬了，所有的知情者都退场了。小米也成为叔叔的过去，小米结婚了，在她结婚
小米：作协的打字员，19岁，叔叔的小情人	前，已有一段和叔叔疏离的时期。她不能忍受叔叔和那么多女孩有那样的关系。虽然她也知道大姐，可是她觉得她和大姐是可以共存的。大姐占有叔叔的那部分恰是她小米无法占有也自知无能力占有的，而她占有的那部分则是大姐无法占有或者不屑占有的。大姐不会侵略她，她也不会侵略大姐。小米心里暗暗对大姐怀了尊敬。可是其他那些女孩就与大姐不同了。当小米斥责叔叔的时候，叔叔说：那是不同的，小米；那是两样的，小米。他还怕小米听不懂，很深刻地说：他和小米相处的是他最独特最个人的部分，是一个谁也进入不了的部分，而与其他人，则是使用他最一般化，最社会化，最普遍化的部分。他的话，小米不能说完全不懂或不相信，可是她受不了叔叔和别的女孩做爱情景的想象，这种想象折磨着她。当小米终于一去不回的时候，叔叔感到了孤独。有一天，他被人发现在一个小馆里喝酒。那是个陌生的小馆，不是叔叔时常光顾的那些，又离叔叔的住处很远。叔叔为什么一个人到这里来？惟一的解释就是叔叔不愿意被人发现。人们还注意到，在这次独斟独饮之后，叔叔又有较长一个时期没有和女孩们往来。他过着清心寡欲的生活，有时和我们，有时是他自己，度过夜晚的时光。我们猜想所有的女孩全像是小米的附丽一样，一旦没了小米，她们便也无所依存了。小米对于叔叔已是惟一一桩习惯的事情。人总是需要和一些习惯的事情在一起，这可使人有安全和稳定的心情。现在，小米这一桩最后的习惯退出了叔叔

的生活,叔叔的生活里再没有一桩习惯的东西了。叔叔有时候早上睁开眼睛,他须想一想才明白,自己是睡在自己的家里。

小米离开之后的消沉的时期,很快就过去了。叔叔有意寻找一个能够替代小米的女孩。可是叔叔很快发现,寻找小米那样女孩的时期已经不复存在。他总是非常容易对一个女孩熟悉,继而厌倦,然后就去找下一个,再重复一次从熟悉到厌倦的过程。这种周期眼见得越来越短,于是,寻找小米那样的女孩便也越来越不可能了。叔叔回想当初与小米要好时的情景:那时候,自己尚有婚姻在身;名声也远不如现在,同小米的一切都须掩掩藏藏,心理的压力颇大。此外,自己一个乡巴佬,刚进省城,周游的范围较现在狭隘得多,选择的机会很少,倒反碰上了小米,两人立即如火如荼,并维持了这样长久。叔叔现在是一个自由身,选择的范围开拓得极大,与人交往便有些蜻蜓点水似的,难以深入,深入了会浪费时间,耽误了选择似的。叔叔有意纠正自己这种心态,回到与小米要好时的情景,可惜时光不能倒流。

大姐和小米的回忆是叔叔历史中那个古典浪漫主义时代的遗迹。与她们在一起的快乐时光,有时在回想中温暖与激动叔叔的心。而她们各自的离去,以及离去前后的情景,使叔叔还保留有心痛的感觉。如今的叔叔已不再会激动与痛苦,悲恸只是一个文学的概念。这是叔叔成为一个彻底的纯粹的作家的标志。他在小说中体验和创造人生,他现实的人生舞台已不再上演悲喜剧了。这是一个短暂的自由的日子,给予人们许多随心所欲的妄想。待这日子过去,叔叔才可明白,他做一名彻底的纯粹的作家原来是一个妄想,是一场漫长的白日梦。到了那时,他会想:我原来是想从现实中逃跑啊!这段日子里,企图从现实中逃跑的人其实很多,很多人不以为这是逃跑,而以为这是进攻。这一场胜利大逃亡确实有一种进攻的假象,迷惑了许多像我这样的人。摆弄文学的成功感使我们以为,做什么都可能成功,小说中的自由被我们扩张到整个人生。我们将这世界看成了由文字摆成的一盘棋,可由我们愉快地游戏。我们甚至将爱情和政治这两件严肃的人命攸关的大事来做游戏。由于人生成了一场游戏,我们便又感到虚空,不明白为什么而人生。但不明白只是有时候倏忽而过的思想。出于我们正当年轻,很有希望,生活中还有许多有待争取的具体目标,比如房子,比如职业的调整,比如经济方面的困难,比如和父母的代沟问题,非要争个谁是谁非,比如某一个女孩终于打入了我们修炼不深的情感。所以我们只是在虚无主义的深渊的边缘危险地行走,虚无主义以它的神秘莫测吸引着我们的美感。而头脑其实非常现实的我们,谁也不愿以身尝试。我们是彻底根除了浪漫主义的一代,实用主义是我们致命的救药,我们不会沉入的。我们中的极个别人才会在火车来临的时候躺在铁轨上,用生命去写最后一行诗,据说这还包含了一些债务的原因。也正是由于我们的安全有了保证,我们才发动或者投入这一场游戏事业。我们以人生宏观上是游戏、微观上是严酷斗争来解释我们行为上的矛盾之处,并且言行结合得很好。因为我们压根儿没有建设过信仰,在我们成长的时期就遇到了残酷的生存问题,实利是我们行动的目标,不需要任何理论的指导。我们是初步具备游戏素质的一代或者半代。这游戏对于叔叔则是危险的,因为叔叔是将游戏当作了他的信仰。叔叔是无法没有信仰的,没有信仰就失去了生命的意义。当他失

<small>叙事体议论的插入,并没有破坏小说的均衡</small>

去了一桩信仰时必须寻找另一桩信仰；当他接受一种行为原则时必须将它放在信仰的宝座上，然后再经历争夺宝座的战争。游戏态度本不足以成为信仰，它是人们逃脱责任的盾牌。叔叔这一个半路出家的，已过了最佳学习时期的游戏家，他便真正面临了虚无主义的黑暗深渊。叔叔游戏起来不是像我们这样有所保留，只将没有价值的东西，或者与己无关的利益作为代价。叔叔做不到这样内外有别，轻重有别。叔叔做游戏的态度太认真，也太积极了，这便是我们的看法。我们当时就预感到叔叔为他的游戏牺牲了太多的东西。游戏本来是和牺牲这类崇高的概念没有关系的，它只和快活有关系。

············

> 大宝：叔叔与他农村妻子所生的儿子

这时候，没有人意识到危险的来临。他们甚至还在一起吃了一顿午饭，和一顿晚饭。然后，天就黑了。叔叔打开了电视机，他们父子一人坐了一个角落地看电视。电视的节目演了一个又一个，大宝忽而又焦急地想：他什么时候与我说工作的事情呢？他觉着他挨不到明天了，因为今天与明天之间，还隔了一个迢迢的黑夜，他挨不过去了。可他又不能自己先说，大宝觉得自己是抢不了父亲先的，他只有等待。当电视最后的节目演完，屏幕上出现了"再见"的字样，叔叔懒洋洋地站起身，关了电视，往自己房间去了。大宝绝望地想道：他再不会与自己说工作的事情了。他想他的等待再不会有结果，而最后一个机会也过去了。最后刺激大宝对父亲的仇恨的，是父亲在洗脸间里的刷牙声。牙刷在丰富的泡沫中清脆地响着，响的时间非常之久。大宝站起身，走到厨房，拧亮电灯，四下里看着，许久他也没有明白他是在找什么。后来，当他的眼睛无意地落在了他要找的那东西的上面，他才明白。他将他要找的东西握在手里，掖在衣服底下，回到了他日夜栖身的客厅沙发上。然后关了灯。

大宝躺在黑暗中，等待叔叔睡着。他以为他已经等等了很长的时间，他以为黑夜已经在他的等待中过去了大半，黎明的时刻即将来临，他以为这正是人人进入梦乡的万籁俱寂的时刻了，他悄悄地站了起来，手里紧握着那东西，那东西已被他的身体暖成了温热的了。他的心里忽然变得轻松了，甚至有几分愉快，长久的等待终于要实现了似的。他轻轻地走过走廊，来到了叔叔的卧室门口。他停了停，然后脱了鞋，这样可以使脚步轻得像猫一样。他推开了门，却被门内的光亮炫了眼睛。他没想到这时屋里还大亮着灯，他父亲正站在床边，整理着枕头，准备上床，当他回过头，略有些惊愕地张了嘴，看着大宝时，他口腔的牙膏的清凉的气息，散发在了空气里。大宝朝着叔叔举起了手里的东西，那是一把刀，不锈钢的刀面在电灯下闪着洁白的光芒。叔叔怒吼道：流氓！随着这一声怒吼，大宝的头脑似乎一下子清醒了，他霎那间明白了，他从小到大所吃的一切苦头，<u>其实全都源于这个男人</u>。他所以这样不幸福，他所以<u>这样压抑，这样走投无路，全都源于这个男人</u>。这个男人现在好了，可他却还在受苦，他多么苦闷啊！他没有工作、没有前途、没有买烟的钱，他失去了健康的身体，全源于这个男人。<u>他把刀向这个男人挥去</u>，这个男人避开了，并用一只手握住了他的手腕。

> 两人感情的隔膜与相互的敌视，于是爆发了父子间的一场殊死搏斗

叔叔握到了大宝的手腕，心里升起了一个念头：这个孩子竟要杀他了。叔叔看见了这个孩子因仇恨而血红血红的眼睛。他想：很多孩子爱戴他，以见他一面为荣幸，这个孩子却要杀他。叔叔看见了这孩子的瘦脸，抽搐扯斜了他的眼睛，

两个巨大的鼻孔一张一翕着,嘴里吐出难嗅的腐臭的气息,他无比痛心地想道:这就是他的儿子,他的儿子多么丑陋啊!而这丑陋却是他熟悉的,刻骨铭心地熟悉的,他好像看见了这丑陋的面孔后面的自己的影子,看见了这张丑陋的面孔就好像看见了叔叔自己。叔叔不忍卒睹地移开了目光,为了把全身的力量都聚集在手腕上,而咬紧了牙关。

在他那光彩照人的形象之下,还有着一个曾经丑陋的自我,而在他那得意辉煌的现在背后,还存在一段卑贱屈辱的过去

　　大宝为了挣脱手腕而扭曲了身体,他的手腕在父亲的大手里蛇一般地扭动,那把切西瓜的大刀便甩过来甩过去,闪烁着光芒。他们僵持了很久,双方都消耗了体力和耐心。疲惫的感觉似乎更加激怒了大宝,他狂暴地挣扎着,叔叔一个不防备,竟被他挣开了手去,随后他便不顾一切地朝叔叔横劈一下,竖劈一下,有一下劈到了叔叔的手臂,流血了,血滴在地毯上,转眼变成酱油般的褐色斑点。滴血的时刻忽然使叔叔想起大宝出生的场面:一轮火红的落日冉冉而下,血色溶溶,男孩呱呱落地。血液冲上叔叔的头脑,叔叔怒火冲天。他有些奋不顾身,大抡着手臂朝大宝揍去,大宝头上脸上挨了重重的几下,鼻子流血了。叔叔凛然的气势压倒了大宝,大宝的狂暴由于发泄渐渐平息,他软了下来,刀掉在地上,然后他就咧着嘴哭了,鼻血流进了嘴里。叔叔像个英雄一般,撕下一只睡衣的袖子,包扎好手臂上的伤口,大宝的哭声使他厌恶又怜悯。伤了一条手臂的叔叔极有骑士风范,可是他霎那间想起:他打败的是他的儿子,于是便颓唐了下来。将儿子打败的父亲还会有什么希望可言?叔叔问着自己。这难道就是他的儿子吗?他问自己。大宝蜷缩在地上,鼻涕、鼻血,还有眼泪,污浊了面前的地毯。叔叔忽然看见了昔日的自己,昔日的自己历历地从眼前走过,他想:他人生中所有的卑贱、下流、委琐、屈辱的场面,全集中于这个大宝身上了。这个大宝现在盯上了他,他逃不过去了,他躲得了初一躲不了十五!这一夜,叔叔猝然地老了许多,添了许多白发。他在往事中度过了这一夜,往事不堪回首,回忆使他心力交瘁。叔叔不止一遍地想:他再也不会快乐了。他曾经有过狗一般的生涯。他还能如人那样骄傲地生活吗?他想这一段猪狗和虫蚁般的生活是无法销毁了,这生涯变成了个活物,正缩在他的屋角,这就是大宝。黎明的时刻到来得无比缓慢,叔叔想他自己是不是过于认真,应当有些游戏精神,可是,谁来陪我做游戏呢?

叔叔心中却真正有了一种被打败的感觉

一切虚浮的假象在顷刻间就崩溃了

　　这一个夜晚,我们都在各自家中睡觉,睡眠很香甜,睡梦中日转星移。我们各人都遇到了各人的问题,有的是编故事方面的,有的是情爱方面的,我们都受了些挫折。在白天里,我们受挫折;黑夜里,我们睡觉。我们甚至模糊挫折和顺利的界线,使之容易承受。我们将这两个截然相反的概念换过来换过去,为了使黑暗在睡眠中安然度过。我们这样做不是出于经验的教训,而只是懒惰。可是叔叔度不过这黑夜了,叔叔无论怎样跋涉都度不过这黑夜了。叔叔是这世界上最后一名认真的知识分子,救救孩子的任务落在叔叔的肩上。

　　叔叔一夜间变得白发苍苍,他想,他再不能快乐了;他想,快乐,是几代人,几十代人的事情,他是没有希望了。被践踏过的灵魂是无法快乐的,更何况,他的被践踏的命运延续到了孩子身上。那一个父与子厮杀的场面永远地停留在了叔叔的眼前,悲惨绝伦。孩子不让你快乐,你就能快乐了吗?叔叔对自己说;孩子不答应让你们快乐,你们就没有权利快乐!叔叔对自己说:孩子在哭泣呢!叔叔几十年的历史在孩子的哭泣声中历历地走过,他恨孩子!可是孩子活得比他更

长久。

　　我们是在这个夜晚过去很久以后,才隐约地知道。对此叔叔缄口无言,可是俗话说世上没有不透风的墙,渐渐地,我们就知道了。我们大家一起来设想这个场面,你一言,我一语的,将它设想成哈姆雷特风格的雄伟的图画,我们说这是一场惊心动魄的悲剧。我们已经习惯了以审美态度来对待世界和人,世界和人都是为我们的审美而存在,提供我们讲故事的材料。生命于我们只是体验,于是,一切难题都迎刃而解,什么都难不倒我们。我们干什么都是为了尝尝味道,将人生当作了一席盛餐。我们的人生又颇似一场演习,练习弹的烟雾弥漫天地,我们冲锋陷阵,摇旗呐喊,却绝对安全。这种模拟战争使我们大大享受了牺牲和光荣的快感,丰富了我们的体验。然而,我们并不知道,我们的战斗力,我们的反应的敏锐性,我们的临场判断力,在这种模拟战争中悄悄地削弱。当危险真正来临时,我们一无所知。我们还根据我们的意愿想象这世界,我们的意愿往往是出于一种审美的要求。叔叔的那一个真刀真枪的夜晚久久不为我们理解,与我们隔离得很远。但是,叔叔的关于他发现了命运真相的新的警句在我们中间流传。有一天,在我的生活里,发生了一点事故,这事故改变了我对自己命运的看法,心情与叔叔不谋而合。这事故虽然不大,于我却超出了体验的范围,它构成了我个人经验的一部分,使我觉得我以往的生活的不真实。

【这种精神贯穿作品的始终】

　　为什么这事故能抵制了我<u>一贯的游戏精神</u>,而在心里激起真实的反映?那大约是因为这事故是真正与我个人发生关系的,而以往的事故只是与别人有关。我们是非常自私的一代,只有自我才在我们心中。我们的游戏精神其实是建立在个人主义基础上。无论是救孩子还是救大人,都不可使我们激起责任心而认真对待。只有我们真正的自己遇到了事故,哪怕是极小的事故,才可触动我们,而这时候,我们又变得非常脆弱,不堪一击,我们缺少实践锻炼的承受力已经退化得很厉害。这世界上真正与我们发生关系的事故是多么少,别人爱我们,我们却不爱别人;别人恨我们,我们却不恨别人。而我恰巧地,侥幸而不幸地遇上了一件。在这时节,叔叔的故事吸引了我,<u>我觉得我的个人事故为我解释叔叔的故事,提供了心理的根据</u>;还因为叔叔的故事比我的事故意义更深刻,更远大,他使我的事故也有了崇高的历史的象征,这可使我承受我的事故的时候,产生骄傲的心情,满足我演一出古典悲剧的虚荣心。我们讲故事的人,就是靠这个过活的。我们讲故事的人,总是摆脱不了那个虚拟的世界的吸引,虚拟世界总是在向我们招手。我们总是追求深刻,对浅薄深恶痛绝,可是又没有勇气过深刻的生活,深刻的生活于我们太过严肃,太过沉重,我们承受不起。但是我们可以编深刻的故事,我们竞赛似的,比谁的故事更深刻。好比曾经沧海难为水似的,有了深刻的故事以后我们再难满足讲叙浅薄的故事。就这样,我选择了叔叔的故事。

【故事的解构】

【虚假的神圣与高尚都被拆解掉了,显现出一个时代的荒芜与丑陋】

　　<u>叔叔的故事的结尾是:叔叔再不会快乐了!
　　我讲完了叔叔的故事后,再不会讲快乐的故事了。</u>

1990年8月2日沪
1990年9月13日沪

★编选者的话:

　　王安忆在中篇小说《叔叔的故事》中完成了创作形态的巨大变化,显现出充满主观色彩和议论的叙事模式。在这部实验性的小说中,王安忆完全打碎了曾经无条件接受的历史,将历史与现代均作为叙事的对象,认为它具有多种阐述的可能。作家着重反思了叔叔那一代知识分子的命运,探讨"我"这一代知识分子的精神历程和性格特征。以厚实的生活积累和清醒的理性认识,变经历写作为经验写作。在小说中作家致力于挖掘和表现人与生活的深层潜质,使得这篇小说无论是在精神探索的深刻性还是艺术创新的统一性上,都达到了作家自己前所未有的高度。在这部小说中,环境、人物、情节就像文字本身一样成为了一种符号,一种象征。这是王安忆实践自己小说理想的一次积极的尝试。作家的小说创作技巧借助叙事者和当事人的时代差异而得以体现,因时代差异,作家营造了她的虚构的世界,而在这些明显的虚构痕迹中又隐藏着某些并非虚构的内容,那段确实存在的历史时期,那些言之凿凿的人物关系,那个几近完整的事件过程等等又始终在增加着这个虚构故事的可信性。在这篇小说中,王安忆完成了对自我书写的一次有意义的挑战。

> 类似先锋书写

★作者的话:

　　新时期的文学是以诚实著称的文学,我们自由而勇敢地面对自己,真挚地将我们的新发现告诉给许多倾听的人们。我们多么感谢人们的倾听,他们和我们彼此不再感到孤独。现在,我们对自己的挖掘到了深处,到了要使我们疼痛的地心了,我们怎么办?

　　接触到深处我们遇到了坚硬的保护的外壳,掘进遇到了困难。我们的困难是双重的:一是智慧上的,我们往往会迷失了方向,不明白什么是纵深的发展,什么则只是横向的徘徊;二是勇敢上的,我们不知道将我们深处最哀痛最要害的经验开发出来,会遭到什么样的消费的命运,我们忐忑不安。

　　我经历了一段游离的时期。在这个时期里,我与我个人的经验保持了距离,我将注意力放在别人的经验上,以我在成长中的认识去解释这些经验。我还将注意力放在小说的叙事方式上,我总是醉心于小说的完美形式。然后,我有整整一年没有写小说,一年之后,我写了《叔叔的故事》。

> 借他人的酒杯,浇自己心中的块垒

　　《叔叔的故事》重新地包含了我的经验,它容纳了我许久以来最最饱满的情感与思想,它使我发现,我重新又回到了我的个人的经验世界里,这个经验世界是比以前更深层的,所以,其中有一些疼痛。疼痛源于何处?它和我们最要害的地方有关联。我剖到了身心深处的一点不忍卒睹的东西,我所以将它奉献出来,是为了让人们与我共同承担,从而减轻我的孤独与寂寞。

《孤篇自荐之自荐缘由:作家言说——我为何推荐这部作品》,
《中华读书报》2001/2/28

★相关评论:

　　1990年冬,王安忆发表了搁笔整整一年后创作的小说《叔叔的故事》。这搁笔的一年,后来被她称之谓"这十年中思想与感情最活跃最饱满的时期"。是生活的严峻性粉碎了她原有的肤浅的人生观,逼使她重新思考面对生活的态度,也就是进行一种"世界观的重建工作"。这一尝试性的工作使王安忆获得了成功,她完成了继 1985 年发表《小鲍庄》以来个人创作道路上最重要的一次转机,精神与创作的危机被克服了,新的叙事风格正在形成,由此,短短的几年里她迅速建立起小说创作的新诗学。

> **对作品的美学肯定**

《叔叔的故事》是从反省开始的,用王安忆的话说,是"对一个时代的总结与检讨",其反省对象是以作家"叔叔"为类型的知识分子叙事传统。反省不同于忏悔,80 年代以来的知识分子为推动社会进步尽了自己的最大努力,但这种努力带有与生俱来的先天性残疾。王安忆之所以不以典型化的方式来塑造"叔叔",正是为了对这样一种不确定性做出反省:我们的历史从何而来?它在自身的发展中存在着什么问题?它给以 90 年代的我们留下的教训又在哪里?这些探索是不可能寻到确定性答案的,作家匠心独运地利用后设小说的手法,公然拼凑出一部"叔叔"的历史,"叔叔"没有具体的名字和社会关系,甚至也不妨把他看做一个时代的人格化。他惟一拥有的作家身份,只是表明了一种历史叙事的性质,"叔叔"所有的历史内涵,可能都是通过"叔叔"及下一代的"我"的叙事来体现和完成的。所以说,"叔叔"不是一个艺术典型,而是某种类型的符号,涵盖了某个时代的知识分子的精神史。

> **先锋性特点**

陈思和《营造精神之塔——论王安忆 90 年代初的小说创作》,
《文学评论》1998/6

《叔叔的故事》是王安忆创作旅程中的一部重要作品,王安忆选择了"元小说"的方式,拆除了小说的工作平台,让读者看到了作家虚构的过程,更重要的是她解构了一代知识分子通过语言虚构的自我形象。如果说《叔叔的故事》窥破了那种自我溢美的神话,那么《隐居的时代》则是提供了那一代知识分子在乡村的一种真实的生存状态。

王雪瑛《作家与作品生长的状态——论王安忆九十年代的小说创作》,
《当代作家评论》2001/2

> **参见马原的小说**

王安忆以她的写作对近阶段的潮流做出了疏离的姿态。这种疏离也许是温和的、迂缓的,却也是坚决的,不动声色的,带着深思熟虑的味道。我们说她深思熟虑,是指她不再像当年推出《小鲍庄》、"三恋"时那样,姿态前卫却显出无法遮掩的幼稚和冲动;叙述急切热烈但却不无胆怯和夸张;力图表现前卫意识的内在化效果和真实性,却又遮蔽不去模式化和生硬的痕迹。相反,正是从《叔叔的故事》开始,她所潜心构造的文本显出焕然一新的面容。平静、成熟、自信的叙述使写作更为胸有成竹,文本意味深长却又韬光养晦、虚怀若谷,是一副不计较认同与理解却又确实可见智慧之光闪烁的样子……

和前期的小说相比,王安忆的小说在具体内容上从现实情景的描写转向更为深层的历史层面延伸;在其价值趋向上看,则更多地指向现实的层面。历史在王安忆那里似乎已成为一个现实的解释工具,和"第三种现实"的创造工具。

焦桐《小说戏剧性的消解与回归——王安忆近期小说评价》
《当代作家评论》1997/6

长恨歌（节选）

《长恨歌》连载于《钟山》1995年第2、3、4期，1996年作家出版社出版单行本。王安忆以其细腻而绚烂的文笔将一个女人40年的情与爱，描绘得哀婉动人，跌宕起伏，王琦瑶的历史也就是上海的历史。

20世纪40年代，还是中学生的上海弄堂的女儿王琦瑶，传奇般的成为"上海小姐"，从此开始命运多舛的一生。做了某大员的"金丝雀"，住进"爱丽丝公寓"，从少女变成了女人。上海解放，历史的变迁尘封了都市的繁华梦，王琦瑶成了普通百姓，重新走入上海弄堂。表面的日子平淡似水，内心的情感潮水却从未平息。与几个男人的复杂关系，想来都是命里注定。20世纪80年代，已是知天命之年的王琦瑶难逃劫数，被女儿的男同学被失手杀死，命丧黄泉。

第一部
第二章 上海小姐

……厅里排着长队买康乃馨，那康乃馨摘了还会长似的，怎么卖也不见少，转眼间，人人手里都有一束，厅里还是康乃馨的舞池。今天就像是康乃馨的晚会。是它们聚首的日子，盛开得格外娇艳，心花怒放的样子。这情景可真美啊！这繁华是可有四十年不散的余音，四十年的入梦。（20世纪40年代中国的选美场面）

决赛是载歌载舞的，小姐的三次出场被歌唱，舞蹈和京剧的节目隔开来，每一次出场都有声色作引子。在歌，舞，剧的热闹中间，她们的出场有偃旗息鼓，敛声屏息的意思，是要全盘抓住注意力，打不得马虎眼的。在歌，舞，剧的各自谢幕之后，便也产生了舞后，歌后和京剧皇后，每一个皇后都是为她们出场开道的，她们便是皇后的皇后。是何等的光荣在等着她们，天大地大的光荣将在此刻决定，这又是何样的时刻呢？台前的花篮渐渐地有了花，一朵两朵，三朵四朵，是真心真意，也是悉心悉意。篮里的花无意间为王琦瑶作了点缀。康乃馨的红和白，是专为衬托她的粉红和苹果绿来的，要不，这两种艳是有些分量不足，有些要飘起来，散开去的，这红和白全为它们压了底。王琦瑶在红白两色的康乃馨中间，就像是花的蕊，真是娇媚无比。<u>她不是舞台上的焦点那样将目光收拢，她不是强取豪夺式地，而她是一点一滴，收割过的麦地里拾麦穗的，是好言好语有商量的，她像是和你谈心似地，争取着你的同情。</u>她的花篮里也有了花，这花不是如雨如爆的，却一朵一朵没有间断，细水长流的，竟也聚起了一篮。王琦瑶不是台上最美最耀目的一个，却是最有人缘的一个，三次出场像是专为她着想，给她时间让人认识，记进心里。她一次比一次有轰动，最后一次则已收揽了夺魁的希望。（王琦瑶贴亲贴己的美）

（叙事方式密不透风）

白色的婚服终于出场了，康乃馨里白色的一种退进底色，红色的一种跃然而出，跳上了她的白纱裙。王琦瑶没有做上海小姐的皇后，就先做了康乃馨的皇后。她的婚服是最简单最普通的一种，是其他婚服的争奇斗艳中一个退让。别人都是婚礼的表演，婚服的模特儿，只有她是新娘。这一次出场，是满台的堆纱迭约，只一个有血有肉的，那就是王琦瑶。她有娇有羞，连出阁的一份怨也有的。这是最后的出场，所有的争取都到了头，希望也到了头，所有所有的用心和努力，都到了终了。这一刻的辉煌是有着伤逝之痛，能见明日的落花的流水。王琦瑶穿上这婚纱真是有体己的心情，婚服和她都是带有最后的意思，有点喜，有点悲，还有点委屈。这套出场的服装，也是专为王琦瑶规定的，好像知道王琦瑶的心。穿婚服的王琦瑶有着悲剧感，低回慢转都在作着告别，这不是单纯的美人，而是情景中人。投向王琦瑶篮里的花朵带着点小雨的意思了，王琦瑶都来不及去看，她眼前一片缭乱，心里也一片缭乱，她是孤立无援，又束手待毙，想使劲也不知往何处使的，只有身上的婚服，与她相依为命。她简直是要流泪的，为不可知的命运。她想起那一次在片厂，开表拉前的一瞬，也是这样的境地，甚至连装束也是一样，都是婚服，那天一身红，今天一身白，这预兆着什么呢？也许穿上婚服就是一场空，婚服其实是丧服！王琦瑶的心已经灰了一半，泪水蒙住眼睛。在这最后的时刻，剧场里好像下了一场康乃馨的雨，看不清谁投谁，也有投错花篮的。这是顶点，接下去便胜负有别，悲喜参半了。所有的小姐都仁立着，飞扬的沉落下来，康乃馨的雨也停了，音乐也止了，连心都是止的，是梦的将醒未醒时分。

　　这一刻是何等的静啊，甚至听见小街上卖桂花糖粥的敲梆声，是这奇境中的一丝人间烟火。人的心都有些往下掉，还有些沉渣泛起。有些细丝般的花的碎片在灯光里舞着，无所归向的样子，令人感伤。有隐隐的钟声，更是命运感的，良宵有尽的含义。这一刻静得没法再静了，能听见裙裾的窸窣，是压抑着的那点心声。这是这个不夜城的最静默时和最静默处，所有的静都凝聚在一点，是用力收住的那个休止，万物禁声。厅里和篮里的康乃馨都开到了最顶点，盛开得不能再盛开，也止了声息。灯是在头顶上很远的地方，笼罩全局的样子；台下是黑压压的一片，没底的深渊似的。这城市的激荡是到极处，静止也是到极处。好了，这静眼看也到头了，有新的骚动要起来了。心都跳到口边了，弦也要崩断了。有如雷的掌声响起，灯光又亮了一成，连台下都照亮了。皇后推了出来，有灿烂的金冠戴在了头上，令人目眩。那是压倒群芳的华贵，头发丝上都缀着金银片，天生的皇后，毋庸置疑，不可一世的美。金冠是为她定做的，非她莫属，她那个花篮也分外大似的，预先就想到的，花枝披挂在篮边，兜不住的情势。亚后却是有藏不住的娇冶，银冠也正对她合适。花篮里的花又白的多红的少，专配银冠似的。她的眼睛是有波光的，闪闪熠熠，煽动着情欲，是集万种风情为一身，是人间尤物。掌声连成了一片，灯光再亮了一成，连场子的角落都看得见，眼看就要曲终人散，然后，今夜是人家的今夜，明晨也是人家的明晨。这时，王琦瑶感觉有一只手，领她到了舞台中间，一顶花冠戴在了她的头顶。她耳边嗡嗡的，全是掌声，听不见说什么。皇后的金冠和亚后的银冠把她的眼眩花了，也看不见什么。她茫然地站着，又被领到皇后的身边。她定了定神，看见了她的花篮，篮里的康乃馨是红白各一半，也是堆起欲坠的样子，这就是她春华秋实的收获。

　　王琦瑶得的是第三名，俗称三小姐。这也是专为王琦瑶起的称呼。她的艳和风情都是轻描淡写的，不足以称后，却是给自家人享用，正合了三小姐这称呼。这三小姐也是少不了的，她是专为对内，后方一般的。是辉煌的外表里面，绝对

旁注：
- 有点张爱玲的调子，很通透，很细密，很哀婉，很理解
- 心理描写
- 康乃馨之夜，终于落下帷幕
- 旧上海的繁华 极度的铺张和渲染
- 善解人意的化解

不逊色的内心。可说她是真正代表大多数的,这大多数虽是默默无闻,却是这风流城市的艳情的最基本元素。马路上走着的都是三小姐。大小姐和二小姐是应酬场面的,是负责小姐们的外交事务,我们往往是见不着她们的,除非在特殊的盛大场合。她们是盛大场合的一部分。而三小姐则是日常的图景,是我们眼熟心熟的画面,她们的旗袍料看上去都是暖心的。三小姐其实最体现民意。<u>大小姐二小姐是偶像,是我们的理想和信仰,三小姐却与我们的日常起居有关,是使我们想到婚姻</u>,生活,家庭这类概念的人物。

> 王琦瑶的日常、世俗,是真正上海的"芯子"

....

第三部
第四章　祸起萧墙

房门推开了,原来是一地月光,将窗帘上的大花朵投在光里。<u>长脚心里很豁朗,也很平静。</u>他还是第一次在夜色里看这房间,完全是另外的一间,而他居然一步不差地走到了这里。他看见了靠墙放的那具核桃木五斗橱,月光婆娑,看上去它就像一个待嫁的新娘。长脚欢悦地想:正是它,它显出高贵和神秘的气质,等待着长脚。这简直像一个约会,激动人心,又折磨人心。长脚心跳着向它走拢去,一边在裤兜里摸索着一把螺丝刀,跃跃欲试的。当螺丝刀插进抽屉锁的一刹那,忽然灯亮了。长脚诧异地看见自己的人影一下子跳到了墙上,随即周围一切都跃入眼睑,是熟悉的景象。他还是没明白发生了什么,只起心地奇怪,他甚至还顺着动作的惯性,将螺丝刀有力地一撬,拉开了抽屉。那一声响动在灯光下就显得非同小可,他这才惊了一下,转过头去看个究竟。他看见了和衣靠在枕上的王琦瑶。原来她一直是醒着的,这一个夜晚在她是多么难熬啊!她一分一秒地等着天亮,看天亮之后能否有什么转机。方才看见长脚进来,她竟不觉着有一点惊吓。夜晚将什么怪诞的事情都抹平了棱角,什么鬼事情都很平常。看见他去撬那抽屉,她就觉得更自然了。下半夜是个奇异的时刻,人都变得多见不怪,沉着镇静。

> 长脚:王琦瑶女儿的同学

王琦瑶望着他说:和你说过,我没有<u>黄货</u>。长脚有些羞涩地笑了笑,躲着她的眼睛:可是人家都这么说。王琦瑶就问:人家说什么?长脚说:<u>人家说你是当年的上海小姐,上海滩上顶出风头的</u>,后来和一个有钱人好,他把所有的财产给了你,自己去了台湾,<u>直到现在</u>,他还每年给你寄美金。王琦瑶很好奇地听着自己的故事,问道:还有呢?长脚接着说:你有一箱子的黄货,几十年用下来都只用了一只,你定期就要去中国银行兑钞票,如果没有的话,你靠什么生活呢?长脚反问道。王琦瑶给他问得说不出话了,停了一会儿,才说:简直是海外奇谈。长脚向她走近一步,扑通跪在了她的床前,颤声说:你帮帮忙,先借我一点,等我掉过头来一定加倍还你。王琦瑶笑了:长脚你还会有掉不过头来的时候?长脚的声音不由透露出一丝凄惨:你看我都这样了,还会骗你吗?<u>阿姨,帮帮忙</u>,我们都晓得你阿姨心肠好,对人慷慨。王琦瑶本来还有兴趣与他周旋,可听他口口声声地叫着"阿姨",不觉怒从中来。<u>她沉下脸</u>,喝斥了一句:谁是你的阿姨?长脚将身子伏在床沿,扶住王琦瑶的腿,又一次请求道:帮帮忙,我给你写借条。王琦瑶让开他的手,说:你这么求我,何不去求你的爸爸,人们不都说你爸爸是个亿万富翁吗?你

> 黄货:金条
> 侧写人们眼中的王琦瑶

> 先抑后扬

> 王琦瑶不甘衰老的心理

不是刚从香港回来吗?这话刺痛了长脚的心,他脸色也变了,收回了手,从地上爬起来,拍了拍膝盖上的灰,说:这和我爸爸有什么关系?不借就不借。说罢,便向门口走去。却被王琦瑶叫住了:你想走,没这么容易,有这样借钱的吗?半夜三更摸进房间。于是他只得站住了。

很偶然,生命往往如此

在这睡思昏昏的深夜,人的思路都有些反常,所说的话也句句对不上茬似的,有一些像闹剧。本来一场事故眼看化险为夷,将临结束,却又被王琦瑶一声喝令叫住,再要继续下去。长脚说:你要我怎么样?王琦瑶说:去派出所自首。长脚就有些被逼急,说:要是不去呢?王琦瑶说:你不去,我去。长脚说:你没有证据。王琦瑶得意地笑了:怎么没有证据?你撬开了抽屉,到处都是你的指纹。长脚一听这话,脑子里轰然一声,有些懵了,有冷汗从他头上沁出。他站了一会儿,脸上露出狰狞的笑容:看来,我做和不做结果都是一样,那还不如做了呢!说着,他就走回到五斗橱前,从抽屉里端出那个木盒。王琦瑶躺不住了,从床上起来,就去夺那木盒。长脚一闪身,将木盒藏在身后,说:阿姨你急什么?不是说什么都没有吗?这回轮到王琦瑶急了,她流着汗叫道:放下来,强盗!长脚说:你叫我强盗,我就是强盗。他脸上的表情变得很无耻,还很残忍。王琦瑶扭住他的手,他由她扭着,就是不给她盒子。这时,他已经掂出了这盒子的重量,心里喜滋滋的,想这一趟真没有白来。王琦瑶恼怒地扭歪了脸,也变了样子。她咬着牙骂道:瘪三,你这个瘪三!你以为我看不出你的底细?不过是不拆穿你罢了!长脚这才收敛起心头的得意,那只手将盒子放了下来,却按住了王琦瑶的颈项。他说:你再骂一声!瘪三!王琦瑶骂道。

事情正在一点点起变化

干枯而丑陋的王琦瑶也许正想找借口了结自己呢

长脚的两只大手围拢了王琦瑶的颈脖,他想这颈脖是何等的细,只包着一层枯皮,真是令人作呕得很!王琦瑶又挣扎着骂了声瘪三,他的手便又紧了一点。这时他看见了王琦瑶的脸,多么丑陋和干枯啊!头发也是干的,发根是灰白的,发梢却油黑油黑,看上去真滑稽。王琦瑶的嘴动着,却听不见声音了。长脚只觉得不过瘾,手上的力气只使出了三分,那颈脖还不够他一握的。心里的欢悦又涌了上来,他将那双手紧了又紧,那颈脖绵软得没有弹性。他有些遗憾地叹了口气,将她轻轻地放下,松开了手。他连看她一眼的兴趣都没有,就转身去研究那盒子,盒子上的雕花木纹看上去富有而且昂贵,是个好东西。他用螺丝刀不费力就拨掉了上面的挂锁,打了开来。心里不免有些失望,却还不致一无所获。他将东西取出,放进裤兜,裤兜就有些发沉。他想起方才王琦瑶关于指纹的话,就找一块抹布将所有的家什抹了一遍。然后拉灭了电灯,轻轻地出了门。就这样闹了一大场,月亮仅不过移了一小点,两三点还是两三点。这真是人不知鬼不觉,谁知道这里发生了什么呢?

杀人的快感

只有鸽子看见了。这里四十年前的鸽群的子息,它们一代一代的永不中断,繁衍至今,什么都尽收眼底。你听它们咕咕哝哝叫着,人类的夜晚是它们的梦魇。这城市有多少无头案啊,嵌在两点钟和三点钟之间,嵌在这些裂缝般的深长里弄之间,永无出头之日。等到天亮,鸽群高飞,你看那腾起的一刹那,其实是含有惊咋的表情。这些哑证人都血红了双眼,多少沉底的冤情包含在它们心中。那鸽哨分明是哀号,只是因为天宇辽阔,听起来才不那么刺耳,还有一些悠扬。它们盘旋空中,从不远去,是在向这老城市致哀。在新楼林立之间,这些老弄堂真

精彩的联想与比喻

好像一艘沉船,海水退去,露出残骸。

王琦瑶眼睑里最后的景象,是那盏摇曳不止的电灯,长脚的长胳膊挥动了它,它就摇曳起来。这情景好像很熟悉,她极力想着。在那最后的一秒钟里,思绪迅速穿越时间隧道,眼前出现了四十年前的片厂。对了,就是片厂,一间三面墙的房间里,有一张大床,一个女人横陈床上,头顶上也是一盏电灯,摇曳不停,在三面墙壁上投下水波般的光影。她这才明白,这床上的女人就是她自己,死于他杀。然后灭了,堕入黑暗。再有两三个钟点,鸽群就要起飞了。鸽子从它们的巢里弹射上天空时,在她的窗帘上掠过矫健的身影。对面盆里的夹竹桃开花,花草的又一季枯荣拉开了帷幕。

想像奇崛而叙述冷峻

★编选者的话:

长篇小说《长恨歌》以不动声色的冷静叙述拉开了王安忆与故事的时空距离。既没有《叔叔的故事》中叙述者与环境之间强烈的反讽,也没有《纪实与虚构》中明显的人为痕迹,而是融合《叔叔的故事》、《纪实与虚构》两者的创作手法,创建了一个崭新的小说世界,这部小说内容与形式相辅相成、浑然一体,如果说《叔叔的故事》、《纪实与虚构》是对于小说形式的一种探索,《长恨歌》则是标志王安忆在长篇小说创作成熟的里程碑。

《长恨歌》集合了王安忆对于上海全部的认识和想象,在王安忆的笔下,以一个女人演绎一座城市,王琦瑶的历史就是上海的历史。小说中最令人触目的是主角王琦瑶的出场。作者花费大量篇幅来描写上海的弄堂、流言、闺阁、鸽子,目的只有一个:衬托王琦瑶像是吸尽黄浦精华的结晶。竞选"上海小姐"场景的描写,是对旧上海繁华及其背后腐烂的展示。"舞会"则是对"上海寻梦"的讽刺。整篇小说结构舒缓,侧重于理性思考,将人物与上海历史、文化精神相融会。在《长恨歌》中,王安忆的叙述语言典雅、风趣,描写生活琐事、人物心境、性爱均充满古典情愫,洋溢着诗情画意。因此,有学者将王安忆的《长恨歌》视之为张爱玲"上海传奇"的延续。

★作者的话:

《长恨歌》确实写得很用心。当时作家出版社计划出我和贾平凹的自选集,要求其中有一部新长篇。在我开始考虑写什么时,这个题材就在脑海里出现了。应该说,它在我心里其实已沉淀很久了。我个人认为,《长恨歌》的走红带有很大的运气。譬如,当初张爱玲的去世引发了张爱玲热,许多人把我和她往一块儿比,可能因为我无"旧"可怀。

与后面的说法自相矛盾

事实上,我写《长恨歌》时的心理状态相当清醒。我以前不少作品的写作带有强烈的情绪,但《长恨歌》的写作是一次冷静的操作:风格写实,人物和情节经过严密推理,笔触很细腻,就像国画里的"皴"。可以说,《长恨歌》的写作在我创作生涯里达到了某种极致的状态。

风格与特点

《长恨歌》的叙事方式包括语言都是那种密不透风的,而且要在长篇中把一种韵味自始至终贯穿下来,很难。因为你得把这口气一直坚持到最后,不能懈掉。写完后我确实有种成就感。《长恨歌》之后,我的写作就开始从这种极致的密

这种"成就感"在她写完《小鲍庄》时也曾有过

渐渐转向疏朗，转向平白。这种演变我自己觉得挺好。

《我眼中的历史是日常的——与王安忆谈〈长恨歌〉》(徐春萍)

《文学报》2000年10月26日

《长恨歌》是1994年写作，1995年发表，1996年出版的，这对我已是一件挺遥远的事了。现在重新被提起，又得了茅盾文学奖，我很高兴，也觉得有点意外。

> 是实情，却有自夸之嫌

意外的是，在我眼中，这部小说有点出格，不入流，不过回过头来想想，<u>《长恨歌》获奖也是自然的事</u>，我写作了20年，自己一直很努力，所以得奖也是情理之中的事。古人有句话是"种瓜得瓜，种豆得豆"，我要说的是"风调雨顺丰硕年"，很感谢文艺界前辈鼓励我继续努力地创作。

创作《长恨歌》之后，我又走了很长的一段路，我的叙述方式和看世界的方式又有了一些变化，我的作品也又有了一些变化。从《长恨歌》的绵密的叙述方式中走出来，走向平白舒朗。我力求用一种简朴的方式来表现复杂的生活。我想在瞬息万变之中，总有一种恒定的东西，它其实是我们人性之本。

《第五届茅盾文学奖得主一席谈》(王平平)，《江南时报》2000/11/15

是一部非常非常写实的东西。在那里面我写了一个女人的命运，但事实上这个女人只不过是城市的代言人，我要写的其实是一个城市的故事。

《王安忆访谈》(齐红、林舟)，《作家》1995/10

★相关评论：

王安忆在1995年完成的《长恨歌》，可以说是城市题材的经典之作。她对都市生活细节的稔熟，在《长恨歌》中有了充分的体现：我们看到了平安里油烟弥漫的弄堂里市民生活的芯子，也看到了柔和的灯火、咖啡的香气中咖啡馆与西餐厅中透出的城市的优雅，还看到了爱丽丝公寓中由身份和经济实力开辟出的寂静与落寞。我们从王安忆对城市生活的细节层层叠叠地展开与描摹中，看到了上海这座城市的肖像。

王雪瑛《作家与作品生长的状态——论王安忆九十年代的小说创作》

《当代作家评论》2001/2

> 《长恨歌》就是建立在"破碎、片段经验"上的一座"城市"

"恢复记忆"是作家创作的一种基本动力，书写是和"遗忘"在比赛，面对历史经验的流失，无奈中只能有一种努力，借对<u>破碎、片段经验</u>的书写与记录来继续那势必被湮没的文化记忆。

罗岗《找寻消失的记忆——对王安忆〈长恨歌〉的一种疏解》

《当代作家评论》1996/6

在《长恨歌》和《香港的情与爱》里，她综合使用象征、隐喻、移情等手段，使上海和香港，完全落在丰富多彩、贴近事物精神本质的意象群描绘中，这一系列意象性语言的精彩与淋漓尽致，直接切入可以称之为都市精髓的某种东西。不难看到，王安忆其实是把黑格尔叫做"心灵的定性"，纳入作为自然物存在的上海或香港景观的，是把她所聚焦的都市环境(对象)人化(人格化)了的，因而她所呈示出来的,是经过理性的凝聚和提升,自己所看到、认识、理解的上海和香港。在这种西方美学认为是"移情作用",中国古典文论号称是"物色带情"的表达里,王安忆似乎总是在寻求一种具象与抽象的合二为一:她想通过都市的种种具象形态,抽象出诸如上海弄堂的精神实质,上海流言的文化特征,抽象出潜蕴在香港繁华与男女欢情中某种文化本质所在。这样的抽象,是把摄入浮光掠影的都市现象,从虚假的偶然性中抽取出来,通过一种抽象的语言表达形式,仿佛为其寻找到一个安息之所,使之永恒化并合乎必然。

王绯《王安忆:理性与情悟》,《当代作家评论》1998/1

王安忆极尽所能描写了历史与现实中的上海生活,但是,我们根本无从看到上海生活的丰富性和复杂性。上海生活的生命表现和文化精神、文明程度究竟体现在哪里?市民的日常生活就其普遍性而言虽然堪称上海的主体,但这并不意味着就理所当然地是这个城市在历史与现实的发展中的主导性因素,并且,日常生活充其量也只能是社会生活中的一个层面而已。如果失落了对于生活的丰富性的表现,缺乏对于文明发展的多向度思考,特别是如果执著于某种特定生活方式的孤立和单向的立场,那么,这种文学表现的尖锐性和理性深度就会受到严重阻碍。这也就是王安忆在表现当代的上海及相关价值判断中的问题。说到底,这还是由于她对当代上海生活的转型变化所带来的前所未有的丰富性和自由度的体验局限与认识不足。甚至,几乎还有可能这样认为,这个问题也是由王安忆主观上对于当代上海生活的多面性现实的拒绝和误解而产生的。

吴俊《瓶颈中的王安忆》,《当代作家评论》2002/5

文献索引:
1. **王安忆主要小说目录**
   《流逝》,《王安忆自选集之一·海上繁华梦》作家出版社 1996/2
   《冷土》,《王安忆自选集之一·海上繁华梦》作家出版社 1996/2
   《大刘庄》,《王安忆自选集之一·海上繁华梦》作家出版社 1996/2
   《小鲍庄》,《中国作家》1985/2,《王安忆自选集之一·海上繁华梦》作家出版社 1996/2
   《蜀道难》,《王安忆自选集之一·海上繁华梦》作家出版社 1996/2
   《好姆妈、谢伯伯、小妹阿姨和妮妮》,《王安忆自选集之一·海上繁华梦》作家出版社 1996/2
   《海上繁华梦》,《王安忆自选集之一·海上繁华梦》作家出版社 1996/2
   《阁楼》,《王安忆自选集之二·小城之恋》作家出版社 1996/2
   《荒山之恋》,《十月》1986/4,《王安忆自选集之二·小城之恋》作家出版社 1996/2
   《小城之恋》,《上海文学》1986/8,《王安忆自选集之二·小城之恋》作家出版社 1996/2
   《锦绣谷之恋》,《钟山》1987/1,《王安忆自选集之二·小城之恋》作家出版社 1996/2
   《岗上的世纪》,《钟山》1989/1,《王安忆自选集之二·小城之恋》作家出版社 1996/2
   《神圣祭坛》,《王安忆自选集之二·小城之恋》作家出版社 1996/2
   《弟兄们》,《王安忆自选集之二·小城之恋》作家出版社 1996/2
   《叔叔的故事》,《收获》1990/6,《王安忆自选集之三·香港的情与爱》作家出版社 1996/2
   《逐鹿中街》,《王安忆自选集之三·香港的情与爱》作家出版社 1996/2
   《悲恸之地》,《王安忆自选集之三·香港的情与爱》作家出版社 1996/2

《好婆和李同志》,《王安忆自选集之三·香港的情与爱》作家出版社 1996/2
《歌星日本来》,《王安忆自选集之三·香港的情与爱》作家出版社 1996/2
《乌托邦诗篇》,《王安忆自选集之三·香港的情与爱》作家出版社 1996/2
《伤心太平洋》,《王安忆自选集之三·香港的情与爱》作家出版社 1996/2
《妙、妙》,《王安忆自选集之三·香港的情与爱》作家出版社 1996/2
《"文革"轶事》,《王安忆自选集之三·香港的情与爱》作家出版社 1996/2
《香港的情与爱》,《王安忆自选集之三·香港的情与爱》作家出版社 1996/2
《王安忆自选集之四·漂泊的语言》作家出版社 1996/2
《米尼》,《王安忆自选集之五·米尼》作家出版社 1996/2
《纪实和虚构》,《王安忆自选集之五·米尼》作家出版社 1996/2
《长恨歌》,《钟山》1995/2-4,《王安忆自选集之六·长恨歌》作家出版社 1996/2
《姊妹们》,《上海文学》1996
《文工团》,《收获》1997
《忧伤的年代》,《花城》1998
《隐居的时代》,《收获》1998
《喜宴》,《上海文学》1999
《开会》,《上海文学》1999
《花园的小红》,《上海文学》1999

2. 王安忆研究要目

陈思和、李喜卿:《论王绮瑶的意义》,《文学报》1998/4/23
南　帆《城市的肖像——读王安忆的〈长恨歌〉》,《小说评论》1998/1
马　超《论王安忆小说的时空背景》,《文艺理论研究》1998/1
陈思和《营造精神之塔——论王安忆 90 年代初的小说创作》,《文学评论》1998/6
王安忆《心灵世界——王安忆小说讲稿》,复旦大学出版 1998/9
张雅秋《都市时代的乡村记忆——从王安忆近作再看知青文学》,《小说评论》1999/6
孙　颖《消解的同时构建故事——浅析王安忆〈伤心太平洋〉插入叙述特色》,《小说评论》1999/1
陈惠芬《从单纯到丰厚——王安忆创作试评》,《文学评论》1984/3
南　帆《王安忆小说的观察点:一个人物,一种冲突》,《当代作家评论》1984/2
钟本康《她表现了一个完整、统一的世界——读王安忆小说随想》,《当代作家评论》1984/4
程德培《面对"自己"的角逐——评王安忆的"三恋"》,《当代作家评论》1987/2
程德培《她从哪条路上来——评王安忆的长篇〈流水三十章〉》,《当代作家评论》1988/1
王　绯《女人:在神秘巨大的性爱力面前——王安忆"三恋"的女性分析》,《当代作家评论》1988/3
王安忆、斯特凡亚、秦立德《从现实人生的体验到叙述策略的转型——一份关于王安忆十年小说创作的访谈录》,《当代作家评论》1991/6
韩毓海《"悲剧的诞生"与"谎言的衰朽"——王安忆〈叔叔的故事〉及中国文学的艺术问题》,《当代作家评论》1992/2
张京媛《解构神话——评王安忆的〈弟兄们〉》,《当代作家评论》1992/2
张志忠《王安忆小说近作漫评》,《文学评论》1992/5
李洁非《王安忆的新神话——一个理论探讨》,《当代作家评论》1993/5
张新颖《坚硬的河岸流动的水——〈纪实与虚构〉与王安忆写作的理想》,《当代作家评论》1993/5

刘庆邦《记王安忆》,《当代作家评论》1993/5
王如青《自觉的嬗变与自我的超越——评王安忆的小说创作》,《天津师大学报》1994/3
钟本康《王安忆的小说意识——评〈父系和母系的神话〉》,《当代作家评论》1995/3
罗　岗《寻找消失的记忆——对王安忆〈长恨歌〉的一种疏解》《当代作家评论》1996/5
李文波《惯看海上繁华梦　江山依旧枕寒流——王安忆的悲剧意识分析》,《小说评论》1997/2
叶　红、许　辉《论王安忆〈长恨歌〉的主题意蕴和语言风格》,《当代文坛》1997/5
焦　桐《小说戏剧性的消解与回归——王安忆近期小说评价》,《当代作家评论》1997/6
王　绯《王安忆:理性与情悟》,《当代作家评论》1998/1
王安忆《世界末的艺术》,《当代作家评论》1999/2
王安忆《生活的形式》,《当代作家评论》1999/4
王安忆《残酷的写实》,《当代作家评论》2000/1
徐德明《王安忆:历史与个人之间的"众生话语"》,《文学评论》2000/1
王向东《向人类生命本质和生存本义的逼近——王安忆人性、人生小说论》,《唯实》2000/1
刘敏慧《城市和女人:海上繁华的梦——王安忆小说中的女性意识探微》,《小说评论》2000/5
徐德明《王安忆:历史与个人之间的"众生话语"》,《文学评论》2001/1
王雪瑛《生长的状态——论王安忆九十年代的小说创作》,《当代作家评论》2001/2
倪文尖《上海/香港:女作家眼中的"双城记"——从王安忆到张爱玲》,《文学评论》2002/1
邵文实《女人与城市·漂泊与寻找——王安忆小说创作二题》,《首都师范大学学报》2002/2
唐　濛《从灵魂向肉体倾斜——以王安忆、陈染、卫慧为代表论三代女作家笔下的性》,《当代文坛》2002/2
王晓明《从"淮海路"到"梅家桥"——从王安忆小说创作的转变谈起》,《文学评论》2002/3
吴　俊《瓶颈中的王安忆——关于〈长恨歌〉及其后的几部长篇小说》,《当代作家评论》2002/5
高秀芹《都市的迁徙——张爱玲与王安忆小说中的都市时空比较》,北京大学学报 2003/1

(陈　婕)

王朔小说三篇

王朔，1958年生于北京，1965年至1975年在北京上学，其间曾在山西太原生活。1977年参军，在海军北海舰队服役，1980年转业，在北京医药公司药品批发店工作，1983年辞职从事自由写作。

王朔小说以"我是痞子我怕谁"为宣言，对白通俗而充满活力，叙述语言则戏谑、反讽。由他参与策划的电视连续剧和改编的电影、电视剧颇受欢迎。其作品虽风靡一时，但文坛对他的评价却分歧很大，在20世纪末的中国文坛和影坛上造成了引人注目的"王朔现象"。

> 早期作品多是以自己在部队"大院"的成长经历为素材，写过一些言情、侦探类的小说。后期的"顽主"系列作品，多写文化痞子的游戏、颓废精神

空中小姐（节选）

《空中小姐》发表于《当代》1984年第2期。后改编为电视剧，是王朔"言情小说"的代表。

"我"在海军服役期间认识了王眉，她当时还是一个学生。在交往过程中，"我"非常喜欢王眉，而王眉对"我"也十分崇拜。五年后，"我"服役期满回到北京，对安排的工作不满意，成为一个无业游民。王眉则在高中毕业后成为了一名空中小姐。"我"极度无聊，南下旅游，找到了王眉，逐渐产生了爱情。随着两人交往的日益密切，"我"身上的缺点逐渐暴露出来。两人在无奈的情况下痛苦的分手。后来，王眉因飞机失事遇难，"我"通过王眉的同事了解情况得知，王眉虽然又与另一个人恋爱，但她还是爱"我"，"我"的心灵得到升华。

> 在恋爱的过程中，两人经历了恋爱的甜蜜与分别的痛苦

一

我认识王眉的时候，她十三岁，我二十岁。那时我正在海军服役，是一条扫雷舰上的三七炮手。她呢，是个来姥姥家度假的中学生。那年初夏，我们载着海军学校的学员沿漫长海岸线进行了一次远航。到达北方那个著名良港兼避暑胜地，在港外和一条从南方驶来满载度假者的白色客轮并行了一段时间。进港时我舰超越了客轮，很接近地擦舷而过。兴奋的旅游者们纷纷从客舱出来，挤满边舷，向我们挥手呼喊，我们也向他们挥手致意。我站在舵房外面用望远镜细看那些无忧无虑、神情愉快的男男女女。一个穿猩红色连衣裙的女孩出现在我的视野。她最热情洋溢，又笑又跳又招手，久久吸引住我的视线，直到客轮远远抛在后面。

> 王朔作品中的男主人公多为复员军人，这与他的海军经历有关

这个女孩子给我留下的印象这样鲜明，以致第二天她寻寻觅觅出现在码

头,我一眼便认出了她。我当时正背着手枪站武装更。她一边沿靠着一排排军舰的码头走来,一边驻足入迷的仰视在桅尖飞翔的海鸥。当她开始细细打量我们军舰,并由于看到白色的舷号而高兴地叫起来时——她看见了我。

....

后来,暑假结束了,女孩哽咽着回了南方。不久寄来充满孩子式怀念的信。我给她回了信,鼓励她好好学习,做好准备,将来加入到我们的行列中来。我们的通信曾经给了她很大的快乐。她告诉我说,因为有个水兵叔叔给她写信,她在班里还很受羡慕哩。 <!-- 复员前后,判若两人 青少年心目中高大完美的"解放军叔叔"形象 -->

五年过去了,我们再没见面。我们没日没夜地在海洋中游弋、巡逻、护航。有一年,我们曾驶近她所住的那座城市,差一点见上面。风云突变,对越自卫反击战爆发,我们奉命改变航向,加入一支在海上紧急编组的特混舰队,开往北部湾,以威遏越南的舰队。那也是我八年动荡的海上生活行将结束时闪耀的最后一道光辉。我本来期待建立功勋,可是我们没捞到仗打。回到基地,我们舰进了坞。不久,一批受过充分现代化训练的海校毕业生接替了那些从水兵爬上来的、年岁偏大的军官们的职务。我们这些老兵也被一批批更年轻、更有文化的新兵取代。我复员了。

回到北京家里,脱下紧身束腰的军装,换上松弛的老百姓的衣服,我几乎手足无措了。走到街上,看到日新月异的城市建设,愈发熙攘的车辆人群,我感到一种生活正在向前冲去的头昏目眩。我去看了几个同学,他们有的正在念大学,有的已成为工作单位的骨干,曾经和我要过好的一个女同学已成了别人的妻子。换句话说,他们都有着自己正确的生活轨道,并都在努力地向前,坚定不移而且乐观。当年我们是作为最优秀的青年被送入部队的,如今却成了生活的迟到者,二十五岁重又像个十七八岁的中学生,费力地迈向社会的大门。在部队学到的知识、技能,积蓄的经验,一时派不上用场。我到"安置办公室"看了看国家提供的工作:工厂熟练工人,商店营业员,公共汽车售票员。我们这些各兵种下来的水兵、炮兵、坦克兵、通信兵和步兵都在新职业面前感到无所适从。一些人实在难以适应自己突变的身分,便去招募武装警察的报名处领了登记表。我的几个战友也干了武警,他们劝我也去,我没答应。干不动了怎么办?难道再重新开始吗?我要选择好一个终身职业,不再更换。我这个人很难适应新的环境,一向很难。我过于倾注于第一个占据我心灵的事业,一旦失去,简直就如同一只折了翅膀的鸟儿,从高处、从自由自在的境地坠下来。 <!-- 反映了当时的社会现象 从军队到地方,对所有复员军人都曾有心理冲击 20世纪80年代普遍的择业观 -->

我很彷徨,很茫然,没人可以商量。父母很关心我,我却不能象小时候那样依偎着向他们倾诉,靠他们撑腰。他们没变,是我不愿意。我虽然外貌没大变,可八年的风吹浪打,已经使我有了一副男子汉的硬心肠,得是个自己料理自己的男子汉。我实在受不了吃吃睡睡的闲居日子,就用复员时部队给的一笔钱去各地周游。我到处登山临水,不停地往南走。到了最南方的大都市,已是疲惫不堪,囊中羞涩,尝够了孤独的滋味。

王眉就在这个城市的锦云民用机场。她最后一封信告诉我,她高中毕业,当了空中小姐。

四

　　叫我深深感动的不是什么炽热呀、忠贞呀,救苦救难之类的品德和行为,而是她对我的那种深深的依恋,孩子式的既纯真又深厚的依恋。每次见面她都反来复去问我一句话:

　　"你理想中,想找的女孩是什么人?"

　　一开始,我跟她开玩笑:"至少结过一次婚。高大、坚毅,有济世之才,富甲一方。"

　　后来发现这个玩笑开不得,就说:"我理想中的人就是你这样的女孩,就是你。"

　　她还总要我说,第一眼我就看上了她。那可没有,我不能昧着良心,那时她还是个孩子,我成什么人啦。她坚持要我说,我只得说:

　　"<u>我第一眼看上你了。你刚生下来,我不在场,在场也会一眼看上你的。</u>" [调侃。已初具王朔特点]

　　每天晚上她回乘务队的时候,总是低着头,拉着我的手,不言不语地慢慢走,那副凄凉劲儿别提了。我真受不了,总对她说:"你别这样好不好,别这副生离死别的样子好不好,明天你不是还要来?"

　　明天来了,分手的时候又是那副神情。

　　我心里直打鼓,将来万一我不小心委屈了她,她还不得死给我看。我对自己说:干的好事,这就是和小朋友好的结果。

　　有一天晚上,她没来。我不停地往乘务队打电话,五分钟一个。最后,张欣和刘为为骑着单车来了,告诉我,飞机故障,阿眉今晚搁在桂林回不来了。

　　我很吃惊,我居然辗转反侧睡不着。不见她一面,我连觉也睡不成,她又不是镇静药,怎么会有这种效果?我对自己入迷的劲头很厌恶。我知道招待所有一架直拨长途电话,就去给北京我的一个战友关义打电话。他是个刑事警察。我把电话打到他局里。

　　"老关,我陷进去了。" [在王朔的早期作品中,已初显以调侃的特点]

　　"天那,是什么犯罪组织?"

　　"换换脑子。是情网。"

　　"谁布的?"他顿时兴致高了起来。

　　"还记得那年到过咱们舰的那个女孩吗?就是她。她长大了,我和她搞上了。我是说谈上了。"

　　"你现在不在北京。"他刚明白过来。

　　"你知道我当年是一片正大,一片公心。"

　　"现在不好说喽。"

　　"<u>你他妈的少废话。</u>"我骂他。 ["国骂"在王朔作品中俯拾皆是]

　　..........

十六

　　回到家里,我有一种痛苦的解脱感。我只好用"痛苦"这个词。我从杭州走的那天,在九溪镇等公共汽车时,碰见了清晨出来跑步的王眉。她和几个女孩沿江走过来,看到我就站住了。当时,太阳正在冉冉升起,霞光万道,我看不清她的眼睛,但我有一种预感,她有话要对我说。她仿佛立刻要走过来,对我说一句很重要的话。后来,车来了,我上了车。在车上我回头看她,视线相遇时,她身子一抽搐(的的确确是抽搐)。我觉得我就要听到她喊了,而且我下意识地感到,倘她喊出来,我会立刻下车,那就是另一种变化了。可她没喊,车开走了。一路上我都在想,她要对我说的是什么?

　　……

　　后来,我把她忘了,或者说好像忘了。我没有勇气那么当真地去干掏粪工,而是在一家药品公司当上了农村推销员。经常下乡奔波,条件很艰苦。住大车店里,要随身带根绳子把衣服晾上,光屁股钻被窝,早上起来把虱子扑落干净,再穿上衣服出门,有的地区还要自己背着炉子和挂面,否则,吃了不法小贩的不洁食品,拉稀会一直拉得你脱肛脱水。我的一个很强壮的同事就是那么拉死的。

　　两年过去,我已经到了只得胡乱娶一个媳妇的年龄。我没再见过王眉,也没得到过她的音讯。有一年,我在北京火车站看见一个女孩背影很像她,我没追上去看,因为她决不可能出现在北京站。即使是休假、公出,民航也给她们飞机乘的。还有一次,我坐缓缓出站的火车和一列天津方向开来的火车相错而过时,有个从车窗往外看的女孩和我对视了半天,直到递次而过的车窗远去。我真的以为那是王眉了,但由于如上的原因,我最终认定是自己看错人了。

　　……

　　"我没见过她,不过我想是你对她太苛刻。"关义的妻子看了眼熟睡的婴儿,因委婉地批评了我而歉意地微笑,"我坐过一次飞机,空中小姐给了我很好的印象。在飞机上我得了晕动病,吐个没完,她们给我盖上毛毯,清理秽物,始终那么殷勤,都使我不好意思起来。"

　　"她们就是干这个的。"

　　"所以我觉得不简单嘛。我想她们一定经过最严格的挑选。我坐一回飞机都有点提心吊胆,生怕那家伙摔下来。她们却要长年累月在上面干活,肯定得是最有勇气、最有胆量的女孩才能胜任。像过去口号里总说的那样:一不怕苦;二不怕死;三不怕脏;四不怕累。得有点……精神。"

　　她羞怯怯着重说了最后一句,看了眼她的爱人。那话好像是引用关义的话。他们两口子没事议论这个干吗?我哈哈笑起来:

　　"你把她们神秘化了。实际上,她们是最普通最普通不过的人,像你我一样。说到一不怕苦,她们可不能算苦,待遇是拔尖的第一流的。说到二不怕死,没有可靠的安全保障,她们才不上天呐,她们并不比乘客多一份危险。她们那种舒适的工作环境培养不出超人的气质。只有艰苦的、真正充满生死考验的生活才能造就具有英雄气概的人物。比方说边防军人、外勤警察——你丈夫那样的人

......"

"我不爱听你这些讨人嫌的话。"关义再次不客气地打断我的话,"她们是有勇气的。比起你我来,她们有超出我们不知多少倍的可能遇上劫机、机毁人亡等意外事故,也就是你说的'生死考验'——你看看这份报纸吧。"

"出了什么事?"我接过报纸,展开。心里涌起不祥的预感。

"你这些天没看报,也没看电视?"

"没有,我刚从人迹罕至的地方回来。"

<u>民航摔了一架飞机</u>,撞在山上,<u>机组和乘客全部罹难</u>。"关义说,"机组名单上有你过去的女朋友。"

[旁注:笔锋突然一转]

王眉!我看到密密人名中这两个字,清晰无误。

阿眉殉职了!泪水涌出我的眼睛。旧日的情景如歌,重新响起……

[旁注:煽情]

我回到家里,不慎打破一个瓷罐,里面的东西滚了一地。都是些放在抽屉里准备丢掉的小玩意儿:民航航徽,不锈钢小飞机饰物。都是阿眉遗留下的。我以为我这儿已没她的一点痕迹,那些甜蜜的信我都烧掉了,可我烧不掉记忆……我仍然爱她。我怎么能再回避这个事实!那天晚上,电视新闻里关于空难事故的最后报道是载运死难者遗骸的飞机抵达锦云机场。电视屏幕上出现飞机在夜色中降落;悲痛欲绝的乘客亲属和带着黑纱的民航地勤人员围着抬下担架哭泣的镜头。我感到那冲镜头滑来的飞机的数十只轮子如同从我心上轧轧驶过。我看到人群中薛苹、张欣、刘为为等熟面孔,她们哭成了泪人儿。我的心碎了。

夜里,不论我醒着还是入梦,阿眉无时不在和我相亲相近,和我悄嗔谑笑,和我呢喃蜜语。鲜艳俏丽,宛如生时。有一刻,我仿佛真的触到了她娇嫩的脸颊,手里软和和的,暖融融的。后来,她哭了,说起她那被伤害的感情,说那原是一片痴情。她又要说什么,张张口又咽了回去。我蓦地全身痉挛了。我又身处在九溪镇那行将起动的公共汽车上,她有一句重要的话没对我说就要走。我伸手抓她,抓了个空,我醒了。

………

★编选者的话:

这是王朔早期的一部代表性作品,讲述了一个煽情的爱情悲剧故事。作品中的"我"曾经在海军舰队服役,退伍后无事可做,后来在百无聊赖的情况下到一家医药公司工作,这简直就是王朔本人的翻版。作家自己也说自己的早期创作多是自己的生活实例,<u>力图使读者相信故事的真实性</u>,这说明作家从一开始创作,就试图抓住读者的心理。

[旁注:创作目的]

爱是文学永恒的主题。80年代中前期的中国,人们刚刚从禁欲主义的牢笼中挣脱出来,追求美好爱情成为当时一个比较时髦和受人普遍关注的话题,人们往往为感人的爱情故事而流泪。王朔曾经说,他的创作是写给读者看的,因此,其作品非常关注社会的需要,并在体现市场化的创作意图方面小试锋芒:首先,作者抓住了人们的心理,在此为我们创作了一个符合大众心理且最易煽情的爱情悲剧,体现了作者的"<u>媚俗</u>"倾向。其次,作品在题材上还选取了与当时时代紧密相关的社会现实,如军人退伍后找不到一个合适的工作岗位,待业问题,

[旁注:"媚俗"倾向]

对空中小姐职业的美慕以及对军人与空中小姐恋爱的英雄美人故事等。第三，作品虽说不属后来的以调侃为主的"顽主"系列，但调侃的痕迹已初露端倪。

从本篇作品开始，作家后来的一系列言情小说中，作品的主人公、故事的来龙去脉基本上都是一个模式：一个生活在北方某城市的无业游民以其玩世不恭的生活态度或痞气受到女性的青睐，并由此衍生出一系列的故事，作品人物的对话也呈现出越来越明显的调侃意味和口语化特征。 _{模式化}

★作者的话：

写小说当然是为了获得一种自由的自我表达方式或曰权利，但这个获得过程往往是不自由的。

我开始写作时深受一种狭隘的文学观影响，认为文学是一种辞典意义上的美，是一种超乎我们生活之上的纯粹。要诗情画意，使用优美纯正的汉语书面语；要积极、引人向上。看完小说立即跳下粪坑救人再好不过。舍此皆为垃圾。《等待》、《海鸥的故事》、《长长的鱼线》、《空中小姐》都是这种观念影响下的产物。明眼人一眼便能看出其中的矫情、强努和言不由衷。尤其是前三篇。一言以蔽之：中学生作文。《空中小姐》至今仍有糙汉口称被其感动倒令我不时小小惊讶。 _{可与后来的"新概念作文大赛"比较}

《王朔文集·自序》，华艺出版社 1995

我是个没受过完整教育的穷小子，有很强的功利目的拿小说当敲门砖提升自己的社会地位，所以小说基本是写实的。最初是艳情。那时我正值青春期，男女之事对我很有吸引力，既希望赢得美丽少女的芳心，又不愿过早结婚，这在奉封建道德为美德的中国社会很容易被指为流氓，于是只好安排女主人公意外身亡，造成经典风格的爱情悲剧。 _{真正是无知者无畏}

《我的文学动机》，《无知者无畏》，春风文艺出版社 2000

★相关评论：

他的小说，从整体看来统统是他自己的内心独白。除了《永失我爱》那个矫揉造作、毫不真实的何雷之外，他书中的"我"基本上真就是他自己。《空中小姐》上的男主角不必说，《浮出海面》更不用讲了，就连《一半是火焰 一半是海水》上的那个流氓变成的英雄都可以看成是他的化身。我这么说，是因为那些人是用他的眼光来看世界，而他不过是借那些角色的口，向读者坦诚地宣讲他从真实生活里感悟出来的三味而已。

……在初出道的《纯情卷》中，王朔便已陷在了这个深不可解的内在矛盾里。他（或者至少是他笔下的人物）根本就不相信爱情，然而因为爱情是文学的永恒主题（恩格斯语），一个作家不写它是不可能的。这样，他的笔下就出现了这种荒诞的人物：他们一边鄙视和嘲笑纯真的爱，一边却又自我否定地去爱得死去活来。

芦笛《末世颓声——小议王朔小说》，www.qiqi.com

> **失意男人的白日梦**
>
> 王朔前期小说中的套路和模式：他们都以无业的城市青年为表现对象，写了他们在现实生活中的遭遇以及最终走上犯罪道路的历程。然而在他们或者在社会上寻找不到位置、或者受到法律惩处的同时，却在另一方面，即在爱情上或者说在征服异性上得到了补偿，他们在成为失败者和社会罪人的同时，又成了情场上的获胜者。《空中小姐》中的王眉对无业的"我"笃情始终；《一半是火焰一半是海水》里的吴迪为"我"殉情而死；《橡皮人》里的张璐在"我"被捕入狱后暗中相助。尤其值得注意的是，一方面这些女性常常是他们通过与别的男人争夺后得到的"果实"，另一方面，这些女性又大都是出身、教养、职业颇好的女子。
>
> 阎晶明《顽主与都市的冲突——论王朔小说的价值选择》，
《文学评论》1989/6

顽　　主（节选）

《顽主》发表于《收获》1987年第6期，后改编为同名电影，是王朔"顽主"系列的代表性作品。此后又发表了《玩的就是心跳》《过把瘾就死》《我是你爸爸》等一系列以调侃为主的作品，赢得了"痞子文学"的"美誉"。

作品虚构了一个"替人解难替人解闷替人受过"的"三T"公司，极尽嘲讽、调侃之能事，对生活尽情的嘲弄和否定。以于观为首的几个青年人，替作家宝康策划并举办颁奖晚会，替不能按时赴约的人去赴约，替不能满足妻子对生活的多方面要求的丈夫陪其夫人聊天、挨骂等。作品塑造了于观、杨重、马青三个主要人物及与其有关各种业务关系的宝康、刘美萍、王明水等各色人物，通过对人物的描写和故事的讲述，集中反映了这个社会中的一些特殊现象，揭露了社会的一些弊端，同时，对社会上的一些现象进行了嘲讽。

本书节选的第一、四两章中的部分内容，较为集中地体现了王朔"顽主"系列小说的调侃特色和语言技巧。

一

> **顽主：玩主**

> **与相声中的"逗哏"相似**

"我是个作家，叫宝康——您没听说过？"

"哦，没有，真对不起。"

在"三T"公司的办公室里，经理于观正在接待上午的第三位顾客，一个大脑瓜儿细皮嫩肉的青年男子。

"我的笔名叫智清。"

"还是想不起来。您说吧，您有什么事，不是想在我们这儿体验生活吧？"

> **自夸夸到这种份儿上，让人感到这人恬不知耻，更让人感到发笑。锋芒直指文坛**

"不不，我生活底子不体验也足够厚。是这样的，我写了一些东西，很精彩很有分量的东西，都是冷门，任何人看了脑袋都'嗡'一下，傻半天——我这么说没一点言过其实，很多看过的人都这么认为，认为起码可以得个全国奖，可是……"

"落了空？"

"准确的说我压根没参加评奖,我认为毫无希望。瞧,我是个有自知之明的人。也许你不太了解文学圈里的事,哪次评奖都是平衡的结果,上去了一些好作品,但同样好的作品偏偏上不去。"

"这个我们恐怕爱莫能助,我们目前和作协没什么业务联系,我们缺乏有魅力的女工作人员。"

"噢,我不是让你们去为我运动。我不在乎得不得全国奖,我对名利其实很淡泊的,我只希望我的劳动得到某种承认,随便什么奖都可以。"

"您的意思是说哪怕是个'三T'奖?"于观试探地问。

宝康紧张地笑起来:"真不好意思,真难为情,我是不是太露骨了?"

"不不,您恰到好处。您当然是希望规模大一点喽?"

"规模大小无所谓,但要隆重,奖品丰厚,租最豪华的剧场,请些民主党派的副主席——我有的是钱。"

"奖品定为每位一台空调怎么样?"

"每位?我可是为自己的事……"

"红花也得绿叶扶,您自个站在台上难道不寂寞?该找几个凑趣的。我想给您发奖的同时也给一些著名作家发奖,这样我们这个奖也就显得是那么回事,您也可以跻身著名作家之列。和著名作家同台领奖,说起来多么令人羡慕。"

"一人一台空调,这要多少钱?虽然我很想有机会和著名作家并排站会儿,可也不想因此倾家荡产。"

"要是您不赞成奢侈,俭省的办法也有,把奖分为一二三等,特等奖为空调您自己得,其余各类为不同档次的'傻瓜'相机,再控制一下获奖人数,我们只选最有名的。"

"这样好,这样合理多了。"宝康喜笑颜开,"我得空调,别人得'傻瓜'。你列个预算吧,回头我就交钱。"

"您来付钱时能不能把您的作品带来让我们拜读一下?当然哪篇获奖我们不管您自己定,我只是从来没这么近地和一个货真价实的作家脸儿对脸儿过,就是再和文学无缘也不得不受感动。"

"可以。"宝康既矜持又谦逊地说,"我甚至可以给你签个名儿呢。我最有名的作品是发在《小说群》上的《东太后传奇》和发在《作家林》上的《我要说我不想说但还是要说》。"

"了不起,一定很有意思,我简直都无心干别的了。"

"你说,那些名作家会不会端臭架子,拒绝领奖?"于观把青年作家送到门口,青年作家忽而有些忧心忡忡。

于观安慰他:"不怕的,领不领是他们的事,不领我们硬发。"

"谢谢,太谢谢了。"青年作家转身和于观热情地握手,"灯不拨不明,您这一席话真使人豁然开朗。"

"不客气,我们公司的宗旨就是帮助像您这样素有大志却无计可施的人。"

在一条繁华商业街的十字路口,杨重正满面春风地大步向站在警察岗楼底下一个他从未见过面的姑娘走去。

作者眼中的"作家相"

别人都是傻瓜

以对话为主,是王朔作品非常引人注意的地方,也很容易地成为电影或电视剧的脚本

"对不起我来晚了,我紧赶慢赶还是迟到了,你等半天了吧?"

"没关系,你用不着道歉。"刘美萍好奇地看着杨重,"反正我也不是等你,你不来也没关系。"

"你就是等我,不过你自己不知道就是了。今天除了我没别人来了。"

"是吗?你比我还知道我在干嘛——别跟我打岔儿,警察可就在旁边。"

王朔从不放过损人的机会"难道我认错人了?"杨重仍然满脸堆笑,一点也不尴尬,"你不是叫刘美萍吗?是百货公司手绢柜台组长,在等肛门科大夫王明水,到底咱俩谁搞错了?"

"可王明水鼻子旁有两个痦子呀。"

代人赴约"噢,他那两个痦子还在。今天早晨他被人从家里接出去急诊了,有个领导流血不止。他因而匆匆给我们公司打了个电话,委托我公司派员代他赴约,他不忍让你扫兴。我叫杨重,是'三T'公司的业务员,这是名片。"

"'三T'公司?"刘美萍犹疑地接过杨重递过来的名片,扫了一眼,"那是什么?听名儿像卖杀虫剂的。"

点题"'三T'是替人解难替人解闷替人受过的简称。"

"居然有这种事,你们都是什么人?厚颜无耻的闲人?"

"我们是正派的生意人,目的是在社会服务方面拾遗补缺。您不觉得今天要没我您会多没趣儿吗?"

"可我不习惯,本来是在等自己的男朋友,却来了一个亲热的替身,让我和这个替身谈情说爱……像真的一样?"

"您完全不必移情,我们的职业道德也不允许我往那方面引诱您,我们对顾客是起了誓的。大概这么说您好懂点儿,我只是要像王明水那样照料您一天,陪您一天。"

"您有他那么温存体贴、善解人意吗?"

"不敢说丝毫不走样——那就乱了——我尽量遵循人之常情吧。你们今天原打算上哪里玩?"

两个人并肩往街里走。

也不是一个省油的灯"他答应今天给我买皮大衣的。"

"噢,这个他可没让我代劳。"

"我说不会一样嘛,明水历来都是慷慨大方的。"

…………

代人受过"你这个不要脸的还回来干吗?接着和你那帮哥们儿'砍'去呀!"

一个年轻的少妇在自己的公寓里横眉立目地臭骂马青。

善于"侃(砍)大山"是王朔小说人物的一大特点。这少妇比她丈夫更出色"别回家了,和老婆在一起多枯燥,你就整宿地和哥们儿神'砍'没准还能'砍'晕个把眼睛水汪汪的女学生就像当初'砍'晕我一样卑鄙的东西!你说你是什么鸟变的?人家有酒瘾棋瘾大烟瘾,什么瘾都说得过去,没听说像你这样有'砍'瘾的,往哪儿一坐就屁股发沉眼儿发光,抽水马桶似的一拉就哗哗喷水,也不管认识不认识听没听过,早知道有这特长,中苏谈判请你去得了。外头跟个八哥似的,回家见我就没词儿,跟你多说一句话就烦。"

"我改。"

话虽脏,却生动准确"改屁!你这辈子改过什么?除了尿炕改了生来什么模样现在还是什么模样。"少妇哭闹起来,"不过了,坚决不过了,没法过了,结婚前还见得着面,结婚后整个成了小寡妇。"

少妇一抬手把桌上的杯子扫到地上,接着把一托盘茶杯挨个摔在地上。马青也抓起烟灰缸摔在地上,接着端起电视机:"不过就不过!"

真假难辨

"别价。"少妇尖叫着扑过来按住他的手,"这个不能摔——你是来让我出气的还是来气我的?"

"你说过你丈夫急了逮什么摔什么。"马青理直气壮地说,"你又要求我必须像他。"

"可我丈夫急了也不摔贵重物品,你这是随意发挥。"

"你没交代清楚。"

"这是不言而喻的。"

"好吧,把电视机放回去。下面该什么词儿了?"

"真差劲儿,看来你们公司没经过良好的职业训练就把你派来了。下边是我爱……"

"我爱你。"

马青和少妇愣愣地互相看着。

"我爱你。"马青重复了一遍,看到少妇仍没反应,十分别扭地又说,"别闹了,宝贝儿。"

少妇笑了起来。

马青涨红脸为自己辩解:"我没法再学得更像了,这词扎人。"

假做真时真亦假

"好好,我不苛求你。"少妇笑着摆手,"意思到了就行。"

"其实我是心里对你好,嘴上不说。"

"你最好还是心里对我不好,嘴上说。"

"现在不是提倡默默地奉献吗?"马青的样子就像被武林高手攥住了裤裆,"你生起气来真好看。"

"好啦好啦,到此为止吧,别再折磨你了。"少妇笑得直打嗝地说:"真难为你了。"

"难为我没什么,只要您满意。"

"满意满意,"少妇拿出钱包给马青钞票,"整治我丈夫也没这么有意思,下回有事还找你。"

…………

四

…………

"你瞧瞧你,照照自己,那副玩世不恭的样儿,哪还有点新一代青年的味道?"

"炖得不到火候。"于观关了电扇转身走,"葱没搁姜也没搁。"

"回来!"老头子伸手挡住于观去路,仰头看着高大的儿子,"坐下,我要跟你谈谈。"

于观一屁股坐在沙发上,抄起一本《中国老年》杂志胡乱翻着:"今儿麻将桌人不齐?"

"严肃点。"老头子挨着儿子坐下,"我要了解了解你的思想,你每天都在干什么?"

"吃、喝、说话儿、睡觉,和你一样。"

"不许你用这种无赖腔调跟我说话!我现在很为你担心,你也老大不小了,就这么一天天晃荡下去?该想想将来了,该想想怎么能多为人民做些有益的事。"

于观看着一本正经的老头子笑起来。

"你笑什么?"老头子涨红脸,"我难道说得不对?"

"对,我没说不对,我在笑我自个。"

"没说不对?我从你的眼睛里就能看出你对我说的这番话不以为然。难道现在就没什么能打动你的?前两天我听了一个报告,老山前线英模团讲他们的英雄事迹。我听了很感动,眼睛瞎了还在顽强战斗,都是比你还年轻的青年人,对比人家你就不惭愧?"

"惭愧。"

"不感动?"

"感动。"

"我们这些老头子都流了泪。"

"我也流了泪。"

"唉——"老头子长叹一声站起来,"真拿你没办法,我怎么养了你这么个寡廉鲜耻的儿子?"

<u>对传统教育方式的解构</u>

"那你叫我说什么呀?"于观也站起来,"<u>非得让我说自个是混蛋、寄生虫</u>?我怎么就那么不顺你眼?我也没去杀人放火、上街游行,我乖乖的招谁惹谁了?非绷着块儿坚挺昂扬的样子才算好孩子?我不就庸俗点吗?"

"看来你是不打算和我坦率交换思想了。"

"我给您做顿饭吧,我最近学了几手西餐。"

"不不,不吃西餐,西餐的肉都是生的,不好嚼。还是吃咱们的家乡菜砂锅丸子,家里有豆腐、油菜、黄瓜和蘑菇。"

"这些菜应该分开各炒各的。"

"不不,我看还是炖在一起好营养也跑不了。"

"不是一个味。"

"哪有什么别的味,最后还不都是味精味。"

"到底是你做我做?"

"你才吃几碗干饭?知道什么好吃?"

<u>王朔笔下的人物都是这样与自己父亲说话的</u>

"<u>得,依你,谁叫我得管你叫爸爸呢。</u>"

于观懒懒地站起来,去厨房洗菜切肉。老头子打开袖珍半导体收音机,调出一个热闹的戏曲台,戴上花镜,拿起《中国老年》仔细地看。于观系着围裙挽着袖子胳膊和手上湿淋淋地闯进来问:

"您就一点不帮我干干?"

"没看我忙得很?"老头子从眼镜后面露出眼睛瞪于观一眼,"我刚坐下来你就让我安静会儿。"

"没活你不忙,有活你就马上开始忙。你怎么变得这么好吃懒做,我记得你也是苦出身,小时候讨饭让地主的狗咬过,好久没掀裤腿给别人看了吧?" 反讽

"你怎么长这么大的?我好吃懒做怎么把你养这么大?"

"人民养育的,人民把钱发给你让你培养革命后代。"

"你忘了小时候我怎么给你把尿的?"

"……"

"没词儿了吧?"老头子洋洋得意地说,"别跟老人比这比那的,你才会走路几天?"

"这话得这么说,咱们谁管谁叫爸爸?你要管我叫爸爸我也给你把尿。" 典型的痞子

★编选者的话:

调侃的语言,诙谐而又玩世不恭的叙事风格是王朔小说最大的特点,他也是由此而引起文坛和社会的关注的。这一特点高度集中表现在《顽主》这部作品中。

在这篇小说里,王朔虚构了一个"三T"公司,即以"替人解难、替人解闷、替人受过"为宗旨,作品中的主人公用最虔诚的正经却干最荒唐无聊的事情,甚至包括替别人谈恋爱!小说中的人物并非没有任何文化教养,然而他们的智慧和创造力几乎全部体现在一张嘴上——调侃、贫嘴,造成高级或低级的笑料。在这些笑料和滑稽的情节中,充满了对各种社会现象的嘲弄与颠覆的意味。这种嘲弄与颠覆痛快淋漓地渲泄了文化转型期普通百姓,特别是青年人对现存制度不满的情绪,王朔由此获得了巨大的成功,他的小说及语言风格迅速流行,他的这种把"调侃"作为一种表现手法,以"调侃"贯穿作品始终的做法也引起了评论家们的关注,1988年曾被理论界称为"王朔年"。

我们知道,20世纪80年代,我国社会开始转型,文学也渐渐卸下了沉重的"社会功能",开始将主要视线放在对人的表现上。而城市中的普通人,自然成为作家面对的一个巨大群体,因此,表现市民,为市民阅读服务,努力使自己的作品符合最大多数读者的社会心理和阅读口味,从而使作品得以在文化市场生存,是许多作家努力的一个方向。王朔是在80年代初经商失败后开始文学创作的,他的创作在很大程度上就带有商机的选择性,其成名作《空中小姐》(1984)就是从商人的视角来取材,作品所描写的对象——"空中小姐",在20世纪80年代初普通人的眼里是具有很浓的神秘色彩的,而且在作品中,他特别注重煸起大众关心的爱情悲剧之情,这样一种视角使他在当时的背景下获得成功。实际上,这种成功很关键的一点就是他表现出的与众不同的俏皮语言和对传统的叛逆,把具有意识形态意义的小说游戏化。但尽管如此,《空中小姐》以及之后写的如《一半是火焰,一半是海水》等作品,不管语言如何调侃,其所表达的情感还是比较真挚醇厚的。而到了1986年,王朔则开始改变这种温情,发表了中篇小说《橡皮人》(后被改编为电影《大喘气》),这篇小说塑造了一个试图赚钱,在尔虞我诈中挣扎的年轻人,他近乎恐怖的"橡皮人"的自我感觉象征了在现代都市中人们僵死麻木的灵魂。小说不仅写得残酷和冷漠,而且"调侃"式的对话明显

增加，形成了与早期作品的不同特点。这种以调侃为主体、以"痞子"式的冷漠方式批判、嘲弄现存社会不合理的姿态，则在1987年写的中篇小说《顽主》里得以尽情发挥，极大地赢得了大众的接受和欣赏，王朔也由此成为一种"现象"，引起社会的关注。在社会的"关注"下，王朔的创作也达到一个顶峰期，这一时期比较有影响的作品还有《一点正经没有》、《你不是一个俗人》及电视系列剧《编辑部的故事》等。

王朔的创作反叛理性，具有一种粗鄙、轻松的文风，他常常能化忧虑为达观，创设一种似真亦幻的氛围，引起人们的阅读兴趣。其实，他作品中的玩闹者在逍遥的生活表象背后都有着沉痛的生活背景，我们在读他的作品时，不仅仅只是追求一种阅读的快感，还应注意透过作者变形夸张的描写去审视、反思现实中的某些现象。

★作者的话：

小说这种东西，我喜欢的是，有认识价值的不带评判态度的，就是我没听过，我没见过的事儿，但又不是完全胡编的，我看着就特别高兴。我想给别人的也这样。

> **王朔的文学理想和策略**

……我觉得文学应当有两种功能，纯艺术的功能和流行的功能。而我总试图找一个中间的点。你能看出更深的东西你就看（当然有没有更深的东西是另一码事），你不能看出更深的东西，起码也让你看一乐儿。我觉得这两者之间并没有一条鸿沟。如果非舍去一个的话，我也宁可舍去上面的，取下面的。

……用活的语言写作，中国多吗？这不是狂话，是得天独厚。外省南方优秀作家无数，可是只能用书面语写作，他们那儿的方言和文字距离太远，大都找不到相对应的方块字。独一份的关键就在这儿，我是用第一语言写作，别的作家都是第二语言。……另外，还有那组"顽主"群像，一般时评称为"痞子"的，我叫他

> **王朔对自己的评价**

"社会主义新人"。这两手是我的最大独特之处。

《我的小说》，《人民文学》1989/3

关于我的早期创作，很少见严肃的评论，比较流行的一种轻薄的说法就是"痞子文学"。这说法最早出自某电影厂一个不入流的导演口中。这人是南方人，对北京的生活毫无见识，又是个正人君子，看不惯年轻人的一些做派，便脱口而出。初开始我也没在意，这么感情用事的话随便一个街道老太太一天都要说上好几遍。后来这话越传越广，缺乏创见的论者频频借来当作真知灼见，一般读者也常拿此话问我，弄得我颇有些不耐烦，因为我没法解释为什么我是个痞子，这本该由论者解释，这是他们的发明。再往后再往后，这个词把很多聪明人变成傻

> **王朔对别人称其作品为"痞子文学"的态度：世人皆浊我独清**

子，这个词成了一种思维障碍，很流畅很讲理的文章一遇到这个词就结巴，就愤怒，然后语无伦次把自己降低到大字报的水平。看到那么多可怜的学问人因此患了失语症，我不再觉得好玩。当有读者表示不太明白那些论者何以表现得像跟我有私仇。强烈的同情心逼迫我替他们做一些解释：就概念而言，痞子这词只是和另一些词如"伪君子""书呆子"相对仗，褒贬与否全看和什么东西参照了。叫做"痞子文学"实际只是强调这类作品非常具有个人色彩，考虑到中国文学长

期以来总板着的道学面孔,这么称呼几乎算得上是一种恭维了。总不该可笑地叫"纯文学""严肃文学"什么的吧。

《不是我一个跳蚤在跳》,《王朔自选集》,华艺出版社 1998

★相关评论:

像王朔这样的人却是社会中相当边缘化的角色。他在 80 年代末以前的代表作是《顽主》,这个作品后来还拍了电影;这个小说一定程度上摆脱了他最早的小说的那种感伤的调子。……只是语言上有了后来的调侃。但那些作品还是边缘性的。他进入文化的中心也是在 90 年代以后了。在中国很大的社会动荡之后,他才变成了一个非常中心的人物。这才有了像"痞子"这样的相当严厉的指责,也才有了他自己那些对知识分子大不敬的、相当尖刻的话,口气才大起来了。这里的背景就是他已经成了一个中心人物了。他 90 年代后的创作也是一种很杂驳、很多样的形态。一类是调侃相当多的,讽刺比较多的作品,对于一些确定的价值观念采取一种比较尖刻的态度的作品。这种不是要求别人与他采用同样的态度,他并没有说他的生活方式是最好的。他的这种调侃是对各种各样的文化进行调侃,包括主流的、市民的、知识分子的各种不同的东西都很锐利,但并不具有攻击性。他能让你很痛,很难受,但又是一种拍肩膀式的亲热之感。他是对一个事物采用一种很轻松的面对的态度,而不是必欲清扫而后快。他的人生态度里是有一种很独特的东西。我们可以看看他的作品的题目:你要问他的作品表现的那个特定的群体都是些什么人?《顽主》;那你们每天玩的是什么呢?《玩的就是心跳》;那光玩你们还算人吗?《千万别把我当人》;不把你当人还活着有什么意思呢?《过把瘾就死》。这些作品的题目是相当调侃的。

王朔代表着一种平民化的、世俗化的文化选择的合法化,他的出现意味着许多昔日是口头流传的、打入另册的文化,现在取得了一定的地位。从这个角度上看,王朔的小说推翻既有的等级模式,嘲弄权威,打破旧的支配关系的意义,实际上是非常大的。他的作品实际是象征了新市民社会的崛起。而从知识分子一面看,王朔提供了一种想象性的化解权威的途径,使得很多权威的东西看起来很软弱,很可笑。他那种故作尖刻的,有时有点粗俗的语言方式也对于知识阶层有一种另类的吸引力。而对于国家来说,王朔提供了一种无言的宣泄,一种很有趣的但不是攻击性的话语。这就好像两个人吵得不可开交时,一定需要一点喜剧色彩的东西,一定需要一点幽默感来化解它,这就需要一个大家都能接受的角色出来,才能提供一些新的空间。王朔在 90 年代初的中心化正是基于这样一个原因的。到了 90 年代中期,社会的各个不同的走向都比较成熟了,旧的矛盾已经转化了,过去王朔要嘲弄的东西已经变得很遥远了,于是批评王朔的也多了。这种批评来自两个方向,一个是嫌他写得太着力,还太拘泥于旧的二元对立。我想更年轻的一批小说作家会持如此态度,而我也的确听到过此类的批评,但见诸文字的不多。另一种就是站在 80 年代的知识分子的立场上,斥责王朔是一种不良倾向的表述,斥责他是媚俗、讨好大众。这说明王朔式的文学话语已逐渐开始脱离知识分子的"群体",已在大众文化中找到了自己存身之处。

张颐武《九十年代文坛的反思与回顾(一):王朔与贾平凹》(刘心武语),
《大家》1996/2

旁注:
- 这是刘心武在接受张颐武访谈时的一段话,可以代表当时文坛大多数人的看法。还算比较公正和客观
- 作家的感性认识
- 给王朔小说的定位
- 意义

王朔把自己搞文学称为"码字儿"、"养家糊口",为自己一夜之间暴富感到沾沾自喜,以为自己成了新时代新人的标兵模范,其实不过是实践了传统文化最低层次的做人方式,它决不是成熟的、有生命力的,而是幼稚的,有依赖性的、无希望的。当然,正如传统道家精神是对儒家礼法规范的一种消极反抗一样,王朔对一切以"道德"面目出现的假面具施以无情的攻击、嘲讽和揭露,也使受压抑的芸芸众生开怀一笑,似乎在黑暗中见到了一点光明。这就是为什么大众、特别是青年人喜欢读王朔小说的原因。但这样笑虽然痛快,却是绝望的,笑过之后心理引不起任何新的冲动,而是一片轻松惬意的平静,留下的余韵则是茫然和无奈。

王朔笔下的顽主正是这样成为今日的"害群之马",在他们"嬉皮士"式的生活面貌背后,有一幅令人恐怖的社会图案。……王朔笔下的顽主们因其自身的现实处境,对社会秩序充满愤恨,他们尤其对那些体面的社会名流心怀不满。作家宝康、"教师"赵尧舜、大夫王明水在他们眼里不是虚伪之至,就是卑鄙下流,低能龌龊。当于观举拳头想要打人时,专意要"找那些穿着体面,白白胖胖的绅士挑挑衅"。

邓晓芒《王朔与中国文化》,《开放时代》1996/1

动物凶猛(节选)

《动物凶猛》发表于《收获》1991年第6期。1995年由姜文改编为电影《阳光灿烂的日子》,并取得了该年度国产影片最好的票房纪录。

作品采取回忆的方式,描写15岁的"我"与女朋友米兰之间朦胧的爱情经历和感受以及与儿时的伙伴之间的故事。由于十年动乱,打破了正常的教育秩序,生长于军队大院的"我"无拘无束地与一些小哥们儿鬼混在一起,后来,由于家长的严格要求并转了一个学校,在孤寂无聊的情况下开始研究并发明了"万能钥匙",从此得以偷偷儿地走家串巷,无意中走进了米兰的闺房,看到了她的照片。后来,在一次邂逅中与其相识并开始交往,最后在性的引诱下对米兰施暴后与其分手。

该作品与"顽主"系列不同,虽然写的也是社会上的"痞子",但调侃的意味减弱了,这使我们看到了一个作家在创作风格上的多方面探索。

王朔的"故乡观",与余华不谋而合

以第一人称叙述是王朔一贯的风格

<u>我羡慕那些来自乡村的人,在他们的记忆里总有一个回味无穷的故乡,尽管这故乡其实可能是个贫困凋敝毫无诗意的僻壤,但只要他们乐意,便可以尽情地遐想自己丢失殆尽的某些东西仍可靠地寄存在那个一无所知的故乡,从而自我原宥和自我慰藉。</u>

我很小便离开出生地,来到这个大城市,从此再也没有离开过,我把这个城市认作故乡。这个城市一切都是在迅速变化着——房屋、街道以及人们的穿着和话题,时至今日,它已完全改观,成为一个崭新、按我们的标准挺时髦的城市。

没有遗迹,一切都被剥夺得干干净净。

....
我是惯于群威群胆的,没有盟邦,我也惧于单枪匹马地冒天下之大不韪向老师挑衅。这就如同老鼠被迫和自己的天敌——猫妥协,接受并服从猫的权威,尽管都是些名种猫,老鼠的苦闷不言而喻。

我觉得我后来的低级趣味之所以一发不可收拾,和当时的情势所迫大有联系。

我那时主要从公共汽车上人们的互相辱骂和争吵中寻找乐趣,很多精致的下流都是那时期领悟的。

当人被迫陷入和自己的志趣相冲突的庸碌无为的生活中,作为一种姿态或是一种象征,必然会借助于一种恶习,因为与之相比恹恹生病更显得消极。

....
这就像一只勤俭的豹子把自己的猎获物挂在树上贮藏起来,可它再次回来猎物却不翼而飞。我对米兰满腔怒火!我认为这是她对我有意的欺骗和蔑视!

在我少年时代,我的感情并不像标有刻度的咳嗽糖浆瓶子那样易于掌握流量,常常对微不足道的小事反应过分,要么无动于衷,要么摧肝裂胆,其缝隙间不容发。这也类同于猛兽,只有关在笼子里是安全的可供观赏,一旦放出,顷刻便对一切生命产生威胁。

....
"你不是不来了么?怎么又来了?"我一进"莫斯科餐厅"就看到米兰在座,矜持谨慎地微笑着,不由怒上心头,大声朝她喊道。

那天是我和高晋过生日,大家一起凑钱热闹热闹。我们不同年,但同月同日,那是罗马尼亚前共产党政权的"祖国解放日"那天。

"我叫她来的。"高洋对我说。

"不行,让她走。"我指着米兰对她道:"你丫给我离开这儿——滚!"

大家都劝,"干吗呀,何必呢?"

"你他妈滚不滚?再不滚我扇你!"我说着就要过去,让许逊拦住。

"我还是走吧。"米兰对高晋小声说,拿起搁在桌上的墨镜就要站起来。

高晋按住她,"别走,就坐这儿。"然后看着我温和地说,"让她不走行不行?"

从我和米兰作对以来,无论我怎么挤兑米兰,高晋从没说过一句帮米兰腔的话。就是闹急了,也是高洋、卫宁等人解劝,他不置一词。今天是他头一回为米兰说话:

"看在我的面子上……"

"我谁的面子也不看,今天谁的面子也不看,今天谁护着她,我就跟谁急——她非滚不可!"

我在印象里觉得我那天应该有几分醉态,而实际上,我们刚到餐厅,根本没开始吃呢。我还很少在未醉的状态下那么狂暴、粗野,今后大概喝醉后也不会这样了吧。

后面的事情全发生在一刹那:我把一个瓷烟缸向他们俩掷过去,米兰抬臂一挡,烟缸砸在她手臂上,她唉哟一声,手臂像断了似的垂下来,她捏着痛处离座蹲到一边。我把一个盛满红葡萄酒的瓶子倒攥在手里,整瓶红酒冲盖而出,泅

这是一种带有犬儒主义色彩的"调侃"

点题,缺少管教的少年即凶猛的"动物"

青春期的骚动

湿了雪白的桌布,顺着我的胳膊肘流了一身,衬衣裤子全染红了。许逊紧紧抱着我,高洋抱着高晋,方方劈腕夺下我手里的酒瓶子,其他人全在我和高晋之间两边解劝。

我白着脸咬牙切齿地说一句话:"我非叉了你!我非叉了你!"

高晋昂着头双目怒睁,可以看到他上身以下的身体在高洋的环抱下奋力挣扎。<u>他一动不动向前伸着头颅很像人民英雄纪念碑浮雕上的一个起义士兵。</u>

有一秒钟,我们两张脸近得几乎可以互相咬着对方了。

……

现在我的头脑像皎洁的月亮一样清醒,<u>我发现我又在虚构了。</u>开篇时我曾发誓要老实地述说这个故事,还其以真相。<u>我一直以为我是遵循记忆点滴如实地描述,甚至舍弃了一些</u>不可靠的印象,不管它们对情节的连贯和事件的转折有多么大的作用。

可我还是步入编织和合理推导的惯性运行。我有意无意地忽略了一些细节,同时又夸大、粉饰了另一些理由。我像一个有洁癖的女人情不自禁地把一切擦得锃亮。当我依赖小说这种形式想说真话时,我便犯了一个根本性的错误:我想说真话的愿望有多强烈,我所受到文字干扰便有多大。<u>我悲哀地发现,从技术上我就无法还原真实。我所使用的每一个词语涵义都超过我想表述的具体感受,即便是最准确的一个形容词,在为我所用时也保留了它对其他事物的涵盖,</u>就像一个帽子,就算是按照你头的尺寸订制的,也总在你头上留下微小的缝隙。<u>这些缝隙积累积起来,便产生了一个巨大的空间,把我和事实本身远远隔开,自成一家天地。我从来没见过像文字这么喜爱自我表现和撒谎成性的东西!</u>

再有一个背叛我的就是我的记忆。它像一个佞臣或女奴一样善于曲意奉承。当我试图追求第一戏剧效果时,它就把憨厚纯朴的事实打入黑牢,向我贡献了一个美丽妖娆的替身。现在我想起来了,<u>我和米兰第一次认识就伪造的,我本来就没在马路上遇见过她。</u>实际上,真实的情况是:那天我满怀羞愧地从派出所出来后回了家,而高晋出来后并没有立即离开。他在拘留室里也看到了米兰,也知道米兰认识于北蓓,便在"大水车胡同"口邀了于北蓓一起等米兰出来,当下就彼此认识了,那天晚上米兰就去了我们院。我后来的印象中米兰站在我们院门口的传达室打电话,正是第二天上午我所目睹的情景。

这个事实的出现,彻底动摇了我的全部故事情节的真实性。也就是说高晋根本不是通过我才见到他梦寐以求的意中人,而是相反,我与米兰也并没有先于他人的仅止我们二者之间的那段缠绵,这一切纯粹出乎我的想象。惟有一点还没弄清的是:究竟是写作时即兴想象还是书画界常遇到的那种"古人仿古"?

那个中午,我和卫宁正是受高晋委派,在院门口等米兰的。那才是我们第一次认识。这也说明了我为什么后来和许逊、方方到另一个亭子去打弹弓仗而没加入谈话,当时我和米兰根本不熟。

我和米兰从来就没熟过!

她总是和高晋在一起,也只有高晋在场我才有机会和她坐在一起聊上几句。她对我当然很友好,我是高晋的小哥们儿嘛。还有于北蓓,我在故事的中间

左侧批注:

信手拈来,在不经意间对崇高事物的消解

以回忆模糊其故事的真伪程度,几乎是在步马原等先锋小说的后尘,但语言上仍保留了王朔的痕迹

言多必失,无限制地迭迭不休,让人生厌

还是先锋小说的叙述套路

把前面米兰在街头相遇的故事一下推翻了:都是虚构

把她遗忘了,而她始终是存在于事实过程之中的。在高晋弃她转而钟情米兰后,她便逐一和我们其他人相好,最后我也沾了一手。那次游廊上的翻脸,实际上是我看到她在我之后又与汪若海摽在一起,冲她而发的。这时米兰正在高晋家睡午觉,我还未离开时她便在大家的聊天声中躺在一旁睡着了。

　　那天在"老莫"过生日吃西餐时,没有发生任何不快。我们喝得很好,聊得很愉快,我和高晋两个寿星轮流和米兰碰杯。如果说米兰对我格外垂青,那大概是惟一的一次,她用那种锥子似的目光频频凝视我。我吃了很多炸猪排,奶油烤杂拌儿和黄油果酱面包,席间妙语连珠、雅谑横生,后来出了餐厅门便吐在栅栏旁的草地上,栅栏那边的动物园象房内,班达拉奈克夫人送的小象"米杜拉"正在几头高大的非洲公象身后摇着尾巴吃草呢……

> 继尔又把前面两人打架的故事推翻了

　　再往下想,我不寒而栗。米兰是我在那栋楼里见到的那张照片上的姑娘么?现在我已失去任何足以资证明他们是同一人的证据。她给我的印象的确不同于那张照片。可那照片是真实的么?难道在这点上我能相信我的记忆么?为什么我写出的感觉和现在贴在我家门后的那张"三洋"挂历上少女那么相似?我何曾有一个字是老实的?

　　也许那个夏天什么事也没发生。我看到了一个少女,产生了一些惊心动魄的想象。我在这里死去活来,她在那厢一无所知。后来她循着自己的轨迹消失了,我为自己增添了一段不堪回首的经历。怎么办?这个以真诚的愿望开始述说的故事,经过我巨大、坚韧不拔的努力变成满纸谎言。我不再敢肯定哪些是真的、确曾发生过的,哪些又是假的、经过偷梁换柱或干脆是凭空捏造的。要么就此放弃,权当白干,不给你们看了,要么……我可以给你们描述一下我现在的样子(我保证这是真实的,因为我对面墙上就有一面镜子——请相信我);我坐在北京西郊金钩河畔一栋借来的房子里,外面是阴天,刚下过一场小雨,所以我在大白天也开着灯,楼上正有一些工人在包封阳台,焊枪的火花像熔岩一样从阳台上纷纷落下,他们手中的工具震动着我头顶的楼板。现在是中午十二点,收音机里播着"霞飞"金曲。我一天没吃饭,晚上六点前也没任何希望可以吃上。为写这部小说,我已经在这儿如此熬了两个星期了——你忍心叫我放弃么?除非我就此脱离文学这个骗人的行当,否则我还要骗下去,诚实这么一次有何价值?这也等于自毁前程。砸了这个饭碗你叫我怎么过活?我会有老婆孩子,还有八十高龄老父。我把我一生最富有开拓精神和创造力的青春年华都献给文学了,重新做人也晚了。我还能有几年?

> 最后,把自己编写的故事全部戳穿
> 同时,将作者本人的心态引入作品之中,算是给自己的作品增添了一点文人气息

　　我现在非常理解那些坚持谎言的人的处境。做个诚实的人真难呵!好了就这么决定了,忘掉真实吧。我将尽我所能把谎撒圆,撒得好看,要是再有点启迪和教育意义就更好了。

> 不忘对大家心目中神圣的"文学"带上一刀

　　我惟一能为你们做到的诚实就是通知你们:我又要撒谎了。不需要什么勘误表了吧?……

★编选者的话:

　　与"顽主"系列小说相比,该篇的风格有了明显的不同,完全是全新的,突出

的表现是大段叙述话语的出现,而且远离作品之外。在这里,我们看到了王朔作品的另一种创作风格。正如作家自己所说,这"是我自己喜欢的","确实是在一种自由自在的状态中同时又无技术上的表达障碍写的关于我个人的真实情感的小说"。作家曾说自己比较喜欢王安忆的《纪实与虚构》,二者之间似乎有些相似。由此看来,作家确实想进步和继续探索。

★作者的话:

> 《动物凶猛》中有《美国往事》的影子吗?我倒宁愿说是因另一部美国电影而起。那部电影的名字好像是叫《夏日恋情》。这电影是讲一个放暑假的少年和一个住在海边的美国大兵的妻子,一个少妇的暧昧故事。这是北京作协组织在门头沟一个什么地方开会时放映的,我印象很深,电影里一个小流氓走路撅着屁股一扭一扭的,脸上总是挂着无耻的笑容……
>
> 《无知者无畏》,春风文艺出版社2000

> 剩下的就是我自己喜欢的,确实是在一种自由自在的状态中同时又无技术上的表达障碍写的关于我个人的真实情感的小说,也太少了!《动物凶猛》、《过把瘾就死》、《许爷》。
>
> ……坦率讲,这三篇小说我都不该写,不该那么早写。它们本来应该是一个长篇小说中的三个章节。我太急功近利,把它们零卖了。我最后悔的是写了《动物凶猛》。我刚刚找到一种新的叙事语调可以讲述我的全部故事,一不留神使在一个中篇里了。直接恶果就是我的《残酷青春》没法写了。我不能重复自己,我想给读者一个意外。现在只好从头找起,这也是我现在搁笔的原因之一。我不想再写那些与我无关的东西了,不想再为钱、信仰、读者、社会需求写东西了。如再写我将只为我心目中的惟一读者——我自己写作。
>
> 《王朔文集·自序》,华艺出版社1998

★相关评论:

> 作为传统的叛逆(这是状态的中性界定,非褒非贬),离家的浪子,王朔的出走也经历了一个过程,并非一蹴而就的。《一半是火焰 一半是海水》仿佛是写一位青年收拾好行装却又丧失勇气,放弃出走;《玩的就是心跳》则是摆脱了传统的惯性,但却还未具有着叛逆的自信,只能缩在自己黑暗的角落里纺织一个貌似坚强的梦;而到了《动物凶猛》之后,王朔才敢于让笔下的人物说自己的话走自己的路,敢于把这一群人化为独特的言语树立在人群面前,确立了他们独特的生存方式的现实性。
>
> 焦桐《王朔:一无所有的尴尬》,《当代作家评论》1993/2

> 在经过了一段谐谑调侃之后,王朔好像调整了自己的小说方式,似乎又在向写实回归,他曾说:"我对这种没心没肺,特别无聊的调侃、胡抡产生了怀疑。这是文学么?"……
>
> 此外,还必须重视王朔近期的几部中篇小说《动物凶猛》、《许爷》及《过把瘾

旁注:
- 王朔倒是并不否认自己的作品有借鉴别人之处。也许,将这篇小说直接取名《夏日恋情》更准确
- 变化中的王朔

就死》。这三部小说在描写对象上仍然可以说是"顽主"一类的人物,但不再是"谐谑"性地、在荒唐的故事中发泄和调侃,不像《顽主》、《一点正经没有》……等作品那样,把"顽主"们的玩世在想象中推到登峰造极的地步。这三部作品显然注重了生活的客观真实性,把人物放在客观现实生活背景中,求得经验形态上、感觉形态上的真实,因此,笔墨有所收敛,图貌状形,尽量地落在了实处,而且比较集中地在主人公的形象塑造上,不致使故事淹没了人物。正像作家在《动物凶猛》中所说:"我想我应该老实一点。"在这篇小说中,作家写的真切真实,确实不像以前那些作品那样放肆了,显然具有了更高的艺术价值。

张德祥《王朔的小说方式及其他》,《当代作家评论》1993/2

但在《动物凶猛》这部作品中,他却不加掩饰地展示出个人经历中曾经有过的"阳光灿烂的日子",他的自我珍爱的青春记忆表现为:激情涌动的少年梦想与纯真烂漫的初恋情怀,追忆与自我剖析的叙事方式,为这些内容带来了浓郁迷人的个人化色彩。尽管王朔的写作多带有商业气味,但《动物凶猛》却是一个例外,它应属于他为自己所写的那类小说,即他自己所认为的"或多或少都含有我自己的一些切身感受,有过去日子的斑驳影子。写存在过的人和生活,下笔就用心一点,表情状物也就精确一点"。也可以说,这篇小说中有着超越通俗读物的审美趣味之上的个人性的内容,为中国当代文学提供了创造性的新视野和新感受。

陈思和、李平主编《中国当代文学》,中央电大出版社2000/9

文献索引:
1. 王朔小说要目
《空中小姐》,《当代》1984/2
《浮出海面》,《当代》1985/6
《一半是火焰 一半是海水》,《啄木鸟》1986/2
《永失我爱》,《当代》1989/6
《橡皮人》,《青年文学》1986/11-12
《枉然不供》,《啄木鸟》1987/1
《人莫予毒》,《啄木鸟》1987/4
《顽主》,《收获》1987/6
《痴人》,《芒种》1988/4
《我是狼》,《热点文学》1988
《千万别把我当人》,《钟山》1989/4-6
《一点正经没有——顽主续篇》,《中国作家》1989/4
《玩得就是心跳》,作家出版社1989
《给我顶住》,《花城》1990/6
《我是你爸爸》,《收获》1991/3
《无人喝采》,《当代》1991/4
《谁比谁傻多少》,《花城》1991/5
《动物凶猛》,《收获》1991/6
《你不是一个俗人》,《收获》1992/2

《过把瘾就死》,《小说界》1992/4
《懵然无知》,《都市文学》1992
《刘慧芳》,《钟山》1992/4
《许爷》,《上海文学》1992/4
《看上去很美》,华艺出版社 1999
《美人赠我蒙汗药》,《中华文学选刊》2002.7-8

2. 王朔研究要目:

王　干《90年代文学论纲》,《南方文坛》2001/2
谢　泳《要么王朔要么张承志》,《北京文学》1993/3
L.李卜曼[美]《权威与王朔小说话语》(董之林编译),《当代作家评论》1993/3
张德明《浑厚文化力场的建构——评王朔两个中篇近作》,《当代作家评论》1992/4
焦　桐《王朔:一无所有的尴尬》,《当代作家评论》1993/2
李　扬《亵渎与逍遥:小说境况一种——王朔小说剖析》,《当代作家评论》1993/3
张德祥《王朔的小说及其他》,《当代作家评论》1993/3
王英琦《上帝的灵魂凡人的日子——兼议张承志与王朔》,《文学自由谈》1996/2
张学正《九十年代中国大陆文学思潮扫描》,《南开学报》1996/3
周溶泉《论当今文学的俗化与商品化》,《南通师专学报》1996/2
王　朔《无知者无畏》,春风文艺出版社,2000/1
郑承军《王朔、刘恒作品与都市青年心态》,《中国青年研究》1990/3
沙　滩《痞子意识与贵族意识》,《文学自由谈》1990/2
常芳清《王朔作品的反文化意识》,《武汉教育学院学报》1995/5
《痞子英雄——王朔再批判》,中华工商联合出版社 2000/5

(张　波)

余华小说五篇

余华，祖籍山东高唐，1960年4月3日生于浙江杭州。1977年高中毕业后在海盐县一家镇卫生院当牙科医生，23岁进入县文化馆，1984年开始发表作品，后就读于由北京鲁迅文学院和北京师范大学联合举办的研究生班。1989年调入浙江嘉兴市文联，现定居北京。

余华被看做是"先锋小说"的代表作家之一，是同时代知名作家中写作字数最少、废品也最少的作家之一，同时还是给中国当代文学带来真正变化的少数几个作家之一。

十八岁出门远行

《十八岁出门远行》发表于《北京文学》1987年第1期，是余华最先引起人们注意的作品，因此，可以看做是他的"成名作"。

> 此前还有《星星》

作品描写的是十八岁的主人公"我"第一次出门远行的经历和感受。这时期余华的每一篇小说都像一个寓言，作品一开始就设制了这样一个寓言似的情境："我在路上遇到不少人，可他们都不知道前面是何处，前面是否有旅店。他们都这样告诉我：'你走过去看吧。'"于是，主人公便走进了一个梦幻式的阴谋之中。第一次出门的"我"在开始想念旅店后，精神就出现了紧张的迹象，在第一次搭车失败后，便有些饥不择食了，看见一辆朝自己方向来的车，也像抓到了一根救命的稻草，在几经讨好后终于如愿以偿地坐在了司机身边。然而，他没想到汽车还会抛锚，抛锚的汽车还会遇到抢劫，更没想到抢劫的人里还有孩子，甚至还有司机本人。最后，遍体鳞伤的"我"在黑夜的寒风中感到了真正的恐惧，于是，他想起了送自己出门去认识外面的世界的父亲。

> 暴力：余华献上的第一个寓言

柏油马路起伏不止，马路像是贴在海浪上。我走在这条山区公路上，我像一条船。这年我十八岁，我下巴上那几根黄色的胡须迎风飘飘，那是第一批来这里定居的胡须，所以我格外珍重它们。我在这条路上走了整整一天，已经看了很多山和很多云。所有的山所有的云，都让我联想起了熟悉的人。我就朝着它们呼唤他们的绰号。所以尽管走了一天，可我一点也不累。我就这样从早晨里穿过，现在走进了下午的尾声，而且还看到了黄昏的头发。但是我还没走进一家旅店。

> 余华是一个非常讲究细部描写的作家
>
> 渲染一：旅店在一个初次出门人心中的位置

我在路上遇到不少人，可他们都不知道前面是何处，前面是否有旅店。他们都这样告诉我："你走过去看吧。"我觉得他们说的太好了，我确实是在走过去看。可是我还没走进一家旅店。我觉得自己应该为旅店操心。

我奇怪自己走了一天竟只遇到一次汽车。那时是中午，那时我刚刚想搭车，但那时仅仅只是想搭车，那时我还没为旅店操心，那时我只是觉得搭一下车非常了不起。我站在路旁朝那辆汽车挥手，我努力挥得很潇洒。可那个司机看也没看我，汽车和司机一样，也是看也没看，在我眼前一闪就他妈的过去了。我就在汽车后面拼命地追了一阵，我这样做只是为了高兴，因为那时我还没有为旅店操心。我一直追到汽车消失之后，然后我对着自己哈哈大笑，但是我马上发现笑得太厉害会影响呼吸，于是我立刻不笑。接着我就兴致勃勃地继续走路，但心里却开始后悔起来，后悔刚才没在潇洒地挥着的手里放一块大石子。

> 渲染二：黄昏对于旅行者的诱惑和压迫

　　现在我真想搭车，因为黄昏就要来了，可旅店还在它妈肚子里。但是整个下午竟没再看到一辆汽车。要是现在再拦车，我想我准能拦住。我会躺到公路中央去，我敢肯定所有的汽车都会在我耳边来个急刹车。然而现在连汽车的马达声都听不到。现在我只能走过去看了。这话不错，走过去看。

> 抽象的观念转变为公路、旅店、远行等场景

　　公路高低起伏，那高处总在诱惑我，诱惑我没命奔上去看旅店，可每次都只看到另一个高处，中间是一个叫人沮丧的弧度。尽管这样我还是一次一次地往高处奔，次次都是没命地奔。眼下我又往高处奔去。这一次我看到了，看到的不是旅店而是汽车。汽车是朝我这个方向停着的，停在公路的低处。我看到那个司机高高翘起的屁股，屁股上有晚霞。司机的脑袋我看不见，他的脑袋正塞在车头里。那车头的盖子斜斜翘起，像是翻起的嘴唇。车厢里高高堆着箩筐，我想着箩筐里装的肯定是水果。当然最好是香蕉。我想他的驾驶室里应该也有，那么我一坐进去就可以拿起来吃了。虽然汽车将要朝我走来的方面开去，但我已经不在乎方向。我现在需要旅店，旅店没有就需要汽车，汽车就在眼前。

　　我兴致勃勃地跑了过去，向司机打招呼："老乡，你好。"

　　司机好像没有听到，仍在拨弄着什么。

　　"老乡，抽烟。"

　　这时他才使了使劲，将头从里面拔出来，并伸过来一只黑乎乎的手，夹住我递过去的烟。我赶紧给他点火，他将烟叼在嘴上吸了几口后，又把头塞了进去。

　　于是我心安理得了，他只要接过我的烟，他就得让我坐他的车。我就绕着汽车转悠起来，转悠是为了侦察箩筐的内容。可是我看不清，便去使用鼻子闻，闻到了苹果味。苹果也不错，我这样想。不一会他修好了车，就盖上车盖跳了下来。我赶紧走上去说："老乡，我想搭车。"不料他用黑乎乎的手推了我一把，粗暴地说："滚开。"

　　我气得无话可说，他却慢慢悠悠打开车门钻了进去，然后发动机响了起来。我知道要是错过这次机会，将不再有机会。我知道现在应该豁出去了。于是我跑到另一侧，也拉开车门钻了进去。我准备与他在驾驶室里大打一场。我进去时首先是冲着他吼了一声："你嘴里还叼着我的烟。"这时汽车已经活动了。

　　然而他却笑嘻嘻地十分友好地看起我来，这让我大惑不解。他问："你上哪？"

　　我说："随便上哪。"

　　他又亲切地问："想吃苹果吗？"他仍然看着我。

　　"那还用问。"

"到后面去拿吧。"

他把汽车开得那么快，我敢爬出驾驶室爬到后面去吗？于是我就说："算了吧。"

他说："去拿吧。"他的眼睛还在看着我。

我说："别看了，我脸上没公路。"

他这才扭过头去看公路了。

汽车朝我来时的方向驰着，我舒服地坐在座椅上，看着窗外，和司机聊着天。现在我和他已经成为朋友了。我已经知道他是在个体贩运。这汽车是他自己的，苹果也是他的。我还听到了他口袋里面钱儿叮当响。我问他："你到什么地方去？"

他说"开过去看吧。"

这话简直像是我兄弟说的，这话可真亲切。我觉得自己与他更亲近了。车窗外的一切应该是我熟悉的，那些山那些云都让我联想起来了另一帮熟悉的人来了，于是我又叫唤起另一批绰号来了。

在主人公的眼中，人人都是朋友

现在我根本不在乎什么旅店，这汽车这司机这座椅让我心安而理得。我不知道汽车要到什么地方去，他也不知道。反正前面是什么地方对我们来说无关紧要，我们只要汽车在驰着，那就驰过去看吧。

可是这汽车抛锚了。那个时候我们已经是好得不能再好的朋友了。我把手搭在他肩上，他把手搭在我肩上。他正在把他的恋爱说给我听，正要说第一次拥抱女性的感觉时，这汽车抛锚了。汽车是在上坡时抛锚的，那个时候汽车突然不叫唤了，像死猪那样突然不动了。于是他又爬到车头上去了，又把那上嘴唇翻了起来，脑袋又塞了进去。我坐在驾驶室里，我知道他的屁股此刻肯定又高高翘起，但上嘴唇挡住了我的视线，我看不到他的屁股。可我听得到他修车的声音。

过了一会他把脑袋拔了出来，把车盖盖上。他那时的手更黑了，他的脏手在衣服上擦了又擦，然后跳到地上走了过来。

"修好了？"我问。

"完了，没法修了。"他说。

我想完了，"那怎么办呢？"我问。

"等着瞧吧。"他漫不经心地说。

我仍在汽车里坐着，不知该怎么办。眼下我又想起什么旅店来了。那个时候太阳要落山了，晚霞则像蒸气似的在升腾。旅店就这样重又来到了我脑中，并且逐渐膨胀，不一会便把我的脑袋塞满了。那时我的脑袋没有了，脑袋的地方长出了一个旅店。

渲染三：前不沾村后不着店造成的精神恐惧

司机这时在公路中央做起了广播操，他从第一节做到最后一节，做得很认真。做完又绕着汽车小跑起来。司机也许是在驾驶室里呆得太久，现在他需要锻炼身体了。看着他在外面活动，我在里面也坐不住，于是打开车门也跳了下去。但我没做广播操也没小跑。我在想着旅店和旅店。

这个时候我看到坡上有五个人骑着自行车下来，每辆自行车后座上都用一根扁担绑着两只很大的箩筐，我想他们大概是附近的农民，大概是卖菜回来。看到有人下来，我心里十分高兴，便迎上去喊道："老乡，你们好。"

那五个人骑到我跟前时跳下了车,我很高兴地迎了上去,问:"附近有旅店吗?"他们没有回答,而是问我:"车上装的是什么?"

我说:"是苹果。"

惊讶一:光天化日之下竟然有人抢劫?

他们五人推着自行车走到汽车旁,有两个人爬到了汽车上,接着就翻下来十筐苹果,下面三个人把筐盖掀开往他们自己的筐里倒。我一时间还不知道发生了什么,那情景让我目瞪口呆。我明白过来就冲了上去,责问:"你们要干什么?"

暴力与血腥的初试

他们谁也没理睬我,继续倒苹果。我上去抓住其中一个人的手喊道:"有人抢苹果啦!"这时有一只拳头朝我鼻子下狠狠地揍来了,我被打出几米远。爬起来用手一摸,鼻子软塌塌地不是贴着而是挂在脸上,鲜血像是伤心的眼泪一样流。可当我看清打我的那个身强力壮的大汉时,他们五人已经跨上自行车骑走了。

司机此刻正在慢慢地散步,嘴唇翻着大口大口喘气,他刚才大概跑累了。他好像一点也不知道刚才的事。我朝他喊:"你的苹果被抢走了!"可他根本没注意我在喊什么,仍在慢慢地散步。我真想上去揍他一拳,也让他的鼻子挂起来。我跑过去对着他的耳朵大喊:"你的苹果被抢走了。"他这才转身看了我起来,我发现他的表情越来越高兴,我发现他是在看我的鼻子。

惊讶二:劫匪中还有孩子?

这时候,坡上又有很多人骑着自行车下来了,每辆车后面都有两只大筐,骑车的人里面有一些孩子。他们蜂拥而来,又立刻将汽车包围。好些人跳到汽车上面,于是装苹果的箩筐纷纷而下,苹果从一些摔破的筐中像我的鼻血一样流了出来。他们都发疯般往自己筐中装苹果。才一瞬间工夫,车上的苹果全到了地下。那时有几辆手扶拖拉机从坡上隆隆而下,拖拉机也停在汽车旁,跳下一帮大汉开始往拖拉机上装苹果,那些空了的箩筐一只一只被扔了出去。那时的苹果已经满地滚了,所有人都像蛤蟆似的蹲着捡苹果。

孩子与暴力

我是在这个时候奋不顾身扑上去的,我大声骂着:"强盗!"扑了上去。于是有无数拳脚前来迎接,我全身每个地方几乎同时挨了揍。我支撑着从地上爬起来时,几个孩子朝我击来苹果,苹果撞在脑袋上碎了,但脑袋没碎。我正要扑过去揍那些孩子,有一只脚狠狠地踢在我腰部。我想叫唤一声,可嘴巴一张却没有声音。我跌坐在地上,我再也爬不起来了,只能看着他们乱抢苹果。我开始用眼睛去寻找那司机,这家伙此时正站在远处朝我哈哈大笑,我便知道现在自己的模样一定比刚才的鼻子更精彩了。

那个时候我连愤怒的力气都没有了。我只能用眼睛看着这些使我愤怒极顶的一切。我最愤怒的是那个司机。

抢劫——一种隐喻式书写,生命成长过程中遭遇的个人经历

坡上又下来了一些手扶拖拉机和自行车,他们也投入到这场浩劫中去。我看到地上的苹果越来越少,看着一些人离去和一些人来到。来迟的人开始在汽车上动手,我看着他们将车窗玻璃卸了下来,将轮胎卸了下来,又将木板撬了下来。轮胎被卸去后的汽车显得特别垂头丧气,它趴在地上。一些孩子则去捡那些刚才被扔出去的箩筐。我看着地上越来越干净,人也越来越少。可我那时只能看着了,因为我连愤怒的力气都没有了。我坐在地上爬不起来,我只能让目光走来走去。

现在四周空荡荡了,只有一辆手扶拖拉机还停在趴着的汽车旁。有个人在汽车旁东瞧西望,是在看看还有什么东西可以拿走。看了一阵后才一个一个爬到拖拉机上,于是拖拉机开动了。

这时我看到那个司机也跳到拖拉机上去了,他在车斗里坐下来后还在朝我哈哈大笑。我看到<u>他手里抱着的是我那个红色的背包</u>。他把我的背包抢走了。背包里有我的衣服和我的钱,还有食品和书。可他把我的背包抢走了。 惊讶三:司机也是一个劫匪?

我看着拖拉机爬上了坡,然后就消失了,但仍能听到它的声音,可不一会连声音都没有了。四周一下子寂静下来,天也开始黑下来。我仍在地上坐着,我这时又饥又冷,可我现在什么都没有了。

我在那里坐了很久,然后才慢慢爬起来。我爬起来时很艰难,因为每动一下全身就剧烈地疼痛,但我还是爬了起来。我一拐一拐地走到汽车旁边。那汽车的模样真是惨极了,它遍体鳞伤地趴在那里,我知道自己也是遍体鳞伤了。

天色完全黑了,四周什么都没有,只有遍体鳞伤的汽车和遍体鳞伤的我。我无限悲伤地看着汽车,汽车也无限悲伤地看着我。我伸出手去抚摸了它。它浑身冰凉。那时候开始起风了,风很大,山上树叶摇动时的声音像是海涛的声音,这声音使我恐惧,使我也像汽车一样浑身冰凉。

我打开车门钻了进去,座椅没被他们撬去,这让我心里稍稍有了安慰。我就在驾驶室里躺了下来。我闻到了一股漏出来的汽油味,那气味像是我身内流出的血液的气味。外面风越来越大,但我躺在座椅上开始感到暖和一点了。我感到这汽车虽然遍体鳞伤,可它心窝还是健全的,还是暖和的。我知道自己的心窝也是暖和的。我一直在寻找旅店,没想到旅店你竟在这里。 这就是主人公第一次出门所见

我躺在汽车的心窝里,<u>想起了那么一个晴朗温和的中午,那时的阳光非常美丽</u>。我记得自己在外面高高兴兴地玩了半天,然后我回家了,在窗外看到父亲正在屋内整理一个红色的背包,我扑在窗口问:"爸爸,你要出门?" 回忆充满暖意,不像后来的作品那样冰冷

父亲转过身来温和地说:"不,是让你出门。"

"让我出门?"

"是的,你已经十八了,你应该去认识一下外面的世界了。"

后来我就背起了那个漂亮的红背包,父亲在我脑后拍了一下,就像在马屁股上拍了一下。<u>于是我欢快地冲出了家门</u>,像一匹兴高采烈的马一样欢快地奔跑了起来。 父亲知道儿子去认识的是一个什么样的世界吗?

一九八六年十一月十六日
北京

★ **编选者的话:**

  这篇作品在余华的创作中,并不像后来的几个中篇那样被看做是"先锋小说"的代表,但由于是作者第一篇引人注目的作品而有着特殊的重要性。同时,在这篇作品中,我们可以看到,无论是在创作内容上还是在创作风格上,都初步形成了自己独有的特点。

  我们知道,余华小说最令人震撼也是最有价值的内容,是他通过对暴力、血腥和死亡的描写所展示的人的生存环境。在这篇小说中,虽然还没有涉及到死

	亡，但已经向我们初步展示了作者对于暴力和血腥的关注。作为作者的最初尝试，这篇作品最大的特点，不但在于描写了成人世界的暴力，而且还向我们展示了孩童对成人暴力的模仿，以及主人公对于努力争取人与人之间相互信任关系失败后的无奈。通过对这篇作品的阅读，我们将会进一步理解作者的创作特点，是如何随着他对人的生存环境的认识的不断加深而不断变化的。
这篇小说的最大特点。比较《现实一种》中的孩子暴力	
四个作家	余华曾说，他主要是受外国作家影响而成长起来的。在这些外国作家中，给他影响最大的主要有川端康成、卡夫卡、博尔赫斯等，而在中国作家中，则只有鲁迅一人。他曾说，川端康成是文学里无限柔软的象征，卡夫卡是文学极端锋利的象征；川端康成叙述中的凝视缩短了心灵抵达事物的距离，卡夫卡叙述中的切割扩大了这样的距离；川端康成是肉体的迷宫，卡夫卡是内心的地狱。川端康成曾经这样描写一位母亲凝视死去的女儿时的感受："女儿的脸生平第一次化妆，真像是一位出嫁的新娘。"类似起死回生的例子在卡夫卡的作品中同样可以找到，《乡村医生》中的医生在检查患者溃烂的伤口时，他看到了一朵玫瑰红的花朵。因此，余华承认，川端康成教会了他如何写作，特别是如何进行细部的描写，而卡夫卡则把他从细部描写中解放了出来，给了他想象的力量和勇气。他还说，鲁迅和博尔赫斯是我们文学里思维清晰和思维敏捷的象征，前者犹如山脉隆出地表，后者则像是河流陷入了进去，这两个人都指出了思维的一目了然，同时也展示了思维存在的两个不同方式：鲁迅是一个战士，是文学里令人战栗的白昼，而博尔赫斯则是一个梦想家，是文学里使人不安的夜晚。
选材和提炼	这是一篇四千余字的短篇小说，是作者对人的生存环境的初步认识和表现。在余华最喜欢的小说中，有两篇"惜墨如金的典范"，一篇是鲁迅的《孔乙己》，一篇是博尔赫斯的《南方》。前者只有三千字，后者也不过五千余字。于是，我们看到，即使是在作者后来创作的中长篇小说中，也可以发现他试图做到"惜墨如金"的努力。
十八岁：一个隐喻性的符号	这篇小说与余华的那些有代表性的作品相比，还有一个重要区别，就是主人公身上所具有的天真纯洁和充满热情的特点，而在其他作品中，我们再也看不到"像一匹兴高采烈的马一样欢乐"的主人公形象，而只有冷漠的看客了。
	★**作者的话：**
故事是捡来的，感受却是自己的	从此我从自由阅读走向了自由的叙述。这就是写了我在中国文学界第一篇引起注意的作品：《十八岁出门远行》。那个时候我特别想写小说，但是又不知道写什么。然后呢，就是看报纸，看到一小块新闻，说的是我们浙江一条公路上抢苹果的事，我心想，我就写这个吧。然后呢，我就开始写，写到最后那个人抢了我的包的那一节，是叙述自己出来的，自然出来的。写完以后我就感觉到挺兴奋，写了一篇跟过去完全不一样的小说。
	《小说的世界》，《说话》，春风文艺出版社 2002/10
	于是我写了抢苹果的故事，无意中写出了我第一篇真正的作品，《十八岁出门远行》。整个写作过程非常愉快，半天时间就写完了，写到最后，我发现写作带着我走了。我要感谢卡夫卡，是卡夫卡解放了我的思想，至今为止我还是认为川

端康成和卡夫卡是对我影响最大的两个作家。当川端康成教会了我如何写作，然后又窒息了我的才华时，卡夫卡出现了，卡夫卡是一个解放者，他解放了我的写作。但是现在我再回想当时迷恋川端康成的三年时间，对我来说太重要了，因为这三年，我都是在训练自己的细部描写，虽然那个时候的作品可能不成熟，可是打下了写作的基础。现在，当我作品的节奏无论是快还是慢，无论叙述的线条是粗还是细，我都不会忘记细部的描写，这已经成为了习惯。这是非常重要的。

《我的文学道路》，《说话》，春风文艺出版社 2002/10

一个作家真实的写作体验

★**相关评论：**

余华首先认为变化是基于作家"对自己比较熟练的写作方式"的"不满"和"疲惫"，也就是说过去的叙事技巧风格已经不再对作家具有吸引力，了无新意的表达方式无助于作家的创作激情，在这种情况下，他完成的很可能只是一次又一次地复制。在余华的前期作品中，《十八岁出门远行》至今仍然是使人印象至深的一部，就是在这部作品中，作者非常独特地表达出他对人的不信任。此外的《世事如烟》、《西北风呼啸的中午》、《现实一种》、《四月三日事件》等，总体上都是一种叙事方式的延续。

张晓峰《出走与重构——论九十年代以来先锋小说家的转型及其意义》，《文学评论》2002/5

现实一种(节选)

《现实一种》最初发表于《北京文学》1988 年第 1 期。它与在这之前数月中发表的《四月三日事件》、《一九八六年》，以及在这之后一年间发表的《河边的错误》、《世事如烟》、《难逃劫数》等作品一起，被看做是余华最具"先锋"特征的作品。

《现实一种》在余华小说中的坐标

作品描写的是一个发生在家庭内部的循环残杀的故事。哥哥山岗一家三口与弟弟山峰一家三口与老母亲住在一起，过着简单平淡的生活。一天，当兄弟两人和他们的妻子都出门上班之后，山岗四岁的儿子皮皮将摇篮中的堂弟抱出门外，摔在了水泥地上。失去了儿子的母亲逼着丈夫山峰杀死了皮皮，同样失去了儿子的山岗设计杀了自己的弟弟，最后，被自己的弟媳设计从刑场送上了手术台，她要让医生们去"瓜分"这个杀死自己丈夫的凶手。

阅读中注意每个人的杀人动机和手法，以及作品的对称式布局

这里节选了两个片断，一是山岗虐杀弟弟山峰的场面，一是山岗被医生们"瓜分"的场面。

············

然后俩人走到了院子里，院子里的阳光太灿烂，山峰觉得天旋地转。他对山岗说："我站不住了。"

注意作品对杀人细节的详细描写

山岗朝前面那棵树一指说："你就坐到树荫下面去。"

"可是我觉得太远。"山峰说。

"很近。才两三米远。"山岗说着扶住山峰,将他扶到树荫下。然后将山峰的身体往下一压,山峰便倒了下去。山峰倒下去后身体刚好靠在树干上。

"现在舒服多了。"他说。

"等一下你会更舒服。"

"是吗?"山峰吃力地仰起脑袋看着山岗。

> 一切都在山岗处心积虑的设计中

"等一下你会哈哈乱笑。"山岗说。

山峰疲倦地笑了笑,他说:"就让我坐着吧。"

"当然可以。"山岗回答。

接着山峰感到一根麻绳从他胸口绕了过去,然后是紧紧地将他贴在树上,他觉得呼吸都困难起来,他说:"太紧了。"

"你马上就会习惯的。"山岗说着将他上身捆绑完毕。

山峰觉得自己被什么包了起来。他对山岗说:"我好像穿了很多衣服。"

> 用小狗充当杀手,绝!

这时山岗已经进屋了。不一会他拿着一块木板和那只锅子出来,又来到了山峰身旁。那条小狗也跟了出来,在山峰身旁绕来绕去。

山峰对他说:"你摸摸我的额头。"

山岗便伸手摸了一下。

"很烫吧。"山峰问。

"是的。"山岗回答,"有四十度。"

"肯定有。"山峰吃力地表示同意。

这时山岗蹲下身去,将木块垫在山峰双腿下面,然后用另一根麻绳将木板和山峰的腿一起绑了起来。

"你在干什么?"山峰问。

"给你按摩。"山岗回答。

山峰就说:"你应该在太阳穴上按摩。"

"可以。"此刻山岗已将他的双腿捆结实了,便站起来用两个拇指在山峰太阳穴上按摩了几下,他问:"怎么样?"

"舒服多了,再来几下吧。"

山岗就往前站了站,接下去他开始认认真真替山峰按摩了。

> 作者只是一架不断变换角度的摄影机

山峰感到山岗的拇指在他太阳穴上有趣地扭动着,他觉得很愉快,这时他看到前面水泥地上有两摊红红的什么东西。

他问山岗:"那是什么?"

山岗回答:"是皮皮的血迹。"

"那另一摊呢?"他似乎想起来其中一摊血迹不是皮皮的。

"也是皮皮的。"山岗说。

他觉得自己也许弄错了,所以他不再说话。过了一会他又说:"山岗,你知道吗?"

"知道什么?"

"其实昨天我很害怕,踢死皮皮以后我就很害怕了。"

"你不会害怕的。"山岗说。

"不。"山峰摇摇头,"我很害怕,最害怕的时候是递给你菜刀。"

山岗停止了按摩，用手亲切地拍拍他的脸说："你不会害怕的。"

山峰听后微微笑了起来，他说："你不肯相信我。"

这时山岗已经蹲下身去脱山峰的袜子。

"你在干什么？"山峰问他。

"替你脱袜子。"山岗回答。

"干嘛要脱袜子？"

这次山岗没有回答。他将山峰的袜子脱掉后，就揭开锅盖，往山峰脚底心上涂烧烂了的肉骨头了。那条小狗此刻闻到香味马上跑了过来。 早就熬好的骨头肉酱。这又是一隐喻？

"你在涂些什么？"山峰又问。

"清凉油。"山岗说。

"又错了。"山峰笑笑说，"你应该涂在太阳穴上。"

"好吧。"山岗用手将小狗推开，然后伸进锅子里抓了两把像扔烂泥似的扔到山峰两侧的太阳穴上。接着又盖上了锅盖，山峰的脸便花里胡哨了。

"你现在像个花花公子。"山岗说。

山峰感到什么东西正缓慢地在脸上流淌。"好像不是清凉油。"他说，接着他伸伸腿，可是和木板绑在一起的腿没法弯曲。他就说："我实在太累了。"

"你睡一下吧。"山岗说，"现在是七点半，到八点半我就放开你。"

这时候那两个女人几乎同时出现在门口。山岗看到她们怔怔地站着。接着他听到一声令人毛骨悚然的嗷叫，他看到弟媳扑了上来，他的衣服被扯住了。他听到她在喊叫："你要干什么？"于是他说："与你无关。"

她愣了一下，接着又叫道："你放开他。"

山岗轻轻一笑，他说："那你得先放开我。"当她松开手以后，他就用力一推，将她推到一旁摔倒在地了。然后山岗朝妻子看去，妻子仍然站在那里，他就朝她笑了笑，于是他看到妻子也朝自己笑了笑。当他扭回头来时，那条小狗已向山峰的脚走去了。

山峰看到妻子从屋内扑了出来，他看到她身上像是装满电灯似的闪闪发亮，同时又像一条船似的摇摇晃晃。他似乎听到她在喊叫些什么，然后又看到山岗用手将她推倒在地。妻子摔倒时的模样很滑稽。接着他觉得脖子有些酸就微微扭回头来，于是他又看到刚才见过的那两摊血了。他看到两摊血相隔不远，都在阳光下闪闪烁烁，他们中间几滴血从各自的地方跑了出来，跑到一起了。这时候想起来了，他想起来另一摊血不是皮皮的，是他儿子的。他还想起来是皮皮将他儿子摔死的。于是他为何踢死皮皮的答案也找到了。他发现山岗是在欺骗他，所以他就对山岗叫了起来："你放开我！"可是山岗没有声音，他就再叫："你放开我。" 山峰的主观镜头

然而这时一股奇异的感觉从脚底慢慢升起，又往上面爬了过来，越爬越快，不一会就爬到胸口了。他第三次喊叫还没出来，他就由不得自己将脑袋一缩，然后拼命地笑了起来。他要缩回腿，可腿没法弯曲，于是他只得将双腿上下摆动。身体尽管乱扭起来可一点也没有动。他的脑袋此刻摇得令人眼花缭乱。山峰的笑声像是两张铝片刮出来一样。 残酷的细节精细，逼真

虐杀

山岗这时的神色令人愉快，他对山峰说："你可真高兴呵。"随后他回头对妻

子说:"高兴得都有点让我妒嫉了。"妻子没有望着他,她的眼睛正望着那条狗,小狗贪婪地用舌头舔着山峰赤裸的脚底。他发现妻子的神色和狗一样贪婪。接着他又去看看弟媳,弟媳还坐在地上,她已经被山峰古怪的笑声弄糊涂了。她呆呆地望着狂笑的山峰,她因为莫名其妙都有点神智不清了。

> 山岗就要这样让自己的弟媳看着自己弟弟在狂笑中死去

现在山峰已经没有力气摆动双腿和摇晃脑袋了,他所有的力气都用在了脖子上,他脖子拉直了哈哈乱笑。狗舔脚底的奇痒使他笑得连呼吸的空隙都快没有了。

....

> 余华的医学知识在这里得以充分展示

山岗此刻仰躺在乒乓桌上,他的衣服已被刚才那两个人剥去。他赤裸裸的身体在一千瓦的灯光下像是涂上了油彩,闪闪烁烁。

首先准备完毕的一个男医生走了过去,他没带手术器械,他是来取山岗的骨骼的,他要等别人将山岗的皮剥去,将山岗的身体掏空后,才上去取骨骼。所以他走过去时显得漫不经心。他打量了一下山岗,然后伸手去捏捏山岗的胳膊和小腿,接着转回身对同行们说:"他很结实。"

> 作者眼中的大都市女医生

来自上海的那个三十来岁的女医生穿着高跟鞋第二个朝山岗走去。因为下面的泥地凹凸不平,她走过去时臀部扭得有些夸张。她走到山岗的右侧。她没有捏他的胳膊,而是用手摸了摸山岗胸膛的皮肤,她转过头对那男医生说:"不错。"

然后她拿起解剖刀,从山岗颈下的胸骨上凹一刀切进去,然后往下切一直切到腹下。这一刀切得笔直,使得站在一旁的男医生赞叹不已。于是她就说:"我在中学学几何时从不用尺划线。"那长长的切口像是瓜一样裂了开来,里面的脂肪便炫耀出了金黄的色彩,脂肪里均匀地分布着小红点。接着她拿起像宝剑一样的尸体解剖刀从切口插入皮下,用力地上下游离起来。不一会山岗胸腹的皮肤已经脱离了身体像是一块布一样盖在上面。她又拿起解剖刀去取山岗两条胳膊的皮了。她从肩峰下刀一直切到手背。随后去切腿,从腹下髂前上棘向下切到脚背。切完后再用尸体解剖刀插入切口上下游离。游离完毕她休息了片刻。然后对身旁的男医生说:"请把他翻过来。"那男医生便将山岗翻了个身。于是她又在山岗的背上划了一条直线,再用尸体解剖刀游离。此刻山岗的形象好似从头到脚披着几块布条一样。她放下尸体解剖刀,拿起解剖刀切断皮肤的联结,于是山岗的皮肤被她像捡破烂似的一块一块捡了起来。背面的皮肤取下后,又将山岗重新翻过来,不一会山岗正面的皮肤也荡然无存。

> 余华小说常常有许多唯美主义的精彩比喻

失去了皮肤的包围,那些金黄的脂肪便松散开来。首先是像棉花一样微微鼓起,接着开始流动了,像是泥浆一样四散开去。于是医生们仿佛看到了刚才在门口所见的阳光下的菜花地。

女医生抱着山岗的皮肤走到乒乓桌的一角,将皮一张一张摊开刮了起来,她用尸体解剖刀像是刷衣服似的刮着皮肤上的脂肪组织。发出声音如同车轮陷在沙子里无可奈何的叫唤。

几天以后山岗的皮肤便覆盖在一个大面积烧伤了的患者身上,可是才过三天就液化坏死,于是山岗的皮肤就被扔进了污物桶,后又被倒入那家医院的厕所。

这时站在一旁的几个医生全上去了。没在右边挤上位置的两个人走到了左侧，可在左侧够不到，于是这俩人就爬到乒乓桌上去，蹲在桌上瓜分山岗，那个胸外科医生在山岗胸筋交间处两边切断软骨，将左右胸膛打开，于是肺便暴露出来，而在腹部的医生只是刮除了脂肪组织和切除肌肉后，他们需要的胃、肝、肾脏便历历在目了。眼科医生此刻已经取出了山岗一只眼球。口腔科医生用手术剪刀将山岗的脸和嘴剪得稀烂后，上额骨和下额骨全部出现。但是他发现上额骨被一颗子弹打坏了。这使他沮丧不已，他便嘟哝了一句："为什么不把眼睛打坏。"子弹只要稍稍偏上，上额骨就会安然无恙，但是眼睛要倒霉了。正在取山岗第二只眼球的医生听了这话不禁微微一笑，他告诉口腔科医生那执刑的武警也许是某一个眼科医生的儿子。他此刻显得非常得意。当他取出第二只眼球离开时，看到口腔科医生正用手术锯子卖力地锯着下颌骨，于是他就对他说："木匠，再见了。"眼科医生第一个离开，他要在当天下午赶回杭州，并在当天晚上给一个患者进行角膜移植。这时那女医生也将皮肤刮净了。她把皮肤像衣服一样叠起来后，也离开了。

　　胸外科医生已将肺取出来了，接下去他非常舒畅地切断了山岗的肺动脉和肺静脉，又切断了心脏主动脉，以及所有从心脏里出来的血管和神经。他切着的时候感到十分痛快。因为给活人动手术时他得小心翼翼避开它们，给活人动手术他感到压抑。现在他大手大脚地干，干得兴高采烈。他对身旁的医生说："我觉得自己是在挥霍。"这话使旁边的医生感到妙不可言。

　　那个泌尿科医生因为没挤上位置所以在旁边转悠，他的口罩有个"尿"字。尿医生看着他们在乒乓桌上穷折腾，不禁忧心忡忡起来，他一遍一遍地告诫在山岗腹部折腾的医生，他说："你们可别把我的睾丸搞坏了。"

　　山岗的胸膛首先被掏空了，接着腹腔也被掏空了。一年之后在某地某一个人体知识展览上，山岗的胃和肝以及肺分别浸在福尔马林中供人观赏。他的心脏和肾脏都被做了移植。心脏移植没有成功，那患者死在手术台上。肾脏移植却极为成功，患者已经活了一年多了，看样子还能再凑合着活下去。但是患者却牢骚满腹，他抱怨移植肾脏太贵，因为他已经花了三万元钱了。

　　现在屋子里只剩下三个医生了。尿医生发现他的睾丸完好无损后，就心安理得地在将睾丸切除下来。口腔医生还在锯下颌骨，但他也已经胜利在望。那个取骨骼的医生则仍在一旁转悠，于是尿医生就提醒他："你可以开始了。"但他却说："不急。"

　　口腔科医生和泌尿科医生是同时出去的，他们手里各自拿着下颌骨和睾丸。他们接下去要干的也一样都是移植。口腔科医生将把一个活人的下颌骨锯下来，再把山岗的下颌骨装进去。对这种移植他具有绝对的信心。山岗身上最得意的应该是睾丸了。尿医生将他的睾丸移植在一个因车祸而睾丸被碾碎的年轻人身上。不久之后年轻人居然结婚了，而且他妻子立刻就怀孕，十个月后生下一个十分壮实的儿子。这一点山峰的妻子万万没有想到，因为是她成全了山岗，山岗后继有人了。

　　…………

> 这正是山岗的弟媳想象中的精彩场面

> 对各个医生的不同描写

> 幽默

> 实用的肢解

> 最后虽然还有一小段将山岗的骨骼取走的叙述，但这是否已有欧·亨利式结尾的味道？

★编选者的话：

在1988年前后的两三年间，是"先锋小说"创作最为活跃的时期，余华作为一个默默无闻的初来者，以其密集的创作和独特的个性突然闯入了人们的视野，几乎在一夜之间就为先锋小说增添了一位代表性作家。

> 余华在先锋小说中的坐标

余华的先锋小说把笔力集中于人的存在状态，企图构建一个暴力、血腥和死亡几乎是无处不在的封闭的小说世界，并以发掘"人性恶"为己任，专注于揭示人的兽性，向读者直接展示人的生存中的艰辛、痛苦与无奈，展示人性中最丑陋、最残酷、最肮脏的内心和精神。作者对小说中盲目仇杀情节的设计，体现出他对人性的基本认识，在他看来，人性的脆弱几乎是不堪一击，一次孩子间的无意伤害，就可以导致成人间的相互杀戮。作者采用一种"无我的叙述方式"，即通过一个冷漠的叙述者，讲述一个充满罪恶感、丑陋感和宿命感的荒诞的故事。作品的叙述怪异而精致，富有诗情画意，形成了精美而残忍的冷酷特点。

> 余华先锋小说的内容特点

> 叙述特点

> 精美而残忍

在余华最具先锋特征的这些小说中，每篇作品都有自己精彩的表演。《四月三日事件》讲述的是主人公在自己18岁生日这天的一个假想的"阴谋"，最具迷幻色彩；《一九八六年》以一个少女的视角，描述了在"文革"中被捕、失踪，最后走向疯狂的父亲，采用自己以前研究的种种古代酷刑，一项项进行自戕验证的过程，最为残忍血腥；《现实一种》主要描写一对同胞兄弟进行相互残杀的故事，最能体现叙述者的冷漠特点等等。

> 冷漠

这篇作品起码有四个片断可以进入"节选"的候选名单，一是皮皮与堂弟的嬉戏和无意的失手；二是山岗虐杀山峰的过程；三是山岗被处死过程中山峰妻子的心理活动；四是山岗被解剖时医生们的表现。整个故事环环相扣，步步紧逼，令人紧张得喘不过气来，四个片断，一个比一个精彩，让人爱不释手。而本书所选的两个片断，最能体现余华小说的冷漠和冷酷的特点。

★作者的话：

> 作者所追求的"真实"就是虚构的现实

到《现实一种》为止，我有关真实的思考只是对常识的怀疑。也就是说，当我不再想念有关现实生活的常识时，这种怀疑便导致我对另一部分真实的重视，从而直接诱发了我有关混乱和暴力的想法。

《虚伪的作品》，《上海文论》1989/5

对于死亡和血，我却是心情平静。这和我童年生活的环境有关，我是在医院里长大的。我经常坐在医院手术室的门口，等待着那位外科医生我的父亲从里面走出来。我的父亲每次出来时，身上总是血迹斑斑，就是口罩和手术帽上也都沾满了鲜血。有时候还会有一位护士小姐跟在我父亲身后，她手提一桶血肉模糊的东西。

《我能否相信自己》，人民日报出版社1998

> 余华对虚构与现实的关系总是保持着非常清醒的认识

我的经验是写作可以不断地唤醒记忆，我相信这样的记忆不仅仅属于我个人，这可能是一个时代的形象，或者说是一个世界在某一个人心灵深处的烙印，那是无法愈合的疤痕。我的写作唤醒了我记忆中的无数的欲望，这样的欲望在我过去的生活里曾经有过或者根本没有,曾经实现过或者根本无法实现。我的写作使它们聚集到了一起,在虚构的现实里成为合法。

《99'余华小说新展示·自序》,新世界出版社 1999/7

★**相关评论:**

像《四月三日事件》、《现实一种》、《河边的错误》、《世事如烟》、《难逃劫数》等,它们都集中发表在八七年和八八年。我想,这组作品恐怕是余华最能表明他的写作立场和小说个性的作品了,如果说余华能够为当代小说提供点什么,我想大概是靠这些作品,而不是他此前或此后的作品。 此论断也许下得加些过早

陈思和等:《理解九十年代》(李振声语),人民文学出版社 1996

呼喊与细雨(节选)

《呼喊与细雨》发表于《收获》1991年第6期,是余华的第一部长篇小说。同年由花城出版社变名为《在细雨中呼喊》出版单行本,后由台湾远流出版社,以及海南出版公司出版。

《呼喊与细雨》共分为四章。第一章主要是主人公"我"孙光林对哥哥孙光平、弟弟孙光明和父亲孙广才在老家南门生活的回忆,其中最为精彩的是,三兄弟自相残杀,哥哥恶人先告状;儿时的三兄弟同时爱上青春少女冯玉青,而少女却爱上村里的无赖,被抛弃后随货郎私奔;弟弟救落水儿童牺牲,父亲渴望政府表扬;父亲与哥哥先后爬上邻居寡妇的床;以及十多年前父亲急不可待,与母亲"长凳之交"生下自己等情节。第二章主要讲述孙光林中学时代的生活,青春期朦胧的性心理是这一章的主旋律,他的同学苏杭的性变态、苏宇因性冲动而入狱,音乐老师与漂亮女生的师生恋,与身陷困境的儿时偶像冯玉青的重逢,以及自己在异性面前的无故紧张等,都写得栩栩如生。第三章主要追述孙家的历史,对父亲的鄙视和对祖父、祖母以及曾祖父敬仰,贯穿这一章的始终。其中,祖母在战火中的逃亡,曾祖父在北荡桥造石桥的败走麦城,特别是祖父与父亲间为争口中之食而展开的斗智斗勇等最为精彩。第四章主要回忆孙光林儿时在孙荡养父母家的生活,虽然疾病缠身却仍保持着强烈求生欲望的养母李秀英、身强力壮却始终被困在家中的养父王立强,以及孙光林儿时的伙伴国庆等,都给人留下了深刻的印象。 第一人称的叙述方式和散点式的布局,增加了作品的主观色彩,很容易让人读出作者的内心情感

这里节选了两个片断,一是第一章中有关南门池塘的描写,是作品对家乡的回忆中最为动情和最为精练的片断。一是第三章中关于祖父与父亲的"父子之战",是长期被虐待的祖父在临死之前终于战胜父亲的精彩片断。

……不久之后,南门的土地被县里征用建起了棉纺厂,村里的人一夜之间全变成了城镇居民。<u>虽然我远在北京</u>,依然可以想象出他们的兴奋和激动。尽管有些人搬走前哭哭啼啼的,我想他们是乐极生悲了。管仓库的罗老头到处向人灌输他的真理: 到北京上大学是余华心中永远的梦想

"工厂再好迟早也要倒闭,种田的永远不会倒闭。"

然而多年后我回到家乡,在城里的一条胡同口见到罗老头时,这个穿着又黑又脏棉衣的老头得意洋洋地告诉我:

"我现在拿退休工资了。"

> 余华的"故乡观"与王朔不谋而合

我远离南门之后,作为故乡的南门一直无法令我感到亲切。长期以来,我固守着自己的想法。回首往事或者<u>怀念故乡,其实只是在现实里不知所措以后的故作镇静,即便有某种抒情伴随着出现,也不过是装饰而已</u>。有一次,一位年轻女子用套话询问我的童年和故乡时,我竟会勃然大怒:

"你凭什么要我接受已经逃离了的现实。"

> 池塘

> 苏宇,主人公"我"小时的同学

南门如果还有值得怀念的地方,显然就是那口池塘。当我得知南门被征用,最初的反应就是对池塘命运的关心。那个使我感到温暖的地方,我觉得已被人们像埋葬苏宇那样埋葬掉了。

十多年后我重返故乡,在一个夜晚独自来到南门。那时成为工厂的南门,已使我无法闻到晚风里那股淡淡的粪味了,我也听不到庄稼轻微的摇晃。尽管一切都彻底改变,我还是准确地判断出了过去的家址和池塘的方位。当我走到那里时心不由一跳,月光让我看到了过去的池塘依然存在。池塘的突然出现,使我面临了另一种情感的袭击。<u>回忆中的池塘总是给我以温暖</u>,这一次真实的出现则唤醒了我过去的现实。看着水面上漂浮的脏物,我知道了池塘并不是为了安慰我而存在的,更确切地说,它是作为过去的一个标记。不仅没有从我记忆里消去,而且依然坚守在南门的土地上,为的是给予我永远的提醒。

> "池塘"已成为家乡的象征

…………

> 祖父孙有元与父亲孙广才的斗法

孙有元不是一个懦弱的人,起码他的内心不是这样,他的谦卑在很大程度上表达着对自己的不满。我离开南门的第四年,也就是我弟弟锯掉那张桌子的腿以后,祖父在家中的糟糕处境越加明显。

> 教唆小孙子孙光明锯桌腿,是祖父曾经采用的反抗方式之一

> 农村老人生存状况的写照

孙有元让孙光明锯掉桌腿以后,并不意味着他和孙广才这两个老对手可以偃旗息鼓了。我父亲是个穷追不舍的家伙,他不会让孙有元长时间心安理得。不久之后他就不让我祖父吃饭时坐在桌旁,而是给他盛一小碗饭让他在角落里吃。我的祖父<u>必须学会忍饥挨饿了</u>,这个已到晚年的老人对食物的欲望像个刚结婚的年轻人,可他只能吃一小碗,孙广才那张仿佛饱尝损失的脸,使我祖父很难提出再吃一碗饭的要求,他只能饥肠辘辘地看着我的父母和兄弟大声咀嚼。他惟一拯救自己饥饿的办法,就是在洗碗前将所有的碗都舔一遍。那些日子村里人时常在我家的后窗,看到孙有元伸出舌头,<u>兢兢业业地舔着那些滞留饭菜痕迹的碗</u>。

> 暗含着酸楚的客观与冷静

我的祖父在承受屈辱时是不会心甘情愿的,我说过孙有元不是一个懦弱的人,到那时他只能和孙广才针锋相对,而没有别的迂回的办法。大约一个月以后,当我母亲将那一小碗饭递过去时,我祖父故意没有接住,把碗碎破在地上。我可以想象父亲当初勃然大怒的情景,事实也是如此,孙广才霍地从凳子上站立起来,用吓人的声音指着孙有元大骂:

"你这个老败家子,连他娘的碗都端不住,你还吃个屁。"

我的祖父那时已经跪在了地上,撩起衣服将地上的食物收拾起来。孙有元

一付罪该万死的模样,对我父亲连声说:

"我不该把碗打破,我不该把碗打破,这碗可是要传代的呀。"

孙有元最后那句话让我父亲瞠目结舌,孙广才半晌才反应过来,他对我母亲说:

"你还说这老不死可怜,你看他多阴险。"

我祖父对孙广才看都不看,他开始眼泪汪汪起来,同时依然执著地说:

"这碗可是要传代的呀。"

这使孙广才气急败坏,他对着祖父吼叫道:

"你他娘的别装了。"

孙有元干脆嗷嗷大哭,声音响亮地叫道:

"这碗打破了,我儿子以后吃什么呀?"

那时候我弟弟突然笑出声来,祖父的模样在他眼中显得十分滑稽,我那不识时务的弟弟竟然在那种时候放声大笑。我哥哥孙光平虽然知道那时候笑是不合时宜的,可孙光明的笑声感染了他,他也止不住笑了起来。我父亲那时可真是四面楚歌,一边是孙有元对他晚年的糟糕预测,另一边是后辈似乎幸灾乐祸的笑声。孙广才疑虑不安地看着他的两个宝贝儿子,心想这两个小子实在是有点靠不住。

我兄弟的笑声是对我祖父的有力支持,虽然他们是无意的。我一贯信心十足的父亲,在那时难免有些慌张,面对依然嚎啕叫着的孙有元,孙广才丧失了应有的怒气,而是脆弱地向门口退去,同时摆着手说:

"行啦,祖宗,你就别叫啦,就算你赢了,就算我怕你,你他娘的就别叫啦。"

可是来到屋外以后,孙广才又怒火冲天了,他指着在屋中的家人骂道:

"你们全他娘的是狗养的。"

……

★编选者的话:

我们知道,余华的小说有一个从先锋向世俗的变化过程。在这个变化过程中,一个最明显也是最重要的特征,就是作品中"温情"的出现。从《十八岁出门远行》中的父子亲情如昙花一现后,人们终于又看到了这个连血管里都流着冰渣子的先锋小说家有意或无意流露出的温情。因此,无论是作为余华的第一部长篇小说,还是作为余华创作变化的一个转折点,《呼喊与细雨》都有着重要的意义。除了随处可见的温情外,作品还描写了自己的父亲孙广才以及童年时代最好的朋友苏宇的父亲先后与农村寡妇的偷情,还写到了金钱和虚荣心的诱惑等,确实出现了世俗化的苗头。虽然,作品中死人不断,也始终有暴力事件伴随,但与《现实一种》时期的先锋小说相比,其分量和比例都已经大大地改变了。

到目前为止,余华的几乎所有的作品都是以家乡为题材的,还未涉足过都市题材。虽然他现在已经在北京生活了十多年并已经定居北京,但他始终认为,这是别人的城市。他说:"我觉得一个作家童年生活的地方才是属于他的城市,童年就像复印机一样,把世界的最初图像复印在我的整个知觉中,成年以后只是在这复印图上增加一点或修改一点而已。"这部作品就是企图把作家心中的那份珍贵的"复印图"献给大家。在这张复印图上,最有感染力的图像集中体现在两个方面,一是对家乡的回忆,一是对亲情和友情的追述。

乡情;亲情

对家乡的回忆,散落在家乡的每一幢建筑、每一棵草木,甚至第一个角落之中。对亲情和友情的追述,主要体现在对"我"的家人和同学以及与自己成长相关的所有人的回忆之中,其中,对祖父、父亲,以及两个兄弟的描写是其重点,而祖父与父亲的较量又可以称为这首乐曲的"华彩乐章"。在我国农村,老人一旦丧失了劳动力,立即就成为了家庭的负担,成为了家庭中被歧视的对象,他们的处境甚至比作品中的孙有元更为悲惨。

★作者的话:

自己在写作时就已感觉到了变化

当我在写八十年代的作品的时候,我是一个先锋派作家,那时候我认为人物不应该有自己的声音,人物就是一个符号而已,我是一个叙述者,一个作者,要求他发出什么声音,他就有什么声音,但到了九十年代我在写第一部长篇《在细雨中呼喊》时,我突然发现人物老是想自己开口说话,我觉得这是写作磨炼的结果。写作是非常漫长的过程,很多事情是在你写了很多以后,你才突然领悟到,不是一篇小说都没写就能明白的,他是自己逐步的去了解,就像人生道路一样,一边走一边去领悟自己的一生是怎么过来的,写作其实就是这样。

《我的文学道路》,《说话》,春风文艺出版社 2002/10

★相关评论:

应怎样看待余华创作的变化与暴力主旨?

《在细雨中呼喊》中,孙广才在家里的权力的获得,靠的也是暴力,以致家中没有人敢反抗他。甚至连小孩都知道,该如何通过暴力来获得权力。比如,当孙光平用镰刀划破了弟弟孙光林的脑袋,为了逃避父亲的惩罚,孙光平又强行划破了另一个弟弟孙光明的脸,然后伙同他一起诬告孙光林,结果受到惩罚的不仅不是施暴的哥哥孙光平,反而是受害者孙光林。而孙光林也在成长过程中,多次用威胁(这是另一种性质的暴力)的方式打败了国庆和王立强,"那个年龄的我已经懂得了只有不择手段才能达到目的。……我用恶的方式,得到的却是另一种美好。"是暴力征用了权力,而权力又反过来证明了暴力的合理性和有效性,于是,一个人性的囚牢、世界的深渊就在暴力和权力的交织中建立了起来。余华笔下的人物多数都生活在这样一个世界里,我们从中看不到希望,看不到光明,有的只是一片人性的晦暗,个人在其中无助地挣扎,以及大面积的死亡。

谢有顺《余华的生存哲学及其待解的问题》,《钟山》2002/1

我没有自己的名字(节选)

《我没有自己的名字》发表于《收获》1995年第1期。后收入小说集《黄昏里的孩子》,是新世界出版社出版的六本《99'余华小说新展示》中的一本。

傻子成为了衡量社会道德标准的一杆秤

在这个短篇小说中,作者讲述的是一个叫"来发"的弱智少年,出生时母亲因难产去世,后来父亲又因肺癌撒手人寰,便以给镇上的人家送煤为生。这个形象曾在作者的第一部长篇小说《呼喊与细雨》中出现过。在这个小镇上,来发有名字与没有名字一样，大家想叫他什么就叫他什么，他是大家欺负和取乐的对象，连那个后来被年糕噎死的翘鼻子许阿三也敢于随便地糟蹋他，只有陈先生时常流露出一些怜悯之心，让来发感到些许的温暖。但是，来发的真正朋友却只有一条没有人要的小狗。狗是许阿三送给他的，要他跟这条小母狗做夫妻。来发虽傻，却知道人和狗不能做夫妻，只能做伴儿。然而，就是这样一个伴儿也被人陷害了。

　　这里节选的是作品的结尾部分：傻子因为相信一直善待他的陈先生而失去了自己惟一的朋友——一只被人们抛弃的野狗，陈先生则因不经意间的自我本性的自然流露而失去了傻子的信任。

　　从这天起，这狗就在我家里住了。我出去给它找了一堆稻草回来，铺在屋角，算是它的床。这天晚上我前前后后想了想，觉得让狗住到自己家里来，和娶个女人回来还真是有点一样，以后自己就有个伴了，就像陈先生说的，他说：傻子与狗

　　"娶个女人，就是找个伴。"

　　我对狗说："他们说我们是夫妻，人和狗是不能做夫妻的，我们最多只能做个伴。"

　　我坐到稻草上，和我的狗坐在一起，我的狗对我汪汪叫了两声，我对它笑了笑，我笑出了声音，它听到后又汪汪叫了两声，我又笑了笑，还是笑出了声音，它就又叫上了。我笑着，它叫着，这么过了一会儿，我想起来口袋里还有糖，就摸出来，我剥着糖纸对它说：注意糖在作品中的作用

　　"这是糖，是喜糖，他们说的……"

　　我听到自己说是喜糖，就偷偷地笑了几下，我剥了两颗糖，一颗放到它的嘴里，还有一颗放到自己嘴里，我问它：终于有了伴儿的喜悦

　　"甜不甜？"

　　我听到它咔咔地咬着糖，声音特别响，我也咔咔地咬着糖，声音比它还要响，我们一起咔咔地咬着糖，咬了几下我哈哈地笑出声来了，我一笑，它马上就汪汪叫上了。将简单的喜悦写得有声有色

　　我和狗一起过日子，过了差不多有两年，它每天都和我一起出门，我挑上重担时，它就汪汪叫着在前面跑，等我担子空了，它就跟在后面走得慢吞吞的。镇上的人看到我们都喜欢嘻嘻地笑，他们向我们伸着手指指点点，他们问我：送煤的傻子第一次出现在《呼喊与细雨》中，但那时是没狗

　　"喂，你们是不是夫妻？"

　　我嘴里嗯了一下，低着头往前走。

　　他们说："喂，你是不是一条雄狗？"

　　我也嗯了一下，他们叫我：

　　"喂，傻子！喂，傻狗！喂，狗男人！喂，狗日的，不，是日狗的！喂，什么时候做狗爹……"

　　我都嗯了一下，陈先生说：

　　"你好端端的一个人，和狗做什么夫妻？"

　　我摇着头说："人和狗不能做夫妻。"

　　陈先生说："知道就好，以后别人再这么叫你，你就别嗯嗯地答应了……"

我点点头,嗯了一下,陈先生说:

"你别对着我嗯嗯的,记住我的话就行了。"

我又点点头嗯了一下,陈先生挥挥手说:

"行啦,行啦,你走吧。"

我就挑着担子走了开去,狗在前面巴哒巴哒地跑着。这狗像是每天都在长肉,我觉得还没过多少日子,它就又壮又大了,这狗一大,心也野起来了,有时候一整天都见不着它,不知道它跑那儿去了。要到天黑后它才会回来,在门上蹭一蹭的,我开了门,它溜进来后就在屋角的稻草上趴了下来,狗脑袋搁在地上,眼睛斜着看我,我这时就要对它说:

"前天我走到米店旁,回头一看你没有了,昨天我走到木器社,回头一看你没有了,今天我走到药店前,回头一看你没有了……"

我还没有说完话,狗眼睛已经闭上了,我想了想,也把自己的眼睛闭上了。

我的狗大了,也肥肥壮壮了,翘鼻子许阿三他们见了我就说:

"喂,傻子,什么时候把这狗宰了?"

他们吞着口水说:"到下雪的时候,把它宰了,放上水,放上酱油,放上桂皮,放上五香……慢慢地炖上一天,真他妈的香啊……"

我知道他们想吃我的狗了,就赶紧挑着担子走开去,那狗也跟着我跑去,我记住了他们的话,他们说下雪的时候要来吃我的狗,我就去问陈先生:

"什么时候会下雪?"

陈先生说:"早着呢,你现在还穿着汗衫,等你穿上棉袄的时候才会下雪。"

陈先生这么说,我就把心放下了,谁知道我还没穿上棉袄,还没下雪,翘鼻子许阿三他们就要吃我的狗了。他们拿着一根骨头,把我的狗骗到许阿三家里,关上门窗,拿起棍子打我的狗,要把我的狗打死,打死后还要在火里炖上一天。

我的狗也知道他们要打死它,要吃它,它钻到许阿三床下后就不出来了,许阿三他们用棍子捅它,它汪汪乱叫,我在外面走过时就听到了。

这天上午我走到桥上,回头一看它没有了。到了下午走过许阿三家门口,听到它汪汪叫,我站住脚,我站了一会儿,许阿三他们走了出来,许阿三他们看到我说:

"喂,傻子,正要找你……喂,傻子,快去把你的狗叫出来。"

他们把一个绳套塞到我手里,他们说:

"把它套到狗脖子里,勒死它。"

我摇摇头,我把绳套推开,我说:

"还没有下雪。"

他们说:"这傻子在说什么?"

他们说:"他说还没有下雪。"

他们说:"没有下雪是什么意思?"

他们说:"不知道,知道的话,我也是傻子了。"

我听到狗还在里面汪汪地叫,还有人用棍子在捅它,许阿三拍拍我的肩膀说:

"喂,朋友,快去把狗叫出来……"

他们一把将我拉了过去,他们说:

"叫他什么朋友……少和他说废话……拿着绳套……去把狗勒死……不去?不去把你勒死……"

许阿三挡住他们,许阿三对他们说:

"他是傻子,你再吓唬他,他也不明白,要骗他……"

他们说:"骗他,他也一样不明白。"

我看到陈先生走过来了,陈先生的两只手插在袖管里,一步一步地走过来了。

他们说:"干脆把床拆了,看那狗还躲哪儿去?"

许阿三说:"不能拆床,这狗已经急了,再一急它就要咬人啦。"

他们对我说:"你这条雄狗,公狗,癞皮狗……我们在叫你,你还不快答应!"

我低着头嗯了两声,陈先生在一边说话了,他说:

"你们要他帮忙,得叫他真的名字,这么乱叫乱骂的,他肯定不会帮忙,说他是傻子,他有时候还真不傻。" 陈先生在帮谁的忙?

许阿三说:"对,叫他真名,谁知道他的真名?他叫什么?这傻子叫什么?"

他们问:"陈先生知道吗?"

陈先生说:"我自然知道。"

许阿三他们围住了陈先生,他们问:

"陈先生,这傻子叫什么?"

陈先生说:"他叫来发。"

我听到陈先生说我叫来发,我心里突然一跳。许阿三走到我面前,搂着我的肩膀,叫我: 每个人都有自己致命的弱点

"来发……"

我心里咚咚跳了起来,许阿三搂着我往他家里走,他边走边说:

"来发,你我是老朋友了……来发,去把狗叫出来……来发,你只要走到床边上……来发,你只要轻轻叫一声……来发,你只要'喂'地叫上一声……来发,就看你了。"

我走到许阿三的屋子里,蹲下来,看到我的狗趴在床底下,身上有很多血,我就轻轻地叫了它一声:

"喂。"

它一听到我的声音,呼一下窜了出来,扑到我身上来,用头用身体来撞我,它身上的血都擦到我脸上了,它呜呜地叫着,我还从来没有听到它这样呜呜地叫过,叫得我心里很难受,我伸手去抱住它,我刚抱住它,他们就把绳套套到它脖子里了,他们一使劲,把它从我怀里拉了出去,我还没觉察到,我抱着狗的手就空了,我听到它汪地叫了半声,它只叫了半声,我看到它四只脚蹬了几下,就蹬了几下,它就不动了,他们把它从地上拖了出去,我对他们说: 不同于以往的情感流露

"还没有下雪呢。"

他们回头看看我,哈哈哈哈笑着走出屋去了。

这天晚上,我一个人坐在狗睡觉的稻草上,一个人想来想去,我知道我的狗已经死了,已经被他们放上了水,放上了酱油,放上了桂皮,放上了五香,他们要把它在火里炖上一天,炖上一天以后,他们就会把它吃掉。 总是在想

我一个人想了很久,我知道是我自己把狗害死的,是我自己把它从许阿三的床底下叫出来的,它被他们勒死了。他们叫了我几声来发,叫得我心里咚咚跳,我就把狗从床底下叫出来了。想到这里,我摇起了头,<u>我摇了很长时间的头</u>,摇完了头,我对自己说:"<u>以后谁叫我来发,我都不会答应了。</u>"

> 连陈先生也不相信了,对人的彻底失望

★ **编选者的话:**

余华的小说在20世纪90年代有一个从先锋向世俗转变,这一点基本上已经得到了大家的公认。但是,有一点大家的看法并不一致,那就是究竟变了的主要是什么,没变的主要又是什么?从《呼喊与细雨》到《活着》和《许三观卖血记》,我们可以看到,虽然死亡的阴影仍然笼罩着小说中的人物,但血腥和暴力却越来越少;我们还可以看到,虽然作品中有了越来越多的温情,但作者仍然十分严肃地在关注着人的生存状况。

> 变与不变

《我没有自己的名字》是余华小说创作变化之后的创作的一批短篇小说中最有代表性的一篇,也是余华小说中最具鲁迅小说特征的作品。在主人公来发身上,我们既可以看到狂人的影子,也可以看到孔乙己和阿Q的影子,如狂人具有"狂"与"不狂"的两重性;孔乙己有着善良的本性以及阿Q的精神胜利法等。故事也发生在浙江农村,甚至小说中的"翘鼻子许阿三",从绰号、模样到性格都像是从未庄或鲁镇里走出来的人物。同样是对人的关注,以前的余华只是一味地冷,虽然人们早就认为,在当代作家中余华是受鲁迅影响并在创作中体现出鲁迅风格、继承了鲁迅精神的重要作家之一,但两者之间并没有太多的可比性,而多了些温情的余华,又让人们看到了鲁迅"哀其不幸,怒其不争"和"寓热于冷"的特点。

> 这篇小说在余华创作中的地位

> 余华与鲁迅

就像许三观这样的卖血者早就在《现实一种》中偶尔露过一脸一样,像来发这样的傻子也早在《呼喊与细雨》中出现过。这些人物是作者在童年的家乡里是司空见惯,早就耳濡目染、了然于心的了。他知道他们如何生活,知道他们在社会上的地位,也知道他们的生活处境有多艰难,也就能够想象他们在什么样的情况下会如何思考和行动。也就是说,只要作者让他们走出原来的作品而成为另一部作品中的主角,他们就会自己站出来表演,就会自己开口说话。

这篇小说通过一个傻子的眼光来看世界,简单而直接地反映出社会上各形各色人物的本质,让每一个人都自觉或不自觉地穿上了"皇帝的新衣"。在现代社会中,每个人都有多面性,都自觉或不自觉地在伪装着自己,让自己符合不同场合所需要的身份。但是,在傻子面前,他们可以完全解放自己,彻底地暴露自己。因此,就是陈先生这样的好人也无法瞒天过海,逃过傻子的检验。作品的前半部分平淡而精彩,而作品的后半部分则精彩而深刻。

> 作者选择傻子作为主角的主要目的

★ **作者的话:**

《黄昏里的孩子》收录了十二篇作品,这是上述六册选集中与现实最为接近的一册,也可能是最令人亲切的,不过它也是令人不安的。

> 收入该集中的《我没有自己的名字》也具有亲切而不安的特点

《99'余华小说新展示·自序》,新世界出版社 1999/7

对鲁迅的认识是个很奇怪的过程,他是我最熟悉的作家,比童年和少年时期就熟悉的作家,他的作品就在我们的课文里,我们要背诵他的课文,要背诵他的诗词。他的课文背诵起来比谁的都困难,所以我那时候不喜欢这个作家。过了很多年以后,我有一个作家朋友,后来去当导演了,专门拍电视剧。他让我替他做编剧工作,……他说,我们是不是改编鲁迅,……我就买了《鲁迅小说全集》,读了第一篇《狂人日记》,我吓了一跳,我心想鲁迅也写那么好的小说,等读到《孔乙己》的时候,我马上给我的朋友打电话,我说鲁迅是一个伟大的作家,我们不要去糟蹋他的作品了。

> 余华重新认识鲁迅是从写作技术上入手,从细部描写上产生出敬畏之心的

《我的文学道路》,《说话》,春风文艺出版社 2002/10

★相关评论:

《我没有自己的名字》可以和文学史上的任何优秀短篇小说相媲美,它就是像一篇经过多少代人提炼而流传下来的寓言,深刻而不庞杂、以致我们的任何阐示都显得多余。

> 极高的评价!

小说以第一人称来叙述,内在地否定了"我"作为傻子的身份,并强化了客观现实的某些特征。读者根本不必追究作品客观的真实性,正如作者指出的:"虚构的真实比日常现实更深刻,更富有意义。"因此,正是在这个"智力残疾"人的强烈的映照下,人类精神品性上的弱点和丑恶才显露得如此充分,如此触目惊心。即便是那位彬彬有礼的陈先生,其伪善的面孔也暴露无遗。

对人性本恶的体验,对人类生存苦难的承受,是余华许多小说的主旨。如果说,在对待"傻子"的行为中,表现出人们对弱小生命的残忍与欺凌,那么,在"傻子"与世无争、逆来顺受的背后,读者也许会体味到人对苦难的承受能力。

《编者按》,《收获》1995/1

> 《收获》几乎从来不用"编者按"的形式

许三观卖血记(节选)

《许三观卖血记》发表于《收获》1995 年第 6 期,同年由江苏文艺出版社出版单行本,后由台湾麦田和香港博益,以及海南出版公司出版,并被译成法文、韩文、德文和意大利文出版。

《许三观卖血记》讲述了一个叫许三观的丝厂送茧工在生活困难的年代卖血求生的故事。他<u>第一次卖血</u>是出于好奇,为了证明自己的身体结实。他本来暗中喜欢同厂的女工林芬芳,但卖血回来遇到的第一个人也是他暗中喜欢的"油条西施"许玉兰,便请她上馆子并立即求婚,以三寸不烂之舌说动了许玉兰的父亲,硬生生地从何小勇手中夺走了许玉兰。婚后许玉兰接连生下了三个儿子:一乐、二乐和三乐。但人们都说一乐不像许三观,许玉兰也承认了与何小勇的一夜之情,许三观便以此为由在家里当起了老爷。许三观最喜欢的是一乐,可一乐打伤了方铁匠的儿子,他不肯"花钱买乌龟做",便要一乐回去认何小勇为父,被何小勇赶了回来。许三观不赔钱,方铁匠就带人拉走了许家的东西。许三观无奈,只好<u>再一次去卖血</u>。许玉兰不忍丈夫卖血伤身,去何小勇家讨伐,与何小勇的妻子大打出手。始终耿耿于怀的许三观又想起了林芬芳,林芬芳却因为踩上西瓜

> 第一次卖血

> 十年后的第二次卖血

第三次卖血	皮摔断了右脚，许三观终于如愿以偿地得到了自己的初恋情人，为了报答她的好心，让她吃到"肉骨头炖黄豆"，早日痊愈，于是，他走进了医院。然而，林芬芳的丈夫一看到十斤肉骨头和五斤黄豆，就知道这份大礼背后必有奸情，径直打上门来，许三观只得束手就擒。
第四次卖血	时间进入了1958年，大跃进、大炼钢和大食堂之后，便是全民大饥荒。无论许玉兰怎样精打细算也不能填饱一家人的肚子，许三观的"嘴巴牙祭"也无济于事，在一家人喝了57天玉米粥之后，许三观第四次找到了李血头。当许三观带着一家人走进胜利饭店去吃热腾腾的面条时，却将一乐撒到了一边，让自己去吃烤红薯，让一乐伤心至极。11岁的一乐终于自己去找自己的亲爹了，但没人要他。许三观重新找到一乐，父子二人和好如初。两年以后，何小勇遇车祸，因为他只有女儿没有儿子，他妻子只得来求一乐为他爹喊魂，一乐在许三观的要求下很不情愿地喊了魂，许三观也向众人宣告：一乐从此就是自己的亲生儿子。
第五次卖血	"文革"开始了，许玉兰被当作妓女剃了阴阳头，天天拉出去陪斗。许三观虽然知道她不是妓女，却要她当着儿子的面交待她与何小勇犯下的"生活错误"。几年以后，下乡当知青的一乐生病了，在送一乐回乡下的时候，许三观悄悄走进医院，第一次将卖血的钱给了一乐。可是刚送走一乐，二乐所在生产队的队长又
第六次卖血	来了，为了招待队长，万般无奈的许玉兰在不知情的情况下第一次开口求丈夫："许三观，只好求你再去献一次血了。"然而，这次卖血却遇到了麻烦，虽然由于血友根龙的求情，李血头勉强同意了他连续卖血，但随后根龙的死亡却让他感到了恐惧。就在这之后不久，二乐背着病重的一乐回来了，为了救一乐，许三观
请注意许三观与一乐的关系	一个上午借到了63元钱，他一边让许玉兰护送一乐去上海，一边再次找到李血头。可李血头不再理他，他只好拼死一搏，设计好旅行路线，在六个地方上岸，"一路卖着血去上海"。这一路卖血几乎要了许三观的命。
最后的六次连续卖血	40年以后，当许三观一家"不再有缺钱的时候"，他又突发奇想，想再卖一次血，可已经没有人要他的血了。"40年来，每次家里遇到灾祸，他都是靠卖血度过去的，以后他的血没人要了，家里再有灾祸怎么办？许三观开始哭了……"
带有喜剧的结尾	全书共29章，这里节选的是第19章中许三观在"全民大饥荒"最难熬的日子里，让家人与自己一起打嘴巴牙祭"大饱耳福"的片断。
"红润的颜色"更像余华的语言而不像许三观的语言 侧写：全民饥荒	……许三观对儿子们说："我们喝了一个月的玉米稀粥了，你们脸上红润的颜色喝没了，你们身上的肉也越喝越少了，你们一天比一天无精打采，你们现在什么话都不会说了，只会说饿、饿、饿，好在你们的小命都还在。现在城里所有的人都在过苦日子。你们到邻居家去看看，再到你们的同学家里去看看，每天有玉米稀粥喝的已经是好人家了。这苦日子还得往下熬。米缸里的野菜你们都说吃腻了，吃腻了也得吃，你们想吃一顿干饭、吃一顿不放玉米粉的饭，我和你们妈商量了，以后会做给你们吃的，现在还不行，现在还得吃米缸里的野菜，喝玉米稀粥。你们说玉米稀粥也越来越稀了。这倒是真的，因为这苦日子还没有完，苦日子往下还很长，我和你们妈也没有别的办法，只好先把你们的小命保住，别的就顾不上了，俗话说得好，留得青山在不怕没柴烧，只要把命保住了，熬过了这苦日子，往下就是很长很长的好日子了。现在你们还得喝玉米稀粥，稀粥越来越

稀,你们说尿一泡尿,肚子里就没有稀粥了。这话是谁说的?是一乐说的,我就知道这话是他说的,你这小崽子。<u>你们整天都在说饿、饿、饿,你们这么小的人,一天喝下去的稀粥也不比我少,可你们整天说饿、饿、饿,为什么?</u>就是因为你们每天还出去玩,你们一喝完粥就溜出去,我叫都叫不住,三乐这小崽子今天还在外面喊叫,这时候还有谁会喊叫?这时候谁说话都是轻声细气的,谁的肚子里都在咕咚咕咚响着,本来就没吃饱,一喊叫,再一跑,喝下去的粥他妈的还会有吗?早他妈的消化干净了。从今天起,二乐、三乐,还有你,一乐,喝完粥以后都给我<u>上床去躺着,不要动,一动就会饿,</u>你们都给我静静地躺着,我和你们妈也上床躺着……我不能再说话了,我饿得一点力气都没有了,我刚才喝下去的稀粥一点都没有了。"

许三观一家人从这天起,每天只喝两次玉米稀粥了,早晨一次,晚上一次,别的时间全家都躺在床上,不说话也不动。一说话一动,肚子里就会咕咚咕咚起来,就会饿。不说话也不动,静静地躺在床上,就会睡着了。于是<u>许三观一家人从白天睡到晚上,又从晚上睡到白天,一睡睡到了这一年的十二月七日。</u>

这一天晚上,许玉兰煮玉米稀粥时比往常多煮了一碗,而且玉米粥也比往常稠了很多,她把许三观和三个儿子从床上叫起来,笑嘻嘻地告诉他们:

"今天有好吃的。"

许三观和一乐、二乐、三乐坐在桌前,伸长了脖子看着许玉兰端出来什么,结果许玉兰端出来的还是他们天天喝的玉米粥。先是一乐失望地说:"还是玉米粥。"二乐和三乐也跟着同样失望地说:

"还是玉米粥。"

许三观对他们说:"你们仔细看看,这玉米粥比昨天的,比前天的,比以前的可是稠了很多。"

许玉兰说:"你们喝一口就知道了。"

三个儿子每人喝了一口以后,都眨着眼睛一时间不知道是什么味道,许三观也喝了一口,许玉兰问他们:

"知道我在粥里放了什么吗?"

三个儿子都摇了摇头,然后端起碗呼呼地喝起来。许三观对他们说:

"你们真是越来越笨了,连甜味道都不知道了。"

这时一乐知道粥里放了什么了,他突然叫起来:

"是糖,粥里放了糖。"

二乐和三乐听到一乐的喊叫以后,使劲地点起了头,他们的嘴却没有离开碗,边喝边发出咯咯的笑声。许三观也哈哈笑着,把粥喝得和<u>他们一样响亮。</u>

许玉兰对许三观说:"今天我把留着过春节的糖拿出来了,今天的玉米粥煮得又稠又粘,还多煮了一碗给你喝,你知道是为什么?今天是你的生日。"

许三观听到这里,刚好把碗里的粥喝完了,他一拍脑袋叫起来:

"今天就是我妈生我的第一天。"

然后他对许玉兰说:"所以你在粥里放了糖,这粥也比往常稠了很多,你还为我多煮了一碗,看在我自己生日的份上,我今天就多喝一碗了。"

当许三观把碗递过去的时候,他发现自己晚了。一乐、二乐、三乐的三只空

以写饥饿感觉著称的作品很多,余华的写法是最朴实最民间的。建议阅读张贤亮的《绿化树》和杰克·伦敦的《热爱生命》

注意作品中不同的响声描写

响声一
糖的悲哀

响声二

碗已经抢在了他的前面,朝许玉兰的胸前塞过去,他就挥挥手说:

"给他们喝吧。"

许玉兰说:"不能给他们喝,这一碗是专门为你煮的。"

许三观说:"谁喝了都一样,都会变成屎,就让他们去多屙一些屎出来。给他们喝。"

响声三 然后许三观看着三个孩子重新端起碗来,把放了糖的玉米粥喝得哗啦哗啦响,他就对他们说:

"喝完以后,你们每人给我叩一个头,算是给我的寿礼。"

说完以后有些难受了,他说:

"这苦日子什么时候才能完?小崽子苦得都忘记什么是甜,吃了甜的都想不起来这就是糖。"

响声四 三个孩子喝完了玉米粥,都伸长了舌头舔起了碗,舌头像是巴掌似的把碗拍得噼啪响。把碗舔干净了,一乐放下碗问许三观:

"爹,现在是不是要给你叩头了?"

"你们都喝完了吗?"许三观把三个孩子挨着看了一遍:"你们喝完了粥,你们该给我叩头了。"

一乐问:"我们是一个一个轮流着给你叩头,还是三个人一起给你叩头?"

许三观说:"一个一个来,从大到小,一乐你先来。"

一乐走到许三观面前,跪到地上,然后问许三观:

"要叩几个头?"

许三观说:"三个。"

一乐就叩了三个头,然后二乐和三乐也给许三观叩了三个头。许三观看他们都没有把头碰到地上,就说:

天伦之乐,凡人之福 "别人家的儿子给爹叩头,脑袋都把地敲出声响来,你们三个小崽子都没碰着地……"

许三观说完以后,一乐说:

"刚才不算了,我们重新给你叩头。"

说着一乐跪下去,将脑袋在地上敲了三下,二乐和三乐也学着一乐的样子

响声五 用脑袋去敲地。许三观听着他们把地敲得咚咚直响,哈哈笑起来,他说:

"我听到了,我眼睛看到你们叩头了,耳朵也听到你们叩头了,行啦,我已经收到你们送的寿礼了……"

二乐:"爹,我们一起给你叩一次头。"

许三观连连摆手说:"行啦,不用啦……"

响声六 三个孩子排成一排,跪在地上,一起用脑袋敲起了地,他们咯咯笑着把地敲得咚咚响,许三观急了,走上去把三个孩子一个一个提起来,他说:

"别叩啦,你们这地方是脑袋,不是屁股,这地方不能乱敲,你们把自己敲成了傻子,倒楣的还是我。"

然后许三观重新在椅子里坐下,让三个孩子在前面站成一排,他对他们说:

"换成别人家,儿子给爹祝寿,送的礼堆起来就是一座小山,不说别的,光寿桃就是一百个,还有吃的、穿的、用的,什么都有。再看看你们给我祝寿,什么都

没有,只有几个响头。"

许三观看到三个儿子互相看来看去的,他继续说:

"你们也别看来看去了,你们三个都穷得皮包骨头,你们能送我什么?你们能叩几个响头给我,我就知足了。"

这天晚上,一家人躺在床上时,许三观对儿子们说:

"我知道你们心里最想的是什么,就是吃,你们想吃米饭,想吃用油炒出来的菜,想吃鱼啊肉啊的。今天我过生日,你们都跟着享福了,连糖都吃到了,可我知道你们心里还想吃。还想吃什么?看在我过生日的分上,今天我就辛苦一下,我用嘴给你们每人炒一道菜,你们就用耳朵听着吃了,你们别用嘴,用嘴连个屁都吃不到,都把耳朵竖起来,我马上就要炒菜了。想吃什么,你们自己点。一个一个来,先从三乐开始。三乐,你想吃什么?"

三乐轻声说:"我不想再喝粥了,我想吃米饭。"

"米饭有的是,"许三观说,"米饭不限制,想吃多少就有多少,我问的是你想吃什么菜?"

三乐说:"我想吃肉。"

"三乐想吃肉,"许三观说,"我就给三乐做一个红烧肉。肉,有肥有瘦,红烧肉的话,最好是肥瘦各一半,而且还要带上肉皮,我先把肉切成一片一片的,有手指那么粗,半个手掌那么大,我给三乐切三片……"

三乐说:"爹,给我切四片肉。"

"我给三乐切四片肉……"

三乐又说:"爹,给我切五片肉。"

许三观说:"你最多只能吃四片,你这么小一个人,五片肉会把你撑死的。我先把四片肉放到水里煮一会,煮熟就行,不能煮老了,煮熟后拿起来晾干,晾干以后放到油锅里一炸,再放上酱油,放上一点五香,放上一点黄酒,再放上水,就用文火慢慢地炖,炖上两个小时,水差不多炖干时,红烧肉就做成了……"

许三观听到了吞口水的声音。"揭开锅盖,一股肉香是扑鼻而来,拿起筷子,夹一片放到嘴里一咬……"

许三观听到吞口水的声音越来越响。"是三乐一个人在吞口水吗?我听声音这么响,一乐和二乐也在吞口水吧?许玉兰你也吞上口水了。你们听着,这道菜是专给三乐做的,只准三乐一个人吞口水,你们要是吞上口水,就是说你们在抢三乐的红烧肉吃。你们的菜在后面,先让三乐吃得心里踏实了,我再给你们做。三乐,你把耳朵竖直了……夹一片放到嘴里一咬,味道是,肥的是肥而不腻,瘦的是丝丝饱满。我为什么要用文火炖肉?就是为了让味道全部炖进去。三乐的这四片红烧肉是……三乐,你可以慢慢品尝了。接下去是二乐,二乐想吃什么?"

二乐说:"我也要红烧肉,我要吃五片。"

"好,我现在给二乐切上五片肉,肥瘦各一半,放到水里一煮,煮熟了拿出来晾干,再放到……"

二乐说:"爹,一乐和三乐在吞口水。"

"一乐,"许三观训斥道,"还没轮到你吞口水。"

然后他继续说:"二乐是五片肉,放到油锅里一炸,再放上酱油,放上五香……"

按民间说法,"响头"即"想头"

作品中有许多传统的伦理观。"多子多福"即其中之一

余华将一顿想象中的大餐写得有声有色

打"嘴巴牙祭"

余华作品中常常有撑死的情景

响声七

连大人也情不自禁。可怜?可悲?

假戏真做	二乐说:"爹,三乐还在吞口水。" 许三观说:"<u>三乐吞口水,吃的是他自己的肉,不是你的肉</u>,你的肉还没有做成呢……" 许三观给二乐做完红烧肉以后,去问一乐: "一乐想吃什么?" 一乐说:"红烧肉。" 许三观有点不高兴了,他说: "三个小崽子都吃红烧肉,为什么不早说?早说的话,我就一起给你们做了……我给一乐切了五片肉……" 一乐说:"我要六片肉。" "我给一乐切了六片肉,肥瘦各一半……" 一乐说:"我不要瘦的,我全要肥肉。" 许三观说:"肥瘦各一半才好吃。" 一乐说:"我想吃肥肉,我想吃的肉里面要没有一点是瘦的。"
将游戏进行到底	二乐和三乐这时也叫道:"我们也想吃肥肉。" 许三观给一乐做完了全肥的红烧肉以后,<u>给许玉兰做了一条清炖鲫鱼</u>。他在鱼肚子里面放上几片火腿,几片生姜,几片香菇,在鱼身上抹上一层盐,浇上一些黄酒,撒上一些葱花,然后炖了一个小时,从锅里取出来时是清香四溢……
响声八	许三观绘声绘色做出来的清炖鲫鱼,<u>使屋子里响起一片吞口水的声音</u>,许三观就训斥儿子们: "这是给你们妈做的鱼,不是给你们做的,你们吞什么口水?你们吃了那么多的肉,该给我睡觉了。"
爆炒猪肝令卖血后的许三观永世难忘	最后,许三观给自己做一道菜,他做的是爆炒猪肝,他说: "猪肝先是切成片,很小的片,然后放到一只碗里,放上一些盐,放上生粉,生粉让猪肝鲜嫩,再放上半盅黄酒,黄酒让猪肝有酒香,再放上切好的葱丝,等锅里的油一冒烟,把猪肝倒进油锅,炒一下,炒两下,炒三下……" "炒四下……炒五下……炒六下。" 一乐、二乐、三乐接着许三观的话,一人跟着炒了一下,许三观立刻制止他们:
以苦为乐,带着泪水的微笑	"不,只能炒三下,炒到第四下就老了,第五下就硬了,第六下那就咬不动了,三下以后赶紧把猪肝倒出来。这时候不忙吃,先给自己斟上二两黄酒,先喝一口黄酒,黄酒从喉咙里下去时热乎乎的,就像是用热毛巾洗脸一样,<u>黄酒先把肠子洗干净了</u>,然后再拿起一双筷子,夹一片猪肝放进嘴里……这可是神仙过的日子……"
响声九	<u>屋子里吞口水的声音这时是又响成一片</u>,许三观说: "这爆炒猪肝是我的菜,一乐,二乐,三乐,还有你许玉兰,你们都在吞口水,你们都在抢我的菜吃。" 说着许三观高兴地哈哈大笑起来,他说: "今天我过生日,大家都来尝尝我的爆炒猪肝吧。"

★ 编选者的话：

《活着》与《许三观卖血记》一直被看做是余华小说从先锋走向世俗后的代表作，但是，如果非得要从这两部作品中选出一部作为"代表"，这几乎是一件自讨苦吃而毫无意义的事情。因此，我在这里选择后者而没有选择前者，并不是说明后者比前者更有代表性，也不说明我喜欢后者更甚于前者，仅仅是因为本"作品选"的篇幅所限，必须放弃一篇，鱼和熊掌不能兼得。当然，如此公然地"顾此失彼"，也有自己的理由，那就是因为余华小说在20世纪90年代以后，其叙事风格基本上是向着朴素、坚实，且具有强烈民间意识的方向转变的，两者相比而言，我个人认为，后者比前者在这方面更为突出一点。

也正因为如此，在这部作品中，我既没有节选作品开头对卖血习俗的渲染，也没有节选作品最后许三观又不得不纵横千里一路卖血的壮举，甚至在作品中间部分，也没有节选常常被人们提起的许三观与儿子一乐在血缘上的纠纷与和解，以及许三观为了自己的初恋情人而卖血求欢引起的家庭风波，而选择了最具民间特点的许三观与孩子们苦中作乐的片断。

> 作品的精彩片断

★ 作者的话：

书中的人物经常自己开口说话，有时候会让作者吓一跳，当那些恰如其分又十分美妙的话在虚构的嘴里脱口而出时，作者会突然自卑起来，心里暗想："我可说不出这样的话。"然而，当他成为一位真正的读者，当他阅读别人的作品时，他又时常暗自得意："我也说过这样的话。"

这似乎就是文学的乐趣，我们需要它的影响，来纠正我们的思想和态度。有趣的是，当众多伟大的作品正影响着一位作者时，他会发现自己虚构的人物也正以同样的方式影响着他。

这本书其实是<u>一首很长的民歌</u>，它的节奏是回忆的速度，旋律温和地跳跃着，休止符被韵脚隐藏了起来。作者在这里虚构的只是两个人的历史，而试图唤起的是更多人的记忆。

> 音乐对余华小说的影响是一个很有意思的课题

马提亚尔说："回忆过去的生活，无异于再活一次。"写作和阅读其实都是在敲响回忆之门，或者说都是为了再活一次。

《许三观卖血记·中文版自序》，海南出版公司 1998/9

有一个人我至今没有忘记，有一个故事我也一直没有去写。我熟悉那个人，可是我无法回忆起他的面容，然而我却记得他嘴角叼着烟卷的模样，还有他身上那件脏脏的白大褂。有关他的故事和我自己的童年一样清晰和可信，这是一个血头生命的历史，我的记忆点点滴滴，不断地同时也是很不完整地对我讲述过他。

这个人已经去世，这是我父亲告诉我的。我的父亲，一位退休的外科医生在电话里提醒我——是否还记得这个人所领导的那次辉煌的集体卖血？我当然记得。

《许三观卖血记·德文版自序》，海南出版公司 1998/9

★**相关评论：**

> 这是一部精妙绝伦的小说，是外表朴实简洁和内涵意蕴深远的完美结合。
>
> [法]《读书》，1998/1

网上评论也精彩

> 余华的小说是塑造英雄的，他的英雄不是神，而是世人。但却不是通常的世人，而是违反那么一点人之常情的世人。就是那么一点不循常情，成了英雄。比如许三观，倒不是说他卖血怎么样，卖血养儿育女是常情，可他卖血喂养的，是一个别人的儿子，还不是普通别人的儿子，而是他老婆和别人的儿子，这就有些出格了。像他这样一个俗世中人，纲常伦理是他安身立命之本，他却最终背离了这个常理。他又不是为利己，而是向善。这才算是英雄，否则也不算。许三观的英雄事迹且是一些碎事，吃面啦，喊魂什么的，上不了神圣殿堂，这就是当代英雄了。他不是悲剧人物，而喜剧式的。这就是我喜欢《许三观卖血记》的理由。
>
> 王安忆评《许三观卖血记》，www.white-collar.net

"从鲁迅到余华"是一个很大但很有意义的课题

> 青年作家余华的长篇小说《活着》和《许三观卖血记》，表现出对鲁迅精神的进一步贴近。他试图在极其从容的叙述中描述主人公在生活的艰辛面前表现出的从容不迫，特别是通过主人公表现了我们民族生命所独有的忍耐与不屈，福贵、许三观仿佛闰土和祥林嫂的后代，既与前辈有相似的性格，又具民族传人对生命进行不折不挠的坚韧。也许，就是因为这些裸露着血与肉的脊梁的存在，才给民族后来者以生存的勇气。
>
> 张学昕《鲁迅文学方向与当代作家写作》，《鲁迅与中国文学比较研究》，
> 吉林人民出版社 2002/11

文献索引：

1. **余华小说要目**

    《十八岁出门远行》，《北京文学》1987/1
    《西北风呼啸的中午》，《北京文学》1987/5
    《四月三日事件》，《收获》1987/5
    《一九八六年》，《收获》1987/6
    《现实一种》，《北京文学》1988/1
    《河边的错误》，《钟山》1988/1
    《世事如烟》，《收获》1988/5
    《难逃劫数》，《收获》1988/6
    《死亡叙述》，《上海文学》1988/11
    《古典爱情》，《北京文学》1988/12
    《往事与刑罚》，《北京文学》1989/2
    《鲜血梅花》，《人民文学》1989/3
    《爱情故事》，《作家》1989/7
    《此文献给少女杨柳》，《钟山》1989/4
    《两个人的历史》，《河北文学》1989/10
    《偶然事件》，《长城》1990/1
    《夏季台风》，《钟山》1991/4

《呼喊与细雨》,《收获》1991/6
《一个地主的死》,《钟山》1992/6
《活着》,《收获》1992/6
《祖先》,《江南》1993/1
《命中注定》,《人民文学》1993/7
《战栗》,《花城》1994/5
《我没有自己的名字》,《收获》1995/1
《许三观卖血记》,《收获》1995/6

2. 余华研究文献要目

高行健《现代小说技巧初探》,花城出版社 1981
卞之琳《现代主义与现实主义构不成一对矛盾》,《读书》1983/5
施蛰存《关于"现代派"一席谈》,《文汇报》1983/10/16
曾镇南《让世界知道他们——读刘索拉的〈你别无选择〉》,《读书》1985/6
马 原、许振强等《关于〈冈底斯的诱惑〉的对话》,《当代作家评论》1985/5
洪子诚《当代中国文学中的艺术问题》,北京大学出版社 1986
柳鸣九《新小说派研究》,中国社会科学出版社 1986
杰姆逊《后现代主义与文化理论》,陕西师大出版社 1986/8
吴 亮《马原的叙事圈套》,《当代作家评论》1987/3
林秀清《诗画结合的新小说》,《弗兰德公路》,漓江出版社 1987/3
《"冰山"理论:对话与潜对话》,中国工人出版社 19874
杨晓滨《意义熵:拼贴术与叙述之舞》,《文艺争鸣》1987/6
赵夫青《后现代主义艺术》,《当代文艺探索》1987/6
陈 晋《当代中国的现代主义》,中国文联出版公司 1988
季红真《中国近年小说与西方现代主义文学》,《文艺报》1988/1/2
黄子平《关于"伪现代派"及其批评》,《北京文学》1988/2
李 陀《也谈"伪现代派"及其批评》,《北京文学》1988/4
《现代主义文学研究》,中国社会科学出版社 1989
吴秉杰《"先锋小说"的意义》,《人民日报》1989/4/4
孙甘露《写作与沉默》,《文学角》1989/4
李洁非《反思八五新潮》《光明日报》1989/4/11
明小毛《反小说的变异与前景》,《上海文学》1989/5
陈兆忠《旋转的文坛》,《文学评论》1990/1
张新颖《博尔赫斯与中国当代小说》,《上海文学》1990/12
林建法、王景涛《中国当代小说面面观》,时代文艺出版社 1991
佛克马、伯顿斯《走向后现代主义》,北京大学出版社 1991
马 原《作家与书或我的书目》,《外国文学评论》1991/1
赵毅衡《非语义的凯旋》,《当代作家评论》1991/2
南 帆《冲突的文学》,上海社会科学出版社 1992
布雷德伯里、麦克法兰编《现代主义》,上海外语教育出版社 1992
王岳川《后现代主义文化研究》,北京大学出版社 1992/6
王岳川、尚水编《后现代主义文化与美学》,北京大学出版社 1992/6
谢有顺《绝望审判与家园中心的冥想》,《当代作家评论》1993/2
陈晓明《无边的挑战》,时代文艺出版社 1993/5,广西师范大学出版社 2004/1

袁可嘉《欧美现代派文学概论》,上海文艺出版社 1993/6
《后现代主义》,社会科学文献出版社 1993/6
张国义编《生命游戏的水圈》,北京大学出版社 1994
柳鸣九主编《从现代主义到后现代主义》,中国社会科学出版社 1994
吴　亮《回顾先锋文学》,《倾向》1994/1
邵燕君《从交流经验到经验叙述》,《文学评论》1994/1
米歇尔·莱蒙《法国现代小说史》,上海译文出版社 1995/3
陈思和等《理解九十年代》(对话集),人民文学出版社 1996
张清华《中国当代先锋文学思潮论》,江苏文艺出版社 1997
尹昌龙《百年中国文学总系：1985 延伸与转折》,山东教育出版社 1998/5
尹国均《先锋实验——八九十年代的中国先锋文化》,东方出版社 1998/5
陈晓明《关于九十年代先锋派变异的思考》,《文艺研究》2000/6
王晓明主编《在新意识形态的笼罩下》,江苏人民出版社 2000/10
谢有顺《余华的生存哲学及其待解的问题》,《钟山》2002/1
吴晓东《20 世纪外国文学专题》,北京大学出版社,2002/7
刘象愚选编《现代主义作品选》,高等教育出版社,2002/7
罗钢选编《后现代主义作品选》,高等教育出版社,2002/7
刘象愚等主编《从现代主义到后现代主义》,高等教育出版社 2002/8

(李　平)

后 记

《〈中国现当代文学专题研究〉作品讲评》是我主持（或参与主持）编选的第九部有关中国现当代文学的作品选。回顾我所走过的作品编选之路，大致可以分为学习模仿和探索尝试两个时期。

记得20年前（1982年）我刚从大学毕业时，就主持编选了一部《中国当代文学作品选》，那是为张炯、郏熔主编的电大的第一部中国当代文学史教材《中国当代文学讲稿》配套的一部作品选。当时，编选的目的很明确，就是为电大学生阅读作品提供方便，因此，所做的工作仅仅是将教材中重点讲授的作品选编在一起而已。后来，在与黄修己、方谦一起编选《中国现代文学参考资料》时，也曾想在为学生提供文学作品原著的同时，也提供一些有重要参考价值的文献资料，但在教学中却发现，学生对这些资料并不感兴趣，很少有学生将这些精心挑选出来的资料完整地通读过一遍的。因此，在为《中国现代文学发展史》（黄修己）以及《中国文学（现代部分）》（唐沅、李平）、《中国文学（当代部分）》（洪子诚、李平）等教材编选配套作品选时，又回到了只编作品、不编资料的老路。也许，这条"老路"正是编选作品选的"正路"，因为多少年来，大学里的文学课都是这样为学生提供作品的，在许多普通高等院校，现在仍然走着这样的老路。但是，学生在学习文学史课程时不读文学作品原著的问题已经越来越严重地摆在了我的面前，普通高校的学生如此，电大学生更是如此。这就不得不引起我们的重视和思考，不得不要求我们想办法来克服和解决。

1987年，电大的中国当代文学史教材进行了一次改造，借这个机会，在为张钟、洪子诚、佘树森、汪景涛、赵祖谟根据他们的《中国当代文学概观》改编的《中国当代文学》编选配套作品选时，也对原来的《中国当代文学作品选》进行了改造，在每篇作品之后加上了"阅读提示"。同时，我还参加了杨公骥主编的《中国文学》教材的编写工作，这是一部以非中文专业学生为对象的简明中国文学史教材，实际上也就是一部以中国文学名著为主的作品选。但是，在这部"作品选"中，做了一些文字加工的工作，一是在每个时期的作品前，加上了这个时期的"文学概述"，二是对每篇作品做了必要的注释，三是在每篇作品之后，加上了"阅读提示"。从教学效果看，这些文字加工工作对学生阅读作品的帮助是十分必要的。于是，在电大中国当代文学史教材进行第三轮改造时，我们加大了这方面的工作力度，其成果就是《20世纪中国文学精品》（陈思和、李平主编），其中，"现代文学100篇"（两卷）、"当代文学100篇"（三卷）。这套作品选除了怀有"回首中国文学，以其艺术精品展示后人，为21世纪的人们保留一份20世纪中国文学的'古文观止'"的美好愿望外，在帮助学生阅读方面也煞费苦心。除作品正文外，在"作家简介"中加上了带有主观性的评价性语言，在作品之后，以"作家的话"和"评论家的话"替代原来的"阅读提示"，"作家的话"只选取作家本人与该作品有关的创作谈，一时找不到，则空缺。"评论家的话"选取较权威的评论家已发表的对所选作品的批评，或就作家整体风格的批评意见，通常选一至两则，一时找不到，则由参与本书编辑工作的有关人员撰写，但不标"评论家的话"，而标"推荐者的话"，以示区别。在此基础上编选的《中国当代文学作品选》（陈思和、李平主编）也采用了同样的方式。

《〈中国现当代文学专题研究〉作品讲评》是我在前八部作品选基础上继续探索尝试的结果，也是全国电大教师共同参与编选的第一部作品选。因此，这部作品的最大特点，不是在作品选目上的创新（书中所选的作品都只是《中国现当代文学专题研究》中重点讲授的作品），而是在帮助学生阅读的方式上所进行的试验。全书分"正文"和"旁白"两个单元，是希望学生在阅读正文的同时，借助编选者的点评，激发自己的阅读兴趣，同时也为他们查找所需要的资料提供方便。对一篇作品进行点评，是一件十分艰难而又费力不讨好的工作，常常会成为阅读者批判的靶子，然而，如果学生会在批判中产生阅读兴趣，从而加深对作品的理解，那么，我可以肯定地说，这正是我们希望达到的目的。即使是在正文单元，我们也做了许多大胆的尝试。一，关于"作品介绍"，除了介绍作品最初面世的时间和出处外，还介绍了作品的主要内容（或故事梗概），并说明我们节选某部分的主要理由。二，关于"作品本文"，一般作品选都只选取短篇作品，但文学史上名家的名著却都以长篇为主，而要求现在的学生在一个学期或学年里阅读所有著名长篇，哪怕只是重点的著名长篇，实际上是不可能的。为了解决学生学习作品而与作品相互隔离的矛盾，我们大胆地决定以"精彩片断"为主，中长篇作品（小说和戏剧）一律节选，短篇作品（小说、散文和诗歌）也尽可能节选。每篇作品节选若干片断。三，关于"编选者的话"，实际上是对以前的"阅读提示"的保留。保留以前的"阅读提示"，是因为编选者的提示是有很强的针对性的，仅仅依靠"作家的话"和"评论家的话"并不能对一部作品做出全面的评价，学生得到的印象虽然是深刻的，却常常是支离破碎的。四，关于"作者的话"，同以前一样，仍然是以与这篇作品有关的言论为主。五，关于"相关评论"，则比以前的"评论家的话"范围要广，包括有定论的经典评论、编选者最欣赏的却不是权威的评论，以及带有批评性的不同意见。六，关于"文献索引"，主要是为学生以后写毕业论文服务的，包括作家的主要作品目录、重要研究书目和论文索引。

也许，我们是自讨苦吃，因为我们知道，我们的意见只是一家之言，但是，我们仍然希望，这样会对学生的学习有所帮助。我们欢迎大家的批评（pingning@crtvu.edu.cn），并希望下一部作品选会做得更好。

李　平
2003年5月9日于北京中央电大